海東野言

Kaito-Yagen

許篈

梅山秀幸［訳］

作品社

本書を読まれる方へ

梅山秀幸

本書は朝鮮時代中期、豊臣秀吉の朝鮮侵略の前夜に編述された『海東野言』全三百三十九編およびそれに付されていた「戊午党籍」を翻訳したものである。著者の許篈は学術一家に生まれ、弟には朝鮮最初のハングル小説である『洪吉童伝』を書いた許筠がいて、妹には優れた女流詩人である許蘭雪軒がいる。許篈自身も若い時分から詩文の才名が高く、官途に出て順調に出世も果たしつつあったが、折から盛んになった党争に身を投じて、挫折を経験し、放浪の生活の中で客死した。『海東野言』はその意を得ない時期に成ったものと思われる。

王の代ごとに諸書を引用して、その時代相を浮き彫りにしてくれ、王それぞれの個性もきわやかに示してくれる。建国の英雄としての王もいれば、兄弟たちを殺し尽くしてみずから王となった王たちもいる。英邁で文化的な啓蒙君主と言っていい王もいれば、暗愚極まりもない女色と殺人を趣味とする王もいる。両班たちはその王のもとでどのように生きたか、また死んだか。さらには、倭や女真という外敵との攻防を克明に記し、朝鮮という国家のあり方と民族の意識、あるいはナショナリズムの成立の淵源を探る手立ても提供してくれるものと思われる。

本訳書では、日本の読者にはなじみのないと思われる人物・事がらについて、各話の末尾に注釈をほどこした。干支による暦年、あるいは中国の年号、その他ごく簡単なものについては、本文の中で（　）を用いて西暦などを補足した。各話のタイトルは訳者が付したものである。また巻末に付録解説として、「朝鮮の科挙および官僚制度」、「朝鮮の伝統家屋」、「朝鮮時代の結婚」、「妓生」、「葬送儀礼」、「親族呼称」について簡単な説明を加えて、読者の理解の便をはかった。

朝鮮半島地図

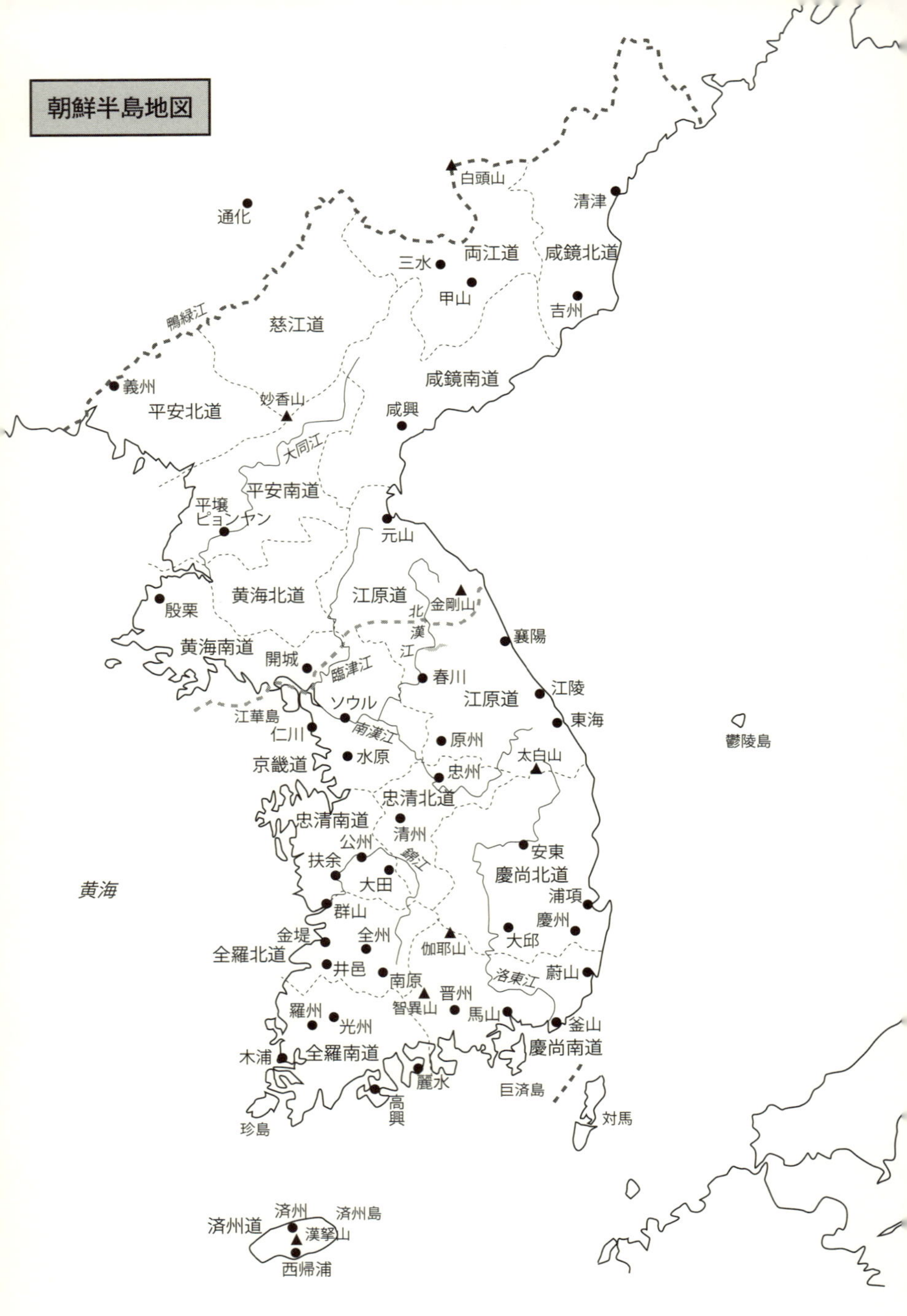
白頭山
清津
通化
三水
両江道
咸鏡北道
甲山
吉州
鴨緑江
慈江道
咸鏡南道
義州
妙香山
平安北道
咸興
大同江
平安南道
平壌
ピョンヤン
元山
殷栗
黄海北道
江原道
金剛山
北
漢
江
襄陽
黄海南道
開城
臨津江
春川
江陵
江原道
ソウル
江華島
仁川
南漢江
東海
原州
鬱陵島
水原
京畿道
太白山
忠州
忠清北道
忠清南道
清州
公州
錦江
安東
扶余
大田
慶尚北道
黄海
浦項
群山
慶州
金堤
全州
伽耶山
大邱
全羅北道
井邑
南原
蔚山
洛東江
晋州
智異山
羅州
馬山
光州
釜山
木浦
全羅南道
慶尚南道
麗水
巨済島
高興
対馬
珍島
済州
済州島
済州道
漢拏山
西帰浦

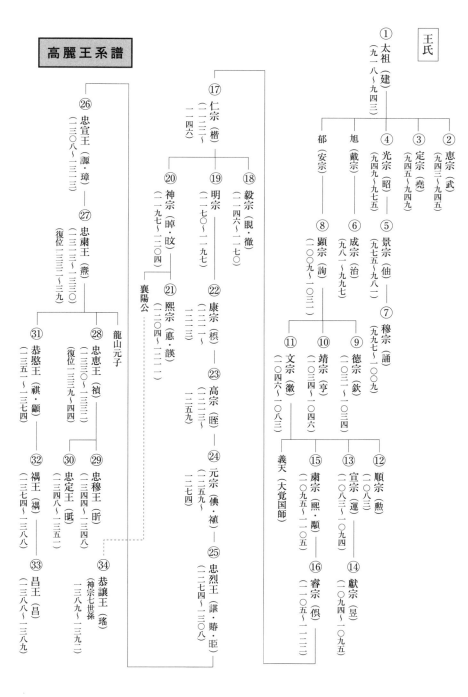

高麗王系譜

王氏

① 太祖（建）（九一八〜九四三）

② 恵宗（武）（九四三〜九四五）

③ 定宗（堯）（九四五〜九四九）

④ 光宗（昭）（九四九〜九七五）

旭（戴宗）

郁（安宗）

⑤ 景宗（伷）（九七五〜九八一）

⑥ 成宗（治）（九八一〜九九七）

⑦ 穆宗（誦）（九九七〜一〇〇九）

⑧ 顕宗（詢）（一〇〇九〜一〇三一）

⑨ 徳宗（欽）（一〇三一〜一〇三四）

⑩ 靖宗（亨）（一〇三四〜一〇四六）

⑪ 文宗（徽）（一〇四六〜一〇八三）

⑫ 順宗（勲）（一〇八三）

⑬ 宣宗（運）（一〇八三〜一〇九四）

⑮ 粛宗（熙・顒）（一〇九五〜一一〇五）

義天（大覚国師）

⑭ 献宗（昱）（一〇九四〜一〇九五）

⑯ 睿宗（俁）（一一〇五〜一一二二）

⑰ 仁宗（楷）（一一二二〜一一四六）

⑱ 毅宗（晛・徹）（一一四六〜一一七〇）

⑲ 明宗（一一七〇〜一一九七）

⑳ 神宗（晫・旼）（一一九七〜一二〇四）

㉑ 熙宗（悳・韺）（一二〇四〜一二一一）

襄陽公

㉒ 康宗（祦）（一二一一〜一二一三）

㉓ 高宗（皞）（一二一三〜一二五九）

㉔ 元宗（倎・禃）（一二五九〜一二七四）

㉕ 忠烈王（諶・賰・昛）（一二七四〜一三〇八）

㉖ 忠宣王（謜・璋）（一三〇八〜一三一三）

㉗ 忠粛王（燾）（一三一三〜一三三〇）（復位一三三二〜三九）

龍山元子

㉘ 忠恵王（禎）（一三三〇〜一三三二）（復位一三三九〜四四）

㉙ 忠穆王（昕）（一三四四〜一三四八）

㉚ 忠定王（㫝）（一三四八〜一三五一）

㉛ 恭愍王（祺・顓）（一三五一〜一三七四）

㉜ 禑王（禑）（一三七四〜一三八八）

㉝ 昌王（昌）（一三八八〜一三八九）

㉞ 恭譲王（瑤）（神宗七世孫 一三八九〜一三九二）

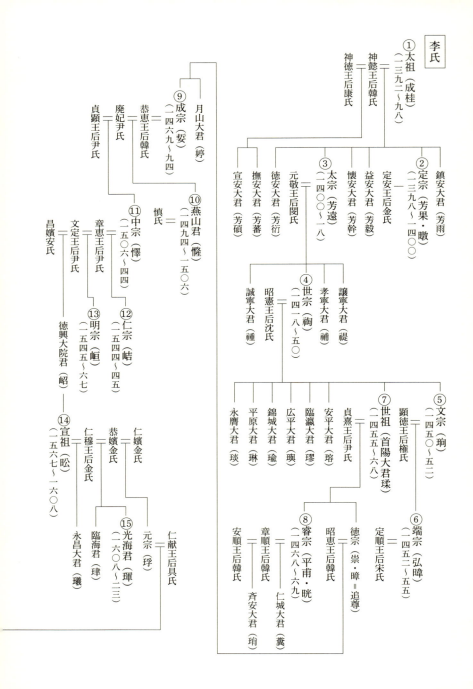

李氏

①太祖（成桂）（一三九二～九八）
神懿王后韓氏
神徳王后康氏

鎮安大君（芳雨）
②定宗（芳果・曔）（一三九八～一四〇〇）
定安王后金氏
益安大君（芳毅）
懐安大君（芳幹）
③太宗（芳遠）（一四〇〇～一八）
元敬王后閔氏
徳安大君（芳衍）
撫安大君（芳蕃）
宣安大君（芳碩）

譲寧大君（禔）
孝寧大君（補）
④世宗（祹）（一四一八～五〇）
昭憲王后沈氏
誠寧大君（褈）

⑤文宗（珦）（一四五〇～五二）
顕徳王后権氏
⑦世祖（首陽大君瑈）（一四五五～六八）
貞熹王后尹氏
安平大君（瑢）
臨瀛大君（璆）
広平大君（璵）
錦城大君（瑜）
平原大君（琳）
永膺大君（琰）

⑥端宗（弘暐）（一四五二～五五）
定順王后宋氏
徳宗（崇・暲＝追尊）
昭恵王后韓氏
⑧睿宗（平甫・晄）（一四六八～六九）
章順王后韓氏
仁城大君（糞）
安順王后韓氏
斉安大君（琄）

月山大君（婷）
⑨成宗（娎）（一四六九～九四）
恭恵王后韓氏
廃妃尹氏
貞顕王后尹氏

⑩燕山君（㦕）（一四九四～一五〇六）
慎氏
⑪中宗（懌）（一五〇六～四四）
章恵王后尹氏
文定王后尹氏
昌嬪安氏

⑫仁宗（峼）（一五四四～四五）
⑬明宗（峘）（一五四五～六七）
徳興大院君（岹）

⑭宣祖（昖）（一五六七～一六〇八）
仁穆王后金氏
恭嬪金氏
仁嬪金氏

永昌大君（㼁）
臨海君（珒）
⑮光海君（琿）（一六〇八～二三）
元宗（琈）
仁献王后具氏

朝鮮王朝系譜

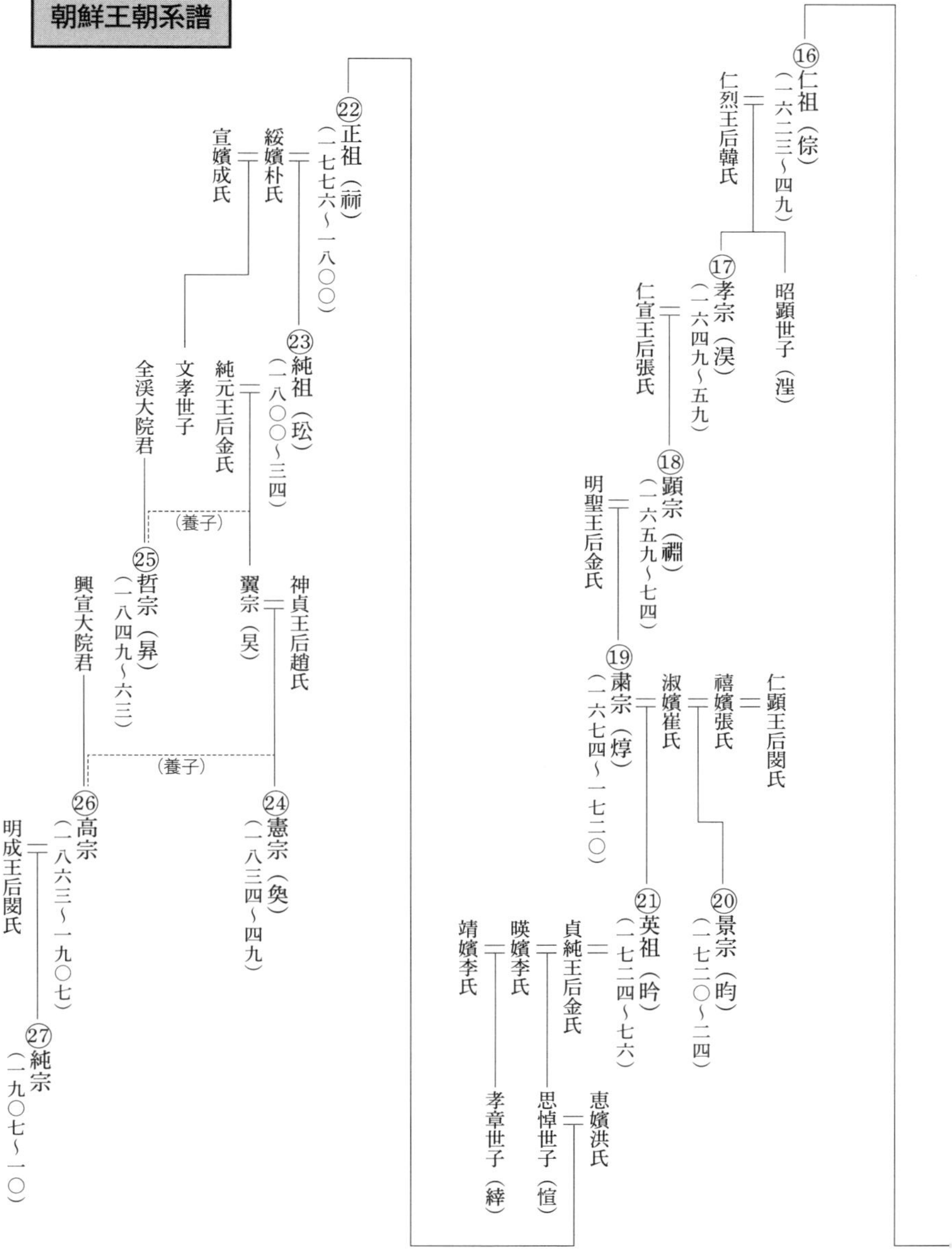
⑯仁祖（倧）（一六二三～四九）
仁烈王后韓氏
昭顕世子（湦）
⑰孝宗（淏）（一六四九～五九）
仁宣王后張氏
⑱顕宗（棩）（一六五九～七四）
明聖王后金氏
⑲粛宗（焞）（一六七四～一七二〇）
淑嬪崔氏
禧嬪張氏
仁顕王后閔氏
⑳景宗（昀）（一七二〇～二四）
㉑英祖（昑）（一七二四～七六）
貞純王后金氏
暎嬪李氏
靖嬪李氏
恵嬪洪氏
思悼世子（愃）
孝章世子（緈）
㉒正祖（祘）（一七七六～一八〇〇）
綏嬪朴氏
宣嬪成氏
㉓純祖（玜）（一八〇〇～三四）
純元王后金氏
文孝世子
全渓大院君
（養子）
㉕哲宗（昪）（一八四九～六三）
翼宗（炅）
神貞王后趙氏
興宣大院君
（養子）
㉔憲宗（奐）（一八三四～四九）
㉖高宗（一八六三～一九〇七）
明成王后閔氏
㉗純宗（一九〇七～一〇）

目次◉海東野言

巻の一 17

太祖

太宗

世宗

巻の二 177

世宗

文宗

魯山君(端宗)

世祖

睿宗

成宗

巻の三

燕山君

中宗 上

補遺

訳者解説　601

付録解説　623

海東野言

姉の土屋晶子に

［カヴァー・扉の装画］
金帆洙 画

本書は、2016年度、韓国文学翻訳院の翻訳・出版助成を受けて出版されたものである。

巻の一

太祖

第一話……中国に等しいわが国の歴史

唐の堯の元年の甲辰の年から洪武[1]元年の戊申の年（一三六八）に至るまで、およそ三千七百八十五年。檀君《ダングン》[2]元年の戊辰の年からわが太祖[3]の元年の壬申の年（一三九二）まで、これもまた三千七百八十五年。わが国の歴史の古さを考えるに、中国に等しい。

堯が出ると、檀君が立ち、周の武王が即位して、箕子《キチャ》[4]を封じた。漢が天下を平定すると、衛満《ウェマン》[5]が平壌にやってきて、宋の太祖[6]が起ころうとするときには、すでに高麗の太祖[7]が立っていて、わが朝鮮の太祖が立たれたのも、明の太祖高皇帝が立たれるのとほぼ同時であった。

（徐居正[8]『筆苑雑記』）

▼1【洪武】明の太祖の年号（一三六八〜一三九八）。

▼2【檀君】朝鮮の始祖神。帝釈桓因の子の桓雄が熊女と通じて生まれた。堯のころ建国して、初め平壌に、後に阿斯達に都して、千五百年ものあいだ統治したという。後に箕子が渡来するにおよんで隠遁して阿斯達の山神になった。

▼3【太祖】朝鮮王朝を建国した李成桂。もとは高麗の武将であったが、倭寇や北方の女真族の侵入の防備に功績をあげて力をたくわえ、自分たちが擁立していた恭譲王を廃して、みずから王となり、新たに朝鮮を建国した。

▼4【箕子】殷の貴族であったが、紂王にうとんぜられ、殷が滅びると、新たな周に仕えるのをよしとせず、

朝鮮半島に亡命して箕氏朝鮮を建国したという。中国の美風を伝え、八条の教えでもって人びとを教化した。朝鮮が「詩書礼楽の国」であるのはこの箕子から始まったとされる。

▼5【衛満】燕王盧綰の武将であったが、盧綰が漢に謀反を起こしたとき、部下千人を率いて朝鮮に渡ってきて、箕子の末裔の箕準に仕えた。漢の恵帝のころ、箕準を追って衛氏朝鮮を建国した。

▼6【宋の太祖】宋を開国した趙匡胤。九二七～九七六（在位、九六〇～九七六）。河北涿郡の人。後周の禁軍の長として節度使を兼ねていたが、幼い恭帝のとき、部下に擁立されて開封に入り、禅譲を受けて帝位に即いた。貪吏を退けて法を重んじ、農業を督励して学問を起こし、宋の基礎を築いた。

▼7【高麗の太祖】高麗を建国した王建。八七七～九四三（在位、九一八～九四三年）。新羅末に反乱軍の弓裔の武将として仕えたが、弓裔が暴君と化すにおよんで、これを追放して、みずからが王位についた。

▼8【徐居正】一四二〇～一四八八。一四三八年、生員・進士の両方に合格、一四四四年には式年文科に乙科で及第した。その後、顕官を歴任して、一四六五年には抜英試、続いて登俊試にも及第して、『経国大典』の編集にも参加した。この時代の国家的な文事、『東国通鑑』『東国輿地勝覧』『東文選』などの編纂に中心的な役割をなし、『太平閑話滑稽伝』『筆苑雑記』（二つとも作品社から既刊）などの稗史小説集がある。

第二話……中国で育った趙胖

李太祖は国を創建すると、宰相の趙胖《チョバン》▼1が中国で生い立ったことから、彼を奏聞使として中国に送った。中国の高皇帝▼2が引見して李氏の建国をなじった。趙胖はこれに対して、「歴代の王業を創建した君主というのはすべて天命にしたがって革命したのであり、わが国だけが特別なわけではありません」と申し上げた。暗に明のことを指摘したのである。ことばも流暢な中国語であったから、皇帝は、「お前はどうして中国語が話せるのか」と聞いた。胖は、「私は中国で成長いたしました。以前、陛下を脱脱▼3の軍の中で拝見したことがあります」と申し上げた。皇帝が当時のことを尋ねると、胖は一つ一つお答えした。皇帝は竜床から下りて、胖の手をとらえ、「脱脱の軍がもしあれば、朕は今日ここに存在していないであろう。卿はまことに朕の友人である」と言って、胖を賓客の礼をもって遇した。そして、「朝鮮」という二文字を書いて、これを送ったのである。

（成俔▼4『慵斎叢話』）

▼1【趙胖】一三四一～一四〇一。十二歳のとき、父親の世卿に従って元に行って学問をしたので、中国語とモンゴル語をよく解した。帰国後には禑王等に仕えたが、一三九二年、李成桂を推戴して、朝鮮建国の後は開国功臣に列せられ、官職は参賛門下府事に至った。

▼2【高皇帝】明の太祖である朱元璋を言う。貧農の家に生まれ、托鉢僧となったが、元の末期の混乱の中で紅巾軍に身を投じ、一兵卒から身を起こして首領となり、長江一帯を平定、南京で帝位について国号を明とした。一三二八～一三九八（在位、一三六八～一三九八）。

▼3【脱脱】何人か「脱脱」氏を名乗るモンゴルの人がいる。木華黎の玄孫で、至元年間に乃顔を討って功績があった人がいるが、やや年代的に合わない。朱元璋は紅巾軍の一派の郭士興の下に身を投じたので、歴史的に言えば、郭士興のことになる。

▼4【成俔】一四三九～一五〇四。字は磬叔、号は慵斎・浮休子・虚白堂。進士を経て、一四六二年、文科に及第、芸文館に入り、弘文館正字を兼ねる。睿宗が即位すると、経筵官となり、幾度か中国に行った。大司諫・大司成を経て、礼曹・工曹の判書に至った。音楽の大事典である『楽学規範』の編纂を主導、『慵斎叢話』（作品社より既刊）の著書がある。

第三話……帝王の気象

おおよそ帝王の書く文章には凡人とは異なる気象が表れるものである。

宋の太祖がまだ卑しい身分のときのことである。ある村で酒に酔いつぶれて寝込んでしまったが、夜が明けて目を覚まし、詩を作った。

太陽が海の底を離れぬ前は山々はまだ暗いが、
中天に達すれば全世界が明るくなる。
（未離海底千山暗、纔到天中万国明）

わが朝鮮の太祖が王位に昇る前の詩にも有名なものがある。

蔓草にすがりよじ登って緑の頂に至り、
白雲の中の庵にごろりと寝転ぶ。
眼下に見渡す限りの土地をわが物とし、
楚も越も江南もどうして手に入れずにいよう。
（引攀蘿蔓上碧峰、一庵高臥白雲中、
若将眼界為吾土、楚越江南豈手不客）

この詩に見られる大きな志と度量とは言語に形容することのできないものである。

（徐居正『東人詩話』）

第四話……太祖の臣下への気遣い

太祖のとき、鄭道伝《チョンドジョン》▼1は東北面の都宣撫使となり、李之蘭《イチラン》▼2、李原京《イウォンキョン》▼3が副使となった。

太祖は中枢副使の辛克恭《シンククコン》▼4を都宣慰使として送ることとして、鄭道伝への手紙を書いた。

「別れて長いときがたち、感慨もひとしおである。辛中枢を送って卿の辛苦を慰労しようとしたところ、崔兢▼5が来て、そちらの消息を伝えてくれ、わずかに安心することができた。ここに上チョゴリ一領を贈るので、受け取ってくれ、それで雨風をしのいでくれれば、幸いである。李参賛、李節度使にもそれぞれ上チョゴリ一領ずつを贈る。それでもって私の感謝の思いが伝われば、ありがたい。他のことは辛中枢に聞いてほしい。春とは言えなお寒い。体に気をつけ、辺境の防衛に手柄を立てよ。不具。松軒居士」

慎んでこの手紙を読むと、王さまが臣下を慰撫なさるまごころがあふれている。臣下たるものどうしてこれに感動しないでいられようか。


（魚叔権▼6『稗官雑記』）

▼1【鄭道伝】?～一三九八。字は宗之、号は三峰、本貫は奉化。牧隠・李穡の門人。高麗時代末期からの文臣で、李成桂に協力して朝鮮建国の一等功臣となったが、第一次王子の乱に連座して、斬首された。儒学の大家として、軍事・外交・性理学・歴史・行政などの多方面にわたり、朝鮮の国家としての骨格を作るのに活躍した。斥仏崇儒を国是として、儒学発展に貢献した。書にも優れていた。

▼2【李之蘭】一三三一～一四〇二。本姓は佟、初名は豆蘭帖木児。女真の千戸の阿羅不花の息子。父を継いで千戸となったが、元の末期に一党を率いて李成桂の旗下に入り、李姓をもらった。一三九二年の朝鮮建国に協力して定社佐命功臣となり、明を助けて建州衛を討つのにも功績があった。後に豊壌に隠退して寺に入り仏道に帰依した。

▼3【李原京】李原景か。『朝鮮実録』に太祖・李成桂の即位前、将軍として西北面を討ったとき、その旗下に李原景の名前が見える。世祖十三年（一四六七）八月に、李施愛（第一二九～一三〇話参照）は検校門下府事の李原景の孫だとある。李原景は本名は兀魯帖不児と言い、女真族の酋であり、李成桂の下に屈したのだと思われる。

▼4【辛克恭】この話にある以上のことは未詳。

▼5【崔兟】『朝鮮実録』太祖三年（一三九四）十二月に、憲司が知刑曹事の崔兟を弾劾したことが見え、また太宗二年（一四〇二）六月には、司憲府が左司諫大夫の崔兟らを罪することを請うたとあり、同月、逆に崔兟らが右司諫大夫を弾劾している。

▼6【魚叔権】生没年未詳。号は也足堂・曳尾、本貫は咸従。一五二五年、南袞の建議によって設置された吏文学館に参与して、一五三三年には夏節使として中国に行き、一五三六年には遠接使の蘇世譲に従って義州に行った。中国語に長じていて、外交に大きな貢献をして、詩評・詩論に秀で、李珥を教えるほどであったが、微賤の出身であるために顕達することはなかった。著書に『稗官雑記』があり、この『海東野言』に収録された分だけが残っている。

第五話……皆殺しにされた高麗王の一族

高麗王朝の王氏が滅び、すべての王氏一族は島に流されることになった。

そのとき、臣下たちが集まって議論した。

「この機会に王氏一族を根絶やしにしなければ、必ず後日、禍の種になるだろう。やはり皆殺しにしてしまった方がいい」

しかし、かれら王氏一族をなんの名目もなく殺してしまうことはできなかった。そこで、彼らは水練に巧みな人間を選んで、船を準備させ、王氏たちを見回しながら言った。

「王さまのご命令が下って、皆さんを島にお連れして庶人にすることになりました」

皆は喜んで先を争うように船に乗りこんだ。船が岸を離れ、しばらくして沖に出ると、船頭たちは海に潜って船底に穴を開けた。船は沈没し始めた。船が半ば沈んだとき、王氏一族をよく知る僧侶が丘の上から手を振りながら、呼びかけた。

それを見た王氏一族の一人が一聯の詩を作った。

遙かな岸から呼びかける声を聞いて、
山僧を見かけたところで、もうどうしようもない
（一声柔櫓滄波外、縦有山僧奈爾何）

（南孝温▼1『秋江冷話』）

▼1【南孝温】一四五四〜一四九二。世祖のときの生六臣の一人。字は伯恭、号は秋江、杏雨、諡号は文貞。本貫は宜寧。金宗直の門人。幼くして死六臣の忠誠を見て、一四八一年には文宗の后である権氏の陵である昭陵を復する上訴をして、狂人と言われた。その後、官職につくことを断念、各地を遊覧して過ごして、死んだ。

太宗

第六話……太宗の王位奪取

浩亭《ホジョン》・河崙《ハリュン》▼1が忠清道観察使となったとき、太宗《テジョン》▼2はまだ靖安君と言っていた。浩亭をその家に訪ねて餞《はなむけ》をしようとしたところ、すでに座敷には客たちがいっぱいであった。太宗がその前に行って杯を勧め

ると、浩亭は酔ったふりをして盤の上の料理と汁をわざと傾けて太宗の衣服を汚した。太宗は大いに立腹して立ち上がった。浩亭は座敷の客たちに、「王子が怒って立ち去られた。行って謝罪して来ます」といって、太宗の後を追った。下僕が太宗に「観察使が来ます」と告げたが、太宗は振り返りもしない。大門に至って馬から下りると、浩亭もまた馬から下り、太宗が中門を入って行くと、浩亭もまた中門を入って行った。さらに内門を入って行くと、浩亭もまた内門を入って行った。

　太宗が初めて怪訝に思い、振り返って、

「いったいどうしたというのだ」

と尋ねると、浩亭は、

「王子に身の危険が迫っています。盤を傾けたのはまさに事態が迫っているのをお知らせしたかったのです」

と申し上げた。

　そこで、太宗は浩亭を寝室に招き入れて計略を練った。浩亭は言った。

「私は王命を受けて出て行かざるを得ませんが、長く任地に留まることはありますまい。安山郡事の李叔《イスク》蕃《ボン》[3]が貞陵[4]に移葬するために兵士を率いてソウルに到着しました。この人なら大事を托すことができます。私もまた鎮川に行って待機することにします。事が成就すれば、すぐに私を呼んでください」

　浩亭は立ち去った。太宗は李叔蕃を呼んで事態を話すと、叔蕃は「掌を返すよりも易しいことです。どんな難しいことがありましょう」と言って、ついに太宗を擁して宮中の僕従たちと移葬兵士を率いて、まずは軍器監を襲った。そこでみなが奪い取った甲冑を帯び、兵器を手にとって、景福宮を包囲した。太宗は南門の外に幕を張って、その中に座った。また、その下にもう一つ幕を張った。人びとはその幕がいったい誰が座るためのものか不思議に思ったが、浩亭がやって来てそこに座った。まもなく、浩亭は丞相となった。定社《ていしゃ》（太宗の即位）の功績はみな浩亭と叔蕃にあるのである。

（成俔『慵斎叢話』）

▼1【河崙】一三四七～一四一六。李朝初期の大臣。字は大臨、号は浩亭。本貫は晋州。一三六五年、文科に及第、試験官の李仁復は一眼で大器であると判断して、自分の弟の娘と結婚させた。要職を歴任したが、崔瑩の攻遼に反対して流罪になった。朝鮮が創業されると、李成桂に登用され、簽書中枢院事だったとき、明への文書が不遜であったという問題が起きて、明へおもむき誤解を解くことに尽力した。領議政まで昇った。

▼2【太宗】朝鮮第三代の王・李芳遠。一三六七～一四二二（在位、一四〇〇～一四一八）。太祖李成桂の第五子であったが、二度にわたる「王子の乱」を起こし、兄弟間の争いに勝って王位についた。その間、芳遠のあまりの残忍さに嫌気がさして、父の太祖は仏教に傾斜したと言われるが、一方で即位後は名君との評価も得ている。

▼3【李叔蕃】一三七三～?。本貫は安城。一三九三年、文科に及第、忠清観察使として鄭道伝などを殺して、太宗から定社功臣の号を与えられ、承宣となった。一四〇〇年には朴苞の乱を平定して安城君に封じられたが、その後、傲慢で奢侈な生活が目立ったため杖流となり、流配の地で死んだ。

▼4【貞陵】太祖・李成桂の継妃である神徳王后康氏の陵。

第七話……太宗の先見の明

わが太宗が明の都にお出かけになったとき、太宗文皇帝[1]はまだ燕王として藩邸にいらっしゃった。太宗が訪ねて行くと、文皇帝は太宗と言葉を交わし、大いに喜んで寵愛し、待遇も懇切であった。

太宗がわが国に帰って来られると、わが朝廷の士大夫が、

「中国は平和に治まりましょうか」

とたずねた。当時、太祖は老衰して、建文帝[2]が皇太子だったのである。

太宗は、

「私が燕王を見たところ、天の太陽のようで、竜と鳳の資質があり、度量が広大であった。長く藩王に留まられる方ではない。ただ平和に治まるかどうかはわからない」

とおっしゃった。

まもなくして、燕王が文皇帝となって天下をおさめた。人びとはみな太宗の先見の明に感嘆したものである。

文皇帝は即位して、わが太宗を特別に遇した。そして、いつもわが国の人に会えば、

「朕はかつて汝たちの国の王を見たが、まことに天から下った人物のようであった」

とおっしゃった。

（徐居正『筆苑雑記』）

▼1【太宗文皇帝】明の第三代皇帝・朱棣（在位、一四〇二〜一四二四）。成祖、あるいは永楽帝とも言う。第二代皇帝・建文帝の叔父に当たるが、建文帝を自殺に追い込み、みずからが即位して、北京に都をおいた。『永楽大典』を編纂し、宦官の鄭和に大遠征を命じて、朝貢貿易を活発に行なった。

▼2【建文帝】明の第二代皇帝・朱允炆（在位、一三九八〜一四〇二）。太祖の後を受けて、十六歳で即位したが、叔父の燕王の背反に遭い、四年間の戦いの後、太祖に疎んぜられていた宦官たちの内応もあって、都の南京は陥落して、自殺した。

第八話……太宗の駿馬を見抜く力

わが国から明へ馬を貢ぐときには、太宗はみずから馬を見てお決めになった。あるとき、太宗は下等の列に並んでいた一頭の馬を一番に置くようにお命じになった。人びとは首をかしげた。

馬が貢上されて、明の文皇帝がこれを見て、

「朝鮮国王が朕を敬って、首位として貢いだ馬はまことにすばらしい」

とおっしゃった。

聖君の見立てというのは同じであると、人びとは感心した。

太宗は側近の者たちに、

「駿馬を選ぶ力と人材を見分ける力では、私は古の王たちに決して引けをとらない」

とおっしゃっていた。


（徐居正『筆苑雑記』）

第九話……仏像に礼拝しなかった太宗

太宗の時代に、中国の宦官の黄儼[1]が銅の仏像をたずさえて済州島からやってきて、

「まずは礼拝した上で、行事を行なわれますように」

と、奏上した。しかし、太宗は礼拝しようとはなさらなかった。河崙《ハリュン》（第六話注1参照）がそばにいて、

「黄儼は人となりが陰険で、事を起こすのを喜んでいます。臨機応変にふるまわれ、まず仏に礼拝なさるのがよろしいかと思います」

と申し上げた。すると、太宗は、

「その仏がもし中国からわが国にやって来たのであれば、私は皇帝の命令を尊重して、これを礼拝しなくてはなるまい。今、この仏はわが国の済州島から来たものに過ぎない。どうして礼拝する必要があろうか。お前たち臣下の中に他に意見がなければ、私は自分の考えにしたがって、これに礼拝すまい」

とおっしゃって、ついに礼拝をなさらなかった。黄儼もこれには屈伏して、そのまま行事は行なわれた。

（徐居正『筆苑雑記』）

▼1【黄儼】太宗の時代、数次にわたって明の宦官の黄儼が使臣として朝鮮に来ている。傲慢な人物であったらしく、宮廷は翻弄された。金剛山が仏像に似ているということで遊山に出かけた。太宗六年（一四〇五）には、済州島の法華寺の弥陀三尊は元のときの良工が鋳たものだからということで、これをソウルに迎え、国王に礼拝させせようとした。

第一〇話……譲寧大君が永楽帝からいただいた詩

永楽の丁亥の年（一四〇七）、まだ譲寧《ヤンニョン》大君《テグン》・禔《チェ》▼1が世子であったときのことである。太宗皇帝の命令を受けて、譲寧大君は明の都に上った。皇帝から御製の詩を賜った。

大同江の東ははるか昔に封じた土地、
八条の教え▼2をだれがよく守ったろうか。
文献では治乱のありさまを知るに十分だが、
その裏側にはどんな秘密が隠されていることか。
天と地が覆っても受け入れて、
育てるのも抜き取るのも天のしわざ。
よい運は得るのも失うのもままならない、
この白昼、三韓はその遺跡だけを残し、
右渠▼3の奸悪なたくらみはむなしく、

目の前を通り過ぎて一瞥しただけ。
高句麗では木と草が青々と茂り、
漢が封じた玄菟[4]には雲が沸き立つ。
汝の国は中国に仕えるのに真心を尽くし、
男は耕し女は機を織って領土は平安。
笛を吹き太鼓をたたいて日々を楽しみ、
荒野には牛を引いて行く者もいない。
鴨緑江の水は盃に注いだ酒のようで、
馬韓の山並みは連なって垣根をなす。
過ぎ去った跡を振り返ると荒涼としているが、
名誉と栄光は末永く続こう。
心の用い方はどうして金石のようでいられよう、
ただ確固として朝夕に違うことのなきよう。
驕慢放恣であれば終わりまで保つことは難しく、
誰がよく沈潜して泰然と維持できよう。
以前も王子がやって来て朝見しようと、
車馬はつつがなく平壌を出たものだ。
冷たい霜が柳を枯らせ、川は凍りついて、
振り返れば寒々とはるかな草原。
王子の禔が中国をしたって万里を旅し、
年は十五ながら才気にあふれる。
文章を読み道を学んで自ら捨てることなく、

力を尽くして国家の名を貶めるな。
昔から禍福はあらかじめ決まったものではなく、
その原因は善悪の振る舞いによる。
高い山も削り取り、海の水も移すことができる、
万古の忠誠でもって国境を守るがよい。

(浿水東辺旧封域、八教疇能遵古式
簡編自足鑑安危、淵藪何須臾荘匿、
乾坤覆載非不容、栽培蹶抜皆天工、
時来難得苦易失、三韓揮霍空遺蹤、
右渠肆誘呈険譎、過眼前看曽一瞥、
溝婁樹緑草青々、雲擁玄菟漢封将、
爾家攄悃事朝廷、男耕女織疆域寧、
吹蘆撾鼓日為楽、曠野応無佩犢行、
鴨緑江流似巵酒、馬邑諸山聯培塿、
試看往迹已荒涼、名誉光華可長久、
秉心安得如金石、堅確惟当信朝夕、
驕盈只患鮮永終、孰鮮沈潜到幽瀬、
昔年王子来朝享、車騎蕭蕭出平壌、
清霜殺柳水凝冰、回首寒郊連莽蒼、
慕禔修貢万里来、年過十五堪成才、
読書学道勿自棄、勉旃毋使家声隤、
従来禍福無扃鐍、倚伏之幾乗善悪、

高山可礪海可移、万古忠誠是郛郭）

譲寧大君はこの詩をいただき、随行して来た李天祐《イチョンウ》▼5・李茂《イム》▼6・李来《イレ》▼7などにこの詩に応答する詩を書かせて皇帝に献上したのであった。

（魚叔権『稗官雑記』）

▼1【譲寧大君・禔】一三九四～一四六二。太宗の嫡男。一四〇四年に王世子に封ぜられたが、失態が多いとして、一四一八年には廃位となった。その後、各地を遊覧して風流客と交わって一生を終えた。詩と書に巧みであったという。弟の忠寧大君が朝鮮国きっての名君の世宗となる。

▼2【八条の教え】もと、殷の臣であった箕子（第一話注4参照）は殷が滅びると、現在の平壌付近に亡命して国を建て、「八条の教え」を制定して人民を教化したと伝えられる。

▼3【右渠】中国の武将としてやって来た衛満は、箕子朝鮮の最後の王の箕準を滅ぼして、衛満朝鮮をやはり平壌あたりに建国する。衛満の孫の右渠の時代、漢の武帝が出て、右渠を招撫するが、右渠は拒絶して抵抗を続ける。前一〇九年、武帝は大軍を発して王険城を攻撃、翌年の前一〇八年には右渠は内乱で殺されることになる。

▼4【玄菟】漢の武帝により、前一〇八年に設置された漢の四郡の一つ。初め沃沮の地、現在の咸鏡道地方に建てられたが、周辺諸民族の台頭によって、西北に移動していく。

▼5【李天祐】?～一四一七。本貫は全州。太祖・李成桂の庶兄である元桂の次男。弓と乗馬にすぐれ、高麗末、李成桂にしたがって、倭寇の防備に功績があった。朝鮮建国にも協力して開国原従功臣に封じられ、後に李芳遠（太宗）の政権奪取に協力して佐命功臣となり、完山君に封じられ、一四一四年には完山府院君に進封された。

▼6【李茂】?～一四〇九。字は敦夫、本貫は丹陽。高麗の恭愍王のときに文科に及第して、官途に進んだが、弾劾されて流配された。朝鮮建国の後に登用されて、開城府尹となった。一三九六年には、都体察使となり、倭寇の本拠地である対馬と壱岐の征伐にかかわった。李芳遠（太宗）の政権奪取に加担して、佐命功臣一等

に冊録され、丹山府院君に封じられた。領承枢府事にまで昇ったが、一四〇九年、太宗の庶子である閔無咎・閔無疾の獄事に関連して竹山に流され、そこで死刑になった。

▼7【李来】一三六二〜一四一六。字は楽甫、本貫は慶州。父親は辛吨の処罰を主張して流罪となり、不遇の死を遂げた。来は辛吨が殺されると、十歳で典客録事に特任された。一三八三年には文科に及第、一三九二年、鄭夢周が殺害されると、その一党として流されたが、一三九九年に左諫言議大夫に登用され、翌年に起きた芳幹の乱に功を挙げて推忠佐命功臣二等に冊録され、鶏林君に封じられた。

第一一話……後苑の桃

恭靖王《コンジョンワン》（定宗）▼1の王宮に一人の宦官がいた。その名前は記憶していない。どの年のことであったかもわからないが、たしか二月の末のことである。たまたま後苑に入っていくと、そこでは、二、三人の男が草を積んだ上に座って桃の実を拾って食べていた。近づいてさらによく見ると、大きくて紅い桃は九、十月に実る霜桃とまったく同じであった。

積んだ草をのけて見ると、その中には桃が数百個もあったので、これを上王（定宗）に差し上げた。上王ははなはだお喜びになり、さっそく太祖の祭壇である文昭殿にお供えになった。また太宗にもこれを進上して、

「幸いに仙桃を手に入れましたので、あえて献上いたします」

とおっしゃった。

太宗も大いにお喜びになり、これを文昭殿にお供えしようとなさったが、すでに上王がお供えになっていた後なので、取りやめ、衣服を脱いで、その桃を持ってみずから行って宦官たちに下賜なさり、役人たちに厳しく桃の木を保護するようお命じになった。

上王の宮殿にお行きになると、仙桃を持っていっしょに嘆賞しながら、盛大に宴をもよおして、夜中まで歓をお尽くしになった。

秋になると、その桃はまた実った。上王はふたたび左右の者たちに命じてこれを摘んで草で覆って置かせになった。翌年の春になってこれを取り出させてご覧になったが、桃はみな腐っていて、昨年の美しくて大きな桃とは似ても似つかなかった。

（李陸[2]『青坡劇談』）

▼1【恭靖王（定宗）】一三五七〜一四一九（在位、一三九九〜一四〇〇）。初名は芳果、諱は曔。恭靖は謚号。太祖・李成桂の第二子。人柄は仁慈で勇略が人に抜きんでていた。高麗時代にすでに将相となり、父の李成桂にしたがって、しばしば戦功を上げた。朝鮮が建国されて太祖が即位すると、太祖は芳遠を後継者と見なしていたが、芳遠は芳果に譲ったので、芳果が即位した。河崙の建議で官制を改革、権近の上疏で従来の私兵を三軍府に編入させ、楮幣を発行して経済・流通の振興をはかった。

▼2【李陸】一四三八〜一四九八。成宗のときの名臣。字は放翁、号は青坡、本貫は固城。二十二歳で生員となり、智異山に入って三年を過ごし、一四六四年には文科に壮元及第、一四六六年には英試に、一四六八年には重試にそれぞれ及第した。文学・芸文応教として世祖に侍講、成宗のときには内外の顕官を歴任して、中国に使節として行った。兵曹参判・同知中枢となった。著書に『青坡劇談』がある。

第一二話……竜と同衾した朴錫命

左参賛の朴錫命《パクソクミョン》[1]が若かったとき、恭定王《コンジョンワン》（太宗・李芳遠の謚号。第六話注2参照）と同じ衾で寝たが、錫命の見た夢に、黄竜が自分の傍らにいた。目が覚めて傍らを見ると、恭定王がいる。このことから不思議に思い、いっそう恭定王とは深い友誼をむすぶことになった。恭定王が即位した後、錫命に対する寵愛はさらに深まった。十年のあいだ、知中事の職にあって、知議政府事に昇進し、判六曹事を兼任した。近代の人臣としてはこれに並ぶような人はいない。

彼が承旨であったときに、王が、

「誰が卿にかわって承旨の職に当たることができようか」

と尋ねられたことがある。朴公はそれに対して、

「現在の朝臣の中には適当な人物はいません。ただ承枢府都事の黄喜《ファンフィ》[2]がこれに当たることのできる人物です」

と答えた。

王さまは黄喜を登用して、しばらく後に、朴公に代えてこれを承旨にしたが、ついには名相となった。世間の人びとは、「朴公は人がわかる」と言ったものであった。

(成俔『慵斎叢話』)

▼1【朴錫命】一三七〇～一四〇六。号は頤軒、本貫は順興。一三八五年に科挙に及第、一三九一年に承旨となった。高麗が滅びると、禑王の外戚であったことから、八年のあいだは身を潜めていたが、一四〇一年には左承旨となり、顕官を歴任して、知議政府事に昇った。酒を好み、女色にふけって、醜聞が絶えず、傲慢な振る舞いが多かった。

▼2【黄喜】一三六三～一四五二。字は懼夫、号は尨村、諡号は翼成。本貫は長水。十四歳のときに蔭官(良家の子弟で科挙を経ずに得る官職)として安福宮録事となったが、二十七歳のときに文科に及第して、翌年には成均学館になった。李朝に入っても顕官を歴任して、特に太宗の寵愛を受けたものの、譲寧大君(第一〇話注1参照)の廃位に反対して太宗の怒りを買い、南原に流された。世宗の時代には官界に復帰して、領議政にまで昇って、八十六歳のときに隠退した。

第一三話……意気軒高たる朴安信

　左相の孟思誠《メンサソン》[1]が大司憲で、朴安信《パクアンシン》公[2]が持平であったとき、平壌君の趙大臨《チョテリム》[3]を拷問にかけることになって、王さまには啓上することなく、実行に移した。王は激怒なさって、二人を車に乗せて市街で殺そうとされた。孟相は顔色も青ざめてことばもなかったが、朴公は意気軒高として恐れる色がまるでなかった。朴公が孟相の名前を呼んで、

「あなたは私の上官で、私は下官ですが、いま、死刑囚となって、どうして地位に上下がありましょうか。私は以前、あなたには志操があると思っていたが、どうして今日はそれほどにおびえているのか。あなたにはわれわれを死刑場に連れて行く車の車輪の音が聞こえていますか。もう何も恐れることはない」

と言った。そして、羅卒に向って、

「お前は瓦の破片をもってきてくれないか」

と頼んだが、羅卒が言うことを聞かないと、

「お前が私の言うことを聞かないなら、私は死んで、まずお前から祟ってやろうじゃないか」

と言ったが、その声はいよいよ凄く、顔も恐ろしかった。羅卒は恐ろしくなって、瓦のかけらをもって来ると、公はそれに詩を書き付けた。

「職責を果たさずに甘んじて死んでいくが、
　王が諫臣を殺したという名を残すのを恐れることだ。

（爾職不供甘守死、恐君留殺諫臣名）」

　これを羅卒に手渡して、

「早くこれをもって行き、王さまにお見せするがよい」

と言った。羅卒がやむをえずにこれをもって宮廷に向った。当時、独谷《ドクコク》[4]が左政丞であった。病を押して宮

廷に出てことばを尽くして王を諫めたところ、王もまた怒りをおさめてついには赦して殺すことはなかった。

孟政丞が若いときに祭官として昭格殿で致祭していたとき、うたた寝をしたが、その夢の中で一人の下人が「七星がお入りになります」と言った。公が庭に下りてうやうやしくこれを迎えると、六人の丈夫が次々と入って行った。七番目が独谷・成政丞だったのである。公が罪を得て市街で死刑にされようとしたとき、独谷が諫めて救ってくれたおかげで、死を免れることができた。公は一生のあいだ独谷にまるで父母であるかのように仕え、独谷が死んで後、雨が降り、雪が降っていても、独谷の祀堂の前を通ると、必ず馬を下りたものであった。

（成俔『慵斎叢話』）

▼1【孟思誠】一三六〇～一四三八。字は自明、号は古仏、本貫は新昌。一三八六年、文科に及第、春秋館検閲となり、朝鮮建国後もそのまま仕え、右・左議政にまで昇った。権近の門下に学んで、『太宗実録』の編纂を監修したが、世宗がこれを見ようとすると、王がこれを見て改変すると史官がそれを忖度するようになるとして反対した。孝行で知られ、十歳余りで母親が死ぬと、七日、断食して、三年のあいだ粥だけしか食べなかったという。

▼2【朴安信】一三六九～一四四七。安臣とも。字は伯忠、本貫は尚州。定宗のとき、文科に及第。一四〇八年には司諫院左正言になり、孟思誠とともに睦仁海の事件を処理して、太宗の怒りを買った。後に世宗の時に吏曹判書・大提学となった。

▼3【趙大臨】一三八七～一四三〇。字は謙之、本貫は平壌。領相の趙浚の息子。一四〇三年、太宗の娘の慶貞公主と結婚して、後に平壌君に封じられた。一四〇八年、睦仁海に加担の嫌疑で監禁されたが、太宗の命で釈放された。一四二二年には輔国崇祿平壌府院君に封ぜられた。

▼4【独谷】成石璘。一三三八～一四二三。字は自修、独谷は号。本貫は昌寧。一三五七年、科挙に及第、辛旽の誣告によって一時左遷されたが、後に復帰した一三七五年、禑王の時代に倭寇が侵入すると、助戦元帥となり、楊伯淵の部下として参戦して功績を上げた。楊広道観察使だったとき、凶年に見舞われたが、義倉

を設置して、民衆を救済した。李成桂が朝鮮を建国して、李穡・禹玄宝に一派として退けられていたが、登用されて領議政にまで至った。

第一四話……おごり高ぶった李叔蕃

安城君・李叔蕃《イスクボン》（第六話注3参照）が功を立てた後、その功を恃んでおごり高ぶった。同じ班列の宰相であっても下人のように見なしただけでなく、王さまが召しても病気だと称して応じず、見舞いの宦官がしきりに往来したが、そんな中でも、管弦楽の音はにぎやかに聞こえたのだった。あるいは、ある人物に官位を得させようと思うと、ちょっとした紙に名前を書いて、人に持たせて奏上させた。このようにして彼の親しい人物が高い官職につくようになった。大きく立派な屋敷を敦義門の中にかまえ、人馬の声が聞こえるのを嫌って、塞門▼1を立てて、人びとの通行を禁止した。奢侈をつくし絢爛たる生活を送って日々過ごしていたが、最後には罪を得て、長く咸陽の別所に流されることになった。

世宗が儒臣に命じて、「竜飛御天歌」▼2を撰述させたときに、叔蕃が太祖朝のことどもを知っているとして、駅馬をやって呼び戻され、叔蕃は白衣の身分のまま宮廷に参内した。そのときの高官や大臣たちはみな叔蕃の後輩であったから、先を争うように叔蕃の前に行って挨拶しようとしたが、叔蕃は手を振ってこれをとどめ、「若いときから、お前は英邁で、お前は信実であった。私も心の中でお前たちが長官や宰相の器であると考えていたが、はたして思った通りだったな」とうそぶいた。その高慢なところはいささかも変わっていなかった。

（成俔『慵斎叢話』）

▼1【塞門】屏風を立てて戸口を塞ぐ装置。王だけが許されたもの。「封君、塞門を樹つ。管氏亦塞門を樹つ。」

……管氏にして礼を知るとならば、孰か礼を知らざる（封君樹塞門、管氏亦樹塞門、……管氏而知礼、孰不知礼）」（『論語』八佾）による。ここでは、李叔蕃の驕りを言う。

▼2【「竜飛御天歌」】世宗二十七年（一四四五）、世宗の命によって、権踶、鄭麟趾などが作った、李氏の創業の事績を称賛する歌。李氏の先祖の五人、すなわち穆祖・翼祖・度祖・桓祖・太祖、そして太宗の事績を主題として歌う。巻末「訳者解説」参照のこと。

第一五話……譲寧大君の廃位に反対した黄喜

太宗が世子の譲寧大君《ヤンニョンテグン》（第一〇話注1参照）を廃したときのことである。

太宗は大臣たちを呼び入れて、過日の事件を挙げて世子を廃する旨を告げた。

黄喜《ファンフィ》（第一二話注2参照）と李稷《イチク》▼1が当時の判書であったが、二人はともに世子を廃するのは正しくないと強く主張して反対した。そのため、彼らはほぼ六年のあいだ地方に流されて流謫の生活を送った。

一方、この議論に柳廷顕《ユチョンヒョン》▼2のみが賛成した。そのため、世宗が即位するとすぐに柳廷顕を大臣に任じた。

ある日、太宗が黄喜を召した。黄喜は筒の高い冠に青色の荒い布で作った団領（襟を丸く作った官服）を着て、藍色の帯を締めて承政院にやって来た。

このとき、黄喜は田舎から上京してきたばかりであったが、端正な容姿はそのままで、宮廷での振る舞いになんら違和はなかった。太宗は左右を見回しながらおっしゃった。

「この人を流罪にしたのは過ちだった。この人は国のために無くてはならぬ人だ」

そうおっしゃって、その場で礼曹判書の職をくださった。しかし、その年は凶年であったため、江原道の観察使となって下って行った。黄喜は人となりが寛闊で圭角がなかった。相手の身分の上下に関係なく、同じ礼儀でもって人に接した。国家のことを議論するときには、前例を尊んで、改めることを喜ばなかった。

（曺伸▼3『謏聞瑣録』）

▼1【李稷】一三六二～一四三一。字は虞庭、号は亨斎、本貫は星州。一三七七年、文科に及第、恭譲王のときに芸文館提学となった。李成桂を助けて開国功臣となり、星山君に封じられた。一三九九年、中枢院使として西北面都巡問察理使を兼ねて、倭寇の侵入を防いだ。第二次の王子の乱に芳遠を助けて、一四〇一年の佐命功臣となった。一四一四年には忠寧大君（世宗）の世子冊封に反対して星山に安置されたが、後に呼び戻されて領議政に至った。

▼2【柳廷顕】一三五五～一四二六。字は汝明、号は月亭、本貫は文化。恭譲王のとき、鄭夢周の一党として退けられて帰陽していたが、李朝になって職を得、右議政・領議政にまで昇った。太宗のとき中外久任法を制定したが施行されることはなく、世宗のときになって施行され、官制を刷新するのに功があった。

▼3【曺伸】成宗のときの文章家。字は叔奮、号は適庵、本貫は昌寧。詩に長じ、語学も巧みだったので司訳院卿に特選された。燕京に七度も往来し、申叔舟とともに行ったのを初めとして日本にも三度わたった。成宗のときに金安国とともに『二倫行実図』をつくって国民教化の資料となった。『謏聞瑣録』を残している。

世宗

第一六話……世宗のお人柄

世宗《セジョン》▼1は天性として学問を愛された。門を出る前にはいつでも書物に百度は目を通されたが、特に『春秋左氏伝』と『楚辞』を耽読なさった。

かつてお身体を壊されたときにも、読書をおやめにならず、それで病が次第に重くなったので、父王の太宗はにわかに宦官に命じて、世宗のところに行かせ、置いてあった書物を探し出させ、すべて持って来させなさった。このとき、欧陽脩と蘇東坡の書簡文が一巻だけ屏風のあいだに挟まって残ったのを、世宗は千百回も読み返された。

世宗は即位なさると、経筵▼2に出られて、どのような書物でもお読みになったが、学問に倦むことなく、聡明かつ鋭敏でいらっしゃった点は、百王に抜きん出ていらっしゃった。かつて近臣たちに語られたことがある。

「読書はまことに有益である。文字を書き文章を作ることは、君主たるものが必ず意に留めなくてはならない」

世宗は晩年には老衰して、朝議に出ることがおできにならなかったが、文学についてはいよいよお心を砕かれた。そして、儒臣たちに命じて、部署を分け、さまざまな書物の編纂をお命じになった。『高麗史』、『治平要覧』、『歴代兵要』、『諺文』、『東国韻書』、『五礼儀』、『四書五経音解』など、これらはそのときに編纂されたものであり、すべて世宗の裁可をもって完成されたのだが、一日にお目をお通しになる書物が数十巻にも上った。まさに天の滞ることのない運行のように健やかで純粋であられた。

（徐居正『筆苑雑記』）

▼1【世宗】一三九七～一四五〇。朝鮮四代の王。在位、一四一八～一四五〇。諱は祹。太宗の第三王子。人となりは聡明で、自身も学問にはげむとともに、学問を奨励して集賢殿を設置、国内の優秀な人材を集めて講論させ、さらには編纂事業にも力を入れて、多くの書物を刊行した。ハングルの制定もこの王の事績であり、水時計・渾天儀も発明されて、朝鮮ルネッサンスの立役者とも言うべき文化的な英雄といえる。日本に

対しては、歳遣船を許可し、三浦を開港するなど懐柔策を行なった。
▼2【経筵】王の御前で経書を講義する席。その講義にあずかる官員を経筵官と言った。

第一七話……ハングルの創製

世宗が諺文庁を設置して、申叔舟《シンスクジュ》▼1や成三問《ソンサムムン》▼2などに命じて、ハングルをお作らせになった。初終声八字、初声八字、中声十二字を作ったが、その字の形は梵字にならった。わが国と他の国の語音として記録することのできなかったものを、すべて記録できるようにして妨げるものがない。『洪武正韻』▼3のすべての文字もまたハングルで書いて、五音に区分している。牙音・舌音・脣音・歯音・喉音である。唇音には軽い音と重い音の区別があり、舌音には正舌音と反舌音の区別がある。字にもまた全清・次清・全濁・不清不濁の違いがある。たとえ無知な婦人であっても、はっきりと理解できない者はいなかった。聖人の事物を創り出す智恵というのは平凡な人間の知力の及ばないものである。

（成俔『慵斎叢話』）

▼1【申叔舟】一四一七～一四七五。朝鮮初期を代表する文人政治家。字は泛翁、号は保閑斎、本貫は高霊。幼いときから聡明で、熱心に学問をして、読まない本がなかった。一四三八年、進士・生員となり、翌年には文科に三等で及第して、集賢殿の副修撰となり、要職を歴任し、「訓民正音」の創成には大きな役割を果たした。一四四二年には日本に使節として渡り、そのときの見聞をもとに、『海東諸国記』を著している。文宗崩後の後継者争いでは、首陽大君（世祖）の側につき、その即位年（一四五五）には佐翼功臣一等、芸文館大提学となり、領議政にまで至った。

▼2【成三問】一三一八～一四五六。学者。字は謹甫・訥翁、号は梅竹軒、本貫は昌寧。一四三八年、生員として文科に及第、一四四七年、重試に壮元で及第して、常に王の側近として多くの建議を行なった。一四五

三年、端宗が即位すると、首陽大君は金宗瑞を殺して主導権を握り、一四五五年には端宗を追ってみずから王位についた。翌年、端宗の復位を画策したとして車裂きの刑に処された。「死六臣」の一人（第七九話注34参照）。世宗の寵臣として『訓民正音』の作製に最も貢献した。

▼3【『洪武正韻』】明の洪武帝（太祖）のとき、翰林侍講学士の楽韶鳳などが勅命を受けて撰定した韻書。すなわち音韻を規定した書物。

第一八話……世宗の代の文物の振興

世宗が初めて雅楽をおつくりになったとき、中枢である朴堧《パクヨン》▼1が手伝って完成させた。朴堧は寝ても覚めても胸に手を当てて楽器をたたく真似をして、口笛を吹いて律呂の拍子をとりながら作曲した。十年の努力の末に完成したので、世宗はこれを大いに喜んで、感謝なさった。

世宗はまた自撃漏（水時計の一種）、簡儀台（慶会楼の北側に造った天文観測台）、欽敬閣▼2、仰釜日晷（太陽の影で時刻を測る一種の日時計）などを作られたが、その作りがはなはだ精巧で、緻密であった。これらはすべて世宗の発案によるものである。多くの工匠がいても、世宗の思い通りのものを制作できるわけではなかったが、ただ護軍の蔣英実《チャンヨンシル》▼3だけが世宗の指示を受けると、奇抜な才能を発揮して、ぴたりと指示通りのものを作ったから、世宗もことのほか英実を重んじられた。

人びとは、

「朴堧と蔣英実は二人とも、わが世宗の思いつかれた仕事のために時宜を得て誕生した人物だ」

と言っていた。

（徐居正『筆苑雑記』）

▼1【朴堧】一三七八～一四五八。李朝の音楽家、官僚。一四一一年、文科に及第して、芸文館大提学に至った。一四二七年、自作の黄鐘と盤磬によって十二律の音階を完成して楽制を整え、一四三一年、宮廷の朝会でそれまで用いた郷楽を廃し、中国の雅楽を採用するようにした。

▼2【欽敬閣】景福宮の中の康寧殿の西側に作った建物で、その中に天文儀器を保管した。高さ七尺の「紙山」を作って、その中に「玉漏機輪」という時計を置き、様々な工夫を重ねて正確に時刻が測れるようにした。

▼3【蔣英実】生没年未詳。官職は上護軍であったが、世宗が暦象に関する機具を製作させたとき、ほとんどすべてに関わって完成させたという。

第一九話……『思政殿訓義』

世宗は以前、司馬光の『資治通鑑』を読んで、なかなか解釈ができず、読み方がむずかしい箇所があるのを憂慮なさった。そこで、儒臣たちに命じて、さまざまな諸本をひろく調べさせ、小さな文字で二行の注釈を施させて、読むのに便利なようになさった。

さらには、胡三省▼1の『音注』と『源委』、『釈文』、『集覧』などの本を参考にして、削ったり加えたりして、わからない部分があれば、他の書物を広く調べて補わせになった。その文字が深奥で難解な箇所には本記の文章をそのまま注記し、あるいは句の読みを句の下に書いて読みに便利なようにして、文字の音と訓に至るまですべて詳細に備わるようにおさせになった。これらはすべて世宗の裁可を得て行なわれたから、名称を『思政殿訓義』と言っている。

『綱目通鑑』▼2もまた同じように注解が行なわれたが、その訓義の精密である点では古今に例のないものである。最近になって明の朝廷で編集した『綱目通鑑輯覧』を見ると、疎漏なところが多い上に、注を句の下に二行で書くような工夫もなく、毎巻の終りに付していてはなはだ不便である。

私の見解では、わが国の『訓義』を第一だと考える。また『訓義』が完成されたのは正統の丙辰の年（一四三六）であったが、『輯覧』が完成したのは最近のことである。中国で『輯覧』を作るときに、わが国の『訓義』を参考にしていたなら、きっと感嘆したのではあるまいか。

（徐居正『筆苑雑記』）

▼1【胡三省】元、天台の人、あるいは寧海の人という。宋の宝祐の進士で、官は朝奉郎。宋が滅びて後、隠居して仕えなかった。『資治通鑑音注』など百余巻の著述がある。

▼2【『綱目通鑑』】朱子の『資治通鑑綱目』。一応は朱子撰というが、多くは弟子の趙子淵の手になる。『資治通鑑』に依って、周の威烈王の二十三年から後周の世宗の顕徳六年に至るまで千三百六十二年のことを記す。

第二〇話……対馬征討

世宗の己亥の年（一四一九）の五月に、忠清道観察使からの報告があった。

「倭賊が庇仁県の都豆串に侵入して来ましたが、万戸の金城吉《キムソンギル》▼1は酒に酔って防ぐことができず、川を泳いで逃げました。その子が必死になって戦いましたが、ついに川に溺れて死んでしまいました」

また丁巳の年（一四三七）に黄海道観察使が報告した。

「節度使の李思倹《イサコム》▼2が海州の延平串に敵の実情を探索しようと出かけ賊に包囲されてしまいました。ところが、賊が言うには、『われわれは朝鮮に来ようと思ったのではなく、中国に行こうとして食糧がなくなり、ここに入ってきたのだ。もし、食糧をもらえれば、すぐに出て行くことにしよう』ということでした。そこで、思倹は米五石と酒十瓶を与えましたが、賊はそれでも出て行こうとはしません。そこで、思倹はさらに米四十石を与えました。すると、ようやく賊どもは包囲を解きました」

　このとき、上王（太宗）と世宗は柳廷顕《ユチョンヒョン》（第一五話注2参照）・朴山言《パクサンオン》[3]・趙末生《チョマルセン》[4]・李明徳《イミョントク》[5]・許稠《ホジョ》[6]などを呼んで、倭兵たちが朝鮮にいるあいだにその隙を突いて対馬を殲滅する方策について議論した。しかし、集まった者たちはみな、

「賊たちのいない隙に乗じて攻撃するのは上策ではありません。賊たちが本国に帰って行くところを待ちうけてこれを討つのがいいでしょう」

と言った。ただ一人、趙末生だけが、隙に乗じて対馬を討つのがいいと主張した。上王はおっしゃった。

「今もしあの賊どもを討たなければ、今後もいつもわが国を侵してくるであろう。そうなれば、昔、漢が匈奴に辱めを受けたのと何が異なるところがあろう。今、賊どものいない隙に乗じて対馬を討ち、賊どもの妻子を人質として拉致して来るのだ。そして、済州島に兵士を置き、賊どもが自国に帰って行くのを待ち伏せして、賊どもの舟を奪ってみな焼いてしまおう。あるいは商売をしようとして往来する者が船には残っているかも知れない。しかし、その者たちもひとしなみに捉えて来て、彼らもみな殺しにしてしまえば、九州の倭人たちは今後はいっさい軽率にわが国に近づこうとは思わないであろう」

　上王はさらにお続けになった。

「ここで絶対に弱気なところを賊どもに見せてはならない。でなければ、後日の患《うれ》いがどうしてなくなろうか」

　そうしてすぐに、長川君・李従茂《イジョンム》[7]を三道都体察使として中軍を指揮させ、禹博《ウパク》[8]・李叔畝《イスクミョ》[9]・黄象《ファンサン》[10]を中軍節制使に任命した。

　柳温《ユオン》[11]は左軍都節制使に、朴礎《パクジョ》[12]と朴実《パクシル》[13]は左軍節制使に任命した。李之実《イチシル》[14]を右軍都節制使とし、金乙和《キムウルファ》[15]と李《イ》順蒙《スンモン》[16]を右軍節制使に任命した。

　こうして、慶尚・全羅・忠清の三道の兵船二百隻を集め、下番甲士牌・別侍衛牌・守城軍・営属・才人・水尺・間良・民間人・郷吏・日守・両班などの中から船をよく操ることのできる若者たちをことごとく集めておいた。

これらの兵士たちをみな率いて倭人たちが帰還するところを待ち伏せして討とうと、六月八日、各道の兵船がこぞって見乃梁に集まって待機することを約束した。

一方で、戸曹参議の曺致《チョチ》[17]を黄海体復使として将軍たちの動きが緩慢ではないか、攻撃に時機を失さないかを監視させた。

上王はまた領議政の柳廷顕を三道都統使とし、参賛の崔潤徳《チェユントク》[18]を三軍節制使とし、また舎人の呉先敬《オソンキョン》[19]と軍資正の郭在鞍《クヮクチェアン》[20]を従事官とした。

この者たちはその月の己巳の日に出発したが、上王と世宗は漢江亭の北側にお出かけになり、この者たちを餞別なさって、鞍をつけた馬・弓・矢・衣・笠・靴などを下賜なさった。

庚寅の日に李従茂は九人の節制使を率いて巨済の馬山浦を発したが、海上で逆風に見舞われて巨済に引き返して停泊した。

このとき、兵船はすべてで二百二十七隻で、兵士の数は一万七千二百八十五名であった。そして、この人数が六十五日のあいだ持ちこたえるだけの食糧を用意していた。

癸巳の日の午の時刻に、まず十隻が対馬に到着した。このとき、対馬の人びとはこの船団を見て、仲間たちが朝鮮で成功を収め略奪品をもって帰ってきたものと思い、酒と肉とを用意して待っていた。

大軍が豆知浦に至ると、賊たちは慌てふためいて逃げ出した。ただ五十名ばかりが抗戦したが、到底かなわず、食料と品物を置いたまま逃げ出し、険しい山中に隠れて降りてこようとはしなかった。

対馬の人でわが国に帰化していた池文《チムン》[21]という人がいた。わが方ではこの人を介して書簡を都都熊瓦《トトウンワ》[22]という者に送って投降を勧めていたが、それへの返答はなかった。

わが方の兵士たちは二手に分かれて追跡して、大小の百二十九隻におよぶ賊の船を奪い取り、そのうち使えそうな二十隻の船を残して、あとはみな焼き払った。

また賊の家千九百三十九戸を焼き払い、斬首して殺した者が百四十名、生け捕った者が二十一名であった。

わが方は畑の穀物を刈り取っておさめ、倭賊に捕虜になっていた中国人の男女百三十一名を見つけた。わが将帥たちが中国人の捕虜たちに尋ねたところ、この島内では人びとの飢饉がはなはだしく、またあまりに唐突なことだったから、たとえ富者であったとしても、ほとんどがただ一、二斗の米だけを持って逃げているだけだということであった。

そのために、包囲が長引けば、彼らは飢えて死ぬことになるはずだと考えられた。

訓乃串に木の柵を設置して、彼らの通行する道をふさぎ、長く滞留する意思を示した。

その一方で、従事官の趙義昫《チョウィク》▼23を遣わして、対馬での戦に勝ったことを報告した。三品以上の官吏たちは寿康宮に参上してお祝いを述べた。

李従茂などはこのとき、豆知浦などに滞留して、毎日、部下の将帥たちを呼んで、賊を捜索させ、あらたに賊の家六十八戸と船十五隻とを焼き払った。賊の九人の首を切り、中国人の男女十五名とわが朝鮮の八名を解放した。

しかし、賊は夜となく昼となく、わが方に抵抗する姿勢を示した。そのために己亥の日には、従茂は尼老郡に至り、三軍を分けて上陸させ、倭賊と一線を交えようと左右の軍を前進させた。

このとき、先に進んでいった左軍節制使の朴実が最初に賊と遭遇した。賊は険しい場所に陣をとって兵士を隠して待ち伏せしていた。

朴実は兵士を率いて高い場所に登っていき、戦おうとした。しかし、朴実の兵士たちは賊の伏兵の攻撃を受けて敗れ、偏将の朴弘信《パクフンシン》▼24・朴茂陽《パクムヤン》▼25・金諺《キムオン》（本話注25の金該か）・金喜《キムフィ》（本話注25参照）などが戦死した。

朴実は兵を率いて帰ってきて、船に乗ろうとしたが、賊は追撃してきて、わが軍の死者と絶壁から落ちて死んだ者が百数十名にも及んだ。

一方、右軍節度使の李順蒙と兵馬使の金孝誠《キムヒョソン》▼26も賊に出くわしたが、力戦して戦ったので、賊はなすすべを失って撤退した。中軍は陸に上がることなく、船に残っていた。

都都熊瓦はわが軍が長く留まるのではないかと恐れ、われわれに書簡を送って、兵を引いて講和することを請うてきた。

その書簡には次のようにあった。

「わが国では七月中には必ず大風があって、大軍が長く留まっているのは危険である」

その年の秋七月、従茂などは水軍を率いて巨済まで帰り、駐屯した。

庚戌の日に従茂を賛成とし、順蒙を左軍総制とし、朴茂陽を右軍同知総として、またそのほかの節制使たちも順を追って昇進させた。

七月、東征元帥の長川君・李順蒙が兵士を率いて帰還する途中、密陽府の池洞を通り過ぎようとした。

朴実の夫人は家にいたが、垣根越しに帰還する兵士たちを見て涙を流し、婢女に命じて外に行かせ、尋ねさせた。

「わが家の旦那様はどこにいらっしゃいますか」

長川君はこのことばを聞いて、手綱を引いて長く嘆息して、袂で顔を覆って通り過ぎながら言った。

「それは私の罪ではない。将軍たちが軽率に出て行って戦ったせいだ。願わくは夫人は私を責めないでほしい」

この光景を見た街道の人びとや隣村の人びとはみな涙を流したことであった。


（金宗直▼[27]『彝尊録』）

▼1【全城吉】この話にある以上のことは未詳。

▼2【李思倹】?～一四四六。本貫は陽城。一四〇五年、文科に及第、一四〇八年、譲寧大君が世子として中国に行くときに従って行った。さまざまな官職を経て、上護軍となり、平山にいて特に助戦節制使となって出陣したが、敵に遭っても戦わずに、甕津に流配された。世宗の末年には鷹を献上するために明に行ったが、鷹が死んだので、その鷹をもって帰って来て謝罪をした。王はけなげに思い、将軍の帽子を下された。官職は工曹参判・知中枢院事に至った。

▼3【朴山言】この話にある以上のことは未詳。

▼4【趙末生】一三七〇〜一四四七。字は謹初・平仲、号は社谷・華山、本貫は楊州。一四〇一年、生員として増広文科に壮元及第、一四〇七年には文科重試に二等で及第した。典農事副正、承政院副代言、知中事を経て、一四一八年には吏曹参判となったが、一四二六年には外職に左遷された。判中枢院事などを経て崇祿大夫となった。

▼5【李明徳】一三七三〜一四四四。字は新之、号は沙峰、本貫は公州。一三九六年、生員として式年文科に丙科で及第、さまざまな官職を経て、工曹、兵曹の判書となった。一四三八年には正朝使として中国に行き、判漢城府事・仁順府尹、判中枢院事に至った。

▼6【許稠】一三六九〜一四三九。陽村・権近に学問を学び、一三九〇年に科挙に壮元及第、朝鮮の建国後も要職を歴任した。世宗の時代、明との修好、対馬人の出入国など、外交問題で活躍した。左議政にまで至った。

▼7【李従茂】一三六〇〜一四二五。本貫は長水。幼いときから弓馬に巧みで、一三八一年には十二歳で父親に従い、江原道に侵入した倭寇を討って功を立てて精勇護軍となり、一三九七年には甕津万戸となって倭寇を撃退、一四〇〇年には翊戴功臣に冊録された。義州兵馬節制使などを経て、一四〇六年には長川君に封じられ、右軍総制を兼ねた。一四一九年には対馬を討って凱旋し、議政府賛成事となった。

▼8【禹博】『朝鮮実録』太宗十年（一四一〇）十月に平壌城の成都巡問使の朴訔から、一卒も鞭打たずに六十日の大役を果たしたという報告があり、上護軍の禹博が褒美をもって派遣されたという記事がある。また、世宗元年（一四一九）の五月、司諫の鄭守弘からの上疏があり、禹博はかつて水軍節制使であったとき、倭人たちと商いをして、市井のことを行なった、済州牧使としてふさわしくないので罷免するよう請うたが、王は却下された旨が見える。

▼9【李叔畝】?〜一四三九。蔭補（科挙に拠らない名門の出による登用）で起用されて戸曹参議となり、一四一九年には黄海道観察使を皮きりに五道の観察使を歴任した。一四二八年には進献使として明に行き、判漢城府事を経て知敦寧府事になった。

▼10【黄象】生没年未詳。開国功臣の希錫の子。一四〇一年、禁酒礼を犯して流されたが、一四〇五年、武科会試に及第、翌年、護軍房が設置されると、その房主となった。一四〇七年、妾のことで罷免されたが、功

臣の子として赦免された。一四一九年、対馬討伐の際には、李従茂の麾下として戦った。一四二八年、兵曹判書の重責を担いながら、妓妾と戯れていて王の扈従《こしょう》を疎かにしたとして、固城に流配された。

▼11【柳温】この話にある以上のことは未詳。

▼12【朴礎】一三六七～一四五四。字は子虚、号は土軒、本貫は咸陽。一三九一年、仏教排斥の上疏文で死刑になるところであったが、鄭夢周の弁護で赦された。一四一三年、水軍都万戸として回礼使となって日本に行った。一四一七年、済州牧使となったが、官の物を私物化したとして罷免、しかし、翌年には義州牧使に任命されている。一四一八年には兵曹参議を経て、慶尚右道水軍処置使となった。一四三一年、江界節度使に在職中、侵入してきた女真たちと戦わなかったという罪目で職帳を削奪された。

▼13【朴実】左軍都総制の子安の子。学術も武芸もなかったが、父の斬刑に対して救命運動を懸命に展開する姿を見て、太宗は彼を禁旅近衛兵に抜擢した。一四一四年、礼曹参議となり、王の特命を受けて、南方の鎮浦や水路を調査して回った。対馬討伐の際には左軍都節制使として出陣し、その後、全羅道水軍処置使として出没する倭寇の船を撃破した。彼が死ぬと、世宗は二日のあいだ市の閉鎖を命じて致祭した。

▼14【李之実】『朝鮮実録』世宗元年（一四一九）五月、李之実を忠清道都体察使に任じた、之実は母親の喪に服して慶尚道醴泉郡に帰っていたが、任に当たったとある。

▼15【金乙和】『朝鮮実録』太宗十八年（一四一八）八月に、金乙和を水軍都節制使にしたが、金承霔から、乙和には特別の才能がなく、また酒の上での失敗があって、防禦の任には堪えないという上疏があり、王はこれを受け入れた旨の記事がある。また、世宗元年（一四一九）五月、金乙和は右軍節制使として、倭寇の帰路を迎え撃ったことが記されている。

▼16【李順蒙】一三八六～一四四九。一四〇五年、蔭職で官途につき、一四一七年に武科に及第した。義勇衛節制使を皮きりにして三軍都鎮撫・領中枢院事などを務めた。一四三三年には李満柱の討伐に功を立て、世宗に衣靴を下賜されるなど、一方ならぬ寵愛をこうむった。

▼17【曺致】『朝鮮実録』世宗元年（一四一九）五月、戸曹参議の曺致を黄海体覆使となし、諸将の緩慢と機を失するのを調査させたとある。同十月には、京畿都観察使になっている。また世宗十四年（一四三二）の正月には慶尚道観察使の曺致を罷免する旨の記事が見える。合浦の修築が遅れ、仕事が緩慢なためとある。

▼18【崔潤徳】李朝初期の武将。字は汝和、号は霖谷。本貫は通川。幼いころから矢をよく射て、父とともに

狩猟に出た。一四一九年、三軍都節度使として対馬を討ち、帰国後、右賛成に昇った。後に満州の野人の李満住が国境を侵犯すると、王命を受けて婆猪江に出てこれを討伐して凱旋した。王はみずから待ち受け、その功労をねぎらった。将軍として三十年間、その勇名は辺境にとどろき、左議政にまで至った。

▼19【呉先敬】『朝鮮実録』世宗元年（一四一九）五月、上王（太宗）が舎人の呉先敬を軍資正となしたという記事がある。また二年十二月に、司憲府から舎人の呉先敬を罪すべきだという上疏があったが、王は聞かれなかったという旨の記事がある。

▼20【郭在鞍】この話にある以上のことは未詳。

▼21【池文】『朝鮮実録』世宗元年（一四一九）六月、朝鮮の船十余艘が対馬に至り、島人はみな奥に逃げたが、五十人ばかりが残って戦い、戦死した。投化した倭人の池文をやって、書面で都都熊瓦を諭したが、聞かなかったとある。

▼22【都都熊瓦】一三八五?～一四五二。宗貞盛を言う。幼名を都都熊丸と言った。父の貞茂の死によって後を継いで一四一八年、第九代当主となる。翌年、朝鮮は対馬を攻める（日本では応永の外寇と言う）。その後、関係修復に努めて、一四四一年には日本人が朝鮮近海で漁ができるようにし、その後の嘉吉条約によって、対馬における所領を朝鮮王から安堵されることになる。ところが、朝鮮との交易の利益に目を付けた大内氏と戦って敗北し、多くの所領を失った。

▼23【趙義昫】『朝鮮実録』太宗十七年（一四一七）十二月に、前の書雲副正の趙義昫を義禁府に捕らえた、大統暦をもって朝鮮の暦を校正したところ、誤りが見つかったからだという記事がある。また、世宗元年（一四一九）六月に柳廷顕の従事官の趙義昫が対馬での戦勝を報告したという記事もある。

▼24【朴弘信】『朝鮮実録』世宗元年（一四一九）七月、倭寇との戦闘での裨将の朴弘信の戦死の記事がある。

▼25【朴茂陽】右の注24の『朝鮮実録』世宗元年（一四一九）七月、倭寇との戦闘での戦死者として、朴弘信・朴茂陽・金該・金喜の名前が列挙されている。

▼26【金孝誠】?～一四五四。本貫は延安。武科に及第して、一四一九年には慶尚右道兵馬使となった。一四二二年には咸吉道助戦僉節制使となって慶源で女真族の侵犯に備え、以後も女真族の討伐に功績を挙げて、一四四七年には兵曹判書となり、一四五〇年、文宗が即位すると、知中枢院事となり、謝恩副使として明に行った。一四五三年、癸酉の靖難（第六七話注２参照）では首陽大君の側に積極的に加担して、靖難功臣一

等となり、延山君に封ぜられた。

▼27【金宗直】一四三一～一四九二。字は老盥・季昷、号は佔畢斎。本貫は善山。一四五九年、文科に及第、成宗のときに刑曹判書に至った。文章と経術に抜きん出て、多くの弟子を育てた。その中には金宏弼・鄭汝昌などがいる。死後、戊午士禍（第二四八、二四九話参照）が起こって、剖棺斬屍（棺を開けて死体を斬る）の憂き目に遭い、著書も焼却された。

第二一話……北方の不安、朴葵の報告㈠

世宗の十四年（一四三二）の冬十月に平安道観察使の朴葵《パクキュ》▼1が馬を飛ばして書簡を差し上げた。

「野人四百余騎が閭延に侵入して略奪をほしいままにしました。江界節度使の朴礎《パクジョ》（第二〇話注12参照）が兵を率いてこれを追撃して、捕虜になっていた二十六名と馬三十頭、牛五十頭を奪い返してきましたが、当方にも十三名の戦死者が出ました。日が暮れて、最後まで追いかけることはできませんでした」

これをご覧になった王さまは大いにお怒りになって、すぐに上護軍の洪師錫《ホンサソク》▼2を送って情勢を探らせ、またその一方で戦死した兵士たちには米と豆とを下賜なさった。

（李爓▼3『類編西征録』）

▼1【朴葵】?～一四三七。本貫は潘南。蔭補で官職に就き、一四二五年、判通礼院事となり、刑曹・吏曹の参議となった後、一四二九年には黄海道観察使となった。一四三三年、平安道観察使となったが、野人たちの略奪を防がなかったという理由で咸悦に流配された。しかし、すぐに許されて嶺南観察使に赴任している。

▼2【洪師錫】?～一四四八。本貫は南陽。武芸に長じ、太宗の信任を受け、世宗のときには上護軍となって進鷹使として明に行った。当時、鴨緑江の沿岸にいる女真が江界地方に侵入をくり返し、人びとを殺戮、略

奪を繰り返しているのを知り、現地に行って視察したが、閭延節制使の金敬、江界節制使の朴礎が防禦に怠慢である旨を報告した。江界府使となり、女真を掃討した。後に閭延節制使となり、江界節制使の李震とともに鴨緑江を渡って行き、女真の巣窟を掃討した。会寧鎮兵馬節度使を経て、中枢院府事となり、後に知事に昇進して死んだ。

▼3【李爓】これだけの書物を編んだ人なのに、歴史事典に名前を見ないが、三木栄氏『朝鮮医書誌』（一九七三）に、『新増鷹鶻方』の著者とし、「字は景晦、星山の人、李朝中宗から明宗にかけての人で、官は礼曹正郎に止まる。仁宗時慶興流配中、伝来の『鷹鶻方』を増訂し本書を著したのである」としている。巻末「訳者解説」参照のこと。

第二二話……北方の不安、朴葵の報告㈡

朴葵《パクキュ》（第二一話注1参照）がふたたび書簡を差し上げた。

「閭延と江界の人びとで捕虜として拉致された者七十五名、戦死した者四十八名です」

これに対して、王さまは領議政の黄喜《ファンフィ》（第一二話注2参照）、左議政の孟思誠《メンサソン》（第一三話注1参照）、右議政の権軫《クォンチン》▼1、吏曹判書の許稠《ホチョ》（第二〇話注6参照）、戸曹判書の安純《アンスン》▼2を召して、

「いま捕虜として拉致された民は、たとえ死を免れたとしても、流離の身となり、生業を奪われてしまった。まことに気の毒でならない」

とおっしゃって、彼らに命じて、人びとを救援する方策を考えるようお命じになった。

このとき、黄喜などは捕虜となった人びとの家の租税と夫役を三十年のあいだ免除して、また父母がいなくなった子どもたちには役所から衣服と食糧とを与え、親戚の者たちが子どもたちを保護して育てるようにさせ、またもし親戚がないような場合には、近隣の裕福な者たちに面倒を見させるのがいいと主張したところ、王さまはそれをよしとされて許可なさった。

建州衛▼3の指揮の李満住《イマンジュ》▼4の部下である兀良哈《オルリャンハプ》▼5と千戸の列児恰《ヨルアハプ》▼6の二人が文書を携えて、捕虜として拉致されていった男女七人を引き連れて閭延にやって来て、言った。

「満住は王さまの意を受けてスラソニ▼7（土豹）の捕獲に出ましたが、そのとき、忽刺温《フラウン》▼8・兀狄哈《オルチョクハプ》▼9などの百余騎が、捕獲に出た留守をついて閭延と江界に侵入し、男女六十四名を拉致して帰って行きました。しかしながら、彼らが帰って行くのを見計らい、満住は五百の兵で山道の要路で待ち伏せして、捕虜となった人びとをことごとく奪還して、今は保護しています。できますれば、この人びとを護送して故郷に還すために、人を送っていただけないでしょうか」

そこで、王さまは六曹の長官と三軍の都鎮撫とを召して、この問題の処理について議論するようお命じになった。

このとき、黄喜、許稠、安純、そして判中枢事の河敬復《ハキョンボク》▼10、賛成の李孟畇《イメンキュン》▼11、成抑《ソンオク》▼12、工曹判書の趙啓生《チョケセン》▼13、戸曹左参判の金益精《キムイクチョン》▼14、工曹左参判の鄭淵《チョンヨン》▼15、礼曹右参判の柳孟聞《ユメンムン》▼16などが江界などに通訳官を派遣して護送してくるように取り計らった。

（李燗『類編西征録』）

▼1【権軫】一三五七～一四三五。本貫は安東。幼いときから聡明で、一三七七年、文科に及第した後、当時の権勢家の廉興邦が自分の姪と結婚させようとしたが、これを拒んで興邦の恨みを買い、しばらくは官途につかなかった。朝鮮時代、さまざまな官職を歴任して、刑曹・戸曹・吏曹の判書を経て、賛成、右議政まで昇った。世宗のとき、鄭麟趾らとともに穆祖から太宗が世子であったときまでの事績を叙述し、儀礼詳定所の提調となって楽律を作るのに参与した。

▼2【安純】一三七一～一四四〇。字は顕之、号は竹渓、本貫は順興。一三八八年、文科に及第、一三九八年、司憲雑端だったとき、大司憲の趙璞の刑執行の軽率を批判して名を上げ、承政院右副代言に特進した。参賛議政府事、戸曹判書、などの顕官を歴任して、判中枢府事、議政府賛成事に至った。晩年には衿河に引退したが、世宗は侍医を送って見舞った。

▼3【衛】女真族の集落に明が与えた名前。それが地名にもなり、部族名にもなる。「建州衛」は中国風の名前だが、「毛憐衛」、「撒刺衛、「赤馬刺衛」、「卜顔衛」など。もともと定住性の希薄な人びとだから、地名も動くことになって、史書を読むときに困難をともなうことになる。

▼4【李満住】?〜一四六七。建州衛の野人の首長。阿哈出《アハッチュ》（李試善）の孫、釈迦奴《ソッカヌ》（李顕忠）の子。一四二二年ころ、建州衛の三代目の首長となり、鴨緑江の支流の婆猪江下流域に移動してきたが、食料が欠乏したために、廃四郡地帯にしばしば侵入してきたので、紛争が生じた。世宗は懐柔策として官職を与えて帰順させようとしたが、李満住は明に朝貢して都指揮僉事の官職を得た。しかし、世宗の威嚇を受けて、蘇子河畔の興城に移り、一四六七年には、世祖が南怡・康純などに命じて野人を討伐させたとき、殺された。

▼5【兀良哈】オルリャンハプとルビをふったが、「オランケ」と転訛し、北方の野人たちの総称として使われるようになる。ここでは李満住の支配下に属する部族名として用いられ、また個人としても用いられている。野人の個人の名など意識されていないか。

▼6【列児恰】女真族の中で明から「千戸」の役職を与えられた首長ということになる。

▼7【スラソニ（土豹）】山猫よりも大きく、彪《ひょう》よりは小さい、獰猛な性質をもったネコ科の動物。

▼8【忽刺温】忽刺温はもともと土地の呼称で、忽刺温江、すなわち現在の呼蘭江あたり、松花江北岸付近を言い、そのあたりに居住していた女真族を言うようになった。それが南下して同じ女真族である建州衛を圧迫して、鴨緑江あたりまで侵入するようになったものと考えられる。

▼9【兀狄哈】女真の部族で、その生活圏は牡丹江の上流地域、綏芬河地域までの広域に及んだ。たとえば、『朝鮮実録』世宗十五年（一四三三）十月戊寅に、咸吉道観察使の報告に、兀狄哈が斡木河に侵入して、権豆父子を殺し、管下の人を多く殺したと見える。

▼10【河敬復】一三七七〜一四三八。一四〇二年に武科に及第、一四一〇年には重試武科にも及第して、咸吉道節制使、左軍都総制府事、さらには判中枢府事となり、北方を鎮守して十五年、恩威を兼ねて務め、野人たちはその威容に恐れをなしたという。

▼11【李孟畇】一三七一〜一四四〇。号は漢斎。知密直の李種徳の息子、李穡の長孫。高麗の禑王のとき登第、李朝に入って顕官を歴任、吏曹判書・左賛成・集賢殿大提学に至った。深い学識を持ち、詩に抜きん出ていた。一四四〇年、夫人の嫉妬が甚だしく婢を殺したので罷免されて流され、帰って来る道で死んだ。

▼12【成抑】蔭補（科挙に拠らない名門の出による登用）で供正庫注簿となり、監察・全羅道観察使などを経て、一四一四年、軍資監副正になり、その後、工曹判書・左賛成となった。死後、左議政を追贈された。

▼13【趙啓生】?～一四三八。字は敬夫、号は杜谷、本貫は楊州。高麗末、一三八八年、文科に及第、朝鮮朝に仕えて、持平・掌令・直提学などを経て、一四一二年には判軍資監事となった。一四二〇年には黄海道観察使となり、翌年には千秋使として明に行った。兵曹・吏曹・工曹の判書を務めた。その人柄は清廉で簡整であった。

▼14【金益精】『朝鮮実録』世宗十八年（一四三六）二月壬辰に彼の卒伝がある。刑曹参判の金益精が卒した、益精の字は子斐、安東の人であり、乙科で及第。拾遺・献納・掌令を経て忠清・全羅・慶尚三道の観察使を歴任し、また吏・礼・刑三曹の参判を務めたとある。

▼15【鄭淵】一三八九～一四四四。字は仲深、号は松谷、本貫は延日。安平大君・瑢の岳父。一四〇五年、生員試に合格し、陰補で持平になった。ときの首相であった河崙を弾劾して獄に下されたり、上王（太宗）の寺院への参詣を諫めて流配されたりもした。刑曹・吏曹の判書となり、一四二二年には謝恩兼奏聞使として明に行った。

▼16【柳孟聞】『朝鮮実録』太宗八年（一四〇八）十二月、柳孟聞を正言になすとあり、十二年（一四一二）正月に、吏曹佐郎の柳孟聞を罷免するという記事がある。世宗十一年（一四二九）ころ、さかんに上疏する左司諫の柳孟聞の名前が見える。

第二三話……捕虜帰還者の報告

世宗の十五年（一四三三）の春正月、李満住（第二二話注4参照）が賊の捕虜となっていた男女六十四名を送り返した。

人びとは江界に至って、言った。

「宣徳七年▼1十二月二十九日、暖禿《ナントク》の指揮である吨納奴《ダナブノ》▼2が人を送ってきて言うには、『忽刺温（第二二話注8

参照）が百五十余の人馬を率いて暖禿の土地を通って行った』ということでした。満住はこのことばを聞いて、本陣にいる人馬三百余りで夜になる前に出発して、中国皇帝の使臣の張都督▼3と猛哥帖木児《メンカジョプモクア》▼4が後から来るのと待ち合わせ、定山口にとどまってわれわれをすべて奪い返しました。いま、送られてきた官吏たちがわれわれを護送してくれたのです」

（李爓『類編西征録』）

▼1【宣徳七年】「宣徳」は明の宣州の代の年号。その七年は一四三二年。

▼2【吒納奴】沈吒納奴。李満住の配下とは言えないが、近隣の暖禿に居住していた部族の首長。世宗十五年（一四三三）三月には朴好問が訪れ、山川の険夷、道路、部落の探査をして帰った。十六年（一四三四）六月には、李満住・撒満答失里らとともに「子壻弟姪を侍衛として遣わさんとす」とあり、朝鮮の宮廷に人質を差し出し、帰順の意を表そうとしている。

▼3【張都督】世宗十四年（一四三二）十一月、童猛哥帖木児は明の使節の張童児に同行して明に赴き、途中で閭延の事件によって捉えられた朝鮮人を奪い返して保護を加えている。この張童児のことだと思われる。明の皇帝の命を受けて、朝鮮の海東青（鷹）と土豹（第二二話注7参照）を捕獲するために来ていた。

▼4【猛哥帖木児】斡木河に居住していた女真族の酋長。太宗四年（一四〇四）には、明の永楽帝が高時羅を送って、招撫に当らせたが、童猛哥帖木児はこれに従わなかった。そこで、太宗五年正月、朝鮮の太宗は彼に緞衣一領を送り、二月には慶源等処管軍万戸の印信一顆と清心丸・蘇合丸などの薬を贈った。明の永楽帝、朝鮮の太宗ともに宗主国として振る舞おうとしていることになるが、ここまでは猛哥帖木児はどちらにも服属する気はなかった。後に形式的には明に服属して、朝鮮とは対等の立場をとる。世宗十四年十一月には明から右都督の官職を得たが、世宗十五年十月には、女真八百人を糾合した楊木答兀に襲われ、殺されている。

第二四話……北方守備陣の怠慢

洪師錫《ホンサソク》（第二一話注2参照）が閭延から帰ってきて、王さまに申し上げた。

「閭延節制使の金敬《キムキョン》[1]と江界節制使の朴礎《パクジョ》（第二〇話注12参照）の二人はただ賊の侵犯を防がなかっただけではなく、柵が壊れていても修理することなく、賊たちはその隙を通って侵入して、人びとを殺し、財貨を奪って行きました。また、都節制使の文貴《ムンクィ》[2]もこれを調査して糺すのを怠りました。お願いですから、管轄官庁に下して、罪を問うてください」

義禁府も王さまに奏上した。

「都観察使の朴葵《パクキュ》（第二一話注1参照）と経歴（巻末付録解説1参照）の崔孝孫《チェヒョソン》[3]とは国境地帯の巡察を怠って、城と堡塁を完全に修築せず、賊がいともたやすく侵入することができました。この者たちも捕らえてともに問責してください」

王さまはこれらすべてをお聞き入れになって、義禁府提調などに教書を下しておっしゃった。

「朴礎と金敬、また百戸、千戸、鎮撫などの長たるものとして、民衆が殺されたり、捕虜となったりするのを見聞きして、進んで戦わなかったとすれば、その罪ははなはだ大きい。法にのっとって処罰するがよい。しかしながら、その間、道路が険しくて救援することができなかったとか、あるいはまた強弱の差があって対峙することができず、やむを得ずに退くなどの、情状酌量すべきこともないとも言えまい。卿らは罪を判断するのに情理にかなうようにしてほしい。その軽重を過《あやま》たないように努めてほしい」

しかし、大臣たちは申し上げた。

「朴礎と金敬の罪は重く、また千戸の丁有《チョンユ》[4]と鎮撫の金永禾《キムヨンファ》[5]と金鳳天《キムポンチョン》[6]の罪も礎や敬と同じです」

王さまはおっしゃった。

「私は卿らの意見に従うことにしよう」

文貴は蔚山に流され、兵士に監視させ、朴葵は咸悦に流された。

（李爛『類編西征録』）

▼1【金敬】『朝鮮実録』世宗十五年（一四三三）三月、義禁府から上啓があり、金敬は辺将であるのに、木柵を修理せず、賊の侵入を容易にして、略奪、殺害の被害に遭った、またすぐに賊を追うことも怠った旨の告発を受けている。

▼2【文貴】『朝鮮実録』世宗二十一年（一四三九）六月に文貴の卒伝が見える。全羅道都節制使の文貴が卒去した。文貴の母は神懿王后の妹であり、貴い外戚であることをもって二品に昇った。謚号は安昭。和を好んで争いを好まず、容儀はうやうやしく美しかった。

▼3【崔孝孫】『朝鮮実録』世宗九年（一四二七）十二月、崔孝孫を左献納となす旨の記事がある。また、同じく十五年（一四三三）、義禁府から、平安道都観察使の朴葵と経歴の崔孝孫らは沿辺城堡をよく検察修理をせず、いま、賊どもの侵入するところとなった。これを捕らえて訊問すべきであるとの上啓があり、聞き入れられた旨の記事がある。

▼4【丁有】『朝鮮実録』世宗十五年（一四三三）二月、朴礎・金敬とともに侵入してきた女真族と戦い、敗軍にして保全する者として千戸の丁有の名前が見える。同じく三月、力戦せず、退走したことをもって死罪になっている。

▼5【金永禾】『朝鮮実録』世宗十五年（一四三三）二月、侵入してきた女真族と戦った人の名として金永天の名前が見える。

▼6【金鳳天】『朝鮮実録』世宗十五年（一四三三）二月、侵入してきた女真族と戦った人の名として金天鳳の名前が見える。

第二五話……出陣する諸将への世宗のことば

崔潤徳《チェユントク》（第二〇話注18参照）を平安道節度使とし、金孝誠《キムヒョソン》（同話注26参照）を都鎮撫使とし、崔致雲《チェチウン》▼1を経歴とし、李叔畤《イスクチ》▼2を平安道観察使とした。

潤徳・孝誠・致雲などが退出しようとしたとき、王さまは彼らを呼び戻して、おっしゃった。

「オランケ（女真族の蔑称から蛮族一般）を除去する方法には昔から名案というものがない。そのために、三代の帝王（尭・舜・禹を言う）のときにも、彼らがやって来れば、これをねぎらい、帰って行けば、これを追うことはせずに、見送るだけであった。しかし、当時の記録はないので、詳しいところはわからない。漢代以後のことであれば、記録もあって、参考にすることができる。漢の高祖[3]が天下を平定して、匈奴を討つことなど、枯れ木の枝を折るのと同じようにたやすいことだと考えていたのに、白登[4]において彼らに包囲され、わが身だけが命からがら助かるような事態になって、ようやく和親を結ぶに至ったのであった。呂太后[5]もまた女主として英明であり、冒頓の書簡がはなはだ無礼であったものの、それを咎めることなく、和親を結んだ。ところが、武帝[6]は四方のオランケたちと事を構えることが多く、そのために天下を消尽させてしまった。そうした経験から、昔の人びとはオランケたちを虻や蚊にたとえて、手で追い払うだけですませる。昔の人びとがそうした理由というのは、一つの国家であれば、その大小を問わず、放ってはおけないものだが、蜂が刺せば毒もまわるものの、相互のあいだに戦を起こしては、民を刀剣で傷つけることになる。それは得策ではないと考えたのである。

しかし、婆猪江の賊たちはそれとは事情が異なる。壬寅の年（一四二二）に彼らはわが国の闇延に侵入して来たが、その後、忽刺温《フラウン》（第二二話注8参照）に追われ、彼らの根拠地も失い、一族を率いて、江の畔に住むことを乞うた。国家では彼らを憐れんで、これを許可したのであり、その施した恩恵は大きいと言わざるをえない。しかるに今回、かの賊どもはこの恩を忘れて徳に背き、わが国の辺境の人びとを殺して略奪をほしいままにしている。まことに凶悪であると言わねばならない。この罪は誅殺を免れることはできない。もし今、征討しなければ、天下に正義を示すこともできないであろう。ただ今は泰平の世が長らく続き、四方が平穏で憂いごとなく過ごして来た。孟子も言っている、[7]『外に敵国も外患もないようなら、国家はつねに滅亡の危機に瀕している』と。今回のことは、たとえオランケの所行であっても、実は天がわれわれを戒めたのだ。李満住《イマンジュ》・董猛哥《ドンメンカ》（第二三話注4参照）・尹《ユン》内官[8]の書簡を読むに、『忽刺温の所行です』とある。しかしながら、先ごろ、林哈刺《イムハプラル》[9]が闇延にやって来て、北に拉致されたわが国の奴婢たちを送り返させなければ、必ず後の患いになると申したのは、まさしくその通りになったのではないか。今回の所行はすべて忽剌温の所行であるにしても、実際にはこれらの輩が彼らの行動を導いたことははっきりしている。昔、慶源（李朝発祥の地、第四二話参照）において韓興富《ハンフンブ》[10]がオランケに殺されたが、河崙（第六話注1参照）は『討つべからず』と主張し、趙英茂《チョヨンム》[11]は『討つべし』と主張した。太宗は英茂の主張をよしとされて、これを討伐された。また己亥の年（一四一九）に対馬を討つときにも、ある人は『討つべし』と言い、ある人は『討つべからず』と言ったが、太宗は断固として大義を掲げて将卒に命令してこれをお討たせになった。賊たちの巣窟をすっかり掃討することはできなかったとしても、それでもって賊たちがわが国の威厳を恐れる気持ちをお持たせになったのである」

王さまはまたおっしゃった。

「致雲が長いあいだわたしの側に侍っていたので、幕中ではいつも昔のことを話していたのだ」

そのようにおっしゃって、王さまは、崔潤徳に鞍と馬、そして弓矢を下賜なさり、金孝誠には馬をくださったのであった。

（李爓『類編西征録』）

▼1【崔致雲】一三九〇～一四四〇。字は伯卿、号は釣隠、本貫は江陵。一四〇八年、司馬となり、一四一七年、文科に及第した。槐院から集賢殿に入り、一四三三年には経歴として平安道節制使の崔潤徳の従事官となり、女真討伐に功績を上げた。顕官を歴任し、外交使節としてたびたび明に行った。芸文館提学を経て、吏曹参判となって死んだ。平生、酒を好んで、王が心配するほどであったが、たびたび度を過ごしてみずから悔いることがあった。

▼2【李叔時】一三九〇～一四四六。一四〇五年、十六歳で生員試に合格して奉常寺録事・監察となった。その後、兵曹参議・忠清道観察使などを経て、一四四〇年には知中枢府事となり、一四四三年には聖節使として明に行き、その後、左参賛兼戸曹判書に至った。

▼3【漢の高祖】前二四七～前一九五（在位、前二〇二～前一九五）。前漢の初代皇帝の劉邦。農民から出て

泗水の亭長となり、秦末に兵を挙げて、項梁・項羽らと合流して楚の懐王を擁立して、巴蜀・漢中を与えられて漢王となる。後に項羽と争い、前二〇二年にこれを垓下に破って天下を統一、都を長安において漢朝を創始した。

▼4【白登】漢の高祖は中国を平定した後、北方の匈奴を平定しようとして、白登山で冒頓単于の四十万の兵に包囲されてしまう。高祖は冒頓単于の后の閼氏に賄賂を贈って、包囲を解いてもらって脱出し、事なきを得た。

▼5【呂太后】?~前一八〇。漢の高祖の劉邦の皇后。名は雉、字は娥姁。才略に富み、常に高祖の側に侍して画策、高祖の死後、権力をふるって、呂氏の乱の原因をなした。匈奴は強盛を誇って、冒頓（本話注4参照）は呂太后にともに淫楽に耽ろうという手紙を送って、呂太后を挑発し、呂太后は冒頓を討とうとしたが、思いとどまって和親の道を選んだ。

▼6【武帝】前漢第七代の皇帝の劉徹。前一五六~前八七（在位、前一四一~前八七）。内政を確立し、儒教を政治教化の基礎におくとともに、諡号のとおり、匈奴を漢北に追い、西域・安南・朝鮮半島の経略に意を注いだ。

▼7【「外に敵国も外患もないようなら……」】「入《うち》には則ち法ある家と士なく、出《そと》には則ち敵国と外患なきは、国恒に滅ぶ（入則無法家払士、出則無敵国外患者、国恒亡）」（『孟子』告子篇下）。

▼8【尹内官】『朝鮮実録』世宗十五年（一四三三）三月癸酉、明の高皇帝から咸吉道に派遣された尹鳳という人物が見える。この人を言うか。尹鳳は童猛哥帖木児を東壁に座らせ、朝鮮の巡察使らを西壁に座らせようとした、朝鮮の巡察使らは座ろうとはしなかったので、尹鳳は怒ったとある。

▼9【林哈剌】婆猪江あたりに居住した女真族の長。世宗十四年（一四三二）十一月の閭延の変の首謀者とされて、翌年の三月には朝鮮軍の攻撃を受けて殺された。

▼10【韓興富】?~一四一〇。一四〇八年、慶源等処兵馬使兼慶源府使に赴任し、一四一〇年、女真族の兀狄哈・金文之・葛多介などが甲兵三百を率いて侵入、略奪をほしいままにしたとき、兵馬使として出戦して敗れ、戦死した。太宗はそれに酬いるために米と豆を四十石、銭百貫を贈った。

▼11【趙英茂】?~一四一四。太宗のときの大臣。本貫は漢陽。朝鮮時代の初めに開国功臣として漢山府院君となり、一四〇五年には右議政となった。太宗の寵愛をこうむり、死ぬと、太宗はその廟前にまで行って弔

慰した。

第二六話……議論百出する討伐の計画

閭延の事変が生じて以来、王さまは辺境のことに心を砕かれるようになった。まず、武士たちを集めて、後園で弓矢の練習をさせ、それをご見物になった。

王さまはすでにオランケを討伐するしかないとお考えになるようになった。そこで、内密に大臣たちの考えを知りたいとお考えになって、六曹の参判以上の官吏、三軍、そして都鎮撫などにオランケを討伐する計画を内々に耳打ちして意見を聞かれた。しかし、人びとの意見はさまざまで一致を見ることはなかった。

そこで、王さまは知中事の安崇倹《アンスンコム》▼[1]に決定したオランケ討伐の計画を密封してわたし、けっして漏れ出ないようにして、すべての臣下たちに三軍の統率を委ねることのできる将帥を選ぶようにおっしゃった。

このとき、皆が申し上げた。

「崔潤徳《チェユントク》（第二〇話注18参照）が中軍を率い、李順蒙《イスンモン》（同話注16参照）が左軍を率い、崔海山《チェヘサン》▼[2]が右軍を率いるようにするのがいいと思います」

しかし、当の順蒙が申し上げた。

「兵士の進退はもっぱら中軍にかかっています。私が左軍を率いれば、全軍がどうして功を立てることができましょうか。そこで、お願いします。潤徳を主将とし、私を副将、海山を左将、李恪《イカク》▼[3]を右将というようになさってください。そうすれば、私が先鋒となり、五、六百騎の精鋭なる兵士を率いて、まず敵地に入り込んで探りを入れ、これを攻撃できる形勢であれば攻撃し、攻撃できないような形勢であれば攻撃せずに、援軍の来るのを待つことにします」

孟思誠《メンサソン》（第一三話注1参照）もこの意見が良いとし、王さまもこれに従われた。そうして、海山にまずは鴨緑江に浮橋を渡すように命じられた。このとき、兵士に対する規則を定め、崔潤徳に命令を下された。

「一、都節制使が状啓するところのオランケの罪状については臣下たちとともに議論を尽くせ。婆猪江に侵入したのは忽刺温（第二二話注8参照）の所行であるというのが虚偽であることは今や疑うまでもない。彼らは互に相臨むほどの距離にいて、過日の恩恵を顧みることなく、奸邪なる心を抱いて、思いのままに悪行をはたらいている。辺境の人びとを殺しながら、かえって忽刺温の所行だと弁解をして、後の患いを免れようとするのは、上には中国を騙し、下にはわが国を欺くものである。その罪悪は終わりがなく、これを討たないではいられない。これを議論する人びとの中には、あるいは辺境を侵犯したのは忽刺温の仕業だという話が皇帝の耳に入ったにしても、婆猪江に定住したオランケを討てという指示が出ないとも限らないと恐れるものもいる。しかしながら、私が考えるところ、皇帝は全天下の人びとをひとしなみに善良なる人びとと見ているものの、どうしてオランケの嘘を信じて、その咎をわが国に帰す理致がどこにありえようか。もし皇帝がこれを詰問なさるようなことがあれば、事実のままに申し開きをすればいいことである。明国の太祖皇帝が下した聖旨を引用して申し上げれば、ついにはお許しが下るであろう。兵士三千名を率いて出陣して、そのうちの二千五百は平安道に下り、残りの五百は黄海道に下ることにして、騎兵と歩兵の数は臨機応変に決めるがよい。

一、江の水があまりに深く、兵士たちが渡るのが困難なとき、上流に渡ることが可能な個所があればそこを渡るようにして、もしそうでなければ、二、三のところに浮橋を作れ。

一、江界・閭延などの河のほとりには無知なる人びとが早くから農耕のために忍び込んで来ており、官吏たちもこれを把握せず、禁止をしていない。それが今になって、彼らによって国家の重大な機密が漏れる事態が起こっている。これは小事ではない。これを官吏に命じて厳重に検察することにせよ。

一、人をしてその部落の多いところ、少ないところ、地形の険しいところ、平坦なところを調べさせ、しかる後に、そこを攻撃する時期を決定せよ。

一、浮橋を作るのに一般民家の壮丁を徴発して使役してはならない。近くにある役所の船を操る人に運搬させるようにせよ」

　これに対して、順蒙は申し上げた。

「海山がまず河の辺に行き、人びとに木材を伐採させ、公然と噂を流させれば、あの者たちの疑心を煽ることができましょう」

　一方、黄喜（第一二話注2参照）・権軫《クォンチン》（第一二話注1参照）・河敬復（同話注10参照）などと兵曹判書の崔士康《チェサカン》[4]などが言った。

「氷が解ける時期になれば、あの者たちはみな農事に励むことになります。そこで、まず海山に行かせ、上辺には城柵を巡察する体をよそおい、彼らにわからないように、すべてを処置して、不意のことに対処できるように準備させておきましょう。そのようにして、陸軍と水軍とを一時に合わせて事を運べば、また別途に人を送る必要はありません」

　王さまは彼らの案を良しとされ、すぐに海山におっしゃった。

「初めには卿が出発して浮橋を作るように命じたが、今思い返せば、理由もなく材木を伐り倒せば、人心が離れ、人びとがおのずとわれわれの動静を知ることになる。そこで今、卿を木柵巡審使に任ずることにする。卿は出発して、木柵を新たに造るかのように装い、江の畔をあまねく調べて綿密に計画を練り、兵士の到着を待ってすぐに浮橋を作るのだ。橋がもし強固ではなく、人や馬が江に落ちるようなことがあれば、責任ははなはだ重いぞ。わかっているな」

　王さまはまた臣下たちにおっしゃった。

「古の君主たちは大事に当たっては必ずすべての臣下たちにその解決策を尋ねた。そして広くすべての人びとのことばを受け入れたという。そこで今、卿たちはそれぞれに思うところを述べるがよい」

　そのことばに、趙賚《チョネ》[5]・金益精《キムイクチョン》（第一二話注14参照）・権蹈《クォンド》[6]などが王さまに申し上げた。

「事の成り行きは予測することはできず、またその解決策もあらかじめ準備しておくことができません。

そこで、緊急なる事態に賊を除去するに当たっては、将帥たちに任せ、副将以下は将帥の命令に背くことのないようにさせるのです」

しかし、一方で、孟思誠・権軫・趙啓生《チョケセン》（第二二話注13参照）・鄭欽之《チョンフムチ》▼7などが言った。

「精鋭の騎兵を選び、馬には枚を含ませて道を分けて並走させ、急襲して彼らの根拠地を討つのが上策です。またもう一つには、大軍が陣を組んで太鼓を鳴らして前進して行けば、賊将たちは恐れを成して出て来て、部落の人びとも逃亡しようとして、あわてふためき、抵抗する暇もないに違いありません。このようにして味方の兵士たちには勇気をふるわせ、賊たちには恐れを抱かせて、二度とあえて侵入させないようにするのが、中策です」

さらに、黄喜・安純（第二二話注2参照）・許稠（第二〇話注6参照）は申し上げた。

「河が凍るのを待って、兵士に密かに江を渡らせ、不意に賊を討つのがいいでしょう。農繁期に兵士とともに橋を造り、兵士を渡らせたならば、これは賊に知らせることになり、伏兵が急に起これば、勝敗を予測することができません。雨が降って水量が増せば、前進することも、後退することもままならなくなります」

以上の話を聞いて、王さまは、

「卿たちの話はよくわかった」

とおっしゃった。

最初に王さまは朴好問《パクオムン》▼8と朴原茂《パクウォンム》▼9を李満住《イマンジュ》（第二二話注4参照）・沈吨納奴《シムダナブノ》（第二三話注2参照）・林哈剌《イムハブラル》（第二五話注9参照）などのいるところに送り、わが国に攻め込んで来るという話の真偽を探らせ、またその兵士の種類と多少、地形が険しいか平坦か、道の遠近などを調査させた。

この者たちが帰ってきて、復命すると、王さまはこの者たちを待ち受けて、ひそかにオランケたちの消息をお聞きになった。

まず好問が、道が真っ直ぐか曲がっているか、地形が険しいか平坦か、部落が多いか少ないかなどを歴々と報告して、さらに付け加えた。

「以前、北方に出かけて、オランケの住む部落を見たときは、彼らはすべて家を捨てて、山に隠れていました。しかし、今は撫育されて生業をもち、安穏に生活しています。われわれが不意に急襲するのがいいと思います。また、大軍が江を渡っていけば、江の流れははなはだ早く、浮橋を固定することはできません」

王さまはこの好問の報告を聞いてますます賊を討伐するおつもりになり、政府の六曹と三軍、都鎮撫を呼んで、好問の報告の内容をもって議論させた。

これに対して、李順蒙・鄭淵（第二二話注15参照）・朴安信（第二三話注2参照）・皇甫仁《ファンボイン》[10]が申しあげた。

「忽刺温がわが国から拉致されていった人びとをわざわざ奪い返し、わが国にふたたび送り返してきたことは、はなはだ嘉すべきことです。そこで、酒と食糧とを送って彼を慰労することにして、しばらくは本国の人に、以前と同じように、江を渡って耕作をさせることにいたしましょう。農具を持っていかせて、彼らには勘付かれないようにするのです。こうして、彼らには行跡を現わさないようにして、事の成り行きを見届けさせましょう」

鄭欽之も言った。

「その計画がいいようですが、ただ酒と食糧を送ったのでは、彼らに疑心を抱かせることになり、無意味ではありますまいか」

孟思誠と趙啓生も申し上げた。

「あの賊どもは凶悪かつ狡猾であり、自分たちの罪を知っています。すでに家を空けて山に逃げ込んでいます。彼らをさまざまになだめすかしたとしても、決して彼らは騙されることはありません。また山間に紛れ込んで生活しており、今は安穏に生業に勤しんでいるように見えても、いったん事があって、その一隅でも攻撃を受ければ、残りの者たちも即座にそれを知ることになります。これらの者たちをどうして一気に殲滅することができましょう。極秘裏に軍を進め、ある日、軍を分けて攻撃を仕掛けて彼らの罪を天下に知らしめるのです」

　黄喜がふたたび申し上げた。

「失った物を償わせて取り返さなければ、労して功がないのみならず、かえって賊たちの嘲笑の種になるだけのこと。前日申し上げた方略のまま、都節制使に拉致された人びとと馬と牛と家財を戻させるようにして、もし彼らが聞かなければ、その罪を天下に宣言してこれを討ち、彼らがわれらに恐れを抱くようにするべきです。それと同時に彼らが平安に家に住んで農事に励むこともできず、遠くに流されて過ごしたとしても、これは名分も立ち、人が聞いても理致にもとることもなく、正義がわれわれのもとにあることを知らしめるものです。もしやむを得ぬ場合には、河が凍るのをお待ちください」

　これに対して、王さまはおっしゃった。

「それなら、四月の草の茂る時機を利用しよう。必ず時を逸してはならない」

　黄喜などがふたたび申し上げた。

「浮橋をかけることは水勢が早く、船橋を渡す方が便利なのではないかと思いますが、遠く離れていて推測は困難です。しかし、やはり将帥たちに命じて船橋を渡すように命じることにいたしましょう」

　王さまがおっしゃった。

「昔の人は戦争をするときにはみな間諜を用いて敵の状況を探らせたものだ。それゆえ、われわれも密かに人をやってあの者たちの情勢を詳しく知った上で攻撃することにしよう」

　黄喜などがまた申し上げたのだった。

「昔日に使った間諜というのは、同じ中国人のことで、衣服にしろ、食べ物にしろ、まったく同じで異なるところがなく、またしゃべることばも同じでしたから、敵の中に混じりこんでも、敵に気づかれることがなかったのです。しかし今、わが国とオランケとでは、言語も、衣服も、食べ物も、まったく異なります。また、オランケの人数ももともと多くはなく、彼らの中にまぎれこむのは困難です。その上、もし彼らに見つかったなら、大きな禍となる恐れがあります」

（李爓『類編西征録』）

▼1【安崇倹】崇善ではないか。安崇善は、一三九二～一四五二。字は仲止、号は雍斎、本貫は順興。一四一一年、司馬試に合格、一四二〇年、文科に及第して、司憲持平を経て同副承旨になった。一四四四年、使臣として中国に行き、帰国後、知中枢院事、集賢殿大提学となり、左参参に至った。詩賦に長けていた。

▼2【崔海山】一三八〇～一四四三。朝鮮初期、火砲の分野で功績の大きかった武人。本貫は永州。父親の茂宣の遺稿である『火薬修練法』を理解し、軍器寺に登用された。火車や火砲の試射を王の臨席のもとに行なった。一四三一年には左軍同知総制となった。一四三三年、左軍節制使として都元帥の崔潤徳とともに婆猪江の討伐に出て、軍機を理解せず、司憲府から弾劾されたが、王は彼の火器の開発の功績を理由に赦した。

▼3【李恪】一三七四～一四四六。武官。本貫は徳水。一四〇二年、武科に及第、咸吉道節制使・兵曹参判などを経て、一四三二年、江海府使となり、翌年、崔潤徳とともに婆猪江の女真を討って功を上げた。平安道都節制使に在職中、野人たちが侵犯した責任を取って罷免。復帰して、慶尚左道および全羅道の処置使を経て、一四四三年には同知中枢院事に任じられた。

▼4【崔士康】一三八五～一四四三。本貫は全州。初め蔭仕で出て様々な官職を経、知司諫院事に至った。世宗の時代、右副代言・兵曹判書を経て右賛成兼吏曹判書に至って死んだ。彼の二人の娘は誠寧君と錦城大君に嫁ぎ、孫娘は臨瀛大君に嫁いだ。高い官職を得たのはそのためであるとも言う。

▼5【趙賚】『朝鮮実録』世宗三十一年（一四四九）七月に卒伝がある。知敦寧府事の趙賚が卒した。賚は漢山君・趙仁沃の子、初め生員となったが、武科に及第して累進して上護軍となった。工・兵・戸三曹の参判となり、京畿・江原・平安三道の観察使となり、忠清・慶尚両道の都節制使となり、知敦寧府事に至った。病をもって引退して楊州に住んだ。七十六歳であった。

▼6【権蹈】『朝鮮実録』世宗十九年（一四三七）八月己巳、吏曹判書の権蹈が、私はもともと凡庸でありながら恩恵を被って高い官職につき、厚く禄を戴いている、昨今、年老いて病み、足もなえ、喉が渇き、目も見えず、耳も遠くなり、気力も衰えてしまった、どうか辞任させていただきたいと、申し上げたが、王さまは取り上げられなかった旨の記事がある。

▼7【鄭欽之】一三七九～一四三九。進士成均試に合格して蔭仕で司憲持平となったが、一四一一年には及第

して司憲府掌令となった。さらには知申事となって機密を掌握して忌憚なくもろもろの事がらを処理した。中枢院使となって死んだ。平素から読書を好み、特に史学に通じ、天文学にも詳しかった。

▼8【朴好問】一四三三年、護軍の朴原茂とともに野人の李満住などの駐屯地に行き、野人たちが略奪行為をしているかどうか、野人たちの数、地勢、行程の遠近などを調査して帰還、婆猪江の実情を王に報告した後、これを討伐、同年五月に平安道節制使の崔潤徳とともに婆猪江討伐の戦勝報告を行なった。一四三六年には判会寧都護府事となったが、野人たちと親しく交わっているという嫌疑を受けて、慈城に帰陽した。一四五〇年、工曹参判として明に行き、一四五三年、首陽大君の執政のときに咸吉道節制使となったが、李澄玉の乱（第五五話注1および第一一七話参照）が起こり、澄玉に殺された。

▼9【朴原茂】『世宗実録』十五年二月甲午に、朴好問とともに、護軍の朴原茂が李満住・沈吨納奴・林哈剌のもとに遣わされ、部族の人員、山川の険阻、道路状況の調査に当ったことが見える。李満住らに会い、朝鮮国は忽剌温の略奪した朝鮮人を奪回してくれたことを感謝するが、牛馬については未還であるので速やかに送還するよう通達する任務を帯びていたとされる。

▼10【皇甫仁】?〜一四五三。一四一四年、文科に及第、世宗のときに北海体察使として金宗瑞とともに六鎮を開拓、文宗のときに領議政となった。文宗の遺言を守って端宗を輔翼、王位の奪取をはかった首陽大君（世祖）によって、金宗瑞とともに殺害された。

第二七話……崔致雲の報告

三月に崔潤徳《チェユントク》（第二〇話注18参照）が崔致雲《チェチウン》（第二五話注1参照）を送って啓上した。

「現在、殿下の伝旨を承って、婆猪江のオランケを討つために、三千の兵士が進発しましたが、私が考えますに、賊の土地はまことに険阻、兵士が出入する重要な場所にはすべからく兵士を止め置いて守備させるのがよいかと思われます。私が考えております計策は、一つは満浦を通って進軍し、またもう一つは碧潼を通って進軍して、ともに兀刺《ウラル》に向うことにします。またさらに、甘同を通って馬遷の木柵に向い、東側と西側から一気に攻撃することにします。そうすれば、私は小甫里を通って吨納奴（第二三話注2参照）、林哈剌（第二五話注9参照）のいるところに向うことができます。そのためには一万ほどの兵が必要になります」

王さまは崔致雲を引見しておっしゃった。

「当初、臣下たちと必要な兵の数を議論したときに、ある者は七、八百と言い、ある者は千と言い、なかなか意見がまとまらなかったが、結局、三千ということで落ち着き、私はこれを妥当だと考えたのであった。そのとき、朴好問（第二六話注8参照）もまた一万以下ではだめだと主張したのだが、今、崔潤徳もまた同じ数を持ち出した」

そうしてまた、政府の六曹と三軍と、都鎮撫を呼びだして、あらためてこのことの議論をおさせになった。

このとき、あるいは五百名だけ加えればいいと言い、あるいは千名を加えるべきだと言い、またあるいはいっさい加える必要はないと言い、議論は一致しなかった。そこで、致雲が王さまに申し上げた。

「潤徳の話が初めに出たときには、吨納奴と哈剌を討つだけのことであったので、千名の兵士がいれば十分に事は成ると考えたものでしたが、今となって考えますに、馬遷から兀剌までオランケたちは山間に至るまで住んでいて、それぞれの集落で鶏が鳴けばそれに呼応して犬が吠える声が行きかいます。そこで、もし一、二の集落が討たれれば、あの者たちは救援にかけつけることになって、成敗はとてもおぼつかないことになります。昔も大軍を動かしながら、数の少ない賊軍に敗北した例は数多くあります。今の事態では、大軍を二度と起こすことは不可能です。ですから、一、二の集落ごとに一部隊を当てて攻撃させれば、あの者たちの長は自分の集落を守ることだけで精一杯で、他の集落を助けることができません。それで、やはり一万の兵士が必要なのです」

王さまもこのはなしを聞いて、ようやく納得された。致雲はふたたび申し上げた。

「潤徳が申すには、『黄海道の兵たちは道が遠くて、行路だけで疲れはてて役に立たない。平安道の兵は今や三万におよび、黄海道の兵士を動員する必要はない』ということです」

王さまはこれについても了承され、おっしゃった。

「それでは、いつ潤徳は軍を起こすのか」

致雲が答えた。

「潤徳は端午の節を考えております。この端午の節句には賊たちの風習として、集落のものみなが集まって歌舞を行ないます。それにこの時期なら草も茂って、姿を隠し、攻撃するにはうってつけです。ただ雨で河の水が増えていないかを心配しており、二十四、五日を待って、軍を起こそうと思っています」

致雲はさらに続けた。

「また潤徳が申しますには、賊を討伐したあかつきには賊たちの罪名をすべて書いて立て札に貼り付けて帰還したいということでした」

王さまは安崇善《アンスンソン》（第二六話注1参照）と判承文院事の金聴《キムチョン》▼1に命じて立て札を書かせて送られた。

（李燗『類編西征録』）

▼1【金聴】ここにある通り、『朝鮮実録』世宗十五年（一四三三）三月癸亥に、判承文院事の金聴は、知中事の安崇善とともに世宗に命ぜられて十数条からなる「建州女直問罪」の文章を起草する旨の記事がある。その四日後の丁卯には、建州女直を征伐するに当たって明に報告する奏上文の起草も命じられている。

第二八話……戦功への行賞

兵曹が申し上げた。

「みずからすすんで兵士を志願して手柄を立てた者は、もし間良▼1であるときには官職を与え、郷吏▼2や駅子

（第六〇話注2参照）であるときには夫役を免除され、官奴であるときには賤人の身分を脱することができる、それぞれそのように功績を表彰することにいたします」

（李燗『類編西征録』）

▼1【閒良】虎班の出身でまだ武科に及第しない者。また軍術・武芸にたくみな人物を言う。

▼2【郷吏】中央から派遣された官僚とは別に現地採用された地方官衙の役人を言う。

第二九話……世宗の宣戦の教書

この年の夏四月十日に、崔潤徳《チェユントク》（第二〇話注18参照）は平安道と黄海道の軍馬を江界府に集めた上で、その後、兵士を分けて進軍した。

中軍節制使の李順蒙《イスンモン》（第二〇話注16参照）は兵士二千五百を率いて賊の首魁である李満住《イマンジュ》（第二二話注4参照）の城塞に向うこととし、左軍節制使の崔海山《チェヘサン》（第二六話注2参照）は兵士二千七百を率いて車余に向い、右軍節制使の李恪《イカク》（同話注3参照）は兵士千七百七十を率いて馬遷に向い、助戦節制使の李澄石《イチンソク》▼1は兵士三千十名を率いて兀剌《ウラル》に向い、金孝城《キムヒョソン》▼2は兵士千八百八十八名を率いて林哈剌《イムハプラル》（第二五話注9参照）の父母のいる城塞に向い、洪師錫（第二一話注2参照）は兵士千百十八を率いて八里水に向い、崔潤徳自身は兵士二千五百九十九名を率いてまさに林哈剌のいる城塞に向って進軍した。

このとき、王さまは集賢殿の副提学である李宣《イソン》▼3を召し、崔潤徳に教書を下された。

「兵を起こすのは帝王の重大事である。高麗の高宗▼4のときには三年間の戦があり、周の宣王▼5のときには六ヶ月の戦を起こしたことがあったが、これはどちらも人びとの苦しみを除き、社稷《しゃしょく》の憂いを絶つために、やむをえずなされたことであった。今、オランケどもがうごめき、我が国土を侵犯しては、鼠や狗のように盗みを行っている。あの者どもの獣のような風俗は見るに堪えないものであったが、それを久しく容認してきた。それが今、辺境に侵入して、老人やか弱い者たちを殺し、婦女たちを奪い取って、人家を荒らしまわり、ほしいままに暴虐を行なっている。どうしてこれを放置して討伐しないでいられようか。思うに、卿は忠義の気質と将相の方略とを合わせ持ち、その名声はとどろいて、内外の人びとすべてに知れわたっている。卿は今、中軍を率いてオランケどもの罪を問い、副将以下、大将・軍官・士卒など隊伍にある者たちをすべて率いて戦い、後にみなが命令を果たしたか、果たさなかったかを、賞罰を以て明らかにせよ」

また王さまはこれとは別に、順蒙・海山・澄石・孝城・恪などにも教書を下された。

「王としての道理は人びとをよく保全することにあり、将帥としての忠誠は、賊を討ち、王の鬱憤を晴らすことが最も重大である。今、オランケどもが蠢動して狼のような心で荒し、蜂のような毒をふりまいて、わが国境を侵略して、人びとを害し、みなし子と未亡人は怨恨を抱き、国家の平穏を乱している。これはまさに私が哀しみ憂慮せざるをえない由縁である。卿たちも私と心を同じくして、切歯扼腕をしているようだ。ここに至って、兵を起こし、かの者どもの罪をどうして問わないでいられようか。そのために卿たちをしてそれぞれ兵士を率いてあの者たちを討たせることにしたが、卿たちは心を同じくして力を合わせ、主将の方略を助け、横にはよく連携をして功を立て、辺境の人びとの望みに応えるようにせよ」

また三品以下の軍官と民軍にも下教なさった。

「今、オランケどもが蠢動して、梟のような本性と山犬のような心でもって、となりのわが国の辺境を侵犯しようとつねに禍心を抱き、隙を窺っては略奪のために入り込もうとしている。それゆえ、防備を厳しくして、あの者たちが人びとの患いにならないようにして久しい。あの者どもは国境を侵し、人びとを殺し、民家を破壊している。私はまことにみなし子と未亡人のために心を痛めるところである。今、将帥たちを派遣してあの者どもの罪を罰するところであるが、お前たち将帥は私が昼も夜も心を痛めていることを知って、軍としての節制と紀律を守り、年寄りと子ども、そして婦女子を除くほか、斬首できる者はみな斬首せよ。私はお前たちが斬った首の数を見て、あるいは三等級、あるいは二等級を越えて官職を昇進させ、褒美をつかわそう。しかし、それと反対に、もし軍令を守らない者は、どんな功を立てたとしても、褒美を与えることはない。お前たちはそれぞれ勇猛心をふるって果断な振る舞いを示すのだ」

こうして教書をお授けになることが終わると、崔潤徳が全将帥を集めて命令した。

「もし主将の条例に違反する者がいれば、これを軍法でもって処理するが、このことを疎かに考えてはならない」

これに続いて、崔潤徳は条令を発表した。

「戦闘の場で主将の命令に従わない者、太鼓の音を聞いても前進しない者、緊急の事態に前進して将帥を救おうとはしない者、軍中の秘密を外に漏らす者、妖妄なることばを吐いて軍中を惑わす者がいたときには、これを大将に報告して斬首せよ。

次には自己の所属を忘れて別の軍に入っていき、章表（表示を付した牌）を失った者、いつも喧嘩沙汰が絶えない者には罰を与えよ。また隊伍の中で三人を失った者と自己の牌頭[6]を失った者は斬首。

賊の集落に入り込んで、主将の命令が下る前に、財物を盗んだ者は斬首。

また賊の村に入って行き、老人や子ども、女子を害してはならない。長壮であっても降伏した者を殺してはならない。

険しい道を進軍して、突然に賊と出会ったとき、進軍を止めて賊を攻撃し、角笛を吹いて主将に事態を知らせよ。

このような事態に遭って逃亡した者は斬首する。

鶏・犬・牛・馬などを殺してはならない。家に火を放ってはならない。

おおよそ、討伐する法というのは、われわれの正義でもって賊の不義を討つのであり、その心を責めるのが万全の義理となるものである。もし老人や子ども、そして中国人を殺して偽りの功績を立てて誇示しようとして条令に背くものがあれば、軍法によって処理せよ。

また河を渡るときには、五人ずつ、あるいは十人ずつの組を作って順に船に乗り込むようにせよ。先を争うようなことがあってはならない。これに背く者は罰する」

この命令が終わると、崔潤徳はふたたび全将帥たちと約束した。

「来たる十九日、一斉に賊の巣窟を攻撃する。もし雨風が強く暗いときには二十日に延期する」

そのことばを終えると、潤徳は所灘から時番洞の方に下って行った。江を渡って、江の岸に将帥をとどめたが、すると江には四匹のノロがいて、自分から陣営の中に飛び込んできた。兵士がそれを捉えた。それを見て、潤徳が言った。

「ノロというのは野獣であるのに、みずから飛び込んできて捕まった。これはきっとオランケが殲滅されるという予兆であろう」

こうして、魚虚江のほとりに到り、兵士六百名をとどめて木柵を設置させ、十九日の日が明ける前に、林哈剌の城柵を攻撃し、そこに留まって軍営を設置した。吨納奴（第二三話注2参照）の兵士たちはみな逃亡した。

河岸にオランケ十余名が出て来て弓を射ようとするのを発見して、潤徳は通訳の馬辺をやって彼らに呼び掛けさせた。

「われわれが兵士を出動させたのは忽刺温（第二二話注8参照）を捕縛しようとしたので、お前たちを捕まえようというわけではない。少しも恐れる必要はない」

これを聞いたオランケたちはみな馬から降りて、頭を地につけて謝罪した。

二十日に洪師錫の率いる兵士たちが来て潤徳の率いる兵士たちに合流してオランケ三十一名を生け捕りにした。これを見て、オランケたちが後を追ってきたので、捕虜たちの首を斬った。

二十六日、吨納奴の東側の山から刺塞里に至る地域であまねく賊の捜査を行なったが、日が暮れて、石門にとどまり、軍営を設置した。知慈山郡事の趙復明《チョボクミョン》[7]、知載寧郡事の金仍《キムイン》[8]などに命じて兵士千五百と捕虜たちを率いて道を修理させ、洪師錫・崔叔孫[9]をして……（以下、原文欠）

（李燗『類編西征録』）

▼1【李澄石】?〜一四六一。武官。本貫は梁山。武科に一等で及第、世宗のとき、中軍同知総制となり、一四三三年、助戦節制使として三千の兵を率いて婆猪江に侵入する女真を討った功績で中枢院事になった。慶尚道兵馬都節度使、慶尚右道都安撫処置使などを歴任して、知中枢院事に任命されたが、父母の世話を理由に辞退した。文宗が即位すると復帰して、知中枢院事となり、進賀使として明に行き、世祖のときには佐翼功臣となり、梁山君に封じられた。

▼2【金孝城】金孝誠か。金孝誠は第二〇話注26参照。

▼3【李宣】『朝鮮実録』世宗十九年（一四三七）十二月辛巳、聖節使として中国に行って帰って来た李宣が、李満住の部下たちには朝鮮使節を襲撃する計画があるという風聞がある旨の報告を行ない、それを受けて、朝廷では従来の中国への往還路は婆猪江に近いので変更し、送迎軍も四十名から百六十名に増員することを審議している。

▼4【高麗の高宗】高麗第二十三代の王。一一九二〜一二五九（在位、一二一三〜一二五九）。おりから崔氏の武人政権の時代であり、即位しても実権はもたなかったが、崔竩を排して後、実権は王室に戻ったものの、強盛なモンゴルの侵略によって江華島に避難を余儀なくされる。現在も海印寺に残る八万大蔵経の版木はこの王の時代に作られた。

▼5【周の宣王】姫静。厲王の子。厲王が崩じて、周・召二公がこれを立てて王とした。四方の西戎・玁狁・荊蛮・淮夷を討伐し、周中興の英主とされる。

▼6【牌頭】一つの牌の長を言う。何かの役事および戦争のとき、数名を組みにして一つの牌を作る。

▼7【趙復命】『朝鮮実録』世宗十五年（一四三三）五月己巳、知慈山郡事の趙復命は知戴寧郡事の金仍とともに千四百人と俘虜たちを率いて道路を修復したという。野は焼き尽くされて、馬は痩せ疲れている云々。

▼8【金仍】右の注7に引用した『朝鮮実録』世宗十五年（一四三三）五月己巳の記事に彼の名前が出てくる。

▼9【崔叔孫】『朝鮮実録』世宗十五年（一四三三）五月己巳、洪師錫・崔叔孫・馬辺者らは兵士千五百人を率いて吨納奴の寨里を捜査したが、人がいなかったとある。

第三〇話……戦勝の報告、戦後の処理

馬辺者《マピョンチャ》▼[1]が兵士千五百を率い、われわれとともにオランケの集落を捜索して、吨納奴（第二三話注2参照）の城塞に至ったものの、すでに人っ子一人としていなかった。

崔潤徳（第二〇話注18参照）は、李順蒙（同話注16参照）が賊の首を斬ることを好まず、また命令を待たずに立ち去ったこと、崔海山（第二六話注2参照）が兵士の到着予定の期日を守らなかったこと、李澄石（第二九話注1参照）もまた命令を待たずにすでに去ろうとしていたこと、これらを弾劾した。

一方で、呉明儀《オミョンウィ》▼[2]を送って、箋文▼[3]を献上して祝賀し、また朴好問（第二六話注8参照）を送って王さまに申し上げた。

「宣徳八年（一四三三）に謹んで兵符と教書をお受けし、まさに婆猪江の賊を討つべきであるとの仰せでしたが、ついに左符が送られてきて、これを合わせてみたところ、間違いなく兵を動かせとのことでした。そこで、馬を進め歩兵一万と黄海道の兵五千とを、四月十日には江界府に集め、それぞれ将帥たちに分けて所属させて七つの道にともに進ませました。そしてこの月の十九日には密かに敵地に至ってオランケを掃討し、男女二百三十六名を生け捕りにして、百七名を殺しました。牛と馬と七十頭を獲得しましたが、わが軍の中には戦死者四名で、矢傷を負った者が五名だけでした」

王さまは明儀と好問にそれぞれ衣を下賜され、別途、宣慰使として朴信生《パクシンセン》▼[4]を送って酒を下賜され、将帥たちをねぎらわれた。この時、おことばを下された。

「このたびのことは実に天地と祖宗の霊魂によって成し遂げられたものである。われわれだけの力で成ったことではない」

兵士たちが帰還する日には、いつの日か賊どもの報復を受けてはならないので、捕虜として捕まえた者の中で年寄りと子どもを除いて、壮年の者はすべて殺した。そして、船の出発する江岸ではいっそうの注意を払って守らせた。順蒙・澄石・海山は弾劾を受けたので、これには参与することがなかった。

王さまは黄喜（第一二話注2参照）・孟思誠（第一三話注1参照）・権軫（第二二話注1参照）・許稠（第二〇話注6参照）・河敬復（第二二話注10参照）・安純《アンスン》（同話注2参照）、そして礼曹判書の申商《シンサン》[5]などを召しておっしゃった。

「私は王となって以後、つねに文物を守ることに意を払い、戦に関わる事がらにはまったく意を払わずにいた。いまどうして功を挙げたと誇って喜ぶことができようか。これは敵どもが問題を起こし、やむをえずに討伐したまでで、幸いにも勝つことができたものの、どうすればこの功績を保全して、後々も憂いがないようにすることができるだろうか」

とおっしゃった。これに対して、臣下たちみなが申し上げた。

「自己の手柄を誇って驕る心をもつことは昔の人も戒めたことです。しかるに殿下は大勝されたにもかかわらず、大喜びはなさらない。臣らはこれをめでたく存じ上げるとともに、城柵を固めて軍糧を十分に貯えて、あらかじめ不意の兵乱に備えておけば、憂えをなくすことができるのではないかと考えます」

王さまはまたおっしゃった。

「いま、われわれが征伐を終えて、ふたたび敵が侵入してくるようなら、辺境の将帥たちに城壁を固めさせ、野原をさっぱりとかたづけて形勢がはっきりとわかるようにして待機することにして、適当な時期をみはからって追討すれば、どうであろうか」

皆は、

「それがよろしかろうと思います」

と答えた。王さまはさらにお続けになった。

「今回、敵を討つために出陣して戦死した兵士や馬の数は千を下らない。倉庫にある米でもって馬を買い、補充するようにさせてはどうであろうか」

これに対して、臣下たちはみな、それはなりませんと答えた。王さまはおっしゃった。

「辺境にある兵たちをして私的に斡木河の野人と諸種の野人たちとを教えさとすのはどうであろうか。婆猪江の野人が長く国家の恩恵を受けていて、どのような名分もなく、群衆を扇動して国家の恩徳に背き、殺生と略奪をこととしたために、やむをえずに、将帥たちに命じてこれを討伐させたのだ。どうして功を立てようとして、このようなことを企てようか。あの者どもが悔い改めて、まごころでもって帰順すれば、国家がどうして過日のように大切にしないであろうかと、そうあの者たちに教えれば、どうであろうか」

みなはそれがよろしいとお答えした。王さまはまたお続けになった。

「崔海山が元帥の命令に服従せず、その地位に留まっているのみならず、千名の兵士を従えていながら、敵を滅ぼすことがもっとも少なかった。まさに軍紀に背いた罪を問うべきであるが、今は特赦を与えた上は、ふたたび議論することはやめ、またその功績を論じることもすまい」

これに対しては、臣下らは申し上げた。

「この人は特赦を受けていなければ罪を免れなかったはずで、どうして功績を議論することができましょう。よろしく、その管掌下で功績を挙げた者にだけ褒美を賜るのがよろしいでしょう」

兵曹からも申し上げた。

「崔海山は軍紀に背いたことについて特赦を受け、以前のことに罪を与えることはありません。ただその官職の任命状を回収なさるべきです」

そこで、王さまはその官職の罷免をなさった。

王さまはふたたび黄喜、権軫などと議論なさった。

「前年、己亥の年（一四一九）に対馬島を征伐して都督使の柳廷顕（第一五話注2参照）が帰ってきたときには代言を行かせてこれを出迎えさせた。ところが、都体察使の李従茂（第二〇話注7参照）が帰って来たときには、私が上王とともに楽天亭に出迎え、これを慰労したのであった。けだし、従茂がみずから対馬島を討って帰ってきたときと廷顕のときとは場合が異なる。しかし、今回の婆猪江の戦と対馬島の場合とを比較すると、その功績は倍するほど大きい。ところが、潤徳と順蒙が凱旋の日には、どのように謝意を表するのがよいのであろうか。私が思うに、潤徳の帰還に際しては慕華館に出迎え、また李順蒙以下の場合は大君や大臣を出迎えに行かせるべきなのである。しかし、もしこれが過度に重んじることになるということならば、潤徳のときには大君や知申事に行って出迎えるようにさせ、順蒙以下のときには大君や代言に出迎えに行かせるのではどうであろうか。昔、李晟《イソン》[6]が朱泚[7]を討ち、都を元にもどしたとき、徳宗[8]は李晟に司徒の官職と永楽里の家を与え、特別に彼のために宴会を催した。また、太常に礼楽を準備させてソウルにおいて食事をもってもてなし、風流を奏でて、まことに栄光を示したものであった。後周の世宗のときには将帥を送り、それが鎮州を平定して帰ってくると、世宗がみずから城の外にまで出て迎えて慰労し、その家にまで行って宴を催し、風楽を賜った。このように昔日の帝王たちは将帥を褒め称えられた。いまの私のするところは大体においてどうであろうか」

　これに対して喜などが申し上げた。

「上王が従茂を楽天亭にまで出て慰労なさったのは、たまたま楽天亭にお出かけになる機会があって、それが従茂の帰還がかち合っただけのことです。故意に廷顒のときと違った対応をなさろうとしたわけではありません。あの唐のときと周のとき、君主が将帥を愛してよく応接なさったことは、その当時はそのようにしなければ、かれらの歓心を買うことができなかったからです。しかし、今日のことは領域を拡張する功績とは違い、ただ小さな醜悪な敵の一団を討っただけで、時も場合も異なります。どうしてお出かけになってまで応接なさる必要がありましょう。潤徳は知申事に出迎えて慰労するようにさせ、順蒙以下は集賢殿の役人たちに出迎えさせても、十分に一代の栄光となるはずです」

　王さまはこのことばを嘉《よみ》された。

　礼曹から請願するには、今回の戦に勝利したことを宗廟に報告、広く内外に宣布して、祝うべきだというのであった。王さまはそのようにするがよいとおっしゃった。

　王さまはまた多くの将帥たちの功労を表彰しようと、大臣たちを召集して議論させなさった。

　このとき、許稠は領中枢院事の職を潤徳に賞として与えようとし、孟思誠は自己の官職を与えようとして、二つの意見が出て決まらなかった。

官職を任命する日、左代言の金宗瑞《キムジョンソ》[9]に特命が下り、安崇善（第二六話注1参照）に代わって、すべての人びとの役職を任命する事務をお任せになった。臣下たちはみな王さまがどのような意図でもってそうなさったか理解できなかった。

王さまは金宗瑞を召しておっしゃった。

「卿は前年の一言を記憶しているか。私が卿と話をしたとき、潤徳は首相を褒美とするに十分であるが、その職責は十分に重いものであり、戦に勝った褒美として与えるのは適当ではないと言ったのだった。そしていま、潤徳が戦に勝った功績があるにしても、もし才能と徳に欠けるところがあれば、断じてその役職に任じてはなるまい。私が事の前後を取捨して考えるのは、この通りであり、卿はこのことをすべての大臣たちに話して十分に議論をしてほしいのだ」

孟思誠などが言った。

「潤徳はもともと清廉であり、正直な人間であり、謹んでご命令を奉じて首相となったとしても、いささかも恥じるところのない人間です」

王さまがおっしゃった。

「私の思いもそうであり、大臣たちの思いもやはりそうであるのなら、潤徳には権軫の職責を変わらせて右議政として、順蒙は判中枢院事として、李恪（第二六話注3参照）・李澄石を中枢院事とし、金孝誠（第二〇話注26参照）・洪師錫（第二一話注2参照）を中枢副使にすることにする」

さらに潤徳には奴婢十名を下さり、順蒙には八名、恪と澄石には六名、師錫には五名、孝誠には四名がそれぞれ下された。

また李叔崎《イスクキ》[10]は兵士の訓練と軍糧の運搬に巧みであったから、階級を挙げて工曹判書として、そのまま平安道都観察使に留まるようにさせた。

王さまが勤政殿に行って宴会を催され、潤徳たちと将帥たちと官吏たちを慰労なさった。このとき、尚衣院に命じて服と靴とを給付させ、みながその新しい服と靴を着用して宴会には出席するようになさった。

王さまは自ら酒杯を手に取り潤徳などに下さり、また世子に注ぐようにお命じになった。潤徳は酒をいただくのにみずから立って行く必要がなかった。また、王さまは軍官に命じて互いに向き合って起ち、舞うようにお命じになり、潤徳もまた酒がまわると、舞いを舞った。

戦争に出て行って死んだ士卒たちには招魂祭を行うように命じて続いて教書をお下しになった。

「自己の身を擲《なげう》って国家のために死んで忠誠を著した、その恩功に思いをいたし報いようと、ここに撫恤《ぶじゅつ》なる恩典を下すものとする。先日、野人たちが侵入して来たので、大勢の将帥に命じてこれを防御させようとしたが、汝たちはみな精悍なる資質をもって隊列に加わり、剣を振るい槍を振り回して戦い、勇猛に進撃して敵陣を陥落させ、敵の鋭鋒を挫くのに、みずからの命を捨てて顧みなかった。ここにその義理を尊んで祭祀を行なう恩典を下すが、英霊がこれを理解し、私の感謝の意を知ることを願うものである」

王さまは米と豆を下賜され、遺族の家は五年のあいだ夫役を免じた。病で死んだ者があれば、また米と豆を下し、二年のあいだ夫役を免じた。また馬が死んだ者の家には二年のあいだ夫役を免じた。

兵曹が申し上げた。

「このたび捕虜とした男女百七十四人を済州島に送って住ませることにしたいと思います」

王さまはおっしゃった。

「幼い子どもと婦女たちは盜賊ではなく、義理としてこれらは救済すべきである。しかし、野人たちは体質として暑さを嫌うものであり、すべからく涼しく快適な土地に置いて、病を生じさせることのないよう、また男女が雑じり合わないようにさせ、さらにはけっして飢え死にすることのないようにさせよ。地方の守令がしっかりと監視するようにせよ」

そうして、京畿道と忠清道の観察使に対して教諭なさった。

「分けておいた野人たちはことばが互いに通じないが、しっかりと彼らを保護し救済することに努め、悪者らが婦女子を強奪せぬようにして、彼らが安心して過ごせるようにするのだ。もし流離するような者が出てきたなら、必ずその罪を問うからそう思え」

　まさに分置の始め、礼曹に命令して、母と子や兄弟たちが互いに離れ離れにならないようにさせたのだが、礼曹がこれをよく処理することができず、やはり離れ離れになった者たちがいた。そこで、みずから願い出た者について親子や兄弟がいっしょに暮らせるようにした。

　王さまが臣下たちみなにおっしゃった。

「敵を攻撃して戦った後には、防御をいっそう厳しく行なわなければならない。閻延の防御が氷が解けた後、もし堅固でないとすれば、野人たちは復讐心を抱いていて、その動向は推しはかることができない。国家はそれを慮らざるを得ない。そこで、右議政を都按撫察理使として城を築き、柵を設けさせて、兵防を固めようと思うのだが、どうであろうか」

　これに対して、盧閈《ノハン》▼11・安純・許稠が答えた。

「それをなさると、平安道の人心に多くの弊害がありましょう。今は農作業が忙しく力を別に振り分けることができません。都按撫察理使は秋になって派遣されても遅くはありますまい」

　王さまはまたおっしゃった。

「甲山地方は野人たちの住む場所と近接しているが、ただ自衛軍がいるだけで、留防軍を置いていない。今、留防軍を置いて守りを堅固にしようと思うが、どうであろうか」

　みなが答えた。

「兵馬節度使に設置させるようになさいませ」

　王さまがふたたびおっしゃった。

「恵山などは民家が七、八戸あるに過ぎない。これがまず敵の攻撃を受けることになる。この人びとをさらに奥に引き移らせてはどうであろうか」

　黄喜が申し上げた。

「都巡撫使の沈道源《シムドウォン》▼12に行かせて、移るか否かを尋ねさせ、また移り住むところも調べさせ、その後ふたたび議論をすればいいかと思います」

（李爓『類編西征録』）

▼1【馬辺者】『朝鮮実録』世宗十五年（一四三三）五月、洪師錫・崔叔孫・馬辺者らは兵士千五百人を率いて吨納奴の寨里を捜査したが、人がいなかったとある。

▼2【呉明儀】『良仙実録』世宗十九年（一四三七）正月辛亥に、呉明儀を知甲山郡事となすとあり、皇甫仁（第二六話注10参照）にしたがって倭寇を防ぐのに功があったからだという記事がある。

▼3【箋文】何か吉凶のことがあるときに、王に差し上げる四六体の文章。

▼4【朴信生】『朝鮮実録』世宗十四年（一四三二）十二月壬寅に、沈道源・朴信生を戸曹の左右の参判となすとあり、十五年（一四三三）五月己未に、宣慰使の朴信生が戦地に着いて、王からの酒を将士に賜り、王さまのねぎらいのことばを伝えた。今回のことは天地祖宗の徳によるものであり、私の力ではない、賊は必ず報復するであろうから、ますます軍をととのえて賊の侵入に備えよ、と。

▼5【申商】高麗時代の大儒である申賛の息子。易に詳しく易隠先生と呼ばれた。二十二歳で科挙に壮元及第したが、官途に興味を示さず、家にこもって読書と易の探究に時間を費やすことを好んだという。四十一歳で死亡した。

▼6【李晟】唐の臨潭の人。字は良器。徳宗のとき、朱泚を平らげて京師を回復し、功績によって官は司徒となり、西平王に封じられた。

▼7【朱泚】唐、昌平の人。代宗のとき、盧竜の部将であったが、節度使の朱希彩が殺されると、推されてその鎮を治めた。徳宗が立って、太尉となったが、変が起こって、徳宗が奉天に奔ると、朱泚は奉じられて皇帝となり、国号を大秦とし、さらに漢としたが、李晟に敗れ、部将に殺されてしまった。

▼8【徳宗】唐の第九代の王の李适。代宗の長子。初め政は清明であったが、盧杞・趙賛などを用いて乱れ、姚令言が反すると、京師を棄てて奉天に逃げ、その間、朱泚が僭号した。後に李晟が回復して、還ったものの、政治は姑息なものに終始した。

▼9【金宗瑞】一三九〇～一四五三。一四〇五年に文科に及第、咸吉道都節制使となって、一四三四年には六鎮を置き、豆満江を国境に定めた。文宗のとき、右・左議政となって、幼い端宗の補佐をした。一四五三年に首陽大君（世祖）が政権を奪取するとき、まず知略のある金宗瑞を亡き者にしようとして、家に出かけて

真っ先に殺した。

▼10【李叔畸】一四二九～一四八九。字は公瑾、本貫は延安。一四五三年、武科に及第、一四五六年には重試に合格して、駕前訓導として王が陣を査閲するときには王命を伝達した。平壌および延安の判官を歴任して、李施愛の乱（一四六七、第一二九～一三〇話参照）の平定に功を上げて折衝将軍に特進し、延安君に封じられた。一四七九年にも建州衛を征伐、戸曹判書に至った。

▼11【盧閈】一三七六～一四四三。門閥として官途につき、累進して京畿道観察使・漢城府尹になったが、一四〇九年、妻の兄弟の閔無咎が罪を犯して免職になり、十四年間、故郷の楊州で過ごした。一四一四年に復帰して、右議政にまで至った。妻の閔氏は太宗の妃の元敬王后の妹。

▼12【沈道源】一三七五～一四三九。世宗のときの文臣。本貫は富有。一三九六年、式年文科に及第して、吏曹・戸曹の参議などを経て、京畿・江原・全羅三道の観察使となり、一四二八年には正朝副使として明に行って、翌年には漢城府尹となった。吏曹参判となり遠賀使としてふたたび明に行き、戸曹判書となった。清廉であり、また事を処理するのに果敢な性格であったとされる。

第三一話……防衛を怠ってはならない

王さまがまたおっしゃった。

「わが国では、近来、平穏な歳月が続き、軍事訓練がおろそかになっていた。各道に兵士を所属させ、訓練させることにしたい。ひそかに考えてみると、このたびの征伐の戦を経て、童猛哥帖木児（第二三話注4参照）は恐れる気持ちを抱いたに違いないが、もし二つの境界に兵士を集めて訓練を行なえば、いっそう恐怖心は募るにちがいない。また南の地方は倭国と近いが、倭人たちがこの消息を聞けば、これもまた恐れを抱くのではあるまいか。卿らはどう考えるか」

黄喜《ファンフィ》（第一二話注2参照）・権軫《クォンチン》（第二二話注1参照）・崔潤徳《チェユントク》（第二〇話注18参照）・許稠《ホジョ》（同話注6参照）・河《ハ》

敬復《キョンボク》（第二二話注10参照）・盧閈《ノハン》（第三〇話注11参照）・李澄石《イチンソク》（第二九話注1参照）・洪師錫《ホンサソク》（第二一話注2参照）が申し上げた。

「兵士を訓練するのはまことによいことです。しかし、昨今、両界はまことに多事多端の上、築城の役もありました。しばらく後年をお待ちになるのがよろしいでしょう」

一方、孟思誠《メンサソン》（第一三話注1参照）・安純《アンスン》（第二二話注2参照）・李順蒙《イスンモン》（第二〇話注16参照）が申し上げた。

「両界では当番に当たっている兵士だけは除外して訓練をさせ、ただ戦の方法だけは学ばせ、他の道では集合する場所だけを定めておき、兵士を集めて訓練するのがよろしいでしょう」

そこで、王さまは兵曹に命じてこれに適合する法を整えて啓上するようにされた。

（李燗『類編西征録』）

第三二話……軍官たちへの餞別

秋七月、王さまは慶会楼に行かれ、都按撫察理使の崔潤徳《チェユントク》（第二〇話注18参照）と大勢の軍官たちに餞別をなさった。

また、知中事の安崇善《アンスンソン》（第二六話注1参照）に、弘済院で餞別をするようにお命じになった。

（李燗『類編西征録』）

第三三話……中国との行き違い

王さまはまた黄喜《ファンフィ》（第一二話注2参照）・孟思誠《メンサソン》（第一三話注1参照）・権軫《クォンチン》（第二二話注1参照）と議論なさった。

「中国の都督の一人が、わが国が婆猪江を攻撃したという話を聞いて、『朝鮮は勝手に兵を起こし、侵入してきた』と言ったという。しかしながら、私が思うに、太宗皇帝の聖旨ははっきりしていて、信頼するに足りるものであり、いわんや今、皇帝の勅諭にも、『機会に応じて事を処理して、野人たちの侮辱を受けぬようにせよ』とある。これで見ると、皇帝はわれわれが行って婆猪江を討ったことを罪とはなさらないことがわかる。また、孟《メン》捏《ナル》哥《カ》来《レ》と崔《チェ》真《チン》▼1がやって来て、閏八月には出発して建州に向かい、わが国で受け取った両所の捕虜たちをそれぞれ故郷に還し送ろうとしている。私が当初、賊を討伐したのは、彼らに威厳を示そうとしたのであって、もし賊どもがやってきて降伏の意を示せば、捕虜を返すのにやぶさかではない。しかしながら、あの者たちはその過ちを悔い改めることなく、しばしば閭延などの地に侵入している。そのゆえに、二つの道に分けて置いたのである。もし、皇帝の勅書が来てのちに彼らを送り返せば、野人たちはただ皇帝の徳によるものだとだけ考えて、わが国の恩恵であるとは考えないであろう。いま、江界に捕虜としてとどめて置いた二人の野人を故郷に送り返すこととして、次のように教え諭すこととする。すなわち『お前たちが真ごころでもってやって来て降伏するのであれば、捕虜を送り返すこととしよう。お前たちが前過を悔い改めず、辺境を侵犯し続けるので、今まで送り返さなかったのだ。しかし、衣服と食糧は時を失せずに与え、また凶悪な者どもが侵入して来ることなく、安心して暮らせるようにしよう』と。もし、あの者どもがこの言葉をきいて、よく真ごころでもってやって来て降伏すれば、全員を返し送って、前日の威厳と今日の恩恵を知らしめ、恩威をともに行なって、たがいに背くことのないようにしよう」

（李爤『類編西征録』）

▼1【孟捏哥来と崔真】『朝鮮実録』世宗十五年（一四三三）六月戊戌に、北京に赴いていた金乙玄からの報告の中に、明の礼部および兵部は、金乙玄自身および建州衛人と忽刺温人（第二二話注8参照）に閭延の事変についてその顚末の聞き取りを行なったが、それぞれの主張が異なるために、事実関係の調査と拉致され

た人畜の返還を目的として、孟捏哥来と崔真を朝鮮および女真地方に送ることになった、とある。

第三四話……捕虜の送還

八月に崔潤徳《チェユントク》（第二〇話注18参照）が使いを送って申し上げた。

「兀狄哈《オルチョクハプ》（第二二話注9参照）や列家《ヨルカ》▼1などの三人が江界にやって来て、『以前に送った捕虜の趙沙刺《チョサラル》▼2が死なずに帰ってきて、もし真ごころでもってやって来て降伏するのなら、捕虜として捕まえている者たちをみな返してもらえると言ったのですが、本当でしょうか』と言いました。李満住《イマンジュ》（第二二話注4参照）の文章を持って来たと言います」

王さまは使いの者にみずからお会いになって、おっしゃった。

「もしふたたびやって来たなら、ふたたび私のことばを繰り返すのだ。『お前たちが本当に真ごころでもって帰順するのであれば、最初のように待遇しよう。また捕らえてきた者どももみな送り返そう』とな」

（引拠本欠）

▼1【列家】『朝鮮実録』世宗十五年（一四三三）八月己丑の記事では、平安道都安撫使の崔潤徳から上啓があり、兀狄哈・劉家刺ら三名が江界府に到ったとしている。

▼2【趙沙刺】右の注1の『朝鮮実録』の記事では、建州衛に捕虜の「趙沙羅甫下」を送還し、李満住にもし誠心でもって出降すれば、捕虜は送還する旨を伝えたとある。

第三五話……李満住の手紙への回答

野人が李満住《イマンジュ》（第二二話注4参照）の手紙を持って江界に至り、崔孟《チェメン》▼1に告げた。

「中国の使臣二人が忽刺温《フラウン》（第二二話注8参照）に行き、朝鮮人を渡したいと言って、満浦につれて来た」

そうして、その手紙には次のように書いてあった。

「宣徳七年、兀狄哈《オルチョクハブ》（第二二話注9参照）百四十名が朝鮮の国境地帯に至り百姓を略奪しようとしましたので、われわれは力戦して六十四口を奪い返して朝鮮に送り返しました。すでに人びとを送り、食糧まで持たせました。ところが、また兀狄哈が兵を起こして引き返してきたので戦いましたが、捕虜とした者たちが口をそろえて訴え、すでに明の皇帝の聖旨も下っています。願わくは、朝鮮に送り返した人びとと牛と馬と財物をすべて建州衛に返していただきたい」

王さまは政府の六曹を招集して、彼らへの回答を議論させた。このとき、皆が答えた。

「あの者どもは忽刺温を引き連れてわが辺境の民を略奪するためにわが国にやって来た。その理由を尋ねたが、あの者どもは反抗して服従せず、みずから敗亡の道をたどっている。これはもっぱらあの者どもが従順ならざるためである。何故に、忽刺温の言い分だけをここで言い、みずからの罪を脱そうとしないのか。あの者どもの妻子四名はすでに帰って行ったが、もし真心でもって帰順するのなら、どうして皇帝の勅書を待って、返し送ってほしいなどと言うのか」

王さまはこれを嘉《よみ》された。


（李爛『類編西征録』）

＊この話は理解が難しい。忽刺温人が百五十余の人馬をもって閭延・江界地方に侵入、男女老幼六十四人を略奪して行った。これを知って、建州衛の首長でありつつ朝鮮への帰順の意も表している李満住は六百の兵を

連れて追撃、六十四名を奪い返して、朝鮮の江界に送り返した。ところが、明の朝廷では、その六十四名は朝鮮人ではなく、建州衛の人間だということになり、送り返すべきではなかった主張する。そこで、李満住は返還を要求することになるが、それを受けた朝鮮の朝廷では、議論が奇妙にねじれて、侵入してきたのは忽刺温人ではなく、建州衛人であるとの結論となり、その結果、朝鮮では一万五千の兵で建州衛を討伐することになる。李満住は九死に一生を得たものの、妻は殺され、集落は焼き尽くされてしまう。そのような目に遭ってもなお李満住は朝鮮に対して恭順の姿勢を示そうとしたことになる。

▼1【崔孟】崔潤徳の間違いではないかと思うが、よくわからない。

第三六話……江辺の防禦は臨機応変に

崔潤徳《チェユントク》（第二〇話注18参照）が朴好問《パクホムン》（第二六話注8参照）を送って申し上げた。

「野人たちが江界に至って言うには、『先日、捕虜を返してもらったので、満住（第二二話注4参照）がはなはだ喜んでいる。もしわれわれの家族が生きているのなら、江辺で会いたい』と言っていますが、今、江の沿岸の防備を見ると、兵士も馬もはなはだ疲弊しており、また欽差使が皇帝の勅書を持って来ています。捕虜の中の一、二名をあるいは返し送り、あるいは江辺に送って、互いに相まみえさせ、あの者たちに帰順の心を持たせるように仕向けてはいかがでしょうか」

そこで、王さまは好問に帰って行って、潤徳に伝えるようお命じになった。

「今、野人たちが自分たちの妻子の帰還を請うてきて、また中国の使臣たちもやって来た。江辺を防御するとき、南道の兵士は氷が凍りだしてから防御に送り、氷が閉じて後に、慈山の南の兵士に交代させることにする。遠くて事を行なうのに容易ではないが、臨機応変に処置するようにせよ」

（李熻『類編西征録』）

第三七話……オランケと和親すべきかどうか

閏八月に婆猪江の野人である王半車《ワンバンコ》など四名が[1]李満住《イマンジュ》（第二二話注4参照）の手紙を携えて来て、略奪にあった家産を返してくれるように乞い、またソウルに来て王さまに拝謁しようとした。

このとき、孟思誠《メンサソン》（第一三話注1参照）と権軫《クォンチン》（第二二話注1参照）は彼らの願いを聞いてやろうとしたが、一方で黄喜《ファンフィ》（第二二話注2参照）は受け入れられないとした。

しかし、王さまは思誠の議論に従われた。そして、五月に王半車などは和親することを許可する旨の教旨を得て帰って行った。

この時、王さまは政府の六曹に議論させたが、承文院提調が申し上げた。

「このような教旨を下されたことは前例がございません。そこで、議政府の下教を受けて礼曹か兵曹に文書を移して議論させてはいかがでしょう」

これに対して、黄喜などが言った。

「ただ今、やって来た一人二人のことばは、それが首長から出たものであるかも知れないものの、有司が下教を受けて文書を扱うというのは、あまりに軽率に過ぎるように思われます。また、私に文書を交わすことも正しくはなく、もし、あの者どもがまことに帰順すると言うのなら、先日と同じように応接するだけのことです」

しかし、金益精《キムイクチョン》（第二二話注14参照）などが言った。

「今にわかにやって来て言うことばが信じることができぬにしても、すでに李満住の公文書を受けて来て、和親しようという意思を明らかにしたのであれば、礼曹で殿下の教旨を受けて、和睦しない理由と兼ねて和解しようという意思をともに議論すればいかがでしょうか」

王さまはおっしゃった。

「議論を一つに統一してあらためて奏上するようにせよ」

黄喜などが言った。

「書信を通じようというのは断じてしてはならない。彼らの子弟を人質にとることにして、ふたたび拝謁を請うてきたなら、義理としてこれを許せばいい」

孟思誠などはこれに対して言った。

「今やって来た人たちは誠心で書を通じることを要求したが、これは防ぐことはできない。書を通じようとした意志をつぶさに記録しておくべきである」

また、続けた。

「あの者たちがみずから妄りに事を構えたので、やむをえずにあの者たちを討ったのだ。今、心を入れ替えて、正しく振る舞えば、必ず以前のようにあの者たちを応接しよう。そうした旨を礼曹で受け入れて書類にしたためれば、義理に悖ることはないであろう。今から、その来朝者、またともに来た子弟たちで入侍しようという者たちはすべて許可するのが、今の時期にふさわしいことではないであろうか」

王さまは思誠らの言に従われた。


（李爓『類編西征録』）

▼1【王半車】『朝鮮実録』世宗十五年（一四三三）八月己卯に、李満住が王半車ら四人に平安道安撫使の崔潤徳への書簡を託した旨が見える。

第三八話……王の辺境巡行について

王さまが崔潤徳《チェユントク》（第二〇話注18参照）に説諭なさった。

「今、崔致雲《チェチウン》（第二五話注1参照）が使者として参り、申すことばを聞くと、王みずからが軍を率いて辺境防備を巡察し、勇猛を現わして威厳をお示しになればいかがかということであったが、私が思うに、それは正しいこととは言えない。巡行は毎年行なわなくてはなるまいが、今年はこのような状態で、明年はこのような状態でないのを見て、あの者たちは畢竟、『今年、大将の巡行がなければ、不測の事態がこの地に生じるに違いない』と考えることになろう。まして、われわれはすでにあの者たちに、真ごころでもってやって来て降伏を願えば、以前のように親しく応接してやろうと言った。今ふたたび兵士を動員して巡行すれば、あの者たちは必ず疑心を生じよう。これは約束に背くことではないか。大体、兵を用いるときは秘密を大切にしなくてはならない。あの者たちにわれわれの心を悟られてはならない」

（李爓『類編西征録』）

第三九話……オランケの移住を許すべきか

冬十月に兀狄哈《オルチョクハプ》（第二二話注9参照）が斡木河《アルモクハ》を攻撃して管禿の父子[1]と地域の人びとを殺した。このとき、ただ凡察《ポムチャル》[2]などだけが生き残ってわが国の人を見ては哀願した。

「ここでこのまま生活することはもうできません。慶源付近の時反などの地に移り住めるようにしていただけないでしょうか」

王さまはこれを聞いて、すべての臣下たちを呼び集めて議論をおさせになった。

「歴代の帝王の中にはオランケたちを管内に住まわせ、藩屏と見なした方もあった。またわが太宗もかつて、斡木河の者たちはわが国の臣下であるとおっしゃったことがある。今、凡察の願いについては何故に応じてはならないのか」

これについて、臣下たちはお答えした。

「おことばはもっともですが、しかしながら、彼らのことばが真実かどうか判断できず、軽率には許可するわけにはいかないのです。それに、オランケたちを近づけていたずらに禍を招くことは昔の人も深く戒めておりました。断じて許可することができません」

（李燗『類編西征録』）

▼1【管禿の父子】斡木河にあった建州左衛の猛哥帖木児とその子の阿古を言う。猛哥帖木児については第二三話注4を参照のこと。

▼2【凡察】当時の建州左衛の都督として凡察の名前が見える。

第四〇話……斡木河の経営

十一月に咸吉道都節制使の成達成《ソンタルソン》▼1が急に人を送ってきて申し上げた。

「斡木河の野人たちはすでにその首長が死んだために、その群れは頼るところがなくなって、騒ぎを起こすのではないかと懸念されます。そこで、急に備えてすでに寧北と慶源では軍馬をととのえて待機させています」

これに対して王さまは、兵曹佐郎の禹孝剛《ウヒョカン》▼2を送って教諭された。

「近頃、猛哥帖木児《メンカチョプモクア》（第二三話注4参照）の部下の人間が通事の朴天奇《パクチョンキ》▼3の従者を弓で射殺した。ことはさほど重大ではないし、彼はすでにそれを悔いて謝罪したので、国家はすでにそれを許した。だから、ふたたびその罪を議論することはない。今、他の危急に乗じて軍を起こし、勝ったとしても、これを勇武と言うわけにはいかない。ただ人の災厄に乗じて兵を出して略取しようとすれば、これは人として残忍であるとの誇りを免れまい。そこで、もしあの者たちが侵入して来たなら、やむをえず、変に対応して追撃してとらえねばならないが、あるいは他所に移り、また平穏に住んで侵入する気配がなければ、われわれも慎んでこちらの方から攻撃することは考えず、彼らに平和に職業に従事させることにしよう」

　王さまはまた臣下たちをお呼びになって、おっしゃった。

「先代の王がおっしゃったことがある。守業の王というのは狩猟や風流ごと、そして女色を好まなければ、大体は自己を誇って功績を誇りたがるものである、と。昔から今に至るまで、前代の事業を継承する王はこのことを警戒してきた。私は今、祖宗の業を受け継いで、いつもこのことを恐れている。先ごろ、婆猪江の役においては、大臣と将軍たちがみななすべきではないと反対して、またそれはもっともな議論であったにもかかわらず、私は彼らの議論に背いて征伐を敢行して、幸いに功を挙げることができた。いま、猛哥帖木児は父子がともに死んで、凡察（第三九話注2参照）が彼らの群れを率いてやって来て、境界の中で暮らすことを願っている。しかしながら、大臣たちはこれを軽率に許してはならないと言う。正論と言うべきであろう。だが、斡木河について言えば、もともとわが国の境界の中であり、凡察などがもし他のところに移り住もうとすれば、また他の兇漢な賊が来て住むことになって、それでは単にわが国土を失うだけではなく、また他の強敵を作り出すことになろう。

　私はこの虚に乗じて寧北鎮を斡木河に移し、慶源を蘇多老に移して、昔の疆土を回復しようと思うのだが、この考えはどうであろうか。また祖宗（太祖）の時代には慶源を孔州に置き、太宗は慶源を蘇多老に置いて、その後、韓興富《ハンフンブ》（第二五話の注10参照）が戦死して、郭承祐《クワクスンウ》▼4が戦に敗れたものの、太宗はあえてこれを捨てることがなく、木柵を富居站に設置して兵を駐留させた。これは祖宗の時代に斡木河を国境と定めたのを考えてのことであり、常にそれを心の中で忘れなかったのである。私は誇張することを好んでいるのではなく、功を立てることを好んでいるのでもないが、猛哥帖木児父子が一時に死んだことは、これは天が滅ぼしたのであり、この時を失するべきではない。まして、豆満江はわが国をぐるりと囲む天の作った峻嶮な堀で、昔の人の言う、大河を池とするという意に符合する。わたしはすでに計画を固めたが、卿らはどう考えるか」

　これに対して、沈道源《シムドウォン》（第三〇話注12参照）・河敬復《ハキョンボク》（第二二話注10参照）は申し上げた。

「この時を失してはなりません。朝官を遣って成達生とともに情勢を探り、その後にふたたび議論するのがよろしいでしょう」

　一方、黄喜《ファンフィ》（第二二話注2参照）と権軫《クォンチン》（第二二話注1参照）が申し上げた。

「兇漢な賊が来て住めば、ふたたび新しい強敵を作り出すことになるという殿下のお言葉は至極に遠大であり、臣らもやはりこの虚に乗じて鎮を設置するのがいいかと考えます。しかし、二つの鎮を設置するとすれば、一つの鎮にだけでも千戸の民を移り住ませねばならず、そのように考えると、事ははなはだ大きく、困難なものになります。軽率に議論できるようなことではなく、禹孝剛が帰ってくるのを待って、形勢を子細に尋ねてみたのちに、ふたたび議論なさるのがよろしいでしょう」

　しかし、ひとり孟思誠《メンサソン》（第一三話注1参照）は申し上げた。

「『詩経』で見ると、昔、▼5召公がある日、百里の国土を広いと言ったことがありましたが、これは現実に心を痛め、過ぎ去った日々のことを思って、憤慨してのことばでありましょう。わが李氏の王室は代々、孔州に住んでいましたが、今になってみると、荒れ果てた土地になって、野人たちが渉猟しています。どうしてこれを座視していられましょう。今こそ国土を拡張すべき唯一の機会です」

（李爓『類編西征録』）

▼1【成達成】一三七六～一四四四。字は孝伯、本貫は昌寧。蔭補（科挙に拠らない名門の出による登用）で郎将となり、李芳遠（太宗）が潜邸のときから寵愛を受けて、彼が世子になると護軍に昇進した。一四〇二年に施行された武科の試験で壮元となり、一四一〇年の武科重試では二等で及第した。各地の観察使・節制使を歴任して、一四二二年には閭延に侵入した野人を撃退するために平安道都観察使として派遣されたが、管内の飢民を救済しなかったという理由で罷免された。一四二七年、工曹判書として、二度、進鷹使となって明に行った。一四四四年、椒水里に行幸する世宗に随行して突然に死んだ。

▼2【禹孝剛】『朝鮮実録』世宗十一年（一四二九）八月甲申、知申事の鄭欽の上啓に、先日、進献の物の目

録に石首魚一千四とあるべきところを、注書の禹孝剛は間違って一千斤と書いた、それを私も気づかなかったので、家で待罪するとある。十五年（一四三三）閏八月辛亥朔、禹孝剛を左正言にする旨の記事があり、世祖二年（一四五六）六月甲子、工曹参判・禹孝剛卒すの記事がある。

▼3【朴天奇】『朝鮮実録』世宗十五年（一四三三）六月乙巳、凡察管下の人が通事の朴天奇の従者一人を射殺して、謝罪に来た旨の記事がある。

▼4【郭承祐】?～一四三一。蔭補で武官職に就いて、一三九九年には別将になった。一四〇四年には護軍となって、武官としての力量を発揮したが、台諫から弾劾を受けて罷免されることもあった。一四一〇年には慶源府兵馬節度使となって、兀狄哈・吾都里の野人たちが侵入すると、これと戦った。その被害が大きかったために弾劾される局面もあった。全羅道処置使となって赴任中に死んだ。

▼5【昔、召公が……】「昔先王命を受け、召公の如きあり。日に国を辟《ひら》くこと百里、今や日に国を蹙《せば》むること百里。於乎、哀しいかな、維れ今の人、有旧を尚《つね》とせず」（『詩経』「大雅」蕩之什）。

第四一話……北方の植民

金宗瑞《キムジョンソ》（第三〇話注9参照）を咸吉道都節制使に任じて教示が下された。

「昔から帝王となった方は誰であれ、王業を起こすことを大切に考え、それを根本としない方はいなかった。これは歴史を見渡しても明らかにわかることだ。またわが国の北方の豆満江は天が作り、地が設けたものとして、国家の垣根を雄大に示し、国境を規定して防いでくれるものである。それ故、太祖は最初に孔州に慶源府を置かれ、太宗は蘇多老にそれを移されたが、これはどちらも王業を起こすことを重くお考えになってのことであった。過ぐる庚寅の年（一四一〇）に盗賊が侵入してきて、守っていた臣下が守りきることができず、富居站に退いたために、太宗は『もしオランケどもがやって来て居住すれば、即刻、これを追い払って、賊どもの巣窟とすることのないようにせよ』と命じられたのだった。今、蘇多老と孔州がどちらも焼け野原になって、オランケたちの馬の蹂躙する狩猟場となってしまった。私はそれを思うたびに、心が痛んでならない。また、斡木河はまさしく豆満江の南にあって、わが国境の内にある。しかも、土地は豊穣で農耕をして家畜を飼うのに適している。また交通の要衝でもあり、ここに大きな鎮を設置して、北方を守る門とするのがいいであろう。しかし、太宗は国を守るのは四方の蛮族にあるというお考えでもって、しばらく彼らの帰化を許されたのだったが、いま、彼らがみずから滅亡の道をたどり、垣根が一つもなく空になってしまった。この機会を失するべきではない。ここに先王の遺志を継承して、ふたたび慶源府を蘇多老に移し、寧北鎮を斡木河に移して、百姓たちを集めてこれを守らせようと思う。これは謹んで祖宗の代から伝えられてきた、天が作って与えた険峻な地形を守護して、人びとが交代で守る苦労を失くすものであり、私がみずからの力を誇示して功を立てるために領土を広げようというのではない。そこで、兵曹ではまさに私の意志を体して、私の言った条件に合うように議論を続けて啓上することにせよ」

　これに対して、兵曹は啓上した。

「今、二つの鎮を設置して、その地方の役人を配置し、本道の民の千百戸を寧北に移し、また千百戸を慶源府に移し、夫役と税金を軽くして彼らの生活を保証してやります。そうして彼らの生活が繁盛するのを待てば、遠い辺境を守る苦しみも次第に癒えることになります。また、もし本道から移住させる民が二千百戸にならないときは、忠清・江原・慶尚・全羅などから募って、そのみずから募集に応じた者が、良民であるときには地方の官職を与え、郷吏（第二八話注2参照）や駅吏であるときには永久に戦役を免じ、賤民であるときには永久に解放して良民にしてくださるようお願いします」

　王さまはこのことばをお受け入れになった。

　十二月に撒満答失里《サルマンタムシルリ》▼1などが人を送って飢餓を報告して食糧を要求すると、王さまは撒満答失里、そして李満住（第二二話注4参照）にそれぞれ、米二十石を下賜された。

（李燗『類編西征録』）

▼1【撒満答失里】『世宗実録』十五年（一四三三）十二月壬戌の記事に、都督の撒満答失里と指揮の李満住らが人を遣わして食糧を請うたので、今までの心を改めることを条件に、今までの十五石にさらに五石を加え、二十石を下賜された旨が見える。

第四二話……朝鮮の王業は北方から起こった

十六年（一四三四）に礼曹判書の申商《シンサン》（第三〇話注5参照）が申し上げた。

「斡朶里《アルダリ》▼1から本曹に、『今、斡木河《アルモクハ》に鎮を設置するというのは、われわれをそこにこれまで通り住まわせようということでしょうか』と尋ねてまいりました。これは自分たちを追い払おうというおつもりではないかと恐れているのだと思われます」

王さまはお答えになった。

「彼らがわが国の民になることを望むなら、どうしてこれを追い払おう。そして、もし彼らが出て行こうと言うのなら、どうしてこれを引き留めようか」

石幕にあった寧北鎮を今の行営である伯顔愁所《ペクアンスソ》に移し、これを鍾城郡とした。

それから時を置かず、斡木河は西北の賊を防ぐ要衝であり、また斡朶里の遺した一族が生活しているところだとして、特別に城と堡塁を築いた。しかし、そこは他の鎮からは距離が離れていて、互いに救援に赴くことが難しいということで、別に斡木河に鎮を設け、これを会寧府と名付けた。

最初に、高麗の尹瓘《ユンクアン》▼2が女真を追って城塞を築き、鎮内の防御所とみなしたが、これを孔州とも、匡州とも呼んだ。

李朝の太祖七年戊寅（一三九八）に、これは国家の古址であるとして、石城を築いたが、ここに徳陵▼3と安陵[4]があったので、王業の起こった土地だとして、名前を慶源と変えたのだった。

太祖九年己丑（一四〇九）にこれを蘇多老《ソタロ》の昔の行営に移して治めさせたが、十年庚寅には女真が侵入してきたので、ついに二つの陵を咸州に移し、民も家も鏡城郡に合わせて移したために、その地はついに廃墟となった。

十七年（一四一七）に、富居帖《プコチャン》にふたたび邑を置くようになり、このときに至って斡木河に鎮を置き、ともに本府を会叱家《フィチルカ》[5]のいるところに移し、これを慶源府と呼んだ。

十二月に、崔潤徳（第二〇話注18参照）に書を下された。

「激しい雨と雪に遭って苦労をしていないかと心配だが、卿らの国家のための忠勤は、国の内外に顕彰して、これを慰労したい。朝廷の重臣でありながら、鎮におもむき辺境に出兵して、賊を威圧して辺境を鎮め、私の憂いを失くしてくれた。これはまことに感謝に堪えないものである。今や厳寒の季節に当たり、起居を慎むがよい。宦官の厳自治《オムチャチ》[6]を派遣して宴を張らせて卿を慰労することにし、また衣服一揃いを下賜することにする。よろしく受け取るように」

（李燗『類編西征録』）

▼1【斡朶里】現在の三姓の西対岸の馬大屯のあたりというが、童猛哥帖木児（第二三話注4参照）がその万戸だった。斡朶里からの情報は童猛哥帖木児からのものと考えられる。

▼2【尹瓘】?～一一一一。高麗の名臣であり将軍。字は同玄、本貫は坡平。文宗のとき、科挙に及第、粛宗のとき東宮侍講となり、要職を歴任。一一〇四年、東北面行営兵馬都統に任命され、女真を討伐したが、失敗した。一一〇七年には女真征伐の元帥となり、十七万の大軍を率いて東北界にいる女真を討って九城を築いて平定、翌年には凱旋して、推忠佐理平戎拓地鎮国功臣門下侍中判尚書吏部事知軍国重事となった。しかし、女真は北方を侵犯し続け、ふたたび征討に出たものの敗退し、九城を女真に与えることになって、官職と功臣の号を削奪された。一一一〇年には復帰して、守太保門下侍中判兵部事となった。年少のころから学問を好み、陣中にあっても常に五経を手から離さなかったという。

▼3【徳陵】太祖・李成桂の高祖である穆祖・李安社の陵であり、咸境南道新興郡加平面陵里にある。

▼4【安陵】太祖・李成桂の高祖母である孝恭王后李氏（本貫は平昌）の陵であり、徳陵と同じく咸境南道新興郡加平面陵里にある。

▼5【会吒家】会叱家。『東国輿地勝覧』の慶源の条に「世宗十年又移府会叱家之地、徙南界民戸、以実之」とある。女真族の居住する地名であるとともに部族名でもあることになる。朝鮮は北方経営および北方の領土拡張のために慶源府をその地に移したことになる。

▼6【厳自治】『朝鮮実録』世宗十四年（一四三二）十二月壬辰、内官の厳自治を平安道に派遣して、海東青（鷹）を看養させたとある。文宗元年（一四五一）十一月癸戌、王は宦官の厳自治に命じて、軍器監での軍器製造の実情を調査させている。王の側近として辣腕を振るった宦官であったらしい。

第四三話……北方の攻防㈠

十七年（一四三五）の春正月、兀良哈《オルリャンハプ》（第二三話注5参照）から兵五千七百騎が来て閭延を包囲した。郡守の金允寿《キムユンス》▼1と都鎮撫の李震《イチン》▼2、水軍節度使の金成烈《キムソンヨル》▼3、都按撫使で軍官の金寿延《キムスヨン》▼4などが兵士を率いて勇敢に戦い、これを阻止した。賊の人馬は多く矢に射られて退却した。

翌日、寿延が精鋭なる騎兵を率いて江まで賊を追って行ったが、賊は姿を隠して現れることがなかった。ただ百騎だけが出てきて戦ったが、負けたと見せかけ、そのまま逃亡した。寿延は伏兵がいるものと理解して深追いすることはなかった。

（李熠『類編西征録』）

▼1【金允寿】一三八七～一四六二。世宗のときの武将。本貫は善山。二十五歳のとき、武科に及第。閭延兵馬使のとき、女真の急襲を受けたが、反撃して退けた。その戦功で通訓となり、しばしば国境防備に出て国

家保安に功があった。一四五三年、知中枢府事となり、正朝使として明に行き、翌年には忠清道都按撫処置使となって、正憲大夫となったが、辞退して、余生を送った。この話の事変については、『朝鮮実録』世宗十七年（一四三五）正月に、平安道観察使からの急報で、本月十三日、吾良哈二千七百余騎がやって来て閭延城を囲んだ、辰の刻から未の刻に至るまで、郡守の金允寿は、都鎮撫上護軍の李震、水軍僉節制使の金成烈、都安撫使軍官の金寿延らとともに、軍人を率いて城の上から相戦った、賊九十余口、馬六十余匹を射て、賊どもは退いた云々、とある。

▼2【李震】生没年未詳。一四二二年、知宜川郡事だったとき、宮婢の元荘が郡民の林成富を誣告した事件で、処理を誤ったとして七十の杖刑を受けて徒刑一年半となった。のちに復帰して、一四三五年には僉知中枢府事となり、一四三七年には江界節度使として女真族の征伐に参加するようになった。

▼3【金成烈】右の注1の『朝鮮実録』世宗十七年（一四三五）正月の記事に、水軍僉節制使の金成烈の名前が見える。

▼4【金寿延】右の注1の『朝鮮実録』世宗十七年（一四三五）正月の記事に、金寿延は賊が退却した翌日、驍勇一百を率いて追撃したことが見える。また、『朝鮮実録』世祖元年（一四五五）八月壬戌、前中枢院副使の金寿延が卒した、弔問し、賻《ふ》を致したとある。

第四四話……北方の攻防(二)

夏五月に婆猪江から来た人が言った。

「李満柱《イマンジュ》（第二二話注4参照）と忽剌温《フラウン》（同話注8参照）が閭延に侵入してわが国の人二名を殺し、七名を拉致し、牛と馬とを奪って帰って行きました」

このはなしを聞いて、兵曹判書の崔士康《チェサカン》（第二六話注4参照）が申し上げた。

「国境の中の人が殺され家畜が奪われたのに、その地方の郡守の金允寿《キムユンス》（第四三話注1参照）がどうしてそれを知らない道理がありましょう。ところが、それを啓上しない。その罪は軽くはありません。また、都節制使の李恪《イカク》（第二六話注3参照）は主将であるにもかかわらず、すぐに現地に行き、調査をして報告することを怠りました。これでは辺境のことに意を払っていないことが明らかです。関係官庁に命じてこれを断罪なさってください」

そこで、王さまは黄喜《ファンフィ》（第一二話注2参照）・盧閈《ロカン》（第三〇話の注11参照）などを呼んで議論をおさせになった。

二人は申し上げた。

「これは特赦が下る前のことで、特赦が下った以上は罪に問えません。ただ允寿だけは三品の辞令状を取り上げるのがよいでしょう」

崔士康も申し上げた。

「允寿の犯した罪は辺境において一大事であり、この罪を黙認できません。職牒を回収して罪を科してください」

そこで、王さまがおっしゃった。

「今、武士としてどうして允寿に代わる人物がいないということがあろうか。しかし、辺境を守る将帥をしばしば代えれば、疎漏な事態が生じるのではないか。また一時の罪で法を廃して信を失うべきではあるまい」

しかし、士康はふたたび申し上げた。

「これは特赦が下る前のことでしたから、ふたたび刑罰を加えることはできません。ただ官職だけ廃し、追放することはまた前例もあることとです」

王さまはそこで彼から四品の辞令状を奪い、その職に今まで通り置いた。

秋七月に野人二十余騎が江を渡って閭延の小董頭《ソトンドゥ》地方を侵略した。そこで、鎮撫の張思祐《チャンサウ》▼[1]が兵士を率いて追撃し、郡守の金允寿もまた兵士を率いて道を防ぎ、賊七名を殺し、彼らが奪った人と財産などをすべて奪い返した。

最初、王さまが勅命を下し、夏の時期は防備が疎かになり、農民たちが野に出ているときに賊たちが密かに出現しないかと心配なさり、重要な道路と村には壮丁たちを選んで隊伍を作って、昼には出て行って分かれて陣をかまえ、旗を振り太鼓を打って互いに連絡を取り、晩になると、山林に入って不慮に備えるようにおさせになった。

また、山羊会《サンヤンフィ》や口子時《クチャシ》などには兵士を派遣して賊の動静を探索させ、閭延が包囲される事態になると、また条例を発して前後に備えるよう詳細にお命じになった。

このときに至り、王さまは観察使の朴安臣《パクアンシン》（第一三話注2参照）と李恪《イカク》に教旨を下された。

「四方を防備する方略として、かつて境界を正確に決定しようとしたのであった。ところが、卿らはそれに背いて行なわず、賊らが隙に乗じて侵略してきた。これより後には、辺境防備の将帥は前に下した命令をよく理解して、農民と壮丁を選んで、晩には山に登り、昼には賊を見張って注意を払いながら農作業に励むのだ」

また、野人二十名が閭延の趙明干口子《チョミョンウクチャ》に侵入してきて、わが国の兵士で戦死する者が三名あった。賊には矢に射られた者が多かったが、このとき、金允寿が兵を率いて追撃したものの、賊に追い付くことができなかった。

（李爓『類編西征録』）

▼1【張思祐】『朝鮮実録』世宗十七年（一四三五）七月戊子、平安道観察使が副司直の姜徳方を送っての急報に、今月初十日の閭延小熏豆の変で、鎮撫の張思祐が郡事の金允寿とともに追い、賊七人を殺した旨の記事がある。

第四五話……金宗瑞への諭示 オランケの懐柔

咸吉道都節制使の金宗瑞《キムジョンソ》（第三〇話注9参照）に諭示が下った。

「卿は先日、ソウルに上って、『李澄玉《イチンオク》（第五五話注1参照）が本府の近くに住んでいて、斡朶里《アルダリ》（第四二話注1参照）と凡察《ポンチャル》（第三九話注2参照）のような種族を使って当番を決めて懸命に守らせるようにし、賊どもが少しでも集合しているという情報があれば、当番の者たちを率いて変事に対応しようとしています』と啓上した。今になって私が思うに、斡朶里や凡察のような者たちは人面獣心とも言うべき輩であって、その心を安易に信じることはできない。また、彼らは留めて置いて慰撫するとしても、内界にやって来れば厚くもてなすものの、去って行けば追わないのがよい。心腹とみなして親しみ、信じてともに事を行なうことのできる者たちではない。ただこの者たちは尼介車馬《ニケコマ》▼1とはたがいに怨讐を結んでいる。もし尼介車馬らが党を組んで恨みを晴らそうとして来寇したら、尼介車馬らを捕らえればよい。あるいは座視して救援しないとすれば、先日の親しみ信頼した情誼を失くすことになろう。そうでなく、兵を起こして救援すれば、いずれまたわれわれに代わって敵に当たることになろう。それゆえ、留め置いて慰撫し、真ごころを持って応対して、ともに親しむことにして、われわれに対して兵を起こさせるようなことをしなければ、後々の憂いを断つことになる、まことに良策と言えるのではあるまいか。

ただし、考えるに、これまで兵士を親しませ、事をともに起こしたのを、一朝で何ら理由もなく絆を断ち切って、あの者たちとわれわれの間が疎遠になってしまえば、あの者たちは必ず疑心を抱くであろう。それゆえ、われわれの本心を絶対に漏らしてはならない。あの者たちにはねんごろに教え諭すがよい。『わが国ではお前たちを気の毒に思うが、お前たちは自然に出生し、自然に育って、もともと所属するところがなく、また役事に服して奔走する苦労など知らない。ところで、わが国ではまったくお前たちに役事に当たらせるようなことはせず、平安に生業に従事できるようにしている。お前たちはわが国がお前たちをはなはだ大切に待遇していることを知って、安心して生業に励んで、永久に生活の楽しみを保全するようにせよ』と。しかしながら、辺境の事情ははるか遠く知りがたいことであり、必ず辺境にいる将帥が彼らの実情を目で見て、その後に過《あやま》つことなく良計を講じるがよい。そうすれば、必ずやことを仕損じるということはあるまい。

卿は以上のことを李澄玉とも議論して報告するようにせよ」

王さまはまた諭旨を下された。

「将軍たるべき道理は戦を尊ぶことにはなく、慎重に事を処理することを尊ぶことにある。これは歴史を参照しても、明らかなことである。

いま、しばらく趙の将帥の李牧[2]のことを言おう。牧が雁門にいるとき、士卒たちに食事をさせ、馬に乗って矢を射る練習をさせ、烽火を慎んで間諜を多く放った。このとき、士卒たちと約束したのは、匈奴が攻撃して来れば、自分たちはすぐに撤収して集まって守り、もし出て行って戦う者がいれば、これを斬るというものであった。それで、オランケたちは牧を指して臆病だと言った。趙王はこれを聞いて憤り、牧に代わって他の者を将帥にした。その将帥はオランケが攻めてくるたびに出戦したが、戦況は不利で失うことが多かった。趙王は自分の過ちをさとり、ふたたび牧を将帥にしたが、今回、牧にしたがう辺境の兵士たちはみな出陣して戦うことを希望した。そこで、牧は出陣して敵を大いに破り、匈奴の十万人を殺し、それ以来、匈奴は辺境に侵入することがなかった。

この他にも、まず堅く守るのが有利であり、軽率に敵と戦って損失を被った史実はいちいち記すことができないほどに多い。今回の報告を聞けば、忽剌温《フラウン》（第二二話注8参照）が辺境を侵攻しようと謀れば、人びとをすべて帰って来させ、田畑をすっかり刈り取って待っていればよい。日を重ねて苦労してやって来た賊がわが境界を侵しても、堅く守るだけで出撃はしないでおく。これは臆病で弱者のするところに見えるが、あらかじめ精鋭を選んでおき、機会をうかがって打って出て勝ちを制し、賊が侵入する心配を永久になくすのだ。それが最もよい計略と言えるであろう。

しかし、辺境を守る方策は烽火を慎んで、斥候を用いるのが第一で、賊が攻撃してくるときには、あらかじめ城に戻り守りを固めるのがよく、われわれの城壁を堅固にして、田畑には何もないようにしておけば、賊が来たところで何も得るところはない。険阻なる山河を幾日もかけてやって来ても、これはただいたずらに疲労するだけであり、後日、侵略しようとする野心をまったく失くすであろう。もしそうでなく、賊の強弱を知ることもなく、いたずらに決戦を行なって、もし負けたとすれば、その損害はすこぶる大きい。弱体の兵を率いて手ごわい賊に当たり、小勢でもって多勢に当たるのは、たとえ田単[3]の計略をもってしても、一時の僥倖を得るだけで、長きにわたって勝利を得ることはできない。これは取るべき策ではあるまい。敵の強弱を推し量り、わが手勢の多少を考慮して、自軍に絶対の勝利の勝算があり、敵が必ず負ける形勢であるという確信があれば、門の中に入った賊を捕らえずに放っておくなどありえないことであり、奇策を用いて変事に備え、戦に勝って、彼らが戻って来ることのないようにし、豺狼《さいろう》のような心をくじくのがよいであろう。そうでなく、国境の外にまで賊を追っていき、窮した賊を討って、漢の衛霍[4]が行なったようなことは、われわれの望むところではない。卿は昔の人の処置をよく考慮して、万全の策を図るようにせよ」

（李𤊞『類編西征録』）

▼1【尼介車馬】「尼麻車兀狄哈」と史書に見える。東京城周辺に居住した部族。たとえば、『朝鮮実録』世祖六年（一四五〇）正月甲申に、王は慕華館に群臣を率いて出て、倭の野人を引見するとともに、野人の尼麻車兀狄哈に弓を射させて見せたなどとある。後に清の太祖のヌルハチの傘下に吸収される。

▼2【李牧】中国の戦国時代、趙の北辺の良将。大いに匈奴を破った。また、秦軍を破る功で武安君に封ぜられた。秦はこれを憂え、牧の謀反を告げさせた。趙王はこれを信じて牧を斬り、趙はついに秦に滅ぼされた。

▼3【田単】戦国、斉の人。燕の昭王が楽毅に斉を討たせてことごとくその城を下したとき、ただ莒と即墨だけは降らなかった。即墨の人は田単を将軍として燕を防ぎ、田単は燕に恵王が立って楽毅と隙《げき》があるのを見ると、火牛の計をもって燕軍を破り、斉の七十余城をことごとく取り戻した。

▼4【漢の衛霍】漢の衛青と霍去病の併称。ともに武帝のときの武将で、匈奴の討伐に功績があった。

第四六話……命令系統を統一すべきこと

十八年（一四三六）の夏五月、兀良哈《オルリャンハプ》（第二二話注5参照）五百余騎が趙明于口子《チョミョンウクチャ》に侵入して、男女十四名を拉致して行き、牛と馬八十五頭を略奪した。

このとき、兵曹が申し上げた。

「延辺の郡にすべて木柵を設置して、晩には巡察して堅く守り、昼には賊の動きをうかがいながら野に出て農事を行なうことにして、賊を防ぐ方法を講じ、境界には何もおかない空所にしましたが、このたび、賊五百余騎が人と家畜を略奪して去りました。李恪《イカク》（第二六話注3参照）と金允寿《キムユンス》（第四三話注1参照）が防御を怠った罪を問うてください」

王さまはこのことばを聞き入れられた。

このとき、野人たちは恨みを抱いて、乙卯の年（一四三五）以降は毎年のように侵入を繰り返したので、辺境の郡は困窮した。

兵曹はまた申し上げた。

「兵事は遠くからは制御できません。すべからく辺境の将帥に事に当たらせて、功を挙げさせればいいかと思います。今、平安道の辺境の防衛については、年ごとに中央から大臣を送っていて、都節制使は一存では何も為すことができないありさま、どうして計略の議論をするのにも矛盾をきたさないでいられましょうか。兵士たちも命令が出てくるところが多くあっては、どの命令を聞けばいいのかわからない状態です。辺境の防衛がこのように弛緩し混乱しているので、侵略を受けながらいつも追捕することができなかったのです。これからはにわかに察理使や副使を送ってはなりません。もっぱら都節制使にだけその責任を問うて、効果が生れるのを見届けることに致しましょう」

（李爓『類編西征録』）

第四七話……李満住への対策

六月、王さまは兵曹判書の崔士康《チェサカン》（第二六話注4参照）に命じ、李満住《イマンジュ》（第二二話注4参照）が送ってきた林《イム》納奴《ナブノ》▼1に教戒をおさせになった。

「お前たちはわれわれの辺境を侵略したのを、忽刺温（第二二話注8参照）がしたことだと言うが、果たしてそのことばが正しければ、忽刺温が住んでいるところはわが国とは遠く隔たっていて、また他のところには往来する道がなく、必ずお前たちが住んでいるところを経由するはずではないか。お前たちはどうしてそれを知らなかったと言うのだ。まして、あの者たちが侵入してくるときは徒歩で来る者が数十人にはなる。どうしてわざわざ険しい道を通って遠方にまでやって来ると言うのか。そのことからもお前たちが嘘をついていることがわかる。辺境の将帥が精鋭なる騎兵十万余騎を率いてお前たちの巣窟を攻め、お前たちの暴行と欺瞞の罪を問おうと啓上したが、王さまはこれを優渥《ゆうあく》にもお許しになり、最後まで追撃はなされなかった。もしお前たちの罪悪が極度に積み重なったなら、お前たちはおのずと滅亡の道をたどることになる。そのときになって悔いても遅いから、そう思え」

王さまがまた教書を下された。

「わが国は、東はオランケに隣り合い、北は野人と隣接していて、彼らを撫恤《ぶじゅつ》して助ける道と守って防ぐ方法をともに行なっている。しかるに、先に咸吉道で生じた事件を見ると、庚寅の年（一四一〇）に斡朶里（第四二話注1参照）などがほしいままに跳梁して慶源を侵略して、良民たちを殺し、鎮将まで害したので、太宗は将帥に命じて討伐をおさせになった。それで賊どもはついに過日の行動をあらため、従順に服し真ごころでもって朝廷にまいってから、今ほとんど三十年になる。また、平安道一帯はもともと境域が平穏に治まっていて、盗賊の心配もなかったが、壬子の年（一四三二）の秋に李満住などがほしいままに荒ぶって閭延などの地を侵略したために、これを宗廟に報告して将帥を送り、彼らの粗暴と悍悪とを討って、その男女を拉致して凱旋したのであった。これはまさに法でもって彼らを治め、種族を絶やそうとするものであったが、しかるに、私が思うに、オランケは禽獣に異ならず、その地を得ても耕すことを知らず、その人を得ても民と見なすこともできないものである。一朝の小さなきっかけでもって数十年の間に育んできた信頼を捨て去ることとは正しいこととは言えないから、生きたまま捕えて来た捕虜たちを本土に帰還させ安穏に暮らせるようにしよう。

彼らを手厚く遇して、米を売るなら売り、慰撫したり、援助したりした恩恵が、逆に先日の仇となってしまったのだ。また中から武将を選んで辺境を防衛する職責を与え、南道の兵士たちを互いに交代させて守らせるようにして、毎年、大臣を送って事の処理に当たらせ、その防備の施策がわずかでも劣ることのないようにしたものだった。ところが、今、李満住は禽獣のような心を改めることなく、つねに犬や鼠のような計略を棄てることがない。乙卯の年（一四三五）の正月には、閭延の口子邑城《クチャウプ》を侵略して、七月にはふたたび薫頭《フンドゥ》の趙明于口子《チョミョンウクチャ》に侵入し、農民と牛と馬を殺したり、拉致して来たり、ほしいままに悪逆を尽くした。心にどうして痛憤せずにいられようか。どうしてこれを防御する方法を考えずにいられようか。またこれを撫恤して支援する心が尽きないでいられようか。今、東西の班の四品以上の官吏で賊を防御するよい手立てを言うことのできる者は文書を封じて奉れ。私がみずから読むことにする」

（李燗『類編西征録』）

▼1【林納奴】林哈剌と沈納奴の二つの名前を合わせてしまった間違いか。沈納奴については第二三話注2を参照のこと。林哈剌については第二五話注9を参照のこと。

第四八話……指揮は都節制使に一任する

王さまは、李蔵《イジョン》▼1を平安道都節制使として、思政殿に召して謁見され、御厩の馬を下賜された。閏六月に兵曹が申し上げた。

「平安道の守令などがそれぞれ兵士を率い、延辺を防御しようとして順に出て行きますが、貧しい百姓の駄馬が七、八十頭にも上り、その馬を引く馬夫もまた百を下ることはありません。これからは守令みずから兵士を点検して、それぞれの軍に千戸ずつを与えて、それを率いて行って辺境を防備するようにさせ、都節制使はこれを厳しく監視することにし、ソウルから送る兵士は上護軍の中から武略のある者を選んで連れて行って防衛させるのがよろしいでしょう。しかし、これらはすべて都節制使のことばを聞くようにさせ、時には朝廷の官吏を送って巡行して調査させ、賞を与え、罰を与えることを定めてください」

これに対して、王さまはそれがいいとして、李蔵におっしゃった。

「あの卑小で、禍々しく、かつ醜悪である輩が、われわれの大きな恩徳を忘れ果て、毎年のように侵入してくる罪はまことに大きい。もろもろの臣下や幕僚たちが彼らの罪を問い兵を起こそうとしたことが一度二度ではなかったが、私は凶年に百姓たちが飢えるのを心配して、しばらくは辺境を防備するだけにとどめ、威厳を示して恐れさせ、徳によって鎮めてきたのであった。ところが、辺境防備の将帥たちはあの者どもの過日の過ちを顧慮することなく、信義でもって応接するようになった。そこで、あの者たちはわれわれの防備が緩んだのを見て取ると、あるいは江のほとり、高い山、鬱蒼とした林の中に身を潜め、夜昼にわれわれをうかがっては、時に乗じて侵入して人びとを殺したり、拉致したりしている。これを憂慮しないではいられない。あるいは意見を言う者がいて、閭延などの地ははなはだ寒冷で道も険しく、冬になれば馬一頭を養う豆や秣の値は数人の人間が口を糊する値の数倍にもなるという。良馬がいたとしても、土地が狭く、道も険しいので、たとえ賊の変に遭ったとしても、騎馬して向かうこともできない。それなら強健で勇猛な歩卒を選んで防備兵に補充する方が、馬を飼う苦労もなく、防御の実効を上げることができるのではないかと言うのだが、この意見はどうであろうか。賊を防ぐことについては卿らに任せたが、卿らもまた私の心をよく知っていよう。兵は遠くにいて指揮することは難しく、今、賊を制御して防ぐ方法を、宮廷の内外から密封して送ってくる案の中から用いることのできるものを記録して送ることにしよう。この中にはこのときに当って処置する方法としては適合しないものがあるにしても、しかし、試してみるだけの計略もあるのではないかと思われる。卿はこれを一人で見て、その意図を子細に検討して、夜昼と思いを巡らし、もしこの中に良策があれば、それを計画して啓上するようにせよ」

また、王さまは朴安臣《パクアンシン》（第一三話注2参照）にも諭旨を下しておっしゃった。

「一つの地方を制御して防備する方途はもっぱら都節制使に委ねてあるが、その成果を見ようとして、広く方略を書いた文書を募り、これを集めて送った。しかし今、考えてみるに、賊を制御する方法はたとえ都節制使が主として当たることであるとしても、卿もまたともにこれをすべて知っておくべきであろう。それゆえ、もう一冊を写して送ることとする。まことに多彩な意見があって紛々としている。このときに当って処置する方法としては適当ではないにしても、中にはいずれ用いていい方策があるかも知れない。卿は朝晩思いを巡らせ、都節制使とともに熟慮して議論を一致させ、その上で報告するようにせよ。また意見が一致しなければ、それぞれに意見を書いて啓上せよ」

（李燗『類編西征録』）

▼1【李蔵】一三七六〜一四五一。武官。号は仏谷。本貫は礼安。一三九三年、別将に任命され、一四〇二年に武科に及第した。一四一〇年には重試に合格、一四三六年、平安道都節制使となり、婆猪江の野人を征伐して、官職は判中枢院事に至った。性格は緻密で火砲・鍾磬・圭表・簡儀・渾儀・鋳字などを管掌して作らせ、武略に富んで手柄を挙げたが、欲も強く非難されることもあった。一四六〇年、原従功臣に追録された。

第四九話……間諜を入れることについての議論

秋七月に咸吉道観察使の鄭欽之《チョンキンチ》（第二六話注7参照）に諭旨が下された。

「近頃、野人たちが毎年のように辺境に侵入して来るが、あるいは李満住《イマンジュ》（第二二話注4参照）が忽刺温《フラウン》（同話注8参照）に兵を要請してともに侵略することもあり、それを満柱は、忽刺温の所行だと言うが、私はこれを信じることができない。婆猪江のほとりに住むわが国の人びとも略奪に遭っているが、私はこの辺境に侵入してくる者どもが何ものであるのか、その正体をいまだしかとは知らない。その道に住む兀良《オルリャン》哈《ハブ》（第二二話注5参照）・斡朶里《アルダリ》（第四二話注1参照）・兀狄哈《オルチョクハプ》（第二二話注9参照）などで忽刺温とたがいに通じる者どもが多くいる。そのために、都節制使の金宗瑞《キムジョンソ》（第三〇話注9参照）に命じて、人をやってこれを探らせ、その実情を知ろうとさせたのだった。そして今、金宗瑞が言ってきたことがある。

『斡朶里・水兀良哈《スオルリャンハプ》・卜児罕《ボクアハン》などのことばによれば、忽刺温・兀狄哈・沙味哈《サミハプ》・乃伊巨《ネイコ》・毛禿戸《モトクホ》などが五月五日に婆猪江を出発して、沙味哈は閭延を侵攻、乃伊巨と毛禿戸は満住の住むところを侵攻しようとしましたが、良人が異口同音に言うことには、彼らは彼らでたがいに婚姻関係を結んで、善悪をともにしているので、そのことばを鵜呑みにすることはできないと言うのです。昔、敵国と対峙する者は必ず敵国の実情と虚実と、道がまっすぐか曲がっているか、険しいか平坦か、すべてを知ろうとしたものです。われわれは計略を立てる前に間諜をよく用いなければなりません。沙味哈・乃伊巨・毛禿戸などが兵を挙げ、二軍に分けて、あるいはわが軍を攻撃し、あるいは満住を攻撃したと言うのですが、そこには必ずなにか事情があるはずであり、これを知らなければなりません。李満住にはわれわれに対して憾みがあり、忽刺温に出兵を要請したことは、内では同心しながら、外には敵であるかのように振る舞っているのであり、実情を隠して外に表していないことがあるはずです。それを正確に知らなくてはなりません。忽刺温が住むところは山河が険しいのか平坦なのか、集落には人が多いのか少ないのか、兵は強いか弱いか、虚なのか実なのか、わが国との距離が遠いのか近いのか、道がまっすぐなのか曲がっているのか、やはりすべてを知らなくてはなりません。野人たちは性質として財物を貪るところがあり、利をもって誘えば、なんと父子の間であっても離間することができます。それゆえ、兀良哈と斡朶里が忽刺温と関係を結んでいるということがわかれば、財物を多く送ってその心を誘い、またわが国の通事の中でも注意深く緻密な者を選び、彼らの衣服を着せ、往還の費用を充分に与え、彼らとともに忽刺温に送って好きなように往来をさせて、時日を制限することなく、あの者どもの実情を知らせてくるようにします。そのように数年のあいだ続けてみれば、あの者たちの実情を詳しく知ることができるはずです』

　私はこの宗瑞の計略をいいと思うが、政府の大臣たちと議論を交わしてみた。大臣たちは次のように言う。

『あるいは、兀良哈と斡朶里が忽刺温と関係を持っているというのはもとより知りがたいことであるが、それを知ったとしても、その心の本当のところは測りがたい。また通事を送ってもし失敗したら、われわれの計画は危うくなる。あるいは、昔から敵の実情を知りたければ、すべからく間諜を放つべきだと言うが、これはたとえ忽刺温に直接に通じていないにしても、何かを口実に満住・沈納奴《シムナブノ》（第二三話注2参照）・林哈刺《イムハブラル》（第二五話注9参照）などと往来し続け、密かに品物や銭でその管下にいる人間たちに賄賂を与えれば、彼らは必ず三つのところの実情を聞いて来るので、それをもって検討すれば、あの者たちの実情を知ることができるのではないか』

　また、ある者は言う。

『辺境の防御をやり遂げようとしても、あの者たちの虚実を知らなければ、私たちはさながら盲人や聾唖者のようなもので、なす術もない。それで、昔からすべからく二重の間諜を用いて、その計画を達成したものである。しかしながら、わが国の通事にはこの事を遂行することのできる者は少ない。もし失敗して事実が露見すれば、大変なことになろう。そこで、忽刺温と婆猪江の野人の中からともに事をよくする者を選んで、親しく交わり、彼らの妻子を大切に遇し、品物を手厚く贈り、彼らに功績があればまた褒美をふんだんに与えて、彼らが競って間諜になるようにする。そうすれば、敵の謀議も知ることができるようになろう』

議論は紛紛として要点が定まらない。

私の考えでは、満住が年ごとに頻繁に侵入して、罪のない百姓を殺し、拉致して行くのは、まさしく討伐するに値する。しかし、今年はまさに凶年に当たり、多くの軍勢を動員することができないので、しばらく討伐のことは棚上げにしなくてはならない。だが、昔から将帥が敵に対峙するときは必ず間諜を用いてきたものだ。さもなければ、敵の実情を知ることができず、臨機応変に事を処理することができない。満住が何度も辺境を侵して、忽刺温の所業であると弁解したが、わが国ではその実情を知らず、その術中に陥ったようであった。そこで、必ず宗瑞のことば通りに実情を探って、守るべきか攻めるべきか、どちらかに方策を立てることとしよう。わが国の通事の中には注意深く緻密な者が多いとは言えない。もし捕まってしまえば、▼[1]王嵩は元昊に鞭打たれて苦しみ、ほとんど死ぬほどであっても、終始、そのことばを変えることがなかったが、そのような者が何人いるであろうか。あの忽刺温に捕えられて脅迫されれば、必ず恐怖に耐えることができず、事実を白状して、辺境の計略を漏洩してしまうであろう。すると、あの忽刺温の数千の軍衆が騒擾を起こすことになるのだ。

昔の将軍たちは敵を利用して敵の内情を知ることが多かった。あの野人は義理を知らず、その性質は財物を貪るので、国境地帯の野人として忽刺温と因縁のある婆猪江の人を選んで利をもって誘い、その妻子を手厚くもてなして、そして密かに往来させるようにしよう。そうして何年かが経てば、忽刺温と満柱の実情をありのままに知ることができるようになる。もしまた、彼らが捕えられたとしても、われわれに攻撃する気勢がなければ、彼らもやはりわが国の人ではなく、われわれにどんな被害があろうか。卿は宗瑞や澄玉（第五五話注1参照）とともに可否を深く議論して詳細な報告をするようにせよ。もし、この他に別の方策があるようなら、みな報告して隠してはならない」

そこで、欽之が計策を申し上げた。

「良将と名のある者は間諜をたくみに使い、敵の実情をつぶさに知って号礼を厳かに下し、みずからの計策をひそかに行なう者です。敵の情報を知る者は勝ち、知らない者は負けるのは、昔も今も変わらない事実です。兵法にもやはり言っています。『数年のあいだ互いに守り合っても、一日の戦いでもって勝利すれば、爵禄と百金を得ることができる。敵の実情を知らない者は将軍たりえず、王を補佐する臣下たりえない。また勝利を手にする主人たりえない』と言うのは、まさにこのことです。わが国は四面がすべて敵と隣接していますが、東と南とは大きな海があり、戦艦を配備して倭国も憂慮の種ではなくなって五十年になろうとしています。しかし、西と北とは賊の巣窟と隣接していて、賊どもの往来を禁じることもできず、賊どもは道路の曲直、山川の険しさ、平坦さを知らないでなく、ひそかに虚を衝いては突然に侵入して略奪して行かない年はありません。わが国の鎮を守る将軍たちが彼らの来るのを知らないでいては、どうして変事に対応することができましょう。西は鴨緑江と東は豆満江から、北の山川が険しいか平坦か、道路がまっすぐか曲がっているか、また敵の虚実について、久しく辺境にあって多くの経験を積んだ将軍であっても、つぶさには知ることのできないことがらであって、まして他の人にとっては言うまでもないことです。

そういう事態では、何も知らない者が知っている者に対することになり、敗北するのは当然のことです。今、喫緊の心配事は、満住自身も知らなかったものと思われますが、凡察（第三九話注2参照）と忽刺温が互いに矢文を通わせ、秘密裏に結託しているのではないかということです。今は、殿下の計画にしたがって、国境にいる野人で忽刺温や婆猪江と関係のある者たちと秘かに通じ、多くの利益でもって誘い、その妻子たちに物品をふんだんに与えて、親族や姻戚に会うという口実で私的に往来をさせて、秘密にその実情を調べさせましょう。それを二度、三度と繰り返せば、おのずと二ヶ所の実情はすべてわかってくるはずです。こうすれば、現在の状況に適合するだけでなく、また昔の人たちが間諜を利用した心とも合致するはずです。臣などの見るところ、他に方策はありません。

しかし、野人たちの中には忽刺温や婆猪江に関係のある者がいるとしても、あまりに事を急ぎ過ぎては仕損じることになります。またたとえ成功したとしても、あるいは行跡が露顕しないか気がかりです。行跡が露顕することがなければ、初めて間諜を利用して成功したと言っていいものです。今、澄玉にこの事に当たらせ、宗瑞にこの計画を後押しさせ、期日を限定することなく、機会をとらえて巧みに謀れば、計画は必ず成就することができるはずです。戦争に関わっては、間諜のことより秘密にすべきことはなく、また間諜については、褒美を豊富に与えることより大切なことはありません。間諜自身には計画をけっして知らせず、金は心のままに十分に使えるようにさせるのがよいと思います。臣らの浅見は以上です」

そこで、王さまはこれらを政府に議論するようにお命じになった。

黄喜（第二二話注2参照）がまず申し上げた。

「国境付近にいる野人で、自分たちの同族を裏切り、わが国に忠誠を誓う者を受け入れるのは宜しいのですが、しかし、あの者たちは心変わりしやすく、信頼を寄せることははなはだ困難です。もしわが国の実情をあちらに知らせ、かえって虚妄なことをわが国に報告するようであれば、これはまったく有益ではなく、損害ばかりがあることになりましょう」

続いて、参賛の河演《ハヨン》[2]が申し上げた。

「昔、倭賊が出没したときに、わが国では尹明の輩[3]を得て、米と金を十分に与え、賊の巣窟に往来させて、あるいは商売をさせ、あるいは賊の巨酋に贈り物をしたりもしました。それがあって、賊たちは財物をむさぼり、侵入しなくなって、人びとは平穏に暮らすことができるようになりましたが、これはすでに過去の話です。今、殿下のことばのままに、国境に住む野人たちの中から、平素にわれわれと往来する者を得て、その地方では貴重な品物を与え、もっぱら商売をさせて、たがいに和親するように仕向けることにします。あの者たちの中には必ず利益を得るために往来する者がいるはずで、これを言ってみれば、おのずからなる二重の間諜を使って、あの者たちの実情を歴々と知る方法となります。たとえその者が捕らえられたとしても、あの者たちにはわれわれを疑う気持ちはいささかも生じないでしょう」

この議論を聞いて、王さまは欽之と宗瑞に諭示を下された。

「今、卿らが啓上した計画が最も良いようだが、その計画をもって諸大臣に意見を聞いたところ、あるいはいいと言い、あるいはだめだと言い、議論が紛々としている。私が考えるに、あの者たちと関係のある者を間諜として利用するにしても、わが国の秘密を知る者は、その心情を推し量ることができず、かえってわれわれの秘密を賊に漏洩する心配があるために、危険であるのは分明である。そこで、自分が間諜の役割を果たしていることを知らずにさせるようにするのがいい。今、野人の中からあの者どもと関係のある者を選んで、行き来させることにして、またそれに対して褒美を手厚く与えて貪らせ、自分が間諜であることを意識させないようにすれば、あちらも自分の実情を隠すことなく、自然にわれわれは計画を実現できるというものだ。彼らに褒美として与える銭と宝物は卿らが議論して裁量するようにせよ」

（李爛『類編西征録』）

▼1【王嵩は元昊に鞭打たれて苦しみ……】王嵩は未詳。元昊は西夏の景宗・李曩宵。拓跋氏の末裔として宋に臣たることに甘んぜず、宋は任福・葛懐敏を将としてこれを征伐させようとしたが、かえって撃破された。曩宵も勝利したとは言え、被害も大きく、和睦して、夏の国主に封じられた。

▼2【河演】一三七六～一四五三。字は淵亮、号は敬斎、本貫は晋州。一三九六年、文科に及第、芸文館大提学を経て、領議政にまで至った。礼曹参判だったとき、仏教の七宗を禅・教の二宗に改革して、寺社の土田を量減した。人となりは剛直で端雅であり、文章をよくし、古学を愛した。寿・福・富を具備した人生だった。

▼3【尹明の輩】倭との交渉の歴史で重要な役割を果たした者たちということになるが、この話にある以上のことは未詳。

第五〇話……捕虜を斬る

九月に忽刺温《フラウン》（第二二話注8参照）と家隠禿《カウントク》▼1などが会寧に侵入して、男女九名と馬一頭を略奪して行った。そこで、澄玉《チンオク》（第五五話注1参照）は旗下の将士の孫孝恩《ソンヒョウン》▼2に兵士を率いて敵を追わせ、また凡察《ポムチャル》（第三九話注2参照）の部下も彼らの後を追って無児渓に至り、家隠禿の弟の湯其《タンキ》▼3と愁古《スコ》▼4など二人を捕らえて、わが国の捕虜と馬も奪い返して帰還した。鄭欽之《チョンフムチ》（第二六話注7参照）と金宗瑞《キムジョンソ》（第三〇話注9参照）は家湯其などを斬った。鄭欽之と金宗瑞、都巡撫使の沈道源《シムドウォン》（第三〇話注12参照）に諭旨が下された。

「昔からオランケとともに事をなそうとすれば、必ず禍を被り、福を得ることはなかった。しかしながら、オランケをもってオランケを討たせれば、これは中国（ここでは朝鮮の意）にとって利益となる。凡察《ポムチャル》はわが国の境界内に住んで、敵が侵入してきたという情報を得るや、救援の兵士を請うこともなく、兵を率いて追って出た。その心を知ることはできないが、懸命に忠誠を示したと見ることができよう。賊たちが自分に恨みを抱くことを恐れることなく兵士を率いていき、また自分の部下たちに官軍に道を教えるように命じ、賊を捕らえ、また捕虜となったわが国の人びとと品物を奪い返して帰ってきた。これには褒美を与えないわけにはいかない。そこで、凡察には衣服一襲を下賜し、その部下の十名にもそれぞれ衣服一襲を与え、その道のほとりに住む斡朶里（第四二話注1参照）に従う者にもやはり綿布をそれぞれ一匹ずつ与える。しかし、辺境のことは遠くて推測することが難しく、上に述べた賞与については、卿らがその増減を考慮してよろしく行なうがよい。

　また無児渓から会寧まではほぼ百二十里で、甫児下と道の左右の斡耳里に散らばって居住する者が多く、その中に家隠禿などともし内通する者がいないとすれば、どうして彼らは入って来て略奪するようなまねができたであろうか。しかしまた、もし彼らを捕まえて内通者を調べようとすれば、きっと騒動が起きるのではないかと憂慮される。近来、捕虜を生きたまま連行して来た例はたえてなかったが、卿らは労せずして捕虜を捕らえてきた。そうして、忽刺温が侵入して来たという報告があったが、捕虜たちを長いあいだ監禁して拷問を加えずにいて、忽刺温の変故に遭ったのだ。卿らはかつて朝廷にあり、国家の大事に参与して議論しなかったことはなかったから、事理の急あるいは不急を知らないはずはない。それゆえ、事情を尋問することなく緊急に刑を下したのは、やむを得ない事情があったものと思われる」

このようにおっしゃって、王さまはふたたび欽之・道源・澄玉・宗瑞のそれぞれに衣服と酒を賜った。

（李爓『類編西征録』）

▼1【家隠禿】『朝鮮実録』世宗十八年（一四三六）九月己亥に、忽刺温・兀狄哈・加隠豆ら八人が、八月二十五日、会寧に至り、男女九名と馬一匹を連れて行った、とある。この加隠豆が家隠禿か。

▼2【孫孝恩】右の注1の記事には、会寧節制使の李澄玉は副司直の孫孝恩に命じて兵士十二名とともに追わせ、凡察管下の十三名もこれに従って無乙渓に至り、加隠豆の弟の加湯其・愁古ら二名を捕まえたとある。

▼3【湯其】右の注1の記事にある、加隠豆の弟の加湯其。都観察使・都節制使・都安撫が会寧に集まり、斬首された。

▼4【愁古】右の注1の記事にある愁古。湯其とともに斬首された。

第五一話……戦況報告

金宗瑞《キムジョンソ》（第三〇話注9参照）が急いで宮廷に参り、王さまに申し上げた。

「兀狄哈《オルチョクハプ》（第二二話注9参照）三千が侵攻してきて慶源を包囲したので、判官の李白慶《イペクキョン》▼1と護軍の牛安徳《ウアントク》▼2が兵を分けて出て挟み撃ちにして、賊の三名の首を切りました。都鎮撫の趙石剛《チョソクカン》▼3の救援兵が到着すると、賊は退却したので、豆満江まで追撃しましたが、日が暮れたので、そこで帰ってきたそうです」

（李爓『類編西征録』）

▼1【李白慶】李伯慶が正しいか。『朝鮮実録』世宗十九年（一四三七）三月庚子に、前の慶源節制使の宋希

美と護軍の李伯慶を義禁府に下して訊問する旨の記事がある。同じく八月戊寅の記事によれば、女真族が慶源城を取り囲んで二日、城を閉ざして出撃しなかったので、賊どもは城外を縦横に荒らしまわって人びとを殺し捕虜にして行ったとあり、その罪は宋希美とともに死罪に当るが、李伯慶は一等を減ぜられて流されることになる。

▼2【牛安徳】『朝鮮実録』世宗十九年（一四三七）八月戊寅の記事に、宋希美は太宗朝に武才を見込まれた人であったが、このとき弛緩して怯えて出陣しなかった。麾下の牛安徳が再三出戦を請うたが、遂に出なかったとして、その名前が見える。

▼3【趙石剛】右の注2の『朝鮮実録』世宗十九年（一四三七）八月戊寅の記事に、宋希美と李伯慶が出撃しないので、都節制使の金宗瑞が都鎮撫の趙石岡を派遣して救援させようとした。しかし、石岡も怖じて進撃せず、賊が退却しても追おうともしなかったとし、流罪になっている。「石岡」が正しいか。第五七話も参照のこと。

第五二話……防備をさらに固めねばならない

冬十月、朴安臣《パクアンシン》（第一三話注2参照）と李蔵《イジョン》（第四八話注1参照）に諭旨が下された。

「近来、野人たちがしばしば辺境を侵略するが、朝廷の議論では、これは婆猪江の野人が忽剌温（第二三話注8参照）を誘って行うことだと考えていた。しかし、今になって考えれば、これは婆猪江の野人だけがなすものではない。先般、わが獐項の木柵が包囲されたとき、われわれは彼らをすべて殲滅し尽くすことができなかったものの、彼らが失った兵と馬は多数に上った。

彼らが閭延に侵入したときにも、彼らはやはり失敗して帰って行った。そうしたことで、彼らは報復しようという心がわき上がってやまないのも理解できる。どうして今回の出来事が婆猪江の野人が出兵を要請しただけで起こったことであろうか。忽剌温へは会寧から道が平坦であり、また近い。九月に三千余の兵が時ならず出現して、慶源を包囲したとき、守っていた将師が兵を出して賊の三人の首を切り、追撃して豆満江まで至ると、敵はあわてふためいて江を渡って逃げた。それに対して報復しようという不埒な感情がどうして極度に起こらないと言えよう。咸吉道沿辺の四郡はすでに守備が備わり、道内の閭延・慈城・江界などの守備もやはり堅固である。そこで彼らは必ず隙を衝いて義州などに突入して、防備の手薄なところを襲うであろう。昌城以下、義州などに防備をさらに固めて、後に悔いることのないようにせよ」

（李爓『類編西征録』）

第五三話……鏡城府

王さまが鄭欽之《チョンフムチ》（第二六話注7参照）と金宗瑞《キムジョンソ》（第三〇話注9参照）に諭示を下された。

「今、政府の大臣たちが議論して啓上するところを見ると、竜城は新たに設置した四つの郡の要衝の地であり、鏡城をこの地に移して都節制使の本営とし、四方に通じる要衝の地を守るようにすべきであるという。これはまことに事理に合致した意見だと考えられる。また、この地はかつて人びとが稠密に暮らし、穀物も豊かに実った土地であったのを、新たに四郡を設置してからは、百姓たちがみな移って行き、豊穣だった土地が草原に変わってしまった。野人たちが都節制使に会いに来る道がこの地を経由するようになったが、これを荒廃したままに放置しておいてはならない。ましてや今、鏡城の城壁があまりに薄く低く、また営庁の官舎はあまりに粗末でみすぼらしい。これはすぐにでも改善すべきである。しかし、そうすると、その役事はあまりに煩雑で面倒であろう。水害もあったことゆえ、都節制使の本営はしばらく竜城に移して、鏡城府とするのがたしかに最善であろう。兵士と官吏と奴婢たちを移して住まわせ、また各道の兵士と百姓たちもみな竜城の野に住まわせれば、この地方が遠からず繁栄することを期待することができよう。しかしながら、辺境のことは遠く座視していても推測することが困難であり、しっかりと考慮して啓上するようにせよ」

これに対して、鄭欽之が申し上げた。

「臣が密かに考えますに、慶源府が富居にあったときは、竜城は実際に北の辺境に住む賊が往来する要衝になっていました。今、四郡を置いて、鏡城と竜城から黄節伐と石幕に至るまではすべて内地となり、鏡城の西の四、五里に甫洞がありますが、これは東北側にいる賊が出て来る時の近道になるために、賊がもし疾駆して来れば二日もせずに城下に到達することができます。鏡城はたとえ城壁が低く小さく、営庁や官舎がみすぼらしく粗末であったとしても、今、まさに営庁を改修し、昔からあった堅固な城によってすでに成った官舎を修理すれば、むしろ竜城に移って茂った荊を切り開いて官舎を建て、堡塁と城壁を築くのとでは、その工事の難易と大小は比較して議論のしようもありません。今年八月、臣が鏡城に行き、その城を測量しましたが、周囲は二千九百尺、高さは十二尺ありました。その城は小さくとも、城を築いてから今に至るまで一度として廃れたことはなく、また山城があって、邑城との距離は二、三里ほど、倉庫まで備わっていて、二つの城は屹然と向かい合って、角笛や太鼓の音が聞こえ、旗や幟もたがいに見ることができます。二つの城は敵の侵入を防ぐ要衝として、互いに補完し合う場所にあります。また、水害があったとしても、浸水を防ぐのははなはだ容易で、城には損害とはならないものです。まして、鏡城から吉州までは二百四十九里であり、これを遠いとしたとしても、もし竜城に移せば、距離はさらに三百余里となって、官吏と百姓たちが害を被ることが必ず多くなることでしょう。各道から新たに移って来た人びとを竜城に住まわせれば、営庁を移さずとも、数年の後には、竜城の野はおのずと繁盛することでしょう。四郡を設置する前には主将の本営を竜城に移さなくても、数十年の長い年月を経て今日に至り、竜江を過ぎて四日の行程のところの江の畔に鎮を置けば、竜城の南と北は事実上は内地となります。ですから、どうして細かな利益でもって一朝のうちに烏村の堂々たる二つの城を捨て去り、人びとの安穏な生業を奪って、賊たちが入寇する要衝をおろそかに考え、この大きな事業をなさろうというのか、臣らの理解できないところです。また、この道に城を築くことは、他の道と比べると、十倍も困難なことです。会寧の一つの城をとっても、人びとの労苦と牛馬の疲弊は言いようもないほどです。四郡がすでに設置されたものの、鍾城と竜城にはまだ城を築き終えてはいません。労役の人びとも息を切らして疲労したままです。今、考えるべきは、民を慈しみ、その力を養うことであり、農業に励んで穀物を蓄えさせ、豊年を待って、鍾城と竜城の築城を行なうようにさせれば、おそらくはふたたびこのことを議論する必要はあるまいと思います」

（李燗『類編西征録』）

第五四話……移植の人びと

王さまは大臣たちにおっしゃった。

「私が若いころは血気が盛んな上、事を考えるのに緻密であったが、最近になって気運が衰え、考えることに誤りが多く、行動すれば不吉なことが多くなった。今回、咸吉道の慶源の人びとが殺されたり、拉致されたりしたので、私はこれをはなはだ恥ずかしく思ったのだ。先ごろ、咸吉道の人びとが、あるいは竜城と鏡城とを境界とみなしていると言い、あるいはまた鉄嶺を境界とみなしていると言い、議論は紛々としている。しかし、考えるに、祖宗がかつて定めておかれた事業を軽率に捨てることはできない。また、その版図を縮小して、それにともない、賊たちが侵攻するようでは有益なことではない。そこで、むしろ昔の領土を堅く守るのが第一である。また、高麗の末年には、あるいは竜城を境界とし、あるいは鏡城を境界としたが、賊どもはその悪虐をほしいままにしたのであった。これは過去に経験したことである。昔の人のことばに、悠々とした万事の中でもこれこそ第一の大事であるというのは、まさにこの辺境のことである。卿らはまさにこのことを考えるべきである。また、新たに四郡を設置して、竜城の人びとを移して住まわせたが、さらに順次、慶尚道の百四十戸と忠清・全羅道からそれぞれ百二十戸ずつと、また江原道から五百十二戸を移して竜城を満たすようにした。しかし、江原道観察使が啓上するには、道内は凶年であり、豊年を待って移るのがいいのではないかと言う。私が考えるに、大事を図る者は、小さな弊害を考えぬものだ。まして、南と北の辺境に変故がやまないこのときに、豊年を待つなどと言っていたなら、必ず遅きに失しよう。また、江原道と咸吉道とは互いに隣接していて、移動がもっとも簡単であるので、江原道からは示した数字の通りに移動して、忠清・全羅・慶尚の三道ではまったく農事を廃することになるが、いかがしたものであろうか」

王さまのこのことばを聞いて、皆が申し上げた。

「移って行く百姓たちはみな倉庫にある穀物だけを頼りにして行くことになりますが、咸吉道に貯蔵してある穀物がどれほどなのかわかりませんので、その数を半分にして移らせるのがいいだろうと思います」

王さまはこのことばを受け入れられた。

（李燗『類編西征録』）

第五五話……会寧に石城を築く

慶尚・全羅・忠清・江原の四つの道の観察使に諭旨が下された。

「平安な地域に移住したいと思うのは人の普通の心情であるが、漢の国の時代から往々にして内地の人びとを移して辺境に住まわせる例があった。今、咸吉道に新たに四つの郡を設置して、竜城と吉州の人びとをここに当てたものの、竜城と吉州とは草が野原にいっぱいに生い茂るようになって、通り過ぎるものが見ればどう思うであろうか。内を強化して外を征する道理に違うことがあるために、やむをえずに四つの道の人びとを移住させて、竜城と吉州の地を賑わせることを考えるしかない。しかし、人びとが移住する道で餓えて寒さに凍える思いをしないか気がかりである。その地方の守令たちは人びとを保護して、飢えや寒さに困るようなことがないように配慮せよ。また、病気にかかる者がいれば救護して、生命を落とすようなことがないようにして、私の意志に叶うようにせよ」

これに対して、金宗瑞《キムジョンソ》（第三〇話注9参照）が申し上げた。

「会寧に新たに石城を築き、李澄玉《イチンオク》▼1に守らせることにして、また、その兵士二百を金允寿《キムユンス》（第四三話注1参照）に分け与えて、彼らに昔の城壁を守らせ、互いに救援するようにさせて、あの賊どもがあえて城一つでも軽率に攻撃を仕掛けないように仕向けるのがいいと思います。もし二つの城を包囲するために兵が分散すれば、その力は弱まるものです。また、慶源と鍾城の邑城がたがいに相望むことのできる要害の地に城壁を築き、適当な数に兵を分けて、その兵の中で武略の優れた者を選んで守るようにさせ、それぞれが援助するようにすればいかがでしょうか」

王さまがそれに回答して諭示を下された。

「今、卿が啓上したことばをもって大臣たちに議論をさせたが、みなが言うには、会寧府にいくら新たに石城を築いたところで、倉庫はまだ古い城の方にあり、また古い城について言えば、まだ堅固で完全であり、これを允寿に守らせることは、恒久の計略とはならないと言う。また、慶源と鏡城はもともと兵士の数が少なく、もし小さな堡塁を築いて兵士を分けてこれを守らせるようにすれば、兵力がともなわず、防御することが実際には困難ではないか。卿はこのことを理解せよ」

（李燗『類編西征録』）

▼1【李澄玉】?～一四五三。世宗のときの武将。本貫は梁山。澄石の弟。武勇に優れ、目を怒らせて虎をにらみ付ければ、虎は目を閉じて頭をすくめ、一矢で死んだという。最初、富居の柵を守ってしばしば戦功を立て、野人たちは恐れた。六鎮の設置に功があり、金宗瑞の後を継いで咸吉道都節制使となった。一四五三年、鄭麟趾などが安平大君・皇甫仁・金宗瑞などを殺害して、首陽大君が領議政となって兵馬の大権を掌握すると、朴好問を後任として送って澄玉を召喚した。澄玉はソウルまで来て、政変のあったことに気づき、

引き返して好問を殺し、野人たちに檄文を飛ばし、みずから大金皇帝と名乗って五国城を都に定めた。地方役人たちを組織して豆満江を渡る目的で鍾城に泊まって徹夜しているとき、判官の鄭種が兵を率いて襲ったので、澄玉は逃げて隠れたものの、捕まり、三人の息子とともに殺された。

第五六話……金宗瑞の献策

十一月、金宗瑞《キムジョンソ》（第三〇話注9参照）が書を奉った。

「ひそかに考えますに、ソンビたちのことばを聞くと、オランケと対する方法は、彼らが来ればこれを撫育し、出て行けば追わずに、怨みが生ぜず、隙が生じないようにすることだと言います。また、ソンビたちは和親することを大切に考えて、それが成功すれば平穏となり、それが失われれば危殆に瀕することになると言います。臣もまた平生からとなえてきたのは、同じことに過ぎません。しかし、今回、北湖に出て守ることになって、オランケたちと混じり合って住み、眼で見て、耳で聞いて、彼らの実情を理解することができました。オランケたちというのは実に千態万状とも言うべきで、どんな一事でもってもこれを説明することはできないものです。こちら側で恩恵を施さなければ、彼らの心を喜ばせることはできず、また威厳を示さなければ、彼らの心を抑えることができません。そして、恩恵を与え過ぎれば、傲慢になり、威厳を示し過ぎれば、怨みを生じることになりましょう。そこで、怨みでもって乱を起こした者は威厳でもってこれを抑え、あえて動かないようにさせるしかありません。傲慢に振る舞って憂慮すべき事態を作り出す者は、軽んじて対策を講じなければ、いよいよその悪徳を募らせて、ほしいままに振る舞うようになります。そのために、恩と威とそのどちらかに偏ることができないのです。虞が苗を討ち[1]、殷が鬼方を討ち[2]、周が夷を懲らしめ[3]、漢が匈奴を討伐し[4]、そして唐が憑厥を征伐した[5]とき、そのときの聖帝や名王がどうして戦を好んだでしょうか。それはやむを得ず行なったことだったのです。

今、慶源の賊である愁浜江《スピンカン》と兀狄哈《オルチョクハプ》（第二二話注9参照）がわが国の国境近くにいて、わが国の魚と塩を食し、わが国の木綿と絹を着ていたのにもかかわらず、一朝にわが国の大きな恩徳を忘れ去りました。ひそかに童巾《ドンコン》と結託して、兀狄哈の一、二人が何の理由もなく侵入してきて、わが国の人を殺し、わが国の人と家畜を奪って行くなど、さまざまな悪事を始めました。そこで、これらのことをこのまま放置して、討伐しなければ、あの者たちはわれわれが恐れ怯えているのだと思い、朝鮮という国は侵入してもよく、人民を拉致してもよいものと考えましょう。後日になって、その悪徳を思うままに振る舞うことが今日よりもさらにはなはだしくなるのではないかと憂慮されます。そして、ただこの盗賊どもだけではなく、これを見習って、その他のすべてのオランケたちがわれわれを窺うようになり、侵入が継続して行なわれるようになれば、辺境の人びとのこうむる禍はあらためて言うまでもありません。

そこで、臣はあえてお願いします。来年の八月から九月のあいだに、本道から精兵四千名を選び、さらに兀良哈《オルリャンハプ》（第二二話注5参照）・斡朶里《アルダリ》（第四二話注1参照）の兀狄哈とはたがいに恨みを抱く者たちを募集して、道を案内させ、道を分けて進撃することをお認めください。そうすれば、わが兵士たちは剛直かつ壮んで、どうして負けるのではないかと憂えることがありましょう。臣は才能もないまま、すでに節鉞《せつえつ》を賜りました。これはわが分際を越えたことで、つねに恐れを感じずにはいられません。どうして功を望み、官爵を得ようとして、ことを行なうことがありましょう。それは天地神明が必ずご存知のことです」

王さまはこの文書を見て、思政殿にお出ましになり、承旨の辛引孫《シンインソン》▼6を召しておっしゃった。

「この書状の内容ははなはだ懇切である。しかし、近来、災変がしばしば現れ、凶年となって、人びとは飢えに苦しんでいる。またその北方の民心はいまだ収拾することができず、軽率に事を起こすことはできない。過ぐる癸丑の年（一四三三）、婆猪江を討ったときについて言っても、彼らの巣窟からわが国の辺境まで住んでいる人びとはいなかったので、わが軍は不意に討って出て、賊が気づかないうちに密かに恥を雪ぐことができたのだ。しかしながら、北方というのはわが国の領土から賊の巣窟に至るまで、七、八日はかかる距離があり、その間にさまざまな種族の野人たちがたがいに連結して住んでいる。もしわれわれが大勢の兵を動かせば、あの者たちは必ず気が付いて待備し、山林の中に潜んで待ち伏せよう。どうして成功することを望めよう」

　金宗瑞がふたたび上書して申し上げた。

「斡朶里・童巾・者音彼《チャウンピ》などのことばによれば、凡察《ポムチャル》（第三九話注2参照）・兀良哈《オルリャンハブ》・卜児《ポクア》・看都児《カントア》などが忽剌温《フラオン》（第二二話注8参照）と結託して、来年の春に人びとを拉致して遠方に移住しようとしていると言います。また、斡朶里の馬自和《マチャファ》が言うには、自分たち斡朶里などは李節制使の威厳に怯え、遠方に移住しようとしているとのことです。今、会寧節制使の李澄玉（第五五話注1参照）が者音彼のことばをもってやって来て臣に告げましたので、臣は澄玉に、

『凡察の奸悪なる謀略は一朝一夕のものではなく、この者たちがいずれ禍になることがわかっていて、早く除去しなかったことが悔やまれてならない。過日にあの者どもを殺そうとしたのに、沈道源《シムドウォン》（第三〇話注12参照）・鄭欽之《チョンフンチ》（第二六話注7参照）などのことばで殺さなかったことが返す返す後悔される。今、すぐにでもなすべきことは、その首長三、四人を殺してしまうことだ。そして、それに従っていた者たちを撫恤して、管禿（第三九話注1参照）の三歳の子を首長に据えて援護し、彼らを統率させることにする。そうすれば、大きな奸悪が除去され、斡朶里・兀良哈などはそれぞれその心を落ち着けることができる。この計画が良いと思われる』

と言いました。あるいはまた、

『賊たちを皆殺しにして、種を残さないようにすれば、後日の憂いはすっかり取り除かれる。これが最善の策とも言える。今、この機会を失すれば、後悔しても後の祭りだ』

とも言いました。この意見ははなはだ切迫したものですが、この期に及んで、やむを得ない処置とも言えます。臣の考えでは、今回、四つの郡を新たに立てましたが、会寧にだけ石城を築いて、その他には築いていません。また食糧も充分ではなく、守備も堅固とは言えず、兵士の数も不足しています。西には忽剌温がいて、北には嫌真がいて、ともに怨みを抱いて、隙をうかがい機会を待っているようです。また、澄

玉の計画のように、凡察を捉えて殺したならば、その残りの群れたちが驚いて騒ぎ出さないという道理がありましょうか。これは人の父親を殺してその子ども撫恤することで平安を得ようという類のことであり、どうしてそのような理致がありえましょう。兀良哈もまた、『今日、凡察が殺されるとすれば、明日は我が身ではないかと考え、ともに禍を構えることとなって、ただいたずらに新たな敵を作りだすことになる』と申します。

先に遠近のオランケたちがたがいに結託して、兀良哈と共謀した上で、われわれに禍をもたらしましたが、臣はその庚寅の年（一四一〇）の禍が再現されるのではないかと憂慮します。おおよそ、遠方の賊は来るのは遅いものの、立ち去るのは速やかです。またわれわれの虚実について疎いために、それを防ぐことはさほど難しくはありません。近くの賊はわが国の山川が険しいか平坦か、道がまっすぐか曲がっているか、人びとが住んでいるかいないかなど、すべてを知っているために、にわかにやって来て、にわかに立ち去るので、その動きを察知することができず、これを防御するのはたやすくはありません。臣がまた思いますに、者音彼のことばは嘘かも知れず、そのことばをすべて信じることが難しく、自和のことばもまた本当かどうかわかりませんが、こちらはひとえに疑うべきではありません。まして、凡察がふたたび臣のもとに来て、児帖哈《アチョプハプ》のことを詳細に話し、また往還についてすべて人を遣わして報告していますが、その実情を隠しだてはしていないようです。しかし、今回、にわかに理由もなく、人を殺したことは、疑心を抱かせるものです。

澄玉の計画のように、みなを殺してしまい種も残さないというのは、たしかに後日の心配がなくなるようではありますが、斡朶里の八百、兀良哈の数千の人びとをどうしてすべて殺し尽くすことなどできましょう。その成功も失敗も確言することができません。われわれが兵を動かせば、彼らも動き、そうなれば、辺境に住む人びとに禍がにわかに生じるのではないかと懸念されます。臣がまた考えますに、高麗のとき、臣下の尹瓘（第四二話注2参照）が女真を誘いだして殺し、何度も奇抜な功績を挙げました。たとえ九つの城を築いたところで、たちまちのうちに失うこともあります。また本朝の臣下の鄭承祐《チョンスンウ》（第四〇話注4参照）が八人の指揮官をおびき出して殺し、その妻子たちも皆殺しにしたために、庚寅の禍をもたらすことになりましたが、これもまた教訓となるものです。たとえ者音彼のことばが真実であるとしても、彼らが移住するときには、われわれは城を堅く守り、わが兵士たちを整え、鎮には隙がないように待機します。臣もまた兵数千を率いて鍾城に駐屯し、ほかの鎮とたがいに犄角（挟み撃ち）の形勢を取ることにします。じっくりとあの者どもの様子をうかがい、あらかじめ策略を立て、彼らが移動するときに略奪を行なう形跡が見えれば、すぐに追跡するのが正しいでしょう。あの者どもがわが軍の出動を知れば、われわれの守備が堅固なのを知っていて、たとえ異心があったとしても、あえて行動には移せないでしょう。これが賊を治める謀りごとの一端です。

しかしながら、澄玉は北のオランケたちの土地にいる老練なる将帥であり、知恵と勇気が人に抜きん出ていて、物ごとを判断するのに緻密です。臣は本来、一介の書生として軍事に熟達しておらず、事を処理するのに拙劣です。願わくは、どうか王さまみずからが裁量して、決断なさってください」

王さまはおっしゃった。

「宗瑞が啓上した文書に、野人たちは信義がなく、信じることができないことを詳細に述べ、凡察の逆謀もすでに明らかになっているとして、まずこれを殺して、他の首長の計画を防ぐことが兵家の一つの奇策であるとしている。しかしながら、どうして斡朶里の数百の人びとをことごとく殺すことなどできようか。もし彼らの種が残れば、禍は終わることのないものとなるし、斡朶里でわが国に帰順して久しいものを、なんら理由もなく、いきなり殺したりすれば、ほかの種族の野人たちみながが、わが国をさして帰順した人びとを殺した国とし、どうして進んで帰順する心を持つことができようか。そうすれば、北方の辺境の禍がここから起こるのではないかと恐れざるをえない。また凡察がもし忽刺温とのあいだに計策をすでに結んでいるとすれば、たとえ凡察を討ち、斡朶里の衆を殲滅して無きものにしたとしても、どうして忽刺温の侵入を防ぐことができようか。もし凡察がもともと忽刺温と友誼を結んでいなかったとすれば、凡察がいくら首領の地位を保存しようとしても、あの忽刺温がどうして険しい道のりを越えてわが国境の中に侵入して来るであろうか。今、凡察の内面には獣の心をもっているにしても、外には帰順の意をあらわしており、それをいきなり殺すなど、名分の立たないことである。私もまた宗瑞の計略を正しいと考える。しかしながら、澄玉と言えば、北方のオランケの土地についての老練な将帥であり、凡察の逆謀も、はたして者音彼が報告した通り、忽刺温と結託した実情がはっきりと現れているかも知れない。その形勢がはっきりすれば、まずは誅殺することにして、澄玉のことばの通りにするのがいいであろう」

そうして、すぐに金宗瑞に回答しておっしゃった。

「卿のことばは時宜にかなっている。大体において、往還についてはことごとく信じることはできないにしても、またまったく信じないわけにもいかない。城壁を堅固にして固く守り、あの者たちの動静をひそかにうかがい、隙が生じれば、その変故に応じるがよい。かつて乙卯の年（一四三五）に下した教書によって、時宜にかなうように処理して、あえて軽率に動くことのないようにせよ」

さらに会寧節制使の李澄玉にも諭旨を下された。

「昔から、将軍というのは威厳や勇猛によってのみ称賛するのではなく、必ず文徳を磨くことを根本としたものである。武がなければ敵に威厳を示すことができないが、文がなければ人びとはついてこない。昔、呉起[7]の智恵は万端に精通し、勇猛ぶりは三軍に抜きん出ていて、魏のために西河を守って、秦の兵はあえて東に向って侵入することがなかった。諸侯たちと六十四回も戦をして、国土の四面を開拓して領土を千里も広げたが、ただ武才のあるソンビであるというだけのことである。ながく威武だけを推奨して、恩恵が少なく、善良ではなかったために、彼の行くところごとに怨みと批判を負うのみであった。魯に仕え、衛に仕えたが、ともにいい終わり方をしなかった。また、鄧訓[8]は護羌校尉となり、恩恵と信誼でもって遠方の人びとをなつけたので、隍中のすべてのオランケたちが感動して喜ばない者はなく、またオランケの集落が進んで帰順してきて、辺境は安穏であった。彼が死ぬと、官吏とオランケで泣かない者はいず、はなはだしくは家々に祭壇を設けるほどであった。また、班超[9]は西域に三十一年いて、帰順して来た者が五

千戸ほどにも達した。東漢の将帥の中で彼の右に出る者はいない。赴任を終えて帰って来て、任尚[10]に告げ、

『辺境の官吏たちはもともと孝行な息子や忠誠な孫などではなく、みな罪を犯して辺境にやって来て留まっている者たちである。またオランケは鳥や獣の心を抱いているために、彼らを順化させるのは難しく、容易に失敗をする。今、君の性格が厳しいようだが、下々の人間の実情を慮らず、小さな過失は許してやり、大きな要所だけを取るようにするべきである』

と言ったという。そのとき、任尚は、班超は特別な策をもっているわけではなく、その言うところははなはだ平凡であると思ったが、しかし後に、班超の忠告を守らず、失敗をしてしまった。大体、人の性格というのは、のんびりした者も性急な者もあり、度量も大きい者も小さな者もあって、必ず同じであるということはない。しかし、人を寛容に受け入れる者は必ず多くの人の心を得ることができ、威厳と武力で厳しく人びとを治めようとする者はつねに人びとの怒りを買っているのだ。人びととの心を得る者はつねに安全を保持し、人びとの怒りを買っている者は禍が生じて敗れる。これは不変の道理である。卿の威厳と武勇は昔の人にもこれを超える人はいない。威厳が北のオランケに及んでオランケがすべて服従しているのは、私のはなはだ喜びとするところである。しかし、すべての人びとを制御する方法は恩恵と威厳のどちらかに偏りすぎてもならず、恩恵と威厳が偏らなければ、人びとはすでに愛するところを知り、愛するところを知れば、また恐れるところを知ることになる。そうして功を立てるのがよい。晋の羊祜[11]がまさにそうであった。卿は昔の将軍の得失を参考にして、私の至極なる心の思いを体して、必ず仁愛を加えて人びとを服従させ、長く北方のオランケの地の賢明なる将軍として、私の心をかなえてくれ」

（李燗『類編西征録』）

▼1【虞が苗を討ち】『史記』五帝本紀に、「三苗」が江淮・荊州にいてしばしば政治を乱した、虞舜はこの三苗を三危（西方の辺境の山）に移して西戎に同化させたとある。

▼2【殷が鬼方を討ち】「鬼方」には国の名としていくつか説があるが、いずれにしろ遠方の国を意味する。

『易』「既済」に、「九三　高宗伐鬼方、三年克之」とあり、『後漢書』「西晄伝」に、「至于武丁、西戎鬼方、三年乃克」とある。殷の中興の武丁は子の祖庚によって「高宗」という称号を贈られた。

▼3【周が夷を懲らしめ】周の西伯昌（後の文王）が犬戎を討ち、それから十余年後には、武王が殷の紂王を破って後、戎夷を涇水・洛水の北に放逐し、戎夷は四季ごとに入貢し、その居住地を「荒服」と名付けられたと、『史記』「匈奴列伝」にある。

▼4【漢が匈奴を討伐し】漢が成立するころ、北方では父の頭曼を殺してみずから単于となった冒頓が領域を広げて、建国早々の漢の高祖は冒頓単于の匈奴と対峙せざるをえなくなった。韓王信を代に移してこれに当らせたものの、信は大挙して押し寄せた匈奴に屈服し、高祖は三十二万の歩兵を投入したものの、冒頓は四十万の精兵を送り、高祖自身が白登山上に包囲されてしまった。その後、漢は冒頓の后に賄賂を贈り、皇族の女子を贈るなどして、ようやく和睦した。しかし、その後も攻防は続き、霍去病や李広などの将軍を送って討伐を行なった。

▼5【唐が憑厥を征伐】憑厥は突厥。突厥はトルコ系の遊牧民族で六世紀中ごろアルタイ山麓に起こり、大遊牧帝国を建設し、その後、東西に分裂した。

▼6【辛引孫】一三九六～一四四五。字は祚胤、号は石泉、本貫は霊山。一四〇八年、文科に及第の後、史官、承政院の注書となって、多くの大君たちと史書の講論を行なった。特に忠寧大君（世宗）の特別な待遇を受けて名望が高かった。礼曹正郎であったとき、明に行って、官職は判漢城府事、刑曹判書となり、芸文館大提学となった。

▼7【呉起】戦国時代、衛の人。曽子に学んで、用兵に巧みであった。初め、魯の将となって斉を破り、ついで魏の文公に仕えた。後には楚に奔って悼王を扶けて百越を討った。兵法の書の『呉子』は自撰とされるが、偽撰ともされる。

▼8【鄧訓】後漢の人。字は平叔、平寿侯に封じられた。明帝のときに郎中、烏桓の変のとき烏桓校尉となったが、鮮卑族はその恩威を恐れて城塞に近づかなかった。張掖太守から護光校尉となり、羌に対して恩信をもって接して、威信おおいに行なわれたという。卒後、羌胡が来たって哭する者が数千人に上ったという。

▼9【班超】三二～一〇二。後漢の将軍。字は仲升。『漢書』の編纂にかかわった班彪の子で、班固の弟。西域諸国を鎮撫して西域都護となり、定遠侯に封じられた。九七年には部下の甘英を大秦に派遣した。

▼10【任尚】?~一一八。班超の後任として西域都護となった。塞外に居る胥吏・士卒らは執行猶予のならず者が多いから厳急な取り締まりは控えるべきだという班超の忠告を守らなかったために、部下たちの反抗を招き、西域諸国の離反を招いたとされる。

▼11【羊祜】晋に羊固という人と羊祻という人がいる。羊固は臨海の太守となり、客を饗する酒食ははなはだ盛大であったという。羊祻は泰山南城の人、武帝が即位すると、尚書右僕射となり、荊州の諸軍事を都督した。後者か。

第五七話……処罰された宋希美と李伯慶

王さまは、十九年の春三月に慶源節制使の宋希美《ソンフィミ》▼1と護軍の李伯慶《イベクキョン》（第五一話注1参照）を義禁府に監禁し、伝旨を下された。

「かつて沿辺に命令を下し、毎年、秋になれば百姓を督励して、城の中に入らせ、野をすっかり刈りはらって賊の来るのを待機させるようにした。それは分明に法令にあるとおりだが、今や、九月の晦日になっても、まだ城の中に入って行かせず、賊たちが思いのままに人を殺して略奪して行くに任せている。のみならず、賊が継続して侵入しているとの報告が続いている。彼らが国境近くに数日留まっていても、それでも、人びとに城の中に入るように促すことをせず、賊たちの攻撃に敗れて、人びとは殺され、略奪されている。そのうえ、事実より過少に報告して（反語）、敵の数は千に満たないのに、三千だと言い、すべて報告は曖昧模糊としている。これは大きな罪であると言わねばならない」

王さまはさらに金宗瑞（第三〇話注9参照）に諭示を下された。

「宋希美と李伯慶の罪はすぐに出て行って賊に向かわなかったということにあるのではない。賊の騎兵二百名がわが国境の中に入って来て留まっているのにもかかわらず、これをよく探索しようとせず、すぐに人びとを城の中に呼び入れなかったから、殺され拉致される人が多かった。また賊が退去するときには、彼らの勢力が衰退していたにもかかわらず、趙石岡《チョソクカン》（第五一話注3参照）の兵と合流して逗留したまま進もうとしなかった。拉致された人と家畜がそれぞれ三百を超えるにもかかわらず、それでもただ二十余名の人と牛と馬合わせて九頭だったと過少に報告して曖昧にしている。これは大きな罪を犯していると考えるべきであり、それゆえ重い罰を下すのだ。沿辺にいる将帥たちと希美などがすぐに出て戦わなかったことが放置され、刑罰を受けないままであったなら、判断を誤って、後日、賊が侵攻してきたときに、賊の多いか少ないか不明のまま、軽率に城の外に出て決戦をすることになろう。そのときには、小さな被害ではすまないであろう」

宋希美が慶源を守っていたとき、侍っていた妓生が朝の寝起きに、「昨晩、夢の中で賊がにわかにやって来て、令官の首を斬って去りました」と言ったというが、はたしてすぐに賊が侵入してきたという報告が届いた。しかし、宋希美は妓生の話した夢に大いに怯えたものだから、門を固く閉ざして出撃しようとはしなかった。このとき、部下たちが、「賊の形勢をうかがうと、特別なことはなく、われわれが討って出れば必ず勝つことができます。どうして座視して、ほしいままに略奪されるのを救わないのですか」と諫言をしたにもかかわらず、希美はついに討って出ることはなかった。そうして、賊たちは人馬百余を奪って去ったのだった。このとき、一人の兵士が大声を出して追いかけ、身を挺して、捕らえられていく数十の人を奪い返して帰ってきたが、このことが啓上されて、世宗は激怒され、宋希美を捕らえ、奪い返してきた兵士を抜擢して四品の官職を与えられた。宋希美は義禁府に下して軍法にかけて処刑した。彼が死におもむくとき、一行が青坡を過ぎようとすると、政承の崔潤徳（第二〇話注18参照）は宋と昔からの友人であったから、酒と肴を用意して勧め、

「君は心を痛めることはない。法によって死ぬことになるが、人は必ず一度は死ぬものだ。私もまた朝夕の間に君の後を追おう」

と永訣のことばをかけたのだった。

（李燗『類編西征録』）

▼1【宋希美】『朝鮮実録』世宗十九年（一四三七）八月戊寅に、節制使の宋希美、判官の李伯慶、都鎮撫の趙石岡を上京させて訊問したところ、ある程度の事実を吐いたが、まだ隠していることが多かった。たまたま捕虜となって逃げ帰った者たちがいて、そのことばを聞いて実情がわかった。三人ともに斬に当るが、石岡は杖打ちして慶源に流し、伯慶は閭延に流した。宋希美は軍略を誤り、捕虜の数をいつわって報告した。その罪ははなはだ重い、そこで死罪に当るとして、希美には自尽を命じたとある。

第五八話……李蔵の上書、読みの甘さ

夏六月に、李蔵《イジョン》（第四八話注1参照）は書を奉った。

「以前、婆猪江の賊たちが初めて趙明干に侵入してきたとき、わが兵士たちを欺いて、こっそりと国境近くに身を潜ませ、それ以後というもの、毎年のように侵入してきては、災禍をまき散らしています。しかしながら、どうしてわが兵士を出して討つことができないわけがありましょうか。臣が、あの賊どもの考えを推測しますに、癸丑の年（一四三三）の後、われわれがにわかに攻め入ることを疑い、おのが部族を守ろうと、ひそかに計略を練って待機しており、われわれが大挙して討とうとすれば、鬱蒼たる林の中に逃げてしまいます。先にはわが全兵士が出動して不意を突き、賊を押収したものでしたが、今回は大挙して出て行ったものの、賊一人も見かけることなく帰って来ました。これでは賊に威厳を示すことができなかったのみならず、かえって嘲弄を受けることになってしまいました。臣が見たところ、沿辺の住人でみずから奮起して賊を討とうと思い立った者、募集に応じて来た兵、そして防備の精兵たちを集めて、道を分けて密かに進んで行かせ、賊のとどまっているところ二十里ほどのところに兵士たちを駐屯させ、人

家の多い少ないを探索させておきます。夜中に彼らの巣窟を襲うときに、あらかじめ家ごとに伏兵をおき、また火砲箭を放って、家々を焼けば、賊はきっとあわてふためき、なすすべもないでしょう。このときにすべての伏兵が立ち上がって賊たちを一人一人射れば、彼らのような弱小な賊を屈服させるのは木の枝を手折るよりも簡単なことです。

先月の九日に斥候を送ることを請うて、すぐに辺境の各郡に命令を下して巣窟を探索しましたが、臣が義州から沿辺に向かい、満浦口子に至ると、雨が毎日のように降って止まず、閭延と慈城の山谷まで水が氾濫して渡ることができませんでした。時期が今や仲夏となって長雨が降り続いているので事を処理することができない、臣はそう判断して、熙川に帰りましたが、そのおり、趙明干での変を聞いて、現地に駆けつけました。到着してみると、雨もまた止んでいました。官庁からやった探索の人びとが戻ってきましたが、かれらはみな賊たちの巣窟までは探索することはできずに、中途で帰って来ただけでした。探索に送った当初の意図は叶えられなかったので、臣は彼らに罰を加えようと考えましたが、あえてそうはしませんでした。というのも、賊どもがその噂を聞いて騒動を起こすのを恐れたのと、また事はすべて機密として秘される性格のものであり、臣があえて事実を知らせなかったために、辺境の郡の守令たちはみなその意図を理解せず、今日に至るまで、賊どもの巣窟のありかはもとより、その存在すら知らなかったのではないかと思われるからです。とすれば、罪はこの臣にあります。

そこで、今ふたたび書を辺境の郡に送り、人をやって賊の巣窟を探索させ、賊の所在地をあらかた調べ上げた後で、兵を起こして出動して討ちたいと思います。ただ、夏のあいだは、山川が険しく、もし長雨が降れば、水に妨げられるのではないかと懸念されます。秋となり、木の葉がすっかり落ちてしまうのを待って、矢を射るのに都合がよく、人と馬が活動するのにいい時期に、いい日を選んで進んでいき、賊を討って事を処理するのがいいのではないでしょうか。しかし、李満住（第二二話注4参照）が他所に移って行く意志は平素から聞いてはいるものの、今日、われわれが探索を入れれば、彼もまたその事を知って、疑いを生じて、急に移っていく恐れがあります。阿間《アカン》と古音閑《コウムハン》の邑は五弥大屯《オミテトン》から三十余里離れています。

理山の中央にある木柵からは二日の行程で、農事に勤しんで生活している四、五十戸があります。彼らは秋の収穫の後で、必ず移住して行くでしょうが、臣の考えでは、穀物を刈り取る前に精兵百五十を募って密かに突入して、その羽翼を切り取ってしまえば、彼らはわれわれが戦を好まず、兵を起こしたもののすぐに帰還して、ふたたびやって来ることはないのだと考えて、安穏と残った刈り取りを始めましょう。

いまは、このように事を処理することにして、晩秋になってふたたび三千の精兵を繰り出し、これを二隊に分けて、一隊は江界の古沙里《コサリ》の木柵から里香多会坪《リカタフィピョン》を経て吾弥《オミ》の上端に至り、もう一隊は理山の中央にある木柵から古音閑坪を経て吾弥の下端に至ることにして、捕まえた賊に道案内をさせながら、道が険しいか平坦か、賊の巣窟なのかどうか、あるいはその他の勝ちに至る計策をも、彼らにみずから進んで話させるように仕向けて、夜に乗じて強襲すれば、これが賊に勝ちうる最良の方法だと思います。あるいは、もし来年の二月になって行くとすれば、寒さはやや緩んでいたとしても、江の氷はまだ溶けていず、積もった雪もまだ消えてはいないので、あの者どもも身を隠すところがなく、これもまた格好の時期と言えましょう。しかしながら、この賊どもは当初の目的と恨みを深く胸に抱いており、遠くとも近くとも、いずれ必ずやって来ようとします。それでも、あの者どもがもしわれわれの動きに疑心をもてば、遠い別のところに身を隠し、何年ものあいだ、積み重なった恥を雪ごうとすることもないでしょう。あるいは進み、あるいは退き、攻撃をし続けて、あの者たちの思うままには生活させないこと、それが臣下としての私が夜となく昼となく考えていることなのです。

以上の三つの計策をもし許可していただければ、臣はまさに軍隊と兵器を用意し、十分に訓練させてあらかじめ待機させ、他の人たちの手を煩わせないで、誓って、この賊どもを討ってなきものにし、殿下の西方への憂慮を一掃いたします。伏してお願いします。臣の案を退けられることなく、臣に全勝の責任をお与えください」

これに対して、王さまが書を下して諭示なさった。

「癸丑の年（一四三三）に賊を討伐したとき、すべての大臣たちの考えは、平安道の沿辺は賊が侵入することが多く、防御して防ぐことが他の地方よりも十倍も難しいが、賊たちがもし過ちを悔い改めなければ、すべからく威厳でもって屈服させるべきだというものであった。しかしながら、庚寅の年（一四一〇）と己亥の年（一四一九）のことはすでに過去のことである。今、どんな人がすぐに匈奴のことを引き合いに出して、われわれの計画を妨げるであろうか。大体、匈奴のすべての賊どもと大国と中国とは道がはなはだ遠く[1]、その中間に人跡が絶えているために、彼らを制御することが困難であるというのは、その通りである。しかし、この賊というのは人数は多くとも、五、六百に過ぎず、谷間に潜んでいるとは言え、これはわが国で考えれば、一つの郡の住人の数に過ぎない。その他の辺境の数百里のあいだに散在する賊どもの人数も同じようなもので、われわれの軍勢と比較するべくもない。ところが、あの賊どもはわれわれを恐れることなく、江の上を心のままに行き来していて、かえってわが国の方が賊たちをはなはだ恐れて、一兵も繰り出すことなく、城の中に引きこもっている。先んずれば人を制すというのはこのことで、そうすれば、必ずわれわれが意を得ることが確実である。

癸丑の年の計画はもともとこのようではなかった。前に卿が申したことは、はなはだ私の意にかなったが、近来、天道が不順であり、人の計画することに誤りが生じることが一、二ではない。私が軽率に許諾しない理由はそこにある。天道であれ、人のたくらむことであれ、過ぎたことはあえて言うまい。攻伐のことを言えば、癸丑の挙は、あの賊どもが油断している隙に不意に江を渡り、その防備の虚を衝いて巣窟を急襲したので、鹵獲するところが多かったが、今回は必ずしもそうはいくまい。賊どもは必ず自分の妻子たちを隠しておき、その財産をしまいこんで、たがいに救援の約束を取り付け、要塞を守る準備万端をしているはずである。彼らが悪をほしいままに行なっている理由はそこにあろう。賊どもには仁義などなく、奸邪な計略はありあまるほどにある。今回、将軍がなすべきこととして、賊の巣窟をあらかじめ探索しておくことにしたが、これは理に適っている。しかし、金将軍が自分たちの巣窟のありかを知っていることを知れば、賊どもは必ずや鳥が旅立つように移って行くことになり、すると、そのありかをふたたび探し出すことはさらに困難になるであろう。そのとき、兵を動かそうとしても、どう動かせばいいのか。

探索に出した者の中には賊を殺して帰って来た者もいるし、また捕まって帰って来ない者もいる。賊がすでにわれわれの計画を察知したならば、逃亡して隠れることが前日よりもさらに徹底するであろう。もし、賊を大挙して襲おうというのなら、その巣窟をはっきりと確定して出るべきであろう。ところが、探索の実は今のところ十分には上がっていず、われわれは何でもって相手のことを知るのであろうか。私は卿の申すことをいいと考えたために、他の人の意見を退けてこれを行おうとした。しかし、ただこうした不都合が考えられるので、卿は秘密裏に辺境の老成した人びとや部下の中で事をともに議論できるだけの者とよく議論を重ねてほしい。その上でふたたび上奏すれば、私もまた考えなおしてみよう。今回、兵を起こすとすれば、その時期はいつがいいのか。また、その兵の数はどのくらいあれば十分なのか。道はどこで分かれようか。騎兵は何名で歩兵は何名か。また、賊の巣窟はどんな方法で知れようか。あるいは、そうではなく、しばらく耐えて兵を起こさないとすれば、何年のあいだは待つことになるであろうか。攻撃して討伐する考えを取らずに、もっぱら防御することにだけ意を注いで、賊が侵入してくれば、これに打撃を与えて、軽々しく侵入して来ないようにさせる、これがもっとも意をはらわなくてはならないことである。

賊の巣窟を探る人は谷間の道を行かず、山林の中を穿って行けば賊の巣窟を見出すことができるし、賊に見つかっても、山林の中に身を隠すことはむずかしくない。李満住が賊を殺したときには、二手に分けて行って一つ所に会したと聞いている。今回、八人が帰って来ないのは、やはり二手に分かれて行った人が一所に集まったからで、命令に従ってのことのようである。しかし、わが国の人であれば、どうして一所に集まる道理があろうか。金将軍が行って騎馬の賊と野原で出会い、矢を射たというが、この三つのことで見てはっきりしたことは、大路を行く方が間違いがないということである。愚かな人びとを利用してこうした大事を行なうときには懇切に知らせて注意をしなければならない。今回、このような事態に陥ったのは、考えてみると、卿の計画に至らないところがあったゆえではないのか。これは鎮将として事をなすのに怠慢であると言わねばならない。江を渡って賊を探索するのは重要なことではあるが、賊の巣窟を探り出すのに、あまりに深く入って行くことは、今日、さほど緊急のことではないはずである。事を始めるときになって、探索しても遅くはなかったが、私がこれを止めさせようとして、その声が届かなかったのが、はなはだ悔やまれる。

また建議する者がいて、そのことばを聞くに、

『野人と相対する方法というのは、仁義でもって服従させる方策はなく、また一日、もしくは一月でもって解決する方法もないと考えるべきです。持久戦になると覚悟して、精兵を選び、数百あるいは数千の兵でもって毎年継続して討ち、あるいは家に火を放ち、穀物を蹂躙して、出たり退いたりすれば、二、三年の内に、賊どもの心はすっかり疲弊してしまいましょう。昔、隋が陳を破ったとき、高熲[2]の策を用いて、秋の収穫の時を見計らって兵と馬とを召集して、声を挙げて急襲すると、賊たちは兵士を集めて守備しようと、農事をほったらかすことになったのです。江の南側の地区には茅と竹でできた家と積み上げた露積が多くあります。こっそりと使者をやって、風を待って火を放ち、またあの者どもがこれを修理するのを待って、ふたたび火を放つようにすれば、何年もたたずに、あの者どもの財物も気力も尽きてしまいましょう。あの者どもの席巻の勢いというのも疑いを持たないから存在するものだったのです。婆猪江の賊がたとえ狩りを好み、兵士たちがみな動物の肉を食べるにしても、一方では農耕もして生活の資としています。道内の精兵二、三千を選び、肥えた馬に乗り、厚い衣服を着て、その上に雨具までもって、常に秋の収穫の時を待って、不覚を衝いて出て、家を焼き収穫を蹂躙してしまえば、ここ数年のうちに、あの者どもの巣窟はすべて掃討することができるでしょう』

と言うのである。私もまた考えるに、北方の天候は、早く寒くなり、秋雨がしきりに降りだすことが心配だ。しかしながら、肥えた馬があり、厚い衣服を着た人を選んで、右に建議した者の計策のように実行すれば、どのような弊害が生じようか。彼らが巣窟を失えば、北方は安穏に静まるだろう。卿はどのように考えるか。すべての可否を考えて報告するようにせよ」

（李爓『類編西征録』）

▼1【匈奴のすべての賊どもと大国とは道がはなはだ遠く】原文通りであり、本来なら「賊ども」とはツングース系の女真族のいくつもの集団をさすのであろうが、それら西北の民族を唐代の中国を苦しめた「匈奴」と一括して、「大国」を朝鮮、「中国」を本来の中国と、ここでは書き記しているものと思われる。

▼2【高穎】高熲が正しい。隋の人。字は昭元。陳の武帝のとき、斉を平らげた功で開府を拝命。文帝の受禅後、尚書左僕射を拝命。陳を討つや、熲は元帥となって、功をもって斉国公に封じられたが、事に座して免ぜられた。煬帝が即位すると、太常を拝命したが、煬帝の奢侈と、長城の役を起こしたのを憂えて誅殺された。

第五九話……王と李蔵のやりとり㈠

そこでまず賛事の申槩《シンゲ》▼1が申し上げた。

「この野人たちは討ってはなりません」

王さまもまた申槩のことばよしとされた。

李蔵《イジョン》（第四八話注1参照）が啓上した書を読まれた上で、都承旨の辛引孫《シンインソン》（第五六話注6参照）と左承旨の金《キム》墩《ドン》▼2に命じて、申槩の家に行き、事を秘密裏に議論させせようとなさった。このときに申槩は十二項目の意見を上申した。王さまは公私にかかわる事目を書くように李蔵に命じられた。

「一、癸丑の年のときのような大きな軍事を起こすことは、一度はいいが、二度となると混乱を起こすことになろう。そこで、北方の野人たちの土地のことは卿に一任するので、道内の精兵を百でも、千でも選んで、賊の巣窟を探索しておき、ときどき、あるいはしばしば、時ならず兵士を遣って江を渡り進ませ、山と野原で狩りを行ない、賊を討つような姿を装えば、彼らは農事を捨ててわれわれの進攻を防ぐことに暇がなくなるであろう。あの者どもが兵を集めれば、われわれは兵を止め、このようにすることが何度かになれば、あの者どもは心に必ず怠惰を生じ、そうなればわれわれは気付かれずに襲撃することができる。
二、いつでも兵を送って、夏には防備する兵士の数が少なく、南道の兵士を徴して用い、逆に冬に氷が凍ったときには、防備する兵士が大勢必要になるので、南道でまだ徴用されていなかった兵士をみな徴用した後で、動くようにする。南道で徴用されなかった兵士はことさらに利用しなくてもいい。
三、私は草木が枯れ果てず軍馬を飼うことができる時期に兵を出す方がいいと考えるが、卿らはどう考えるであろうか。賊の中に深く入って行って征伐するとき、畑にある取り入れるべき穀物を踏みにじり、彼らの家を焼き、牛と馬とを奪ってくれれば、われわれは一人の野人も捕まえずに帰って来てもなんら妨げはない。われわれの騎兵たちが継続して賊たちの巣窟の近辺を心のままに襲えば、彼らは恐れて安心することもできず、どんな暇にわれわれを侵略することができようか。そのようにだけすれば、どうして有益でないことであろうか。大いに兵士を繰り出して行動すれば、まず賊の巣窟を知らなければならず、もし賊の巣窟を知らなければ、わざわざ大軍を繰り出しても、どのような功績も上げられず、中国にこの噂が流れれば、憫笑を買うことになるのではないか。すべからく彼らの巣窟をあぶり出した後に兵を出すべきであるが、どんな方法でそれを知ることができるであろうか。
四、卿はこうした条件でさまざまに考えをめぐらせ、可か否か、あるいは待つべきか早めるべきか、あるいは他に方法はないかを、詳細に考えて密かに上申せよ」
李蔵が書を奉ったが、その大略は次のとおりである。

「お下しになった教旨を賜った後、それぞれの役所に文書を下し、兵馬の数を調べさせました。今はまさに農繁期に当たり、閲兵するのに時宜を得ず、賊たちの気勢が旺盛で禍が朝夕に迫っております。ことわざに、庭先にいる盗賊を利用して賊を防げと言います。そこで、今はたとえ兵士を動かして防ぐことができないとしても、わが兵士を訓練してわが国土を堅固にするのがいいかと思います」

また申し上げた。

「賊たちが国境の近くにやって来て、日を重ねて滞在しています。彼らの思惑を推測するのは難しいとしても、これに備えないわけにはいきません。今、国の中は閑暇で、内にはなんら憂慮すべきことはなく、賊たちが国境のそばにいるということだけが心配の種ですが、お願いしたいことがあります。内禁衛の別侍衛の甲士として勇猛かつ計略のある者を選んで、七月十五日過ぎには、昌城の北側の六つの郡にそれぞれ六人ずつを送って守らせるようにしていただきたいと思います。また火炮の教習官六人を派遣してください。人と馬をよく選んで、騎乗することのできる馬百匹あまりを、それぞれの役所で分けて飼うようにしたいと思います」

王さまはこれをお受入れになった。

(李燗『類編西征録』)

▼1【申槩】一三七四～一四四六。字は子格、号は寅斎。本貫は平山。十七歳で進士・司馬の両試に合格して、一三九三年には文科に及第した。太宗のときに工曹参判・集賢殿提学を歴任、世宗のときには黄海・慶尚・全羅・京畿の観察使を経て、右議政となり、一四四四年には几杖《きじょう》を受け、翌年には左議政に至った。世宗は三十年の在位のあいだ文武ともにかねてよく治めたが、しばしば申槩をそばに召して、政治を議論された。

▼2【金墩】一三八五～一四四〇。朝鮮初期の天文学者。本貫は安東。一四一七年、文科に及第、直提学になった。世宗の命を受けて金銚とともに簡儀田台・報漏閣を作った。書体もよく、一四三四年には彼の書いた文字で銅活字を作って、俗称で衛夫人字と呼ばれた。

第六〇話……王と李蔵のやりとり(二)

秋七月に、李蔵《イジョン》(第四八話注1参照)に諭旨が下された。

「今、卿の回答をしたものを見て、卿の計画が正しいことを知った。しかし、兵を動かして賊を討つときには、まず賊がどこにいて、管下に何戸あるかを知って後に、ようやく兵を起こすことができるものである。もし、賊の巣窟がどこにあるかもわからずに、みだりに兵を動かせば、自軍に徒労を強いるだけで、なんら功を挙げさせることができない。卿がまず斥候を送った後に、兵を起こして繰り出すことにすれば、先に送った斥候が賊たちに出遭うままにすべて捕まえ、道案内をさせるようにすればいい。もし十名を発見して九名だけを捉え、一名が逃れれば、その逃亡した賊がわが軍の動きをその首長に報告するかも知れない。そうなれば、事の成敗は必ずしもわれわれが予測した通りにはならないであろう。また、童都伊不《ドントイプル》花《ファ》▼1のことばは信じてもいいようだが、彼が帰順してまだ二年にもならないし、わが国の斥候たちがふたたびあの者らに捕まれば、あの者らはわが国の状況をすべて知ることになり、そのためにまた防備する計策を立てなおさなくてはならない。満住（第二二話注4参照）などが今なお昔の巣窟にいるのか、いないのか、確信を得ることができず、私もまた重要な事がらをすべて知ることができないでいる。

　そのために、一、二の大臣に議論させたが、ある大臣は、知恵と方略があって勇猛な者を二名選んで賊を探らせ、昼には樹間にひっそりと身を隠し、夜になれば、山を伝って行くようにさせれば、賊の巣窟を知ることができるのではないかと言う。しかし、これより前にわが国の斥候が賊にふたたび捕まって、賊が耳を傾け、こちらを窺っているのではないかと、私は危惧を抱くのだが、卿はこのことについてどう考えるか。また、ある大臣は、大軍が出発するときに、まずは探りを入れるために数百の騎兵を送って、穀物を踏みにじり、賊たちの家は焼かずにそのままにして、すぐに取って返すという策を立てる。賊たちはきっとわれわれはもう来ないと思って、家に帰って平穏に落ち着いて生活を始めるであろう。そのときに乗じて、われわれはここぞと大軍を発して密かに彼らの巣窟を包囲すれば、必ず賊を残らず捕えることができるだろうと言うのだ。しかし、斥候として出て行った騎兵が騒々しく荒らしまわった後で、逃げた賊たちが数日後にまたもとの巣窟に戻って来るとは、私にはとても思えない。また、ある大臣が言うには、勇敢な歩兵を一隊五、六十名で組織して、これを三隊作って、それぞれ江を渡らせ、八百余里の土地に、昼には姿を隠し、夜になれば出て行き、深い森の中に潜んでいて、高いところに登って見渡せば、必ず賊の騎兵が見えるはずである。これを捕らえて来て道案内にさせればいいと言う。また、ある大臣が言うには、強壮な人物数十名をひそかに選んで送り、森の中に潜ませて賊らの畑を見張らせておく。そうすると、必ず畑仕事をする人物がいるはずで、これを捕らえて帰ってきて、道案内にするべきだと言う。議論は紛紛として、まだ的を射たものがない。

しかし、諺には「百聞は一見にしかず」と言うではないか。卿は長いあいだ、西方に留まっていて、そちらの様子をよく心得ていよう。事をしばらく卿に任せて、功を挙げるのを見ようと思う。私はそちらの情勢を知らないが、卿はおそらくよく弁《わきま》えていよう。もし大事をなす機会が訪れたなら、その一々をすぐに報告するようにせよ」

これに対して、李蔵が申し上げた。

「賊の巣窟の探索について、兵を起こす気候と日時、また進んで行く道についていては、斥候に出た兵士と童都伊不花などとに尋ねてみました。ただしかし、李満住が今は吾弥府《オミ》にいるか、あるいは兀剌山《ウラルサン》城に移って行ったか、確実に知ることはできません。また吾弥府に行く道は、一つは江界から婆猪江を経て吾弥串《オミコツ》の洞口に入っていくもの、もう一つは理山から婆猪江を経て兀剌山城の東側を経て吾弥府の西側に入って行くもの、この二つがありますが、その他にもう一つ、やはり理山から婆猪江を経て兀剌山の南側を通って西側に折れて入っていくものもあります。もし賊が吾弥府にいるのなら、この三つの道を通って行くのがよく、もし兀剌山にいるとすれば、わが大軍が吾弥府などに入って行くのを見れば、賊たちはこれを予知して逃亡して散らばってしまうのではないかと思われます。ふたたび人を送ってひそかに探らせようと思いますが、あるいは、賊はわれわれの動きを察知して、見張りを厳重にして、前と同じように、わが国の兵士を捕らえるのではないかと懸念されます。斥候兵のことばによると、賊たちがもし町はずれの一、二戸だけであれば、こっそりと忍んで行って、生け捕りにすることもできますが、臣がまた考えますに、オランケたちがこの秋の収穫の時期に遠くに逃亡して身を隠す道理はありません。また古い家から移ったとしても、近いところにいることは明らかで、賊の頭目がどこにいるかを探り出すことはさして難しいことではないと思われます。やはりオランケを生け捕りにして道案内をさせるのが、大きな計画を成し遂げる一歩になるのではないかと思われます。

江界から二日ほどのところに吾自峠《オチャ》というところがあり、そこに三戸の賊たちの家があります。これが吾弥府からは九十里ほど離れています。また、理山から二日ほど行ったところに古音閑里《コウムハンリ》というところがあり、賊の家が二戸あります。吾弥府から一日のところには二つの邑が離れてあり、戸数は多くはありません。そこで、来る八月十日ころに、精兵五、六十名をまず送り、それが斥候兵として、夜に乗じて襲撃して賊を捕らえて、頭目のいるところを問いただした上で、八月二十日ころにふたたび兵を起こして討つことにする。それがわたくしの考える計略の一つです。

五月に斥候軍が捕まってしまい、その後にはふたたび人を送らず、このように平然と座して動かずにいて、賊どもに疑心を抱かせるようにしてきました。八月に至って、勇壮な者三、四名を選んで送り、昼には山の上に登って、吾弥府の洞の入り口の人びとの住むところを探るようにさせます。もし洞の入り口の人びとが安心して住んでいれば、奥の方でもやはり安心して住んでいるはずであり、八月の中旬には兵士を出動して急襲し、まずは彼らの頭目のいるところを探り出しておいて、そこを討ち、畑の穀物を踏みにじり、家々には火を放って、手に入れた品々をもって帰還します。そうしてしばらく、兵士たちを休養させた上で、時を見計らって、ふたたび進んで討てば、賊たちは安心して生業に従事しているのを急襲することになり、成果は大であるはずです。これもまた臣の一つの計略です。

現在の計略としてはこの二つの他に残っているものはありません。これに用いる兵士としては、騎兵二千五百、歩兵五百、合わせて三千となり、この兵を分けて進軍する道はまさに三つの道を経由するようにして、もし賊が兀刺山城にいれば編成を変え、八月二十日を過ぎて草木が枯れてしまえば、馬を飼うのに便利なとき、暁に月の明るい時期を利用して行くのもよろしいでしょう。はなはだ寒いということでなければ、天の時と人事とが相俟って、恰好の時節となるはずです。ただ大水がまだ引かないとき、ふたたび雨が降って水量が増せば、婆猪江を渡るのが難しいのではないかと懸念されます。八月二十日過ぎ、九月初旬、あるいは中旬など、三つの時の吉凶を占って、そのときの勢いに従うべきだと考えます」

これに王さまは回答して諭旨を下された。

「いま、卿の上書を見て、卿の計略がよいと思う。

しかし、ある者が言う。

『吾自站《オチャチャム》と古音閑《コウムハン》の二ヶ所は人口も多くはなく、人家もたがいに遠く離れていて、もしわが軍が進んで包囲をすれば、賊の中には逃亡する者もいるでしょう。あるいは遠くに身を潜めて様子をうかがっていて、わが軍が数日のあいだ留まっているときには、けっして出てこないでしょう。わが軍の動向をあらかじめ知って逃亡したのだとすれば、事をなすのは困難です。しかし、大軍が進撃するのに、まず斥候の騎兵を送り、二手に分かれ、賊を捕らえて先導させ、夜に乗じて賊の頭目のいるところを急襲すれば、事を成就することができるはずです。このようにして、もし賊を捕らえられないとしても、大軍が山野を駆けて狩猟をして、賊を威嚇して帰って来るだけであっても、それはそれでいささかも構いません。賊たちもわが大軍が狩猟をして山野を駆け廻っているのを見れば、不安を生じ、怯え出して、平穏には座してはいられなくなるはずです』

またある者が言う。

『まず斥候兵を送り、賊を捕まえ、頭目のいる巣窟を探り出すことができれば、それはもちろん上策であるに違いありません。しかし、賊を捕まえることができなかったとしても、大軍が一時に進撃して、彼らの畑にある穀物を踏みちらし、住んでいる家を燃やして、これを何度も繰り返せば、彼らは必ず困窮することになります。そのようにすれば、一人の捕虜を連れてくることができなかったとしても、それでかまいません』

また、ある者が言う。

『一時に二ヶ所を包囲することは難しいことです。壮健で勇猛な騎兵五、六十余を選んで、夜に乗じて出ていき、人の少ない孤立したところを包囲して、もし賊の中から外に出て行き帰って来ない者があれば、十余騎をとどめ置いて森の中に潜伏させ、帰って来るのを待ってすべてを捕まえれば、賊の頭目はこれをまったく知ることができないでしょう』

また、ある者が言う。

『二手に分けて包囲するか、あるいは一ヶ所だけを包囲して、家産や穀物にはまったく害を与えず、ただ人だけをすべて拉致して帰ってくるようにするのです。賊どもがやって来てこの様子を見ても、住民がよそに移ったとだけ考えて、攻撃を受けたという疑念をいささかも生じさせないのです』

議論は紛々と百出して統一することができなかった。しかし、私の考えでは、大軍を先に進めるとき、半日先に斥候の騎兵を行かせ、吾子站か古音閑、または吾弥府の洞口を襲撃して、もし捕虜がいれば、一人二人であっても捕まえて道案内をさせ、催促して賊の頭目のいるところに向かわせ、これを急襲するのが上策であろう。昔の人が言うように、兵を動かすには鬼神のように迅速でなければならない。十日にまず数十騎を送って賊の群れを捕まえるとしても、また二十日の後に大軍を送って、賊がすでに実情を知ってすっかり逃亡しているようでは下策だと思うのだ。卿の考えではどうであろう。大体、権道《けんどう》というのは、前もって準備しておくことの難しいものであり、変というのはあらかじめ図ることのできないものである。卿は繰り返して熟思し、機会をうかがってよくことを処理するようにせよ。八月二十日を過ぎて、草木がことごとく枯れ果て、暁の月が明るいときに出るのがよいであろうが、大水がひかず、その上に雨が降って河があふれるようになれば、二十日以後、九月初旬、あるいは中旬の吉日を占って兵を動かすとしても、はるかに先のこととなって、事態を予測することが難しい。ただ、

『もし九月まで待っていれば、北方ではすでに霜が降りるために、賊どもはすでに穀物を収穫して家の中に貯蔵しておきます』

と申す者もいる。私の考えでは、夏に雨がしきりに降れば、秋には降らないものであり、今の長雨を見れば、八、九月には雨が降らないように思われる。しかしながら、天のなすことはあらかじめ知ることは難しいものであり、卿はその時期を見て兵を出動させるように。もし適当な機会が見つからなければ、今年の秋でなくともよく、じっくりと万全の計画を練って、来年の春に事を構えても遅くはあるまい」

また、朴安臣《パクアンシン》（第一三話注2参照）に諭旨を下された。

「癸丑の年の後、沿辺の防備をする計画が停滞してしまった。そのために、婆猪江の賊たちが、毎年のように繰り返してわが国の国境を侵犯してきたが、われわれは長いあいだ耐え忍ぶしかなかった。そのために、賊たちの横暴はいよいよ増すばかりである。賊から守ることは賊を討つよりもかえって困難をきわめる。そのために今、都節度使の李蔵《イジョン》に命じて、道内から精兵数千名を徴用し、八、九月にひそかに兵を敵のいるところに入って行かせ、必ず賊の頭目を捕まえさせようと思う。卿はこの意図をあらかじめ知って、李蔵と心を合わせて事を処理するようにせよ。また、兵を用いるには秘密を守ることを要する。今、ソウルの中にはこの事を議論できる者は一人二人しかいない。卿はだれの力も借りずにひとりで考え抜き、事をよく計画して処理するようにせよ」

李蔵にも諭旨を下された。

「一、大軍を一斉に動かして進め、吾自站・古音閑・吾弥府の洞口の賊を捕まえて尋問して、満住がもし兀刺山城にいるというなら、われわれが軍を進めて攻撃するのに必要な情報をすべて問い質して、三千の兵をもって討つことができるのであれば、討つことにする。もしそうでなく、城がはなはだ険しく、三千の兵で攻略するのは到底難しいというのであれば、ただ婆猪江のほとりに住んでいる賊だけを討って帰還して、後日に大いに出動することを考えてもいいのではないか。いま、三千の兵をもってははなはだ険しい城を包囲して、ついにこれを陥落することができなかったとしたら、賊はこれを遠くに避けて、後日、われわれがふたたび事を起こしても、成功はおぼつかないであろう。そこで、卿は機会をよく見て、形勢を判断した上で、事を処理するようにせよ。

二、以前、賊から逃亡して来た人から聞くと、満住はすでに忽刺温（第二二話注8参照）の土地から二、三日の距離にある鳳州の地に移って住んでいると言う。もし満住がほんとうに鳳州に移り住んでいるのであれば、これを追って討伐する必要はなく、ただ婆猪江の近くに住んでいる賊だけを討伐すればいいことである。

三、満住がたとえ遼東の近くに移って住んでいるとしても、彼のいるところが城の近くでないとすれば、攻撃してもかまわない。これに先立ち、中国の皇帝の勅書がすでに下っているが、その巣窟を討つとき、遼東の人が出て来て尋ねたなら、中国の皇帝の勅書が出ている旨だけを答えればいい。

四、大軍が一所にだけ集合することになれば、その進退が難しいだけでなく、兵がたがいに救援するのも難しくなってしまう。そこで必ず道を分けて進撃するようにして、それぞれに部隊を多く作って、知略のある者を選んで副将として、部隊と部隊の間隔が適当に空くようにする。また城を攻撃するときには兵を一斉に進軍させるのではなく、いくつかの部隊を待機させ、精鋭なる兵士たちを選んで、ひそかに他の道を取って、交代に出て行くようにする。そうすれば、賊たちはわが軍の兵士が多いか少ないかわからずに怯えが生じることになるであろう。

五、卿の申したことに、騎兵二千五百と歩兵五百とあったが、私が思うに、騎兵はそれで十分であるが、険しい道ではいつでも歩兵が第一の法であり、卿はその意をくんで斟酌した上で、歩兵を補充するべきである。

六、吾自站にいる三戸と古音閑にいる二戸の人をとらえ、また吾味府の洞口に住む人びとをとらえて、この者たちに嘘をつかせることにして、われわれの大軍が北から満住などのいる大きな部落を襲撃しようとしていると説明させるのだ。北の重要な道には斥候軍を置いておけば、大軍が過ぎるときには畢竟ここを通るはずであり、汝らは少しも動いてはならない。われわれは南から行って北に来る大軍を待ちかまえることにすれば、賊が逃亡しようとしても、必ず北に逃亡する他にはないはずである。

七、癸丑の年に賊を討伐したときは、捕えた賊の男どもをその場ですぐに殺したりはせず、わが国境の中にまで連行して殺したが、今回はそのようにする必要がない。賊を捕えれば、女や子どもは除外して、一人として残さずに殺してしまってよい。昔の人が賊を捕らえたとき、あまり多くを殺さないように戒めたのは、ただ罪のない人びとが塗炭の苦しみを味わうのを避けたのである。しかし、今やこの賊どもは一人一人がみな奸悪な賊となってわが辺境を侵略しようとしているのである。その罪が満ち満ちているとき、どうして天地の間にこれを容赦することができようか。

八、兀剌山城を攻撃するに当たっては、その城の外に、歩兵であれ、騎兵であれ、適宜に配置しておき、攻撃しやすいところを選んで、火炮を備えて置き、賊たちが一人として城の上に立つことができないようにする。歩兵千名ほどがそれぞれ袋をもって七、八斗の土を運んで城の外に積み上げて、城壁を越えることができるようにすれば、城を陥落させることができるであろう。

九、すでに密旨を観察使に伝えたが、もし議論を同じくすることがあれば、その議論のままに実行するがよい。

十、もし賊の数が多く小さな城塞に立て籠ったなら、それらを攻撃しなくてはならない。これを攻撃するのには碗石を用いるのがよい。しかしながら、これがあまりに重くて運ぶのが困難であり、実用的ではないようであれば、卿はさらに思いを凝らして別の方法を考えて上啓せよ。

十一、兵に関することは遠くに座していては理解できないことであり、このようなことのすべては、私もその正否を判断することができない。私のことばに卿はいささかもこだわる必要はない。ただ正否をよく考えて臨機応変に処理するようにせよ」

ふたたび李蔵に教書を下された。

「将軍は外方にいて、ただ座して兵について繰り返し命令を下すだけでなく、甚だしくは生殺与奪の権までも持っている。そして、王ではない人間としては負わなければならない責任があまりに大きいのに、どうしてすべてを専制することができないであろうか。騒がしい婆猪江の賊どもが忽刺温のいることを口実にして何度も辺境を侵犯して、わが国の山の民を殺すので、癸丑の年に将帥に命じて賊を討伐して問罪させ、彼らの奸悪で狡猾な行動を懲らしめた。しかしながら、あの者どもはあくまでも自分たちの罪悪に執着して奸悪かつ悪徳なる行動を募らせ、心のままにふるまい、年ごとに侵犯を繰り返し、わが国の罪のない人びとを害している。このことにわが心ははなはだしく痛むのだ。臣子たる者はまさに力を尽くしてこの王の恨みを晴らし、この間に積りに積もった恥辱を晴らすべきではないか。もし自己の一身の平安と危殆だけを考えて、国家の大事を顧みず、のんびりと構えて攻撃の時期を逸し、あるいは賊の姿を見ながらも闘わず、賊にわれわれの怯えと弱体を見せたなら、辺境の憂いをいよいよ増すことになる。それは私の望むところではない。卿はすでに一道の権限を任せられ、平日に守備しているときにも、事をよく処理しているが、ましてや江を渡って賊を除去するときに当たって、生殺与奪の権を保持している。副将以下、末端の部下に至るまで、軍令をよく守る者には褒美を与え、軍令を守らない者には罰を与えて、私的なことをもって法を曲げることはなく、また一時的な形勢にしたがって大事を過たないように、謹んで励め」

申槩（第五九話注1参照）が申し上げた。

「大体、賊を討伐して問罪することにおいては、その頭目だけを捕まえれば、後の憂いは絶えてないものです。諺には、『草を除去するにはその根まで除かなければ、草はまた生える』と言います。過年度、北方を征伐したとき、将軍たちはただ賊を切って首級を数多く挙げることに力を尽くしましたが、切り殺した賊の多くは年寄りや子どもがほとんどでした。その頭目を逃しただけでなく、屈強の男たちもほとんど捕えなかったために、それが今や禍の種になっているのです。今回もまた、その頭目を捕まえることがなければ、賊どもの恨みはますます深く、計略もさらに緊迫したものとなりましょう。逃亡した者たちが糾合して、臥薪嘗胆したその勢力はふたたび振るうようになりましょう。あるいは奥に入って行き、他の野人たちに訴えて、その者どもが結託して縦横に通じ合うようになり、辺境の憂いは以前に倍することになりましょう。

北方のオランケの土地の実情というのは、満住一人がいなくなれば、その地方一帯は充分に平安に治まります。その頭目さえ捕まえれば、まるで竹を割く勢いのように、降伏するにしろ、衰退するにしろ、一朝のうちに結論が出ることになりましょう。その他の沈吨納奴（第二三話注2参照）の群れもオケラや蟻のような輩に過ぎません。これを誘って帰順させれば、それでよく、攻撃して殲滅することもたやすく、さほど憂慮する必要はありません。

そこで、お願いしたいことがあります。はっきりと将帥たちに勅命をくだし、賊の頭目を捕まえた者の功績を第一と見なし、その他のすべての平民や年寄りや子どもを捕らえて来た者にはいかなる功績も認めないことになさってください。そうすれば、必ず賊の頭目、あるいはその子か孫、そして弟か甥などを捕まえて来ることでしょう。これを一度にするのでなく、侵犯して来るその時その時に兵を起こし、奥まで進撃して行き、その部落を一つ一つ殲滅させれば、わが国の威厳を示し、北方のオランケを平安にさせることになります。

また将帥たちが奮起して手柄を立てるのはひとえに賞罰のけじめがあるからです。賊の頭目を捉えて殺した者には官職を五等昇進させ、頭目の子弟を捉えた者は四等、また壮丁を捉えた者は三等、平民を捉えた者はその捕えた数によって差等をつけて昇進させることにします。また、駅子[2]、塩干[3]、公私の賤として特別な功績のある者は賦役を免ずると同時に官職と財産を与え、もし戦に臨んで賊に対するとき、その進退において少しでも軍令に背くことがあれば、その者は兵士たちの前で殺し、容赦することのないようにします。そして、これを主将にふたたび諭示なさって、賞を与えるか罰を与えるかをはっきりとさせ、また兵士たちに宣布しておきます。そうすれば、兵士たちは勇を振るって戦におもむき、力を尽くして賊の頭目を捕まえる助けになるのではないでしょうか。臣がまた思いますに、賊たちの巣窟が平坦なところにあれば、わが軍が勝つことは疑いありませんが、もし兀刺山城にあれば、地形は険しく、日数を決めて陥落させることははなはだ困難であり、何日ものあいだ包囲して、彼らの食糧が尽き、力も尽き果てるのを待って、初めて陥落させることができましょう。主将に命を下し、賊の守備がおろそかになっているのを待って襲撃するようにすれば、わが軍の兵士が疲労することなく手柄をあげることができましょう。いま討伐軍を出発させて、臣がはなはだ憂慮しますのは、聞くところによると、北方のオランケがすでに軍を発したと言います。慎重でなくてはなりません」

王さまはふたたび金宗瑞（第三〇話注9参照）にみずから手紙を書いて密かに諭旨を下された。

「はじめ、富居と慶源に住む人びとがこぞって朝廷に告げたのだった。

『昔、慶源の地は農業にもよく、江もあって守るのにも便利だったので、わたくしどもは移って住むように請われたのです』

と。また、それに続けて、

『かつては国土を広げることに力を尽くしたために、公険より南の地方は捨てることができないものでした』

と言う者もいた。

癸丑の年（一四三三）の冬にたまたま管禿父子（第三九話注1参照）が兀狄哈（第二二話注9参照）に殺され、斡木河には首長がいない事態になったが、その当時、臣下たちの中には次のように言う者がいた。

『国土を捨ててはならず、機会を失ってはなりません。よろしく江に沿って鎮を設け、城壁を高く積み上げ、兵士と住民を増やして、農業にいそしむとともに防御にも当たらせるようにすれば、防御のために兵士を往き来させるという弊害もなくなります。もし、明国がそこに首長がいないということを聞いて、違う方法をとって処置するときには、後悔してもすでに遅過ぎます。以前、孫州は城の高さが人の背丈ほどに過ぎず、そこに住む人も四百戸に過ぎなかったのに、数十年ものあいだよく守りおおせたではありませんか。しかるに、今日の計画はいささかも熟慮したところが見られません。これはただ後世になって紀綱がゆるみ、辺境の将軍が適任者ではないということなのか、懸念されるところです。しかしながら、国家の治乱はたがいに交代するものであり、百代ものあいだ変わらずに続くものなどないことなど理の当然です。末の世になって滅亡するのはどうして辺境だけのことだけでしょうか。それはまた議論するまでもないことです。細々と小さな盗賊集団が侵入することは永遠に根絶させることはできないでしょうが、大事は処理しないわけにはいきません。真実を嫌う人は本来は多くないはずです。彼らの住むところはわが国と六、七日の日程のところに過ぎず、また彼らは婆猪江の事態を聞いて、どうして驚かないでいられましょう』

これを聞いて、私が思いだしたのは、庚寅の年（一四一〇）の乱のとき、事に対処して、臣下たちが、『孔州の地勢は四方に何もなく、防御するのに困難であり、ここを捨てるのがいいかと思われます。また、あるいは、境界内の数百里の土地はすべて捨ててオランケに与えてもよく、たとえ与えなかったとしても、彼らは勝手にやって来ます。太宗は、わが国土の中にオランケが住むことなどあってはならないとして、彼らをことごとく追い出してしまえば、なんら心配がなくなるとおっしゃり、この議論は決着したかに見えました。その後になって、明が孔州の土地に衛を建設するという風聞が流れ、朝鮮ではこれを聞いて大いに驚き、慶源府をすぐに富居に復旧させることになったのです』

と申したことばであった。この話から考えると、太宗もこの土地をお捨てになっていなかったことは明らかである。近年になって、兀良哈（第二二話注5参照）数百戸が徐々にやって来るので、私はこれを追放しようとした。しかし、大臣たちはみな、

『野人たちは無理矢理に追放することはできません。そのまま住まわせて順化させるのがよろしい』

と申した。臣下たちのことばがそのようであるのは、太宗の今すぐに追放すべきだというお考えに比較すれば、いかがなものであろうか。まだ数十年が経つというわけではないのに、野人たちの住むところはすでに何戸かの部落になっているはずである。近年、明の宦官である張内官[4]が孔州の地に兵営を置き、冬を滞在して過ごし、海東青[5]と土豹（第二二話注7参照）を捕まえて帰って行った。その後、現在のところこの地には首長はいないようである。これは先だって噂として聞いたことであるが、今日になってもまた、斡木河の情勢がそのようであれば、野人たちを威厳でもって制圧して、海東青を捕まえることなどはわが朝廷が行なうべきことである。もし中国が首長のいない隙に乗じてここに衛を設置し、野人たちを威圧して海東青を捕まえるようなことになれば、わが国はすでに捨ててしまったことになり、またどんなことばでもって要求ができようか。だから、機会を逸してはならないということばがもっともわが意にかなうものである。

もし、太宗がかつてお用いにならなかった策を今になって用いるべきではないと言う者がいれば、それは正しくない。太宗が当時、すぐに追い出せとおっしゃった命令は、今はそのまま実行することのできないものである。だから、今、そのようなことを言うのは正しいとは言えない。ただ、太宗がすでに成され

たことを、今はかしこまって敬い奉じるばかりである。もし、竜城がもっともよい要害となると言うなら、そこを国境と見なして、われわれは枕を高くして眠ることができることになるが、そのようなわけにはいかない。竜城を国境と見なせば、野人たちの居住地もやはり竜城を限界と見なすことになり、また吉州を要害の地とすれば、野人たちもやはり吉州を境界と考えることになり、いずれにしても、決着のつかない話なのだ。まして、竜城の南側に賊が侵入することは一、二度ではないではないか。私がこれまでの経緯をたどってものごとを取捨して考えるところは以上であり、これは卿もすべて理解しているはずである。

去年の九月に起こったことは、そこの地勢が悪かったからではなく、鎮将がその人を得ていなかったからである。しかし、もし竜城を国境と見なしたとしても、これはいかに険しい要害の地であったとしても、一人の兵士でもって押し寄せる万の敵から守ることができるというものではない。必ず必要な人員は防御に当たらなければならない。またそこに住む百姓たちは必ず彼らに通じているはずで、事は必ず大事を期さなくてはならない。庚寅の年（一四一〇）にあのようであったから、それに依拠して言えば、今日では辺境の土地を開拓するのが上策であるということについては疑う余地がない。予想外に、初年には大雪になり、次の年には疫病が流行って、人と家畜が多く死んだ。また、去年の賊の変では賊に捕えられて殺された者も少なくはなかった。しかしながら、私が考えるところでは、大事を行なう人は最初は思い通りにはならないことがあったとしても、後日の成果を待つことができるものである。

だが、また気がかりなことがあって、今、文書に書き加えて諭示することにする。

今日において賊を防ぐことには前日に比較することのできない困難が加わる。幸い賊が来なければそれで止み、賊が来れば必ず千、万の群れを作ってほしいままに蹂躪し、何も憚ることがない。われわれがただ城を守るだけで、待備する方法を講じなければ、賊の心をいっそう煽りたて、後日にこうむる禍は果てしのないものとなろう。だから、これを必ず鎮めて、後日に禍をふたたび起こす気勢を削いでおくのが上策であろう。しかし、近年、賊の変を起こした時期は正月だとも言い、五月だとも言い、または八月、九月のことだとも言い、さらには氷が凍るようになってのことだとも言う。また、乱を起こすのは忽刺温であるとも言い、愁浜江であるとも言い、黒竜江であるとも言う。賊の数もまた数千とも言い、数万とも言う。このように紛々とした噂が流れない年がない。しかし、これを聞く人は嘘だと決めつけることができない。ことば通りにこれを真実だと考え、一年のいつであれ、南道から徴した兵士が数千を下ることとなく、また築城の軍卒が二、三万となることになり、このようなことが続いて止まなければ、あと十年もせずに国家の財が尽き、百姓も疲弊して怨望し、怒り出して逃亡することになるのは道理であろう。その一方、咸吉道は気候が寒く、人口も少ないので、もともと賦役も軽かった。先王の人びとを愛する政治は至極であったが、今、私の代になって、いささかも人びとを利する政治を行なったという話がなく、混乱だけが日々に生じている。これは私の恥ずかしく、恐ろしく思うところである。

元氏の魏孝文[6]は自身がオランケであったが、元来、その性品が仁慈にあふれて孝誠であり、また慈悲の心をもち、文武の才能が備わって、その徳化が広く行きわたった。まことに得がたき賢主であった。この魏孝文は、『わが先祖はもっぱら武にだけ力を尽くし、文で教化する暇がなかったので、教化の責任はひとえに私にある』と言い、オランケのことばとオランケの衣服を禁止して、また都を洛陽に遷して、昔の風俗をしだいに改めていった。これは成康[7]に比較することができ、歴史書は彼を称賛してやまない。しかしながら、太子や勲臣たちすべてが徹底して禁止令を守ることができず、臣下たちも日々を平穏に過ごすことができなかったから、国家の運命は徐々に衰退していったのだった。帝は常々、『私は洛陽で事を成すことがなかった』と悔やんだという。そうして、帝が崩じて後、遂に国家は振るわなくなったのだが、帝の意を忖度するに、大体、自己のしたことはすべて善だというのにあるようだ。それでも、結果は歴然としていて、私はそのことを考えるたびに、みずから恐れ慎み、肝に銘じるのである。

前日、慶源に住む金貴男《キムクィナム》[8]が申すには、

『賊の群れが今後ますます多くやって来るので、大きな城や小さな堡塁などすべてを守りおおせることはできない』

ということであった。この者のことばを考えると、四方の邑の人心がその土地に執着してはいないことが

理解できる。四つの鎮を初めて建てたときに、河復敬《ハボクキョン》（第二二話注10参照）・沈道源《シムドウォン》（第三〇話注12参照）は私に、

『李澄玉《イチンオク》（第五五話注1参照）と宋希美《ソンフィミ》（第五七話注1参照）のことばが、こうした兵士を懐柔させようとして、どんな困難なことがありましょうか。またどうして賊を恐れる必要がありましょうか』

と申したのだった。しかし、その後に聞くと、慶源の兵士や馬ははなはだ強く、東方の第一であり、将士は重く用いられなければ慨嘆するにちがいない。また、私が聞くところによると、慶源府が富居にあるとき、賊が江を渡って何日にもわたってやって来たので、わが兵士はこれを追撃しようとしたが、一、二站を追ったに過ぎなかった。そのために賊は安心して行き、また江を渡って帰って行ったのだが、今はそうではない。帰って行く道がはなはだ険しく困難で、もしわが兵が江にまで追って行って討つならば、賊は必ず破れて敗走するであろう。そうであれば、喜ばしく私にはなんら憂慮することはない。

しかしながら、今日になってみずから守るのに十分ではなく、まして自分たちの望むとおりに事態は収束しない。四つの鎮を設けて南道の兵士が富居に来たときには、道は今よりも近く、また兵士の数も今よりも少なかった。しかし、谷山の延嗣宗《ヨンサジョン》▼9などが申すことばを聞けば、国境を守るために行く兵士で、馬を売って徒歩で行く者が十人の内の八、九人に上るという。これではけっして上策とは言えまいが、しかし、今となってどうすればよかろう。まして、毎年のように築城の夫役があるのである。これがまさに私が朝夕に恐れていることである。当初、新しい邑を建設したとき、臣下たちの議論が一致しなかったのは、卿もよく知るところである。しかしながら、今となって、そうではない。大臣たちが申すには、

『西北にある鴨緑江と東北にある豆満江にどうして軽重の差がありましょう。番鎮をもうけて国境を堅く封じることは義理を尽くすことです。この議論を軽率だと思う人は物事を知らない人です』

と言うのであったが、私は一人このことを検討し続けている。大体、城を築くこともゆるがせにすることはできないが、人びとの費えになることも考えないわけにはいかない。また賊に変故があると来たって告げるものがあれば、それを虚言だとして退けるわけにもいかず、すべて真実であると仮定して考えるべき

である。南国の兵士を数多く徴発しなくてはならないが、国庫も尽きて寒い北方で兵士たちに何を着せればいいのか、穀物も尽きて何を食べさせればいいのか、力が尽きてしまえばどうすればいいか、また逃亡してしまえばどのような手を打つことができるのか、まして、最近になって帰化してきたことばも異なる人びとに夫役を多く課すことは気の毒であり、彼らを慰撫するべきではないのか。私はこれらのことを常に考えていても、どのような計策も思い浮かばず、はたしてどうすればいいのか。私は奥深い宮殿の中に住まって道内のことをはるかに思いやるだけであるゆえに、その事情を子細には知ることができない。

しかしながら、卿はこのようなことについて、実情を知り、深く考えてすでに久しい。四つの鎮を造ることははたして効力があるのかどうか。百姓たちの財力が尽きるのではないか、民の怨望が日々に盛んになるのではないか、四つの鎮の人びとの心は安んずることができるのか、野人たちの変故はついに治まるのか。以前は道内の愚かな人びとが根拠のない噂を流して、人心を驚かせることが一度や二度ではなかった。最近は以前より事が大きくなっただけではなく、人びとも以前よりも疲弊しているので、混乱が生じないかがより憂慮される。今回、深刻な事態が生じないか、卿はよく熟考して、啓上するようにせよ」

金宗瑞が申し上げた。

「臣は謹んで殿下の下された書を拝見して、夜となく昼となくこれを読んで考え、殿下のすべての百姓をいつくしまれるお心、かつはなはだ賢明で、国を憂うること遠大なるお心を、この身をもって感じ、感激を禁じることができませんでした。しかるに、臣の才能はまことに拙劣で、殿下のお心に添うことができるものかと恐れ、身の置きどころも知らないありさまです。臣がひそかに聞くところによれば、威厳と徳を広くおよぼして国を百里の外に広げた人として周の文王[10]よりも盛んな者はいず、また武力でもって領土を千里の外に広げた人として漢の武帝(第二五話注6参照)よりも盛んな者はいないということですが、それとは逆に、暗愚で衰弱したために日々に国土を狭め、ついに振るうことのなかった劉禅[11]のような者は言語道断です。徳によって国土を切り開くことは得るに難しく、失うにたやすいものです。このようなことどもは、目的はたとえ同じであっても、方法は違うものです。その得ることと失うこと、易しいことと難しいこととの差異は道か道ならざるかにあるだけです。いやしくも道が存在するなら、あの者どもの境界の中で争ったとしても正しいのであり、まして、わが国の境界内で争うことなど問題にもなりますまい。

臣がまた聞くところによると、高麗の太祖（第一話注7参照）は力によってよく三国を統一しましたが、その威厳は北方の地にまではおよばず、わずかに鉄嶺を国境と見なしたのでした。また睿宗▼12の時代になって事を計画する人びとの意見をよく聞いて、オランケたちをおびき出して殺し、九つの城を築きましたが、これは若干の得たものがあってもまた失ったものもあり、さほど国家の利益はありませんでした。しかし、このことによって国家の境界と版図が分明となり、その恩恵は果てしのないものです。謹んで考えますに、わが太祖は天から授かった聖徳と武の力によって北方地方に立って、わが東方の国家をすべておさめ、南は海にまで至り、北は豆満江にまで達して、孔州・鏡城・吉州・端川・北青・洪原・咸興など七つの邑を設置なさいました。まことにこの東方に国家を開かれ、いまだかつてない盛んな事業を成し遂げられたのです。また太宗は国家を継承して、その道を政治に生かして治め、長く教化にお努めになりました。オランケを順化させて民として、風俗を改善して国家を堅固に守ってこられましたが、このようなことはどこの誰でもができることではありません。ただ歳月が太平に過ぎて久しく、守るべき臣下が防御を誤ったために、鏡城から北方の地方が賊の巣窟になってしまったことを、太宗は憂慮なさり、しばらくの間、鏡城を移して富居に置き、後に必ず復旧する意志をお持ちでした。

今、オランケを追い払って昔の領土を回復することは、まことに殿下がその業を継承なさることになるのです。前にすべての臣下たちが議論して申し上げたことは、慶源を後退させて竜城に置けば、北方地方の治安に便宜を得て、民の憂慮がなくなるというものでした。しかし、殿下には、これをお考えになって、祖宗がこれまで守ってこられた領土を、たとえ一尺一寸の土地であっても捨てることはできないとなさりながらも、臣下たちの議論にも耳を傾けようとなさったので、その後、このことについての議論が喧々諤々となされたのでした。そして、小臣に命じて、このことを大臣たちとさらに議論させ、そこで寧北鎮を石幕に置いて国境を定めることになったのでした。臣は、現在、北方にいて、どの邑もこの目でみていないところはなく、どのような話でも聞いていない話はありません。そこで、臣の所見としては、富居と石幕はどちらも国境と見なすべきところではなく、竜城もまた関塞とすべきところではないと考えます。ある者は、竜城は秦の函谷関のようなものであり、道が狭くて険しいので、もしここを守ればオランケもあえてわれわれに向って侵犯する計略を立てることもできず、民百姓も枕を高くして安穏に過ごすことができるはずだと言います。しかし、これは絶対にそうではありません。その場所には守ってくれる川がなく、何をもって堅固な鎮が設置できましょう。また寄るべき山もなく、何をもって堅固な要塞とすることができましょう。四方ともに開かれ、四方ともに戦わなければならぬような土地です。もし四つの邑の要衝として大きな鎮を造り、四つの邑の救援を受けることのできるようなところとすれば、議論するものの言うように、竜城を境界と見なせばむしろ賊の侵入を受ける心配から免れることができないので、後に議論する者は、必ず摩天嶺を境界にしようとします。これをもってしても、しかし、侵入を免れないので、その後には鉄嶺を境界と見なそうという議論になります。そうすると、高麗時代を鑑として鉄嶺を国境とすることになります。

また、臣が聞いたところでは、歴代の帝王で王業の初めて起こった土地を大切に考えない方はおられませんでした。たとえば、劉氏が起こした漢が豊沛[13]を大切にし、李氏が起こした唐が晋陽[14]を大切にしたことからもわかることです。先祖の起こった土地を棄てて守ることもなく、創業の地を忘れ去って回復しようともしなければ、どうして代々に受け継いだ子孫がいて、どうしてその業をよく継承してきたと誇れるでしょうか。また、竜城を国境と見なすのは、一つの不義があり、また二つの不利があります。先祖の土地から後退することがまず一つの不義です。そして険しい山川がないことが一つめの不利であり、防御のための便宜がないことが二つめの不利です。豆満江を国境とすれば、一つの大きな義があり、二つの大きな利があります。王業の起こった土地を回復するというのは大きな義であり、大きな川を前にするというのが一つめの大きな利であり、守るのに便宜があるというのが二つめの大きな利です。それゆえ、竜城を国境と見なすというのは欠点の多い考え方です。

天には道があり、もともと兇悪なるものはみずから滅びていく運命にあり、賤しいオランケどもはおのずから追われ出て行くことになるはずです。わが殿下におかれては、この機会に乗じて計略をよくお練りになれば、一兵も損じることなく、一人の民も失うことなく、よく領土を回復され、そこに四つの邑を置かれれば、まことに祖先の王業を引き継ぎ、ますます輝かせるものとなるでしょう。臣がまた聞きますに、大事を成すには小さな弊害にこだわることなく、大業を成すには小さな損失を顧みるなと言います。事が大きいときには必ず小さな弊害が生じ、業が広がれば必ずそれに損害もともなうのは、ただ今日だけのことではなく、昔からそうでした。今回、四つの邑を設置することは大なるを好むということではなく、ただ先祖の地を回復するということにあり、これよりも大切な義理はありません。それゆえ、どうして小さな弊害のあることを憂い、小さな損害を心配することがありましょう。まして、初年の雪が多く降ったとしても、牛や馬を多く失ったわけではなく、また次の年に疫病が流行ったとしても、百姓たちが数多く死んだというわけでもありません。もし議論するものの言のごとくであれば、農事に使う牛と戦争に使う馬などがどこからか出て来て、また兵士たちが多く、壮丁たちが数多く残って帰って来て、以前よりも減少したわけではないのは、これはどういうわけでしょうか。彼らのことばは事実とは違っており、確実なものではないということがわかります。

また去年のことで言えば、その禍がかなり大きいものであったとしても、興富で殺戮され、承祐で兵を失った竜城の敗戦と比較するとき、実に大きな違いがあります。▼15 九年のあいだの大きな洪水と七年のあいだの干ばつも、堯と湯の隆盛なる徳によって特に損失はなく、四十万の匈奴や五十万の突厥であっても、漢や唐の大きな勲功にどのような損害を与えることができたでしょうか。まして、禍殃《かおう》というのは一年のあいだのものであり、賊の数は数千に満ちません。何を憂い、何を恐れる必要がありましょうか。臣がまた聞くところでは、昔の豪傑たちは万里の長城を築いて賊を防ぎ、千里の長い堤を築いて洪水を防ぎました。そのことで、十年もの長い歳月、民を苦しめて、まことに過重な負担を課したのです。しかし、後世の人びとはこの恩恵を被ることができたのも事実です。

わが道は、北は鞑靺に隣接していて、たびたび侵略を受けたことは先祖のときから今に至るまで変わりません。しかし、城郭を修理することと兵士を訓練させることにおいて、他の道に百倍する力を注いでいます。たとえ今年、城一つを築き、来年にもまた城一つを築いて、年ごとに城を築かない年がないとしても、これがどうして義理にもとりましょう。かつて富居を国境と定めていたときには、まだ小さな城もありませんでした。今になって考えれば、国境のある村ですらそうでしたから、まして要塞の南にある邑については言うまでもありません。国境のある村ですらそうでしたから、辺境の事に待備することがあまりに疎かであれば、中国の人びとが失笑するのも当然の事だと思います。わが殿下にはよくお考えくださり、謀りごとをめぐらす臣下がまた意見を述べて、百姓たちが集まって来て、すでに会寧に城を築き、慶源に城を築くことができました。これは役事が時を失さなかったので、成功するに至ったのです。まして、甲山と慶興は自分たちで築き上げた宝のような城があり、北方を気遣う心配が十中の七、八はなくなっています。

臣がまた聞いているところでは、殷が鬼方を討つのに三年の時日がかかり（第五六話注2参照）、周のとき辺境を討った人のことばに、『私は見なくなって三年になる』[16]と言い、また、『いずれの月に私は帰ることができるのか』[17]というのがあります。とすると、殷や周の民ですらなお防人の役割の長いのを免れることができなかったのです。それから後も、オランケたちはさらに勢力を伸ばし、征伐と防備がいよいよ拡大するために、『帰ってくるときには白髪、それが防人の身の上（帰来頭白還戍辺）』[18]の詩さながらになります。これはただ中国だけのことではなく、高麗の時代にもそうでした。初めは鉄嶺を国境と見なし、後になって双城を国境と見なすようになり、南方から徴発した兵士たちを送ってこれを守らせました。北方を守った兵士たちは年老いても家に帰ることができませんでした。そのために、はなはだしくは、父と子のあいだでも互いにそれとわからないありさまだったのです。その道は遠く、任務はなかなか終わらない、その困難を思うべきです。しかしながら、今日の事態を言えば、天と地ほどの差異があります。

甲寅の年（一四三四）の春ごろから丙辰の年（一四三六）に至るあいだに四つの鎮を設置して以後、洪原以北はおしなべて平穏で静まっています。ただ昨年の冬、遠近のオランケたちが動揺したために、わが国の威厳を示さないではいられませんでした。また、北青以北の官衙に所属した兵士がまだ交代する許可を得ていなかったために、最初に出た洪・咸・定・預の四つの村の正規の軍人に冬のあいだの防御に当たらせることにして、次の年にやって来た氷・高・徳・竜・安・文などの郡の兵士五百名で春から夏まで守らせましたが、一年にただ二度だけ出て行けば、それですみました。臣が癸丑の年（一四三三）の冬に殿下の命令を受けて後は、富居と甲山にはともに守備する兵士がいて、南道の当番兵士も交代して休んでいる兵士も街道には大勢いました。かつて馬が死んで兵士が倒れているのを目にしていて、今日のことを比較して言えば、その労苦にはおのずと差があります。

臣がまた聞くところでは、邑を移すことはおのずと人びとの怨望するところとなり、和気を損なうものであると言います。そのために、昔の人はこのことについては深く慮ったものです。まして、平穏に暮らしているわが民を狼や狸《たぬき》の住むようなところに移住させることになれば、どうしてその民が怨まず嫌わないでいられましょう。ただ殿下の計画なさったことは神妙であり、一人の官吏も鞭を振るうことなく、一人の民も罰することなく、数万の人びとを一月にもならない間に新しい土地に移住させようとなさっています。このような大事をたやすく成し遂げ、新しい城を築こうとなさっていますが、これはにわかに得たものの、すぐに失った高麗の睿宗のときのこととは比較することができません。しかしながら、にわかに軽薄な者たちが、初年に大雪が降り、また次の年には疫病が流行したと、たがいに言い合って、人心を煽動して惑わせ、平穏に生きている者が動揺するようにして、留まっている者を立ち去らせ、大事を妨害して前に成った功績を消し去ろうとしました。しかしながら、殿下の聡明なのをお頼りして、浮言は止んで、民心は落ち着きを取り戻しました。その上、なおかつ殿下の至極なる仁慈と恩恵が人びとにあまねく及んで、寒くて震えている者には衣服をくださり、餓えている者には食物をくださって、人びとが夫役に苦しんでもその疲労を忘れました。昔の人が言った、『楽しく民を用いれば、民は苦労を忘れる』というのはこのことです。

今日、四つの邑を設置したことは、もっぱら北方の藩屏をもうけるということであり、今日また城を築くことはその藩屏を堅固にするということです。また、今日、辺境を守ることは、賊の侵入を防いで、わが民を平安に暮らせるようにするということです。そうであれば、今日のことは、成さずともいいことを成して民の力を費やすことではなく、むやみに功を立てることを好んでいたずらに兵士を疲労させ武徳を空しくすることでもありません。大体、民というのは愚かだとしても、また神妙なものでもあります。この意志を知らずに、妄念から怨望の声を挙げることがありましょうか。ある民がわたくしに、『会寧と慶源にはすでに城を築いたが、これから城を築かなくてはならないところは鍾城と竜城で、この二ヶ所に城を築けば、わたくしどもに心配はなくなります』と申しました。このことばを信じれば、他の人びとの心もおして理解できましょう。去年の慶源の禍は実に残酷なものでしたが、人びとがいささかも恐れる気色がなく、散り散りになった者も集まり、逃げた者もふたたび戻って来て、みなが農事にはげみ、生業にいそしんで、これまでといささかも変わりません。今日の様子を見れば、後日に自分たちの命を捨て、立ち去るようなことはないと信じることができます。あるいは、われわれが勝つことができなかったとしても、みなぎる気勢で賊の陣に駆け入って賊の首を取って来る者もいるでしょう。前日の勢いを考えると、後日に目上の人に親しんで、その人のために死ぬであろうこともまた信じることができます。慶源の一つの邑のことでもって推測すれば、三つの村の軍人や一般の人びとの心も理解することができます。

臣は長いあいだ、北方にいて、野人たちの実情をよく見てまいりました。彼らはたとえ父と子のあいだであっても、欲がからめば、たがいに殺したり、害したりして、まるで仇敵と変わりがありません。そのために、たとえ日々に千金を使ったとしても、その心を繋ぎとめておくことはできず、あるいはまた、利でもって心を繋いでおいたとしても、その利が尽きてしまったときには、またふたたび毒心の思うままに振る舞うのです。そこで、外には懐柔する恩恵を見せて、内には防御の体勢を整えるのがよろしいでしょう。そのようにすれば、われわれの形勢がおのずと強まり、それにともなって賊の形態はおのずと屈することになりましょう。そして、おのずと強まった形勢でもっておのずと屈した隙に乗ずれば、自然にわれわれの意を得ることができましょう。臣が城を築き、武器を修理し、兵士を訓練し、軍糧を貯えようと奔走しているのは、まさにこのためなのです。もし城郭が堅固で武器が鋭利、そして兵士たちがよく訓練されていて、その上、四つの鎮にいる人びとがみずからを守り、自分たちの力を尽くして戦う覚悟ができていれば、どうして他の兵士たちの助けが必要となりましょう。賊の侵略が永久に止み、賊の心が永遠にわれわれに服従することを予測することは必ずしも困難なことではありません。

臣はまた考えますに、人びとが最初に移って行ったときには、ほとんど数尺にもならない木柵だけがあっただけでも、固く防御することができました。ところが、今はその上に石城が築かれていて、おのずと守られていて、何の心配がありましょう。以前には、人びとにも役所にも貯えておいたものがなく、餓えれば死ぬのを免れることができませんでしたが、今は毎年のように豊年が続き、人びとには余った穀物があり、役所には余った貯えがありますから、どうして食糧不足を心配する必要がありましょう。役所では少しも民間から取り立てる必要はなく、人びとにはいささかも支出する必要はありません。それゆえ、どうして財が消尽されることがありましょうか。人びとの志はすでに定まっており、罪を犯して逃亡するような者は減少していますが、それにいったいどんな理由で逃亡などする必要がありましょう。鍾城では城を築くことも終わり、人びとはみな休んでいます。どうして力が尽きることを憂えることがありましょう。竜城のようなところはすべての情勢がさほど悪くはなく、何についても急ぐ必要がありません。すべての財物の貯えが十分になった後に事を始めても遅くはありません。

臣がまた聞くところでは、『善人が国を治めるのには、百年かかって初めて残虐に打ち勝ち、粗暴を廃することができる』と言います。たとえ善人であっても、百年たたなければ、国はよく治まることはないというわけですが、ましてこの新しい邑を立てて十年にもなってはいません。どうして一つの事の得失だけでもって、憂えたり、喜んだりすることができましょうか。伏してお願いします。殿下は事がすぐに成ることを望まず、小さな利益を尊ばず、小さな弊害にくよくよされず、小さな心配ごとに頭を悩まされないでください。そうして歳月の過ぎていくのを悠然として待てば、浮言はおのずと止んでいき、民心もしだいに落ち着いて、人びとの欠点もなくなり、人びとの不満もなくなり、人びとの食事も十分となり、兵力もおのずと強化され、賊もおのずと屈服することになって、新しい邑も永久に堅固なものとなるにちがいありません。

臣が申し上げることばは尽きることがないようです。初年に大雪が降ったことについて、牛と馬がすべて死んでしまったと言う者もいますが、臣はそうではないと考えます。また次の年に疫病が流行ったことについて、人びとがみな死んでしまったように言いますが、臣はそのようには考えません。朝廷においては、ほとんどその議論が正しいとして、臣の意見は誤っているとされます。彼が正しく、臣は間違っていると言い、彼が忠臣であり、臣は邪だとしますが、臣はそのことで限りなく心を痛めるものです。今になってこれを見ると、すべてのことにおいて、それぞれ形跡が残り、最後まで隠しおおせることは到底できないものです。だれが忠で、だれが不忠か、どちらが公で、どちらが私か、すぐには判断はできないものです。忠か不忠か、公か私か、その分別はただ殿下の賢明なる判断にお任せするしかありません。昔から遠方にいて仕事をする臣下には必ず讒訴を受け、批判を浴びて、禍をこうむる者が大勢いました。高麗の臣下である尹瓘《ユンクァン》（第四二話注2参照）もその一つの例です。尹瓘は代々つづいた門閥から出て大きな功績を挙げた人でありながら、その禍から免れることができませんでした。まして、臣は小さな功績もなく、また大事を成すだけの才能もありません。することにも過ちが多く、どうして恐れないでいられましょうか。臣は罷免されるのか、恐れながら死を覚悟しつつ、謹んでお尋ねします」

王さまはこの書状をすべて読むと、すぐに中官の厳自治《オムチャチ》（第四二話注6参照）を送って慰労し、ふたたび諭旨を下され、

「私は北方のことを夜となく昼となく憂慮しているが、今、卿の書状を見て、心配がなくなった」

とおっしゃり、その上、衣服の一そろいを下さった。

世宗が金宗瑞に命じて四つの鎮を設置しようとしたとき、朝廷の議論ではこのことを嫌ったが、宗瑞は精一杯にその必要性を主張した。

議論する者たちが言った。

「宗瑞は限りのある人の力をもっては成し遂げることのできない役事を始めた。その罪は死に値する」

しかし、世宗はおっしゃった。

「たとえ私がいても、宗瑞がいなければ、このことを主張することはできなかったろう」

とおっしゃり、このことを成し遂げることに固執して、終始、屈されることがなかった。

宗瑞がすでに四つの鎮を設置して、そこに南道の人びとを移住させたが、日ごとに酒を用意し、歌舞をもよおして、兵士たちを楽しませるための宴を張った。役人や人びとの中にはこれを批判する者もいて、これは正しいことではないと言うと、宗瑞は、

「風が砂を吹きつけるこの辺境に将士たちが餓えて疲労しているとき、私が最初から彼らにみじめな思いをさせる応対をしたなら、後になって必ず良い結果をもたらすことがないであろう」

と言った。こうしてある日の夜、宴を開いたが、これを苦々しく思う者が矢を放って酒樽を射抜いた。左右の者は驚いて騒ぎ立てたが、宗瑞は泰然自若としていた。ある人がそのわけを尋ねると、宗瑞は答えた。

「これは奸邪な人間が私を試してみようとしただけのこと、何を恐れる必要があろうか」

九月七日に李蔵が閭延節度使の洪師錫《ホンサソク》（第二一話注2参照）と江界節制使の李震《イチン》（第四三話注2参照）とともに、兵士四千八百を率いて江界から満浦口子の前の灘を過ぎて、瓮村《オンチョン》・吾自站《オチャチャン》・吾弥府《オミブ》などの地に向い、一方で護軍の李梓《イチェ》[19]に命じて千八百の兵を率いて理山《リサン》・山羊会《サンヤンフェ》から鴨緑江を渡って兀剌山《ウラルサン》の南側の紅拖里《ホンダリ》に向わせ、また大護軍の鄭徳成[20]は千二百の兵を率いて理山・山羊会から鴨緑江を渡って兀頼山《オレサン》の南側の阿間に向って、十一日、左右の軍は古音閑の地に入って行き、賊の田荘を両側から攻撃すると、賊はみな逃亡した。

左軍は紅拖里の中にある邑に向い、中軍は吾自站から江に沿って下って行き、賊の巣窟の十戸余りを探し出して、賊の首級三十五あまりを挙げ、五人を捕らえた。牛と馬とを奪い、彼らが貯えておいた穀物を燃やした。

十二日には婆猪江を過ぎて、兀刺山城と阿間の地を捜索したが、賊はみな逃亡した。そこで、ただ一人の賊の首を切り、彼らの家と穀物を燃やし、すぐに婆猪江を渡って帰って来た。

十日の明け方に右軍と中軍がともに吾弥府に至り、賊の巣窟を包囲したが、賊たちはこれをあらかじめ察知していて、みな逃亡した。そこで空き家になった二十四戸と貯えてあった穀物を焼いた後に、中軍はすぐに帰って来て、右軍は所土里《ソドリ》に駐屯して左軍を待ち、賊十名の首を切って、男女九名を捉え、紅拖里からやって来て合流した。

この日の夕方ごろ、賊たちはわが右軍が陣地を作る前に、その隙に乗じて突撃して来たが、勝つことができずに後退した。

十四日の朝、賊がまた左軍を目指して大きな声を挙げて襲って来たが、わが軍が火炮を放ったので、退いた。そして、左右の軍が、左軍が前に右軍が後ろになって帰って来た。途中に賊五十騎が急に森の中から出て来たのを、わが兵士が迎え討ち、彼らの馬二頭を奪った。

十六日に三軍がみな凱旋したが、賊を殺して捕虜としたものがすべてで六十に達した。李蔵などが使者を送って勝ち戦を宮廷に報告すると、王さまは彼らすべてに等級にしたがって褒美として衣服を下賜され、判承文院事の李世衡《イセヒョン》[21]を送って彼らをねぎらった。


(李爛『類編西征録』)

▼1【童都伊不花】童都里不花ともする。『朝鮮実録』世宗十七年(一四三五)正月辛丑、建州衛の女真の童都里不花が朝鮮に投来し、情報をもたらした。すなわち、李満住は婆猪江から馬行一日ほどの吾弥府洞に住んでいて、そこを流れる川の南には蔣家都督の部落三十余戸があり、常に十四匹の馬を養っている。北には李満住がやはり三十戸余と住んでいて、十二匹の馬を養っている云々。
▼2【駅子】街道筋に設けられた駅に属して働いていた奴を言う。
▼3【塩干】製塩作業に従事していた奴を言う。

▼4【張内官】張童児のこと。内官は内侍職の官吏の意。日本では宮廷で天皇の側近くに仕える内侍は女性たちであったが、中国および朝鮮では去勢された男子たちであった。明の宣徳帝の命を受けて、海東青（鷹）と土豹を捕獲するために斡木河すなわち咸鏡北道の会寧に来た。

▼5【海東青】朝鮮半島に生息する鷹の一種。狩りの能力に優れているとされ、またその美しさから、過去には蒙古への貢物としても珍重された。

▼6【魏孝文】後魏の孝文帝・拓跋宏を言う。献文帝の長子。性は至孝、射をよくして膂力があった。大いに文治を興し、民田を均しくして戸籍を定めた。郊廟の礼を行ない、都を洛陽に遷して、胡族の風を改めて、中興の明主と称せられた。このときから、拓跋氏をあらためて元氏を名乗った。

▼7【成康】周の成王と康王を言う。文王・武王の創業の後、武王の崩後、太子の誦が武王の弟の周公旦の摂政のもとで即位して政を行なった。これが成王であり、殷に下っていた天命をしりぞけ、「周官」をつくって官職制をあらため、殷の礼楽を正して周の礼楽を興した。制度が改まって、民は和睦し、太平を謳歌するようになった。成王の崩後はその太子の釗が即位した。これが康王であるが、節倹・寡欲につとめて篤信をもって民に臨むべきであるという父成王の遺命を守って、文王・武王の大業の再現に邁進した。そのために、成王・康王の時代は天下安寧であり、刑罰は四十年ものあいだ用いられなかったという。

▼8【金貴男】この話にある以上のことは未詳。

▼9【延嗣宗】一三六〇～一四三四。高麗末、朝鮮初の武臣。字は不非、本貫は谷山。一三八八年、遼東征伐のとき、李成桂に従軍し、朝鮮建国とともに、開国原従功臣となった。一四〇一年、第二次太子の乱では定安君派に加担して、靖安君（太宗）側が勝利したものの、功臣として特に失脚はしなかった。一四〇七年には判漢城府事となり、一四一〇年には東北面兵馬都節制使となって野人の侵入の防禦に努めた。

▼10【周の文王】西伯。その子の発（武王）が殷を討って周を興したので、諡をして文王と言われた。仁徳をあつくして老人を敬い、幼少者をいつくしみ、賢者に礼を尽くした。食事をするいとまもなく立派な人士に会おうとしたので、人心は西伯に帰するようになり、諸侯もこれに従うようになった。讒言によって殷の紂王はこれを幽閉したが、帰属者たちが珍奇な物品を紂王のもとに届けたので、紂王は喜んで西伯を許し、弓矢・斧鉞を賜い、諸侯を征伐する資格を与えた。

▼11【劉禅】三国時代、蜀の後主。昭烈帝・劉備の子。初め、諸葛亮が政を補佐して国は大いに治まったが、

亮の死後、宦官たちが跋扈して国威が衰え、魏に下って国は滅び、魏によって安楽公に封ぜられた。
▼12【睿宗】ここでは高麗十六代の王の王俣。在位は一一〇五〜一一二二。粛宗の太子で、母は明懿王后。一一〇七年、尹瓘に命じて女真を討たせ、一一〇八年には尹瓘に九つの城を築かせたが、翌年には九城を女真に譲った。一一一六年には遼と金が侵入、一一一九年には金と使臣が来往するようになった。学問を好んで学校を建て、六経を講論して、学者と文臣を輩出して、儒学が大いに隆盛となった。
▼13【豊沛】沛県。中国、江蘇省銅山県の西北。漢の高祖・劉邦がここに興り、沛公と言った。劉邦は帝位について後、その民の賦役を軽くし、後の人たちは豊沛と言うようになった。
▼14【晋陽】山西省の地名。帝尭が都を置いた地であるという。唐の高祖・李淵はここで義兵を興して天下を平定した。
▼15【九年のあいだの大きな洪水と……】尭の時代、洪水がたいへんな勢いで天まではびこって、いたるところで山をつつみ陵にのぼっていて、人民が憂えた。そこで、鯀を用いて洪水を治めさせようとしたが、九年たっても成果が現れなかったという。また夏を滅ぼして立った殷の湯王のときに七年の大日照りがあって、川の底が見え、沙石は焼けるようであり、山川に鼎を置いて祈禱を行なったという。『史記』および『世説』に見える。
▼16【私は見なくなって三年になる】『詩経』「国風」豳風の「東山」の一節による。東方の遠征に出て、妻を三年も見ない、の意。「我東山に徂《ゆ》き、慆慆《とうとう》として帰らず。我東より来らんとすれば、零雨其れ濛たり。鸛《こうのとり》は垤に鳴き、婦は室に歎く。洒埽《さいそう》して窒を穹《むな》しくせよ、我征きて聿《ここ》に至らん。敦たる瓜苦《かこ》は、烝《すなわ》ち栗薪に有り。我見ざりしより、今に三年なり（我徂東山、慆慆不帰、我来自東、零雨其濛、鸛鳴于垤、婦歎于室、洒埽穹窒、我征聿至、有敦瓜苦、烝在栗薪、自我不見、于今三年）」。
▼17【いずれの月に私は帰ることができるのか】『詩経』「国風」王風の「揚の水」に一節による。「揚たる水は、束薪を流さず。彼れその子は、我と申を戍《まも》らず。懐《おも》う哉《かな》懐《おも》う哉《かな》、曷《いず》れの月か予還帰せん（揚之水、不流束薪、彼其之子、不与我戍申、懐哉懐哉、曷月予還帰哉）」。
▼18【帰来頭白還戍辺】杜甫の「兵車行」の一節による。「或《ある》いは十五従《よ》り北のかた河を防ぎ、便ち四十に至りて西のかた田を営む。去《ゆ》きし時は里正与《ため》に頭を裹《つつ》み、帰り来たれば頭白きに還た辺を戍《まも》る（或従十五北防河　便至四十西営田　去時里正与裹頭　帰来頭白還戍辺）」。

▼19【李梓】李樺のあやまり。『朝鮮実録』世宗十九年（一四三七）九月庚子、平安道観察使からの報告として、この月の七日に、都節制使の李蔵は軍を三つに分け、上護軍の李樺には千八百十八人を率いて、兀剌山の南の紅拖里に向かわせたとある。

▼20【鄭徳成】右の注21の同じ記事で、都節制使の李蔵が分けた三つの軍の中で、大護軍の鄭徳成には千二百三人を率いて兀剌山の南の阿間に向かわせたとある。その後、同じく九月己酉の報告では、李樺の右軍と鄭徳成の左軍は合流して、山羊会から鴨緑江を過ぎたとあり、右軍は婆猪江を過ぎて兀剌山城および阿間を捜査したが、賊の姿はなかった、首一級を斬って、その廬舎および菽粟を焼き払って帰って来た云々とある。

▼21【李世衡】?～一四四二。本貫は康津。一四一七年、式年文科に丙科で及第、一四三六年、文科重試にも乙科で登科した。文章に巧みで校理を歴任し、一四二二年、進賀使の書状官として中国に行った。一四四〇年、咸吉道観察使および都節制使となって、その任務を果たして死んだ。

巻の二

世宗

第六一話……黄喜の人となり

翼成公・黄喜《ファンフィ》（第一二話注2参照）は度量が大きく、大臣の風格が備わっていた。三十年のあいだ丞相の位にあって、九十歳の天寿をまっとうしたが、国事を議論して決定するときにも、できるだけ寛容であるようにし、みずからの平素の暮らしぶりははなはだ倹素だった。たとえ子や孫と童僕たちが左右に並んで大声を出してふざけ合っていても、けっして叱りつけようとはしなかった。あるいは鬚をひっぱり、頬をつねるような者がいても、すこしも意に介さなかった。

あるとき、補佐官たちとともに政治について議論して、まさに筆を墨で濡らして紙に書きつけようとしたとき、子どもがその上に小便をしてしまった。公はすこしも怒ろうとはせず、ただ手で子どもを拭ってやっただけであった。その徳はことほどさように大きかった。

一時、南原に七年のあいだ流されていたが、その間、門を閉ざして端座して、客に会うこともなく、ただ手に『韻書』一帙をもって、精神を凝らして見ていただけであった。後に年老いてからも、漢字の音や意味、偏、旁、点、画など、百のうちに一つとしてまちがうことはなかった。

（徐居正『筆苑雑記』）

第六二話……朝鮮建国以来、功業第一の人

黄翼成公（第一二話注2参照）は大らかで度量が広く、細かなことにこだわることがなかった。年をとって官位も高くなるままに、いっそう謙虚にみずからを抑制した。

九十歳を超えても一部屋に座って、一日中、無言で本だけを読んで過ごした。部屋の外に霜桃がよく熟しているのを、隣の子どもたちが争ってこれを取ると、公は穏やかな声で、「みんな取ってしまうなよ。私も食べたいからな」と言った。しばらくして出て見ると、その木の果実はすっかりなくなっていた。

毎日、朝夕の食事のときには多くの子どもたちが集まってきた。公が食事を残しておいて与えると、大声で騒ぎながらぱくついた。公はただ笑ってそれを見ていた。人びとはみなその心の広さに感服した。政丞として二十年余り過ごし、朝廷は公の力に頼り、公をはなはだ尊重した。朝鮮建国以来の大臣たちの功業を論じる者たちはまず第一に公の名を挙げる。

（成俔『慵斎叢話』）

第六三話……温情あふれる黄喜

翼成公・黄喜（第一二話注2参照）は世宗の時代に首相となり、ほぼ三十年を過ごしたが、その間、喜怒哀楽の色をけっして表情に現わさなかった。子どもや下僕に対するときにも温情があって、かつて一度も鞭を振り上げるようなことがなかった。

お気に入りの侍婢が若い奴と睦び合うようになったのを目撃すると、公は笑って、

「奴でも天の下した人間だ。どうして虐待することがあろう」

と言って、これを書に書いて子孫への遺言にまでした。

ある日、一人で庭を歩いていると、隣家のいたずら好きな子どもたちが石を投げて熟した梨を下にたくさん落としていた。公が大きな声で侍童を呼んだので、いたずら小僧たちはてっきり自分を捕まえさせようとするのだと思い、おどろいて逃げ出し、影になっているところで様子を窺うと、やって来た侍童に、

「籠を持って来い」

と言う。そして、侍童が言われた籠を持ってくると、

「この梨を集めて、近所の子どもたちに分けてやるがよい」

と言って、その他にはなにも言わなかった。

文康公・李石亨《イソクヒョン》▼1が壮元で科挙に及第して、すぐに正言を拝命した。名刺を投じて黄公に対面したが、黄公は『綱目通鑑』一帙を取り出し、文康公に題目を書いてみるように言った。

題目をすべて書き終えようとしたときに、婢女が小さな膳を調えて入って来て、黄公の隣に寄りかかるように座り、文康公を上目遣いに見て、

「お酒を持って参りましたが」

と言った。黄公は静かに、

「もう少し待ちなさい」

と言うと、婢はふたたび黄公に寄りかかっていたが、しばらくすると、

「どうしてこんなに書くのが遅いんだろうね」

と言った。黄公は笑いながら、

「それなら、もう進めなさい」

と言って、膳を進めた。

すると、ぼろを着て裸足の子どもたちが大勢で入ってきて、あるいは黄公の鬚を引っ張り、黄公の衣を踏みつけたりして、膳にあった料理を手づかみにして食べてしまった。揚げ句は黄公を叩いたりまでする。

しかし、黄公はと言えば、
「痛い、痛い」
と言うだけであった。この子どもたちというのは奴婢たちの子どもだったのである。

（李陸『青坡劇談』）

▼1【文康公・李石亨】一四一五〜一四七七。字は伯玉、号は樗軒、本貫は延安。一四四一年に進士・生員に首席で合格、続いて文科にも壮元（科挙の首席合格）となった。司諫院正言となり、大提学、黄海道および京畿道の観察使、判漢城府事など顕官を歴任した。成宗のとき、判中枢府事となり、純誠佐理功臣の号を下され、延城府院君に封じられた。鄭麟趾らとともに『治平要覧』の編纂に参与した。

第六四話……許稠の人となり

文敬公・許稠《ホジョ》（第二〇話注6参照）は人となりが簡素で潔癖な上、厳粛であり、さらには公正かつ清廉であった。わが身を慎んでいつも聖人・賢君を欽慕していた。毎朝、鶏が鳴くと起きて、顔を洗って髪をととのえ、冠をかぶり、帯をして、正座したまま、それがまる一日におよんでも、疲れた様子を見せなかった。いつも国事を念頭に置いて、私事に言及することはなかった。

国政を論ずるときには、自らを信じて、他人に付和雷同することはなく、当代の賢人宰相であると称賛された。家の中の法度がまた厳しくて、子弟たちが過ちを犯せば、必ず祠堂に報告して罰した。奴婢たちに罪があれば、法律に照らして処理した。

公は幼いときからやせ細っていて、肩と背が屈曲していた。一時、礼曹判書となり、身分の上下によって服装の色と形式とを厳格に決めたので、市中の軽薄子たちはこれを憎んで、公にあだ名をつけて、「瘠せ鷹宰相」と呼んだ。鷹というのは、太っていれば悠々と空を飛び、痩せ細っていれば獲物に飛びかかるからである。

（徐居正『筆苑雑記』）

第六五話……陰陽の理を知る許稠

許文敬公（第二〇話注6参照）は心の用い方が清廉かつ厳正であった。家の中を治めるにも厳しく法があり、子弟たちを教えるのにも『小学』の礼にのっとった。毛の先ほどの微細な行動においてもすべてみずから身をつつしんだので、人びとは「許公は日常の陰陽（男女）の理を知らないのではないか」と噂していた。許公は笑いながら言った。

「もし私が陰陽の理を知らないとしたら、息子の詡《フ》[1]と訥《ヌル》[2]はどうして生れたのかな」

当時、州・邑の娼妓を廃止しようという議論が起こった。王さまがこの問題を政府の大臣たちに審議するように命じた。みなが廃止すべきだと言った。この議論がまだ許公の耳に届かなかったとき、人びとは許公もまた猛烈に廃止を主張するものと考えていた。ところが、公はこれを聞いて、笑いながら、言った。

「いったいだれがこんな政策を考えたのか。男女のことは人間の大きな欲望として禁止することはできないものだ。州・邑の娼妓はみな公有物で、これをなくしても何の支障もないようだが、もし禁令を厳重にしたならば、王命を奉じて州・邑に下った使臣など、まったく不義をはたらいて、私家の女子を奪って犯すことになろう。英雄豪傑もこのために罪される者が多くなるに違いない。私は廃止すべきではないと思うのだが」

この許公の議論が容れられて、旧習は改められなかった。

（成俔『慵斎叢話』）

▼1【詡】一四二六年、式年文科に及第して直提学となり、一四三六年には文科重試に及第して承旨となり、漢城府尹となった。一四五一年には刑曹判書となり、知春秋館事として『世宗実録』の編纂に参与した。一四五三年、左賛成となり、皇甫仁・金宗瑞などとともに文宗の遺言にしたがって幼い端宗を補佐した。そのため、首陽大君の起こした癸酉の靖難（第六七話注2参照）により巨済島に流され、そこで殺害された。全話の末尾に置いた補遺「戊午党籍」にこの人物の項が紛れ込んでおり、詳しく述べられているので参照されたい。

▼2【訥】『文宗実録』即位年（一四五〇）十一月に、官僚の上・下等の議論があって、許訥は下等だという記事がある。堂上を蔑視し、同僚を馬鹿にして、また府の奴を厳刑に処すからである、と。

第六六話……稠と兄の周

政丞の許稠《ホジョ》（第二〇話注6参照）は法を守るのに極めて厳正であったから、どんな人でも私的なことで彼を招こうとはしなかった。いつも父母の祭祀の日になると、母夫人が縫ってくれた子どものときの小さな青い団領を着て、涙を流しながら祭祀を執り行なった。また、子どもや弟が間違ったことを仕出かすと、必ず祀堂に報告して、その後に鞭打つのであった。

公の兄の周《チュ》▼1は判漢城府事を最後に官職を辞したが、公はあらゆる政治上の事がらをこの兄と座りこんで議論した。

明け方に鶏が鳴けば必ず兄のもとに行って挨拶をしたが、行くときには必ず付き従う下人たちを洞の入口に待たせ、乗物から下りて徒歩で入って行った。一方、その兄もまた公が来ることを知っていて、毎夜、衣冠を正し、灯りを点して座し、床に身を横たえて、公のやって来るのを待った。

公が到着すると必ず小さな酒宴になったが、公がおもむろに言った。

「今日、府中ではかくかくしかじかのことがありますが、どのように処理すればよろしいでしょうか」

兄の判府事は言った。

「それはこのように処理すれば事理にかなうのではあるまいか」

すると、公は喜んで、退出しながら、言ったのだった。

「昔のことばに、人は賢い父兄がいることが喜ばしい、と言うが、これはさしづめ私のことを言うのではあるまいか」

（李陸『青坡劇談』）

▼1【周】許周。一三五九～一四四〇。字は伯方・伯公、本貫は川陽。文科に及第して、典法正郎となった。一三八五年、知襄州事となり、倭寇の侵入に備えるために城を築いた。李成桂の朝鮮建国に協力して内府卿に任命され、全羅道・京畿道の観察使を務め、一四一八年、判漢城府事に在職中、病気になって辞任した。詩文に抜きん出ていて、人となりは剛直であった。

第六七話……許氏一族の風烈

許文敬公（第二〇話注6参照）の兄の周《チュ》（第六六話注1参照）は官職が判書に至った。家法があり、祀堂のすべての行事はひとしなみに朱子の『家礼』にしたがって行なった。子弟たちに過ちがあれば、必ず祀堂に報告して罰を与えた。

あるとき、病気になって、祀堂の祭祀を自分では行なえなくなって、弟の文敬公に代わりに行なわせたところ、文敬公は昔からの制度をすこし変えて行なった。

判書公はこれを聞いて言った。

「次子として宗家に来て昔からの制度を万代にかけて変えるとすれば、それは宗子がいないということになる」

と言って、弟に会いもせず、それ以後というもの、弟が訪ねてきても、門番に命じて門前払いをくらわせた。

文敬公は畏怖して、暁に兄の家の門まで行き、日が暮れるまで座っていたが、門の中に入れてもらえず、明け方にまた行って夜が更けるまで座っていても、また入れてもらえなかった。

このようにすることが数日になり、初めて弟と会ったが、その家法の厳しさは大体このようであった。

その弟の一人は名前が倜《チョク》[1]といい、蔭職で官職は二品に至った。かつて司憲府持平となったとき、世宗があやまって仏教をうやまい、みずから寺におもむいて祭祀を行なおうとされた。

これに対して、倜が諌めても受け入れられなかったので、役人たちを連れて寺に行き、お供えに使う品々を打ち壊し、祭祀が行なえぬようにして、逃げて姿をくらまし、王さまのお怒りが解けるのを待って初めて出て来た。

稠の息子の左参賛の詡《フ》（第六五話注1参照）は癸酉（一四五三）の靖難[2]のときに死に、詡の子の修撰の慥《チョ》[3]は丙子の年[4]（一四五六）に死んだ。その子孫たちもみな流されるか禁錮されてしまい、顕達しなかった。

府尹の誡《ケ》[5]は倜の息子として文章に秀いで、琵琶をよく弾いた。豊徳村野に隠退して、いつも牛に乗り、蓑を着て笠をかぶって、魚釣りをするのを楽しみにしていた。成宗がしばしば召し、承旨あるいは副提学の職をお与えになったが、その職に数年も留まることはなかった。

秋江・南孝温（第五話注1参照）がつねづね彼を論評して言っていた。

「許誡はまことに奇異な人物だ。人となりは磊落で闊達であり、権勢におもねることがない。実に許氏の風烈が備わっている」

（任輔臣[6]『丙辰丁巳録』）

▼1【倜】許倜。『朝鮮実録』世宗十四年（一四三二）六月辛亥、長く雨が降らず、司宰判事の許倜に蜥蜴をもって雨乞いをさせたところ、明くる壬子、大雨となり、許倜に馬一匹、童子八十人にそれぞれ米二石を与えた、雨乞いをして、その効果があったからだという。

▼2【癸酉の靖難】癸酉の年（一四五三）、世宗の後を継いだ文宗が二年で死ぬと、その子の端宗が位を継いだが、叔父の首陽大君（後の世祖）が王位を簒奪するために障害になる元老たちを粛清した事件。安平大君を中心にした金宗瑞・皇甫仁などが逆謀を謀っているとしてこれらを斬殺した。

▼3【慥】許慥。『朝鮮実録』世祖二年（一四五六）六月甲辰に、前集賢殿副修撰の許慥が自刎して死んだ。慥は李塏の妹の夫であったとし、同日、世祖は目障りな集賢殿を廃止し、経筵（第一六話注2参照）を停止した、その所蔵する書冊は芸文館に移したとある。

▼4【丙子の年】癸酉の靖難の三年後の丙子の年（一四五六）、前年に首陽大君は端宗を廃して上王とし（後に魯山君に落とし、殺した）、みずからが王位に就いたが、上王の復位を画策していたとして、成三問・朴彭年など「死六臣」を粛清した。

▼5【誠】許誠。?～一五〇二。一四五九年、進士として式年文科に丙科で及第して執義となり、一四七五年には掌令となった。副提学・戸曹参議などを経て、一四九〇年には密陽府使として善政を行なったとして表裏（衣服）を下賜され、慶州府尹となった。書に巧みで、当時の金石文に多く残されている。

▼6【任輔臣】?～一四五八。字は弼仲、号は輔樵、本貫は豊川。益陽君・懐の婿。一五四四年、別試文科に丙科で及第して、官途についた。要職を歴任して、江原道・全羅道の暗行御使となり、一五五七年、刑曹参議に至った。経筵では『小学』の普及と実践を主張し、文定王后が仏教振興政策をとると、これに極力反対した。

第六八話……二朝に仕えるべきか否か

わが国の賢明な大臣としては黄喜《ファンフィ》（第一二話注2参照）と許稠《ホチョ》（第二〇話注6参照）がまず筆頭として称えら

れる。彼らが世宗に仕えて政治を補佐し、国家をよく治めたことは、国史に記載され、人びともよく知るところである。

ただ両公はともに高麗朝の人であり、清論をなす者の中には二朝に仕えたことを傷とする者もいる。

（任輔臣『丙辰丁巳録』）

第六九話……柳寛の人となり

文貞公・柳寛《ユクァン》[1]は清廉かつ質実な人がらで、位は人臣を極めても、一間の茅屋に住まい、木綿の服を着て、草鞋を履き、暮らしぶりははなはだ険素だった。役所から退いた後には、学生たちを熱心に教えて決して倦むことがなかったから、衣服の裾をからげながらやってきて学ぶ者が後を絶たなかった。また訪ねて来る者があれば、うなずくだけで、その姓名さえもあえて尋ねようとしなかった。

公の居宅は興仁の門（東大門）の外にあった。そのとき、歴史を編纂する春秋館を金輪寺に設けたが、この金輪寺というのはソウルの城内にあった。公は歴史を編集する責任者となったので、軟角冠をかぶり、青藜の杖をついて、春秋館に徒歩で通うことにして、馬や輿を使うことはなかった。大人や子どもを引き連れて、詩などをうそぶきながら往来したから、人びとはみなその雅量に驚いたことであった。今はすでにこの金輪寺は廃止されて存在しない。

あるとき、長雨が一月あまりも降り続き、雨漏りがして室内にも降り注いだ。公はみずから傘を手に取り、夫人を振り返って、

「傘のない家ではどうしているだろうかな」

と問いかけた。すると、夫人は、

「傘のないお宅ではじゃじゃ漏れで、さぞお困りでしょうね」

と答えたから、公は大笑いした。

（徐居正『筆苑雑記』）

▼1【文貞公・柳寛】一三四六～一四三三。一三七一年に文科に及第、要職を歴任したが、李成桂の朝鮮開国を助けて、原従功臣の号を受けた。世宗のときには右議政にまで昇った。倹素な生活を心がけたが、磊落な性格で、一生のあいだ学問を捨てることがなかった。

第七〇話……塩豆だけの宴　柳寛の清貧ぶり

政丞の柳寛《ユクァン》（第六九話注1参照）は清貧であった。家を興仁門の外に作ったが、数間に過ぎず、塀もなかった。大雨が降れば、雨漏れがする。手で傘を持って一晩を過ごしながら、

「傘のない家ではどうして過ごしているのだろうか」

と言った。

客をもてなして酒席を設けるときには、必ず濁酒一瓶を階段の上に置き、一人の老婢が酒をついだ鉢を客に運んで、それぞれ数杯を飲むと、酒席は終わった。

どのような政丞の身分の高い人びとの席であったとしても、教訓することを怠ることなく、多くの人びとがやって来て学んだが、彼らが誰の子弟であるかを尋ねてみることもなく、誰であっても親切に醇々と教えたので、彼の門下となった人びとははなはだ多かった。

いつも時祭があるときには、その一日前に門弟たちに頼んで諸方に行かせ、祭のときには門弟たちが一堂に会して飲食を行なったが、塩豆だけを摘《つま》みに用意して、小さな杯で応酬して酒を飲んだ。

このときには、公がまず壺に入った濁酒を一杯だけ飲んで、それから席の順に一、二杯を飲んだ。

太宗は公がこのように清貧であることをご存知で、繕工監に命じて夜中に公の家に行かせ、公には内緒で垣根を造らせ、また御膳を下賜なさることがやまなかった。

（李陸『青坡劇談』）

第七一話……冬でも裸足の柳寛

政丞の夏亭・柳寛《ユクァン》（第六九話注1参照）は清廉かつ倹素であることをみずから守り、数間だけの茅葺きの家に住んでいても、平然としていた。政丞の地位に昇っても、その出入りのさまはまるで匹夫のようであった。

ある人が訪ねて来たとき、冬であっても、裸足に草鞋をはいて外に出て迎えた。あるときには、鋤をもって野菜畑をまわっていたが、それを少しも苦労と考えていなかった。

（李陸『青坡劇談』）

第七二話……孟思誠の人となり

文貞公・孟思誠《メンサソン》（第一三話注1参照）は、性質が清廉で端正であり、議政府にいて国家の体制を守った。

公は庚子の年（一三六〇）生まれであったが、ふざけて癸卯の年（一三六三）生まれの者たちと同年契に入った。

ある日、王さまの御前にいたところ、王さまが、「公は何歳になるか」とお尋ねになったので、公は咄嗟に「庚子の年の生まれです」と答えてしまった。宮廷から退出して、契中の者が同年齢ではないと言って除籍したが、世間の人びとはこのことを伝え聞いて大いに笑った。

文貞公は音律をよく知っていたが、いつも笛をもっていて、日に三、四度は吹き、そのあいだは門を閉じて客と会うことはなかった。用事があって来る者がいれば、門を開けさせて会ったが、夏には松の木陰に座り、冬には部屋の中に座布団をしいて座り、周囲にはその他には何も置いていなかった。用事をすませて、人が帰ると、すぐに門を閉めさせた。用事があって来る者は、街の入り口にたどりついて、笛の音が聞こえれば、文貞公が自宅にいると知ることができたのであった。


（徐居正『筆苑雑記』）

第七三話……祿の古米を食べるべし

孟思誠《メンサソン》（第一三話注1参照）は世宗のときの政丞であった。彼は清廉かつ簡潔で、生産にはかかわらず、食べることと言えば、いつも祿として給付された米だけであった。

ある日、夫人が新米でご飯をこしらえて進めると、公は、

「どこでこのような新米を求めて来たのか」

と尋ねた。夫人が、

「祿としていただいた米が古くなって食べることができないので、隣の家で別の米を借りて来たのです」

と答えた。公はこれを嫌って、言った。

「祿としていただいたのであれば、その祿をこそ食べるべきで、どうして他人に借りる必要があろう」

（これは参賛の崔叔生[1]が経筵庁でした話しだが、奇遵[2]の『戊寅記聞』に載っている）

▼1【崔淑生】一四五七〜一五二〇。中宗のときの文官。字は子真、号は盅斎、本貫は慶州。一四九二年、文

科に及第、詩文に巧みで、大司憲であったとき、法を執行するのに公正であった。官は右賛成に昇ったが、一五一九年、己卯士禍（第二九三～二九八話参照）に際して官職を削奪された。

▼2【奇遵】一四九二～一五二一。中宗のときの文官。字は敬仲、号は服斎・徳陽、本貫は幸州。応教の賛の子。一五一四年、文科に及第、湖堂に入って典翰・応教を歴任、一五一九年、己卯士禍で牙山に杖配、さらに穏城に移されて死を賜った。後に吏曹判書を追贈された。

第七四話……崔潤徳の人となり 虎を追って行って殺す

貞烈公・崔潤徳《チェユントク》（第二〇話注18参照）は左右の賛成となり、平安道都節制使と判安州牧使を兼ねたが、公務の余暇に官庁の後ろにある空き地をみずから鋤をとって耕し、胡瓜を植えて育てた。ある日、訴訟する人がやって来て、それを公であることを知らずに尋ねた。

「相公はいまどこにいらっしゃるんだ」

これに対して、公は、

「あちらにいらっしゃる」

と答えて、役所に帰って行き、衣服を改めて堂に座って、判決を下した。

また別の日には一人の農婦がやって来て、泣きながら訴えた。

「虎が私の夫を食い殺しました」

公は言った。

「私がお前のために敵を討ってやろう」

公はその虎を追って行き、矢で射て殺し、その腹を割いて夫の骨のすべてを取り出して衣服を着せ、用意した棺に納めて埋葬してやった。農婦は感動して泣きやまなかった。

全村の人びとが今に至るまで公のことを思慕し続けている。

（李陸『青坡劇談』）

第七五話……申商と許稠、それぞれの勤務ぶり

世宗の時代、申商《シンサン》（第三〇話注5参照）が礼曹判書となり、許稠《ホチョ》（第二〇話注6参照）が吏曹判書だったときのことである。

申商は日が高く昇るまで出仕せず、日が傾くとすぐに退出した。許稠は夜が明ける前に出仕して、日が暮れてようやく退出した。

ある日、許稠が朝廷にいると、申商が礼曹に来て、いくばくもせずに帰ろうとしていた。許稠は人をやって申商に言わせた。

「どうして遅く出仕した人間がすぐに帰るのか」

申商は大いに笑いながら答えた。

「貴殿は早く出仕してどんな利益を挙げているのか。私は遅く出仕してどんな損害を与えていると言うのか。ただそれぞれの性格にあったやり方があるのではないか」

（李陸『青坡劇談』）

第七六話……悲憤慷慨する鄭甲孫

貞節公・鄭甲孫《チョンカプソン》▼1は容貌が雄偉で、背が高く美しい髯を持っていたが、度量も大きかった。長いあいだ宰

相を務めたが、清貧に過ごし、家には貯えた財産は何もなく、ただ木綿で作った衾《ふすま》（掛け布団）と蒲の座布団があるだけで満ち足りて過ごした。

いつも悲憤慷慨すると直言をよくして、権勢を恐れなかったので、財を貪る者は清廉となり、怠惰な者は勤勉となって、宮廷は彼に頼って、はなはだ重んじた。

あるとき、大司憲となったとき、吏曹で不適当な人間を推薦して官職を与えようとしたことがあった。王さまが仁政殿に行かれ普段と同じように朝議を行なわれたとき、相国の河演《ハヨン》（第四九話注2参照）が吏曹判書を兼ねていて、崔公・府《ブ》▼2が吏曹参判であったが、ともに入侍していた。

貞節公が申し上げた。

「崔府など取るに足りない人物ですが、河演は多少は事理をわきまえていると思っていました。なのに、適任ではない人を推薦してきました。これを獄問なさってください」

王さまは笑顔で二人を解任された。

朝議が終わって外庭に出ると、崔府と河演の二公は汗を流していたが、公は莞爾と笑って、

「各自があえて職責を果たすまでのこと。あえて人を害そうというつもりはない」

と言い、録事に命じて、

「お二人は熱くて汗を流している。お前は扇をもって煽いでさしあげろ」

と言い、悠々自得して、その顔色には悔いる様子も恐れる様子もなかった。

（李陸『青坡劇談』）

▼1【貞節公・鄭甲孫】？〜一四五一。字は仁仲、世宗のときの文臣。中枢院使の欽之の息子。一四一七年に文科に及第して官途につき、大司憲となった。このとき台綱を大いに糺して世宗の信任を得た。

▼2【崔公・府】崔俯とも。一三七〇〜一四五二。字は受之、本貫は全州。高麗の時代、進士生員試に合格、一三九〇年には文科に及第して、成均学諭となった。朝鮮時代に入って芸文春秋館の修撰官となり、世宗の

ときには吏曹判書となったが、病を得て退き、余生を読書で過ごした。

第七七話……譲寧大君の罪科とすべてを許す世宗

世宗のとき、臣下がみな譲寧大君《ヤンニョンテグン》（第一〇話注1参照）の罪過を議論して、王さまに申し上げた。

「譲寧大君が東宮だったとき、太宗は平康で兵士を訓練なさることがあり、礼として東宮をお送りになりました。そのとき、大君は病と称してひそかに衿川に行き、三日のあいだ狩りをして帰って来られました。娼妓たちに夢中になり、病と称して宮中の宴には出られず、献上された鷹がすばらしいと聞けば、自分のところに持って来させ、他の鷹とお代えになりました。四月八日▼[1]になれば、塀を乗り越えて出て行き、いかがわしくいやしい者どもと集ってつぶてを投げて、灯を落とす遊びをなさいました。月夜には塀を越えて出て行き、悪童どもとともに街で琵琶を奏でて楽しまれました。毎夜のように李五方《イオパン》▼[2]と李法華《イポムファ》▼[3]を呼ぶと、二人は塀を乗り越えてやって来て、夜っぴて酒を飲み、さまざまな遊びをして、みずからもその遊びの真似をされないものはありませんでした。中枢府使の郭璇《クワクソン》▼[4]の妾が里でいちばん美しいと聞くと、その女を宮中にまで招き入れられることがありました。世子を廃され広州に放逐されたときには、塀を乗り越えて、その里の妓生二人とお戯れになりました。太宗がお亡くなりになったとき、まだ二十日にもならないのに、利川の県舎に行き、人びとを呼んで田を耕させ、農歌を歌わせて、まことに楽しいとおっしゃいました。まだ山陵への埋葬のことが終わりもしないのに、人びととともに犬を使ってノロと狐を追わせ狩りをなさいました。そうして殿下を怨望することばを吐かれ、君命をないがしろになさいました。お願いですから、法にのっとってお罰しになってください」

王さまはいっさいお聞き入れにならなかった。

（曺伸『謏聞瑣録』）

▼1【四月八日】日本では花祭り、釈迦の降誕会だが、高麗時代の燃灯会が朝鮮時代には民俗化してこの日に行なわれるようになった。

▼2【李五方】『朝鮮実録』太宗十七年（一四一七）三月庚寅に、刑曹および台諫から、罪のあるものは必ず罰し、悪人を恐れさせなくてはならない、具宗秀・李五方らはしきりに宮廷に忍び込んでいる、これを極刑にすべきだと上疏があった。同じく翌日の辛卯に、具宗秀・宗之・宗猷の三兄弟および李五方らを斬に処し、かつ家産を没収する旨の記事がある。世子を遊楽に誘って女色に溺れさせたというのである。

▼3【李法華】右の注2の『朝鮮実録』太宗十七年三月辛卯の記事の中に李法華の名前も見える。世子を宮廷の外に連れ出し、郭璇の妾を奨めた、またともに博奕を行なった云々。

▼4【郭璇】右の注3の辛卯の記事の中に、美しい妾の所有者として、その名前が見えるが、それに先立ち、『朝鮮実録』太祖三年（一三九四）二月壬辰、台諫および刑曹から、趙胖および郭璇らが城門を造ることができないでいる旨の上疏があったという記事がある。

第七八話……誇りを持ち続けた李叔蕃

李叔蕃《イスクボン》（第六話注3参照）は太宗に寵愛された人であった。李澄玉《イチンオク》（第五五話注1参照）と曺備衡《チョビヒョン》▼1はともにその門下から出た人である。

叔蕃ははなはだ誇り高くて放恣であり、王さまに召されてもすぐには参上しなかった。ある日、客とともに酒を飲み、王さまが召されると、病気だといつわって参らなかった。そのために流罪になってしまった。

世宗《セジョン》のとき、李叔蕃は金で作った帯を都承旨の金墩《キムドン》（第五九話注2参照）に贈り、ソウルに帰ることができるようにはからって欲しいと請うた。金墩はその金の帯を着用したかったが、叔蕃の願いは聞き入れることができないものなので、宮廷に参るときには、いつもその金の帯を撫でさすってため息をつくのだった。

そのとき、『竜飛御天歌』（第一四話注2参照）を撰することになって、王さまは御先祖のときのことをよく知っているのは誰かとお尋ねになったので、金墩はすぐに李叔蕃を推薦した。そこで、王さまは叔蕃にソウルに戻って来させ、故事をお尋ねになることになった。

李叔蕃がソウルに帰って来ると、門下の人びとがみなやって来た。その中で曺備衡と李澄玉はすでに宰枢を経ており、もう一人は議政であった。

李叔蕃がその場にやって来て席に着くと、門下のソンビたちは南を向いて座り、その他の者はみな南側に平座するようにさせて、言った。

「この人びとは私の門下にいた人びとであるから、こうなのだ」

その娘婿の金某がたまたまこれを見ておどろき、言った。

「ああ、どうしてこのようなことがあるのか。きっと家は滅びるのだ。政丞は目上の者に対するのに、どうしてこのようなことをなさるのか」

そのときになって初めてみなが平座してたがいに向かい合って座った。彼は排斥になった後にも誇り高さはこの通りであった。

『竜飛御天歌』を撰び終わると、王さまは彼に謫所《たくしょ》に帰るようにお命じになったので、金墩が申し上げた。

「用があって召還されたのですから、特に留まるようになさってください」

王さまはおっしゃった。

「それはならない。叔蕃はご先祖に対して罪を犯したので、私が勝手に用いることはできない」

そこで、配所に行くように命じて、金墩はついに受け取ることができず、金の帯を送り返した。

叔蕃はたとえ流謫の身の上でも、奢侈な生活を身上としていたので、妾はそれを心配して、

「少しでも節約して、後に困ることがないようにしてください」

と言った。叔蕃はこのことばに大いに怒り、この妾を切り殺すように命じた。彼の豪悍ぶりはこのようであった。

李叔蕃の息子もまた性質がはなはだ無頼であり、毎日のように酒を飲みご馳走を食らい、財産と宝物を売りつくし、ついには家屋敷まで売って素寒貧になり、どうすることもできず、空腹を抱えるようになった。

そこで、みずから荷を担ぎ、遠い地方の荘園に住む僕の家に行こうとしたが、その途中で糧食がなくなって死んでしまった。

（曺伸『諛聞瑣録』）

▼1【曺備衡】一三七六～一四四〇。世宗のときの武官。字は平父、本貫は昌寧。一四〇二年、武科に及第、さまざまな官職を経て、兵馬使となった。その年は凶年で飢饉に苦しむ人びとの救済に尽力した。中枢院使に至って死んだ。膂力があって、武術に優れ、人となりは素朴で剛直であった。

第七九話……集賢殿に集った文人たち

世宗《セジョン》が文治に精力を尽くしたことは万古に抜きん出ている。庚子の年（一四二〇）、集賢殿[1]を設置して、文士十名を選んでここに充当した。後になって三十名に増員したが、その後また、二十名に削減した。十名は経筵を兼職して、もう十名は世子の書筵[2]を兼職した。

彼らは文筆・詞章にかかわる任務を担当して、古今の事例を討論しつつ、朝夕に思弁したが、文章に秀でた者たちを輩出し、人材を得てはなはだ盛んだった。

集賢殿の南に大きな柳の木があるが、己巳の年（一四四九）と庚午の年（一四五〇）のころ、白いカササギがやってきて巣を作った。雛たちもすべて羽根が白かった。その後、数年のあいだ、朝廷の要職に就いた者たちがすべて集賢殿の出身であった。たとえば、領相の鄭麟趾《チョンインチ》▼3と左相の李思哲《イサチョル》、▼4領相の鄭昌《チョンチャン》孫《ソン》、▼5領中枢院事の李季甸《イケチョン》▼6と安止《アンチ》、▼7判書の金銚《キムチョ》、▼8参判の金墩《キムドン》（第五九話注2参照）、判中枢府事の金鉤《キムク》▼9と金末《キムマル》、▼10領相の申叔舟《シンスクジュ》（第一七話注1参照）、参賛の朴仲孫《パクチュンソン》、▼11領相の崔恒《チェハン》、▼12判書の金淡《キムタム》、▼13判中枢府事の李石亨《イソクヒョン》（第六三話注1参照）、議政の尹子雲《ユンチャウン》、▼14判中枢府事の魚孝瞻《オヒョチョン》、▼15参判の盧叔同《ノスクドン》、▼16判書の梁誠之《ヤンソンチ》▼17と成任《ソンイム》、▼18李克堪《イククカン》、▼19府尹の李鳴謙《イミョンキョム》、▼20判書の金礼蒙《キムエモン》、▼21領中枢府事の盧思慎《ノサシン》、▼22西平君・韓継禧《ハンケフィ》、▼23賛成の洪応《ホンウン》、▼24参賛の李承召《イスンソ》、▼25参判の李坡《イパ》、▼26判書の李芮《イエ》、▼27府尹の趙瑾《チョクン》▼28と姜希顔《カンフィアン》、▼29判書の姜希孟《ハアンフィメン》、▼30府尹の崔善復《チェソンボク》、▼31参判の朴楗《パクコン》▼32などであり、不肖の私、徐居正《ソコジョン》（第一話注8参照）もこの中に含まれるのである。

また、朴仲林《パクチュンリム》、▼33朴彭年《パクペンニョン》、▼34河緯地《ハウィチ》、▼35成三問《ソンサムムン》（第一七話注2参照）、李塏《イゲ》、▼36柳誠源《ユソンウォン》▼37のような者たちが一時栄達したが、癸酉の年▼38（一四五三）と甲戌の年（一四五四）、柳の木がことごとく枯れてしまった。その後、柳誠源が果たして失脚した。ある者が柳誠源に冗談で、「禍はきっと柳氏から始まりますぞ」と言った。その後、柳誠源が果たして失脚して、その言葉どおりになってしまった。集賢殿はやがて廃止されてしまった。

（徐居正『筆苑雑記』）

▼1【集賢殿】中国の影響を受けながら、王室研究機関として、高麗時代から存在したが、有名無実になっていたものを、世宗がテコ入れして、当代の学者たちを集めて学問研究を奨励、さまざまな書物を編集・刊行させた。またハングルもここで作成された。

▼2【書筵】王の御前で行なわれる「経筵」に対して、王世子の前で行なわれる経書の講義を言う。

▼3【鄭麟趾】一三九六～一四七八。字は伯睢、号は学易斎、本貫は河東。一四一四年に及第、太宗の知遇を得て、世宗のときには集賢殿副提学を務めた。癸酉靖難に功績があって靖難功臣第一等となり、世祖が即位すると領議政となった。朝鮮初期の代表的な学者政治家の一人で、『訓民正音』の作成に功績があり、『竜飛御天歌』『高麗史』の編集でも主導的な役割を果たした。

▼4【李思哲】一四〇五～一四五六。字は誠之、本貫は全州。一四三二年、文科に及第、集賢殿博士となって

以後、顕職を歴任。吏曹および礼曹の判書となった。一四五二年、首陽大君（世祖）にしたがって明に行った。癸酉靖難の際に功績を認められて靖難功臣一等となり、さらに一四五五年、世祖が即位すると左議政となって、佐翼功臣二等となった。

▼5【鄭昌孫】一四〇二～一四八七。字は孝中、本貫は東萊。一四二六年、文科に及第、集賢殿副提学となり、『高麗史』・『世宗実録』などの編集に参与、一四七五年には領議政となった。五代の王に仕えて、睿宗のときには南怡を死刑にして（第一三五話注4参照）、推忠定難翊戴功臣となった。

▼6【李季甸】?～一四五九。字は屏甫、号は存養斎、本貫は韓山。一四二七年、文科に及第、集賢殿にいて、後には大提学・領中枢院事に至った。世宗の命令を受けて、金汶とともに『思政殿訓義　資治通鑑綱目』を編纂した。

▼7【安止】一三七七～一四六四。号は皐隠。一四一六年、文科に及第、集賢殿副提学・工曹判書・領中枢院事などを歴任した。詩をよく作り、書に巧みであった。世宗が太祖のために作らせた「金字法華経」は彼に書かせた。一四四五年、ハングルの「竜飛御天歌」の作成にも参加した。

▼8【金銚】?～一四五五。字は子和、銚は世宗からの賜名で初名は鑌、号は拙斎、本貫は金海。文科に及第した後、集賢殿副提学を経て礼曹判書に至った。暦学に強く、集賢殿にいたとき、簡儀台（天文台）や自撃漏（水時計）の製作に関与した。

▼9【金鉤】?～一四六二。字は直之、号は帰山、本貫は牙山。一四一六年、文科に及第、成均館大司成として多くの人材を育て、判中枢府事に至った。以下の金末・金泮とともに「経学三金」と称される。世宗の命を受けて、金汶とともに四書（『論語』・『孟子』・『中庸』・『大学』）を翻訳した。

▼10【金末】一三八三～一四六四。字は幹之、本貫は善山。一四一五年に文科に及第、内外の官職を経て、芸文館提学にまで至った。成均館の学生の数多くを指導し、世祖の厚い信任を得ていた。特に性理学に抜きん出ていたが、性格はまっすぐなものの、度量が狭い欠点があったとされる。

▼11【朴仲孫】一四一二～一四六六。字は慶胤、号は默斎、本貫は密陽。一四三五年に文科に及第、集賢殿副提学を経て、首陽大君の政権奪取にも協力した功で凝山君に封じられ、工・吏・刑・礼曹の判書を歴任し、議政府左賛成に至った。

▼12【崔恒】一四〇九～一四七四。字は貞父、号は幢梁・太虚亭。本貫は朔寧。一四三四年、謁聖試で壮元及

第、一四四三年、集賢殿学士として『訓民正音』の作製に参加、一四五三年、癸酉靖難の功績で靖難功臣第一等となり、都承旨に任じられた。右・左議政を経て領議政に至った。『東国通鑑』『経国大典』の編集にもかかわった。

▼13【金淡】一四一六～一四六四。字は巨源、号は撫松軒、本貫は礼安。世宗のときに文科に及第、官途を歩み、吏曹判書に至った。天文学に精通していて、集賢殿正字であったとき、簡儀台で活躍した。一四三三年には王命を受けて、元の授時暦と明の大統暦を斟酌して、李純之とともに『七政算内篇』を編んだ。また回回暦をもとに『七政算外篇』を編んだ。

▼14【尹子雲】一四一六～一四七八。字は望之、号は楽間斎、本貫は茂松。一四四四年に文科に及第、集賢殿副修撰となった。世祖の即位とともに佐翼功臣となり、一四六〇年には毛憐衛を討伐して明に報告するとき、特別に選び出されて使臣となった。一四六七年、李施愛の乱（第一二九～一三〇話参照）が起こったとき、これを討伐して、後に領議政まで昇った。

▼15【魚孝瞻】一四〇五～一四七五。字は万従、号は亀川、本貫は咸従。一四二九年、文科に及第、芸文検閲となり、集賢殿応校となった。文宗のときに特進して執議となり、判中枢府事・奉朝賀にまで至った。人となりは純粋で、学問に造詣が深く、陰陽風水などの迷信を排斥した。

▼16【盧叔同】一四〇三～一四六三。字は和仲、号は松斎、本貫は豊川。一四二七年、文科に及第、校理となり、要職を歴任して、同知中枢事・上護軍にまで至った。『資治通鑑訓義』の編纂にたずさわり、後に『高麗史』の紀・志・年表の作製にもかかわった。

▼17【梁誠之】一四一四～一四八二。朝鮮初期の学者。号は訥斎で、本貫は南原。世宗二十三年（一四四一）、進士・生員の二つの試験に及第して、続いて式年文科に合格した。集賢殿に入って、副修撰・校理を務め、世祖の寵愛を受けた。『高麗史』の改訂や、後に『東国輿地勝覧』に発展する『八道勝覧』の編集に参与し、弘文館提学や大司憲などを歴任した。

▼18【成任】一四二一～一四八四。字は重卿、号は逸斎・安斎、本貫は昌寧。一四四七年に文科に及第。内外の要職を歴任して、右賛成・知忠州府事に至った。詩文にたけ、書も名が高く、景福宮の多くの扁額を書いた。『東国輿地勝覧』の編集にも参加した。著書として『太平通載』・『太平広記詳節』がある。

▼19【李克堪】一四二七～一四六五。字は徳輿、本貫は広州。一四四四年、文科に及第、副修撰となった。世

祖が即位すると、世子の教育係になり、また吏曹判書に至った。はなはだ聡明で、一度見ただけですべてを記憶した。贈賄を受けたことで、物議をかもしたことがある。

▼20【李鳴謙】生没年未詳。『朝鮮実録』端宗三年（一四五五）三月、漢城府尹・李鳴謙が表と海青一連をもって明に行き、世祖元年（一四五五）七月に帰国したことが見える。

▼21【金礼蒙】?～一四六九。字は敬甫、本貫は光山。一四六六年に文科に及第して、集賢殿に勤務した。成均館司成として学生たちの教育に努め、官職は工曹判書にまで至った。一四六九年、病気で引退して死んだ。性格は温雅で、学問を好んだ

▼22【盧思慎】一四二七～一四九八。字は子胖、号は葆真斎・天隠堂、本貫は交河。一四五三年に文科に及第、集賢殿博士となり、顕官を歴任して、右・左議政を務めた。燕山君の代に領議政にまで至った。戊午の士禍（一四九八、第二四八～二四九話参照）が起こったとき、新進のソンビたちが粛清されたが、盧思慎は命がけで多くのソンビたちの生命を救った。

▼23【韓継禧】一四二三～一四八二。字は子順、本貫は清州。一四四七年、文科に及第、集賢殿に入り、正字・修撰を務めた。後、芸文館提学となり、一四六九年には南怡を除去した功績で推忠定難翊戴功臣となり、議政府左賛成にまで昇った。

▼24【洪応】字は応之、号は休休堂、本貫は南陽。一四五一年、増広文科に壮元で及第、賜暇読書（次話参照）の後、校理となった。一四六三年には英膺大君とともに『明皇誡鑑』を翻訳した。一四六六年には抜英試に及第、一四六八年には南怡の獄事を処理したことで翊戴功臣三等となり、後には佐理功臣三等、益城府院君に封じられた。容貌が端雅で振る舞いに法度があり、文章と書に優れていた。

▼25【李承召】一四二二～一四八四。字は胤保、号は三灘、本貫は陽城。一四四七年に文科に壮元で及第、成宗のときに佐理功臣に冊録された。博識で記憶力も抜群であった。礼楽・兵刑・陰陽・律暦・医薬・地理のすべてに精通していた。申叔舟・姜希孟などとともに『国朝五礼儀』を編纂した。

▼26【李坡】一四三四～一四八六。字は平仲、号は松菊斎・蘇隠、本貫は韓山。一四五一年、文科に及第、集賢殿博士となった。要職を歴任したが、平安道観察使のとき、失政があって罷免された。後に復帰して吏曹参判として『三国志節要』を選進、官職は左賛成まで至ったが、大酒で死んだという。

▼27【李芮】一四一九～一四八〇。字は可成、号は訥斎、本貫は陽城。一四四一年、文科に及第、集賢殿博士

となった。古今の医方を集めた『医方類聚』三百六十五巻の編纂に携わった。黄海道観察使だったとき、道内に蔓延した伝染病の予防に力を尽くして多くの人びとを助けた。一四七七年には、「婦女再嫁禁止可否論」に対して、一人の夫を守るのが原則であることを主張するとともに、扶養者がない者と父母や尊長がその情状を不憫に思って再嫁させる場合には許可することにし、三度嫁いだ者の子は主要な官職には就けないとすることを提議した。

▼28【趙瑾】一四一七～一四七五。字は穉圭、本貫は楊州。一四四一年、文科に及第、江原道観察使・全州府尹などを務めた。人となりが端雅で、文章に秀で、特に楷書に優れていたので、当時の外交文書などは、多く彼が書いたとされる。

▼29【姜希顔】一四一九～一四六四。字は景愚、号は仁斎、本貫は晋州。弟には希孟がいる。一四四一年に文科に及第。集賢殿直提学、仁寿府尹などを歴任。癸酉の靖難では連座して処刑されるところだったが、助かった。詩・書・画にすぐれ、「三絶」と称された。晩年にはそれらで日々を過ごしながらも、「賤技」だとして、他の人間からの注文には応じなかった。

▼30【姜希孟】一四二四～一四八三。字は景醇、号は雲松居士、私淑斎とも言い、本貫は晋州。一四四七年、別試文科に合格して顕官を歴任し、南怡の乱を治めた功で翊戴功臣となり、吏曹判書、左賛成に至った。書と画にもすぐれていた。

▼31【崔善復】生没年未詳。進士を経て、一四四七年、式年文科に及第、通政大夫に至り、府尹・承旨などを歴任した。

▼32【朴楗】一四三四～一五〇九。成宗のときの文官。一四五三年に文科に及第、集賢殿修撰となり、議政府の賛成にまでなったが、一五〇三年には咸鏡道観察使に左遷された。一五〇六年の中宗反正（第二五二話参照）で復帰して府尹君・領経筵事に昇進した。人となりが質素倹約を心がけ、万事に公平であった。

▼33【朴仲林】?～一四五六。次の注34の朴彭年の父親である。一四二三年に文科に及第、世宗が集賢殿を設置すると、学問と徳行で選ばれて、成三問・河緯地などが彼に師事した。一四五四年に李曹判書となり、一四五六年に息子の彭年らとともに上王（端宗）の復位を計画、それが発覚して、処刑された。

▼34【朴彭年】一四一七～一四五六。字は仁叟、号は酔琴軒、本貫は順天。一四三四年、文科に及第、成三問らとともに集賢殿学士となって、さまざまな編集作業に関わった。世宗の遺言を受けて、皇甫仁・金宗瑞な

どとともに文宗を輔弼し、文宗がわずか二年で亡くなると、幼い端宗を後見した。しかし、忠清道観察使として外職にあったとき、世宗第二王子の首陽大君が第三王子の安平大君・皇甫仁・金宗瑞などを殺して、王位を簒奪した。朴彭年は成三問などと端宗の復位を計画したが、密告によって発覚、捕まって殺された。このときに殺された成三問・河緯地・李塏・柳誠源・兪応孚の五人とともに、「死六臣」と称えられる。

▼35【河緯地】一三八七〜一四五六。字は天章・仲章、号は丹渓、本貫は晋州。一四三八年、文科に壮元及第、要職を歴任して、礼曹判書に至ったが、端宗復位の計画に加わって、処刑された。「死六臣」の一人である。世祖は緯地の才能を惜しんで、条件を付けて許そうとしたが、緯地は一笑に付した。息子の琥と珀も連座して処刑された。

▼36【李塏】一四一七〜一四五六。字は清甫・伯高、号は白玉軒、本貫は韓山。一四三六年、登第し、一四四七年には重試に合格して湖堂に入った。官職は直提学に至った。世祖が王位を簒奪すると、それに反対して、成三問・朴彭年らとともに端宗の復位をはかったとして処刑された。「死六臣」の一人。

▼37【柳誠源】?〜一四五六。字は太初、本貫は文化。一四四四年、文科に及第、一四四七年、重試に及第して湖堂に入った。端宗元年(一四五三)、金宗瑞らを殺して政権を握った首陽大君の脅迫に屈して靖難功臣を祿勲する文書を書いたが、後に端宗の復位を画策、事の成就が困難と知って自決した。「死六臣」の一人。

▼38【癸酉の年】一四五三年のこと。世宗第二王子の首陽大君が皇甫仁・金宗瑞を殺し、ライバルでもある第三王子の安平大君父子を江華島に押し込めて、政権を実質的に掌握した(癸酉の靖難、第六七話注2参照)。

第八〇話……賜暇読書

世宗《セジョン》が集賢殿を設置して、文学者たちを集めて養成なさった結果、大いに人材が輩出することになった。世宗はそれでも文臣たちが朝な夕なに書物の講読にはげまないのを心配して、若い者たちの中から才能と行ないの秀でている者を選び、山寺で勉学にはげむように休暇を与え、その間の費用も支給した上で、経史と百家、天文と地理、医薬と卜筮などを学ばせるようになさった。こうして学問に広く通じ、該博な知識を得ることによって、将来の役に立つ人材をお育てになったのである。

初めには、文僖公・辛碩祖《シンソクジョ》▼1と承旨の権採《クォンチェ》▼2、直殿の南秀文《ナムスムン》▼3などがいて、その次には、文忠公・申叔舟《シンスクジュ》（第一七話注1参照）がいた。その他の者もすべて名士たちであった。

（徐居正『筆苑雑記』）

▼1【辛碩祖】一四〇七〜一四五九。字は賛之、号は淵氷堂、本貫は霊山。文信は彼の諱号。一四二六年、文科に及第、集賢殿直提学・副提学を経て、後に吏曹参判、大司憲、開城留守などを務めた。学問と文章に抜きん出ていて、『世宗実録』『医方類聚』『経国大典』などの編纂に参加した。

▼2【権採】一三九九〜一四三八。集賢殿学士となり、大司成だったとき、『郷薬集成方』などの編集に参加した。左承旨にまでなったが、四十歳で死んだ。妾や妻を虐待したかどで流されたこともある。

▼3【南秀文】一四〇八〜一四四三。世宗のときの学者。字は景質、号は敬斎、本貫は固城。一四二六年、生員として文科に及第、一四三六年、重試の壮元となって、湖堂に入り、集賢殿の学士に選ばれた。柳義孫・権採・辛碩祖などと文名が高かった。『高麗史節要』の草稿の大部分は秀文の手になる。尹淮とともに酒を飲んで度を過ごすことが多く、世宗がその才能を惜しんで、三杯以上は飲んではならないと命じたところ、以後は大きな杯で飲むようになったので、世宗は酒を慎むように注意したのが、かえって酒を勧める結果になったと言った。直学にまで至ったが、早く死んだ。

第八一話……文治を心がけ、人材を育てる

世宗《セジョン》は篤実に文治を心がけ、人材を育てて立派な人間を作り出し、その高邁さは昔日の王たちにも抜きん出ていた。

集賢殿を設置して、多くのソンビたちを集め、数日おきに宿直をさせ、学問をさせ討論をさせなさった

が、彼らに対する愛情と対接ぶりは手厚くて、当時の人びとはこれを神仙のいる瀛州に登ることにたとえたものであった。

文忠公・申叔舟《シンスクジュ》(第一七話注1参照)がある日、宿直をした。漏刻が二箭を下ると(午前一時過ぎ)、王さまは少年の宦官に命じて、宿直者が何をしているか行って見させることになさっていた。

少年の宦官が帰って来て申し上げた。

「今まさに灯火をかかげて書物を読んでいます」

このように三、四度、行って見させたが、申叔舟はあいかわらず書物を読み続けていた。そうして、鶏が鳴いて初めて眠りに着くのであった。

世宗はこれを嘉《よみ》し、みずからお召しになっていた貂の皮衣を脱いで、熟睡している叔舟におかけになった。中文忠公は朝になって目が覚めて、初めてこれに気がついた。当時のソンビたちはこの話を聞いて、たがいに励まし合って学問にいっそう努めたのであった。

文宗《ムンジョン》は長いあいだ東宮にいらっしゃったが、年を取るにつれていよいよ学問を好んで、昼夜を分かたず励まれた。

月が明るく人が寝静まると、手に一巻の書物を携えて、集賢殿の宿直部屋にいき、宿直者たちに難しいことを尋ねなさることがしばしばあった。そのとき、成三問《ソンサムムン》(第一七話注2参照)などは宿直部屋にいても冠帯を解くことがなかった。

ある日、夜が更けて、世子も出ておいでにならないと思い、衣服を脱ぎ、眠りに就こうとしたとき、急に扉の外で靴の音が聞こえ、謹甫《クムポ》という三問の字を呼ばれるお声が聞こえた。

三問は驚きあわてふためいて、転倒して、世子を拝礼したものであった。聖王の勤勉と学問を好まれる篤実さは、千古に比類のないものであった。

(金安老[1]『竜泉談寂記』)

▼1【金安老】一四八一～一五三七。中宗のときの権臣。字は頤叔、号は竜泉。一五〇六年、文科に及第。己卯の士禍（一五一九。第二九三～二九八話参照）の後、吏曹判書に昇進、南袞および沈貞の弾劾を受けて、一五二四年、豊徳に流配されたが、復帰して礼曹判書となり、沈貞と李沆を殺して政権を掌握した上で、敬嬪朴氏と福城君を死に追いやった。官職は左議政に至り、たびたび獄事を起こしては、李彦廸・李苻・鄭光弼などを流罪にした。文貞王后を廃そうとして失脚、丁酉の年（一五三七）、許沆・蔡無択とともに流配、その後、死を賜った。丁酉の三兇と言われる。

第八二話……王の恩寵を笠に着る

世宗《セジョン》には四人の側室がいた。金氏は桂陽君《ケヤングン》▼1を産み、楊氏（第一〇八話注3参照）は漢南君《ハンナムグン》▼2を産んで、さらに曺《チョ》氏と洪《ホン》氏がいた。

洪氏の兄の有根《ユグン》▼3ははなはだ王さまの寵愛を被って、王さまが沐浴して新しい衣服にお着替えになれば、必ず古い衣服は有根に賜った。

彼はつねに兼司僕として内殿に入って行き、都別監の職責を果たしたが、品階は五品に至ったものの、四品には任命されることがなかった。

ある日、有根は命令を受けて、司僕員とともに地方の郡におもむいたことがある。そのとき、その郡の郡守が他の人は優遇したのに、洪有根は賤民の出自だとして薄待した。

有根は即日に帰って宮廷で王さまに拝謁したところ、王さまはどうしてそんなに早く一人で帰って来たのかとお尋ねになった。有根がありのままに答えると、王さまはお怒りになって、その郡の郡守を捕まえて来て尋問なさった。

ある日、王さまが外に出られたが、駕の前に脚の萎えた馬が見えた。そのわけを尋ねると、左右の者が答えたところでは、洪有根が自分の足の萎えた馬と交換して、御馬に乗って行ったと言うのであった。

王さまはおっしゃった。

「これがもし台諫（第二二三話注3参照）の耳に入ればきっと死罪になろう。けっして漏らしてはならない」

洪有根には歩いて行くようにとおっしゃった。

後にこのことが漏れて、即日に断罪することが請われ、王さまはこれをなだめようとなさったが、ついには終身の追放になってしまった。


（曺伸『諛聞瑣録』）

▼1【桂陽君】李璔。？〜一四六四。慎嬪金氏の所生の二人目の男子。世祖のときに同腹の兄の翼峴と功を立て、佐翼功臣となった。世祖に信任を得て庶務を担当したが、人を接待するのに恭遜であるだけでなく、権勢を振り回すことがなかった。美しい容貌であったが、酒色で死んだ。
▼2【漢南君】李𤥽。恵嬪楊氏の所生。母の楊氏は端宗を保護しようとして世祖の恨みを買って殺された。それに連座して、漢南君は同腹の永豊君・瑔とともに辺地に追われた。
▼3【有根】洪有根。この話にある以上のことは未詳。

第八三話……才芸を尊重された世宗

靖善公・金何《キムハ》▼1は中国語の翻訳に巧みであった。そのため、世宗は彼を特別に寵愛なさった。

金何が判事だったとき、鹿鳴児《ノクミョンア》という妓生となじんだが、宗室の宰相一人と安氏の姓の都承旨がともにこの妓生になじんでいて、三人はたがいに争うことになった。

宗室の宰相が言った。

「私が最初に関係をもったのだ」

　王さまがこのことを聞いて、人をやっておっしゃった。

「お前のような人物はこの国にあってこそ人として遇されるが、金何について言えば、他の者に代えることのできない人物だ。上国（明）に仕えるときにはこの人がなくてはならない。また、金何には子がいないが、この妓生を妾として子を持つのがいいであろう。お前がこの妓生を争うというのなら、お前を罰しようじゃないか」

　そして、都承旨の安氏を金何のところに行かせて宣旨を下し、

「お前はこの妓生を身請けして妾にするか」

と問うと、金何はぼそぼそと答えた。

　その後、金何は服喪中にその妓生の家を訪ねたとして、そのことが司憲府によって摘発された。それに対して、王さまがおっしゃった。

「その妓生は私が与えたものだ。そのことについては何も言うな」

たとえ小さな技術であれ、ちょっとした才芸であれ、世宗はこのように惜しまれ奨励なさったのだ。

大提学の朴堧《パクヨン》（第一八話注1参照）はたまたま世宗のお知りになるところとなり、抜擢されて慣習都監提調となり、もっぱら音楽のことをつかさどった。世宗はあるとき石磬を作り、朴堧を召してこれをお見せになると、朴堧は言った。

「ある音律が一分高く、ある音律が一分低くなっています」

世宗がこれを聞いて、あらためて石磬をご覧になると、高い音律のところには泥がついていたので、世宗はその泥を一分落とさせ、また低い音律のところには泥を一分つけさせるようになさった。朴堧があらためて申し上げた。

「今度は正しい音律です」

人びとはみなその神妙さに感服した。

（成俔『慵斎叢話』）

▼1【金何】？～一四六二。世宗のときの名臣。本貫は延安。一四二三年、生員となり、文科に及第した後、礼曹判書・判中枢院事に至った。特に中国語に堪能で北京と往来して、明の儀制に精通していた。明の使節が来るごとに接待に当った。

第八四話……尺度の規格

昔の人びとは基準となる品物については必ず周尺[1]を用いていたが、尺度の規格を比較して決定することは、昔からむずかしかった。

朱子は文正公・司馬光[2]の家に伝わってきた石刻本の「尺法」を手にして、『家礼』に記載した。しかし、世間に広まった『家礼』の版本がいくつかあって、それを使った周尺の長さというのもまちまちであるため、基準とすることはできない。

世宗の時代、文敬公・許稠《ホジョ》（第二〇話注6参照）が、陳友諒《チンウリャン》（本話注3参照）の息子である陳理《チンリ》[3]の家の廟にある位牌の規格から、仮に尺の基準を作った。また、議郎の姜天霔《カンチョンジュ》[4]の家から紙で作った周尺が出てきたが、これはその父親の判三司事・姜碩《カンソク》[5]の弟である有元《ユウォン》[6]と院使である金剛《キムカン》[7]がもっていた象牙の尺から取ったものが伝わったのである。前面に、「『神主尺定式』。今は官尺から二寸五分を引いて七寸五分を使用している」と書いてある。これは『家礼附注』で潘時挙[8]が、「周尺は現在の尺に比すると七寸五分くらいである」と言っているのと符号する。陳理の家の位牌から作った尺の規格と姜天霔の家から出たものとを比較すると、互いに差はなかった。ここで初めて尺の規格が決定した。すべての士大夫の家の廟にある位牌と天文を観測する器具と漏器、および道路の里数、射的場の歩数などすべてこれを基本にした。

その後、司訳院事の趙忠佐《チョチュンサ》▼9が北京に行って、新たに作られた位牌をもって来たので、ふたたびこの尺と比較してみると、寸分も違わなかった。そういうわけで、今、わが国で使用している周尺が中国のものと同一であることは、疑う余地がない。

（徐居正『筆苑雑記』）

▼1【周尺】中国の周代に用いられた尺。曲尺《かねじゃく》の四分の三。

▼2【文正公・司馬光】一〇一九～一〇八六。北宋の政治家、学者。神宗のとき、翰林学士・御史中丞。王安石の新法の弊害を説いたが、用いられず、政界を隠退して、『資治通鑑』の執筆に努めた。哲宗のときに政界に復帰、旧法を復活させたが、数ヶ月で死んだ。

▼3【陳理】『朝鮮実録』太宗八年（一四〇八）七月に、「順徳侯・陳理が卒した、理は友諒の子で、息子がいて名前を明善という。卒するにおよび、米豆五十石と紙百巻および棺槨を賜った」という卒伝がある。

▼4【姜天霔】『朝鮮実録』太祖四年（一三九五）十一月、祭享司議郎・姜天霔を罷免したという記事があり、さらに定宗二年（一三九九）八月には司農卿・姜天霔を東北面に派遣して飢民を賑給したという記事がある。

▼5【姜碩】生没年未詳。高麗の恭愍王のときの武臣。忠烈王のとき、中間職となり、国家機務に与かるようになる。一三五二年には千秋使となって元に行った。一三六一年、紅巾賊の侵入の際に王を護衛して南行し、また兵馬使として賊を撃退した。辛旽の執政時には三宰を務めた。

▼6【有元】姜有元。この話にある以上のことは未詳。

▼7【金剛】『高麗史』列伝の辛旽に「閹人金剛」の名前が出て来る。宦官であるが、皇甫加の娘を欲して、果たせなかった云々。

▼8【潘時挙】宋の人。字は子善。朱子の弟子で、官は無為軍教授。

▼9【趙忠佐】生没年未詳。『朝鮮実録』世宗元年（一四一九）正月の記事に、趙忠佐が遼東で機密を漏らしたので罪するように請うたところ、上王は大功があるので、論ずるなと命じたという記事がある。

第八五話……碩学たち

文孝公・河演《ハヨン》（第四九話注2参照）は閑暇に時を過ごしているとき、いつも軟角（烏沙帽の両側のとがった部分）を取り除いた烏紗帽をかぶり、香を焚いて静かに座り、一日中、詩を吟じていた。その詩の性格は奇異で古詩の風格を備えていて、筆さばきも雄勁で一つの型をもっていた。

あるとき、公が、

「若いころ、春坊[1]にいて、詩を作って書いてみたところ、浩亭・河崙《ハリュン》（第六話注1参照）が感嘆して『これは河崙が作って、河崙が書いた、世間の宝物だぞ』と言ったことがある」

と話した。

文孝公がかつて慶尚道観察使となったとき、政丞の南智《ナムチ》[2]が都事となった。公は南公をたいへんに重んじて、補佐官として軽んずることはなかった。

文孝公が南公と同道して晋州に出かけ、山川と景物の美しさに感嘆したが、公は実は晋州の人であった。南公が居住まいを正して、

「山水は美しいが、観察使はよくない」

と言ったものの、文孝公は大いに笑った。人びとはその度量に感心した。

文孝公は後に南公といっしょに議政府に昇った。

その後、南同叔《ナムドンスク》[3]、その他の諸公、文長公・金鉤《キンク》（第七九話注9参照）、文長公・金末《キムマル》（同話注10参照）、大司成の金泮《キムパン》[4]などとともに、経史にあまねく通じて、性理学においても緻密であった。

三人の金公は同じころに成均館に選ばれて教授となったが、人を教えるのに倦むことなく、学問を成就するのに功績があったので、世間では三金と称した。

その中で金泮は早くに死んだが、残りの二金は八十歳を越えて品階も一品に昇り、二人ともに諡号は文

長であった。謚号を作る法として、文を博く知り多くに通じていることを文と言い、人を教えることに倦まないことを長とするのだが、彼らが文長という謚号を受けたのはもっともなことであった。

提学の尹祥《ユンサン》▼5はそのとき成均館の長であった。

彼は学問がひとしお精密で、学生たちがみな争ってまず彼に学ぼうとした。彼は子細に理致を分析して耳に注ぎこむように教え、終日、教えて倦むことがなかった。今の高官や名のある人はすべてが公の弟子である。

朝鮮が始まって以来、師範としては彼が第一だとされる。

文長公・金末には娘一人だけがいて、息子がいなかった。彼はかつて言ったものだった。

「私が聞いたところでは、千人の目を開かせた人間には陰徳の報恩があるという。私は官職に初めてついて以後、今や五十年にもなろうとするが、一度として学官の地位になかったことがなく、また人を教えることに倦んだこともなかった。なのに、九十歳になっても息子がない。これは私が粗雑で間違った学問をもって人に徳を及ぼさなかったためなのではなかろうか」

死に臨んで沐浴して、冠をかぶり帯をして、笏を執って端坐した。家人が慟哭すると、公はこれを止めて言った。

「私はすでに地位は一品に至り、高い官職も得て、年も八十を越え、これ以上の寿命を望むこともない。生死は人の常の理であり、正当なものを授かって死ぬのは、幸いなことではないか」

そうして、しばらくして死んだのだった。

（徐居正『筆苑雑記』）

▼1【春坊】世子侍講院の別称。王世子の教育に当たる。

▼2【南智】生没年未詳。字は智叔、本貫は宜寧。領議政・南在の孫で、門閥として監察となり、慶尚道の経歴であったとき、河演に認められ、後に左議政にまで昇った。領議政・皇甫仁や右議政・金宗瑞とともに、

文宗の遺言を受けて端宗の輔弼に当たったが、間もなくして死んだ。その娘を安平大君の息子の李友直に娶せていたが、癸酉の靖難の禍は免れた。

▼3【南同叔】同叔の字をもつ南氏を見いだせない。南智のことを言い、その字の智叔を書き誤ったのではないかと思われる。

▼4【金泮】生没年不詳。権近の門下で学問を学んだ。一三九九年に及第、四十年ものあいだ成均館に在職して、多くの人材を育て、官職は大司諫に至った。経書に精通していたという。

▼5【尹祥】一三七三～一四五五。趙庸の門下で学び、一三九六年に文科に及第した。金山・栄州・大邱などの外職を経て、大司成となり、多くの学生の指導に当たり、その門下から多くの人材が輩出した。一四一五年には隠退して、故郷に帰った。

第八六話……みなが顕達するわけではない

崔万里《チェマンリ》先生▼1がかつて集賢殿副提学になったとき、上書して、宦官たちが軟脚布をつけ、烏紗帽をかぶっているのは古制に合わないので、中国の制度にしたがって、冠をかぶるべきだと主張した。

その上書の中に次のように書いた。

「古くから、歴代の君主の中には宦官を寵愛されたあまり、宦官がわがもの顔に天下の権力を振るうようになるという弊害が生じたことがあります。冠を変えないでは、宦官の部類を士大夫と混同して、人びとの耳目を引かず、ふるまいを容認してしまうことになります」

その言葉ははなはだ切実で急所をついていたから、宦官たちは目をそらして敢えて公を正視することができなかったのだが、議論はそのままになってしまった。

柳義孫《ユウィソン》先生▼2、権採《クォンチェ》先生（第八〇話注2参照）、文禧公・辛碩祖《シンソクジョ》（同話注1参照）、そして南秀文《ナムスムン》（同話注3参照）先生はともにみな集賢殿にいて、その文章は当時に抜きん出ていたが、世間では南先生をもっとも重んじていた。『高麗史節用』の草稿はほとんど南先生の手になるものだが、彼らはみなが顕達したわけではない。惜しいことである。

（徐居正『筆苑雑記』）

▼1【崔万里】?〜一四四五。世宗の時代、弘文館に登用され、集賢殿博士を兼任した。その後、集賢殿副提学、江原道観察使などを歴任。『訓民正音』の制定に反対して、世宗の怒りを買ったが、直諫の臣として、清白吏に録封された。

▼2【柳義孫】一三九八〜一四五〇。世宗のときの文官。字は孝叔、号は檜軒、本貫は全州。世宗のときに及第して芸文館に入り、集賢殿修撰となって、一四三六年、重試に二等となって、直提学に昇進した。世宗の寵愛を受けて承政院同副承旨となり、都承旨となった。吏曹参判のとき、事件で罷免されたが、王は惜しんで礼曹参判の職を与えた。服喪のさいにはなはだ衰弱したので、王は肉を与えて保身するよう務めた。

第八七話……酒を戒め、かえって酒を勧める

文度公・尹淮《ユンフィ》▼1と集賢殿学士である南秀文《ナムスムン》（第八〇話注3参照）はともに文章をよくしたが、酒を好んで、いつも度を過ごした。

世宗は二人の才能を惜しんで、三杯以上は飲んではならないと命令をした。それ以後、二人は宴会があるたびに、大きな椀をたずさえて三杯飲んだ。一応は命令通りに三杯であったが、実は他の者の倍以上は飲んでいたのである。

世宗はこのことを聞いて、おっしゃった。

「私は飲むのを戒めたのだが、かえって飲むのを勧めたことになる」

（徐居正『筆苑雑記』）

▼1【文度公・尹淮】一三八〇～一四三六。十歳の時に『通鑑綱目』を読んで、成長するにつれて読まない本がなく、一度読めば、忘れることがなかったという。一四〇一年（太宗元）に文科に及第して、要職を歴任した。一四三二年には孟思誠とともに『八道地理志』を編纂、一四三四年には『資治通鑑訓義』の編纂にも関わって完成させた。大の酒好きで、文星と酒星の気が合わさって尹淮のような人が出現したと、人びとは噂し合った。

第八八話……文孝公・魚孝瞻の家法

文孝公・魚孝瞻《オヒョジョン》（第七九話注15参照）はかつて風水地理説[1]を弁論して、これを文書にしたためて王さまに差し上げたことがある。その論旨は細かくて、また公明正大であった。

世宗《セジョン》は文成公・鄭麟趾《チョンインチ》（第七九話注3参照）に、

「魚孝瞻の議論はまっとうだが、自分自身の父母の葬礼を行なうときには、この風水地理説を使用しなかったというではないか」

とおっしゃった。

このとき、鄭麟趾は、

「私はかつて使命を帯びて咸安に参ったことがありますが、そのとき、魚孝瞻が自宅の横の小山に父親を葬ったところを見ました。地理説にはあまりこだわっていないもののようでした。しかし、青竜と白虎、朱雀と玄武など、左右前後の神がまったく欠けているということはありませんでした」

と申し上げた。

鄭麟趾の考えでは、魚孝瞻は正しいことを述べながらも、しかしまた必ずしもそれに固執するわけではなかったというのである。

その後、文孝公は母親を葬るとき父親と同じ墓域に葬って、文孝公が死ぬや、息子の世謙《セキョム》▼2と世恭《セコン》▼3は広津の漢江のほとりに葬ることにして、また墓の場所を選ばなかった。文孝公の家法というのも、このようなものなのである。

（徐居正『筆苑雑記』）

▼1【風水地理の説】山川・水流などの様子を考え合わせて、都城・住宅・墳墓などの位置を定める術。

▼2【世謙】魚世謙。一四三〇〜一五〇〇。世祖二年（一四五六）、文科に及第、燕京に赴き、帰国後、芸文館直提学となった。睿宗のとき、平安監司を経て、成宗のとき、大司憲・吏曹参判となった。このとき、明が建州を攻め、朝鮮に援兵を請うことがあり、何度か明との間を往復して、外交的に成功を収めた。右議政となり、知成均館事を兼ねた。

▼3【世恭】魚世恭。一四三二〜一四八六。世祖二年（一四五六）に兄の世謙とともに文科に及第、一四六七年、李施愛の乱（第一二九〜一三〇話参照）が起こると、その平定に功があった。その後、知中枢府事となり、睿宗の時代には謝恩使として明に出かけた。成宗のときに戸曹判書となり、世子左賓客を兼任して、特進官に昇り、朝廷の顧問として名声を得た。

第八九話……人となりが実直過ぎる李辺

貞靖公・李辺《イビョン》▼1は人となりが鋭利でまっすぐであった。彼が吏曹参議となって、銓衡して官職に人を当てるときには、吏曹判書の判断に何度も論駁を加えたので、判書とはたがいにしっくりいかなかった。

ある日、地方官から鮮魚と美味しい肉とを送って来たが、これを受け取らなかった。判書の方はすでに受け取ったという話を聞いた。

その日、判書がその美味しい肉で貞靖公をもてなそうとしたので、彼は箸を手にして言った。

「これがまさに鶃鶃《ゲイゲイ》の肉[2]というものだ」

判書はこれを聞いてはなはだ悔しがった。

判院の李辺は表裏一体で、王さまの過ちを直諫する臣下として自任していた。

あるとき、人に言った。

「私は平生から人を騙すということはせず、官職について後、一度として病を口実にして仕事を休んだこともない」

佔畢斎・金先生（金宗直、第二〇話注27参照）が言った。

「もしそのことばが本当ならば相公の徳は篤実で尊敬に値する。しかし、昔の人で仕事をした者の中にも病気をもって王さまに口実としなかった者がいたであろう。大袈裟過ぎはしまいか」


（南孝温『秋江冷話』）

▼1【貞靖公・李辺】一三九一〜一四七三。本貫は徳水。母親は趙光祖の娘。一四一九年、進士となり、承文院博士となり、漢文訓解に精通して副校理となり、また一四二七年には司訳院判官となった。礼曹・吏曹・工曹・兵曹の参判となり、一四五六年、芸文館大提学、翌年には几杖を下賜され、一四七二年には領中枢府事となった。中国語に巧みであった。

▼2【鶃鶃の肉】鵞鳥の肉。昔、ある役人が高官に鵞鳥の肉を贈り物として贈った。鵞鳥を受け取った高官が弟にその肉を与えると、弟は肉を吐き捨てて「賄賂として受け取った鶃鶃と声を挙げる鵞鳥の肉など不潔だ」と言ったのに由来する。

第九〇話……実直な許誠の裏をかく一雲

恭簡公・許誠《ホソン》▼1は人となりに固執する癖があった。かつて吏曹判書となったとき、公正であろうとして、けっして口利きを受け付けなかった。人が職を得ようと口利きを依頼するのを嫌って、依頼されるようなことがあれば、むしろ、必ずその人に不利なように処遇した。

ある役人が慣例にしたがって移動が決まり、地方官に任命されることになるので、できれば、南国に任命されるように依願したところ、逆に北国の平安道の辺鄙な村に赴任させた。一人のソンビが華やかに見える文官になることを請うたが、逆に地味な地方の教授職に任命した。

興徳寺の僧である一雲《イルウン》▼2は悪知恵が働いて、権謀術数をふるう人物であった。彼は断俗寺の住職になりたかったので、訴え出て、「私が聞いたところでは、西道の永明寺は景色がまことに美しいそうです。できれば、私はそこに行って住みたいものです。断俗寺などに行ったなら、私事に恋恋として、私はきっと道をあやまってしまうだろう」と言った。数日後、任命状が出て、一雲は断俗寺の住職になった。

一雲は、

「老賊め、私の術中にはまりおったわ」

と言って、大笑いした。

（徐居正『筆苑雑記』）

▼1【恭簡公・許誠】一三八二〜一四四二。刑曹・礼曹・兵曹の佐郎などを経て、太宗四年（一四一一）、司憲持平であったとき、政府の不法を弾劾して王の怒りを買って蟄居したが、後に許されて礼曹および吏曹の判書を歴任、最後には芸文館大提学にまで昇った。

▼2【一雲】本来は慶尚道の僧侶であったが、ソウルの興天寺および興徳寺の住持となり、世宗の時代には宮廷の祈禱も行なったという。

第九一話……鏡を見て年を知る

大提学の許誠《ホソン》（第九〇話注1参照）は常々言っていた。

「地位を貪り、封禄の多いのを望む気持ちは、年を取っていよいよ強くなってくる。しかし、そのような人は他の人の笑い物になる。そのことに早く気付かなければ、その人の大きな汚点となるであろう」

吏曹判書であったが、父母の喪に服して、それが終わるとふたたびもとの職に復帰した。

ある日、たまたま鏡を見て愀然として楽しまず、鏡を投げ棄てて言った。

「私は自分がこれほど年を取っていようとは気がつかなかった」

そうして、官職を辞して、外出をしなくなった。そのとき、六十歳あまりであった。

（李陸『青坡劇談』）

第九二話……王安石を歴史はどう評価するか

世宗《セジョン》の時代にはまだ『宋史』がわが国にわたって来なかった。そこで、世宗はなんども中国に送ってくれるように要請されたのだったが、なかなか下賜されることはなかった。

ある日、集賢殿の先生方が宋国の人物たちを論じた。私もまたその末席に座っていた。ある人が、

「『宋史』を編纂するとなると、王安石[1]はどの伝に入れることになるだろう」

と言うと、先生たちはこぞって、

「やはり奸臣伝に入れることになるだろう」

と言った。しかし、一人、二人が論駁して、言った。

「王安石が新法を作って天下を乱したのは、まことに小人の仕業と言わねばならないが、彼の文章と節義にはたたえるべき点も多い。その心を考えると、常に国家を憂い、人びとのことに心を砕いていた。天下を誤ったのは軽率で固執するところがあっただけのことではなかろうか。奸臣である秦檜[2]や蔡京[3]の仲間に入れることはなく、やはり列伝の中に入れるべきであろう」

柳誠源《ユソンウォン》（第七九話注37参照）が特にこのように強く主張したが、しばらくして『宋史』が届くと、はたして王安石は列伝に記載されていた。柳誠源は喜んで言った。

「昔、朱子の『綱目』[4]がわが国にとどく前、益斎《イクチェ》・李先生[5]は『資治通鑑』の武后紀を読んで大いに嘆息して、一聯の詩を作って、『どうして周の余分でもって、わが唐の日月を継ぐのか（那将周余分、続我唐日月）』と言った。そうして後に朱子の『綱目』を手に入れると、果たして朱子は武后の周を排除して、唐に尊敬をはらっていた。益斎先生はこのことをはなはだ自慢していたということだ。私は益斎老人に肩を並べるつもりはないが、諸君には降参してもらおうではないか」

（徐居正『筆苑雑記』）

▼1【王安石】一〇二一～一〇八六。北宋の政治家。神宗の信任を得て宰相となり、青苗法・均輸法・市易法・募役法などの新法を実施したが、志半ばで地位を去った。唐宋八大家の一人。

▼2【秦檜】南宋の高宗代の奸臣で、金と和親することを主張して、忠臣である岳飛を殺し、張浚・趙鼎を竄して、一時、忠臣・良将ほとんどが誅された。性格が陰険で残忍だった。死んで申王を贈られたが、寧宗のとき剝奪され、繆醜と諡された。

▼3【蔡京】北宋の哲宗・徽宗代の奸臣。塩銭法を改め、政敵を左遷・流罪にして、王安石の新法を復活させた。人民を妬視して、靖康の変を醸成した。欽宗が即位すると、失脚して、流されて死んだ。

▼4【『綱目』】朱子の『資治通鑑綱目』（第一九話注2参照）。則天武后の周を認定せずに、その期間を「帝在房州」と記す。武后の息子である中宗が廃されて盧陵王として房州にいた。

▼5【益斎・李先生】李斉賢。一二八七～一三六七。字は仲思、号は益斎、本貫は慶州。一三〇一年、わすか

十四歳で成均試に首席で及第、さらに丙科で及第して、一三〇八年には芸文春秋館に入った。楽正となり、元にいた忠宣王に呼ばれて燕京に行き、元の名士と交友を深めて、学問を深めた。忠宣王が西蕃に流されると、それにしたがって行った。右政丞を二度経て、門下侍中であった一三五七年、官職を離れた。韓国で最初の稗史小説である『櫟翁稗説』を書いた（作品社から刊行）。

第九三話……悲憤慷慨する河緯地

明の英宗[1]が北方のオランケに捕えられてしまったので、河緯地《ハウィチ》（第七九話注35参照）はこのことに常に感慨をもよおし、

「天子が蒙塵に遭われたことは、天下の人がみな憤慨するところだ。われわれはたとえ海外にいる陪臣に過ぎないとは言え、どうして平穏に過ごし、これを憂慮しないでいられようか」

と言って、いつも外の部屋にいて、寝室に入って行くことはなかった。

この人の意志と行動はこのようであったから、その忠誠と義理でもって国に殉じる覚悟であったことがわかる、世祖が即位したとき、彼は成三問《ソンサムムン》（第一七話注2参照）や朴彭年《パクペンニョン》（第七九話注34参照）とともに王室のために力を尽くし、魯山君《ノサングン》の復位を謀ったが、事は遂に成らず、彼らはみな殺されてしまった。

（奇遵『戊寅記聞』）

▼1【明の英宗】一四二七～一四六四。明の六代（正統帝）、また復位して八代（天順帝）の皇帝の朱祁鎮。第一回在位、一四三五～一四四九、第二回在位、一四五七～一四六四。一四四九年、エセンの率いるオイラト軍が侵入、北京北方百キロほどの土木堡において明軍は敗れ、皇帝自身が捕虜となる前代未聞の事態が生じた。明は弟の景泰帝が即位して、この事態を乗り切ったが、エセンの目的は朝貢貿易にあり、戦争による

明の経済破壊は望まず、一年余りで捕虜となった朱祁鎮は返された。その後、朱祁鎮はクーデタを興して帝位に復帰することになる。

第九四話……福を逃した崔致遠

世宗の十五年（一四三三）、崔潤徳《チェユントク》（第二〇話注18参照）が李満住《イマンジュ》（第二二話注4参照）を討ったとき、崔致雲《チェチウン》（第二五話注1参照）に従事官として同行を要請した。戦地から戻って来て、崔致雲は参議に昇進した後、すぐにまた左承旨に移った。そのとき、オランケたちが天子（中国皇帝）の命令を受けたと主張してわが国に侵略して来て、国家間のこととして手の打ちようがなかった。このとき、崔致雲が申し上げた。

「このことは天子に奏聞するのがいちばんよろしいでしょう」

王さまがおっしゃった。

「それなら、中国に送る使節はだれがいいであろうか」

使節はなかなか決まらなかった。そこで、王さまがおっしゃった。

「卿ほどふさわしい者はいない」

さっそく、致雲を工曹参判に任じ、翌日には出発させた。

崔致雲はこうして中国に行き、皇帝の許可を得て、勅書をたずさえて帰国したが、朝廷では彼の功績を議論して、五十結の田と奴婢三十名を下賜された。しかし、公は奴婢をいただくことを固く辞退する旨をしたため、七度も書状を差し上げた。王さまは臣下たちに命じて、このことの議論をおさせになった。みなは、

「三十名の奴婢は崔致雲の功労に対して不足なのかも知れません。無理強いにでも与えておくべきです」

と申し上げたが、ひとり許稠《ホジョ》（第二〇話注6参照）だけが、

「この人はいつわって自己の功労に対する下賜を辞退しているのではなく、真実、下賜を願っていないのでしょう。彼が辞退するままにしておき、彼の名前を記録に留めるようにするのが正しいでしょう」と申し上げた。王さまは許稠のことばに従うことにして、奴婢の下賜はおやめになった。

このとき、崔公は家に帰って、初めて欣然として家族の者に言った。

「今日、私の願い通りにしていただいた」

すると、夫人が言った。

「王さまの下さるものをお断りして、福もなくなりました」


（曺伸『謏聞瑣録』）

第九五話……酒を好んだ崔致雲

世宗《セジョン》ははなはだ崔致雲《チェチウン》（第二五話注1参照）を重んじられ、しばしば近くに召しては国政を議論し、また大事な事がらについては必ず公に相談なさった。公は酒を好み、王さまはそのことを心配なさった。王さまは書札をくださり、酒を戒めなさったので、公はその書札を壁の左右に貼り付け、出入りするたびに見えるようにした。あるいは、外に出て酒をしこたま飲んで、酔って帰って来て倒れ込むと、夫人は公の頭をつかんで壁を指さし、その書札を見させた。公は昏酔の中で頭を垂れ、まるで壁に向って謝罪しているようであった。

酔いから醒めると、公は言った。

「私は王さまの恩恵に感謝して、酒を慎もうといつも心がけてはいるのだが、ただ酒の席に出くわせば、瞬時にその戒めを忘れてしまって、酔ってしまうのだ」

最後には酒がたたって病気になってしまい、わずかに四十を越えたばかりで死んでしまった。王さまははなはだ悲しみ、哀惜なさり、役所にその葬事を執り行うようお命じになった。

（曺伸『謏聞瑣録』）

第九六話……倭寇への対策

高麗の末期に倭寇が頻繁だったのは、海岸の四面に軍鎮を置いて防衛することがなかったからである。李太祖が建国してからは、海の港の要衝にはみな万戸の軍営を置き、水軍処置使に統括させた。それで、倭寇はだんだん少なくなったが、その後また、倭寇はしきりに侵犯するようになったので、世宗は三軍に命令して、対馬を征伐させた[1]。大いに勝利をしたわけではなかったが、倭もまた威厳を恐れて敢えてわがもの顔に振る舞うことがなくなった。

倭人の数家族が三浦[2]に来て住むことを願った。世宗は彼らがわが国を慕う気持ちをけなげに思い、これをお許しになろうとしたが、許稠《ホジョ》（第二〇話注6参照）が憂えて諫めた。

「倭人どもというのは、臣下となったかと思うと、また謀反を起こす輩で、彼らの心は推し量ることができません。どうして魚や貝を捕まえて食べているような鄙陋な奴腹を、わが国の衣冠を整えて着用した人びとの中に交えて生活させることができましょうか。後日に歯が生えるように人口が増えたなら、きっとわが国にとって大きな弊害が生じましょう」

臨終の際にも、また二度、三度と啓上して、倭人たちが増えない前に本国に送還してしまうようにとお願いした。そのときには、人びとは許稠のことばを尋常ではないと考えて、倭人が居住するのをさほど弊害であるとは思わなかった。今に至って、三浦に倭人が蔓延して制御できなくなる弊害が明らかになり、やっと許稠の先見の明に感服するようになった。

（成俔『慵斎叢話』）

▼1【対馬を征伐させた】一四一八年、対馬は凶作だったので、島民たちは朝鮮の庇仁・海州の沿岸を略奪して回った。朝鮮側ではこれを対馬の島主である宗貞盛の命じたものであるとして、一四一九年の六月、柳廷顕に命じ、三南の兵船二百二十七隻、兵士一万七千を率いて対馬を攻撃させた。第二〇話を参照のこと。

▼2【三浦】世宗のとき、東萊の富山浦、熊川の乃而浦、蔚山の塩浦の三浦に限って、倭船の貿易のための往来を許可した。また倭館を設置して交易または接待の場とした。用務が終われば帰国するのが原則であったが、日本人の中には帰国せずに滞在を続ける者たちもいた。これが、中宗のときに起こった三浦の乱（第二六七話参照）の原因になった。

第九七話……禍を免れた南智の運

西河君・任元濬《イムウォンジュン》▼1が申叔舟《シンスクジュ》（第一七話注1参照）や崔恒《チェハン》（第七九話注12参照）とともに安平大君《アンピョンテグン》▼2を訪ねて行って閑談していると、たまたま右議政の南智《ナムチ》（第八五話注2参照）がやはり安平大君に刺を通じようとしてやって来た。人びとはこれを避けようと立ち上がったが、安平大君はこれを引き止め、酒を勧めた。このとき、安平大君は南智とたがいの子どもたちの縁談が持ち上がっていたのである。右議政が言った。

「わたくしには娘がいますが、容貌がはなはだ醜く、貴人の家の嫁になるのは難しいかも知れません。しかし一度だけでも会っていただけませんか」

大君が答えた。

「閨秀をみずから自由に撰ぶことは宮中では禁じられたことであり、私がどうしてそのようなことができようか。政丞はどうしてそのようなことをおっしゃるのか。婦人の容貌が醜いかどうか、どうして私が意に介そうか」

南智がふたたび言った。

「お願いですから、一人の老いた下人に行かせてわたくしの娘を見せてご覧になってください。あるいは後悔なさることがあれば、どうなさいますか」

しかし、安平大君は聞かずに、南智はただ酒だけ飲んだ。酒宴もたけなわのとき、南智は起ち上がってふたたび言った。

「それなら、ただ一つのことだけもう一度言わせていただきます。たまたま河陽に住んでいる金鶴老《キムハクロ》▼3という盲人に会いましたが、その人は占いが得意で、わが家の吉凶をことごとく言い当てました。その人の言うことを聞くと、私には二人の娘がいるが、どちらも短命で、一生を全うすることができないというのです。このことばが当たるのではないかと気がかりなのです。長女は臨瀛大君《イムヨンテグン》▼4に嫁ぎましたが、大君を鰥夫の身の上にしてしまいました。このたびの縁談は二人目の娘のことなのです」

安平大君は笑いながら言った。

「政丞はどうして占い師の話をすべて信じるのか。大人というもの、妖妄なる話は排斥すべきではありませんか」

南智もそれをよしとして言った。

「寒微な人間が王族と婚姻関係を結ぶのはまことに幸福なことです。ただ薄命な娘で、何も見るべきところがないために、陰口を言われないか心配したのですが、今、大君のたしかな承諾を得まして、どうしてあえて辞譲いたしましょうか。貧しい家ですが、払い清めて準備をしてお待ちします」

このことがあった年の秋に、安平大君の息子の友直《ウチク》▼5が南智の娘と結婚した。その翌年の壬申の年（一四五二）には南智が風病にかかって口がきけなくなり、すべての仕事から身を引いた。また次の年には安平大君が罪を被ったが、このとき、南智は姻戚であるにもかかわらず、捕えられなかったのは病であったからであり、これは天の成したことであったにしても、金鶴老の占いは良く当たったと言えよう。

南智は李友直との関係で諡号をいただく恩典を受けなかった、弘治の己酉の年（一四八九）に、その孫の南忻《ナムフン》▼6が上疏して請うたので、初めて大臣たちが議論して忠簡公の諡号を追贈した。

南智はまだ低い官職にあったときから並々ではない胆力があった。司憲府の持平であったとき、都承旨の趙瑞老《チョソロ》▼7に閨房にかかわる過失があったものの、だれもあえて批判する者がいなかった。しかし、南智だけが、

「これにはけじめをつけねばならない」

と言って、ある日の朝、起き上がると、吏属二十名を引き連れて行き、趙瑞老が帰って来るのを待って、瑞老にしたがう下人を一人も残さずひっ捕らえ、朝房で尋問した。このとき、

「お前たちの主人は某日、某所、某女の家に行って泊ったか」

と尋ねると、下人はありのままに答えた。そこで、その家の老婆を捉えて尋問したところ、老婆も事実を隠さずに答えた。世宗はこのときまさに風紀にかかわる法を重く受け止めていらっしゃったときなので、趙瑞老は罷免された上、庶人に落とされた。

（曺伸『謏聞瑣録』）

▼1【西河君・任元濬】一四二三～一五〇〇。字は子深。十歳で詩を作り神童と呼ばれた。一四五六年、文科に乙科で及第して集賢殿副校理となった。要職を歴任して、一四七一年には佐理功臣三等となり、西河君に封じられた。文章にすぐれ、風水・医学にも精通していたが、性格は狡猾で貪欲、息子の士洪、孫の崇載もまた貪欲で、国家を傾ける人間だと批判された。

▼2【安平大君】一四一八～一四五三。世宗の第三王子の李瑢。朝鮮第一の書家とされる。世宗の死後、兄の首陽大君（世祖）と争って敗れ、江華島に流されて死んだ。彼が夢に見た桃源郷を画員の安堅に命じて画かせた「夢遊桃源図」は朝鮮絵画の最高の傑作とされ、日本の天理大学が所蔵している。

▼3【金鶴老】『世祖実録』十三年（一四六七）五月に、世祖と徐居正が占いについて議論していて、占盲の金鶴楼の名前が見える。この人か。世宗が温陽に出かけるとき、その吉凶を占わせたという。

▼4【臨瀛大君】一四一八～一四六九。世宗の第四子の璆。字は献之、諡号は貞簡。昭憲王后沈氏の所生。最初の妻は南智の娘であったが、後の妻は崔承寧の娘。一四二八年、大臣輔国臨瀛大君となって、一四三〇年

には成均館に入学したが、一四三九年には女色におぼれたとして職牒を削られた。
▼5【友直】安平大君の子、李友直。首陽大君（世祖）と安平大君の兄弟同士の政権争いの中で、安平大君とともに殺された。
▼6【南忻】一四五一〜一四九二。字は楽天、本貫は宜寧。十九歳で官職に就いた。礼賓寺奉事・漢城府参軍などを経て、義禁府経略になった。一四九〇年には同副承旨となり、右・左副承旨に任命された。
▼7【趙瑞老】『朝鮮実録』世宗五年（一四二三）八月丙辰に、知申事の趙瑞老に宣醞（酒）と官馬を賜ったという記事があり、同年九月癸卯には、前観察使の李貴山の妻の柳氏が知申事の趙瑞老と通じたとして、柳氏は獄に繋がれている。趙瑞老がどうなったかは記されないが、世宗九年（一四二七）九月己丑に、以前、趙瑞老が柳氏と通じ、宰相の妻であったので、律外ではあったが大いに懲罰したとある。

第九八話……禍を免れた成侃

匪懈堂・安平大君《アンピョンテグン》（第九七話注2参照）が王子として学問を好み、詩と文をよくし、書もすばらしく絶妙で、天下の第一人者であった。また絵もたくみで、コムンゴ（韓国固有の琴）、琵琶もうまく演奏した。性質がまた浮虚放誕であり、昔のことを好み、美しい景色を愛した。北門の外に武夷精舎[▼1]を造り、また南湖に面して淡々亭という亭を造った。万巻の書物を蔵し、文士たちを呼び集めて、「十二景詩」をつくり、また「四十八詠」をつくった。あるときは灯火を煌々とともして談論し、あるときは月夜に船を浮かべ、あるときは詩をつくり、また博打を楽しみ、管弦の音が絶えなかった。いつも酒に酔って諧謔をこととし、一時の名のあるソンビたちで交わりを結ばない者はなかったが、無頼の輩やどこの馬の骨ともわからぬ者もそこには多く混じっていた。碁盤と碁石はみな玉でつくり、将棋の駒には金で文字を書いた。また人に明紬と生綃を織らせ、筆を振るって真と草と、そして乱れた行とを書いて、求める人がいれば、すぐにこれを与えた。することにこのような類のことが多かった。

私の仲兄である成侃《ソンカン》[2]が名高いことを聞いて、人を遣わして招いた。仲兄が行くと、亭子の中の詩を次韻したが、詩語は気高く抜きん出ていた。こうしてうやうやしく応対して送られ、後日ふたたび会うことを約束して別れたのだった。母親が仲兄に、「王子としての道理は門を閉ざし、客人たちを拒んで謹慎するのがいい。どうして人びとを集めて友だちをつくる道理があろう。きっと失脚なさるだろう。お前はもう行かないがいい」とおっしゃった。その後、二度、三度と招待があったが、仲兄はついに行かなかった。しばらくして、匪懈堂は失脚して死んだが、一門みなが母上の洞察力に感服した。

（成俔『慵斎叢話』）

▼1【武夷精舎】宋の朱子が武夷山で講学した家のことを言うが、安平大君がこれにならって造った別荘。
▼2【成侃】朝鮮前期の文臣・学者。一四四一年に進士試に合格して、一四五三年には増広文科に及第、修選を経て正言に任命され、将来を嘱望されたが、まもなく死んだ。多くの書物を渉漁し、博聞強記な上、詩文にも巧みであった。「宮詞」「仲雪賦」があり、『慵夫伝』は文学的価値が高い。

第九九話……仏教に精通していた安平大君と世祖

世宗《セジョン》は末年になって仏教を好まれた。そのとき、時俊《シジュン》和尚[1]が経律に明るいとしてもっとも名が高かった。世宗は政治を執るのに忙しく、みずから経典の講説に出ることが難しかったので、安平大君と世祖のお二人を時俊の講説に出させ、それをご自分に奏上させなさった。そういうわけで安平大君と世祖は仏教に精通されていたのである。

（曺伸『謏聞瑣録』）

▼1【時俊和尚】この話にある以上のことは未詳。

第一〇〇話……製述の弊害

講書[1]を廃して、製述[2]で人を選抜するようになって以来、科挙のために勉強をする者は一様に騈驪文に力を入れるようになり、半行の経書も読めないようになってしまった。

そこで、経書を読むべきだという議論が壬戌の年（一四四二）あたりに最初に起こった。文宗がまだ東宮でいらっしゃったとき、講義の場に臨席なさったところ、一人の書生が『書経』を講じて、「衋傷[3]」の「衋」を「尽（盡）」だとして、また一人の書生は『詩経』を講じて、「殿屎[4]」の「屎」を「尾」のこととした。さらに、一人の書生は『春秋』を講じて、「鄭突[5]」の「突」を「突然」の意味にとらえ、また別の一人の書生は『礼記』を講じて、「檀弓[6]」を檀木で作った弓のことだととらえた。

こうして、経書を読まねばならないということになったのだが、書生たちはみな笑い合って、『盡』と『屎』は音を取り違え、『弓』と『突』は意味を取り違えた。三場（製述科）の試験はまだいいが、五経はかなわんな」

と言った。

（徐居正『太平閑話滑稽伝』）

▼1【講書】講経あるいは口義とも言う。経書の大義を問う方法として、本を開いて経書の義理と註疏を尋ねる臨文講経と、本を見せずに経書の一節を取り出してその義理と註疏を尋ねる背誦講経の二つがあった。

▼2【製述】製述科。詩、賦、頌、策、論などの文芸によって合格を決める科挙の試験。

▼3【衋傷】成王が康叔に為政者が過度に飲酒することをたしなめて言った、「民心を衋傷《きょくしょう》せざるなきに、惟

れ酒に荒腆《こうてん》して、惟れ自ら息《や》めずして乃ち逸す。厥《そ》の心疾很《しっこん》して、克く死辜《しこ》を恐れず（民罔不畫傷心、惟荒腆于酒、不惟自息乃逸、厥心疾很、不克畏死辜）」（『書経』「酒誥」）による。「畫傷」は苦痛・哀痛の意味。

▼4【殿屎】「民の方に殿屎《しんぎん》するも、則ち我に敢て葵《はか》ること莫し。喪乱《そうらん》して資蔑《しな》くも、曽《すなは》ち我が師を恵むこと莫し（民之方殿屎、則莫我敢葵。喪乱蔑資、曽莫恵我師）」（『詩経』「大雅」生民之什・板）による。「殿屎」はうめくこと。

▼5【鄭突】中国、春秋時代の人物。鄭の国の厲公のことを言う。

▼6【檀弓】『礼記』の篇名となっているが、もともとは人の名前。

第一〇一話……燕京とわが国の星座は同じ

わが国の星座の宿る分野▼1を、昔の人は燕京（北京）に付属させていた。己巳の年（一四四九）、彗星が燕京の分野に現れたが、日官▼2は、「わが国とは関わりがありません」と奏上した。しかしながら、世宗は深く憂慮なさり、「わが国の星座は燕京と同じ分野にあるはずだ。どうして関わりがないことがあろう」とおっしゃった。

はたして、その年の秋、明の正統皇帝▼3が北庭で陥れられ、わが世宗もお亡くなりになった。燕京とわが国は星座の分野が同じだというのは正しかったのである。

（徐居正『筆苑雑記』）

▼1【分野】天文家が地上の世界を天の二十八宿にそれぞれ配したものを言う。

▼2【日官】観象官の一つの官職で、陰陽五行にもとづいて吉日を選び、気象を観察する任務を負う。

▼3【正統皇帝】明の六代皇帝である英宗、名前は朱祁鎮。その統治した年号を用いて正統皇帝と呼んでいる。

第九三話注1参照。

第一〇二話……先王の死を悼む

宋の国の仁宗[1]が崩御なさり、英宗皇帝[2]がお悲しみになったとき、妄りな議論をする者がいて、

「鬼神の術を使えば死者をよみがえらせることもできます」

と申し上げた。

英宗が試してみても、験はまったくあらわれず、その者は、

「太宗[3]が仁宗とともに天上で宴をなさり、白玉楼の欄干に寄り掛かって、牡丹の花を愛でていらっしゃいます。ふたたび人間世界に降りてこようというおつもりがないのです」

と申し上げた。

英宗はその者がでたらめをいっていることをよくご存知であったが、重く罰されることはなかった。

わが国においても、世宗がお亡くなりになると、怪しげな僧侶がやってきて、同じような方法を申し上げたが、他の死者でもって試しても効果がなく、虚偽であることがはっきりした。しかし、文宗もまたそれを罪するようなことはなさらなかった。


（徐居正『筆苑雑記』）

▼1【仁宗】宋の第四代皇帝・趙禎。在位、一〇二二～一〇六三。
▼2【英宗】宋の第五代皇帝・趙曙。在位、一〇六三～一〇六七。
▼3【太宗】宋の第二代皇帝・趙匡義。在位、九七六～九九七。

文宗

第一〇三話……英邁であった文宗

昔は東宮が景福宮にあった。王の御殿の東側である。

文宗《ムンジョン》[1]が世子であったときには、二十年ものあいだここに住まわれた。書筵官[2]が侍講するのは資善堂で、百官が朝会するのは継昭堂であった。世宗《セジョン》が末年にはご病気がちで、政治をみずから行なわれなくなったので、文宗が代わりに執政なさった。朝官の中で賢良であるという評判の者を選んで詹事（世子宮の庶務を担当する官職。正三品）とし、集賢殿のソンビの十名を経筵官（第一六話注2参照）、他の十名を書筵官（第七九話注2参照）に任命なさったのである。

文宗の御学問は高明でいらっしゃり、文章も華麗で美しく、筆法も神妙でいらっしゃった。世間に伝わっている、

「千の紅、万の紫の花々が春風と争い、いまや春も終わって一点の紅の花もない（千紅万紫闘春風、春尽都無一点紅）」

という句は、文宗の作品だという。東宮にいらっしゃったとき、黄金色の橘を盤に盛って、集賢殿におよこしになった。橘をみんなが食べ終わると、盤にみずからお作りになった橘の詩が草書と行書を交えて書いてあり、

「栴檀はただ匂いで鼻を喜ばせ、脂の乗った肉は口を喜ばせる。最も愛すべきは洞庭の橘で、匂いは鼻を

喜ばせ甘さは口を喜ばせる（梅檀偏宜鼻、脂膏偏宜口、最愛洞庭橘、香鼻又甘口）」とあった。詩も書も卓絶したもので絶世の宝物と言うべきである。居合わせた学者たちがそれぞれに描写して書き写そうとしたが、大内から盤を返すようにと催促されて、皆が争って盤を手にとって、しばらくは手放そうとはしなかった。

朝廷では棘城[3]の疫病を心配して、官員を派遣して祭祀を行なわせることにした。集賢殿で祭文を作って啓上したところ、王さまは筆を執ってなおされると、言葉も意味もさらに詳しく明瞭であり、比喩も適切なものになった。文詞が素晴らしく、人びとはみな嘆息してやまなかった。祭祀を行なった後に、その疫病の勢いはようやく止んで、今に至るまで人びとは平安で、物資も豊富である。

文宗はまた天性がはなはだ孝心に富んでいらっしゃり、上に仕えるとき、必ず真心をお尽くしになった。世宗がかつて桜桃を好まれたので、文宗は手ずから桜桃の木をお植えになった。それが今は宮中いっぱいに生い茂っている。喪に服されて、悲しみがあまりに深く、お身体を害されることがはなはだしく、青ざめて憔悴なさったお顔は見るに忍びなかった。後日、その廟号を論議するときに、「孝」という文字を使おうとしたが、それは徳を表現するのに偏りがあるとして、「文」を諡号としたのである。私が若い時分、倪と司馬[4]の二人の中国の使臣がわが国にやって来た。文宗が当時は世子として出られ、詔命をお受け取りになったが、遠くから拝見して、容顔が美しく優渥であり、お髭が立派であった。その雄偉でいらっしゃることは尋常ではなかった。

（成俔『慵斎叢話』）

▼1【文宗】朝鮮第五代の王の李珦。在位、一四五〇～一四五二。世宗の太子で、一四二一年に世子に冊封され、世宗を補佐した。即位後、言論を解放して民意を把握した。文武を理解して奨励したので臣民の信望が高かった。しかし、病弱だったので早死にし、癸酉の靖難（第六七話注2参照）という、惨禍が起こることになった。

▼2【書筵官】王世子が文章を講論するところを書筵と言い、書筵に参与する官員を書筵官と言う。

▼3【棘城】平安北道熙川と楚山の間にある峠。高麗時代にこの地域で戦乱があり、戦死者の白骨がおびただしくあったので、天気の悪いときには、鬼神の泣き叫ぶ声が聞こえたという。たまたまこの地域で腸チブスが発生して黄海道一帯に広まったので、国家ではこの鬼神のせいだと考えて、春と秋に祭祀を行なうことにしていたが、文宗のときに、チブスが全国に蔓延したので、王がじきじきに祭祀を行なった。

▼4【倪と司馬】倪は倪謙。司馬は司馬詢。一四五〇年、景帝の即位を知らせる使節として朝鮮にやって来て帰って行った。このとき、成三問・申叔舟・鄭麟趾などの学者たちとたがいに政治・学問について意見をたたかわせたという。

第一〇四話……臣下からは出てこないことば

文宗《ムンジョン》の知恵は豊かである上に精緻でいらっしゃった。かつて集賢殿で棘城壇▼1の祭文を作ってご覧に入れたところ、文宗はご覧になって、朱墨でなおし、ことばをお書き加えになった。そのあらましは、

「無情のものを陰陽と言い、有情のものを鬼神と言う。無情のものについては言及しても仕方がないが、有情のものについては理知でもって悟らせることができる」

ということであり、また、

「水と火は人を養うが、時には人をそこなう。鬼神は人を生かすが、時には人をそこなう」

というものであった。

自然と出てきたおことばであって、文章をいくら学んだとて、臣下たちからは決して出てこないことばである。

（徐居正『筆苑雑記』）

▼1【棘城壇】棘城（第一〇四話注3参照）の鬼神を祭った祭壇。

第一〇五話……高麗王家を祀る

文宗《ムンジョン》は高麗の太祖のために麻田県に崇義廟を建て、王氏の子孫をお探しになったが、お見つけになれなかった。このとき、王純礼《ワンスンレ》という者が姓名を変えて平民となって生きていたが、隣の人と農地をめぐって争いごとになり、隣の人が彼を朝廷に訴え出た。文宗は彼に平民の服から官服に改めさせ、三品の品階を与えて崇義殿使となし、高麗の太祖の祭祀をつかさどらせなさった。これは昔、▼1虞の国で堯の子の丹朱を賓客とし、▼2周の国で微子を賓客として遇したのと同じである。

（南孝温『秋江冷話』）

▼1【虞の国で堯の子孫を……】堯は虞舜を登用し、年老いると引退して、舜に位を譲って、自分の子の丹朱に譲ることはなかった。堯が崩じて三年の喪を終えると、舜は丹朱に譲って、みずからは黄河の南に居住した。しかし、諸侯は丹朱のところに朝覲せず、舜のもとに行き、丹朱を謳歌せず、舜を謳歌したので、舜はこれを天命だとして、天子の位を践《ふ》んだ。しかし、虞舜は堯の子の丹朱に封土を保有させ、先祖の廟の祭祀をつつがなく行なうようにさせた。

▼2【周の国で微子を賓客として……】周の武王は殷の紂王を討つと、紂の子の武庚祿父を封じて祖先の祭祀を行なわせたが、武王が崩じてその子の成王が立つと、諸侯とともに武庚は反乱を起こした。武王の弟であり成王の叔父である周公旦はこれを討ち、武庚を誅殺して、微子開に殷の後を継がせて宋の国を立てさせた。

第一〇六話……ことばの違いがもたらすもの

文宗《ムンジョン》が即位なさると、夜遅くまで政治について考え、毎日、国家のことを顧みて、経筵や臣下が順に時事を論じる輪対などのことも少しでも停廃なさるようなことはなかった。判書の閔伸《ミンシン》[1]が承旨の禹孝剛《ウヒョカン》（第四〇話注2参照）と出会った席で、

「殿下は今日も国事を御覧になったのか」

と尋ねると、禹孝剛は

「もちろんのことです」

と答えた。閔伸はまた尋ねた。

「殿下ははなはだお疲れであろう。どうして少しでお休みになろうとなさらないのか」

河東・鄭麟趾《チョンインチ》（第七九話注3参照）がその場に居合わせ、

「公はどうしてそのようなことを言うのか。王さまがどうして国事にお倦みになると言うのだ」

閔伸はおだやかに死ぬことができなかったが、鄭麟趾は国家の元老となり、一つのことばの違いがこのような結果になったのである。これは判書の鄭文炯《チョンムンキョン》[2]がそのとき注書であったので、実際にそのことばを聞いたのだという。

（権健[3]『忠敏公雑記』）

▼1【閔伸】?～一四五三。文宗のときの大臣。本貫は驪興。元敬王后の親族。文宗のとき兵曹判書を経て吏曹判書となった。首陽大君が燕京に行くとき、閔伸を副使にしようとしたが、病気を口実にして行かなかった。翌年、鄭麟趾などが安平大君・皇甫仁・金宗瑞などを殺したとき、顕陵の碑役を監督していたが、三軍鎮撫の徐遭に斬殺された。息子の甫昌・甫諧などもともに殺された。

▼2【鄭文烱】『朝鮮実録』燕山君七年（一五〇一）正月甲子に卒伝がある。領中枢府事の鄭文烱が卒した。文烱の字は野叟、奉化県の人で、鄭道伝の孫である。丁卯の年（一四四七）に文科別試に及第して承文院正字に補された。顕職を歴任して、甲申の年（一四六四）には工曹参議となった。地方の観察使・節度使を経て、工・戸曹の判書となり、右議政となり、さらには領中枢府事となった。卒年は七十五歳で、諡号は良敬とした。朝廷に仕えて五十年、禍に遭うことがなかった。性格は明るく、このように無事であった人はいない。

▼3【権健】一四五八〜一五〇一。字は叔強、諡号は忠敏、本貫は安東。擥の息子。一四七二年、進士となり、一四七六年、別試文科に乙科で及第、賜暇読書（第八〇話参照）をした。官途を歩み、一四七九年、応教であったとき、弘文館の館員たちに「時弊策」を題目として試験が課され、一等となって、鞍馬を下賜された。顕官を歴任して、一五〇〇年、兵曹参判として、成俔らとともに『歴代明鑑』を編纂した。翌年、病を理由に辞任したが、知中枢府事を贈られた。文章と書に優れていた。

第一〇七話……王陵の碑文の廃止

太祖《テジョ》の「健元陵碑」は文忠公・権近《クォンクン》[1]が作り、太宗《テジョン》の「献陵碑」は文粛公・卞季良《ビョンケリャン》[2]が作り、そして世宗《セジョン》の「英陵碑」は鄭麟趾《チョンインチ》（第七九話注3参照）が作った。

文宗《ムンジョン》の顕陵を築くに至って、三つの陵の例にしたがって、同じように神道碑を建てようとしたのだが、仕事もそうとうに進んだときに、建議する者があって、

「昔から王さまの行なわれた事績は歴史書に詳細に記載されているので、ただの士大夫であるかのように神道碑を建てる必要があろうか。神道碑を建てる計画を中止すべきだ」

と言ったので、これに従うようになった。

後日、英陵を驪州に移すときにも、また神道碑を埋めて使用することはなかった。わが国が王陵に神道

碑を建てなくなったのは顕陵のときに始まったのである。

（徐居正『筆苑雑記』）

▼1【文忠公・権近】一三五二〜一四〇九。朝鮮時代初期に活躍した学者。陽村は号。もともとは高麗の官僚であったが、朝鮮建国以後、太祖に認められて臣下となった。成均館直講、芸文館応教などを歴任して文名を上げた。著書に『陽村集』、『入学図説』、『五経浅見録』があり、楽章作品として『霜台別曲』がある。

▼2【文粛公・卞季良】一三六九〜一四三〇。春亭は号。太宗のときの名臣。高麗の末、李穡の弟子として、十四歳で進士、十五歳で生員、十七歳で文科に及第した。朝鮮の太祖のとき、典医監丞・医学教授官となった。一四一五年、日照りが続き、草穀が枯れたので、告文を作って天に祈った。すると、雨が降ったので、太宗は彼に馬を下賜した。世宗のときに大提学となり、さらに右軍都総制府使となって死んだ。

魯山君（端宗）

第一〇八話……端宗の結婚

魯山君《ノサングン》▼1が喪に服していたとき、世祖《セジョ》は首相であった。王世子を立てることが重要であり、はやく世子妃を立てるべきだということになり、この議論はすぐに決まった。ある日、舎人の黄孝元《ファンヒョウォン》▼2を送って右相の鄭麟趾《チョンインチ》（第七九話注3参照）に伝えた。

「明日、世子妃をお納《い》れすることについて、朝廷では須《すべから》く会議を行なうべきでしょう」

しかし、公は、

「服喪の期間に妃を納れることがどうして礼法にかなうと言うのか」

と言って、黄孝元を咎め立てた。

「お前もソンビのはしくれとして、どうしてこのようなことを私に伝えるのだ」

黄孝元は鄭麟趾のことばをそのまま伝えることは難しいと考えて、丁寧なことばで申し上げた。

「右相はご病気のようで、このことについてお答えにはなりませんでした」

しかし、世祖はまた、

「ことは明日のことであり、急がないわけにはいかない。お前はもう一度行ってこい」

とおっしゃり、

「楊嬪▼3もまた納嬪を急ぐべきだと願っていらっしゃる。これに従わないことができようか」

と続けられた。

黄孝元はいたしかたがなく、ふたたび出かけて行って話をしたが、鄭麟趾は大いに怒り出して叱りつけた。

「楊氏は世宗がなんとか嬪に封じられたものの、もともとは賤しい家の娘ではないか。どうして国家のことがわかるというのか」

黄孝元は後ずさって膝まづきながら言った。

「わたくしがどうしてこのことばをそのまま上啓することができましょう。公はどのようにすればいいのかお教えください」

鄭麟趾は初めて笑った。

「明日は私も宮廷に参るから、饔官（酒を醸造し保管する官員）のところに行って、酒と肴をたくさん用意して待つようにと伝えるがよい」

翌日、鄭麟趾がはたして宮廷に参って座席に着くと、すぐに大きな盃を手にして、世祖と互いに応酬をして、はなはだ酔ってしまったので、ついにこの議論をすることなく終わってしまった。

（曺伸『謏聞瑣録』）

▼1【魯山君】端宗《タンジョン》。一四四一～一四五七。朝鮮六代の王の李弘暐（在位、一四五二～一四五五）。文宗の子。八歳で王世孫、十歳で世子となり、十二歳で文宗が死ぬと、王位に就いた。しかし、十五歳で、叔父の首陽大君に王位を奪われて上王となり、さらに魯山君に落とされ、さらには庶人となって、その後、殺された。魯山君の呼称は一四五六年以降であり、世祖（首陽大君）が首相（領議政）であったのは一四五三年から。すでに李弘暐は王となっていて、王世子ではない。端宗妃の定順王后宋氏（一四四〇～一五二一）は一四五四年一月二十二日に王妃に冊封されている。

▼2【黄孝元】黄孝源という人がいる。一四一四～一四八一。世祖のときの文官。字は子永、本貫は尚州。一四四四年、文科に及第、官職は右賛成に至って、純誠佐理功臣の号を得て商山君に封ぜられた。官僚として敏捷で観察使を二度務めて老練な手腕を発揮した。しかし、性質は過酷で部下たちを賤人のように扱った。妻妾をしきりに変え、生涯、訴訟事が絶えなかった。

▼3【楊嬪】?～一四五五。第八二話を参照のこと。恵嬪楊氏。宮人として世宗に仕えて貴人となり、後に嬪として冊封された。世宗と文宗が相次いで崩じ、端宗が即位すると、内命婦の長老として、国喪中に端宗の結婚を命じて成し遂げ、首陽大君（世祖）と対立、端宗を守るために力を尽くした。このために世祖の恨みを買い、端宗が王位を奪われた一四五五年六月には家産を奪われて流配になり、十一月には絞首された。漢南君・寿春君・永豊君など三男の母。

第一〇九話……端宗の譲位

魯山君《ノサングン》が寿康宮で王位をお譲りになったとき、闇夜に灯火もなく、ただ後ろに五十名余りが従うだけであった。鍾楼から下りるとき、左右にある行廊ではみなが泣いたが、これをだれも止めることはできなかった。このとき、尹壎《ユンフン》[1]は司禁であり、その彼が私に話してくれたのである。

（南孝温『秋江冷話』）

▼1【尹壎】司禁とあり、義禁府の役人。魯山君の退位に立ち会ったのであろう。『朝鮮実録』世祖元年（一四五五）十二月に護軍・尹壎の名前が見え、同じく十二年（一四六六）八月庚戌に、義禁府から、前の坡州牧使の尹壎は刑罰をあまりに厳しく課して人びとの命をそこない、賄賂をほしいままに受け入れていると告発され、遠方に流され、永く叙用されないようにしたとある。

第一一〇話……端宗の作った哀歌

魯山君《ノサングン》が位をお譲りになったとき、その計画は謀臣の権擥《クォンナム》[1]から出て、それが成ったのは鄭麟趾《チョンインチ》（第七九話注3参照）の議論によってであった。金自仁《キムチャイン》[2]はそのとき十二歳であった。彼らの議論するところを見て、胸に火がついたようであった。王位を譲って寧越に出て行かれたとき、魯山君はみずから哀歌をお作りになった。

「月は沈もうとして不如帰が鳴き、
昔日を思って楼閣に頭をもたれる。
お前の声は苦く私はそぞろに悲しむが、
お前の声がなければ私の憂いもない。
天下の哀しむひとたちに伝えておくれ、
春の三月、この子規楼[3]に登ってはならないと

（月欲低蜀魄啾、相思憶倚楼頭、
爾声苦我聞哀、無爾声無我愁
為報天下苦労人、慎莫登春三月子規楼）」

この歌を国中の人びとが聞いて涙を流して泣かない者はなかった。魯山君が変に遭ったのは十七歳のときであった。そのとき、雷が鳴って大雨が降り、一尺も離れると人の顔がわからないほどであった。わが家の奴の石池《ソクチ》▼4の父親はそのとき行商に出て、寧越に行ったが、その変に遭遇したという。石池が話してくれたことである。

（南孝温『秋江冷話』）

▼1【権擥】一四一六〜一四六五。文臣。字は正卿、号は所閑堂、本貫は安東。権近（第一〇七話注1参照）の孫で、権踶の息子。文宗のときに親策に及第し、一四五三年、金宗瑞などを殺すときに先頭に立ち、一四五五年、世祖の即位にともなって、吏曹参判となり、続いて佐翼功臣一等として、芸文館大提学となり、一四六二年には領議政にまで昇りつめたが、蓄財に余念がなく、生活は奢侈であった。『国朝宝鑑』の編纂に当たった。
▼2【金自仁】『朝鮮実録』中宗三十六年（一五四一）三月甲申に、別侍衛の金自仁の名前が見える。
▼3【子規楼】江原道寧越にあった楼閣。ホトトギスの鳴く声がよく聞こえるところとしてこの名称がある。
▼4【石池】この話にある以上のことは未詳。

第一一二話……悠然と死におもむいた鄭苯

右議政の鄭苯《チョンブン》▼1は度量が大きかった。靖難（第六七話注2参照）のとき、嶺南から廻って忠州に至ると、人

の首を切って引き回すのを見た。また、用安の駅の前に至ると、京官が馬に乗って駆けて来て、路上で会うと、大きな声で、

「王さまの命令がある」

と言った。公はすぐに馬から下りて二度ほど礼をして、京官に、

「刑を路上で受けるのはふさわしいことではない。駅館に行って受けることにすれば、どうであろうか」

と言うと、京官は、

「そうではない。私はただご命令を受けて、あなたを流謫の場所に連れて行くだけだ」

と言った。公はまた二度の礼をして、

「それなら、私の命は助かったのか」

と言って、もとの馬に乗って京官にしたがって行った。

この京官はかつて公の部下だったことがある者なので、公は彼に宮廷でのことを尋ねたいと思ったものの、しかし、尋ねたとしても、京官の立場からは口外するのは難しいことである。そこで、流謫の地である楽安郡に着くまで十日あまりのあいだ、朝も夕も京官とはいっしょに過ごしながら、一度として口を開いて尋ねることはせず、ただ謫所に着いて苦労をねぎらって別れただけであった。

公は謫所ではいつも祖先の神主(位牌)にかしづき祭祀を行なったが、ある日の夕方、うたた寝から醒めて、いっしょにいた僧侶に言った。

「あなたは丁寧に食事一椀を用意してほしい。私は祖先のお祭りをしたいのだ」

そうして祭祀を終えて出て、かしづいていた神主をことごとく焼いた。その後、しばらくして使者がやって来て死を賜った。

(曺伸『謏聞瑣録』)

▼1【鄭苯】?～一四五四。判中枢府事の以吾の子。門蔭で官に出て、一四一六年、親試文科に乙科で及第、

吏曹佐郎・承文院校理を歴任、一四二九年、司憲府執義に昇ったが、翌年、訴訟事があって流された。一四三二年には復帰して顕官を歴任し、一四四三年には奏聞使として明に行った。一四五〇年以後、忠清・全羅・慶尚道の都体察使となって沿辺の州県の城跡の調査を行なった。一四五三年、首陽大君の主導で癸酉靖難が起こり、皇甫仁・金宗瑞などが殺されると、鄭苯も楽安に流配され、官職を削られて官奴となり、翌年には死を賜った。

世祖

第一一二話……千鈞の大弓は鼠を射るのに役には立たない

世祖《セジョ》[1]は人となりが豪邁で、議論なさるときには、いつも唐の太宗[2]を慕って、漢の高祖（第二五話注3参照）をけなされた。

ある日、譲寧大君《ヤンニョンテグン》（第一〇話注1参照）とともに古今の帝王のことを論じて、世祖は

「唐の太宗の域に至ることはできない」

とおっしゃった。譲寧大君が、

「殿下はすでに唐の太宗を凌駕していらっしゃいます」

とお答えすると、世祖は居住まいを正して、

「なんということを言われる。伯父上はおことばが過ぎますぞ」

とおっしゃった。譲寧大君は、

「唐の太宗は些細な一つのことから張蘊古[3]を殺してしまいました。殿下なら、このようなことはなさりますまい。それに、殿下の家内での法度は唐の太宗の及ぶところではありません」

と申し上げた。世祖は微笑なさった。

また、話題が蒲州江沿いに住む原住民たちを征伐したことに及んで、譲寧大君は、

「昔の人は千鈞の大弓は鼠を射るのに役には立たないといいました。殿下はどうかこのことばに御留意ください」

と申された。

譲寧大君の意見もまた奇特であるといえるのではないか。


（徐居正『筆苑雑記』）

▼1【世祖】一四一七〜一四六五。李朝七代の王。在位、一四五五〜一四六八。諱は瑈。世宗の第二王子、首陽大君。兄の文宗が死んでその子の端宗が即位すると、その保護に当たった皇甫仁および金宗瑞を殺し、さらにはライバルであった安平大君を排除して、実権を握り、ついには端宗を廃して、みずから王となった（癸酉の靖難）。北方の経営に努めて成功をおさめ、編纂事業にも努めた。果断な政治力を見せたが、王位簒奪の仕方が問題とされて、世祖に処刑に処された「死六臣」、また世祖には仕えようとはしなかった「生六臣」は朝鮮史上のヒーローとなる。

▼2【唐の太宗】五九八〜六四九（在位、六二六〜六四九）。唐の第二代皇帝の李世民。高祖の李淵の子。玄武門の変で兄弟を殺し、父の高祖に譲位を迫って即位、天下統一を果たし、律令を整備。いわゆる貞観の治をしいて、唐朝支配の基礎を固めた。兄弟を殺して即位したという点で世祖と共通点を持つか。

▼3【張蘊古】唐の洹水の人で事務に明るく、文章にたくみであった。太宗が即位すると、大宝箴を書いて奉ったので、大理丞に抜擢されたが、後に事件に連座して殺された。

第一一三話……質素に徹した世祖

世祖《セジョ》は人となりが倹素でいらっしゃった。私があるとき内殿に参ると、紺色の木綿に虎を描いた服を召し、青い草鞋をはいて、木綿の頭巾をかぶり、竹の杖をたずさえていらっしゃった。たとえ衣服を何度も洗って着たという漢の文帝[1]と言えども、どうしてこれ以上であったろう。

（徐居正『筆苑雑記』）

▼1【漢の文帝】劉恒。初め立って代王となる。呂后が崩じて大臣たちが呂氏一族を殺し、迎えられて帝となった。生活は質素で、徳をもって治め、刑を用いなかったという。司馬遷が「あに仁ならずや」と称え、賢帝として名高い。在位二十年で崩御した。

第一一四話……世祖と臣下たちの交わり

高霊君・申叔舟《シンスクジュ》（第一七話注1参照）が領相となって、綾城君・具致寛《グチクアン》[1]が新たに右相に任命された。世祖はにわかに二人の宰相を内殿に呼んで、

「今日は二人に尋ねたいことがある。よく答えれば、それでいいが、よく答えられなければ、罰を免れないから、そう思え。さて、二人は自らをどう律しているか」

とお尋ねになった。二人の宰相は拝礼して、

「注意深くふるまって、王さまから罰を受けることのないよう努力しております」

とお答えした。

そこで、急に王さまが
「シン政丞」

とお呼びになったので、申叔舟が返事した。

　王さまは、

「私は新《シン》政丞を呼んだので、お前を呼んだわけではない。お前はまちがったから、罰として、この杯を飲みほせ」

とおっしゃった。また
「グ政丞」

とお呼びになって、具致寛が答えると、王さまは、

「私は旧《グ》政丞を呼んだのに、お前はあやまって答えた」

とおっしゃって、やはり罰として酒をお与えになった。

　王さまがふたたび、

「シン政丞」

とお呼びになったが、申叔舟と具致寛は二人ともにお答えしなかった。

　そこで、王さまは、

「グ政丞」

とお呼びになったが、今度も具致寛と申叔舟は二人ともにお答えしなかった。

　王さまは、

「君主が臣下を呼んでいるのに答えないのは、礼にかなっていない」

と言って、また罰として二人に酒をお強いになった。

　一日中、このようにして二人の大臣に酒を飲ませて、世祖は大笑いなさった。


（徐居正『筆苑雑記』）

▼1【具致寛】一四〇六～一四七〇。字は而栗、本貫は綾城。一四二九年、文科に及第して、翰林学士となった。癸酉の靖難の際には首陽大君に加担して、世祖のもとで領議政にまでなった。官職にあるとき、産業を奨励したが、自身は清廉で、死後、遺産がまったくなく、葬礼の費用にさえ事欠いたと言われる。

第一一五話……好学の王　世祖

世祖《セジョ》がかつて嘆息されたことがある。

「朝鮮の学者は語音が正確ではなく、句読も鮮明ではない。たとえ、先人の権近《クォンクン》（第一〇七話注1参照）や鄭夢周《チョンモンジュ》▼1の口訣▼2があったにしても、いまだに多くの誤謬があり、世俗の腐れ儒者たちによってその誤りがそのまま引き継がれるのではないか」

そこで、老師や宿儒に四書五経を与えて、古今の書物を考証させ、口訣を定めさせることになさった。その上でさらに、老臣たちを集めて同異を討論させ、世祖みずからが臨席して決定を下された。

（徐居正『筆苑雑記』）

▼1【鄭夢周】一三三七～一三九二。三場に続けて壮元で及第。一三六〇年には李成桂の従事官として女真族を撃退した。また日本に渡って海賊行為の禁止を求めて交渉したこともある。要職を歴任して大提学になったが、一三九二年、李成桂の勢力が強大となり、彼を王に推戴する動きが出たとき、それに反対して、李成桂の息子の芳遠（後の太宗）の手の者によって暗殺された。性理学に明るく、五部学堂や郷校を設置して、儒学の振興に努めた。

▼2【口訣】漢文の間に活用語尾や、日本の返り点、送り仮名に当たるものを書き入れたもの。

第一一六話……旗竿から名笛をお作りになった世祖

世祖《セジョ》がある日、西都（平壌）に行かれた。道中、一人の兵士が竹の旗をもっているのを見ておっしゃった。

「あの旗をもって来い。不思議な材で出来ている」

そして、その竹で笛をお作りになったが、その音色はまことに絶妙であった。

昔、蔡邕▼1が江南に難を逃れ、柯亭《かてい》の椽《たるき》の竹を見て、これを取って笛を作った。それを代々に伝えて宝物としたが、これと同じである。しかし、蔡邕は間近に見たのであり、世祖ははるか遠くからご覧になったのだから、これには及ばないであろう。

（李陸『青坡劇談』）

▼1【蔡邕】一三三～一九二。後漢の文人で書家。字は伯喈。性格は至孝、若くして博学で、辞章・数術・天文を好んだ。音律にも詳しくよく琴を鼓した。六経の文字を正定して、災異が現れると、詔に応じて封事を奉った。程璜に構えられて獄に下され、死一等を減ぜられて遠方に流された。赦されて帰ったが、最後は黥《げい》首刖足《しゅげっそく》され、獄中で死んだ。

第一一七話……李澄玉の乱の顚末

李澄玉《イチンオク》（第五五話注1参照）は梁山の人である。武勇が人に抜きん出ていた。最初、富居の柵を守っていたが、何度も手柄を挙げて、その威厳と名前は中国やオランケのあいだまで大いに鳴り響き、六鎮を設置した後にさらに功があり、金宗瑞《キムジョンソ》（第三〇話注9参照）は彼をはなはだ奇特に思った。癸酉の年の変乱において宗瑞などがみな死んで、世祖が王位に着くと、澄玉は咸吉道節制使となった。世祖がひそかに朴好問《パクホムン》（第二六話注8参照）を遣って李澄玉に代え、軽騎兵を疾駆させて行かせ、澄玉を宮廷に戻そうとなさった。

澄玉は職を代わって一日、急に言いだした。

「節制使は重要な職責をになうが、朴好問がどのような世評もなく、私にとって代わろうというのは、どんな理由があるのか」

平服の中に鎧を帯びて朴好問の陣営に行き、大きな声で話があると言い、好問が出て来ると、澄玉は好問を打ち殺してしまった。そして、軍馬をととのえ、書状をオランケに送って、みずから大金皇帝と称した。五国城に都を定め、オランケたちはみなこれに服従するようになった。

澄玉は官属を設置して、期日を決めて江を渡ろうとして、鍾城に至った。まさに日が暮れようとするころ、判官の鄭悰《チョンジョン》▼1が夜に澄玉を討とうと計画を立て、言った。

「夜に行軍すれば隊伍が乱れる気がかりがあります。夜が明けるのを待って暁ごろに出陣するのがよろしいでしょう」

澄玉はそうとも知らず、椅子にもたれかかったままうたた寝をしていて、その子が椅子の下に伏していたが、にわかに澄玉に告げた。

「夢の中で父上が頭から血を流して、その血が椅子の下まで滴ってきました」

このことばを聞くや、澄玉は呪文をつぶやきながら、

「これは吉兆だ」

と言ったが、しかし、そのことばも言い終わらないうちに、鄭悰が決死の覚悟で兵士とともに突入して来た。澄玉は高い塀を飛び越えて民家に身を隠したが、悰は追いついてこれを殺した。これは大体、澄玉が油断した隙に乗じたのである。

（李燗『類編西征録』）

▼1【鄭悰】？〜一四六一。文宗には端宗と敬恵公主の二人の子がいて、鄭悰は敬恵公主の夫となった。端宗が即位すると、刑曹判書となり信任されたが、一四五五年、端宗が廃され、首陽大君（世祖）が即位すると、流された。一四六一年、僧侶の性坦とともに謀叛を謀ったとして陵遅処斬（殺した後、頭、胴体、手足を切断する極刑）となった。官婢となっていた敬恵公主が男子を産むと、世祖妃の貞熹王后が引き取って育て、世祖は彼を眉寿と名付けた。

第一一八話……息子たちの時代になっても友誼を交わす

癸酉の年（一四五三）に趙瑞安《チョソアン》▼1が開城留守となり、金自行《キムチャヘン》▼2と趙之夏《チョチハ》▼3は郎官となった。上党・韓明澮《ハンミョンフェ》▼4は景福宮直となったが、このとき韓公は三十九歳であった。安和江のほとりに集ってみなで酒を飲んで酔い、之夏が人びとを振り返って言った。

「今日の宴ははなはだ愉快だ、われわれはこれを忘れぬようにしよう」

みなも声をそろえて、

「そうしよう」

と言った。趙之夏がふたたび言った。

「この後、たとえ息子たちの時代になっても、たがいに厚く友誼を交わそうではないか」

そこに座っている人びとはかすかに頷くのみで、だれもそれに声を出して答えようとはしなかった。しかし、上党は末席に座っていて、

「そういたしましょう」

と、大きな声で答えたのだった。居合わせた人びとは互いに顔を見合わせて笑ったのだった。

（権健『忠敏公雑記』）

▼1【趙瑞安】「朝鮮実録」世祖元年（一四五五）閏六月丁卯に、趙瑞安を中枢院副使とする旨の記事があり、同三年（一四五七）八月乙卯には簡単な卒伝がある。知中枢院事の趙瑞安が卒した。賻紙百巻、油芚五部、棺槨の物などを賜った。諡号は平粛である。事を行なうのに制御があり、剛克で毅然としていた。

▼2【金自行】『朝鮮実録』世祖七年（一四六一）八月丙子、金自行を僉知中枢院事に任じる旨の記事があり、成宗三年（一四七二）六月甲子に、通政・吏曹参議となり、同十二年（一四八一）九月壬辰には嘉善大夫として同知中枢府事に任じられている。

▼3【趙之夏】『朝鮮実録』世祖八年（一四六二）正月に、慶尚道敬差官の趙之夏が、この地方では四祖の姓をつまびらかにしない人びとがはなはだ多く、良賤の区別がはなはだつきにくい旨の報告をしているのが見える。

▼4【韓明澮】一四一五〜一四八七。号は鴟亭。諡号は忠成公。一四五三年、首陽大君（世祖）を助けて金宗瑞を殺した後、右承旨になり、さらに成三問など「死六臣」が死刑になった後、都承旨・吏曹判書などを経て、各道の体察使を務め、睿宗のときの領議政まで務めた。一四六七年、李施愛の乱（第一二九〜一三〇話参照）が起こると、一時投獄されたが、すぐに釈放された。娘二人が章順王后（睿宗妃）・恭恵王后（成宗妃）となった。

第一一九話……世祖と臣下たち 韓明澮と申叔舟

忠成公・韓明澮《ハンミョンフェ》（第一一八話注4参照）は考えることが人に抜きん出ていた。ある日、文忠公・申叔舟《シンスクジュ》（第一七話注1参照）とともに世祖《セジョ》に侍って、宮廷で催す小さな宴に参席したことがあった。酒に酔って、世祖は申叔舟の腕を取りひしぎ、

「卿も私の腕をつかんでみよ」

とおっしゃると、申叔舟も酒がまわっていて、袖の中で世祖の肩を取りひしいだので、世祖は、

「痛い、痛い」

と叫ばれた。このとき、睿宗《エジョン》が横にいらっしゃって、顔色をお変えになったが、世祖は睿宗におっしゃった。

「私はこだわらないが、お前はこだわるのだな」

うれしそうにそうおっしゃって、宴は終わり、それぞれが家に帰って行った。

韓忠成公は門番に言った。

「泛翁（申叔舟の字）は、いつもは酒をたくさん飲んで酔っても、すこし酔いが醒めれば必ず起きて灯りを点し、書物を読んで、それから眠りにつくというが、さすがに今夜はそうもいくまい。お前が行って、もし書物を読もうとしたら、私がそう言ったと言って、読むのをやめさせるがいい」

門番が中叔舟の後について行くと、はたして叔舟は書物を読んでいた。

この日の夜中、王さまは眠りから醒め、宦官に行って見させたところ、そのときには叔舟は床についていたという。

（曺伸『謏聞瑣録』）

第一二〇話……三人の臣下が婚姻関係を結ぶ

韓忠成公（第一一八話注4参照）と申文忠公（第一七話注1参照）は子女を結婚させてたがいに婚姻関係を結んだが、翼平公・権擥《クォンラム》（第一一〇話注1参照）もまた忠成公と婚姻を結びたいと考えていた。忠成公にはこれを断るのが難しかった。それで、文忠公を訪ねて、どうしたものか相談じたところ、文忠公は言った。

「これははなはだ簡単なことだ。われわれ三人はすでに一体で、功績も同じである。すでに中文忠と婚姻を結び、また権翼平と婚姻を結べば、王さまはわれわれがどんな密事を企んでいるか心配なさらずにすむだろう。この縁談を進められるがよい」

韓文忠公はこのことばどおりに権翼平公に伝えると、翼平公はびっくりして、

「私はそこまでは考えなかった」

と言った。

（曺伸『謏聞瑣録』）

第一二二話……富貴を享受した洪允成

仁山・洪允成《ホンユンソン》▼1が及第してまもなく、世祖の靖難を助けたことで、王さまの寵愛をこうむり、多くの褒美をたまわった。財物の蓄積につとめ、貯め込んだ銭が巨万におよび、米や食料はそれに倍するほど蓄えた。郷奴で物資を運んで納めに来る者が後を絶たず、荷物を積んだ馬や車が門の前の道を塞いだ。釜を並べて食事する者がほとんど万にもおよんだ。大きく立派な屋敷を建てて、池のそばには堂を造ったので、世祖が「傾海」という二文字を書いた額をお与えになった。名儒と立派なソンビたちを招いて宴を張らなかった日はなかったが、食事は豊富にそろえられ、たとえ晋の何曽▼2が万銭で用意した食事であっても、これにまさることはなかったろう。管弦の音が遠くまで聞こえ、昼も夜も絶えることがなかった。座席に着いた来賓たちもその威勢を畏れ、杯を拒むことなく大いに酔って、馬から転げ落ちながら、家に帰ったものである。広大（第一九一話注3参照）や妓生たちに与える心付けだけでも、数千金に上った。

富貴を楽しむこと二十年、その名声と威勢は鳴り響いた。

（成俔『慵斎叢話』）

▼1【洪允成】一四二五～一四七五。一四五〇年、文科に及第、承文院副正次になったが、武人の気質があって司僕寺の職を兼ね、続いて漢城参軍になった。一四五三年には首陽大君を助けて靖難功臣となった。一四六〇年、毛憐衛に女真族が侵入すると、申叔舟の副将としてこれを討伐した。左議政から領議政にまで至った。大土地を所有して多くの奴婢を持ったという。

▼2【何曽】学問を好んで博聞。魏の武帝のときに太尉となった。性格は豪放で日に万金を使ったという。

第一二三話……職務に忠実であった尹弼商

世祖《セジョ》のとき、坡平府院君の尹弼商《ユンピルサン》▼1が刑房承旨として宿直していた。夜、はなはだ寒く、王さまは獄舎の罪人たちのことを心配して、これについて尋ねてみようとなさった。弼商はソウルと地方の牢獄に繋がれている罪人たちを調査して、その罪の軽重をいちいち帳面に記録して、机の上に置いて臥していた。すると、五更ころになって、宦官がやってきて、王さまが刑房承旨の弼商を宮中にお召しだという。弼商はあわてて衣冠をととのえ、袖の中に罪人を記録した帳面を入れて、宦官について宮中に入って行った。寝殿の廂の端に伏していると、世祖は戸の近くまでみずからお出ましになって、命令を下された。

「今夜はひどい寒さで、暖かい部屋で何枚も衣服を重ねていても、我慢できないほどだ。まして牢獄に繋がれている罪人たちはこの厳しい寒さに耐えかねて凍え死なないかと心配だ。遠い地方にまでは行き届かないとしても、罪人の中でも罪の軽い者がどれくらいいて、罪の重い者はどのくらいいるのか、それを速やかに調べて啓上せよ」

尹弼商はすぐにお答えした。

「臣は刑房のことを担当していて、刑獄のことはまさに臣の職分です。それで、つねにそのことに心を留めております」

言い終わると、やにわに袖の中から帳面を開いて見て、ふたたび申し上げた。

「今、某官庁には某々の罪を犯した罪人がすべてで某名います」

そのことばがまだ終わらないうちに、世祖は大いに驚き、不思議に思われた。突然、戸を開けて、弼商を部屋の中に入るようにお命じになった。弼商は頭を垂れながら部屋の中に入ったが、汗が出て背中を流れ落ちた。

世祖は彼に酒を賜い、部屋の中を振り向いて、

「この者は私の宝のような臣下だ」

とおっしゃった。弼商は初めて貞熹王后《チョンフィワンフ》▼[2]が世祖の近くにお座りになっているのに気付き、気も動顚していっそうどう振る舞えばいいのかわからなかった。そのときから、彼は序列を越えて昇進して、まもなく崇禄大夫となったが、王と臣下が知遇を得るのにも、その機会があるというものである。

（金正国▼[3]『思斎摭言』）

▼1【尹弼商】一四二七～一五〇四。字は陽佐、本貫は坡平。一四四七年、司馬に合格、一四五〇年には文科に及第、一四五七年には重試に選抜されて後、承旨になったが、職責に忠実で、王に信任された。一四六七年、李施愛の乱（第一二九～一三〇話参照）が平定されると、反乱の機密を事前に探知した功績で敵愾功臣に冊録された。成宗が即位すると、佐理功臣となり、一四七九年、明が建州衛を討つと、左議政として元帥となり、五千の軍を率いて明を助けて建州を討って大きな功績を挙げた。一四八四年、領議政となり、坡平府院君に封じられたが、一五〇四年、先に尹妃を廃する決定にかかわったという理由で殺された。

▼2【貞熹王后】一四一八～一四八三。世祖の妃の尹氏、本貫は坡平。一四二八年、首陽大君と嘉礼を行なって、楽浪府大夫人となり、一四五五年に王妃に冊封、一四五七年には尊号を慈尊とされた。徳宗・睿宗・懿淑公主を産んだ。睿宗が十四歳で即位すると、貞熹王后が垂簾聴政を行なうことになった。朝鮮王朝に入って初めてのことで、成宗の代になっても継続して行ない、七年のあいだ摂政した。

▼3【金正国】一四八五～一五四一。字は国弼、号は思斎、本貫は義城。安国の弟。一五〇九年、文科に及第、観察使に至ったが、己卯の士禍（一五一九。第二九三～二九八話参照）で官を退き、高陽の芒洞で八余居士と称して、弟子たちとの講論と著述で日々を過ごした。その後、全羅道観察使となり、数十条の便明弊袪の案を上疏して施行、兵曹・工曹の参議を歴任した。金宏弼のもとで修業して、その詩文は名高かった。

第一一三話……譲寧大君・禔

譲寧大君《ヤンニョンテグン》の禔《チェ》（第一〇話注1参照）は徳行がないとして、世子の地位を追われたが、晩年にはよく時勢にしたがい、（……欠文）。

世祖《セジョ》がかつて禔に、

「私の威武は漢の高祖（第二五話注3参照）と比較してどうであろうか」

と尋ねた。禔は、

「殿下はたとえ威武をおふるいになろうとも、必ず儒者▼1の冠に小便をなさらぬようになさってください」

と申し上げた。また世祖が、

「私が仏を崇めることは梁の武帝と比較してどうであろうか」

とお尋ねになると、禔は、

「殿下はたとえ仏を崇めなさっても、うどん▼2を生贄の代わりになさってはいけません」

と答えた。また、

「私が諫言を拒否することは、唐の太宗（第一一二話注2参照）と比較してどうであろうか」

とお尋ねになると、

「殿下はたとえ諫言を拒否なさっても、張蘊古（第一一二話注3参照）のような臣下をお殺しにならないことです」
と答えた。
禔はしばしば諧謔を用いて諷刺したが、世祖は彼の放誕さを愛して、ともに楽しまれた。

（成俔『慵斎叢話』）

▼1【儒者の冠に小便……】『史記』酈生・陸賈列伝に、漢の高祖の儒者嫌いをかたるエピソードとしてある。酈生が沛公（高祖）の麾下の騎士に沛公に策を献ずるために会いたいと言うと、その騎士は「沛公は儒者を嫌っていて、儒者の冠をかぶって来る者は、その冠を脱がせて、その中に小便をするほどだ」と語った。

▼2【うどんを生贄の代わりに……】仏教では殺生を忌むので、仏教を信じる者は犠牲に動物を使うことができず、代わりに麪《めん》を使わざるをえない。梁の武帝が宗廟の祭祀に麪牲を使って血食をしなかったという話がある。

第一二四話……奔放不羈の譲寧大君

譲寧大君《ヤンニョンテグン》・禔《チェ》（第一〇話注1参照）は荒淫で、どんな仕事にも携わっていなかった。しかし、彼の性格は豪放かつ闊達で、何ものにも拘束されることがなかった。つねに自らを高く持していて、酒食と管弦と狩猟以外には手をつけることがなかった。その弟の孝寧大君《ヒョニョンテグン》・補《ポ》▼1は仏教に惑わされ、あるとき仏事を行なおうとして、譲寧大君に臨席を頼んだところ、譲寧大君は猟師と弓を射る人びと、狩猟犬を引き連れ、そして狩猟の道具をもってやって来て、密かに兎と狐を狩らせ、自分だけが仏事に出た。

しばらくすると、猟師たちは獣を捕え、料理人がそれをさばいて焼き、馬丁たちは酒を飲みだした。孝寧大君はまさに仏に礼拝していたにもかかわらず、譲寧大君は焼き肉を食らい、酒を飲んで、泰然自若としている。孝寧大君は色をなして、請うた。

「兄上は、今日だけでもいいから、酒と肉をおやめ下さい」

しかし、譲寧大君は、

「私は天から大きな福を授かったので、このような苦行をしなくても、生きて王の兄となったから、死んで仏の兄となることであろう」

と言った。仏というのは、すなわち孝寧大君を指すのである。この話を聞いた儒生たちははなはだ愉快に思った。

（南孝温『秋江冷話』）

▼1【孝寧大君・補】一三九六～一四八六。李祜（または補）。太宗の第二子。仏教への篤い信仰を持ち、檜巌寺・上元寺・興天寺の堂塔の修造に力を入れた。世宗・文宗・端宗・世祖・睿宗・成宗六代の王にとって「年高尊親」に当たり尊敬と優遇を受けたが、あまりの仏教への傾倒ぶりに儒学者からの批判も浴びた。

第一二五話……典故に詳しい朴元亨

文憲公・朴元亨《パクウォンヒョン》▼1は事例によく通達していて、典故に詳しかった。中国の使臣の陳鑑▼2、高閏▼3、張寧▼4、そして陳嘉猷▼5といった人びとが来たときに、公がいつのまにか接待係になって周旋し交際することになったが、すべてうまくいった。張寧は公に、

「あなたのような才能は、もし春秋時代に生まれていれば、叔向▼6や子産▼7の下風《かふう》には立たれますまい」

と言った。

（徐居正『筆苑雑記』）

▼1【文憲公・朴元亨】一四一一〜一四六九。早くから詩文に名が高く、世宗十六年（一四三四）には謁聖試に及第して、要職を歴任した。世祖のとき、靖難功臣となって、左議政にまで至った。人となりは厳格で、度量が広かったが、財産には恬淡として、質素な暮らしぶりであった。
▼2【陳鑑】一四五七年、英宗復位詔使として朝鮮にやって来た。
▼3【高閏】一四五七年、英宗復位詔使として朝鮮にやって来た。
▼4【張寧】一四六〇年、勅諭使として朝鮮にやって来た。
▼5【陳嘉猷】一四五九年、勅諭使として朝鮮にやって来た。
▼6【叔向】中国の春秋時代の晋の名宰相であった羊舌肸の字。
▼7【子産】春秋時代の鄭の名宰相であった公孫僑の字。

第一二六話……清廉であった朴元亨

政丞の朴元亨《パクウォンヒョン》（第一二五話注1参照）は地位が政丞に至っても、清廉かつ倹素にその身を律し、その子弟たちを法度のままに教えた。その息子の賛成公・安性《アンソン》▼1がまだ顕達しなかったときのことである。父親の誕生日のために酒を用意しておき、お祝いをした。元亨は歓んでこれを受け、夜が更けるままに酒を飲んで、息子の賛成公を呼んで詩を吟じた。

「今夜、灯火の下で酒を飲むこと数杯、
　お前の年も三十二歳の青春。
　わが家は古くとも清く美しく、
　よく治めて無限に人に伝えよう。

（今夜灯前酒数巡、汝年三十二青春、
吾家旧物惟清白、好把相伝無現人）」

彼は家の中で酒を飲むことがあっても、浮浪や放蕩に流れることはなく、いつであっても、子弟たちを教戒、叱責することがあった。これはやはり子弟たちを教える法度であると言うことができる。

（金正国『思斎摭言』）

▼1【賛成公・安性】朴安性。生没年未詳。本貫は竹山。一四五九年、文科に及第、一四七三年には副正となった。一四七五年には宣撫使となって対馬に行き、顕職を歴任したが、一五〇四年、甲子士禍（第二〇八話注4参照）のときに杖刑を受けて流配され、燕山君の廃位の後に放免され、領中枢府事に至った。

第一二七話……昇進するもしないもその人の運

世祖《セジョ》はかつて一人の身分の低い役人を好まれず、職を移そうとされたが、しかし、それが実現できないで、何年かが経ってしまった。ある日、宮廷で宴があり、宰相たちはみな宮廷に参っていたが、王さまが横を見ると、その役人もまた金帯を帯びて殿上に登っている。王さまは驚くとともに不思議にも思って、宴が終わると、吏曹に命じて、その人が昇進してきた経歴を調べて啓上するように命じられた。そして、報告を見ると、彼はまさしく清廉な両班で正当に昇進してきたことが歴然としていた。

そこで、世祖はおっしゃった。

「人が貴いか賤しいかというのは、すでにその人の運命なのだ。君主が勝手にできることではない」

おおよそ、吏曹で官職を与えるときには、必ず三人を用意して推薦する決まりになっている。世祖は筆を墨汁にたっぷりと浸して、三人の名前の上で筆を振って、墨が落ちた者のところに点をつけて人を選んだり、また宮人の中で文字の読めない者に点をつけさせたりして選出なさることもあったが、これもまた運命だと言わざるをえない。

（曺伸『謏聞瑣録』）

第一二八話……中国への使臣となって再び出世する

烈成公・黄守身《ファンスシン》▼1は世祖《セジョ》に寵愛された。しかし、後になって急に昇進が止んだ。ある日、占い師の鶴老《ハクロ》（第九七話注3参照）が言った。

「公は心配する必要はない。乙酉の年（一四六五）になれば、必ず政丞におなりです」

乙酉の年になり、世祖は温陽郡にある温泉に行かれた。このとき、明の憲宗皇帝▼2が登極なさったという話が伝わり、礼にのっとって必ず三公▼3の中から進賀使を選んで送ることになっていたが、当時は中国の都に行く道が塞がっており、行く人を選ぶのが困難であった。

このとき、申叔舟《シンスクジュ》（第一七話注1参照）が申し上げた。

「韓明澮《ハンミョンフェ》（第一一八話注4参照）は今まさに使臣として出て行って遠方にあり、具致寛《グチクァン》（第一一四話注1参照）は臣よりも十年の年長です。どうか臣をやってください」

しかし、具致寛が申し上げた。

「申叔舟はまさに首相の身であり、下にいる人がやはり行くべきです」

その晩、世祖は独り言を言った。

「黄守身には政丞を任せることはできないと思っていたが、今回、使臣として送るのなら、政丞にしないわけにもいかない」

そこで、彼を右相に任じて使臣として行かせ、奉石柱《ポンソクジュ》▼4を副使とした。

黄守身が申し上げた。

「臣は文臣ではなく、奉石柱もまた武臣です。お願いですから、文官一人を選んで副使となさってください」

そこで、西河君・任元濬《イムウォンジュン》（第九七話注1参照）を副使として、その日に粛拝して出発し、栗峰駅に宿泊した。黄守身が任元濬に言った。

「あなたのような立派な方が私の副使になられ、私はほっとしました」

しかし、その日の晩、使いが急にやって来て、王の命令を告げた。

「元濬はいま使臣に任命して遠方に行かせることができない。そこで、金礼蒙《キムエモン》（第七九話注21参照）に変えることにする」

こうして任元濬を急に呼び返されたので、黄守身はどうすることもできず、ただ手を捉えて泣くだけであった。だが、黄守身は中国に行き、つつがなく帰ってくることができた。占い師のことばは当たったのである。

（曺伸『謏聞瑣録』）

▼1【黄守身】喜の息子として門閥として登用されたが、学業不振を咎められたことに発奮、以後、学問に励んだ。一四四〇年には咸吉道に五鎮を置いて北方の防衛を整備して、また端宗のときには慶尚道観察使として三浦の倭人の乱（第二六七話参照）を平定するなどの功績があった。領議政にまで昇った。

▼2【憲宗皇帝】明、八代の帝、朱見深。英宗の長子。在位二十三年（一四六四～一四八七）。年号は成化。

▼3【三公】議政府の三人の丞相。すなわち、領議政、左議政、右議政。官階は正一品。

▼4【奉石柱】本貫は河陰。勇敢で弓をよく射、撃毬では当代第一であった。癸酉靖難で功を立て、二品となり、江城君に封じられた。人となりは貪欲で高利貸しをしていた。山に入っては他者の材木をだまし取ったり、兵士を率いて山に荏子や綿花を植えたりして、蓄財にはげんだ。人の妻妾を捕らえては功臣の家に婢として提供し、美しければ自分の妾にして、昼となく夜となく酒を飲んだ。最後は逆謀罪で追われ、金処義・

崔潤などとともに誅殺された。

第一二九話……李施愛の乱を平定した魚世恭

成化[1]の丁亥の年（一四六七）に、吉州の人である会寧府使の李施愛《イセエ》[2]が反乱を起こし、節制使の康孝文《カンヒョムン》[3]などを殺して、配下の者を送り、文書を朝廷に奉った。しかし、これに対して朝廷では、宗室の亀城君・浚《ジュン》[4]を都総使とし、右賛成の曺錫文《チョソクムン》[5]を副総使として出陣させ、討伐させることにした。当時、わが祖父の襄粛公・世恭《セコン》（第八八話注3参照）は左承旨であったが、嘉靖大夫に抜擢され、申㴐《シンミョン》[6]を都に呼び戻すのに代わって咸吉道観察使となった。公は任地に行く途中で、咸興の人びとが乱のさなかに前の観察使の申㴐を殺したという話を聞いたのだが、これも施愛の謀略の一つであった。

公が安辺府に入って行くと、人びとは逃亡して、四散したものが十人のうちの八、九人にもなるありさまで、咸興府に行くとだれも出て来る者がいなかった。野外を巡回して見ると、人家はみな空っぽで、たまたま人を見かけても、すぐに逃げ出して叢の中に隠れるのだった。そこで、公は彼らを呼んで教えさとした。

「朝廷では反乱を起こした賊の李施愛を殺すだけのことで、お前たち一般の人間には何も罰を加えない。みなそれぞれ今までと同じように安心して生業にはげむがよい」

かれらに農事に勤しむことのできるだけの食糧を与え、互いに連絡を取らせるようにした。公がそこを出発するとき、ある人が公に言った。

「賊の侵犯が心配です。これに備えないわけにはいきません」

しかし、公は言った。

「もしここに兵衛を設置したなら、人びとの心配はいっそう募ることになろう」

そうして、ただ役人だけを置いて行った。

ある日、賊の一党の韓崇智《ハンスンチ》▼7を捕まえたので、将帥たちはこれを朝廷に送還しようとした。しかし、公はこれに反対して、

「戦中のことはすべて主将が処理すべきだ。また、咸吉道の中には韓崇智のような者は一、二名にはとどまらない。すみやかにこれを切って賊たちの心を恐れさせ、人びとの疑惑を晴らす方がいい」

と言った。こうして、崇智を門の外で斬ったが、咸吉道の人びとは自分たちの罪を免れようと、争うようにして反乱を煽動した者たちの姓名を書いて都総使に告げた。しかし、公は

「彼らをすべて殺すことはできない」

として、その書類を焼き棄てたので、軍の中でも賊側に心を寄せていた若干の者たちはほっと胸をなでおろした。

官軍は洪原県に陣を張ったが、夜中に賊が襲撃して来たというので、都総使は陣を移して来襲を避けようとした。これに対して、公は、

「今、われわれは賊たちの境界の中に入っていて、人心も測りがたく危険な中で、もし主将が動揺すれば、敵が来なくとも自滅することになります。わが軍の兵士たちは、数は少なくとも、すべてが精鋭です。どうして弱気を見せることがありましょう」

と言って、これを中止させた。翌日もまた、賊が夜襲をかけるという噂を聞いて、都総使は咸関嶺まで陣を後退させようとした。公はふたたびこれに反対して、

「大軍が賊の背後に控えているので、賊は結局のところ、やっては来ますまい。また、もし賊がやって来たとしても、賊の背後にいる大軍と両側から挟み打ちにすれば、必ずわが軍の手に落とすことができます。この夜にわれわれが退却しようとして出れば、賊たちは必ず追って出て、われわれが敗れること必定です」

と言って、中止させた。

翌日、峠を登ると、賊ははたしてわが軍の輜重を断とうとして伏兵を置いていた。官軍がこれを追うと、

みな逃亡してしまった。公がその危殆に臨んで知謀をめぐらすのはこのようであった。賊を平定した後、咸吉道を二つに分けて南道と北道を作り、公を移して北道の観察使とした。こうして北方は平和になったが、そのとき、公の年齢は三十六歳であった。

（魚叔権『稗官雑記』）

▼1【成化】明の憲宗の時代の年号。一四六五～一四八七。

▼2【李施愛】?～一四六七。検校門下府事の原京の孫で、判永興大都護府事の仁和の子。代々、吉州に住んで、一道に勢力を張る一族であったが、北道の守令に南道出身者を当てるなど、世祖代の強まる中央集権化に不平を抱いて、会寧府使であった一四六六年、弟の李施合とともに蜂起したが、兄弟ともに誅殺された。その乱の顚末はこの第一二九話と次の第一三〇話に詳しい。

▼3【康孝文】?～一四六七。一四五一年、式年文科に乙科で及第。さまざまな官職を経た後、一四六〇年には申叔舟に従って北方に出陣、手柄を挙げた。一四六六年、咸吉道節度使となったが、翌年に勃発した李施愛の乱で殺された。

▼4【亀城君・浚】一四五一～一五〇三。世宗の四男の臨瀛大君・璆の子。文武を兼ねて世祖の寵を得た。一四六七年、十八歳で都総使となって李施愛の乱を討伐した功で敵愾功臣に冊封、一品宗室として兵曹判書を兼任し、領議政に任命されたが、韓継禧の反対で罷免された。一四九四年、寧海に流され、十年後に配所で死んだ。粛宗のときに罪が雪がれ、復官した。

▼5【曺錫文】一四一七～一四七七。一四三四年、文科に及第、集賢殿副修撰になった。世祖の即位とともに、推忠佐翼功臣となり、李施愛の乱では勲功があり、領議政にまで昇った。

▼6【申㴐】?～一四六七。領議政・申叔舟の息子。都染署令・宗簿寺少尹を経て、一四六六年には都承旨となり、一四六七年、咸吉道観察使となった。同年、李施愛の乱が起こると、朝廷では彼を呼び戻そうとしたが、残って先頭に立って戦い、敵の矢に当たって死んだ。

▼7【韓崇智】この話にある以上のことは未詳。

第一三〇話……李施愛の乱の実態、煽動にそそのかされた民衆

李施愛《イセエ》（第一二九話注2参照）がまさに反乱を起こそうとして、その一党たちは愚かな住民に語りかけてそそのかした。

「南の三道▼1の兵士が海路と陸路をとって北上し、平安道と黄海道の兵士は薛罕嶺を越えてやって来る。そして、本道（咸鏡道）の人びとをことごとく殺そうとしているのだ」

また日本の海賊も現れたという噂を流した。観察使の呉凝《オウン》▼2もこの話を信じて、役所に文書を送って人びとを山に逃げさせたので、人びとはさらに混乱した。その反乱が起こるにおよんで、本道の節度使と鎮将たちがともに謀って反逆を行なおうとしているのだと噂を流して、ついに人びとは逆に節度使や官吏などを殺してしまった。

戦いに敗れて吉州に逃れても、その部下たちはまだ施愛が反乱を起こしたのかどうかを知らずにいたが、吉州の別侍衛である許由礼《ホユレ》▼3が賊の将帥の李珠《イジュ》▼4を説得して、賊の中に入って行き、部下たちにこの反乱の首謀者は李施愛だと報せ、ついに甲士の李雲露《イウンロ》▼5と黄生《ファンセン》▼6などとともに李施愛を捕まえ、縛り上げて、官軍に送った。このとき、李施愛はすっかり疲弊していたが、彼を捕まえた功績というのは実に許由礼など二人の力であると言うしかない。

（魚叔権『稗官雑記』）

▼1【南の三道】南方の全羅道、慶尚道、さらに忠清道を言う。

▼2【呉凝】一四二二〜一四七〇。字は冥受、号は錦南、本貫は咸陽。一四五七年、別試文科に壮元で及第、左正言となり、一四六七年、咸吉道観察使のとき、李施愛の乱が起こると、倭寇が海岸地方に襲来したと言って海岸の人びとを山に避難させるなど、人心を混乱させた。その罪で流配されたが、後に復帰して、全

羅道観察使に至った。

▼3【許由礼】許惟礼とも。本貫は陽川。高麗末に吉州に移住した一族で、李施愛の妻の甥にあたる。父母に孝誠で言行は方正であった。一四六七年、司饔別座であったとき、李施愛が乱をおこし、父親が賊に拉致されたと聞き、惟礼は賊の平定に赴くことを官に請い、許可された。吉州に行き、経略を用いて李施愛を捕まえて殺した。その功によって、精忠敵愾功臣の号を受け、同知中枢府事に昇進して吉城君に封じられ、死後には戸曹判書を贈られたものの、一四七二年、李施愛の余党を匿っていたという理由で告身を削られ、功臣籍を削除された。

▼4【李珠】『朝鮮実録』世祖十三年（一四六七）八月乙巳、官軍が摩天嶺を越えて東の駅前に至ると、賊将の吉州人の李珠がやって来て、鍾城の甲士の李雲露らとともに李施愛と施合を連れて来ると告げた。官軍が臨溟駅の前に陣を移すと、日暮れ時になって鍾城の甲士の黄生などが施愛・施合を縛って連れて来たとある。

▼5【李雲露】右の注4に挙げた記事に名前が見える。李施愛の下にいて裏切ったことになる。世祖十三年の九月には鍾城君に封じられ、十一月には、教精忠出気敵愾功臣嘉善大夫行中枢府僉知事鍾城君・李雲露と重々しい官職名が付されている。

▼6【黄生】生没年未詳。一四六七年、李施愛が乱を起こすと、その麾下の軍官となった。その八月に、施愛を捕縛しようという許惟礼の経略を聞くと、同僚の李珠や李雲露などとともにそれに加担して、李施愛とその弟の施合を捕縛して投降した。ソウルに行って、乱の平定の功績によって二品の官爵を受けたものの、すぐに流配された。

第一三一話……文科と武科

昔は武科などなかったのだが、太宗の時代に初めて設置された。故事として、文科と武科の及第者発表の日には紅の牌を下賜して、御史花と御史酒を下された。文科と武科の壮元（首席）の二人には別途に黒色の日傘を下されて、それが大きな栄誉と考えられた。

そして、世祖《セジョ》の時代、文科に及第した者たちには日傘を下さり、武科に及第した者たちには旗を下された。遊街[1]をする日には、どんな幼い子どもや愚かな婦女子であっても、誰が文科に及第し、誰が武科に及第したかがわかった。区別されることに対して、武科[2]の人びとは面白くなかったから、この制度は間もなく廃止されて、昔の制度に戻された。

（徐居正『筆苑雑記』）

▼1【遊街】科挙の及第者が広大（芸能者。第一九一話注3参照）を先に立て、音楽を奏しながらソウルの町を練り歩き、恩師や先輩、親戚などを訪問したのを言う。合格発表から三日のあいだ行なわれた。

▼2【武科の人びとは……】朝鮮時代を通して文科を尊重し、武科を蔑視する風潮があった。

第一三二話……科挙と転経法

昔の制度では位階が三品の者は文科を受けなくともよく、六品の者は生員試と進士試は受けなくてもよかった。すでに官職が堂上官に昇っていながら試験を受けたのは花山君・権攀《クォンパン》[1]が最初であり、王族の高い地位にありながら試験を受けたのは永順君・溥《プ》[2]を嚆矢とする。駙馬（王女の夫）の高い身分で試験を受けたのは河城府・鄭顕祖《チョンヒョンジョ》[3]が最初であるが、これらはすべて世祖《セジョ》の時代のことである。

世祖の時代には転経法[4]を行なったが、これは高麗の時代の風俗の名残である。

その法というのは、幡と傘が先導して、黄色い光を帯びた屋根のある輿に小さな黄金の仏像を安置して、その前後を広大（第一九一話注3参照）が音楽を奏しながら行く。両宗（教宗と禅宗。第二六〇話注1参照）の僧侶数百名が左右に分かれてついて行く。それぞれ名香をたいて経を誦しながら歩く。若い僧が車に乗って太鼓をたたき、経を読む声が止むと、音楽が聞こえ、音楽が止むと、経を読む声が聞こえる。仏を奉じながら宮廷まで行くと、王さまが光化門まで出られて、これをお見送りになる。こうして終日、市街を巡行する。あるいは、慕華館や太平館で昼供を行ない、それぞれの官司の役人たちが争うように行って、供え物をして、仏の怒りをこうむらないかを畏れる。六法供養[5]を行なうと、簫や鼓の音、梵唄[6]の声が空まで響きわたる。士女たちが波のように押し寄せて見物する。礼曹佐郎の金九英《キムクヨン》[7]が老いて肥満して、のろのろと歩行して、汗を水のようにしたたらせ、土ぼこりを満面に浴びながら、見物していたので、人びとみなが笑ったものであった。

（成俔『慵斎叢話』）

＊この一三二話は前半と後半では主題が異なる。底本にしたがうが、別に分けた方が収まりはいい。なお、『慵斎叢話』にあるのは後半部分だけ。

▼1【花山君・権攀】一四一九～一四七二。字は子竜、号は無尽、本貫は安東。父は踶、兄は擥。科挙に何度も失敗して、蔭補で顕陵直長となった。一四五三年の癸酉の靖難のとき兄の擥とともに首陽大君方に加担して、輸忠勁節佐翼功臣二等となり、一四五九年には僉知中枢府事となったが、同じ年、堂上官として科挙に及第していない彼のために、世祖は進めて式年文科を受けさせて、丙科で及第した。一四六一年、花山君に封じられ、江原道観察使、開城府尹などになった。性格は穏やかで職務に勤実であったという。

▼2【永順君・溥】李溥。世宗の第五子である広平大君・璵の子。『朝鮮実録』文宗元年（一四五〇）正月に、溥を嘉徳大夫永順君とするという記事がある。父の璵が早死にしたために、文宗はことのほかに利発な溥をかわいがったという。

▼3【河城府・鄭顕祖】生没年未詳。本貫は河東。鄭麟趾の子。世祖の娘の懿徳公主と結婚して河城尉に封じられた。一四六八年、別試文科に丙科で及第した。同年、南怡の獄事（第一三五話注4参照）に貢献して翊戴功臣二等に冊録され、一四七一年には成宗の即位を助けた功績で佐理功臣一等となり、河城府院君に封じられた。晩年には妾を作り、仏教にあまりに傾倒しているとして、弾劾されることもあった。

▼4【転経法】転経の転はここではここからそこに移るという意味で、経文を読むときに文字の順を追って読

むのではなく、巻ごとに初めと真ん中と終わりの数行だけを読んで、残りは帖だけをめくって読む真似をするのを言う。すなわち、なにかの祈願をするときに多くの経典を読むために行なう。

▼5【六法供養】安楽の境地を得るための六念の供養。六念というのは念仏・念法・念僧・念戒・念施・念天を言う。

▼6【梵唄】釈迦如来の功徳を賛美する梵音・梵字の歌を言う。

▼7【金九英】『世祖実録』元年（一四五五）に訓導・金九英の名前が見え、同じく十四年（一四六八）二月に兵曹佐郎から正郎に昇進した旨の記事が見える。

第一三三話……王さまが座主

世祖《セジョ》はその晩年、いよいよ儒士たちを重んじて、みずから策問して選抜をなさった。最後に行なわれたのは登俊試と言い、十三名が選ばれたが、私、徐居正《ソコジョン》（第一話注8参照）もその中に三等で選ばれた。世宗は私などを御殿に召し、

「昔は座主や門生▼1などというものがあったが、今回の科挙は私みずからが選抜したものであり、私がまさに恩門となるものである。この宮殿を恩殿と呼ぶのがいいであろう」

とおっしゃった、それに対して私たちはひれ伏して感謝した。

数日がたって、王さまとお妃が思政殿にお出ましになり、私たちが杯を捧げ持ったのは、一般の門生と座主の規則と同じであり、王さまの恩寵がこのように優渥であることは、この朝鮮の古にはなく、めでたい限りのことであった。

（徐居正『筆苑雑記』）

▼1【座主や門生】科挙を受けて及第した者は、そのときの試験官をその後は座主として敬い、また及第者はその座主の門生と称することになって、座主－門生の関係は生涯つづいた。座主はまた恩門とも言った。

睿宗

第一三四話……閔粋の史草の獄

己丑の年（一四六九）の四月に世祖《セジョ》の実録▼1の編集を始めて、乙亥の年（一四五五）以後に春秋（歴史記録）の職責を帯びた者はみな史草を提出することになった。そのとき、閔粋《ミンス》▼2もやはり史草を提出することになったが、それらの史草には本官（記述者）の名を書くことになっていると知って、閔粋は大臣たちに関することをそのままに書いて怒りを買わないかと恐れた。そこで、ひそかに奉教の李仁錫《イインソク》▼3と僉正の崔命孫《チェミョンソン》▼4に史草を書いてくれるように頼んだが、彼らはこれを書くことを承諾しなかった。

このとき、また博士の康致誠《カンチソン》▼5にも頼んだところ、康致誠は袖の中に入れておいた史草を取り出した。閔粋はこれをすぐに改竄して浄書をする時間のないままに提出した。検閲の楊守泗《ヤンスサ》▼6と崔哲寛《チェチョルクアン》▼7がその史草の中に消して書き改めたところを見て、参議の李永根《イヨングン》▼8にその事実を報告した。李永根がこれをまた堂上官にすべて報告したところ、みなは、

「これは小さなことではない」

と言い、遂には王さまにまで啓上したのであった。

まず、正言の元叔康《ウォンスクカン》[9]が申し上げた。

「史草に名前を書いたのは昔からのことではありません。記名を強いれば、本当のことを書く者がいなくなるのではないかと恐れます。これからは名前を書かなくともよいようになさってください」

しかし、王さまはお怒りになり、このことばには従われなかった。ことここに至って、副正の金季昌《キムケチャン》[10]が元叔康の史草もまた改めたところが多くあると告発して、ついには彼らを義禁府に捕えて王さまみずからが尋問なさることになった。

閔粋が申し上げた。

「臣が書いたのはもっぱら大臣たちのことがらでした。彼ら大臣たちはすべて実録閣にいる人びとだということで、臣は人の中傷を受けるのではないかと心配して、書き改めたのです」

そして大声を挙げて泣きながら、続けた。

「臣は親たちにとって一人だけの子です。命だけは助けてください」

王さまもこれを聞いて哀れに思っておっしゃった。

「よくわかった。私は書筵の際に粋の人となりをよく知っている」

粋は杖打ちされ、死罪は免れて済州島で官奴となった。康致誠は初めありのままに言わず、みだりに成《ソン》俶《スク》[11]を引っ張り込み、彼が事情を知っていると言ったが、拷問を受けて白状し、叔康とともに斬刑になった。

李仁錫は事実を知っていながら報告しなかったということで、杖で百叩きになり、本貫の軍に配された。

（金宗直（第二〇話注27参照）『佔畢斎集』）

▼1【世祖の実録】当該の王が亡くなった後に、その歴史が編纂される。それが『朝鮮実録』として残っているが、世祖は癸酉の靖難によって王位を簒奪して即位した事情があって、それをどう記すか、またそれに大臣たちがどう加担したか、加担しなかったかを書くのに、史官は神経を使わなければならなかったか。

▼2【閔粋】生没年未詳。本貫は驪興。一四五六年、生員試に合格、一四五九年、式年文科に及第して、芸文

館検閲となったが、すぐに賜暇読書（第八〇話参照）した。その後、世祖の時代を通して史官職にあり、世祖が亡くなり、一四六九年、奉常寺僉正のときに、『世祖実録』の編纂に参与することになった。その後の顚末はこの話に詳しい。

▼3【李仁錫】生没年未詳。字は元甫、本貫は全義。李縡の門人。一四六六年、謁聖文科に丙科で及第して、弘文館に登用された。閔粹の事案を知っていながら報告しなかったという罪で百の杖打ちの後、本貫の全義の兵役に編入された。後に復帰して掌令に至った。

▼4【崔命孫】『朝鮮実録』睿宗元年（一四六九）四月庚辰に、領議政の韓明澮、寧城君・崔恒、都承旨の権瑊が康致誠を訊問すると、致誠は、自分が春秋館にいたとき、同僚の崔命孫から聞いた話では、閔粹が史草を見たいと言い出したので、命孫が取り出して見せ、何のためにみたいのかと尋ねると、閔粹は梁誠之が大司憲のときのことを書き改めたいのだと言った云々とある。

▼5【康致誠】?〜一四六九。本貫は信川。一四六八年、式年文科に甲科で及第して、検閲を経て弘文館著作となった。『世祖実録』の編纂に関わることになって、閔粹の事件にかかわって、斬刑に処された。

▼6【楊守泗】『世祖実録』十二年（一四六六）三月に、進士・楊守泗の名前が典籤・申瀞の名前とともに見えるが、『成宗実録』十三年（一四八二）四月に申瀞の欺罔の罪を論ずるのに、その友人として楊守泗の名前が見える。

▼7【崔哲寛】『朝鮮実録』世祖の附録に、成化七年（一四七一）十二月に完成したとして、その編集に参画した人の中に、「記事官奉訓郎行司憲府監察臣崔哲寛」と見える。睿宗元年（一四六九）四月丁卯に、この第一三四話に関わる記事があり、崔哲寛は閔粹が梁誠之のことを書き改めているのを問題視して、記事官の楊守泗に告げたとある。

▼8【李永根】右の注7にあげた記事に、閔粹の改竄をそのままにしておけば、楊守泗はついに自分たちも罪を免れないということで、修撰官の李永根に告げたところ、李永根は大いにおどろき、同僚たちと対策を考えたとある。

▼9【元叔康】?〜一四六九。字は和仲、本貫は原州。一四六〇年、進士として文科に及第、翰林に入り、官職は正言に止まった。申叔舟・韓明澮などが集めた『世祖実録』の史草を修正した罪で斬刑に処された。

▼10【金季昌】?〜一四八一。字は世蕃。一四六二年、文科に及第、一四六六年には抜英試にも二等で及第し

た。睿宗のときに副提学となり、王系の史実を元叔康に知らせ、叔康が禍をこうむる原因となった。詩文にたけ、当時の外交文書はほとんどが彼の手になるという。

▼11【成俶】『昌寧成氏八百年史』に、成順祖の子、字は士元として見える。承文院参校として『世祖実録』・『睿宗実録』の編纂に関わった。睿宗元年己丑（一四六九）に、議政府舎人の成俶がその弟の俊・健らとともに、現在、父の順祖が全羅道光州牧使として赴任しているが、賊に害されようとしているので、善処を願う趣旨の上書をしている。

第一三五話……喉舌の任

承政院というのは「喉舌の任」▼1として、王命を出納するところであり、その役割ははなはだ重大である。承旨に任命された人を、人びとはあたかも神仙であるかのように仰ぎ見る。そして、世間ではかれを銀台学士と呼ぶのである。

以前には、城門と宮門は罷漏▼2によって開き、人定▼3を経て閉まった。承旨などは四更に宮門に行き、宮門が開くのを待って入って行き、晩には遅く家に帰る。南怡《ナムイ》の乱▼4のとき、睿宗《エジョン》▼5の命令で、宮門を平明に明け、黄昏には閉めさせて、人びとは安心した。それで弊害もなかったので、今もそのまま続けている。

以前には、承旨一人だけが宿直したが、世祖のときに、承旨の李浩然《イホヨン》▼6が入直して酒に酔って眠ってしまい、世祖が政治のことで下問なさったのに、起きてこなかった。このときから、毎夜、二人が入直するようになったのである。

（成俔『慵斎叢話』）

▼1【喉舌の任】承旨は王命を出納する任務に当たるので言う。

▼2【罷漏】五更三点に大鍾を三十三度打つ。そうして夜間の通行禁止が解かれ、城門と宮門が開くことになる。
▼3【人定】鍾を打って夜間の通行を禁止すること。毎晩、二更に鍾を二十八度打って通行を禁止した。
▼4【南怡の乱】南怡は宜陽の人。一四四一～一四六八。太宗の外孫で、その人となりは魁偉かつ不羈であった。十七歳で武科に抜擢され、李施愛（第一二九～一三〇話参照）の討伐に当たって功績があり、世祖の寵遇を受けて兵曹判書となった。一四六八年に謀反の嫌疑を受けて誅殺された。
▼5【睿宗】一四五〇～一四六九。朝鮮第八代の王の李晄。在位、一四六八～一四六九。世祖の第二子。海陽大君に封ぜられたが、一四五七年、世子に冊封され、一四六八年には即位したものの、在位十三ヶ月で亡くなった。世祖のときに編纂が始まった『経国大典』が完成した。
▼6【李浩然】『朝鮮実録』世祖十一年（一四六五）三月癸亥に、李浩然が松林令との婚姻を憚っているという旨の記事が見える。

第一三六話……自らお決めになった謚号

睿宗《エジョン》は即位されるや、鋭意、治世にはげまれたが、間もなく病に陥られた。聖上みずからがかつて冊子の背に「睿宗」と書かれ、

「死んで後、この謚号を得ることができれば、満足なのだが」

とおっしゃった。

数ヶ月の後、お亡くなりになって、臣下たちが謚号を睿宗と決めたのだった。はたしてご遺志どおりになったのだが、なんとも悲しいことだ。

（徐居正『筆苑雑記』）

成宗

第一三七話……金蓮炬を賜る

成宗《ソンジョン》[1]は学問に篤実であった。朝、昼、夕べの三時に、書を講じて、晩にはまた玉堂（弘文館）に宿直しているソンビを呼び寄せて、ともに議論をなさった。その議論が終わると、酒を下賜なさったが、従容として、古今の治まったこと、乱れたこと、民間に対して利となること、害となることなどを問われた。普段着で相対して、建物の中にただ灯り一つが点っているだけであった。あるときは、呼ばれたソンビが夜中に大いに酔って出ることになり、御前にある灯りを賜って、送られて翰林院に帰ったこともあった。金蓮炬[2]の御心であった。

（成俔『慵斎叢話』）

[1]【成宗】一四五七〜一四九四。朝鮮第九代の王の李娎。在位、一四六九〜一四九四。世祖の孫で、徳宗の子。者山君に封じられていたが、世祖妃の貞熹大妃の命によって十三歳で即位した。射芸書画に巧みで、人材を登用して政治の改革を試みた。学問を奨励して、『東国通鑑』『東国輿地勝覧』『東文選』などを編纂し、『経国大典』を頒布した。

[2]【金蓮炬】黄金で作った蓮の花の形をした燭台の灯り。君主の御殿または乗輿に使用したもの。唐の令狐綯が翰林承旨であったとき、夜中、禁中で皇帝に侍っていたが、灯りが燃え尽きてしまった。皇帝が乗輿の金蓮華炬をもって来るようにしたという故事からくる。その後、宋でもこうした栄光を受ける人がいたとい

う。したがって、臣下の名誉をたたえることばとなっている。

第一三八話……成宗の刊行事業

成宗《ソンジョン》の学問は深く広く、文詞が古雅であった。文士たちに命じて、『東文選』[1]、『輿地勝覧』[2]、『東国通鑑』[3]を撰定させ、また校書館に命じて刊行させない書物はなかった。『史記』、『左伝春秋』、『漢書』、『後漢書』、『晋書』、『唐書』、『宋史』、『元史』、『綱目』、『通鑑』、『東国通鑑』、『大学衍義』、『古文選』、『文翰類選』、『事文類聚』、『欧・蘇文集』、『書経講義』、『天元発微』、『朱子成書』、『自警編』、『杜詩』、『王荊公集』、『陳簡斎集』などである。しかし、これらは私が記憶しているものだけであり、その他にも多くの書物が刊行されたのである。そして、徐剛中《ソカンチュン》（徐居正。剛中は字。第一話注8参照）の『四佳集』、姜景醇《カンキョンスン》（姜希孟。景醇は字。第七九話注30参照）の『私淑斎集』、申泛翁《シンポムオン》（申叔舟。泛翁は字。第一七話注1参照）の『保閑斎集』も刊行された。ただ李胤保《イユンポ》（李承召。胤保は字。第七九話注25参照）とわが文安公（成任。文安は謚号。同話注18参照）の詩文だけが逸失して刊行されなかったのは、恨みとするところである。

（成俔『慵斎叢話』）

▼1【『東文選』】現在の『東文選』は新羅時代から李朝粛宗の時代までの詩文を集めたもの。目録三巻、正編百三十巻、および続編二十一巻からなる。ここで言うのは正編の方を言い、一四七八年、徐居正が王命を受けて編纂したもの。

▼2【『輿地勝覧』】世宗時代の一四三二年、『新撰八道地理志』が完成して史館に置かれたが、中国から『大明一統志』が入って来たので、世宗はこれにならってさらに充実したものを作ることを盧思慎・梁誠之・姜希孟などに命じた。それが成宗の時代の一四八一年に完成した『輿地勝覧』五十巻となる。一四八六年にはこれを精撰して『東国輿地勝覧』三十五巻として刊行、中宗の時代の一五三〇年には李荇などが増補して

『新増東国輿地勝覧』五十五巻として刊行された。
▼3【『東国通鑑』】新羅の初めから高麗の末までの編年史書。世祖のときに重臣たちに命じて着手されたが未完であったのを、成宗のとき、一四八四年に徐居正・鄭孝恒などが王命によって編纂して完成した。

第一三九話……文士たちを愛した成宗

成宗《ソンジョン》は学問を好まれた。世宗と世祖のお二人の好学の精神を継承して、ソンビを愛し奨励なさる様子は普通の規模を遙かにこえたものであった。そのため、当時の文章家と豪傑などが弘文館に燦爛と光を放ったが、すなわち、梅渓・曺偉《チョウィ》▼1、三魁堂・申従濩《シンチョンホ》▼2、濡渓・兪好仁《ユホイン》▼3、そしてわが父上の金訢《キムフン》▼4などの人びとは中でも特別に恩顧を賜って、いつも作った詩を月ごとに王さまに奉ったのであった。

梅渓と濡渓とはともに父母が年老いているということで、実入りのいい地方の職を望んだので、特別に米と豆を賜り、彼らは父母を十分に保養できるようにした。濡渓がこのときに作って奉った詩句に、

「北方を望んで王さまと臣下が別れ、
　南方に来て母と子がともにいる。
　（北望君臣隔、南来子母同）」

というものがあるが、王さまはこの詩句を好み、静かに口ずさんで、おっしゃった。

「好仁はたとえ体は遠方にあっても、心は私のことを忘れてはならないぞ」

梅渓が初喪に遭って、何とも光栄なことに、王さまから祭祀の料をいただいた。その恩愛は死んだ人にも生きている人にも及んだので、人びとはそれに感動して起ち上がり、人材は鼓舞され、士気が奮い立ったのであった。これは千年の歴史でも出遭うことのない盛事であった。

領相の成希顔《ソンフィアン》▼5が弘文館の正字として父の喪に服して官職を止めたとき、三年後にはふたたびその官職に

復帰することができた。彼は例にのっとり、恩命に感謝して拝礼をした。このとき、王さまは彼を閤門の外に召して慰労なさり、中官に命じて一羽の鷹を給い、おっしゃった。

「卿にはまだ老いた母親がいたな。仕事から退いて時間があれば、野に出て狩りをするがいい。母上に滋養のあるものを食べさせるのだ」

また、夜になって入侍していると、酒と果物をくださった。公は自分の袖の中に橘の実を十個ほど入れたが、酔いがまわって伏してまさに人事不省のありさまであった。中官がこれを背負って出て行こうとすると、袖の中から橘がすべて転げ落ちてしまったが、そのことにもまったく気がつかなかった。

その翌日、王さまは一盤の橘を下賜されて、おっしゃった。

「昨日、成希顔が袖の中に橘を入れたのはその親に食べさせるつもりであったろうから、あらためて、これを下賜することにする」

公はこのことばを骨に刻んで死んでも忘れまいと心に誓い、ついには靖国のことでその恩恵に報いたのであった。成宗はソンビたちを大切になさる真ごころと人物をお知りになる聡明さによって、人びともいよいよ忠誠を尽くすのであった。そして、公は危ういことに対処して国を安全にして、功績が社稷にあったが、これもやはり知遇を忘れなかったと言ってよいであろう。


（金安老『竜泉談寂記』）

▼1【曺偉】一四五四～一五〇三。字は太虚、号は梅渓、本貫は昌寧。一四七四年、文科に及第し、官職は戸曹参判に至った。金宗直の文集を編纂して、義帝を追慕する序文を書いたことが戊午士禍（一四九八、第二四八～二四九話参照）の原因になった。その年、聖節使として明に行き、帰国の途中、義州で捕えられて投獄された。先王の忠臣であったという李克均の燕山君への諫言により死を免れたものの、そのまま順天に流罪となり、そこで死んだ。性理学の大家として新進士類の指導者的立場にあった。

▼2【申従濩】一四五六～一四九七。申叔舟の孫。一四七四年に成均試に首席合格、一四八〇年には文科に壮元で及第して副応教になった。その後、重試でも壮元で及第して、かつてなかったことだとして、世間でも

てはやされた。それが「三魁」の号の由来となる。兵・礼曹の参判を経て、京畿観察使となり、旱魃で苦しむ人びとを救済した。一四九七年、賀正使として明に行き、その帰途、開城で死んだ。

▼3【濡渓・兪好仁】一四四五～一四九四。字は克己、号は林渓または濡渓、本貫は高霊。一四六二年、生員に合格、金宗直の門下となって、一四七四年、文科に及第したが、行政に暗く、官職は陜川郡守に止まった。人となりは忠孝で詩文・書に抜きんでていた。成宗から至極な寵愛を受けた。

▼4【金訢】一四四八～?。字は君節、号は顔楽堂。本貫は延安。金宗直の門下で学び、早くから嘱望された。一四七一年には別試文科に壮元で及第して成均館典籍に任命された。顕官を歴任して、一四七九年には通信使書状官として対馬におもむいたが、病気になって引き返した。一四八九年には行護軍、翌年には行副司果となった。人となりは高潔で志操があり、言行は簡潔だった。

▼5【成希顔】一四六一～一五一三。字は愚翁、号は仁斎、本貫は昌寧。一四八五年、文科に及第、弘文館正字・副修撰となった。燕山君のとき、王を諷刺する詩を作って左遷されたが、一五〇六年、中宗反正（第二五二話参照）を起こして乱政をただし、兵曹判書に特進して、後に昌山府院君に封じられた。後に領議政に至った。

第一四〇話……文宗と成宗の筆法

文宗《ムンジョン》と成宗《ソンジョン》のお二人は楷書の筆法が巧みであった。文宗は筆法がまっすぐで強く生動していて、真体は晋の王羲之の奥妙なるところを奪っていたが、ただ石刻されて残ったいくつかの文字だけが世間には伝わっているだけである。それだけでもまことに神秘であり宝物と言ってよい。真跡をみることができないのはまことに残念なことである。

（金安老『竜泉談寂記』）

第一四一話……成宗の芸能の奨励

成宗《ソンジョン》の書は雄勁で端正であり、静かな中に従容として趙雪松[1]の規度が備わっていた。王さまはまたときどき墨を用いていたずらでちょっとした絵を描かれることがあったが、これも天に与えられた才能であり、他の模写をして学ぶということがなくとも、その神妙さは古の模範にのっとっていた。政治をお執りになる暇に静かに楽しむ時間があるときには、みずから書や画に筆を揮われた。一寸の紙や一尺の幅が世間に散らばって、これを得たものは喜んで愛蔵すること、大きな玉を得た以上であった。

上舎生[2]の朴元《パクウォン》翎《リョン》[3]は書をよく書いたが、成宗はこれを見て素晴らしいと思い、その邑に書を送り紙と筆を与えて奨励されたので、その栄光が邑中に満ち、驚かない人はいなかった。いったい隠れた才能や小さな技術がどうして王さまの心を動かしたのか。しかし、これは王さまがお認めになったことで、その人を腐らせることなく、勧奨して隆盛に赴かせることになったのであった。文章と書と画と、他の技術も含めて百もの才芸が激励されて、注文されたから、人びとは仕事をはなはだ精密に成し遂げた。聖人が鼓舞なさり、ご意志が伝わる機会が、特に顔を顰め、お笑いになる、その短い一瞬にもあったことがわかる。

もし聖王のご誠意が普通の情理から超越していなければ、たとえ四方に勧奨の勅を出されたとしても、人びとは厳しい課程を立てることなく、ただ混乱した頽廃したさまを見せただけに終わったであろう。どうしてこのように深く人を動かすことができたろうか。

（金安老『竜泉談寂記』）

▼1【趙雪松】趙孟頫。一二五四～一三二二。元の人。号は松雪道人。宋の宗室の末裔で、経世の学に通じ、書画・詩文をよくした。特に書が高く評価され、その号から彼の書体は「松雪体」と言われる。

▼2【上舎】生員・進士の試験には受かって、大科にはまだ及第しない者を言う。

▼3【朴元稀】『朝鮮実録』中宗二年（一五〇七）十一月庚子朔に、司憲府から咸鏡道都事の朴元稀の逓差を請うたとあり、朴元稀はもともと残劣の人で、観察使に事故があれば都事がもっぱら事務を行なうことになるが、元稀はその任に堪えないとある。

第一四二話……女色を遠ざけられた成宗

成宗《ソンジョン》は王大妃[1]のために毎日のように宮中で小さな宴会をもよおし、婢女五、六名を選んで俗楽を学ばせていらっしゃった。その中の一人は容貌が美しい上に才能も抜きん出ていたが、この女はいつも成宗に目配せするようになった。成宗はそれを見て、その父母に命じてこの女を嫁入らせることとし、二度と宮中に出入りさせないようになさった。このときから、宮中の小さな宴会も取りやめになった。

また成宗は何ごともなければ、毎日、三度は経筵に出て、また日に三度は王大妃殿に詣でてお見舞いをなさった。また王族を率いて後苑に行き、弓を射た後には、王族とともに小さな酒席を設けられた。そこには妓生たちと音楽が用意されていて、まことに太平の世の盛事であった。

しかし、次のように言う者もいないわけではない。「燕山君《ヨンサングン》が燕楽にふけったのは、耳目に慣れたこのとき以来の習慣があって、そうなったのではないか。惜しまれることだ」と。

（金訢（第一三九話注4参照）『先君子前言往行録』）

▼1【王大妃】成宗の祖母に当る世祖の妃の貞熹王后尹氏の可能性もないではないが、ここでは成宗の母である徳宗妃の昭恵王后韓氏ととる。一四三七〜一五〇四。西原府院君・確の娘。一四五五年、粋嬪として冊封され、一四七一年、息子の成宗が死んだ父の徳宗を王として追尊するにともなって、仁粋王妃に進んだ。仏教に造詣が深く、梵・漢・ハングルの三字体で書いた仏経典と婦女子のための「女訓」を残した。孫にあた

る燕山君が生母の尹氏が謀略によって廃され賜死したこと（第一四八話参照）を知って残酷な復讐をするようになり、病床にあった大妃が叱責すると、燕山君は大妃に頭突きをした。まもなくして大妃は死んだ。

第一四三話……成宗と兄の月山大君の友愛

一人の宮人が宮廷から出て来たが、彼が箱の中にしまっておいた手紙の数は普通ではなかった。そこには、

「はかない亭子からは流れる川が見えて、
高くそびえる木から潺湲《せんかん》たる流れを見下ろす。
駿馬が青々と草の茂った丘でいななき、
春はその青い陽炎の中にある。
（幽亭瞰流水、高樹俯潺湲、
驊騮嘶青草、春在翠微間）」

とあり、また次のようにもあった。

「絶壁は千仞の高さに切り立ち、
松風はうそぶいて止まない。
欄干に寄りかかって無限の思い、
故郷の山と河にも秋は来たのか。
（絶壁千仞立、松風鳴未休、
憑欄無現意、依約故山秋）」

またそれに加えて、次のようにあった。

「みずみずしい瓜を食べると、
水精のように冷たく、
兄弟のあいだの情けは
どうして一人で食べるのを忍べよう。
（新瓜初嚼水精寒、兄弟情親忍独看）」

また、それに続けて、

「お尋ねしたい、兄さんはどのようにこの歳月を過ごされたか、
はるかに洋琴の音と渭水の歌を思いながら。
（問兄何事送羲娥、遙想洋琴与渭歌）」

また、

「親戚と集まりを約束して、
美しい妓生も呼び寄せる。
義理はたとえ君主と臣下でも、
恩愛は兄と弟。
（期会親戚、聘招佳妓、
義雖君臣、恩則兄弟）」

これを見た者たちは、これは成宗《ソンジョン》が戯れに書き捨てられたものであることを理解した。

二つの絶句は絵に画題として書かれたものであり、誰が作ったかは分明ではないにしても、残りはみな成宗が兄の月山大君《ウォルサンテグン》▼1に出された手紙であった。成宗はいつも月山大君を内殿に召してはささやかな宴を催された。またどこかにお出かけになると手紙をお書きになって応酬されない日がなかった。その友愛は至極であったのである。

（曺伸『謏聞瑣録』）

▼1【月山大君】李婷。一四五四～一四八八。徳宗の長子で成宗の兄に当る。名は婷。字は子美、嬪は朴仲善の娘の祥原郡夫人。一四五九年に月山君に封ぜられる。一四六八年、顕祿大夫が加えられ、一四六八年には佐理功臣の号を受けた。詩酒を愛し、自邸の後庭に風月亭を作り、書籍を積み上げ、風流三昧の生活を送った。

第一四四話……集賢殿の設置、廃止、そして復興

世宗《セジョン》大王は集賢殿（第七九話注1参照）を設置して、文章をよくするソンビで名のある者二十名を選んでそこに置かれた。彼らは経筵官（第一六話注2参照）も兼職して、朝廷での文事すべてに当たった。朝早く出勤して晩遅くなって退出したが、日官（第一〇一話注2参照）が時を奏した後に出ることができた。朝夕の食事のときには、宦官たちが彼らの対客となるようにした。彼らを大切にあつかう意志ははっきりしていた。そこで、争って勉学にいそしんで、雄材鉅士《きょし》が輩出することになった。文苑に名を揚げた者たちは多くいて、数え上げることはできない。

丙子の乱（第六七話注4参照）の後、世祖《セジョ》は集賢殿を廃止するように命じ、文人数十人を兼芸文と呼んで、毎日、引見しては論議をおさせになった。

成宗《ソンジョン》が即位された後には、集賢殿の機構に依拠して弘文館をふたたび設置して、館員には経筵を兼職させて、はなはだ手厚く待遇された。いつも宣醞▼1が下賜され、また承政院に召されては承旨たちと向かい合って酒をお飲みになることもあった。多くの奴婢をも下賜されて雑用をさせ、また下人たちは銀牌を帯びていた。また竜山の漢江のほとりに読書堂を建てて、館員たちは書物を分けてもって行って読書をするのであった。また上巳・中秋・重陽などの名節には郊外に出て遊覧したが、酒も音楽も十分に賜って、彼ら

に対する恩寵と栄光はまことに大変なものであった。しかし、文名の高い者たちの多さについては、世宗の御代の盛大さには及ばなかった。

（成俔『慵斎叢話』）

▼1【宣醞】王の下さる酒。宣醞司という役所があり、宮中で用いる酒が醸造される。

第一四五話……仏教の遺風

新羅と高麗では仏教を崇拝して、初喪、葬事などの手はずはひとえに仏教を奉じて行ない、僧侶を食事で饗応することが常例となっていた。わが朝鮮朝となって、太宗《テジョン》が寺々の奴婢のことにいたるまで改革しようと試みられたが、仏教の遺風はまだ根強く残っている。公卿や儒学をこととする家であっても、殯所に僧侶を呼んで仏法を説かせることが常例になっていて、これを法席と言っている。また山寺では七日斎というものを設けるが、豊かな家ではそれに出かけては、豪華と奢侈を競い合う。貧しい人びともしきたり通りに財物と食料を莫大に消費することになる。親戚と友人と同僚たちはみな布物を持って来なくてはならない。この行事を名付けて「食斎」と言っている。

また忌日には、僧侶を呼んで、まずは饗応して、その後に亡魂を呼び寄せて祭祀を行なう。これを名付けて「僧斎」と言っている。

成宗《ソンジョン》は正統の学問（儒教）を崇尚なさり、異端をお斥けになったが、おおよそ仏事に関しては、台諫（第二二三話注3参照）がその弊害について口を極めて述べ立てた。そのことにより、士大夫の家では国家の方針と世間の物議を恐れるようになり、初喪や忌日の祭祀であっても、すべて儒教の礼法にしたがって行なうようになり、仏事を行なったり、僧侶を饗応したりというようなことはなくなった。それを昔の習慣通りにそのまま守り、廃止しなかったのは、無知な下層の人びとだけであった。しかし、彼らもまた気ままやたらに行なうことはなくなった。

また、僧となる度牒《どちょう》を下すことを厳しくして、州郡では度牒をもたずに僧として振舞う者をことごとく追い出し、髪の毛を伸ばして還俗させるようにした。こうして中央と地方の寺刹はすっかり空っぽになった。事物が盛んになり衰えるというのは道理というものである。

（成俔『慵斎叢話』）

第一四六話……成宗の学術振興

成均館は教育および訓導をもっぱら行なうところである。国家では養賢庫▼1を設置して、成均館の官員に兼職させることにして、つねに儒生二百人を養った。

上党府院君・韓明澮《ハンミョンフェ》（第一一八話注4参照）の啓奏によって尊経閣を建て、経書を多く刊行して所蔵することになり、広川君・李克増《イククジュン》▼2の啓奏によって、典祀庁を建築した。また、私の啓奏によって享官庁が建てられた。その後、聖殿と東西廡《ぶ》と食堂を改築して、布五百匹と米三百余石を下賜され、また学田を賜って館中の費用に備えられるようになった。

李克増が、「今、聖恩をこうむって、たくさんの米と布をいただきました。できますれば、酒と食事を用意して、朝廷の文士とすべての儒生を集めて、儒教の盛大なることを祝わせてください」と申し上げたところ、成宗はお許しになった。そこで、明倫堂で大宴会を行なうことになって御馳走が用意された。宣醞（第一四四話注1参照）と御厨《みくりや》の珍味が続々と運ばれて終わることがなかった。

王さまは、癸丑の年（一四九三）の秋には成均館にお出ましになり、至聖先師、すなわち孔子の祭祀を行なわれた後に下簾台の張殿にお休みになったが、文臣や宰相たちは殿内に入ってお側に侍り、堂下官である文臣たちは庭に分かれて列を作って座した。八道のソンビたちがソウルに雲のように集まって万余にもなった。上下の者がみな花をかざして宴に参与したが、新しく作った楽章を演奏してお耳に入れた。それぞれの役所が分担して食事を用意することになり、王さまはしばしば宦官を送ってそれを監督させなさった。人びとはみな酔い、飽きるほどに食べた。このような盛事は今までになかったことである。

（成俔『慵斎叢話』）

▼1【養賢庫】成均館の儒生たちに食糧を供給するための官衙。

▼2【李克増】一四三一〜一四九四。字は景撝、本貫は広州。蔭職で宗廟録事になり、一四五六年には式年文科に及第した。顕官を歴任して、一四六八年には翊載功臣二等となり、広川君に封じられた。兵曹判書・兼同知成均館事に至った。人となりは誠実で華美を好まなかった。

第一四七話……朝鮮の活字について

永楽元年（一四〇三）、太宗《テジョン》が左右の臣下たちにおっしゃった。

「国家の政治を行なうには、必ず典籍をあまねく読んで、これを行なうべきだが、わが国は海の外にあって、中国の書物がまれにしか渡らない。しかし、木に刻んだ版木は簡単に字が欠けてしまうし、天下のすべての書物を版木に刻むのは難しい。私は銅活字を鋳造しておき、書物が手に入ったときにはそれを印刷しようと思う。そうして広く伝えれば、まことに無窮の利益となるであろう」

そうして、古註の『詩経』と『書経』、そして『左氏伝』を持ち出され、その文字でもって活字を鋳造された。これが鋳字製造の由来である。このときの鋳字を丁亥字（一四〇七年丁亥の年に完成）と言っている。

世宗《セジョン》がまた庚子の年（一四二〇）に、従来の鋳字は形が大きく整っていないとして、あらためて鋳造をなさったが、その活字の形は小さく正確であった。このときから印刷しない書物はなかった。これを庚子字と言っている。

甲寅の年（一四三四）にはまた経筵にあった明の『為善陰騭』の文字を使って鋳造されたが、庚子字に比較してやや大きく、書体もはなはだ美しかった。また首陽大君《スヤンテグン》に『綱目』（第一九話注2参照）を大きな文字を使って印刷するようお命じになったが、首陽大君というのは後の世祖《セジョ》である。そのとき銅で活字を鋳造して『綱目』を印刷させたのが、これは今のいわゆる『訓義』[1]と言っているものである。

壬申の年（一四五二）に、文宗《ムンジョン》が庚子字を溶かし、安平大君《アンピョンテグン》（第九七話注2参照）に命じて文字を書かせて鋳造したのが壬申字である。

乙亥の年（一四五五）には、世祖は壬申字を溶かしてしまい、姜希顔《カンフィアン》（第七九話注29参照）に命じて文字を書かせて鋳造されたが、これが乙亥字であり、今に至るまで用いられている。その後、乙酉の年（一四六五）には『円覚経』を印刷しようとして、鄭蘭宗《チョンナンジョン》[2]に命じて文字を書かせて鋳造されたが、字体がそろっていない。これを乙酉字と言っている。

成宗が辛卯の年（一四七一）に、王荊公の『欧陽公集』の文字を使って鋳造されたが、その字体は庚子字よりも小さくて、いっそう精巧である。これを辛卯字と言っている。

また中国で新たに刷られた『綱目』の文字が渡って来て、これを鋳造して、癸丑字と言っている（癸丑は一四九三）。

おおよそ、鋳造の法は、まず黄楊の木ですべての文字を彫り出し、海蒲のやわらかい泥を印板に平たく延ばした後で、木で刻んだ文字を泥にぴたりと圧しつければ、文字がはまったところは窪んで文字の形になる。このとき、二つの印板を合わせて銅を溶かして一つの穴から注ぎこむと、溶液が窪んだところに入って行って、一つ一つの文字の形になる。重複した文字は削って整理する。木に文字を刻む者を刻字と言い、銅を溶かして注ぎ込む者を鋳匠と言う。活字を分けて箱に入れて貯蔵しておくが、その活字を守る者を守庫と言う。年少の公の奴をこれに当てる。その書草を読んで対照する者を唱准と言う。みな文字を知っている人間のする仕事である。守蔵は活字を書草の上に並べて置き、次にふたたび板に移すことを上板と言うが、竹と反故紙を用いて空いているところを埋めて固め、動かないようにする。これを行なう者を均字匠と言う。それを受け取って印刷する者を印出匠と言っている。その印出の監督には校書館員が当たるが、それを監印官と言う。監校官はまた別で、文臣から選ぶ。

最初は活字を並べる方法を知らず、板に蠟を溶かしておいて、活字をそこに貼り付けた。そのために、庚子字はしっぽがすべて錐のようになっている。その後、始めて竹を用いて空いているところを詰める方法を用いるようになった。蠟を溶かす費用がいらなくなった。初めて人間の知恵というのは窮まりのないものであることを知ることができた。

（成俔『慵斎叢話』）

▼1【『訓義』】世宗が司馬光の『資治通鑑』の校訂をして、詳細な注釈を加えさせて出版させたもの。『思政殿訓義』と言う。

▼2【鄭蘭宗】一四三三〜一四八九。一四五六年、生員・進士となり、さらに式年文科に及第した。通礼門奉礼郎・宗簿寺少尹等を経て、一四六七年には黄海道監察使として李施愛の乱（第一二九〜一三〇話参照）の平定に功を立てた。一四七一年、純誠佐理功臣に録され東莱君に封じられた。性理学に詳しかったが、書家として一流で、趙孟頫の書体を修得していた。石碑や鍾の銘に彼の書跡は残っている。

第一四八話……廃妃尹氏への賜死

成宗《ソンジョン》は廃妃の尹氏《ユン》▼1に賜死なさったが、そのご命令は次のようであった。

「尹氏は人となりがもともと凶悪で、背徳の振る舞いが多かった。かつて宮中にあったとき、暴悪を振うこと日々にはなはだしく、すでに三殿[2]に従おうとせず、また私の身にもまがまがしい危害を加え、私が奴隷であるかのように応接して、はなはだしくは『あなたの子孫を絶やして欲しい』とまで言った。このようなことは小さなことであり、すぐに議論するまでのことはなかったが、歴代の母后が幼い王を表に立てて政治をわが思いのままに執ったのを手本に、自分も喜び進んで同じように振る舞おうと、いつも毒薬を用意して、あるいは懐にしのばせ、あるいは箪笥に隠しておいた。これはただ自分に背く者たちを亡きものにするためだけではなく、この私の身まで損なおうとするためであった。尹氏はつねづね言っていた、『私は長生きをして、思うように振る舞いたいものだ』と。これははなはだ不道であり、宗社の根本にかかわることである。しかしながら、私は大義でもってこれを処断することができず、ただ廃して庶民に落とし、私邸で暮らすように命じただけであった。

　ところが、今に至って、尹氏所生の王子がしだいに成長していくのを見て、人びとは紛々と噂をするようになっている。ただいま現在のことであれば、さほど憂慮するまでもないことではあるが、後日になって、それによって生じる禍についてどう考えればいいであろうか。もし尹氏がその凶悪なる天性でもって国家の権勢を握ることになれば、いかに王子が賢明であるとしても、その場にあってどのように処すことができようか。尹氏は王の母として跋扈して自分の思いどおりに振る舞うことが日々に募っていくであろう。そうしてみなは、漢の呂后や唐の武后などが起こした禍がこの国に生じるのを、首を伸ばして座りながら待つほかはないであろう。私はここに至って、ふかく心を寒からしめる。今、ためらってこのままに放っておき、大きな計画を定めて置かなければ、国家の将来の危うさを救うことのできない状況に陥ってしまうであろう。これは後になって悔いても仕方のないことであり、そうなれば、私は宗社にとっての罪人となるであろう。

　昔、鉤弋[3]は罪がないまま、漢の武帝がやはり万代の子孫のことを慮って処理されたのだった。ましてこの兇悪な者には容赦できない罪がある。この月の十六日にその私邸において賜死するが、これは宗社のための大計であり、止むを得ないことなのである」

▼1【廃妃の尹氏】?～一四八二。尹起畝の娘。成宗とのあいだに燕山君を産んだものの、嫉妬深く、奢侈な振る舞いが多かったとされる。一四七七年には砒礵《ひそ》を使って王や後宮たちの殺害を企てたとして王と母后に疎んじられ、一四七九年、廃妃となり、庶民に落とされた。一四八二年には、議政府などの議論を経た上で、左承旨の李世佐に命じて、尹氏に賜薬して、殺させた。

（曺伸『謏聞瑣録』）

▼2【三殿】貞熹王后尹氏（世祖妃）、昭恵王后韓氏（徳宗妃）、安順王后韓氏（睿宗妃）。

▼3【鉤弋】漢の武帝（第二五話注6参照）の夫人。武帝には成人した男子がいず、後になって鉤弋夫人が男子を産んだために、その男子を後継者に決めたが、将来、鉤弋夫人が皇帝の母親として政治に関与して権勢を乱用するのを恐れ、武帝は夫人を寵愛しながらも、毒を賜って殺した。

第一四九話……公主の死で朝議を停止する

壬寅の年（一四八二）の十月四日、唐陽公主《タンヤンコンジュ》▼1が亡くなった。このとき、礼曹から啓上した。

「公主がなくなったときに朝議を停止するという決まりはありません」

しかし、王さまは特別に命じて、一日のあいだ朝議を停止させ、弘文館に前例を調べるようお命じになった。弘文館から報告があった。

「宋の長公主▼2が亡くなったとき、五日のあいだ朝議が停止されました」

このとき、王さまは、

「昔にもそのようなことがあったのなら、今どうしてそうしていけないであろうか」

とおっしゃって、三日のあいだ、朝議を停止なさった。

（引拠本欠）

▼1【唐陽公主】公主は王の嫡女の称号。洪常（一四五七〜一五一三）が徳宗の娘、すなわち成宗の姉妹の明淑公主と結婚して、唐陽尉となっている。明淑公主のことを言ったか。
▼2【宋の長公主】公主は王の嫡女の称号。長公主は特に帝王の姉妹になった公主をいうが、ここで誰を言うかは不明。

第一五〇話……地火

成化の癸酉[1]の年の五月、慶尚監司が礼曹に書を奉った。

「寧海府に地火が生じ、昼には烟気が出て、夜になると火光があって、木を投げ入れればたちまちに燃え上がってしまいます。その長さは八尺、広さは二十尺ほどにもなります」

王さまは弘文館に故事を調べるようにお命じになった。弘文館から報告をした。

「晋の恵帝[2]の元熙年間に地燃というものがあり、趙の石虎[3]のとき、秦の符堅[4]のとき、そして唐の貞観[5]のときに幽州で石燃があったといいます。また高麗の仁宗[6]と明宗[7]のときに白州で地火があり、朝鮮朝に入ってからは世宗のときに寧海で同じように地変があり、文宗のときには尚州で地火がありました」

そこで、王さまは内臣の李孝智[8]に命じて、行って調査をさせたところ、火に焼けた石塊を持って帰ってきた。黒くて炭のようであったが、これを火の中に置くと、すぐに燃えだした。

（曺伸『謏聞瑣録』）

▼1【癸酉】明の成化年間（一四六五〜一四八七）に癸酉の年はない。
▼2【晋の恵帝】西晋の第二代の孝恵帝・司馬衷。武帝の次子で、在位十七年、毒に当って死んだ。

▼3【趙の石虎】後趙の主。石弘を殺して大趙天王となり、ついで帝を称した。荒游して政を廃し、混乱した。

▼4【秦の符堅】三三八～三八五（在位、三五七～三八五）。五胡十六国の前秦の第三代皇帝。華北を平定したが、淝水の戦いで東晋に敗れた。

▼5【唐の貞観】唐の太宗のときの年号（六二七～六四三）。賢臣の房玄齢・杜如晦・魏徴、名将の李靖・李勣らを用いて、律令の撰定、軍制の整備、学芸の奨励、領土の拡張に力を尽くして、唐帝国が繁栄、この時代の政治を貞観の治と称される。

▼6【仁宗】高麗十七代の王。一一〇九～一一四六（在位、一一二三～一一四六）。諱は楷。睿宗の長子。一一一五年には太子に冊封され、睿宗の死によって、年少であることが懸念されたが即位した。妙清の西京遷都論・称帝建元論・金国征伐論に賛成して、一時期、西京遷都を実行しようとしたが、金富軾などの反対で中止した。一一三五年には妙清が反乱を起こしたが、金富軾を西京征討大将に任じて、翌年には平定した。幼少から才芸があり、音律と書画に長けていた。文運を興し、金富軾に『三国史記』を編纂させた。

▼7【明宗】高麗十九代の王。一一三一～一二〇二（在位、一一七〇～一一九七）。諱は晧。仁宗の第三子、一一七〇年、鄭仲父などが兄の毅宗を廃して王位に即けた。一一七三年には東北面兵馬使の金甫当が乱を起こしたが誅殺し、一一七四年には趙位寵が西京で乱を起こしたが、一一七六年、尹鱗瞻が西京を攻略して、位寵を殺した。一一七〇年、鄭仲父が慶大升によって殺され、一一九七年には崔忠献が王を廃位して、弟の平涼公・旼（神宗）を王位に据えた。

▼8【李孝智】?～一四六三。一四五三年、五司上護軍として義禁府郎官となり、癸酉の政変（第六七話注2参照）のときに獄事を処理、その功で折衝将軍となった。一四五五年、原従一等功臣に冊録され、嘉善大夫となった。中枢院府事となって死んだ。

第一五一話……諡号を決めるのは難しい

甲辰の年（一四八四）の九月、奉常寺▼1で金良璥《キムヤンギョン》▼2の諡号を考えて、

「恭威公、褊粛公、そして斉克公の三つの中からお決めになってください」

と、啓上した。王さまがこれを承政院にお問い合わせになったところ、承政院からは、

「金良瓛は偏頗《へんぱ》なところがあったために、その諡号がこのようなものになったのです」

とお答えした。そこで、王さまがおっしゃった。

「以前、金国光《キムクククァン》▼3と尹継謙《ユンケキョム》▼4の諡号が啓上されたとき、私はそれを変えようとしたが、後になって弊害が生じるのを恐れて、そのままにしておいた。今、良瓛ははなはだ実直に生きて、親友たちのごく私的な依頼をも受けつけなかったから、その心に偏頗なところがあったとして、朝廷の議論もそこに落ち着こうとしている。人となりをいかに率直に表しているとしても、偏頗だという諡号をどうして贈ることができようか。私はこの諡号を変えたいのだが、どうであろうか」

承政院から申し上げた。

「奉常寺からすでに諡号を提出したからには、それを変えることは難しいことです。大体、実直な人をどうして偏頗だと言いましょうか。偏頗だと言われる人は正当ではないことをもって偏狭に固執するから、そう言われるのです。今、金良瓛には偏狭な癖があるのを知って、公の意見もそこに落ち着いたので、もしこれをお改めになれば、後日に弊害となって現れるのではないかと憂慮されます。ここはただ奉常寺で決めて提出した六つの文字、『恭威』・『褊粛』・『斉克』の中から、殿下が裁可なさってください。どうかお願いいたします」

そこで、王さまはみずから「恭粛公」と書いて贈られたが、ものごとにうやうやしく対し、目上の人につかえることを「恭」と言い、心の中であることを決していることを「粛」と言うのである。

また同じ甲辰の年の十一月、奉常寺から李継孫《イケソン》▼5の諡号を選んで提出したが、それは長敬公と玎憲公というものであった。これは人を教えるのに倦まなかったことを「長」と言い、義理を述べることに力を尽くさなかったのを「玎」と言ったのであるが、このとき、金文簡公▼6が経筵にいて、申し上げた。

「李継孫公が咸鏡道観察使であったとき、学校を作って人材を養成し、その中から科挙に及第した者も多

く出ました。しかし、これを人を教えて倦まなかったと言うのは、いささか違っています。人を教えて倦まなかったというのは、たとえば金鉤《キムク》（第七九話注9参照）や金末《キムマル》（同話注10参照）のような人びとにはふさわしいものの、李継孫について言えば、観察使として学校を作っただけのことで、自分で人を教えたことなどありませんから、どうしてこのような諡号を受けることができましょうか。継孫の人となりは宰相となるだけの体を備えて、まったくの善人であり、君子でした。むしろ『長』という文字を避け、別の美しい諡号を与えることができないでしょうか。義理を述べることに力を尽くさなかったというのも、実際は違っています。彼はかつて罪を犯して帰郷していただけのことです。『玎』というのも正しくはありません」

このとき、王さまは敬憲公と書いて諡号を贈られた。

（曺伸『謏聞瑣録』）

▼1【奉常寺】朝鮮王朝時代、国家の祭事と諡号に関する事がらを司った役所。

▼2【金良璥】?～一四八四。字は子宝、本貫は尚中。早く進士となり、一四四二年、親試文科に丙科で及第し、石城県監、成均館主簿、持平などを歴任して、大司諫になった。一四六八年には通信使として日本に来ている。全羅道・京畿道の観察使となり、一四七五年には聖節使として明に行き、工曹判書に至ったが、眼疾で失明して辞任した。公務を処理するのに果敢であった。諡号は恭粛だった。

▼3【金国光】一四一五～一四八〇。字は親卿、号は瑞石、諡号は丁靖。本貫は光州。一四四一年、文科に及第、世祖の寵愛を受けて、「事知第一」という書を賜った。李施愛の乱（第一二九～一三〇話参照）の平定に功を上げて光山君に封ぜられた。睿宗のとき右議政、成宗のとき左議政となり、ふたたび光山府院君に封ぜられた。『経国大典』の編纂に参与した。

▼4【尹継謙】一四四二～一四八三。字は益之・弼甫。本貫は坡平。一四五七年、蔭補で世子右参軍となった。一四六八年、左副承旨となり、南怡の獄事（第一三五話注4参照）に当って功績があったとして翊戴功臣三等に冊録され、嘉善大夫、鈴平君に封じられた。一四八〇年には行慶尚道観察使・工曹判書に至った。諡号

は恭襄だった。

▼5【李継孫】一四二三〜一四八四。字は引之、本貫は驪州、一四四七年、式年文科に及第して官途についた。一四六一年、北方の女真族の侵入に待備ために、巡察使の韓明澮の従事官となったが、病を理由に行かなかったので、熊川鎮の一軍卒として服務することになったが、翌年には赦された。江原道観察使となって道民の飢饉をよく振恤し、一四六九年には咸鏡道観察使となり、李施愛に乱後の民心をよく収拾し、一四七〇年には平安道観察使となって、郷校を支援してこの地方の学術を振興した。一四七四年、兵曹判書として、奏聞使の金礩の副使として明に行き、その功で土地三十結、奴婢三口、馬一等を賜った。

▼6【金文簡公】金浄（一四八六〜一五二一、第二九三話注4参照）では若すぎるが、他に文簡の諡号を贈られた金氏がこの時代に見当たらない。文忠公の金宗直（一四三一〜一四九二、第二〇話注27参照）かとも思うが、わからない。

第一五二話……成宗と金訢

成化の丙午の年（一四八六）、直提学の金訢《キムフン》（第一三九話注4参照）は王さまの命を受けて、彼の外曽祖の成《ソン》概《ゲ》▼1が書いた魏徴▼2の十漸疏を献上したが、それに添えて自らが書いた箚子《とうし》（臣下が君主に対して申し上げる体の文章）もたてまつり、おただしする意志を表した。これに対して、王さまは以前お召しになっていた白い絹で作られた帖裡と黒い黍皮（鼠に似た動物の皮）の靴を下賜なさり、また手ずから金牋紙《きんせんし》に手紙を書いてくださった。

「卿が進上した箚子と魏徴の疏の掛け軸ははなはだすばらしい。魏徴のこのことばはまことに万世の亀鑑である。かつて卿の父親が卿を教訓したのは、卿は魏徴のようになれということであった。また卿は私に勧めて唐虞のような政治を行なえという。これはまさしく父が子を愛し、臣下がその君主を愛するということであろう。私がたとえ利発でなくとも、これをあえて忘れることがあろうか。卿の誠意を嘉《よみ》して褒美を授けて表彰するが、卿はこれをつねに左右に置いて自らの戒めとするように。私の書はただお決まりの楷書であり、特に取り立てていうほどのものではないが」

金訢を昇進させて工曹参議として、その父の右臣《ウシン》[3]は丹陽郡守とした。

（曺伸『謏聞瑣録』）

▼1【成概】『太宗実録』十年（一四一〇）十一月、尚瑞少尹の韓承顔および司丞の成概が侍講のさいに酒を飲み過ぎて無礼を働き免職になったという記事がある。

▼2【魏徴】五八〇～六四三。唐初の功臣。字は玄成、山東曲城の人。隋末の群雄の一人である李密、唐の高祖の太子・李建成の臣を経て、太宗に仕えてよく諫めた。梁・陳・北斉・北周・隋の正史や『群書治要』などを編纂した。

▼3【右臣】金友臣。一四二四～一五一〇。字は待聘、本貫は延安。一四五年、司馬試に合格して、ついに文科には及第しなかった。成宗が世子であったとき、師傅に抜擢されて、武官としての待遇を受け、後に成宗の配慮で文官として戸曹参議、僉知春秋府事を経て、官職を退いた。

第一五三話……婚姻の日の風雨

戊申の年（一四八八）の二月六日に世子の嬪《い》[1]を納れた。この日の朝から風が大いに吹き、雨が激しく降った。王さまは嬪の父親である左参賛の慎承善[2]にみずから筆を執って書状をしたためられた。

「世間では婚姻の日に風雨があるのを嫌うと言うが、おおよそ、風は万物を動かし、雨は万物をうるおすもの。万物が成長するのはすべて風と雨のおかげであると言えるのではないか」

しかし、これは伝え聞いた話であるため、すべてを書き記すことができない。しかし、まことに帝王のことばだと言えよう。この日、午後になると、雨は上がり、空は清明となった。

（権健『忠敏公雑記』）

▼1【世子の嬪】後に燕山君が廃されるとともに廃された慎氏。燕山君が世子のときに結婚をして、燕山君が即位するとともに王妃となった。しかし、燕山君が廃位されると、居昌郡夫人に落とされて宮廷から追われ、中宗の代に死んだ。

▼2【慎承善】字は子継・元之、本貫は居昌。臨瀛大君の婿。十八歳で司馬試に合格、一四六六年には文科に壮元及第した。つづいて抜英試にも壮元となり、吏曹参判と芸文館提学を兼ねた。成宗のとき、翊戴・佐理の二つの功臣となって居昌府院君に封ぜられた。娘が世子の燕山君の妃となった。官職は領議政となったが、燕山君が即位すると、官を辞し、いっさい政治に関与しなかった。広大な土地の下賜もあったが、これも謝絶した。

第一五四話……孫舜孝の諫言

成宗《ソンジョン》のとき、勿斎・孫舜孝《ソンスンヒョ》▼1は世子の燕山君が君主としての重責に耐えないことを知って、ある日、御榻《ぎょとう》（天子の腰掛け）に登り、竜床を撫でさすりながら、諫言をしたことがある。このことをもって、台諫（第二二三話注3参照）では罪に当たるとする一方で、また何ごとを密かに啓上したのか知りたいと考えた。しかし、成宗はおっしゃった。

「私の好色を戒めてくれただけのことだ」

ついにその内容はわからなかった。

（任輔臣『丙辰丁巳録』）

▼1【孫舜孝】一四二七〜一四九七。字は敬甫、号は勿斎・七休居士、本貫は平海。一四五一年、生員試に合

格して、一四五三年には増広文科、一四五七年には文科重試にそれぞれ及第した。顕官を歴任して、一四八〇年には燕山君の生母の廃位（第一四八話参照）に反対した。右賛成・判中枢府事にまで至った。性理学に造詣が深く、『中庸』『大学』『易経』に精通していた。『世祖実録』の編纂に参与し、『食療撰要』という撰書もある。

第一五五話……経書の学問と文章の能力

高麗時代の文士たちはみな詩と騒をもっぱらにして、ただ圃隠・鄭夢周《チョンモンジュ》（第一一五話注1参照）だけが性理学を初めて提唱した。わが朝鮮時代に入って、陽村（権近。陽村は号。第一〇七話注1参照）と梅軒[1]の兄弟が経学に明るく、また文章にもたくみであった。陽村は四書五経の口訣[2]（第一一五話注2参照）を伝えて、また『浅見録』や『入学図説』などの書物を書き、儒学の発展に尽くした功績は少なくない。

その後に、師として崇められる人物には、黄鉉《ファンヒョン》[3]、尹祥《ユンサン》（第八五話注5参照）、金鉤《キムク》（第七九話注9参照）、金末《キムマル》（同話注10参照）、金泮《キムパン》（第八五話注4参照）などがいる。しかし、黄鉉は学問で名をあらわすことがなかった。尹祥ははなはだ経学に精通していて、わずかに文章を作ることを知っていた。金鉤と金末はともに経学に通じていると言っていいが、しかし、金末は固執する癖から免れずにいる。彼らの議論はたがいに譲らず、論争がやむことがない。彼らに学んだ者たちもまた二派に分かれている。この二人はともに世祖に認められ、官職は一品にまで昇った。金泮は大司成まで昇り、年老いて引退して、故郷に戻って死んだ。

また、その次の人びととしては、孔頎《コンキ》[4]、鄭自英《チョンチャヨン》[5]、丘従直《クチョンチク》[6]、兪希益《ユフィイク》[7]、兪鎮《ユチン》[8]などがいる。孔頎は滑稽な話をよくしたが、文章を作ることが苦手で、簡単な手紙の一行すらも書けなかった。あるとき、人から手紙をもらったものの、その返事がなかなか書けない。生員の金順明《キムスンミョン》[9]がその場に居合わせ、その有様を見て、孔頎の話しことばに合わせて返答を書いたが、言わんとすることを巧みに書きつくしていた。

孔頎は感心して、「君の学問は私から出たものだが、君はよくそれを活用することを知っていて、私はと言えば、活用の仕方を知らない。『青は藍より出でて藍よりも青し』とはこういうことを言うのだな」と言った。

鄭自英はただ五経に詳しいだけではなく、史書もよく渉猟して読んでいた。官職は判書に至った。

丘従直は端正な容貌をしていたので、世祖に抜擢され、最後には一品の位にまで上がった。兪希益はたいして顕達することなく終わった。兪鎮ははなはだ固執癖があって、事理に通じていなかった。

最近では、盧自亨《ノチャヒョン》▼10や李文興《イムンフン》▼11といった人たちがいて、長いあいだ学官のままであった。成宗が彼らの年老いたのを見て優遇なさり、最後には堂上官になったが、その後、みな退官して、故郷にもどって死んだ。

（成俔『慵斎叢話』）

▼1【梅軒】権遇。一三六三～一四一九。字は仲慮、梅軒は号、本貫は安東。検校政丞の僖の息子。鄭夢周に学んで、一三八五年に及第、朝鮮時代になって芸文提学となった。世宗が世子であったとき、経史を教え、世宗の尊敬の念は終生変わることがなかった。

▼2【四書五経】四書は『中庸』『大学』『論語』『孟子』を言い、五経は『易経』『詩経』『書経』『礼記』『春秋』を言う。

▼3【黄鉉】一三七二～?。本貫は平海。一三九三年、春場文科に同進士として及第、一四〇七年には成均館直講として重試文科に及第した。太宗年間から顕職を歴任して、世宗朝には大司成になった。学問と行ないに秀でた当時の代表的な儒学者。

▼4【孔頎】文宗年間（一四五一～一四五二）に殷山別監、成均主簿、端宗年間（一四五三～一四五五）に右正言、左正言を経て、世祖元年（一四五五）には直講として原従功臣三等に祿勲され、成均司芸まで至った。

▼5【鄭自英】?～一四七四。本貫は盈徳。貧しい出自だったが、学問に励んで、一四三四年、謁聖文科に乙科で及第して、官途についた。経筵で経史を講論したさい、その該博な知識に感動した世祖によって抜擢され、以後、要職を歴任し、工曹判書に至った。学問を好み、特に易学に明るかった。礼曹判書を追贈された。

▼6【丘従直】一四二四～一四七七。字は正甫、本貫は平海。世祖のときの文臣。四書三経に精通して、諸子百家についても知らないことがなかったという。官職は左賛成に至った。

▼7【愈希益】一四五七年、登科して成均館大司成になった。易学・性理学に精通して、文章にすぐれ、徳行が備わっていたという。『朝鮮実録』世祖九年（一四六三）四月に、前成均直講・兪希益を成均館に復帰させたいという啓上があった。希益は経学に励んだにもかかわらず、故なくして解任された、教授・学生も復帰を望んでいる、と。

▼8【兪鎮】一五二八～一五八四。字は士虞、号は学村、本貫は仁同。一四六二年、式年文科に及第して官途につき、一四七七年には副提学となった。経学に明るく、行ないも正しく、模範となる人となりであったので、長く成均館で教訓を担当した。特に易に精通していた。

▼9【金順明】一四三五～一四八七。字は居易、本貫は清風。一四五六年、文科に及第、校書館正字・正郎となった。一四六七年に李施愛の乱（第一二九～一三〇話参照）の平定に従軍して功を立てて敵愾功臣三等となり、成宗のときには佐理功臣となり清陵君に封じられた。その後、官職は刑・戸・兵・礼曹の参判を経て、全羅・黄海道の観察使となった。

▼10【盧自亨】?～一四九〇。本貫は光州。一四五〇年、文科に及第して、官途につき、司・大司成となって、成均館で後進の指導に当たった。七十歳になって辞職を請うたが、受け入れられず、一四八八年には僉知中枢府事になった。性理学に精通していた。

▼11【李文興】一四二三～一五〇三。字は質甫、号は羅菴、本貫は星州。一四六二年、進士に合格、一四六九年には文科に及第した。一四七二年、『睿宗実録』の編集に参与し、一四八二年、成均館司成となって以後、大司成となって七十九歳で引退するまで、儒生の教育に没頭して、その門下から多くの人材を輩出し、王から特別に褒賞を受けた。

第一五六話……韓明澮の進退を諷する詩

上党府院君の韓明澮《ハンミョンフェ》（第一一八話注4参照）は漢江の南側に亭子を造り、押鷗亭と名づけた。彼は策を定めた功績をみずから韓《ハン》忠献公▼1に比し、惜しまれつつもおもむろに隠退したという評判を得ようと考えた。年老いたために江湖に退くとは言ったものの、しかし、官職とそれに付随する禄には恋々として離れることができなかった。王さまは詩を作って餞になさった。朝廷中の文士たちがそれに和して、数百篇にも及んだ。その中で、判事の崔敬止《チェキョンチ》▼2の詩が第一であったが、その詩は次のようなものであった。

「三度も召して慇懃に応接なさるのは暖かい恩寵、
亭子はあっても帰って悠々と遊ぶことはできかねる。
胸の中ではおのずと機会をうかがい、心は静かか。
官吏の海でも白い鷗と親しむことができよう。

（三接慇懃寵渥優、有亭無計得来遊、
胸中自有機心静、宦海前頭可押鷗）」

（南孝温『秋江冷話』）

この詩を韓明澮は嫌って、懸板の中には書かなかった。

▼1【韓忠献公】忠献の諡号を贈られた韓氏を見いだせない。
▼2【崔敬止】？〜一四七九。字は和甫、本貫は慶州。一四六〇年、生員として別試文科に壮元で及第、司諫院正言を皮切りに官途に就いた。一四六二年に経筵での抜きんでた講書で加資された。詩・文・史に優れていた。一時期、批目を処理するのに無断で出去を行なったとして弾劾を受けて、告身を削られたが、復帰、一四六六年には抜英試に二等で合格した。『世祖実録』『睿宗実録』の編集に参与した。一四七九年、燕山君の母である貞顕王后の廃位（第一四八話参照）に反対した。副提学に昇進したものの、大酒で死んだ。

第一五七話……幼いときから傑出していた許琮の度量

忠貞公・許琮《ホジョン》▼1は幼いときから奇異で傑出し、普通の子どもたちとは異なっていた。十二、三歳に達したとき、同じ年ごろの子どもたちと寺に行って書物を読んだ。ある日の晩、盗賊が忍びこんで子どもたちみんなの衣服や靴を盗んで行った。翌日になって、子どもたちは恐ろしくなり、みな散り散りに家に帰って行ったが、許琮だけは動揺することなく、その夜も枕を高くしてぐっすりと大の字になって寝た。壁に筆を執って書きつけた。

「すでに私の服を盗まれたので、靴は盗まないでくれ。すでに服も盗まれ、靴も盗まれてしまったなら、次の盗賊先生は困ってしまうだろう。

（既奪我之衣兮、宜吾鞋之莫偸、
既奪衣又奪鞋、窃為盗先生不取也）」

この話を聞いた者たちは彼がすでに普通の器ではないことを理解した。

（金正国『思斎摭言』）

▼1【忠貞公・許琮】一四三四～一四九四。字は宗卿・宗之、号は尚友堂、本貫は陽川。生員に合格して、一四五七年、文科に及第、世子右正字として月食があったとき、王に疏をたてまつったことがきっかけで、たびたび経筵を行ない、政治改革に当たった。一四六七年、李施愛の乱（第一二九～一三〇話参照）の平定に功績があって、敵愾功臣に冊録され、陽川君に封じられた。右議政に至った。人となりは剛直で、学識に富み、文官でありながら、武職をも務めた。

第一五八話……家産を顧みなかった許琮

陽川君・許琮《ホジョン》（第一五七話注1参照）は容貌が魁偉であり、その風采が巍巍《ぎぎ》としていたために、当時の人びとは大人君子だともてはやした。若いときから博く学んで文章をよくし、さらには天文・律暦・医薬・卜筮の技術までも精しく通じていないものはなかった。その上、弓を射、馬に乗ることにも巧みで、国家に何か大事があるときには、必ず公を元帥とした。

ところが、公は家産を顧みなかったので、その住まいはやっとのことで風を塞ぎ、日差しから守る程度で淡々と過ごした。

（李陸『青坡劇談』）

第一五九話……中国の使臣も称賛した許琮の風儀

弘治の戊申の年（一四八八）に侍講の董越[1]と給事の王敞[2]が来て、孝宗[3]の登極の詔書を頒布した。このとき、忠貞公・許琮《ホジョン》（第一五七話注1参照）が遠迎使として義州まで出迎えた。しかし、二人の使臣は偉ぶって人をはなはだ蔑視し、尊大に振る舞って、左右で世話をした執事が小さな失敗をしても必ず怒って叱責した。「私はお前の国の宦官ではない。お前たちはあえて無礼を振る舞うのか」

これはかつて使臣としてわが国にやって来たのは、もともとはわが国から中国に行った宦官であることが多かったから、このようなことを言ったのである。

しかし、彼らが公に対して見ると、公は背が高くすっくとした立ち姿であり、その上、衣冠もきっちりと着こんでいる。二人の使臣は驚いて互いを見交わし、

「この人物はまことに堂々としている」

と言い、それからは厳しく角々しい態度はややなくなって、左右の者に意にそぐわないことがあっても、みな不問に付した。いつも公を見るたびに、必ず立ち止まって、たがいに経史を討論して、あるいは夜遅くなって、やっと止めるのであった。


ある日、王僘がかつて使臣として蜀の地に行ったことがあると話したので、公が尋ねた。

「蜀に入って行くのには二つの道があり、陸路では褒斜を経て行き、水路では荊門を経て行くと言いますが、公はどちらで行かれましたか」


王僘が答えた。

「水路をとって入って行きました」

「すると、江は岷江に始まって嶓山の東側の麓に至るまで傾斜が急で険しくて流れが早く、夷綾に至って初めてゆるやかに流れると言いますが、ほんとうにそうなのでしょうか」


そのように尋ねて、また公は江がどこそこに至るという、江の上流下流の辺にある襄州・樊城・荊州・鄂州など、数千里のあいだの山川の遠い近い、人口の多い少ない、そして古今の英雄たちの割拠などに至るまで、歴々と数え立てた。二人の使臣はその博識ぶりに心の中で感嘆して、公の手をとらえて、

「胸中に万巻の書物を蔵しているのでなければ、どうしてそんな話ができるだろう」

と言った。公がまた中国の典拠について尋ねると、彼らはたとえ宮廷の秘密であっても、みな公のために心を尽くして答えてやり、いささかも隠し立てはしなかった。


二人の使臣が帰って行くことになり、江の辺まで来たとき、彼らは名残を惜しんでなかなか別れることができず、はなはだしくは涙まで流して、

「できれば、公は早く中国に来て、中国の人びとに海外にもこのように優れた人物がいるということをわからせてほしい」

と言った。彼らは帰って行くと、中国の縉紳《しんしん》たちのあいだで騒がしいほど称賛した。

「天上にはどんな人がいるかわからないが、地上の人間の世界にこのような人は二人といないであろう」

その後、郎中の艾璞[4]が使臣としてやって来たが、彼はその人となりが傲慢かつ僭越で、卿相《けいしょう》のような高貴な方に逢っても睥睨するだけで、礼などしない人間であった。

しかし、彼が国境の中に入ってくると、まず最初に公の安否を尋ね、公の顔を見ると、顔色をただしておだやかになり、会って別れるときには鞠躬如《きっきゅうじょ》として、はなはだ礼を重んじた。

（魚叔権『稗官雑記』）

▼1【董越】成宗十九年（一四八八）、孝宗登極詔使として朝鮮にやって来た

▼2【王敞】成宗十九年（一四八八）、孝宗登極詔使として朝鮮にやって来た

▼3【孝宗】明九代の王の朱祐樘。憲宗の第三子。恭倹にして制あり、民を愛して政に努めたという。在位、一四八七〜一五〇四。年号は弘治。

▼4【艾璞】成宗二十三年（一四九二）、冊立皇太子詔使として朝鮮にやって来た。

第一六〇話……李耔の許琮集への跋文

陰崖・李耔《イチャ》[1]が尚友堂・許琮《ホジョン》（第一五七話注1参照）の詩集に跋文を書いた。

「わが朝鮮朝の名臣としては、世宗のときに黄喜（第一二話注2参照）と許稠（第二〇話注6参照）がいて、そして成宗のときの許公がいる。公の諱は琮で、字は宗卿、号は尚友堂である。初めて官途に登ったとき、仏教をないがしろにして王さまの怒りを買い、世祖は大変な威厳でもって彼が志を守るのを試験なさって後、初めて昇進をお認めになったが、その間、公は従容としていささかも儀範を忘れなかった。そのときから赫々たる名前が日々に現れ始め、順次を越えて宰相の地位に昇り、一つ一つの階級を経由しなかった。

その姿はすらりとして、風采は秀でている上に厳粛で、まさしく秋の空と冬の気候のようで、仰ぎ見るときは畏怖を抱かせたものの、対して見ると温和であった。もっとも性理学を好み、沈潜して研究し、みずから得たところが多く、わずかに耳に触れ眼に触れしてものにした者たちとは比較すべくもなかった。彼はまたあらゆる史書に精通していたが、朱文公の『通鑑綱目』をわずか二十日で読破した。その精励ぶりと俊敏さはこのようであった。それゆえ、彼が国家のために処理したことを顧みると、人のお手本に成ることが多かった。宣陵（成宗）の知遇を得て、その徳が王さまと並んで、朝廷の中では皐夔《こうき》▼2となり、外では方召▼3となった。万事に喜んで鼓舞をし、大いに成功することが期待されたが、中途でにわかに死んでしまった。どうしてこれが天命と言えようか。彼の詩文も彼の徳行と同じように雕琢《ちょうたく》を事とせずとも、そのまま雄渾かつ端雅であり、おのずから声律にかなっている。徳のある者は必ず言葉を持つが、どうしてその言葉を信ぜずにいられよう」

（任輔臣『丙辰丁巳録』）

▼1【李耔】一四八〇～一五三三。字は次野、号は陰崖・夢翁、本貫は韓山。一五〇四年、文科に及第、吏曹佐郎を経て、右参賛に至った。趙光祖の一派として、一五一九年、己卯の士禍（第二九三～二九八話参照）にかかわって罷免され、陰城に退き、後には忠州に移って、そこで死んだ。

▼2【皐夔】皐陶と夔。いずれも尭・舜の時代の名臣。皐陶が大理（獄舎の長）となると、その判決は公平であったので、人びとはその裁きに復して上を欺かなくなった。夔は典楽に任じられて、五声・八律。十二音を整えた。

▼3【方召】周の宣王の中興を助けた二人の大臣の方叔と召虎を言う。

第一六一話……私心なき孫舜孝

判院の孫氏（孫舜孝。第一五四話注1参照）は昔の人の三休と四休[1]という号を合わせて七休居士と号した。人となりは純粋で謹直であり、一切の私心というものがなく、すべてにおいて直情径行であった。もし風俗や綱常にかかわることであれば、必ず何よりもまず誠意を尽くした。

かつて江原道監司となったが、そのとき、ひどい日照りが続いた。雨乞いの祈禱をしても、効果がない。孫公は、「雨が降らないのに別の理由があるわけではない。守令が誠意を尽くさないからだ。まごころが天を感動させたなら、天は必ず報いてくれるであろう」と言って、さらに斎戒して、みずから祈雨祭を執り行った。

そうして、夜中に雨音を聞いて、雨を喜んで起き上がり、「天に感謝しなければならない」と言い、朝服を着て庭の中に立ち、何度となく天に拝礼をした。雨の勢いが次第に激しくなって、役人が傘を持って後ろからさしかけたが、公は、「畏まってお礼を申し上げているところに、傘などどうして必要があろう」と言って、引き下がるように命じた。衣服はずぶ濡れになったという。

また、慶尚監司となったときには、もし孝子・烈女の旌門[2]の前を通ることがあれば、必ず馬から下りて二度の礼をした。たとえ雨が降っていても、これを欠かすことがなかった。都事の李緝《イチプ》[3]が蓑をかぶって畑の中で伏していたが、公は拝礼が終わって都事に、「足下はどうなさったのか」と尋ねた。李緝が「私はまず公をこそ拝礼いたします」と答えた。側にいた者たちで笑いが漏れないよう口を押さえないものはなかった。

またあるとき、平壌に行って箕子《キチャ》（第一話注4参照）の墓を通り過ぎ、馬から下り地面にひれ伏して礼をして、「わが国が今に至るまで礼儀の国であるとされるのは、もっぱらこの方の教えに拠るものだ」と言った。

またあるとき、王さまの狩猟に随行して穿嶺に行ったとき、猛虎に取り囲まれてしまった。公は酒に酔って、木の矢を抜いて弓につがえ、駈けて虎の中に飛び込もうとした。大勢の者があわてて公を抱きかかえて止めたのだった。これに類することがはなはだ多かった。

つねに王さまの前で「忠」と「恕」の二文字を書いて、懇々と陳情した。成宗《ソンジョン》が彼の忠義と正直を喜ばれ、大いに登用されることになった。

公は地位が上がっても、いよいよ倹約をこととした。客があって酒席をもうけるときにも、いつもただ黒豆、苦菜のナムル、松の実だけを肴にした。贅沢なことをはなはだ嫌った。

（成俔『慵斎叢話』）

▼1【三休と四休】三休堂（姜世亀）あるいは三休子（慶暹・尹寛）を号とする人たち、四休亭（金徽）を号とする人を探し出すことができるが、残念ながら孫舜孝より以前の人ではない。

▼2【旌門】貞女、烈婦、あるいは孝子など善行のあった人の名を、その郷里の里門に書き表すことを旌閭《せいりょ》と言い、これが掲げられた門。

▼3【李緝】『朝鮮実録』成宗十八年（一四八七）十二月、李緝を通善司諫院献納に任ずる記事がある。

第一六二話……高麗に殉じた鄭夢周の祠堂を修築する

圃隠・鄭夢周《チョンモンジュ》（第一一五話注1参照）の祀堂は、以前は永川県にあった。文貞公の七休・孫舜孝《ソンスンヒョ》（第一五四話注1参照）がこの道の按察使となり、巡察をしようとして永川を通り過ぎたが、馬の上で酒に酔って朦朧として圃隠の村を通り過ぎてしまった。このとき、夢の中におもむろに一人の老人が現れた。毛髪と髯は真っ白で、衣冠の姿には威厳があった。自分は圃隠であると名のり、

「私のいるところは荒れ果てて、雨風を防ぐことができない」と言って、何やら依頼する様子であった。

七休はおどろいて不思議に思い、その村の古老たちに尋ねて、圃隠の祀堂を探し出した。そして、村の人びとに話をして祀堂を新たに修造した。祀堂が完成すると、供え物を用意してみずから祭祀を行ない、落成を祝った。祭祀では自らも大きな盃で酒をあおって酔い、壁に書きつけた。

「文忠公と忠義伯[1]の二人の先生は肝胆相照らす仲。公はわが身を忘れて人の紀綱を立て、千年万年後にも仰ぎ見られて止むことがない。利のあるところを求めて昔も今も人が奔走するのを尻目に、霜のように清く、雪のように白く、松柏のように青々とした姿を保つ。一間の堂を構えてまさに雨と風を防いで差し上げるが、公の霊魂が安らかであれば、私の心もまた安らかである」

ひそかに考えれば、忠誠なる霊魂と豪気なる魂魄とは天地の間にあって、藹然《あいぜん》として造化の元気とともに流れているはずであり、これがどうしてちまちまとした祀堂が廃れたと言って、人に新たに建てることを要求するであろうか。しかし、また考え直してみると、この老人の胸の中はなごやかで美しく、平生は忠恕をもってわが心としてきたために、あるいは恍惚としている間に互いに感通したのではあるまいか。

（金安老『竜泉談寂記』）

▼1【文忠公と忠義伯】文忠は鄭夢周の号。忠義伯は忠義の地方長官の意味で孫舜孝自身を指す。

第一六三話……孫舜孝、高麗の遺臣の吉再を祀る

七休・孫舜孝《ソンスンヒョ》（第一五四話注1参照）はいろいろな村を巡行したが、道中にある孝子と烈女の旌門（第一六一話注2参照）を見ると必ず馬から下りて一礼をして通り過ぎた。金烏山の下を通り過ぎたとき、吉再《キルチェ》[1]先生

が住んだ場所に至って、文を作って差し上げた。

「祀堂の下から拝しますと、生前の先生のお姿が彷彿とします。ただ金烏山と洛水とは昔に変わりませんが、先生は今はどうしていらっしゃいますか。黄色い芭蕉と紅い茘枝とで祭祀を奉りますが、どうか英霊よ、ご嘉納あれ」

この老人は文章を雕琢するのに意を用いなかったとしても、胸の中から出て来た文章はおのずとこのような出来であり、その風采を偲ぶことができるのではないか。

（金安老『竜泉談寂記』）

▼1【吉再】一三五三〜一四一九。号は冶隠。李穡・鄭夢周・権近などの弟子で性理学を学んだ。門下中書の職を擲って、年老いた母親の世話をするために故郷に帰った。一四〇〇年、親交のあった太子の李芳遠が太常博士として彼を招いたが、二朝に仕えるのを潔しとせず、ついに出仕することはなかった。世間は彼の高い志を尊敬して、牧隠・圃隠とともに高麗の三隠と呼んだ。

第一六四話……天に怒りだす孫舜孝

勿斎《ムルチェ》・孫舜孝《ソンスンヒョ》（第一五四話注1参照）は方伯であったとき、旱魃に遭うと、真心をこめて祈雨祭を行なったが、すると必ずその効果があった。それでも雨が降らなければ、怒りだして、

「私がお前に雨を請うているのに、どうして雨を降らせてくれないのだ」

と叫んだ。これは神を威嚇することばであり、到底、言い訳のできる道理ではないものの、もしわが身をかけて一生懸命になっているのでなければ、このようなことばは出て来ないとも言えよう。

（任輔臣『丙辰丁巳録』）

第一六五話……孫舜孝の最期

おおよそ、人がまさに死のうとするときには、精神は乱れていないものである。しかし、死ぬ者は道理に合わないことであれば、これを受け入れることができない。賛成の孫舜孝《ソンスンヒョ》（第一五四話注1参照）はつねづね言っていた。

「私はどんな病気もなく死にたいものだ」

ある日、宰相たちとともに酒を大いに飲んで夜を徹し、明け方に起きて、その夫人に言った。

「私は気分がすぐれない。子どもたちを呼んですぐに食事を作ってほしい」

彼はまた続けて、

「私は幼いときに書物を脇に挟んで師匠の家に通ったが、それを真似してみたい」

と言って、一巻の書物を脇に挟んで階段を何度か上下したが、

「ああ、疲れてしまった。すこし休みたい」

と言って、枕を置いて眠った。

家の人びとは彼が眠っているものと思ったが、しばらくして見ると、すでに息絶えていた。美味しい焼酎を大きな甕に入れて霊妙な力のある石の下に埋めていたが、公が死んで、そのままになってしまった。

（曺伸『謏聞瑣録』）

第一六六話……直言する権景祐

参判の権景祐《クォンキョンウ》▼1は成宗《ソンジョン》のときの監察として書状官となり、中国に行った。そのとき、訳官があまりに多くの物を持って帰って来たために、駅路が騒ぎ出した。それらの物を依頼したのはもっぱら権勢がある貴族や官僚たちであった。公はこれをいろいろと調査して、たとえ布一匹だけを持って来た者であっても、すべて牢獄につないで拷問した。このことにより、三階級を越えて昇進した。

彼が正言となると、台諫（第二三話注3参照）に任士洪《イムサホン》▼2を追放するように請うたが、そのことばははなはだ率直であった。そこで、士洪は夜遅く公の家を訪ねて、何も知らないふりをして、

「いったいだれがこのような意見を述べたのでしょうか」

と言ったところ、公ははっきりと答えた。

「まさにこの私がその意見を述べたのだ」

これに士洪はすっかり気押されて、あえて一言も言い返すことなく、帰ってきた。

彼が弘文館にいたとき、言ったことがある。

「廃妃（第一四八話注1参照）にたとえ罪があったにしても、村里にあのように過ごしていらっしゃるのは宜しくない」

王さまははなはだお怒りになって、

「お前はひそかに世子におもねり後日のことを企んでいるのだな」

とおっしゃり、牢獄に入れるように命じて、尋問をなさった。しかし、公はいささかも臆することなく、真心でもって歴代の君主が廃した妃をどう遇されたかを述べ立てて、そのことばは適切であった。王さまは怒りをお納めになり、ただ罷免するだけで済まされた。

（魚叔権『稗官雑記』）

▼1【権景祐】権景裕。?～一四九八。字は君饒・子汎、号は癡軒、本貫は安東。金宗直の弟子で、進士となり、一四八五年、文科に及第、燕山君のとき、情勢が尋常でないのを見て、堤川県監となった。史官であっ

たとき、金宗直の史伝を史草に載せ、戊午の士禍（第二四八～二四九話参照）に連座して金馹孫とともに処刑された。中宗のとき都承旨を追贈された。

▼2【任士洪】？～一五〇六。本貫は豊川。燕山君のときの勢道家。彼の弟の光載は睿宗の娘の顕粛公主の婿、崇載は成宗の娘の徽淑翁主の婿となった。そのことから、一四九八年の戊午士禍以後は権勢を一手に占めた。台諫の弾劾を受けて極刑に処せられることになったとき、王命によって特赦が下りて許された。燕山君の生母の尹氏が死んだ内幕を密告して、一五〇四年には甲子士禍（第二〇八話注4参照）を起こして多くのソンビを粛清したが、一五〇六年の中宗反正（第二五二話参照）によって殺害された。

第一六七話……鄭錫堅は山字官員

判書の鄭錫堅《チョンソクキョン》▼1は人となりがさっぱりしていて、小さなことにこだわらなかった。弘文館にはもともと丘史▼2がいず、ただ地方から来た奴が一人だけいた。そのために官吏たちが出張をするときには、別の官庁から丘史を借りて連れていくことが例となっていた。鄭が応教になったとき、丘史を借りることなく、ただ蠟牌（手形）を懸けた下人に先導させて自身は馬に乗り、ただ一人の奴が後に従うだけであった。

道でこれを見た人びとは指さして笑いながら、

「あれは山字官員▼3ではないか」

と言った。これに対して、同僚も冗談で、

「丘史を一人借りることのなにが義理を大きく損なうことになるのか。こんなに体面を傷つけているではないか」

と言うと、鄭錫堅は笑いながら、

「丘史を借りるかどうかは人の目の前のこと、後ろを守る者が多いか少ないかは背中のこと。自分の目に見えないところに誰がいようと私はかまわない。丘史を借りるというのは、私のすることではない。むしろ山字官員になったとしても、人に乞食のように乞うことを私は願わないのだ」と言った。これを聞いた者たちは大笑いをした。

（金正国『思斎摭言』）

▼1【鄭錫堅】一四四四～一五〇〇。字は子健、号は寒碧斎、本貫は海州。一四七四年、式年文科に乙科で及第、官途についた。一四八三年、千秋使の書状官として中国に行き、一四八五年、吏曹佐郎になった。翌年、司憲府持平となり、経筵で元史を講ずるのをやめることを主張した。一四九三年、薺浦で日本人が騒ぎを起こすと、慶尚道観察使となって現地に派遣されたが、事の処理を誤ったとして弾劾を受けた。一四九七年、大司諫を経て、吏曹参判となったが、一四九八年、戊午の士禍（第二四八～二四九話参照）の際には、金宗直の文集の編纂にかかわったとして罷免された。

▼2【丘史】本来は高麗・朝鮮の時代に宗親および功臣に与えた下人を言う。朝鮮時代には官奴婢の中から選んだ。主人が死ぬと三年の後には本来の持ち場に戻ることになっていたが、主人の妻が生きている場合にはそのままとどまった。ここでは弘文館の下働きをする官奴婢を言う。

▼3【山字官員】一人が馬に乗って前後に歩いて行く人がいる姿が横から見ていて「山」の字に見えたから言う。

第一六八話……仕事に刻苦精勤した韓致亨

清城君・韓致亨《カンチヒョン》▼1が刑曹判書となり、仕事をするのにははなはだ熱心で、郎官たちは朝に夕べにもう耐えられないほどに疲労した。その一族の甥の韓健《ハンコン》▼2はこのとき正郎であったが、ある日、暇だったのでおもむろに訪ねて行って、言った。

「咸従君・魚世謙《オセキョム》（第八八話注2参照）はたとえ遅く出勤しても、またたとえ早く退出しても、なんら仕事に落ち度はなかったと言いますが、叔父さんはどうしてこのように精勤なさるのか」

清城君は二度ほどうなずきながら、静かに言った。

「咸従君は道徳と文章がともに備わっていて、たとえ報告を受けて決済することが遅くとも、まだ取るべきところがあった。しかし、私はここにいてなんら長ずるところなどなく、謹まなくてどうしてこの職責をまっとうすることなどできようか。私の思いはただそれだけだ」

韓健は恥ずかしくなって帰ってきた。


（権健『忠敏公雑記』）

▼1【清城君・韓致亨】一四三四～一五〇二。字は通知、本貫は清州。門閥として十八歳で官界に出た。奏請使として明に行き、成宗のとき佐理功臣の号を受け、清城府院君となった。刑曹判書となり、燕山君のとき右議政、領議政となって死んだ。甲子の士禍（一五〇四）のときに追罪され、一家は皆殺しにされた。

▼2【韓健】『朝鮮実録』成宗二十四年（一四九三）正月乙未に、仁川府使の鄭眉寿が清風君・源の土地を奪ったことにかかわり、参判の韓健の名前がある。同年十月戊子に、病に臥した韓健が自分の悪名が雷のように世間で鳴り響いていると知って、自分の悪名は必ず史書に残るだろうと嘆じて怏々として死んだという記事がある。韓健は貪欲で狡猾であり、傲慢不遜であったとも言う。

第一六九話……閭巷の夫子、姜応貞

姜応貞《カンウンジョン》▼1の字は公直《コンチク》で、号は中和斎である。彼は恩津で生まれ、親孝行で名が知られた。かつて母親が病気にかかったとき、彼は三年のあいだ帯を解くこともなく、薬はまず自分が口に含んでみた後に、母親に与えた。ある日、夢の中に天神が庭に降りて来て、公直に言った。

「明日、一人の客が来る。その人がお前の母親の病を必ず治してくれる」

はたして翌日の朝、少年がやって来た。彼は名前を元義《ウォンウィ》[2]と言い、輪王洞に住んでいると言ったが、一晩の宿を請うた。公直は承諾して、母親の病について尋ねた。はたして、その少年は医薬に通じていた。少年の言うままに薬を与えてみると、十五日ほどで病は癒えた。

その後、父母の喪に服することになって、ひたすら『朱子家礼』にのっとって、冬であっても裸足で、暖かい服を着ることはなかった。このことが朝廷に知られて、朝廷では彼の家に旌門（第一六一話注2参照）を建てて表彰することにして、家では夫役を免れた。

公直は経書をよく誦し、人の運命をよく占うことができた。また医術もよく研究して理解していて、地理書にも通じていた。若いときに成均館で学問をして、ソウルの優秀なソンビたちとともに朱子の郷約[3]の故事にしたがって、朝に夕なに『小学』を講論したが、そこに集った人びとは当時の名のあるソンビたちである。

彼らの名前を挙げると、金用石《キムヨンソク》[4]、字は錬叔《ヨンスク》、申従濩《シンチョンホ》（第一三九話注2参照）、字は次韶《チャソ》、朴演《パクヨン》[5]、字は文《ムン》叔《スク》、孫孝祖《ソンヒョジョ》[6]、字は無忝《ムチャン》、鄭敬祖《チョンキョンジョ》[7]、字は孝昆《ヒョコン》、権柱《クォンジュ》[8]、字は枝卿《チキョン》、丁碩亨《チョンソクヒョン》[9]、字は嘉会《カフェ》、康伯珍《カンペクチン》[10]、字は子韞《チャウン》、金允済《キムユンチェ》[11]、字は子舟《チャジュ》などが主だった人びとであり、その他については今は挙げることができない。世間で彼らを好まない人間は、あるいは彼らを指して「小学契」と言い、またあるいは「孝子契」と言ったが、夫子（孔子その人を言う）と四聖[12]と十哲[13]に比して誹謗する者もいた。公は時に合わず、田舎に引きこもり、科挙もついに受けることがなかった。

（南孝温『師友名行録』）

▼1【姜応貞】生没年未詳。字は公直、号は中和斎、本貫は晋州。孝行で名が高く、一四七〇年、推挙されたが辞退して、一四八三年には生員試に合格した。『朝鮮実録』燕山日記四年（一四九八）八月己卯に柳子光から、姜応貞という者がいて、その仲間を十哲と称し、仲間は彼を夫子（孔子）に擬している、訊問すべきであるという上啓があった旨の記事がある。承政院からは、姜応貞は退いてすでに三十年にもなり、してい

ることと言えば、「小学契」なるものを結んで、『小学』を事としているだけで、なんら綱常に背いていない、罰すべきではないと上啓したものの、燕山君は聞かなかったという。

▼2【元義】この話にある以上のことは未詳

▼3【朱子の郷約】宋の呂大鈞の「呂氏郷約」をもとに朱熹が増補した郷村を教化する儀礼。明代中期には保甲法と合体して郷村の自治組織に発展し、朝鮮にもこれが導入された。その一端をこの話は語っていることになる。

▼4【金用石】この話にある以上のことは未詳。

▼5【朴演】『朝鮮実録』成宗九年（一四七八）四月乙卯、記事官の安潤孫の上啓に、今、聖明なる王さまの下に朋党なるものは存在しないが、ただ南孝温らの輩がいて、姜応貞と朴演らが「小学契」を結んで、しばしば集まっては講論を行ない、姜応貞を孔子に擬し、朴演を顔淵に擬している、これを危惧する者もいるが、多くの儒生たちは笑いものにしているとある。

▼6【孫孝祖】この話にある以上のことは未詳。

▼7【鄭敬祖】『朝鮮実録』燕山君日記三年（一四九七）四月甲戌に、鄭敬祖を平安道観察使となす旨の記事がある。

▼8【権柱】一四五七〜一五〇五。字は支卿、本貫は安東。一四八〇年、文科に及第、応校となり、使臣として日本と往来した。都承旨・忠清道観察使となり、同知となって明と往来して、慶尚道観察使となった。一五〇四年、甲子の士禍（第二〇八話注4参照）が起こり、平海に帰陽し、翌年には賜死した。中宗のときに右参賛を追贈された。

▼9【丁碩亨】この話にある以上のことは未詳。

▼10【康伯珍】?〜一五〇四。字は子韞、号は無名斎、本貫は信川。金宗直の婿であり、門人でもある。一四七二年、生員となり、一四七七年には文科に及第した。司憲府持平、掌令、司諫院司諫となった。一四九八年、戊午の士禍（第二四八〜二四九話参照）の際には、杖打ち八十の上、流罪になり、烽燧《ほうすい》の夜役を行なった。一五〇四年に死んだが、その後また陵遅処斬（頭、胴体、手足をばらばらにする）された。

▼11【金允済】『朝鮮実録』燕山君日記六年（一五〇〇）二月庚戌、金允済を平安道観察使となすとあり、三月丙辰には、尹弼商・慎承善などが、金允済は重責に任ずるには若すぎると上啓している。八年（一五〇

二）七月丙戌、同知中枢府事の金允済を京師に送って千秋節を祝賀させたとあり、中宗三年（一五〇八）正月丙辰に、中国から使節がやって来たとき、中宗反正によって廃した燕山君およびその后たちの所在を尋ねられたら、どう答えようかとの議論がなされ、金允済・李坤のこともあるという話題になっている。この間の事情はよくわからない。

▼12【四聖】顓頊・帝嚳・帝尭・帝舜を言う場合、尭・舜・禹・湯を言う場合、周公・太公・召公・史佚を言う場合などがあるが、少し大袈裟過ぎるようにも思われる。むしろ、四賢として、朱熹・呂祖謙・陸九齢・陸九淵という場合も考えられるが、これもやや大袈裟である。

▼13【十哲】いわゆる孔門十哲、顔淵・閔子騫・冉伯牛・仲弓・宰我・子貢・冉有・季路・子游・子夏。

第一七〇話……多くの弟子を育てた金宏弼

金宏弼《キムクィンピル》▼1の字は大猷《テユ》である。佔畢斎《チョンピルチェ》・金宗直《キムジョンチク》（第二〇話注27参照）に学び、庚子の年（一四八〇）の生員試に合格して玄風に住んだ。行ないが篤実なところは類がないほどで、平生でも必ず冠をかぶり帯をつけ、人定（第一三五話注3参照）が過ぎてようやく床に就き、鶏が鳴くと起きた。夫人以外には一度として女色を近づけたことはなく、手から『小学』を放すことがなかった。

ある人が国家のことを尋ねると、彼は必ず、

「『小学』を読む童子がどうしてそんな大きな義理を理解できようか」

と答えた。あるとき、詩を作った。

「学問をしてもまだ天機を知らず、
『小学』の中で昨日の過ちに気づく。
（業文猶未識天機、小学書中悟昨非）」

この詩を見て、佔畢斎先生が評して、

「この詩句は聖人たらんことを学ぶ基礎を示している。元の許魯斎▼2の後、このような人がまたいようとは」と言ったが、彼をどれほどに評価していたかがわかろうというものである。

三十歳を過ぎて後に初めて他の書物を読んで、後進たちを教えるのに倦むことがなかった。鳴陽副正の李賢孫《イヒョンソン》▼3のような者がその門下であり、また李長吉《イチャンギル》▼4・李勣《イチョク》▼5・崔忠成《チェチュンソン》▼6・朴漢参《パクハンチャム》▼7・尹信《ユンシン》▼8などがみなやはり彼の門下から出た。彼らはみな優れた人材として、篤実な行ないがみな師匠のようであった。

公は年を取るにつれますます道は高くなり、世間のことは顧みることができず、また世間に道を行なうこともできないことを十分に肝に銘じて、いよいよ世間から身を隠すようにして過ごしたが、人びとはそれをよく理解していた。

佔畢斎先生が吏曹参判となり、たがいに何も建議することがなく、宏弼は詩を作って差し上げた。

「道理と言えば、冬には皮衣を着て、夏には氷を食べ、
晴れれば行き、雨降れば止める、だがそれができようか。
蘭如▼9も世俗に従って遂には変に遭ったが、
誰が信じよう、牛は耕し、馬は乗るものと。
（道在冬裘夏飲氷、霽行潦止豈専能、
蘭如従俗遂当変、誰信牛畊馬可乗）」

佔畢斎先生もこれに和した。

「思いもしない官職について氷を伐り出し、
王さまを匡《ただ》して世俗を救うなど、さて私にできようか。
後輩たちを教えると、私の拙さを嘲弄するが、
この世の勢力も利益もちまちまと取るに足りないもの。
（分外官聯至伐氷、匡君救俗我何能、
従教後輩嘲迂拙、勢利区区不足乗）」

これはおおよそ大猷を怨む意味合いがある。それ以後、公と佔畢斎の間には隙間ができた。

丁未の年（一四八七）、父親の喪に服し、粥を食べて大いに哭して気絶したが、ふたたび蘇生した。大猷は『小学』をもってわが身を律し、昔の聖人たちをもって規範と見なした。後輩たちを呼び集めては恂々と灑掃の礼▼[10]を行なって、六芸の学問を修める者たちが前後に多く現れた。それを批判する世論も現れて、自勗・鄭汝昌▼[11]が中止するように助言したが、大猷は耳を貸さなかった。

彼はあるとき人に言った。

「僧侶の陸行▼[12]は禅を教え、弟子千人あまりが集まって学んだという。友人がこれを止めさせようとして、『きっと禍をこうむることになる』と言ったが、陸行はそれに対して、『先に知って先に悟ったから、後に知り後に悟ろうとする者に悟らせる手助けをする。私が知っていることをもって人びとに教えるだけのことで、禍を受けるかどうかは天にあること、私が関与することであろうか』と言ったそうだ。これは僧侶の話であるが、どうして汲み取るところがないであろうか。このことばは至極に公平ではあるまいか」

（南孝温『秋江冷話』）

▼1【金宏弼】一四五四～一五〇四。字は大猷、号は寒暄堂・蓑翁、本貫は瑞興。兵曹佐郎となったが、死後、中宗が右議政を贈った。早く金宗直に学び戊午の士禍（一四九八、第二四八～二四九参照）のときに金宗直一派として追われ、熙川・順天に流配され、甲子の士禍（一五〇四、第二〇八話注4参照）のときに処刑された。六経の研究に没頭して、性理学に専心、実践謹行の精神で行動した。金宗直が詩文を重んじたのに対して、実践を重要視した。朝鮮五賢の一人とされ、一六一〇年には李退渓・趙光祖とともに文廟に配享された。趙光祖は弟子になる。

▼2【許魯斎】許衡。元の学者、魯斎先生と呼ばれた。経伝・子史・礼楽・名物・星暦・兵刑・食貨・水利に博く通じ、特に程朱の学を奉じて、劉因と並んで元代の二大家と称される。官職は国子祭酒・中書左丞。阿哈馬得の専権を嫌って官職を去った。教育に力を尽くして弟子が多かった。

▼3【李賢孫】朝鮮王家の族譜に当る『璿源録』によると、太祖・李成桂の三男の益安大君・芳毅の曽孫に鳴

陽副守・賢孫の名があり、後に副正に昇ったとある。

▼4【李長吉】生没年未詳。字は子賀、本貫は碧珍。金宏弼に学んで篤実な行実で名が高かったが、後には師匠の教えに背反して権臣に追随するようになった。燕山君のとき、義城県令として多額の税金を徴収して悪政を行ない、慎克性・南憬とともに「三猛虎」の一人とされた。中宗反正（第二五二話参照）の後、官奴に落とされたが、沈貞の腹心として復帰、一五二一年には平安道兵馬節度使となった。一五三一年、沈貞の没落によって故郷に追われて死んだ。

▼5【李勣】『朝鮮実録』中宗二年五月丙辰、礼曹から、教誨童蒙の李勣に祿を給するよう上啓があり、聞き入れられたという記事がある。李勣は庶子であるために科挙を受けての仕官の道は閉ざされている、しかし、群書に精通して子弟の教育に努め、多くの儒生を育てている、と。

▼6【崔忠成】一四五八～一四九一。字は弼卿、号は山堂書客、本貫は全州。金宏弼の門人。後に鄭汝昌の弟子となる。『小学』を重んじ、また『天道地獄弁』を書いて仏教を徹底的に排斥した。

▼7【朴漢参】この話にある以上のことは未詳。

▼8【尹信】『朝鮮実録』中宗十六年（一五二一）十月己亥、辛巳の獄にかかわって、尹信を杖で打ち、价川に流すとある。

▼9【蘭如】底本通りだが、「蘭」は「藺」の誤りで、「完璧」や「刎頸の交わり」の故事のある藺相如のことではないかと考えられる。

▼10【灑掃の礼】灑掃は水をかけて洗い、箒ではくことだが、目上の人に誠心誠意に仕えることを意味する。

▼11【鄭汝昌】一四五〇～一五〇四。字は自勗、号は一蠹、本貫は河東。はやく父親を亡くして、学問にはげみ、金宗直の門下で学んだ。智異山に登り、五経を明らめ、性理の理致を探求して体用の学を究明して名を高めた。一四九〇年、及第して芸文館検閲となり、侍講院説書となって東宮輔導となったが、嫉資されて地方の安陰県監となった。村里の子弟を教えて、師事する者が多かった。一四九八年、戊午の士禍に連座して鍾城に帰陽して死んだ。中宗のときに東国道学の宗として、鄭夢周・金宏弼などとともに推称され、右議政が追贈された。

▼12【陸行】この話にある以上のことは未詳。

第一七一話……清談を戒めた金宏弼

大猷・金宏弼《キムクィンピル》（第一七〇話注1参照）は性理学の淵源を探求するのに一人で精励してけっして倦むことがなかった。成宗《ソンジョン》のときに徳行をもって筆頭に挙げられ、官職を歴任して、刑曹佐郎に任じられた。今から数十年前のこと、彼は私（この話の著者の辛永禧）を叱責したことがある。

「君とはもう絶交しようと思うが、情理の上で忍びない」

私がどういうわけかと尋ねると、

「それは君がよくわかっているはずだ」

と言うので、ふたたび尋ねると、

「伯恭《ペクコン》（南孝温《ナムヒョウン》。第五話注1参照）・百源《ペクウォン》（李総《イジョン》[1]）・正中《ジョンチュン》（李貞恩《イジョンウン》[2]）・文炳《ムンピョン》（許磐《ホバン》[3]）などはみな晋の風がある。晋の風というのは清談を好むことが累となって十年もしないうちに禍が起こるということだ」

と答えた。このことばを聞いて、私は彼らとの往来をしなくなった。そして、後にみな禍を逃れることができなかった。

（辛永禧[4]『師友言行録』）

▼1【李総】?～一五〇四。字は百源、号は西湖主人・鷗鷺主人・月牕。太宗の曽孫に当る。官職は茂豊副正となったが、一四九八年、戊午の士禍（第二四八～二四九話参照）で遠城に帰陽し、一五〇四年、麻谷駅の壁書事件で李宗準の誣告を受けて、七父子がともに死刑になった。詩を好み、書にも優れて晋風をもつと評された。

▼2【李貞恩】字は正中、号は月湖・嵐谷・雪窓。太宗の孫にあたる。最初、秀川副正に任命、都正に至った。人品ははなはだ高尚で、身持ちは倹素で、世俗に意をはらわず、人には恭敬で、いつも名人と付き合った。詩と音律に長じていたが、中年以降は世間との出入りを絶ち、酒と詩で過ごした。

▼3【許磐】?~一四九八。字は文炳、本貫は陽川。文章に抜きんでていて、人品も端正であった。一四八三年、進士となり、門閥として社稷参事となり、王世子（燕山君）の教育のために書筵を開くことを提言した。一四九八年、文科に及第、戊午の士禍が起こると、金宗直一派として死刑になった。

▼4【辛永禧】一四四二~一五一一。字は徳優、号は安亭、本貫は霊山。金宗直の門下で学び、金宏弼・南孝温・鄭汝昌などと交友を結んだ。一四八三年、司馬試に合格、成均館に入ったが、その年の秋、僧侶の度《ど》牒《ちょう》を許与する王の教示が出たのに対して、成均館儒生たちとともにこれに反対する上訴文を書いた。一四九七年、燕山君のもとで時局が困難なものになり、稷山に隠遁して、そこで一生を終えた。

第一七二話……禅の境地に入った鄭汝昌

鄭汝昌《チョンヨチャン》（第一七〇話注11参照）の字は自勗《チャウク》である。智異山に入って行き、三年のあいだ出ることなく学んで、五経に明るく、その深い意義にまで通達した。体と用の根源は同一で分かれたものの別のものではなく、善悪の性質は同じであっても気運が異なることを知り、また儒教と仏教とは道は同じだが行跡が異なるだけだと理解した。性理学にもっぱら心を用いて、彼を知る人みなが敬った。

庚子の年（一四八〇）に王さまが成均館に詔書をくだし、経書に明るく、行実の磨かれた儒生をお求めになると、館中では鄭汝昌が第一だとして選出された。そこで知館事の徐居正《ソコジョン》（第一話注8参照）もまさに鄭汝昌を推して講経をさせようとしたが、鄭汝昌はこれを辞退して、癸寅の年（一四九二）に進士となった。

彼の父親の鄭六乙《チョンユクウル》▼1は李施愛の乱（第一二九~一三〇話参照）で死んだが、そのとき、自勗の歳は幼かったので、喪に服したときの話は聞かない。後に母親の喪に服したとき、その典礼を執り行なう法度、粥を食することなどはもっぱら『朱子家礼』によって行なった。

庚戌の年（一四九〇）、参議の尹兢《ユンクン》▼2が彼の孝誠と学問がソンビの中で第一であると推挙して、王さまは特別に召して昭格署参事に任じた。しかし、自勗は上疏して辞退した。そこで、王さまは教書を下して表彰され、彼の名声はいよいよ高まった。

自勗の人となりは、性格が端雅かつ慎重であり、酒を飲まず、葱と大蒜を食べなかった。また牛や馬の肉を食べなかった。外では普通の話をしたが、心の中ではいつも醒めていた。若いとき、成均館で人びととともに眠るときに、寝息を立てながらも眠ることがなかったが、他の人びとはこれに気付かなかった。ある日の夜、崔鎮国《チェチンクク》（崔河臨。鎮国は字。第一九八話参照）がこれに気付いたので、成均館のみなが驚いて、

「鄭自勗は禅の境地に入って眠ることがない」

と言い合った。


（南孝温『師友名行録』）

▼1【鄭六乙】『朝鮮実録』世祖元年（一四五五）十二月戊辰に司直の鄭六乙の名が見え、十年（一四六四）八月乙酉には内資尹の鄭六乙の名が見える。同じく十三年（一四六七）五月、前月に李施愛の乱が勃発するに及んで、虞侯の鄭六乙は五鎮に送られたが、李施合に捕殺されたと見える。六月癸卯には、任所で死んだ者として、旧例により、賻を致すとある。
▼2【尹競】一四三二～?。字は敬夫、号は竹斎、本貫は坡平。一四四七年、十六歳で司馬試に合格して、一四五〇年、式年文科に及第した。四十年近く出世しなかったが、一四八九年、献納となり、入侍していたとき、王が家に鼠がいたらどうするかと尋ねて、他の大臣が答えられなかったのに、彼は猫を飼ったら鼠は増えませんと答えて、戸曹参議となった。その後、承旨、観察使、戸曹判書にまで至ったが、老齢を理由に辞職。八公山に入っていき、そこの風俗を醇化するのに努力した。

第一七三話……酒を自重した鄭自勗

鄭自勗《チョンチャウク》（第一七〇話注11参照）先生は若いときから酒を好んだ。ある日、友人たちとともに酒をしこたま

飲んで酔い、野原に倒れ込んで一夜を明かして帰った。その日、母親が叱りつけて、
「お前がこのありさまでは、私は誰を頼って生きていけばいいのだ」
と言った。先生はこのことばを深く心に刻みつけ、それ以後は王さまから賜った酒か祭祀の際の飲福の酒でなければ、ふたたび口をつけることはなかった。

（任輔臣『丙辰丁巳録』）

第一七四話……身の処し方が厳粛だった鄭汝昌

鄭《チョン》先生・自勗《チャウク》（第一七〇話注11参照）は若いときに智異山の麓に家を造り、老年をそこで過ごそうと考えていた。しかし、成宗《ソンジョン》が召して昭格署参奉に任ずると、彼は懇切に辞退したものの、これを承認なさらず、仕方なく、出仕することになった。先生は身の処し方がはなはだ厳粛で、一日中、端然と座り、どんなに暑い夏であっても、その妻子すら彼の肌肉を見たことがなかった。

平生、詩を作ることを好まず、ただ一篇だけが世間に伝わっている。

「風に吹かれて蒲の葉はやわらかく揺れ、
四月の花開（地名）ではすでに麦秋。
智異山の千万の高嶺をことごとく見て、
小舟に乗って大きな江を流れて下る。
（風蒲猟猟弄泛柔、四月花開麦已秋、
看尽頭流千万畳、孤帆又下大江流）」

この詩は心に清々しく、いささかも世俗の塵がないところを見るべきである。

（任輔臣『丙辰丁巳録』）

第一七五話……朝鮮の性理学の先駆者たち

圃隠《ポウン》（鄭夢周。第一一五話注1参照）の後にわが国の性理学は金大猷《キムテユ》先生（金宏弼。第一七〇話注1参照）から盛んになった。彼と意を同じくしたのは鄭先生・自勗（同話注11参照）がまさにその人である。大猷は理学に精密で、自勗は数学に精密であった。しかし、悲しいかな、よいときに出遭わず、非命にして死んでしまった。蒼々たる天はいったいどうしたことであろう。

彼らは中宗《チュンジョン》のときにどちらも領議政を贈られ、また家廟を建て祭祀が行なわれるようになった。

（任輔臣『丙辰丁巳録』）

第一七六話……出仕しなかった南孝温

南孝温《ナムヒョウン》（第五話注1参照）の字は伯恭《ペクコン》で、号は秋江《チュカン》、また杏雨《ヘンウ》とも言う。才能と行実が卓越して、粗衣粗食に甘んじて、いつも小さな雌馬に乗って出かけたので、女子どもがぞろぞろついて来ては指さして笑ったものだった。天性、酒を好んだが、母親がこれを叱ると、「止酒賦」を作って十年のあいだ酒を飲まなかった。

しかし、風病となったので、酒をふたたび飲み始め、病が治って、ふたたび「止酒賦」を作って、五年のあいだ酒を飲まなかった。その後、また病が重くなって、酒を飲むことを生涯として、出仕せず、余生を終えた。死後のことだが、燕山君《ヨンサングン》のとき、佔畢斎《チョンピルチェ》・金宗直《キムジョンチク》（第二〇話注27参照）の門人であるとして、大猷《テユ》・金宏弼《キムクィンピル》（第一七〇話注1参照）は殺され、端宗《タンジョン》の生母である昭陵《ソルン》▼1を復位させようと上訴したとして、伯恭の死体は陵遅処断された。

かつて范希文《パンフィムン》▼2が言った。

「忠誠で信の置ける人は天が助けるものであるが、どうしてこの二人（大猷と伯恭）は天が助けなかったのか」


（辛永禧『師友言行録』）

▼1【昭陵】昭陵は陵墓の名前だが、そこに葬られた本人をもさす。文宗の后の顕徳王后権氏のこと。一四一八～一四四一。本貫は安東。花山府院君・専の娘。一四三一年、東宮（後の文宗）に嫁いで承徽となり、後に良媛に進んだ。一四三七年、純嬪奉氏が廃されて、世子嬪となったが、四年後には死んだ。顕徳の諡号が下りたのは文宗の即位後。端宗および敬恵公主を生んだ。癸酉の靖難（第六七話注2参照）の後、首陽大君（世祖）の王位簒奪の過程で、端宗が廃位され、敬恵公主が官婢となる中で、昭陵も廃された。初めの陵を昭陵と言い、後に復位され文宗と並んだ陵を顕陵と言う。

▼2【范希文】この話にある以上のことは未詳。

第一七七話……芝蘭同臭

秋江《チュカン》・南孝温《ナムヒョウン》（第五話注1参照）は悲憤慷慨する性質であった。かつて清寒者の金時習《キムシスプ》▼1に学び、物質の外に身を置いて、世俗に関心を払わなかった。十八歳のとき、成宗に上疏して、端宗の生母の復位を請うた。彼はいつも世間のことに憤慨すると、あるいは母岳山に登り、ひとしきり慟哭した後で帰ってきた。彼は危なっかしいことばと激烈な議論をして、時の忌諱に触れることであっても、憚ることがなかった。これを見て、大猷《テユ》（金宏弼《キムクィンピル》、第一七〇話注1参照）と自勖《チャウク》（鄭汝昌《チョンヨチャン》、同話注11参照）がたしなめても、止めようとはしなかった。

大猷と自勗の両公は性理学に明るく、ともに行動は『小学』をお手本としていて、彼らの行ないは実際に秋江とは異なっていた。しかしながら、彼らは互いに交情が厚く、まことに芝蘭《しらん》同臭と言うべき間がらであった。

（任輔臣『丙辰丁巳録』）

▼1【金時習】一四三五〜一四九三。いわゆる世祖の王位簒奪（第六七話注2参照）に反対して仕官しなかった「生六臣」の一人。字は悦卿、号は梅月堂・東峰、また五歳ともいい、本貫は江陵。五歳の時にすでに『中庸』・『大学』に通じ神童と呼ばれた。一四五五年、首陽大君（＝世祖）が端宗を追って王位に就いたので、門を閉じて三日のあいだ慟哭し、世間を悲観して僧となった。各地を放浪して世間の虚無をなげきながら、詩文を作った。四十七歳のとき、安氏の娘と結婚して、儒者たちと会うときには仏教の話をしなかった。妻を亡くした後、再び娶らず、鴻山の無量寺で死んだ。『金鰲新話』・『梅月堂集』がある。

第一七八話……南孝温と曺伸の交友

南孝温《ナムヒョウン》（第五話注1参照）の字は伯恭《ペクコン》で、号は秋江《チュカン》である。人となりは気概があり、人に拘束されるのを嫌った。学問に篤実にはげみ、故実を好んで、節操があった。あるとき、王さまに端宗の生母である昭陵の復位を請うて流罪になったが、すこしも屈することがなかった。彼は朱渓正《チュゲジョン》・深源《シムウォン》、▼1安応世《アンウンセ》・子挺《チャチョン》（子挺は号。第一九四話参照）と交わり、進士に合格したが、文科には及第しなかった。母親が勧めたので、科挙に応じはしたものの、気分が乗らなかったので、ついに登科しなかったのである。弘治の壬子の年（一四九二）、まだ三十九歳の若さで死んだ。

成化の己亥の年（一四七九）に、私（この話の著者の曺伸。第一五話注3参照）はソウルに呼ばれ、日本に行くことになった。このとき、伯恭は私の詩軸を見たいと言い、私を漢江まで見送ってくれた。そのとき以来、たがいによしみを交わし、いっしょに松都に遊覧し、天磨山にも登った。

彼の家は高陽にあった。驢馬に乗っていっしょに鴨島まで行って宿り、葦を燃やして蟹を焼いて食べ、韻字を探して詩を作り、一晩を過ごした。私が紹介をして、湖南に行き、佔畢斎（金宗直。第二〇話注27参照）を訪ねた。彼は早くから佔畢斎の詩を愛し、昔の人の詩と比較した。

彼が死んで、息子の忠恕[2]は気が触れて、非命に死んだ。残ったのは娘婿ばかりで、秋江の詩文の草稿を集めることをしなかった。


（曺伸『謏聞瑣録』）

▼1【朱渓正・深源】李深源。字は伯淵、号は醒狂・黙斎・太平真逸。太宗の二子の孝寧大君の曽孫。人となりは厳正で、学問に精通し、医術にも明るかった。二十五歳のとき明善大夫・行朱渓副正となった。前後五回、王に書を奉って国家を治める道理を論じた。任元濬の子の士洪は彼の姑母夫であったが、士洪の奸邪なことを知って、成宗に対面して、後日に必ず国家を過つ人間なので重用してはならないと諫め、逆に流配された。一四八七年、宗親科試に壮元で及第して二品に昇った。一五〇四年、任士洪が甲子の士禍を起こすと、誣告を受けて、子どもたちとともに殺された。

▼2【忠恕】南忠恕。『朝鮮実録』燕山君日記十年（一五〇四）十一月乙未、昭陵を復そうというのは南孝温の考えであり、その子の忠恕を拿捕して来よと命じたという記事がある。

第一七九話……禍が迫って友人と絶交した金宏弼

寒暄《カンフォン》・金宏弼《キムクィピル》先生（第一七〇話注1参照）が佐郎であったとき、進士の辛永禧《シンヨンフィ》（第一七一話注4参照）のところに駈けて行って、言った。

「今日から私は君とは絶交する。今、人びとの士気を見るに、まさに東漢の末年のようであり、いつ何時、どんな禍が生じるかわからない。私は今、禍が迫っていて、進退をどうすればいいかわからない。君たちは遠く故郷に退き身を隠して生きろ。もしそうしなければ、私は即刻、君たちと絶交する。どうか私のことばを聞いてくれ」

このことばを聞いて、辛公はすぐに稷山の斜山の麓に下って住むことにして、安亭《アンジョン》と号した。

安亭はかつて南孝温《ナムヒョウン》（第五話注1参照）や洪裕孫《ホンユソン》▼1とともに竹林羽士として交わり、文章と行動において当時の領袖と見なされたので、東南を通り過ぎる者たちで、彼の家を訪ねて拝礼しない者はなかった。

（李楨▼2『景賢録』）

▼1【洪裕孫】中宗のときの詩人。字は余慶、号は篠叢・狂真子、本貫は南陽。家は清貧であったが、性格は放達で、何ごとにも拘束されなかった。南陽の太守は彼が詩に巧みであるのを見て、賦役を免じた。金宗直のもとで学び、南秋江とともに山水を遊覧して、詩と酒で歳月を送った。七十六歳ではじめて結婚して男子をもうけた。

▼2【李楨】一五一二～一五七一。字は剛而、号は亀岩、本貫は泗川。一五三六年に進士に合格、後に文科に壮元及第、大司憲・大司諫・大司成などを歴任して副提学にまで至った。若いころ宋麟寿の門下に学び、晩年には李退渓・李陶庵の門下に出入りした。性理学に通じ『性理遺論』『景賢録』などを著わした。

第一八〇話……父祖の詩名を高める

菊塢《ククオ》・姜景醇《カンキョンスン》（姜希孟。景醇は字。第七九話注30参照）は『晋山世稿』を編纂したとき、参判の金寿寧《キムスニョン》▼1とともに、その文章を補ったり改めたりして、読む人たちの目にすっきりさせるようにした。そのことで、みずからの父祖の詩名を後世にまで高めたということで、人びとはこれを孝行であると称賛したが、私は、これはむしろ不孝なのではないかと考える。

上舎（第一四一話注2参照）の辛永禧《シンヨンフィ》（第一七一話注4参照）の家にはその祖父の文禧公《ムンフィ》▼2の詩集がある。その友人たちが、

「君の家にある詩集を印刷して世に出したらどうだろうか」

と言うと、辛永禧は、

「私の祖父は世間で文名が高かったものの、その家集に載せているものには一つとして伝えるべきものがない。ただ一人の門下生に対する挽歌を見ると、『三十二歳で死んで、不幸なること顔回に同じ（三十二而卒、不幸同顔回）』という句があったが、それ以外には美しい詩が一つもなかった。どうしてこれを刊行することができようか」

と言った。世間の人びとはこれをもって不孝だと言ったが、私はむしろこれこそが孝行なのだと思う。

どのようであれ、祖父の行動と文章を正しくそのままに記述すれば、それが初めて孝行となるのであって、巧妙なことばと形式をもって筆を執り、公然と称賛すれば、父母の霊魂は冥々たる中でどうして恥ずかしいと思わないであろうか。

（南孝温『秋江冷話』）

▼1【金寿寧】一四三六～一四七三。字は頤叟。号は素養堂、本貫は安東。一四五三年、生員試に合格し、同年、式年文科に壮元で及第して、集賢殿副修選となった。一四五八年から一四六二年にかけて朝鮮各地を回り、世祖の防衛政策に重要な役割を果たし、一四六五年には左承旨になった。『周易口決』・『国朝宝鑑』・『東国通鑑』の刊行にも加わった。一四七一年には成宗を輔弼した功で福昌君に封じられている。

▼2【祖父の文禧公】辛永禧の祖父とすれば、辛碩祖のこと。第八〇話の注1を参照のこと。

第一八一話……南孝温の「遺輿詩」

南孝温《ナムヒョウン》（第五話注1参照）と辛永禧《シンヤンフィ》（第一七一話注4参照）はいずれも上舎（第一四一話注2参照）として顕達することなく早くに死んだ。彼らの人となりは故実を好み、人に拘束されず、世間の平凡な常識の埒外にあった。南孝温に「遺輿詩」というのがある。

「蒯生[1]が安期[2]と友達になり、
世間を逸脱した老人であることを知った。
楚の国を幼い子どものように見て、
沛公（漢の高祖の劉邦）を蟻のように見なした。
どのようにして斉王を説き伏せ、
大きな功績を立てようとしたのか。
もし桀狗[3]の弁明がなければ、
危うく死刑になってしまったろう。

（蒯生友安期、知為不世翁、
竪児看大楚、蟻封視沛公、
如何説斉王、顧欲作元功、
若非桀狗弁、幾陥大辟中）」

また続けて、
「匹夫の楊王孫[4]は、
生まれたのは漢の武帝のとき、
武帝がまさに西北に向かうとき、

世間はこぞって駈けつけた。
腰の帯は緩く結び、万戸封を享受して、
顧みれば支離滅裂なことを学んだ。
平生、祈候（お祈りをして神の意をうかがうこと）を侮ったが、
裸で喪に服したのは初めに誓ったとおり。
（匹夫楊王孫、生当漢武帝、
帝方事西北、挙世務駈馳、
緩帯食万戸、顧乃学支離、
平生残祈候、稗葬得如期）」

また、
「阮籍[5]は滅びた魏のために、
文帝[6]をまるで狐のように考えた。
狂ったふりして酒に浸り、
六十歳で世を去った。
偽主の婚姻の頼みを退けて、
大きな気概は万代に輝いた。
曹賊の無礼を責め立てて、
笑うべし、これは自らの考えではなかったはず。
（嗣宗為亡魏、狐媚視文帝、
猖狂引麹生、六旬托末契、
却得偽主婚、大節昭万世、
曽賊責無礼、可笑不自計）」

また、
「四十七度も奉った上疏は、
王さまの聡明ならんことを願ったが、
ついには四文字の議論となり、
耳の側を吹きすぎる風ほども考えてはくださらぬ。
季通[▼7]の占いを頼って、
末年には遯翁（朱熹の号）と号した。
寒泉にある一間の家は、
神仙の詩文を作るのにふさわしい。
（四十七奏疏、欲広霊修聡、
終然四字論、不啻耳過風、
頼用季通筮、末路号遯翁、
寒泉一間舎、端合訂叅同）」

また、
「胡の元が大宋を駈け廻り、
二つの都は黄塵にまみれた。
魯斎・許文正公（第一七〇話注2参照）は、
髪をほどいてその臣下となって、
まさに堯と舜の道をもって、
強いて板屋の人を教化したが、
四角のものと丸いものとはいっしょにできず、
畢竟ずるに、新しい民は生まれなかった。

（胡元駈大宋、両京迷黃塵、
魯斎許文正、被髪為其臣、
欲将堯舜道、強教板屋人、
方円不能周、畢竟無新民）」

また、辛永禧の「寓意詩」には次のようなものがある。

「男の奴は庭を掃き、
女の婢は部屋を掃く。
丈夫は辺境の塵をはらい、
その心はおのが家の中にはない。
一斗ほどの（小さな）家に高々と臥して、
胸の中に旗をひるがえす。
オランケは丈夫ではない。
丈夫はそれぞれ自らを奇異とする。

（男僕掃庭除、女僕掃堂閨、
丈夫掃辺塵、志不在門楣、
高臥斗屋下、掉我胸中旗、
野人非丈夫、丈夫各自奇）」

また、

「馬を走らせ急な坂を下り、
鷹を呼んで雲の中に入って行く。
雪の消えるところで馬を下り、
石に腰かけしばし憩う。

奴僕たちは弁当を開き、
たき火をして湯を沸かす。
家は十余里も離れているが、
山の中腹は夕陽がはなやかに映える。
（走馬下急坂、呼鷹入雲際、
下馬雪消処、踞石時少憩、
僕夫開冷飯、敲火湯沸細、
家在十里余、山腰夕陽麗）」

また、
「花の枝を破れた笠に刺し、
垢じみた袖が踊る臂にひるがえる。
（花枝挿破笠、垢袂翻舞臂）」

辛永禧には気概があったが、この世間で意を得ることができなかった。ある私婢と通じたが、その主人に辱められ、怏々《おうおう》と過ごして死んだ。南孝温もまた死んだ後に変に遭った。どうして運命はそのように険しいものなのであろうか。

（曺伸『謏聞瑣録』）

▼1【蒯生】楚漢のときの雄弁家であった蒯徹。韓信を説いて独立することを勧めたが、韓信はこれを聞かなかった。韓信が死んだ後に韓信を説いて反逆しようとしたとして捕まったが、釈放された。

▼2【安期】安期生のこと。秦、琅邪阜県の人。薬を海辺に売り、河上丈人に学を受け、長寿を得て、千歳翁と呼ばれた。秦の始皇帝が東游したとき、ともに三昼夜語って、金璧を賜ったが受けげず、数十年後、我を蓬莱山下に求めよと言って去った。始皇帝は人をやって海に入って求めさせたが得ることができなかった。

▼3【桀狗】蒯生が逮捕されたとき、「桀・紂の狗が堯・舜を見てすることは、堯・舜が小さいのではなく、その主人ではないためである」と言ったということばから。桀や紂の飼い犬。

▼4【楊王孫】漢、城固の人。黄老の術を学んで、臨終のときには、子に命じて裸葬させたという。

▼5【阮籍】二一〇～二六三。魏・晋の隠士。竹林の七賢の首班。老荘の学と酒を好み、好ましい人には青眼をもって迎え、俗人は白眼視したという故事がある。「述懐詩」八十五首を残した。

▼6【文帝】魏の曹丕を言う。曹操の長子で、三国の魏の初代皇帝。二二〇年、漢の献帝に禅譲を受け、魏王朝を建てた。九品中正を始めた。文名があり、『典論』の著がある。一八七～二二六（在位、二二〇～二二六）。

▼7【季通】蔡元定の号。元定は宋、建陽の人。号は西山先生。朱熹の門に入ったが、その学殖を知って、朱熹は弟子の列に加えず、老友として扱い、対坐して経義を議論した。韓侂冑が偽学の禁を起こすと、道州に流配された。遠近から訪ねて来て学ぶ者が日々に多かったという。

第一八二話……風狂の生涯を送った金時習

金時習《キムシスプ》（第一七七話注1参照）は江陵の人で、新羅の後裔である。字は悦卿《ヨルキョン》、号は東峰《トンボン》と言い、また碧山《ピョクサン》清隠《チョンウン》という別号をもち、清寒子《チョンハンチャ》とも言った。世宗《セジョン》の乙卯の年（一四三五）に生まれ、五歳でよく文章を書いた。ある日、世宗が承政院に召して詩を作らせ、大いに奇特だとお思いになった。

世宗はその父親をお召しになって、

「この子をちゃんと育てるように。私が将来、大いに用いようではないか」

と声をおかけになった。

乙亥の年（一四五五）に世祖《セジョ》が摂政となったのを見て、▼1彼は僧侶となり、名前は雪岑《ソルチャム》と称するようになった。水落精舎に入って行き、道を修めて身体を鍛えた。

しかし、彼は儒生に対すると、話すたびに、孔子や孟子を称賛して、仏法のことについては何も話をしなかった。また修行について尋ねても、何も話をすることはなかった。

ある人が乖崖《クェエ》・金守温《キムスウン》[2]が坐したまま死んだことを言うと、彼は言った。

「もともと礼法では坐化を尊ぶことはない。私はただ曽子の易簀[3]と子路の結纓[4]が死ぬことにおいては尊いと思っている。その他のことについては知らない」

辛丑の年（一四八一）には髪の毛を長く伸ばして肉を食べ、文章を作って、その祖父の祭祀を行なった。その文章は次のようなものである。

「伏して思いますに、帝の五つのお教えの中でも父母にかしづくことがまず第一であり、三千の罪の中でも不孝が最も重いものです。大体、天地のあいだに生きて、いったいだれが父母に養われた恩恵を忘れることがありましょう。そのために、獰猛な獣の虎や狼であっても、またつまらない豹や獺であっても、父母を愛する性質は欠けることなくそなえ、また恩に報いる真ごころを持しているのです。これは天理がしからしめるところであり、物欲にはかかわらないところのものです。また伏して考えますに、愚かなわたくしは本支を継承するために、若いときに異端のことに沈滞したところがあり、おぼろげなものに迷って学問を講究しませんでしたが、これからは道を修め、推挙を受けて世に出て、荒妄なる説に迷わされることがあってはならぬと悔悟しました。若いときには迷ったものの、今はまさに過ちに気付き、礼典を講究し、聖経を尋ねて読み、遠くはるかな礼義を追い求め、清貧に生きていく道を探し出します。簡にして潔なることに努め、また豊かな道の実りに努めます。漢の武帝は七十歳になって初めて丞相の田千秋[5]のことばに悟り、元徳公[6]は百歳になって初めて許魯斎（第一七〇話注2参照）の風度に感化を受けました。霜と露に濡れるのを感じて歳月が早く過ぎることに驚き悲しみを禁じ得ず、嘆息して首をかしげるばかりです。もしわたくしの罪が許され、天地のあいだに受け入れていただければ、あるいは面目をたもって九原におもむき御先祖に拝謁したいと思います」

壬寅の年（一四八二）以後には世の中が誤った方向に行くのを見て、世間のことは顧みず、世捨て人のようになって、毎日のように掌隷院に出て人びとと訴訟を繰り返した。ある日、酒に酔って市場の中を通り過ぎたが、領議政の鄭昌孫《チョンチャンソン》（第七九話注5参照）を見て、

「お前も休んだがいい」

と言った。鄭昌孫は何も聞かないふりをして通り過ぎた。これを見ていた人びとは時習の身を危ぶんだ。かつて交遊した者たちもすべて交わりを絶って、往来しなくなった。

そうして、彼は市中の狂童たちと交わって遊びまわり、あるいは酔って路に倒れ伏して、愚かしそうに笑ったりした。後には雪岳に入って行ったり、春川山に入って行ったり、出入りは気ままで定まらなかった。人びとは彼がいつ死んだかを知らない。彼を愛した人びととしては、ただ正中《チョンチュン》・李貞恩《イチョンウン》（第一七一話注2参照）、子容《チャヨン》・禹善言《ウソンオン》、▼7子挺《チャチョン》・安応世《アンウンセ》（第一九四話参照）、そして私くらいのものである。

彼が著述した詩文は数万余篇にも及ぶが、彷徨しているあいだにほとんどが散逸してしまった。あるいは朝臣や儒臣がこれを盗み取って、自作と称しているものもないではない。

（南孝温『師友名行録』）

▼1【世祖が摂政となったのを見て】首陽大君が政権を簒奪したことを言うのだろうが、正確には、文宗が死んでその子の端宗が継ぐが、叔父の首陽大君が反対派の大臣たちを殺して政権を掌握するのは癸酉の年（一四五三、第六七話注2参照）であり、乙亥の年（一四五五）に端宗を廃して、首陽大君自身が王位に就くことになる。金時習はそのような政権に嫌気がさして、仕官することなく、風狂の生涯を送ることになる。

▼2【乖崖・金守温】一四〇九～一四八一。一四四一年、文科に及第、承文院校理として集賢殿で『医方類聚』を編纂した。世祖が即位すると、一四五七年、重試で選抜され、成均司芸、春秋院府事などを務めた。仏教にも造詣が深く、『金剛経』をハングルに翻訳した。当時の高僧であった信眉は彼の兄に当たる。

▼3【易簀】曽子が死ぬとき、当時の魯の政権を握っていた季孫子が送ってくれた簀を他の簀に代えて敷いて死んだという故事。曽子は季孫子からの簀が義理に合わないと考えた。

▼4【結纓】子路は衛の内乱に出て行って戦ったが、槍に刺されて死んだ。そのとき、彼は「君子は死ぬとき

にも冠を脱がないものだ」と言って、切れた冠の紐をふたたび結んで死んだという故事。

▼5【田千秋】漢、長陵の人。武帝のとき、官は大鴻臚。方士を罷めんことを奏して、武帝はこれに従った。後に丞相となって、富民侯に封じられた。昭帝のとき、小車に乗って宮廷に入ることを許されたので、車丞相と言われ、子孫は車と改姓した。

▼6【元徳公】元の徳公かとも思うが、不明である。

▼7【禹善言】字は徳父・子容。号は楓崖、本貫は丹陽。宮廷内の政争に倦み、老荘の学風を好み、権勢と名誉の世界を賤しいとみる超俗的な清談派の一人。一四八一年、嶺南に金宗直を追って行き、子容という字をもらった。一四八一年、南孝温・洪裕孫などと一種の同志会を組織して、東大門の外の竹林に集って、詩歌と談論で時事を批判した。自身を晋の竹林の七賢に比したが、一四九八年には捕縛されて甲山に帰陽した。

第一八三話……金時習自身が語るみずからの生涯

金時習《キムシスプ》（第一七七話注1参照）は襄陽《ヤンヤン》・柳自漢《ユチャハン》▼1に数百枚にもおよぶ書簡を送った。その大略は次のようである。

「私は生まれて八ヶ月で文字を知った。外祖である崔致雲《チェチウン》（第二五話注1参照）が私に時習という名前をつけてくれた。三歳で文章を作る術を知って、

『桃の花は紅く柳の葉は緑の三月の夕暮れ、
青い針が珠を貫くと見える松葉の露
（桃紅柳緑三月暮、珠貫青針松葉露）』

という詩句を作った。五歳のときに修撰の李季甸《イケチョン》（第七九話注6参照）の門下に入り、『中庸』と『大学』を学んだ。そのとき、司芸の趙須《チョス》▼2が字説を作ってくるように命じたので、私が作って与えた個所もある。政丞の許稠《ホジョ》（第二〇話注6参照）がわが家にきて、自分はすでに年老いているが、『老』の字で韻を踏んで詩を

作ってみようではないかと言った。そこで、私はすぐに、

『年老いた木も花が開けば心は老いない（老木開花心不老）』

と応じた。これを見て、許稠は膝を叩いて称賛して、『これこそいわゆる神童というものだ』と言った。

世宗がこの話をお聞きになって、私を代言司（承政院）に召して、知申事の朴以昌《パクイチャン》▼3を振り返りながら、私を試してみるようにとおっしゃった。そこで、知申事は私を膝に抱き、壁に掛かっていた山水図を指さし、

『坊やはあの絵を見て詩を作ることができるか』

と言ったので、私はすぐに、

『小さな亭に舟が繋がれている家にはいったい誰が住むのか（小亭舟宅何人在）』

と答えた。

このようにして、私は早くから文を作り、詩を作ることがはなはだ多かったが、世宗《セジョン》が命令を下されて、

『私はお前を召して側に置いておきたいのだが、人びとがその話を聞いて怪しまないかと恐れて、それができない。今は才芸を隠してお前が故郷で成長して学業も成就するのを待つことにしよう。後に大いに用いようではないか』

とおっしゃって、褒美を下さり、私は家に帰った。

十三歳になると、大司成の金泮《キムパン》（第八五話注4参照）の門下になり、『論語』・『孟子』・『詩経』・『書経』『春秋』を学び、また司成の尹祥《ユンサン》（同話注5参照）のもとで『周易』・『礼記』などを読み、その他、『史記』なども読んだ。長ずるに及んで栄達を望まず、また親戚や隣近所の人たちがみだりに称賛してくれることを嫌うようになった。やがて心と事とがたがいに背き、事が誤って進行するようになってしまった。世宗と文宗が続いてお亡くなりになり、また世祖の初年になると、世宗のときの国家の元老たちと大臣たちが数多く亡くなることになった。するとふたたび仏教が大いに興り、儒教を侮るようになり、私自身の心もここに荒涼としてしまった。そこで、ついに僧とともに山水のあいだに遊ぶようになり、友人たちはそのよ

うな私を見て仏教徒になったと考えた。

私はこうした異端の道を歩んで、世に現れようとはしなかったにもかかわらず、世祖《セジョ》は何度も命令を下し、私を召そうとなさった。しかし、私は一度として出ることはなく、身を処するにいっそう激しく、人の部類にも入らないような生き方をした。そのために、私をあるいは愚かだとして、あるいは狂人だとして、あたかも牛や馬とおなじように接する人がいても、私はそれに応じた。

今、王さま（成宗《ソンジョン》）が登極なさり、賢い人を用い、諫める人に従われると言うので、出仕しようという気持ちもないではない。十年余りを前後して、私は六経を十分に学んで精密に理解したと言える。しかし、何度も私の身と世間の相異するのを見ると、丸い穴を穿って四角のものを容れるのに似ている。その上、むかし知っていた人びとはみな死んでいなくなり、新たに交わろうとしてもなかなか慣れることができないであろう。今の人びとがどうして私の本来の志を知ってくれるであろう。そうしたわけで、私はふたたび山水のあいだを彷徨することにする」

ここに語られているのはすべて事実であろうが、ただ公は本来の志については黙していると思われる。

（魚叔権『稗官雑記』）

▼1【柳自漢】生没年未詳。本貫は晋州。一四五九年、別試文科に一等で及第、その後、要職を経て、一四六四年には京畿道敬差官となった。翌年、重試文科に丙科で及第して、内外の官職を務めたが、一四八六年に襄陽府使として、義倉の還上にともなう弊害を上疏して人びとの救済に尽力した。一五〇四年、甲子士禍（第二〇八話注4参照）にかかわって流配され、その配所で死んだ。

▼2【趙須】字は亨夫、号は松月堂・晩翠、本貫は平壌。一四〇一年、文科に及第、成均館司芸になったものの、家禍によって三十年のあいだ関東地方を遊覧しつつ、学問に励んだ。詩に長じて名が高かったが、死ぬときにその原稿はすべて火にくべられた。

▼3【朴以昌】?〜一四五一。本貫は尚州。若かったとき勉学を嫌ったが、父母から訓戒を受けて発奮、世宗十七年（一四一七）には壮元で及第して、翰林に入った。文宗のときに聖節使として明に派遣され、遠路を

慮って糧米を多く持っていったことが発覚、帰国のときに逮捕され、面目を失ったとして自殺した。

第一八四話……金時習の詩作

梅月堂《メウォルタン》・金時習《キムシスプ》（第一七七話注1参照）はその平時の心懐を人びとがうかがうことができなかった。彼の詩集を見ると、「薇蕨《びけつ》（ぜんまいとわらび）」という文字をよく書いたが、やはりその意図がどこにあるか理解することができない。ある日、私は年老いた一人の僧侶と出会い、まことに玄妙なる理致を聞いた。彼の師匠は誰なのかと尋ねると、その僧は答えた。

「わたくしは若いとき一介の沙弥《しゃみ》として五歳・金時習に仕えました。彼はすでに五歳のときから著述をしたそうですが、世間に伝わったのは百のうち一、二に過ぎません」

私がその理由を尋ねると、彼はまた答えた。

「わたくしが五歳に仕えたのは中興寺では最も長かったのですが、いつも雨が降った後に、谷川の水があふれると、紙を切って百片ほどと、筆と硯をもってわたくしについて来させ、流れに沿って下って行きました。そして、必ず流れが急なところを選んで座りこみ、沈吟して詩を作ったのです。それはあるいは絶句であり、また律詩であり、あるいは五言古風もありました。そうして、それらを紙に書いては、その紙を流れに流して、遠くに流れ去るのを見るのです。書いてはまた流し、そうして夕方になって、紙がことごとくなくなってしまってから帰るのでした。このようにして、ある日にはほとんど百余首を作る時もありました」

これもまたその根本の意図を理解することが難しい。

（金正国『思斎摭言』）

第一八五話……宮廷を飛び出して糞壺の中にいた金時習

東峰《トンボン》・金時習《キムシスプ》（第一七七話注1参照）は幼くしてすでに詩をよく作るという噂があった。彼がついには世間の拘束から離れ、頭を剃って僧侶となったときからは、名前を雪岑《ソルチャム》と変え、秋江《チュカン》・南孝温《ナムヒョウン》（第五話注1参照）とともに方外に遊び、狂ったように詩を吟じて放浪し、世間をあざ笑うかのようにして生きた。彼は世間を厭い、仏教に入っていったが、必ずしも、その法度にとらわれなかった。世間では彼を狂僧だととらえていた。

市場の中に入って行って、あることに目を凝らして気を取られ家に帰るのを忘れることもあったし、またあるときにはあるところにじっと立ったまま時間が経つのを忘れることもあった。またあるいは市街地で大便をして、人の見ているのも厭わず、子どもたちが笑いながら、礫を投げて追っ払うこともあった。

彼が所持していた奴婢や田畑や家を人が勝手に自分のものにしてしまっても、まったく意に介さなかった。しかし、時間が経った後、その人のところに行って返すように要求し、その人が聞き入れなければ、役所に訴えて彼と徹底して争ったが、それは市井の人びとの姿とまったく変わらなかった。ただ、その訴訟に勝って、役所の判決文を受け取り、門の外に出ると、空を見上げて一度だけ大笑いすると、その判決文をびりびりと破って溝に棄てるのだった。彼が人を愚弄し、世間をあざけるさまはこのようであった。

世祖《セジョ》がある日、内殿で法会を開き、雪岑もまたそこに参席した。しかし、明け方になると、彼は逃げてしまい、どこに行ったかわからなくなった。世祖は人を遣って探させたが、彼はわざと街にある糞壺の中に身を入れて、顔だけを出していた。

一人の僧侶がいて、その声ははなはだ清楚で、商の音律の高い声を出して詩を吟じて路を歩いた。その声は凄涼として空に響くのだった。月の明るい夜には、その夜のあいだ一人座って、その僧に『離騒経』[▼1]を吟じさせ、自分は涙を流して泣くのであった。

　彼は酒を好んだ。酔ったとなると、

「もうわが世宗《セジョン》にお会いすることはできない」

と言って、涙を流し、はなはだ悲しげに泣くのであった。

比丘たちは彼を神師に推挙して、すべてのことで彼に服従し、身を謹んで仕えた。ある日、ことばを合わせて、

「わたくしどもは大師に久しく仕えてまいりましたが、今までまだ何一つ教えていただいてはおりません。大師はその澄んだ素晴らしい法眼を最後に誰に授けようとなさっているのでしょうか。わたくしどもはどこに行けばいいのかわからないでいますが、金の箆《へら》でもって行く手を示していただけないでしょうか」

と言い、懇切に頼み込んだ。

　これに対して、雪岑は、

「そうすることにしよう」

と言い、盛大に法筵を開くことにし、雪岑は袈裟と法衣を着て胡坐をかいて座り、弟子たちも集まって来て合掌をした後、膝を折って座って、まさに耳をそばだててまさに彼の法話を聞こうとした。

　雪岑は言った。

「牛一頭を引いて来い」

　弟子たちはいったいどういうことかわからないまま、牛一頭を引いて庭の下に連れて来た。すると、雪岑はまた言った。

「▼2葱一束をもって来て牛の後ろにおけ」

　そうしておいて、雪岑は、

「お前たちが法を聞くというのは、これと同じようなものだ」

と言った。弟子たちは真っ赤になって出て行った。

　近代の詩僧としては雪岑が領袖である。彼の詩は典雅で重厚であり、僧侶の臭みが別にない。金鰲山に

入って行き、文章を著して石室に蔵しておいて、言った。

「後世になれば、必ず雪岑を理解してくれる者がいるであろう」

大概、彼の文章は奇異なことがらを書いて、自己の考えを寓意するものであり、『剪灯新話』[3]などを元として書いている。


（金安老『竜泉談寂記』）

▼1【『離騒経』】楚の屈原作の自伝的長編叙事詩。生い立ちから始まり、讒言によって朝廷から追われて、汨羅の淵に投身する決心をするまでを述べる。楚辞の代表作。
▼2【葱一束をもって来て……】牛というのは家畜の中でももっとも頑迷である。そのために人の迷妄で愚かなことを牛の後ろに葱を置くようだと言う。
▼3【『剪灯新話』などを元として……】金時習作の『金鰲新話』を言う。江戸時代の日本にも入ってきて、影響を与えた。

第一八六話……祖父の怒りを買った李深源

李深源《イシムウォン》（第一七八話注1参照）の字は伯淵《ペクヨン》で、号は醒狂《ソンクァン》、黙斎《モクチェ》とも号し、太平真逸《テピョンチンイル》とも号した。彼は太《テ》宗《ジョン》の玄孫であり、私（この話の著者、南孝温。第五話注1参照）と同じ年であるが、数日、私より後に生まれた。経書に明るく、行実がととのっていて、かねて医術にも通じていた。

人となりは忠誠かつ孝行で、ムダン（巫女）と仏を好まなかった。平素でも冠と帯を着し、手から書物を放さなかった。殿講において四書と五経に通じていたので、明善大夫に進級し、朱渓副正となった。

彼が二十五歳のとき、前後して六度ほど、文書を奉って政道について論じたが、これを允許《いんきょ》されたこともあり、允許されないこともあった。また、彼は朝廷に姑母夫の任士洪《イムサホン》（第一六六話注2参照）が無道で異心のあることを訴えて、その祖父▼1の怒りを買い、長端に帰陽し、また利川にも帰陽した。
このとき、病中の父母を看病したいと思って上疏をしたが、その文面が至極に懇切であるとして、許しを得た。丁未の年（一四八七）に宗親科試において経史を講じて第一位に選ばれ、王さまから音楽と酒を賜り、二品の階級に上がった。しかし、君に封じられなかったのは、前にその祖父の怒りを買ったためである。

（南孝温『師友名行録』）

▼1【その祖父】太宗の孫であり、孝寧大君の子である宝城君・容ということになる。

第一八七話……李深源の詩

朱溪正《チュゲチョン》・李深源《イシムウォン》（第一七八話注1参照）はただ性理学を知っているだけでなく、また詩を作ることもできた。雨の後の夕方の景色を見て、

「一犂の深さの春の雨にも杏の花が散り残り、
所々の人びとが白水のなか畑を耕している。
一人茫々たる青い海の中に立って、
悲しみに堪えず三角山を見る。
（一犂春雨杏花残、処処人耕白水間、
独立蒼茫江海上、不勝惆悵望三角山）」

と詩に読んだ。また、雲渓寺で作った詩がある。

「木の下の濃淡の影の中に石が立っていて、
澄んだせせらぎがぐるりと巡っている。
無限に芳しい風が鼻をくすぐり、
遙か遠くの林の下に残んの花があるのを知る。
（樹陰濃淡石盤陀、一逕縈回透澗阿、
陣陣香風通鼻観、遙知林下有残花）」

（曺伸『䛨聞瑣録』）

第一八八話……李深源の宗親としての志

朱渓君《チュゲグン》・李深源《イシムウォン》（第一七八話注1参照）には先見の明があった。成宗《ソジョン》のときに姑母夫の任士洪《イムサホン》（第一六六話注2参照）の悪人であるのを知って、上疏してこれを弾劾しようと努め、ついに任士洪を帰陽させた。しかし、任士洪が燕山君《ヨンサングン》の末年に勢道を握ると、陥れられて殺された。

後に中宗《チュンジョン》が即位すると、彼の忠義を嘉して官職を贈り、旌閭（第一六一話注2参照）を立てた。大体、深源の意志というのは、自分は宗親として国家の興亡とともにあったのであって、どうして私的な姑母夫にこだわっていることができたであろうか。

そのときたてまつった上疏をいま読んでみると、凛凛として生気に溢れている。

（魚叔権『稗官雑記』）

第一八九話……宗室の李貞恩

貞恩《ジョンウン》（第一七一話注2参照）の字は正中《チョンチュン》で、号は月湖《ウォルホ》、また風谷《プンコク》、雪牕《ソルチャン》とも号した。秀泉副正を拝したが、その音楽の才は世間に抜きん出ていた。悲憤慷慨する激情をもっていて、道を行く人びとについてまでも泣いて、人のために篤実でみずからへりくだって、博識であり、度量があり、聡明であった。

学問をするときには、まず理致を明らかにすることを心掛け、文章をその次にしたので、彼に対して師匠は苦労することがなかった。また文章を作るのに、格調を先にして辞を後にしたので、人びとはこれを嫌わなかった。また徳を磨くのにまず心を先にして外を後にしたので、最初、人びとは理解しなかった。身を処するには、身分が高くなったからと言って、人を威圧することなく、あたかもまったく貧しいソンビのような人であった。

（南孝温『師友名行録』）

第一九〇話……風雅に生きた李貞恩

宗室である秀泉副正の李貞恩《イチョンウン》（第一七一話注2参照）は毎日を詩と酒とコムンゴと琵琶でもってみずから楽しみ、詩文と音律は百源《ペクウォン》（李総。百源は字。同話注1参照）と同じであった。大猷・金宏弼（第一七〇話注1参照）がこの私（この話の著者、辛永禧。第一七一話注4参照）を問責するという話を聞いて、これまでしていたことをみな捨て去って、わざわざ俗態《ぞくたい》を装って門を閉じ、外に出なくなったので、あえて彼と友だちづきあいをして往来をするものはいなかった。そうして、彼は一人わが身を守ったのである。

参判の金紐が彼のコムンゴの音色を聞いて嘆息して、

「この手並みは谷間に咲く梅の花のようだ」

と言った。彼が作った「立春帖詩」には、

「細く紅い紙を切って小春（十月）に掛ける（細剪紅箋架小春）」

というのがあり、馬上で呼び掛ける詩に、

「桑が乾いて牛が舌を出す（桑乾牛吐舌）」

というのがある。彼が作った詩というのは大概がこのようなものである。


（辛永禧『師友言行録』）

第一九一話……わが国の雅楽

わが国の雅楽は朴堧《パクヨン》（第一八話注1参照）の後には、士族の中には取り立てて言うべき人はいない。成化年間に有秋《ユチュ》・任興《イムフン》▼1が初めて現れ、正中《ジョンジュン》・李貞恩《イジョンウン》（第一七一話注2参照）、百源《ペクウォン》・李総《イジョ》（同話注1参照）、国聞《ククムン》・鄭子芝《チョンチャチ》▼2らがまたともに出て、昔の習慣を一掃して、新しい法を教化した。この四人を音楽の領袖と見なすことができる。


私はかつて音律を理解しなかった。しかし、彼ら四人と毎日のように酒を飲んで和気藹々と遊興した。広大▼3たちの議論もじっくり聞くことができたが、彼らの議論では、

「有秋は心が平和であっても手並みは下り、国聞は手並みは絶妙だが心は酷薄である。百源は雄渾だが手並みは粗雑であり、正中は調べは高いものの気性が偏狭だ」

というのであった。


私は、正中とともに松都に遊んだことがある。彼がコムンゴを弾くと、これを聞いていたソンビと妓生

たちがみな涙を流して泣くのを、実際にこの目で見たのであった。また、聖居山の僧たちも涙を流さない者はほとんどいなかった。ソウルに帰る日、馬に乗って躊躇していると、往来の人たちも立ってこれを見送り、

「伯牙[4]が死んで千年となる今日、音楽を知るのはこの人でなければ、いったい誰であろうか」

とつぶやいた。ただし、気性が偏狭だということばはたしかに言い過ぎではない。

百源と有秋はつねに楽器を側に置いておき、夜も昼も練習をして、正中は家の中にいかなる風物もなく、行ったところどころで手に取ったどんな楽器でも、その音律は神妙だった。そして、私はつねに彼の手並みがはなはだ高尚なことに感服していた。

しかしながら、音律を理解する者はあざわらって言うことがある。

「正中のコムンゴは伯牙に類すると言っても、時として百源にも及ばない」

それにしても、世の中を治める術を学ぶべき人材が努めて小さな技芸でもって世に出たものを、どうしてこのように偏屈な言辞を弄して評するのか、なげかわしいことではある。その意を汲むことができない。

（南孝温『秋江冷話』）

▼1【有秋・任興】『成宗実録』六年十月、成俔や蔡寿らとともに前直長・任興を掌楽院兼官として、楽を習わせ、楽書・楽譜を講論させたとある

▼2【国聞・鄭子芝】『朝鮮実録』中宗十年（一五一五）十月甲戌、諫院から、鄭子芝にはすこぶる過失があるが、しかし、才幹があるので用い、僉正の職を兼ねている。しかし、僉正の職は音律を解するかどうかは無関係の職である云々の上啓がなされている。十四年（一五一九）二月丙寅に、侍講官の李清が音楽の歴史を述べて、本朝に入って李清自身が鄭子芝とともにすこぶる校正を加えたと述べている。

▼3【広大】高麗時代から伝来する職業的な芸能人。私賤として才人・白丁・揚水尺などとともに社会の下層にあった。宮中の儺礼、中国使節の応接、貴族の宴会に参与した。賤視されつつも、士族たちとは別に朝鮮の音楽の伝統を継承していたことになる。

▼4【伯牙】琴の名手。自分の琴を本当にわかってくれる鍾子期の死後、琴の糸を断ってふたたび弾かなかったという「断琴の交わり」の故事がある。

第一九二話……礼法を守った鳴陽副正

李賢孫《イヒョンソン》（第一七〇話注3参照）の字は世昌《セチャン》である。太祖《テジョ》の後孫として官職は鳴陽副正に至った。彼のすべての行動は礼法にかなっていて、身を律するのに篤実であった。すべてにおいて大猷《テユ》・李宏弼《イクィンピル》（同話注1参照）の後を追った。あるとき、冠礼を行なおうとすると、大猷が止めた。彼は母親の葬事においても、ひとえに『朱子家礼』にのっとった。

（辛永禧『師友言行録』）

第一九三話……鳴陽副正・李賢孫の詩

宗室の鳴陽副正（李賢孫。第一七〇話注3参照）は性格が瀟洒で俗世に抜きん出ていた。文章と詩を作ることをはなはだ好んで、その詩文から人となりを偲ぶことができる。「遺意詩」というのがある。

「病を得て世間のことから身を引き、
一日中、詩篇に頭をひねる。
薬草の蔓は崩れ落ちた壁を穿ち、
蜘蛛の糸が短い椽《たるき》に掛かっている。

壺を逆さにして残りの酒を飲み尽くし、
枕を高くして空を飛ぶ鳶の声に振り返る。
人はどこでも生きていけるもの、
どうして城の中の畑だけを耕さねばならぬのか。
小雨が茅葺きの小屋を濡らし、
清々しく晴れれば枕元が涼しい。
苔が青々と石の上をおおい、
庭の葎が垣根よりはるかに高く伸びている。
露を帯びた胡瓜の花が清らかに咲いて、
風は香り草の匂いを含む。
私が悠然と昼寝から醒めると、
林の上に夕陽が淡く映える。

(懐疴謝塵事、終日検詩篇、
薬蔓穿疎壁、蛛糸掛短椽、
傾壺尽余酒、高枕眷飛鳶、
到処生涯在、何須負郭田、
小雨茅斎湿、新晴枕席涼、
水衣緑礎上、庭草過墻長、
露浥苽花浄、風含蕙葉香、
悠然午眠破、林抄淡夕陽)」

また、「秋日詩」というのがある。

「白い露の下りた裏山の林は清々しく、
空高く吹く風に草木は枯れる。
盃を覆して竹葉を酒に浮かべ、
井戸水を汲んで桑枝茶を煮る。
夕陽の中を雁が北方に飛んで行き、
秋の窓辺では蜘蛛が糸を吐いている。
いったい誰が貧しい病者を気に懸けよう。
長々と屈原（第二三七話注1参照）の楚辞を吟じてみる。
（白露園林浄、高風草木衰、
覆盃流竹葉、汲井煮桑枝、
落日雁横塞、秋窓虫吐糸、
誰憐貧病客、長吟楚人詞）」

また次のような詩もある。

「はだかの床には馬歯草を推しのべて、
荒れ果てた庭には鶏腸草が茂っている。
水閣では青奴草が涼しく、
石だらけの畑では腐婢草の匂いがする。
青々と苔は石を覆って、
蓬が窓よりも高く生い茂っている。

（空盤推馬歯、荒苑長鶏腸、
水閣青奴冷、厳田腐婢香、
苺苔侵礎遍、蓬艾繞窓長）」

あるいはまた、次のような詩もある。

「紫蘇の葉は吹く風にひるがえり、
紅い蓼の花は光に明るく映える。
谷間の鳥は雨に遭って全身を濡らし、
山の柿は霜に遭って紅く熟す。
（紫蘇葉帯回風響、紅蓼花含返照明、
渓禽帯雨全身湿、山柿経霜半瞼紅）」

彼はつねに痩せ細って病がちで、三十歳にもならずに死んだ。彼がつねづね吟じていた「感懐詩」を見ると、長生きできない兆候がうかがえる。

「光陰は雷電のように束の間で、
歳月は私には貸し出してはくれない。
一時に名を成すことがあったとしても、
ついには空しく虚空に帰る。
栄華などどうして頼るに足ろう。
天地はまことに旅人の家。

ああ、笑うべきだ、道に窮する人びとよ。
痛哭したところで、ついにどうなると言うのだ
（光陰如電瞥、歳月不貸余、
成名雖及時、畢竟空帰虚、
形骸非我有、一朝無復余、
英華豈足頼、天地真蘧廬、
笑彼窮途人、痛哭終何如）」

（曹伸『謏聞瑣録』）

第一九四話……若死にをした安応世

安応世《アンウンセ》▼1の字は子挺《チャジョン》で、号は月窓《ウォルチャン》、あるいは鷗鷺主人《クロチュイン》とも、烟波釣徒《ヨンパチョト》とも、藜藿野人《ヨクァクヤイン》とも号した。人となりは清廉かつ淡白で、洒脱でもあり、貧に安んじて分際をわきまえ、すこしも功名を求めなかった。仙道と仏教を学ぶことなく、賭博や将棋を好まなかった。詩に巧みで、特に楽府が得意だった。

彼はつねづね言っていた。

「正しくない財物は家を助けることのないもので、よくない食物は五臓を損なうだけだ。これらはけっして犯してはならないものだ」

子挺の心の用い方はおおよそこのようであった。

しかし、白玉にも傷があるもので、彼は酒色を好んだ。庚子の年（一四八〇）に進士に合格して、その年の九月に死んだ。二十六歳であった。彼を知る人も知らない人も、為すすべもなく、哀悼しない者はいなかった。

▼1【安応世】この人についてはこの話がもっとも詳しい情報を教えてくれる。

（辛永禧『師友言行録』）

第一九五話……安遇の節操

安遇《アンウ》▼1の字は時叔《シスク》である。孝行ぶりはその村で第一で、父親の喪に服したとき、ひとえに『朱子家礼』によって行なった。佔畢斎《チョムピルチェ》・金宗直《キムジョンチク》（第二〇話注27参照）のもとで学んだが、官職に就く意志がなく、それで佔畢斎とは離れていった。かつて村で選抜され、ソウルに会試のために上ったことがある。

このとき、四館の若い学生たちが驕っていて、放埒であり、年老いた者や田舎から出て来た者を笞で叩こうとした。これを見て、時叔が言った。

「どうして父母の下さった身体を罪もないのにみずから毀損させ、自分の名利を求めようというのか」

と言って、科場に入らずに帰って来た。彼の節操というのはこのようで、東漢の時代を手本にしているのである。

（辛永禧『師友言行録』）

▼1【安遇】生没年未詳。字は時叔、号は蘆渓、本貫は耽津。金宗直に学んで、金宏弼・南孝温らと交際があった。官途につくことを欲しなかったが、一五一八年、金安国の推挙で初めて職についた。典牲署主簿として中宗に引見され、地方の教育について献策した。

第一九六話……山中に跡をくらました柳従善

柳従善《ユジョンソン》▼1の本貫は晋州で、字は如登である。山の中に住んで自身の跡をくらまし、友人や親戚たちでもその顔を見るのは稀であった。

（辛永禧『師友言行録』）

▼1【柳従善】『朝鮮実録』燕山君日記十年（一五〇四）五月己未、柳従善に言及する記事がある。書物を渉猟して、名理を断じたが、常に自己を韜晦していたので、これを知る人は少なかった。十年のあいだ、諸山を遊覧して帰って来たが、結婚もせず、出仕もしなかった。戊午（一四九八）の士禍（第二四八～二四九話参照）が出来するにおよび、いよいよ仕官の意志をなくし、小さな琵琶を携えて四方を遊覧した云々。

第一九七話……人に拘束されない禹善言

禹善言《ウソンオン》（第一八二話注7参照）の字は徳父《トクブ》で、号は楓崖《ブンエ》、丹城君・禹貢《ウコン》▼1の息子である。悲憤慷慨する性質で、人に拘束されることがなかった。辛丑の年（一四八一）に南に行って嶺南に到り、盧幕で佔畢斎（金宗直。第二〇話注27参照）に会ったところ、先生は大いに喜んで、彼の字を子容《チャヨン》と変えて与えてくれた。

（辛永禧『師友言行録』）

▼1【禹貢】一四一五～一四七三。李朝初期の武将。字は玄圭、本貫は丹陽、秀老の子。幼いときから勇猛さに抜きんでていて、一四四四年、武科に及第、さらには重試に選抜されて、丑頭浦万戸・訓練院事に至った。

世祖は堂上官に昇進させ、義州牧使になったが、事故があって投獄された。李施愛の乱（第一二九～一三〇話参照）が起こって、「功を上げて贖罪すべく」出陣した。施愛を殺して帰ってきて、精忠敵愾功臣となり、丹城君に封じられた。慶尚左道水軍節度使に至った。

第一九八話……妖僧のまやかしを糾弾した崔河臨

崔河臨《チェハリム》▼1の字は鎮国《チンクク》で、号は太虚堂《テホタン》である。性質には功名を喜ぶところがあった。庚子の年（一四八〇）に進士に合格した。この年の夏、妖僧の学祖《ハクジョ》▼2がその弟子に仏像を後ろ向きにさせておいて言った。

「仏がみずから動かれた」

すると、食物や絹や布をもって来る者が日に千人を越えた。

このとき、太学から書を奉って、妖僧を誅されんことを願うことが五度にも及んだが、王さまのお許しが出なかった。この上書の文章はほとんどが鎮国の手になったものであった。丙午の年（一四八六）の七月に死んだが、三十二歳の若さであった。家が貧しく、斂襲して葬事を行なうこと（付録解説5参照）ができなかったので、友人たちが費用を出し合って葬事をすませた。

彼の書いた「安宅記」が世間に伝わっている。

（辛永禧『師友言行録』）

▼1【崔河臨】一四五五～一四八六。字は鎮国、号は太虚堂。一四八〇年、進士に合格した。彼についての話はこの話が最も詳しい。

▼2【学祖】号は灯谷・黄岳山人。世祖のとき、他の僧たちと仏教をハングルに翻訳して刊行、海印寺を住持した。燕山君のとき、慎妃の命を受けて大蔵経三部を刊印して、みずからその跋文を書いた。

第一九九話……口のきけない高淳と辛徳優

高淳《コスン》[1]の字は熙之《フィチ》で、もう一つの字は真真《チンチン》、さらにもう一つの字は太真《テチン》といった。その本貫は済州である。この人は口がきけず、地面に字を書いて初めて意志を伝えることができた。戊戌の年（一四七八）に王さまの詔に応じて、時政を論じる文章を奉り、これによって妄りで途方もない者だという名を得てしまった。このことを人が行って伝えると、熙之は喜んで、みずから妄熙之《マンフィチ》と称するようになった。はじめて辛徳優《シントクウ》（この話の著者、辛永禧。徳優は字。第一七一話注4参照）に会ったのは、大勢のソンビたちが騒がしく話している中でのことだった。

このとき、熙之は絶句一首を紙に書いた。

「小さな家に春風が静かに吹いて、
清談をするのにみな余裕がある。
耳の聞こえぬ私は味気なく、
首を垂れて一人書物を読む。
（小閣春風静、清談総有余、
聾人無一味、垂首独看書）」

辛徳優はこれを見て喜び、この詩に和した。

「世間の声は騒々しく、

糞の臭いが鼻について離れない。
うるわしいかな、この部屋の老人は抜きん出て、
その詩の中に千巻の書物を蔵している。
（世声聒溷濁、糞壌嗟鼻余、
美君勝房老、画隠千巻書）」

（辛永禧『師友言行録』）

彼らはそれ以来、心の通じあった親友となった。

▼1【高淳】この一九九話と次の二〇〇話が彼についてのもっとも詳しい資料になる。

第二〇〇話……澄んだ心の持ち主の高熙之

高熙之《コフィチ》（第一九九話も参照）は聾唖であったが、人となりは篤実で、学問を好んだ。ある日、詩を吟じて寝ようとした。彼の死んだ父親の中枢・守宗が夢の中で詩一首を作って与えた。その詩は次のようなものであった。

「長い髪には白髪がまじって昔の姿はなく、
孤独の身で寂しく墓山を守っている。
白骨には感覚もないと言ってはならぬ。
お前が詩を吟じる声で私は眠れない。

（華髪蒼蒼減昔年、孤身寂寂守山前、
莫言白骨無知感、聞汝吟詩我不眠）」

私はこの詩に序文を書いて与えたが、大略、次のような内容である。
「一つの気運が天地のあいだにあって、到って伸展しては、散じて帰って行くが、これは実に一つの物体である。人が死んだ後には、その気運が子孫たちの身体に分けられて、子孫が動けば、神明が感動するのは当然であろう。しかし、人は必ずしもそうではなく、澄み切って愀然たる心をもてば、ふたたび父母が動き出して常に左右にあると考えるようだ。高煕之のような者はひたすら心の澄んだ者と言うべきか」

（南孝温『秋江冷話』）

第二〇一話……胡舞など舞ってはならない

わが国の人びとがオランケの舞いをまねて、頭を振って眼を怒らせ、肩をそびやかして臂《ひじ》を張り、両足と十本の指を同時に屈伸して、あるいは弓を引き絞る恰好をし、あるいは狗が這いつくばる真似をした。あるいは熊のようにすくんだり、鳥のように羽ばたいたり、あるいは風を起こしたりもした。上は公卿大夫から下は士庶人、俳優の女子にいたるまで、音律を解し、容姿のととのった者で、これをしない者はいなかった。これを胡舞と言い、これにあった音楽まであしらって作られた。

議政府右賛成である魚有沼《オユソ》▼1が特にこれをよく舞い、私もまた初めはこれを風流事として舞うことがあったのだが、死んだ友人の子挺《チャジョン》（安応世。第一九四話参照）がこれはいけないと口を極めて非難した。

「人に媚びるような動作と柔和な態度というのは人のなすべきものではない。ましてオランケなど禽獣に異ならないではないか。どうして自分の身体に禽獣の行ないを加えようというのか」

私はこの子挺のことばを正しいとは思わなかった。しかし、『漢書』の蓋次公の「效壇長卿沐猴辞」[2]を読んで、初めて安子挺のことばは正しいのだとわかった。前代の賢人と後代の賢人とは揆《き》を一にするものなのである。

（南孝温『秋江冷話』）

▼1【魚有沼】一四三四〜一四八九。李朝初期の武官。字は子游、本貫は忠州。十八歳のときに特に内禁衛となり、一四五六年に武科に第一位で及第し、一四六七年には李施愛の乱（第一二九〜一三〇話参照）を平定して敵愾功臣として蘗城君に封じられた。その後、北方の野人たちの討伐に出て、北の国境地帯の安定に功があった。一四八八年には判中枢府事と都総官を兼ね、翌年に死んだ。人となりは果断でありながら、緻密でもあった。武人であったが文章もよくした。

▼2【蓋次公の「效壇長卿沐猴辞」】蓋次公は漢の宣帝の時代、魏郡の人。次公は字で、名は寛饒。平恩侯許伯が新築の家に入って、丞相以下みなが慶賀に行ったが、蓋寛饒は行かなかった。許伯に乞われてやむを得ず出かけた。檀長卿が立って舞い、沐猴と狗が喧嘩をする所作をしたので、一同は大いに笑ったが、寛饒は笑わなかった。部屋を仰ぎ見て、「何と美しい家だ。だが、富貴は常なきものゆえ、たちまちに中の人は移り変わってしまう。ここはただ宿屋のようなもの、次々に多くのお客が通り過ぎてゆくのだ。ただ身を慎めば長くいることができよう。君侯はみずから戒めないでいいものでしょうか」と言い、急ぎ足で退出して、檀長卿が列卿の身で沐猴舞いを行なったとして弾劾した。『漢書』巻七十七に見える。

第二〇二話……慶延の孝行

慶徵君《キョンチングン》[1]の諱は延《ヨン》、字は大有《テユ》で、本貫は清州であった。ある年の冬、父親が病気になり、魚の膾が食べたいと言った。彼は氷を穿って網を張ったが、魚は採れなかった。彼は泣きながら、

「昔の人は氷を割って魚を得ることができたが、私は網を張っても魚を得ることができない。これは孝行の心が足りないからだ」

と言って、裸足で氷の上に立って一晩を過ごしたところ、はたして黒い鯉を得ることができた。

その父がまた菠薐草《ほうれんそう》を食べたいと言った。彼が畑に行って、野菜の根だけしかないのを見て泣いていると、にわかに菠薐草が現れた。これを持って帰り、父親に食べさせると、父親の病気はなおった。父親が死んで三年のあいだ廬幕に住み、粥と野菜と果実を食べることまで、すべて『朱子家礼』にのっとって行なった。夕べに朝に母親にうやうやしく仕え、五十歳を過ぎるまですこしも怠ることがなかった。

母親が死んで、その服喪は父親のときと同じように行なった。世祖《セジョ》が朝廷に召したが出ることなく、成宗《ソンジョン》の九年（一四七八）にお召しに応じて司宰監主簿となった。ある日、内殿に呼ばれて行ったところ、王さまがお尋ねになった。

「卿は氷を割って魚を得たと言うが、これは本当の話なのか」

彼が答えた。

「冬に魚がないときに、父親のためにどうしても欲しく、網を張って必死になって捕まえようとして、幸いにも手に入れることができました。父親は私の孝行に天が感動してのことだと言いましたが、村の人はその話を聞いて事実も知らずに誇張して伝えたのです。しかし、実際にはそれほどのことをしたわけではありません」

王さまはふたたびおっしゃった。

「卿はどれほど書物を読んでいるか」

すると、彼がお答えした。

「四書と二経を読みました」

王さまが、

「四書と二経の中ではどんなことばが最も重要な義理だと思うか」

とお尋ねになると、彼はそれに答えて、

「四書と二経の中では、『詩経』には舜の大孝を言っていますが、これは私が行なおうとして、行なうことのできないものです。また周公の忠誠についても言っていますが、これも私が行なおうとして、行なうことのできないものです」

と申し上げた。これを聞いて、王さまは嗟嘆なさること久しかった。


（南孝温『秋江冷話』）

▼1【慶徴君】慶延。生没年未詳。孝誠が至極で、父母に誠心誠意仕えた。成宗の召しによって出て、司祭監主簿となり、さらに尼山県監に任命された。

第二〇三話……慶延に聞かれたら恥ずかしい

清州に楊水尺[▼1]の三兄弟が住んでいたが、その所行が素晴らしかった。慶徴君《キョンチングン》（第二〇二話注1参照）が父母に仕えるのに道理があるのを見聞きして、それまでの習慣を棄てて、忠誠を尽くして子どもの道理を行ない、自分たちも昏定晨省[▼2]の礼節を守るようになった。父母の初喪に当たると、一口の水も飲まず、また三年のあいだ、廬幕に住んで、酒と果実を口にしなかった。

三年喪を終えて、三人の兄弟は一つの家に住んで楽しく過ごしたが、心を尽くしてお互いに戒めあった。

「もしわれわれに正しくない行動があれば、慶生員に聞かれて恥ずかしくはあるまいか」


（南孝温『秋江冷話』）

▼1【楊水尺】ムチャリと言う。後三国時代から高麗時代にかけて、流浪しながら賤業に従事した人びと。禾

尺とも言う。高麗の太祖が後百済を討ったときに最後まで反抗した人びとの後裔だとも言うが、確かな資料はない。女真の捕虜、あるいは帰化人の後裔とも言い、貫籍と賦役がなく、水草を追って流浪し、狩猟と行李作りを業とした。

▼2【昏定晨省】夕べに父母の寝床を定め、朝に父母の安否を省みること。つまり、子が父母に対して日夜よく仕えることを言う。

第二〇四話……兪清風と朴明月

生員の兪垣《ユウォン》▼1の本貫は沔川である。戊申の年（一四八八）に書物を脇に挟んで宮廷に参り、自分が学んだ数千余のことばを述べ立てたが、それがすべて宮廷の弊を指摘したことばであった。しかし、当時の士林たちは座って笑うだけであった。

兪垣は自分の亭を清風亭《チョンプンジョン》と号し、またその友人の朴生▼2はその家を明月斎《ミョンウォルチェ》と呼んでいた。当時の縉紳《しんしん》たちのあいだではそれを馬鹿にして、

「兪清風《ユチョンプン》と朴明月《パクミョンウォル》だと」

と言い、しきりに嘲弄した。この二人はともに困窮して、科挙に及第することはなかった。またともに官途に着こうという気持ちもなかった。

（南孝温『秋江冷話』）

▼1【兪垣】この話にある以上のことは未詳。

▼2【朴生】この話にある以上のことは未詳。

第二〇五話……石仏の利益

壬寅の年（一四八二）、開寧県の松坊里で一人の男が田畑を耕していて、昔の石仏を掘り出した。この仏は耳目口鼻すべてが磨滅していたので、大切にも思わず、田の畔道に置いたままにしておいた。そのとき、たまたま喘息の人がこれを拝んだところ、その病がなおったので、にわかにこれは霊験あらたかな仏であるということになった。光を放っていると言う者もいた。

隣村に住む病気の者、長く後継ぎの生まれない者、なかなか結婚できない者、また家の奴婢がいなくなった者など、心の中に願いごとのある人びとが、ここにやって来て、お祈りをすれば、確かな功験があるということになった。そうして老若男女たちが群れを成してやって来た。米や布や香燭や花や果物などをもって来る者が夜も昼も絶えなかった。

このとき、一人の僧がやって来て、仏に香火を差し上げるべきだと主張すると、施主が現れ、そこに瓦屋を造ることになり、さらには大きな寺を造ることになってしまった。両班の家の婦女たちがやって来て祈禱をするようになると、開寧県監と金山訓導のような人までやって来て、その子どもの病気が治るように祈り、あるいは子どもが生まれるように祈ることもあった。

このとき、金山郡守の李仁亨《イインヒョン》▼1がその話を聞いて、儒生と吏卒たちをやって、その僧を捕まえ、施主になった人びとを追放しようとした。当時、文簡公・金佔畢斎《キムチョンピルチェ》（第二〇話注27参照）が応教の職を辞任して、金山に住んでいた。彼は詩を作って郡守の李仁亨を祝福した。

「野菜畑に投げ棄てて何年たったかわからない、
　未練たらしい石ころにどんな神が宿るのやら。
　初めは乞食をする木居士のようであったが、

しだいに銭を集める土士人となった。
老若男女の幾軒もの家を染め上げて、
香や灯火を揚げる列が幾里も続く。
わが郡守の剛直さはまるで邠州の長官のよう、
妖妄なる狐を撃破して……
（抛擲菜田不記春、頑然拳石有何神
初如求食木居士、漸作撞銭土舎人、
男女幾家将汚染、香灯一里欲因循、
我侯直是邠州守、撃破妖狐）」

当時の人びとは李仁亨の処置を賢明なことだと考え、「聖朝にも初めて英雄がいることがわかった（聖朝方信有英雄）」という詩句まであった。いま思うに、この開寧県の石仏はあやしい妖狐であることは言うまでもない。たしかに不思議な功験を現わしたものであったものの、それでもって利を得ようとする者のあるのが問題なのである。仁亨は他の村のことだと考えずに毅然として役人たちを送って、妖僧を捕らえて紙銭を焼き捨てさせた。愚かな人びとにはっきりと彼らが偽物であることを知らせたのだが、世間には珍しい出来事であった。

（曺伸『謏聞瑣録』）

▼1【李仁亨】一四三六～一四九七。字は公夫、号は梅軒、本貫は咸安。二十歳で進士に合格し、一四六八年、文科に壮元で及第した。金山郡守のとき、仏像を利用して不当な利益を得ている僧侶たちを罰した。官職は大司憲に至った。死後の一四九八年、戊午の士禍（第二四八～二四九話参照）に際して、金宗直の門下とし

て、棺を暴かれて死体をさらされた。

第二〇六話……善を勧め、義に服せしむ

応教の崔溥《チェブ》▼1の本貫は羅州であり、正字の宋欽《ソンフム》▼2の本貫は霊光である。彼らは同じときに玉堂（弘文館）にいたが、ともに休暇をもらって故郷に帰ったことがあった。彼らの家は距離が十五里ほどのところにある。ある日、正字が応教の家を訪ねた。あれやこれやの話をしながら、応教が言った。

「君はどんな馬に乗って来たんだ」

正字が答えた。

「駅馬に乗って来た」

応教がふたたび言った。

「国家から賜ったものを君の家に留めておいて、その駅馬でもってわが家にまでやって来た。これは私の旅行ではないか。どうして駅馬に乗って来たのだ」

応教はソウルに帰ると、このことを上疏して、正字を罷免させた。正字は応教のところに行き、この過ちを詫びると、応教が、

「君のような年少の人びとは、これ以後、必ず注意するがよい」

と言った。祖宗のときには、士大夫というものは法を守り、友人たちであっても善を勧め、義理に服せしめた、そのさまをこれでうかがい知ることができよう。

（許曄▼3『前言王行録』）

▼1【崔溥】一四五四〜一五〇四。字は淵淵、号は錦南、本貫は羅州。一四八二年、文科に及第、一四八六年、

重試に一等で合格、湖堂に入って賜暇読書（第八〇話参照）を行ない、修撰・校理を歴任、『東国通鑑』を編集した。一四八八年、済州推刷敬差官となったが、父が死んだので帰って来る途中、漂流して明に流された。帰って来て、成宗の命令で『漂海録』を書いた。一四九八年、戊午の士禍（第二四八～二四九話参照）に連座して端川に流配され、一五〇四年には甲子の士禍（第二〇八話注4参照）のときに死刑になった。

▼2【宋欽】一四五九～一五四七。字は欽之、号は知止堂、本貫は新平。一四八〇年、司馬となり、槐院に入ったが、燕山君の虐政に遭って退き、後進に経書を講義して過ごした。中宗が即位すると復帰して、判中枢府事兼知経筵事に至った。

▼3【許曄】一五一七～一五八〇。宣祖のときの文臣。字は太輝、号は草堂、本貫は陽川。『海東野言』の編著者の許篈の父に当たる。一五四六年、文科に及第、副校理を経て掌令に至り、財物を貪ったという嫌疑で罷免された。弼善に復職し、大司成として知製教に至り、過激な言論を行なった。宣祖の初めに進賀使として明に行って帰り、副提学として慶尚道観察使に任命されたが、病気で辞退して、同知中枢府事に任命され、尚州で客死した。徐敬徳に学問を学び、盧守成と友人になったが、東人の主導者として官途に三十年とどまったが、生活は倹素であった。

第二〇七話……儒者が武人にも及ばない

成宗《ソンジョン》が昇遐《しょうか》（崩御）なさった日、ソウルの士大夫の名族の中には婚礼を行なった者たちが多くいた。あるいは朝に嫁ぎ、あるいは正午に嫁ぎ、あるいは知らなかったふりをして嫁いだ。その後、事が発覚して罪された。

竹城君《チュクソングン》・朴之蕃《パクチボン》▼1は武人で文字を解さなかった。成宗が昇遐なさった日の前日が息子の結婚の日であり、大勢の客たちが集まった。

しかし、にわかに王さまのご病気が危急であることを聞いて、彼は、

「君父の病が重いときに、どうして臣子がひそかに婚姻など行なえようか」

と言って、客たちには謝って、帰ってもらったのだった。

当時の人びとが言ったものだった。

「儒者が武人にも及ばない。なんとも嘆かわしいことだ」


（成俔『慵斎叢話』）

▼1【朴之蕃】『睿宗実録』即位年（一四六八）十月、兼司僕の朴之蕃を二等功臣とし、輸忠保者定難翊功臣嘉善大夫竹城君に封じている。しかし、晩年には、多くの妾を抱えていることで尋問を受けてもいる。

巻の二

燕山君

第二〇八話……許琛と趙之瑞、暴君へのそれぞれの対し方

廃主の燕山《ヨンサン》[1]が世子であったとき、文貞公・許琛《ホチム》[2]は弼善の職にあり、斯文の趙之瑞《チョチソ》[3]は輔徳であった。燕山は日ごと遊び戯れるだけで、学問にはいささかも意を払わなかった。しかし、ただ成宗の厳しい叱責だけは恐れて、いやいや経筵（第一六話注2参照）には出たものの、東宮つきの官吏たちが心をこめて経典を講じても、燕山はいっこうに聞こうという様子もなかった。

趙之瑞はその人となりが剛直にできていて、進講するときは、いつも書物を燕山の前に差し出し、

「邸下がまじめに勉強なさらなければ、私は殿下に報告します」

と言ったが、燕山はこれをはなはだいやがって、趙之瑞をまるで仇敵のように見なした。

しかし、文貞公の方はそうではなかった。ことばがやわらかく婉曲であり、従容と教えさとしたので、燕山は彼を愛した。ある日、東宮つきの役人たちが進講のために入侍して、壁を仰ぎ見ると、そこに大きな文字で書きつけてあった。

「趙之瑞は大きな小人で、許琛は大きな聖人だ」

この話を聞いた人は趙之瑞の行く末を大いに憂慮した。

燕山が即位して、甲子の士禍[4]（一五〇四）のときには、まず趙之瑞の首を切って、家を没落させた。逆に文貞公を右相に昇進させた。文貞公は燕山の曲がった心を直して救うことはできなかったものの、いつも命令を受けて、義禁府に座って論罪しなくてはならないとき、よく周旋して人を救い、生かすことが多

かった。

文貞公は職を辞して家に帰ると、血を数升ほど吐いた。鬱憤が蓄積してしまい、それに耐えられずに死んだのだった。趙之瑞は燕山の補導をもっぱら心がけたのだが、人の力量を理解することができなかったために、深い怨みを買って、ひとしお残酷な禍を受けることになったのである。昔の疏広[5]と疏受[6]の二人が事の機微をあらかじめ知って遠く退いて危険を避けたのとは、まったく違った話である。

（金正国『思斎摭言』）

▼1【燕山】一四七八～一五〇六（在位、一四九四～一五〇六）。朝鮮王朝に謚号を持たない二人の王がいる。燕山君と光海君。ともに暴君であったとされる。燕山君の諱は㦕《ヨン》、成宗の長子。即位した後、暴悪非道の行ないが多く、各道に採紅使と採青使を送って、美女と良馬を徴発し、成均館を廃止して遊興場とし、円覚寺を妓生の養成場とした。学問と学者を嫌い、経筵を廃止し、司諫院を廃止した。在位の間、歴史書の問題で戊午の士禍（一五九八）が起こり、生母の尹氏が廃され、賜死したという事実を知って甲子の士禍（一五〇四）が起こり、廃妃に加担した多くの儒者たちが殺された。一五〇六年、成希顔や朴元宗らが晋城君（中宗）を推戴して燕山君は追放され、喬洞で病を得て死んだ。

▼2【許琛】一四四四～一五〇五。号は献之、号は頤軒、本貫は陽川。一四六二年、進士となり、一四七五年、文科に及第、一四八二年には進賢試に選抜されて校理・弼善となり顕官を歴任して、吏曹判書、さらには左議政となった。成宗が尹妃を廃そうとしたときに反対したので、一五〇四年、廃妃に賛成した臣下たちが一斉に殺された甲子士禍の際にも禍を免れることができた。

▼3【趙之瑞】字は伯符、号は知足亭、本貫は林川。一四七八年、生員に合格、進士に二等で合格して、同年、文科にも及第し、後に重試にも壮元だった。魚有沼が建州を征討したとき、幕佐としてともに出た。燕山君が世子のとき輔徳として学問をするように勧めて恨みを買った。燕山君が即位すると、地方官を望んで出て、善政を施したが、後には官職を棄てて智異山に登り、十年余り読書して過ごした。一五〇四年の甲子の士禍に際して遂に殺された。

▼3【甲子の士禍】一五〇四年、燕山君の母の尹氏の復位問題で燕山君が起こした士禍。成宗の妃の尹氏は嫉

妬深く、王妃の資格がないとして、一四七九年に廃妃となって庶民に落とされ、一四八二年には薬を賜って死んだ。その経緯を知らされずに育った燕山君は任士洪の密告によってそれを知り、淑儀の厳氏と鄭氏を殺し、安陽君と鳳安君を殺した。燕山君はまた尹氏を成宗廟に配祀しようとして、それに反対する大臣たち十数名を殺し、またすでに死んでいた者たちも剖棺斬屍に処して、家族たちにも罰を与えた。なお第二三三話から二四二話あたりまではこの士禍にかかわる話である。

▼5【疏広】漢、蘭陵の人。字は仲翁。春秋に明るかった。宣帝のとき、召されて博士となり、皇太子が立つとその太傅となり、兄の子の受は少傅となった。皇太子が立って五年、官成り名も立って去らなければ後悔するだろうと考え、職を辞して帰郷した。

▼6【疏受】漢の人。広の兄の子。賢良をもって挙げられ、太子家令となった。礼を好んで恭しく謹み、宣帝はこれを少傅としたが、後に広とともに辞して故郷に帰った。

第二〇九話……廃妃尹氏の墓

弘治▼1の己酉の年（一四八九）の五月二十日、成宗《ソンジョン》は礼曹に伝旨を下された。

「廃妃（第一四八話注1参照）の悪人であることは記録にはっきりと記したが、これはただこの国の人びとが痛憤するだけのことではなく、実に天もまた過ちだと断罪されるところである。これをくり返し議論する必要があろうか。私は薄徳のために、よき伴侶を得ることができず、上には祖宗以来の大きな徳に累を及ぼし、下にはわが臣民の望みを絶ち切って、まことに慚愧の念に堪えない。しかしながら、幸いにも天地と祖宗の恩徳をこうむり、三殿（第一四八話注2参照）の懇切なる訓戒をいただいて、この身が唐の中宗▼2のようになるのを免れたが、その罪はすでに晋の賈后▼3のように分明である。これは大臣たちがともに賀しともに恐れるところである。今になってあのときのことを考えれば、私は夜中もすすり泣いて、一人座して眠れなかったことが何日あったか知れない。永久に食事を賜らなかったとしても、あの世の魂魄にどうして恨みがあろうか。また私にどうして憐れみの心がないであろうか。母親が子の栄えるのを願うとしても、それはただひとえに王の私の恩恵にかかっている。後日の奸邪を防ぐのが王の政治だと言わねばならない。しかし、振り返って、世子の情理を忖度すれば、どうして惻隠の気持ちの生じるのを禁じ得よう。今、その墓を特別に名付けて尹氏墓として、墓守二人を置き、その地方の役人に節季にしたがって祭祀を行なわせるようにする。そのことで、息子の心を慰めるとともに、また霊魂の情も感動させるようにしよう。これは私が死んで百年がたっても永遠に改めることなく、父である私の意志を守るようにするのだ」

丙辰の年（一四九六）の春に燕山《ヨンサン》が廃妃の墓を移すことを議論すると、申従濩《シンチョンホ》（第一三九話注2参照）は時の礼曹参判であったが、ひとり成宗の遺教を守ろうとして、墓を移すのは正しくないと強く諫めた。燕山ははげしく怒ったが、従濩はすこしも屈することがなかった。また祀堂を建てて神主を作ることを議論したときには、昔の制度を挙げて、言った。

「葬事には必ず神主を置いて、神霊を安らかにして差し上げ、祀堂を建てて祭祀を行なうものです。尹氏は王さまを産み育てられたのだから、祀堂と墓廟を立派に建てて奉安すべきですが、しかしながら、尹氏は先王のときに罪を犯しました。礼法に照らして見るとき、穏やかならざるものがあります。謹んで考えてみますに、漢の昭帝[4]はその母の趙婕妤[5]のために園邑を用意し、また長丞をして法のままに守らせることにしました。しかし、これは現在において祀堂を造ることの参考とすることはできません。ただ「韋元成伝[6]」を見ると、孝昭大后の寝祠は修理されなかったといいます。園にはただ寝祠だけがあって、都に祀堂があったことははっきりしています。魏の明帝[7]の母親の甄后[8]のときには、有司が請うて、周の姜嫄[9]の礼によって別に寝祠を建てることにして、これが正当だとされました。この姜嫄は帝嚳[10]の妃であり、后稷の母に当たります。周では后稷[11]をあがめて始祖と見なしますが、姜嫄は配享されることがないために、特別に祀堂を建てて祭祀を行なうことになっています。しかし、これもまた今とは別の問題となります。魏の臣下たちはこれをもって礼と見なしましたが、これは一時の横車で為されたことにすぎません。今もし漢のことをお手本にしたなら、園寝はわが国の制度ではなく、また魏のことをお手本にしたなら、無理矢理にでっち上げた誤りを免れることができません。まして、漢の武帝や魏の文帝にはともに先帝の遺教がなかったので、今とは状況が違っています。廃妃はすでに廟とは断ち切られています。殿下は私の恩害でもって礼を行なおうとなさってはなりません。たとえ祀堂を建てず、神主を作らなかったとしても、墓に対してだけでも祭祀を行なわれれば、それでも孝道を尽くすことになるはずです」

この議論は用いられなかったが、その主張するところははなはだ正当である。どのような議論もこれを負かすことはできまい。

（曺伸『謏聞瑣録』）

▼1【弘治】明の孝宗の時代の年号。一四八八〜一五〇五。

▼2【唐の中宗】高宗の第七子の李顕。帝位を継いだが、太后に廃されて盧陵王となって房州に遷り、さらに均州に遷った。聖暦の末、張柬之が兵を挙げて乱を討つと、位に復して唐の国号を復活させた。後には后の韋氏に惑い、淫乱この上ない后によって弑された。

▼3【晋の賈后】晋の恵帝の后の賈氏。荒淫放恣であり、民間の美貌の男子を宮中に引き入れては快楽を貪った後、あるいは帰し、あるいは殺した。愍懐太子を廃して殺すにおよび、趙王倫が兵を率いて宮中に入り、詔をたわめて后を殺した。

▼4【漢の昭帝】武帝の少子。霍光・金日磾・上官桀らが遺詔を受けて政を補佐した。燕王旦が謀叛したとき、上官桀・蓋主・桑弘羊らが燕王を通じて霍光の専権を上書した。昭帝は幼少であったが、よくその詐を弁じた。

▼5【趙婕妤】婕妤は後宮の位階。武帝の後宮の一人の趙氏で、昭帝の母。趙飛燕とは別人。

▼6【「韋元成伝」】韋元成は漢、鄒の人。賢の少子。若くして経に通じ、五経の諸儒と石渠閣で論じた。河南太守を授けられる。元帝のとき父の相位を引き継ぎ、侯に封ぜられた。守正持重は父に及ばぬものの、文采は父を超えると評される。

▼7【魏の明帝】三国の魏の第三代皇帝、曹叡。文帝の子。司馬懿を用いて蜀を防ぎ、孫権が合肥を攻めると、明帝みずからが将軍となって退けた。公孫淵が遼東に反乱を起こすと、司馬懿に命じてこれを討たせた。吃

音癖があって口数が少なく、浮華の士を憎んだ。大いに宮館を営み、没後、政権は司馬氏に帰した。
▼8【甄后】三国、魏の無極の人。追謚は文昭皇后。幼いころよりよく字を識り、初め袁紹の中子の熙の室となった。曹操が袁紹を破って、文帝はこれを夫人とし、ついで后となって、明帝および東郷公主を生んだ。後に郭后に寵愛を奪われたのを怨んで、死を賜った。
▼9【周の姜嫄】帝嚳の妃。野に出て巨人の足跡を見て踏んだところ妊娠して子を産んだ。不吉だとして路地裏に棄てたところ、馬も牛も踏まなかった。林の中に棄てたところ、行きかう人が多くなった。氷の上に棄てたところ、鳥が羽根を広げて温めた。神異なことと思って育てることにしたが、この子が周の始祖の后稷であり、字は「棄」と言った。
▼10【帝嚳】帝嚳高辛。五帝の一人。黄帝の曽孫に当る。生まれながらにして神霊で、ものを言った。あまねく徳沢をほどこして万物を利し、自身のことを顧みなかった。暦を制定して生活の秩序を立て、鬼神を明らかにしてこれに敬事した。
▼11【后稷】姜嫄を母として生まれた周の始祖。子どものころから賢く、遊戯するのに好んで麻や豆を植えた。成人すると農耕を好んで、土質の適否を見極め、その土地に合う作物を植えて収穫を挙げた。帝尭がこれを知って、農師に任じたが、功績があり、さらに后稷（農事の長官）に任じた。その子孫の西伯（文王）が勢力を強め、西伯の子の武王がついに殷の紂を討って周を建てることになる。

第二一〇話……屍を市場にさらされた金馹孫

校理の金馹孫《キムイルソン》▼1の字は季雲《ケウン》である。彼はまことに世間に稀な人材で、朝廷に大いに有為な器であった。彼の疏章と箚子（臣下が君主に対して申し上げる体の文章）は文章が伸びやかで大きな海のようであり、彼が国事を論じ、人物の是非を論じるときには、青天白日のようであった。

しかしながら、まことに惜しいかな、廃主の燕山《ヨンサン》は彼を処刑してその屍を市場にさらした。

（辛永禧『師友言行録』）

▼1【金馹孫】一四六四～一四九八。燕山君のときの学者。字は季雲、号は濯纓、本貫は金海。金宗直の弟子、一四八六年、文科に及第、成宗朝に春秋館の記事官となって成宗実録の史草を書いた。一四九八年、成宗実録が編纂されたとき、馹孫の書いた史草のなかに世祖の王位簒奪を諷刺した弔義帝文と勲旧派に対する批判があるのを見て、李克墩らが本来的に文人の嫌いな燕山君に告発、戊午士禍（第二四八～二四九話参照）を招いた。馹孫は金宗直を初めとする嶺南学派の学者とともに粛清された。

第二一一話……止亭・南袞の挽詩

季雲《ケウン》・金馹孫《キムイルソン》（第二一〇話注1参照）はまことに世間に類を見ないソンビであった。しかし、いい時に出遭わず、禍のために死んだ。ただその禍に当たった経緯と彼が死んだ後に怨みを雪ぐことができなかったことについて、後の世の者たちは詳しく知ることができない。止亭《チジョン》・南袞《ナムコン》▼1がその墓を移すときに作った挽詩がやや詳しく述べている。

「鬼神ははるかに遠く茫漠として、天の道はまことに知るのが難しい。
好むのと悪むのとは人ごとに違い、禍と福はいつも誤ってもたらされる。
悠々たるこの宇宙の中に、命の長い短いがあるのは悲しい。
どうして死後の髑髏にも楽しみがあり、この世に王たること以上なのを知ろうか。
達観した者はこれを一笑に付し、空に浮かぶ雲のように思うもの。
ただ気の毒なのは、世間に名を残す者の名が出るのがいつも遅きに失すること。
久しく数百年が経ったあいだに、初めて一度現れることができる。

しかし、現れても意志は遂げず、よく治まった世をどうして約束できよう。

私もまたどうして幸せに君とともにいる時を迎えられようか。

文章ならば漢の西京[2]、人物ならば宋の豊熙[3]、長くため息をついて慟哭をする。

仁はこれを勇敢に行ない、どうして知ろう、絳灌[4]の群れが歯ぎしりして見るのを。

ぐったりと疲れた嚢頭木[5]が、にわかに東市で死んでしまった。

万が一ということがどうしてないだろう、東海は広く涯がない。

世の中は平安で法も緩く、善と悪はみずから分別される。

どうして器の中に怨みを閉じ込め、どこまでも晴らすことができないとするのか。

『春秋』に諱を贈る例を見ると、定公と哀公に微妙なことが多い。

聖人は天と同一で、後世の人はあえて従わない。

筆を執って聞くところを書くのは、史家の常の習い。

聞くところが正しいか、間違っているか、これはすなわち一人の私的なことがら。

歴史を編纂するのは史局だが、誤りを削除するのは相応しいそれぞれ。

ただ腹の中に剣があり、毛に隠された傷を求める。

どうして元魏の人[6]が、張道達[7]の悪を列挙したのに比せよう。

事に当たった官吏に間違いがあり、その罪はまさに鞭打ちに当たる。

賢くよくこの罪を減ずるのは、八議[8]に学ぶところがあるからだ。

誰もこうしたことばをもって、ひとたびも王への疑いを抱くことがない。

歳月がまた過ぎて周年となり、永遠に識者たちの悲しみを結ぶ。

あの丘の城の東の麓に、草は茂っても屍を覆いかくさない。

情け深い息子と甥がいて、卜して墓を移すことを考えた。

君は今は九天の上にいて、地上の人びとの生きる姿を見下ろしている。

鳶と蟻が食べることも分明ではなく、ましてこことあそこを分ける理もがあろうか。人間などちまちまとしたもの、時々の祭ごとに便宜をはかるが、凄涼たる木川県には、中に山を巡る河がある。先年、図誌を編纂したときには、この墓も漏らさず記録した

（鬼神茫昧然　天道諒難知　好悪与人異　禍福恒舛施
悠悠此宇宙　脩短同蔑沓　焉知髑髏楽　不易南面治
達観付一莞　浮雲於渺瀰　独憐名世人　其出毎遅遅
契闊数百年　乃得一見之　見之又不遂　至治寧有期
吾生亦何幸　得与君並時　文章漢西京　人物宋豊熙
太息又痛哭　当仁輒敢為　寧知絳灌属　切歯従傍窺
傫然嚢頭木　遽及東市夷　万事何所無　東海浩無涯
世平法又弛　善悪自分岐　如何着甕冤　尚未大敷披
春秋起諱例　定哀多微辞　聖人与天同　後世非敢追
執筆書所聞　史家之常規　所聞有正謬　乃是一家私
編摩自有局　削偽乃其宜　只是腹中剣　強覓毛底疵
豈比元魏人　列悪張道逵　当官有不謹　厥罪固当笞
賢能又末減　八議在所師　無人持此語　一決九重疑
歳星行欲周　永結讖者悲　披陀城東土　草草難掩屍
情鍾有子侄　卜兆謀遷移　君今九天上　俯視息相吹
鳶蟻既不択　況問彼与玆　人間自区区　為便歳時祀
凄涼木川県　中有山逶迤　他年纂図誌　録墓当不遺）」

この末の詩句はまさしく季雲の墓を記録したというのである。しかし、その後に『続輿地勝覧』▼9を編纂するとき、郎官などが季雲の墓を記録して提出すると、一人の堂上官が、

「彼は官職が宰相に到らなかった。その上、人も謹厚ではなかった」

と言って、ついには抹消してしまった。しかし、これがどうして盛んなる世の公平なるやり方であると言えようか。識者たちは季雲に対してはなはだ気の毒に思うものである。


（辛永禧『師友言行録』）

▼1【南袞】一四七一〜一五二七。李朝前期の政治家であり文人。字は士華、号は止亭。開国功臣の在の子孫。一四九四年、文科に及第して、大提学・領議政にまで至った。金宗直の門下で学び、文章と書に秀でていた。平生、奢侈を好まず、持論も正確であったが、沈貞とともに己卯士禍（第二九三〜二九八話参照）をでっち上げたことを人びとに批判され、みずからも処置の過ちを悟ったため、書きためていた私稿を火にくべて焼いた。

▼2【漢の西京】後漢の人の張衡が作った「西京賦」。西京は都が洛陽に移った後の長安を言うが、天下泰平の日が久しく、王侯以下安逸に生活するのを諷している。

▼3【宋の豊熙】明の人ではないか。弘治年間、進士第一。官は世宗のときに翰林学士。帝の怒りに触れて左遷された人がいる。

▼4【絳灌】漢の高祖の臣、絳侯・周勃と灌嬰とを言う。

▼5【嚢頭木】嚢頭は頭を嚢でおおうこと。市場で処刑に赴く人が木の枷を負い、頭を布で覆っている姿を言うのだと思われる。

▼6【元魏の人】元魏は拓跋魏を言う。魏はもと拓跋氏であったが、後に氏を元に改めたので、元魏とも言う。

▼7【張道達】ここにある以上のことは未詳。

▼8【八議】罪を減免される八つの裁判上の恩典。議親・議故・議賢・議能・議功・議貴・議勤・議賓を言う。

▼9【『続輿地勝覧』】朝鮮半島の体系的な地理誌として『新増東国輿地勝覧』（一五三〇）という書物がある。まず一四七七年に編纂された『八道地理志』があり、それをもとに朝鮮の文士たちの詩文を加え、中国の

『大明一統志』の構成を参考にした『東国輿地勝覧』が一四八五年に完成している。それにさらに数次の修正過程を経たものが中宗時代に刊行された『新増東国輿地勝覧』になるが、ここの『続輿地勝覧』はその何次かのものと考えられる。

第二一二話……吊義帝文

権景裕《クォンキョンユ》（第一六六話注1参照）の字は君饒《クンヨ》である。彼は清廉かつ率直で、俗悪なソンビたちと付き合わず、落々として諫臣の風があった。校理として堤川県監となったが、そのまつりごとは清潔で澄んだ水のようであり、人びとは彼を愛し、役人たちは彼を恐れた。

史官となったとき、佔畢斎（金宗直。第二〇話注27参照）の「吊義帝文」▼1を編纂したが、このとき、宰相の柳子光《ユンチャクァン》▼2・李克墩《イククドン》▼3などが燕山朝に啓上して、内庭で拷問した。このとき、彼は供招を事実のままにすることなく、筆を投げ棄てて大きな声を上げて屈することなく、従容として死んでいった。

（辛永禧『師友言行録』）

▼1【「吊義帝文」】世祖の王位簒奪を風刺する文章。金宗直が作った。義帝を弔う文ということで、項羽が楚の懐王（義帝）を殺した中国の故事を踏まえたもので、後に金宗直の門下生の金馹孫が史官だったとき、この文章を記載した。もともと金宗直と仲の良くなかった李克墩と柳子光が、燕山君のときに、『成宗実録』を編纂する中でこの文章を発見して、これは端宗を弔喪すると同時に世祖をなじるものだとして、燕山君をあおり、金宗直については剖棺斬屍（棺を開けて死体を斬る）、金馹孫については処刑するなど、戊午の士禍のきっかけとなった。

▼2【柳子光】?～一五一二。字は于俊、本貫は霊光。府尹の規の庶子。勇猛で知られ、一四六八年、武科に昇り、南怡・康純などを逆謀で退けて功績を挙げた。金宗直が自己の詩文の出来をけなしたのを知って、恨

みを抱き、李克墩が金宗直の門下の金馹孫と不和であるのを利用し、かつ燕山君が士類を嫌っているのに乗じて、戊午の士禍を起こして多くの人びとを粛清した。一五〇六年、中宗反正（第二五二話参照）が起こったが、成希顔との因縁で功臣に列せられ、武霊府院君に封じられた。その後、領経筵事となったが、弾劾を受けて流され、その配所で死んだ。息子の軫も房も流されて死んだ。

▼3【李克墩】一四三五～一五〇三。字は士高、本貫は広州。一四五七年、親試文科に及第して主簿となり、さまざまな官職を経、一四六八年には文科重試に及第して礼曹参議となった。一四七〇年には佐理功臣として広原君に封じられた。明にしばしば使節として行った。左賛成に至った。才幹があり典故に詳しく重用されたが、いわゆる勲旧派に属し、士林派たちと反目、一四九八年には嶺南学派を粛清する戊午士禍の元凶となった。

第二一三話……端雅な振舞の許磐

許磐《ホバン》（第一七一話注3参照）は陽川の名家の出で、字は文炳《ムンビョン》である。癸卯の年（一四八三）に進士に合格して、聖人の学問に意を用いて、昇進には欲を出さなかった。事ごとに昔の人びとの振る舞いをお手本にした。彼の師友である大猷《テユ》（金宏弼。第一七〇話注1参照）は彼の端雅な振る舞いが天性のものであることに感服した。

蔭補（科挙に拠らない名門の出による登用）によって社稷参奉となったが、このとき、洪応《ホンウン》（第七九話注24参照）が提調であった。文炳が彼に言った。

「王世子は国家の次の主君として、後日、国家の万民が仰ぎ見て頼る存在ですが、今、宦官たちとともにいて、書筵に出ることは少なく、遊び戯れておられることが多い。できることなら」（……以下欠文）

（辛永禧『師友言行録』）

第二一四話……処刑された許磐

許磐《ホバン》（第一七一話注3参照）の字は文炳《ムンピョン》である。はなはだ弁が立った。放胆で豪気な文武のソンビたち、あるいは医者や占い師、歌伎や楽工などまでが彼に従ったので、彼はこれを最も得意にしていた。

「国中の人びとが私の掌中にある」

廃主の燕山が彼が宮中でのこと（廃妃尹氏のことを指す）に言及したのを拷問にかけて、ついには斬した。

（辛永禧『師友言行録』）

第二一五話……姜詗と姜謙

大司諫の姜詗《カンヒョン》▼1の字は詗之《ヒョンチ》である。人となりが寛容かつ穏健、実篤かつ率直であった。また直講の姜謙《カンキョム》▼2の字は謙之《キョムチ》で、正大で志操と節概とがあった。しかし、廃主の燕山のために二人の兄弟はともに命を保つことができなかった。

（辛永禧『師友言行録』）

▼1【姜詗】?～一五〇四。字は詗之、本貫は晋州。一四九〇年、別試文科に及第、正言に登用され、一四九五年には掌令になった。一五〇四年には大司諫となったが、同年の甲子の士禍（第二〇八話注4参照）の際に娘婿の許磐とともに廃妃の尹氏の立主立廟に反対したために死刑になった。中宗のときに吏曹参判を追贈された。

▼2【姜謙】?～一五〇四。字は謙之、本貫は晋州。一四八〇年、式年文科に丙科で及第、さまざまな官職を

経て、一四九八年、戊午の士禍には金駟孫と内通していたとして百の杖打ちの上、流配され、家産は没収された。一五〇四年には殺された。中宗のときに伸冤され、家産も還給された。

第二一六話……父と兄弟がみな死んだ李総一族

宗室の茂豊正・李総《イジョ》（第一七一話注1参照）の字は百源《ペクウォン》で、みずから鷗鷺主人《クロチュイン》と号していた。人となりは悲憤慷慨して、人に拘束されることなく、晋の人の気風▼1があった。書と史を読んで詩文を学び、音律を理解し、すべてについて神妙の域にまで達していた。参判の金紐《キムユ》▼2が彼のコムンゴの演奏を聞いて、

「この音色はまことに宮中の牡丹の花が澄み渡った空に爛漫と開いたようだ」

と評した。これを聞いて、有秋《ユチュ》▼3が言った。

「金宰相はまことにコムンゴを聞く耳をお持ちだ」

百源は西湖に家を建て、いつも漁師の舟に乗って遊んだ。詩人と文士たちが湖畔まで訪ねて来たが、しかし、卑俗な人間が来ると、必ずみずから櫓を漕いで、彼らを避けるのであった。このことを秋江の詩では、

「王孫は舟を漕ぐことを知っている（王孫解刺舟）」

と言っている。彼の兄の文淵《ムンヨン》と弟の而直《イチク》・而悦《イヨル》・公択《コンテク》・公幹《コンカン》▼4などはみな立派な人である。佐郎の李長坤《イチャンコン》・希剛《フィカン》▼5は、これら五公子が父の牛山君《ウサングン》▼6に従って同時に死んだときにも普通の時と同じように談笑していたという話を聞いて、その人柄を偲んで、しきりに惜しんだものであった。

（辛永禧『師友言行録』）

▼1【晋の人の気風】中国の西晋のときに世俗を避けて竹林に会して清談を事とした、いわゆる竹林の七賢の

風儀。

▼2【金紐】一四二〇～?。字は子固。一四六四年、録事として別試文科に及第、成均学論となった。翌年には戸曹佐郎として『経国大典』の編纂にも参加、一四六六年には抜英試・登俊試にも及第して、顕官を歴任した。安孝礼や兪希益とともに都城を測量して地図を作製、『世祖実録』・『睿宗実録』の編集にも参与した。学問を好み、書に優れていた。コムンゴもたくみだったという。

▼3【有秋】有秋という字をもった人に李畲という人がいる。一五〇三～一五四四。年代的にやや下る。号は松厓、本貫は漢山。金安国のもとで学んで一五三一年、式年文科に丙科で及第した。文翰官に任命され、正言・持平などを歴任した。学問に励んで、特に易に通じていたという。

▼4【彼の兄の文淵と弟の而直・而悦・公択・公幹】『朝鮮実録』燕山君日記十年（一五〇五）六月庚申、李総の父の牛山君踵および兄弟を杖で打ち、遠方に流した旨の記事がある。その後に賜死したのだと思われるが、その記事はない。

▼5【李長坤・希剛】一四七四～?。中宗のときの文官。字は希剛、号は琴斎・鶴皐・寓湾、本貫は碧珍。体格・容貌が優れて、幼いときから将軍の器だと言われた。一五〇二年、文科に及第して校理となり、明の忌避に触れて巨済島に流されたが、燕山君がさらに罪を加えるのではないかと恐れて逃亡した。一五〇七年、南袞に呼ばれて兵曹判書となったが、南袞が士禍を起こそうとしているのを知って防ぎ、後に昌寧で死んだ。

▼6【牛山君】『朝鮮実録』成宗十三年（一四八二）八月己亥、牛山君が温寧君の妻を城底に葬りたいと上書したという記事がある。燕山君十年（一五〇五）六月庚申、李総の父の牛山君踵および兄弟を杖で打ち、遠方に流した旨の記事がある。中宗元年（一五〇六）十一月丙戌には、廃主（燕山君）の時代に罪なくして竄死した人びととして牛山君の名前が見え、流謫の場所で殯をし、あるいは故郷に還葬することにして、官吏を派遣したとある。

第二一七話……六尺の孤を托すことのできる李黿

佐郎の李黿《イウォン》▼1は気象が堂々としていて、節義のために死ぬ気概をそなえていた。まさに六尺《りくせき》の孤《こ》（父に死別した幼い君主）を托すことのできる人物であった。しかし、廃朝の燕山《ヨンサン》は彼が佔畢斎《チョンピルチェ》・金宗直《キムジョンチク》（第二〇話注7参照）の謚号を文忠にしたことを咎め、斬首した。

（辛永禧『師友言行録』）

▼1【李黿】?～一五〇四。死六臣の一人の朴彭年の外孫に当る。一四八〇年、進士に合格、一四八九年、文科に及第した。槐院に入り、礼郎であったとき、燕山君の暴政が日々にはなはだしくなっていき、金宗直を始めとする多くの人びとが殺されるか流された。李黿は死んだ宗直に「文忠」の謚号を送ることを主張して郭山に流され、後に羅州に移された。一五〇四年の甲子の士禍に際して、死刑になることになり、彼の奴は逃亡することを勧めたが、死ぬことを選んだ。中宗のときに雪冤されて、都承旨が追贈された。

第二一八話……文章をよくした李胄

李胄《イチュ》▼1は本貫が固城である。賢明で文章をよくした。容賢《ヨンヒョン》先生・原《ウォン》▼2の曽孫である。

（辛永禧『師友言行録』）

▼1【李胄】?～一五〇四。字は胄之、号は忘軒、本貫は固城。一四八八年、文科に及第、検閲を経て正言になった。一四九八年、戊午の士禍（第二四八～二四九話参照）が起こり、金宗直の門下として珍島に流され、一五〇四年の甲子の士禍（第二〇八話注4参照）では、以前、台諫庁を設置することを決めたという理由で、金宏弼などとともに死刑になった。

▼2【容賢先生・原】李原。一三六八～一四三〇。十五歳で進士に合格、後に鄭夢周の門下生として文科に及第して、さまざまな官職を経て、太祖が朝鮮を建国すると、台閣に入っていった。太宗が即位すると、佐命功臣に録され、一四〇三年、謝恩使として中国に行き、平壌府尹となってよく治めた。世宗のもとで右・左

議政にまで至ったが、嫉視する者の誣告で礪山に流され病死した。

第二一九話……珍島の李胄を訪ねる

掌令の李胄《イチュ》（第二一八話注1参照）の字は胄之《チュチ》である。その詩の格調は蒼古としていた。この世を救済するほどの人材であった。しかし、廃朝の燕山《ヨンサン》に殺されてしまった。壬戌の年（一五〇二）の春、私は彼を流謫の地である珍島に訪ねた。碧波亭に宿って別れを惜しんだが、考えてみると、これが彼の一生の終わりでもあった。

（辛永禧『師友言行録』）

第二二〇話……凍った死体を抱いて温めて棺に納める

秋江《チュカン》・南伯恭《ナムペクコン》（第五話注1参照）の墓は高陽にある。燕山《ヨンサン》がその棺をあばくように命じたとき、その命を受けた者は、その墓が禁標の中にあるために死体を取り出すことが難しいとして、棺を楊花渡まで運んで来て刑罰を施し、死体を砂州の上に晒した。このとき、秋江の妻と四人の婿がいたものの、一人として死体を納めようとする者がいず、死体はどこに行ったかわからなくなってしまった。

秋江には一人の息子がいて、名前は忠世《チュンセ》▼1と言った。もともと気が触れていたが、彼もまたともに死刑を命じられた。しかし、忠世は大きな声を挙げて、いささかも恐れる気配がなかった。推官は、この男はもともと気が狂っていて、人として取るに足りないと申し上げたが、燕山は、

「狂った者がこの世に生きていて、どんな意味があるのだ。早く殺してしまえ」

と言って、遂に殺されてしまった。忠世の妻の趙氏が夫の屍体を三日のあいだ守り、夜に乗じて納めて家に帰って来た。このとき、気候ははなはだ寒かったので屍体は凍ってしまっていた。趙氏は日夜に屍体を抱いて温めて、凍っているのを融かして、その後に棺に納めた。その後、礼式どおりに葬式を執り行なった。

それを見た人びとはみな感嘆したが、姑は趙氏の性質があまりに激しくて屍体をこわがらないのだと言って、これをなじった。これはみずからが礼法のままに処することができなかったので、その嫁を非礼だとしてやっかんだのである。

（曺伸『謏聞瑣録』）

▼1【忠世】第一七八話に南孝温の息子に忠恕の名が見え、『朝鮮実録』では一人っ子であるように見え、忠世は誤りか。

第二二一話……行方不明になった鄭希良

鄭希良《チョンフィリャン》▼1の字は淳夫である。人となりは強健で、生の果実を二斗ほど食べても、胃腸を壊すことはなく、その上で酒を飲んだ。彼がかつて言ったことがある。

「私が酒を飲むときには、まず濁酒なら大きな器で三杯、清酒なら二杯、焼酎なら一杯を必ず飲む。酒量が次第に減ってきているが、まず胃の中を洗うようにして飲むので、小さな杯で礼儀にのっとった飲み方をするのはいやだ。大きな椀で一気にあおる方がいい」

学問をよくして、詩に巧みで、また陰陽の学問に通じていた。そこで、ソウルの中で四柱をよくする人として噂の上がった者のところには必ず行って、さまざまに質問をした上で、言うのであった。

「はなはだ凡庸な人だ」

ただ唯一、主簿の呉順亨《オスンヒョン》▼2には脱帽して、

「この人がする推算は必ず精密で、間違いがない。ただこの人は世道に怯えて、その技術を尽くしてはいない」

と言っていた。かつて自分みずからの運命を占ってみたところ、その官職がそのときと一定してはいなかった。彼はため息をついて、

「あるいは某々年には大いに栄達するが、某々年にははなはだ禍々しいことが起きるであろう」

と言い、世の中から避難しようという気持ちを持ち続けていた。

科挙に及第して、翰林となったが、戊午の士禍（一四九八。第二四八～二四九話参照）にかかわって義州に流され、さらに金海に流されたが、その後、甲子の年（一五〇四）には赦された。母親の喪に服して、高陽で侍墓していたときのこと、ある日、一人で丘の上に登って散歩をしていると、奴がやって来た。彼は騙して言った。

「お前は私のためにあの山に行って土筆《つくし》を摘んで来い。私はそれを食べたいのだ」

奴が行って摘んで帰って来ると、その主人はいなかった。このとき、家中の人びとが四方を探したが、行方は杳としてわからなかった。畢竟するに、彼は川に身を投げて死んだのだ。

海平君《ヘピョングン》・鄭者叟《チョンキス》▼3公はすなわち彼の息子である。この事実を燕山《ヨンサン》に報告して、行方を探すために郡県に命令を下してもらおうとした。ところが、燕山は言った。

「狂った男が逃亡して死んだのを、どうして探さなくてはならないのだ」

ついに、彼の消息は絶えてしまった。人びとは、彼は死んではいないのではないかと疑った。加川院の壁に落書を書いた者がいた。

「鳥は荒れ果てた家の壁穴を覗き、
人は夕陽の中、井戸水を汲んで行く。

山と河の中を住処とする人は、
天地の間のどこにいるのか。
（鳥窺退院穴、人汲夕陽泉、
山水為家客、乾坤何処辺）」
この詩に対して、院の住人たちは、
「衲衣《のうえ》を着た僧侶がここを通りかかって書きつけたのだ」
と言っていた。あるいは、これは淳夫が書いたものではないだろうか。

（曺伸『謏聞瑣録』）

▼1【鄭希良】一四六九～？。字は淳夫、号は虚庵、本貫は海州。延慶の息子。早く生員となり、一四九五年、文科に及第、翰林となり、一四九七年、芸文館侍教として、王を戒める文書を献じた。一四九八年、戊午の士禍のとき、妄りなことを言い、乱を報告しなかったという嫌疑を受けて義州に流され、後に金海に移された。人となりは剛直で、詩文に長け、陰陽学に明るかった。

▼2【呉順享】この話にある以上のことは未詳。

▼3【海平君・鄭耆叟公】鄭眉寿。？～一五一二。耆叟は字。号は愚斎。鄭悰と敬恵公主とのあいだの子で、文宗は外祖父ということになる。父親の鄭悰を殺して敬恵公主を婢にまで落とした世祖の妃の貞憙王后韓氏は罪の意識からか、眉寿を引き取って育てたという。刑曹正郎・議政府参賛を経て、判義禁府事を兼ねた。一五〇六年、右賛成となり、靖国功臣となり、輔国崇祿大夫の職を経て、海平府院君となった。（この話の中の鄭希良と鄭耆叟との父‐子関係はまちがっていることになる）。

第二二二話……鄭希良ははたして死んだのか

虚庵《ホアム》・鄭希良《チョンフィリャン》（第二三二話注1参照）は年少のころから文章をよくすることで名が高く、作詩にも長けていた。科挙に及第するのが遅かったが、内翰に入った。彼は占いをよくして、人の吉凶を予言することができた。あるとき、

「甲子の士禍（一五〇四。第二〇八話注4参照）は戊午の士禍（一四九八。第二四八～二四九話参照）よりもいっそう過酷なものとなる」

と言って、官途に出る意志を持たなかった。燕山《ヨンサン》のときの士禍はまず戊午の年に起こり、当時、虚庵は竜湾の謫所にいたのである。

父母の喪に服して、徳水県の南に籠っていた。ある日、奴婢たちをみな遣って、大人は薪をこり、幼い者は山菜を摘んで、夕飯を用意させることにして、自分一人で廬幕を守っていた。これを見ていた年老いた一人の奴は、これは畢竟するに主人は誰もいないようにしたいのかといぶかりながら、あまり遅くならないように気をつけて帰って見たのだったが、虚庵の姿はすでになかった。

隣の人に声をかけ、四方を隈なく探して、ただ南江のほとりに脱いだ鞋一足が砂の上にあっただけなのであった。人びとは希良は身を投げたのだと考えて、船頭たちを集めて江を上下させながら探し回ったが、結局、屍体を見つけることは出来なかった。

それから間もなく、燕山の荒淫と暴虐はいよいよ激しくなって、人を殺すことをほしいままに行なうようになった。これがいわゆる甲子の禍である。虚庵がこの世にいれば、この禍を免れることはできなかったであろう。そのために、人びとは彼の行方が分からないのは足跡をくらましたので、本当に死んだわけではないのだと考えた。ある人が妙香山の古刹で一人の僧に出遭ったが、みずから乞食の行を行なっている様子を装っていたものの、賤しい乞食僧の気配がなかった。心の中で不思議に思い、次の日、その姿を探したが、そのときにはもうどこに行ったのかわからなかった。あるいは虚庵だったのではないかという疑いがよぎった。

また、伝えるところでは、ある院の壁に絶句二首が書きつけてあったという。

「鳥は荒れ果てた家の壁穴を覗き、
人は夕陽の中、井戸水を汲んで行く。
山と河の中を住処とする人は、
天地の間のどこにいるのか。
（鳥窺退院穴、人汲夕陽泉、
山水為家客、乾坤何処辺）」

「すでに前日、風と雨に驚き、
文明はこのときに打ち負かされる。
ひとり杖をついて宇宙に遊び、
騒ぎを嫌って詩も吟ずまい。
（風雨驚前日、文明負此時、
孤筇游宇宙、嫌鬧並休詩）」

人びとはこれらの詩もきっと虚庵が作ったのではないかと考えた。あるいはまた、「ある好事家が書いて行ったもので人を混乱させて楽しんでいるのだ。虚庵の作った詩ではない」と言う人もいる。たいがい水に沈んだ者は気運が尽きれば水面に浮かび上がるものだと言い、また風と波に流されて川岸に浮き上がるとも言われる。そして、もしみずから身を投じたのであれば、必ず近くの川岸に浮かび上がるものであるに、探し回っても遂に見つけることができなかったのは、どういうわけであろうか。わざと脱いだ靴を川岸に残しておいて、人びとには身投げして死んだと思わせたのではなかったか。

占いをして不思議なほどよく当たり、将来のことをあらかじめ知ることができたから、必ず禍が起こるのを知って、命を助かろうと姿を変えて逃げたのではなかったか。天下にはこのような不思議な才能をもった人がいないわけではなく、虚庵は必ずしも死んだとは言えないのである。しかし、母親の喪を終えることなく、また父親が存命なのに、虚庵はそれでも世間を棄ててしまうことができたであろうか。それについてはよくわからない。

あるいは家に累が及ぶのを恐れて、むしろ倫理にもとるという罪を負ってでも、家のためを思った方策だったのかも知れない。これについてもよくわからない。私は徳水に流されていたが、それは彼が住んでいた邑の隣であった。その邑の住人で彼をよく知っている者たちはみなこの意見を取った。そうして、言っていた。

「人が虚妄で異常な話を好むのは、人の正当なる理知だけでもって判断することのできないことがあるからだ。だが、逆しまなことを信じて天倫までも投げ棄てて、理由もなく河に身投げをして死んだというのは、人情に叶っていると言うことはできない。このことはいっそう彼が死んでいないことを証拠立てるのではあるまいか」

（金安老『竜泉談寂記』）

第二二三話……鄭希亮と仙人の金千年ははたして同一人物なのか

占い師の金倫《キムリュン》（貞烈公・金倫という人がいるが、別人）が若いころ平安道の香山寺などの地に遊んだ。そのとき、一人の方外（世捨て人）のソンビがいて、その名前は李千年《イチョンニョン》▼1と言ったが、金倫は彼と行をともにして、あまねく山々を歩いて、六、七年を過ごした。その間、金倫は千年に妖術を学んだが、父母に拝謁して別れを告げ、嶺東にある自分の庵に帰って来た。

それ以来、金倫は占いを行なうようになり、人の吉凶や禍福を占って、百に一つの間違いもなかった。

千年が金倫に別れを告げたとき、

「己亥の年（一五三九？）に江西県の九竜山に来て私を待っていてほしい」

と言い、みずから詩を作って渡した。その詩は次のようであった。

「八十歳になる山中の老人が、
三彭（人の体内にあって害をなす三つの虫。三尸とも）はすでに掃い去った。
人間世界のことは夢にも見ず、
鶴を伴にして他に望みはない。
雲がかかって机の上の月光は涼しく、
雪の積もった窓には日の光も薄い。
誰が知ろう、塵のない鑑が、
おのずから永遠に清虚であることを。
（八十山中老、三彭已掃除、
人間応不夢、鶴伴意無余、
雲榻蟾光冷、雪窓日陰疎、
誰知無累鑑、万代自清虚）」

これは丁卯の年（一五〇七？）の三月十六日、松竹処士・愚斎[2]が書いたともいう。しかし、この文章には秘密にした趣があったので、世間に伝わることがなかった。

また、丹渓[3]に与えた詩には次のようなものがあった。

「暇を盗んで酒に酔いまさに天上に遊び、
そこに江の風が涼しく吹いて客を留める。
啄木峰の頂は天に近く、
秀林亭の下にはまた地面があるよう。
二娘の魂は千年もただよい、
九曲の江の音は万古に流れて止まない。
胸の中には塵に塗れて心配事を重ね、
丹渓が今日私の愁いを晴らしてくれた。
（偸閑一酔是天游、箇裏江風挽客留、
啄木峰高天若近、秀林亭下地疑浮、
二娘魂魄千年事、九曲江声万古流、
胸海久牽塵累憂、丹渓此日洗吾愁）」

これは癸巳の年（一四七三？）に愚斎が書いたという。
彼に侍していた若い僕は十三、四歳であった。この僕がまたみずから詩を書いて与えた。

「天地のあいだに家を持たず山河をさまよって、
生涯はひたすら意をはるばると遊ばせる。
いま静寂な山路は白い雲が遮っていて、
月影が涼しく澄んで竹の影が映っている。
（天地無家山水客、生涯一向意悠々、
苔痕山路白雲鎖、月影清涼竹影流）」

また、次のような詩もあった。

「緑の山に雲が幾重にも重なり、
青い海は限りなく広がっている。
一つ尋ねたい、君にはどんな因縁があり、
宮中に帰ろうという心を結んでいるのか。
（碧山雲万畳、滄海濶無辺、
為問縁何事、帰心北闕懸）」

この詩は格調が高く、昔の人のもののようでもあり、筆跡がまた奇異かつ強壮である。はなはだしくは彼に仕えている子どもまでも、詩を作る才能と文字を書く法が普通の人とは違っていた。彼が尋常ならざる方術士であったことは明らかであろう。

鄭希良《チョンフィリャン》（第二三一話注1参照）という者がいた。彼は燕山《ヨンサン》の乙卯の年（一四九五）に科挙に及第して、芸文館の検閲となった。戊午の士禍（一四九八。第二四八〜二四九話参照）の際に流罪になり、まもなくして赦された。母親の喪に服して豊徳の地で廬幕に過ごしたが、いつも子弟たちに言っていた。「これから甲子の年（一五〇四。第二〇八話注4参照）になれば、士林の禍がふたたび起こるが、私たちもこの禍から逃れることができない」

壬戌の年（一五〇二）の五月五日、廬幕の外に出て、長いあいだ帰って来なかった。家の人が怪しんで彼を探して江辺に至ると、草履が一足、川岸に脱ぎ捨ててあっただけで、行方が知れなかった。畢竟ずるに、江に身を投げて死んだのだと考えられた。その後、西にある寺の僧が言った。

「ある人が言うには、不思議な僧が一人山中を往来しているといい、あるいは以前から鄭希良の顔を知っている人はそれを希良その人だとも言っている。また、ある人が言うには、彼は髪を長く伸ばし、方士として行方をくらましながらも山々を歩き渡って住み、詩句を僧侶に与えたりしているという。この詩を人びとは争うように口ずさんでいる。金倫がかつて彼につき従って、彼が記録している生年月日を見て、五行を詳細に知った。金倫はソウルに帰って、判書の申景洸《シンキョンクァン》▼4が占いを好み、ソンビや高官たちの五行を記して置いて、いつもそれで占いをしては当てるというのを知った。景洸は希良の五行もやはり記録していた。金倫は景洸の家を訪ねて行き、その座談のあいだに彼が記録したものを見せてもらった。希良の五行に到って、びっくりしてしまったそうだ。『それはわたくしの師匠の李千年の八字（陰陽四柱の運勢）でもあったのだ』と言ったそうだ」

このはなしで見ても、希良が死んではいず、今まで生きながらえているということが理解できるはずである。

（金正国『思斎摭言』）

＊この話、出来事の年代や登場人物の生没年を考えると、曖昧模糊としたところがある。神仙の話なので問題にする必要はないかも知れない。

▼1【李千年】『朝鮮実録』成宗三年（一四七二）五月庚申に、順天の乱臣の李陽甫の父の李千年という名前が見えるが、別人か。

▼2【松竹処士・愚斎】愚斎は鄭眉寿の号。第二二一話注3を参照のこと。しかし、神仙として別人と考えた方がいいか。

▼3【丹渓】「死六臣」の河緯地の号、第七九話注35を参照のこと。年代的には無理なのだが、神仙の話なのでありうるかも知れない。

▼4【申景洸】『朝鮮実録』中宗三十二年（一五三七）正月丁亥、司憲府から、近来、人心が頑悍となり、分を越えて非道を為し、主宰であっても意にそぐわないことがあれば、害をなそうとする、利川府使の申景洸

の避寓の家が襲われ火をつけられ、幾旬のうちに水原の獄が起こり、利川の変が起こって、背逆のことが相次いで起こっているとの上啓があった。

第二二四話……占い通りだった曺偉の吉凶

成宗《ソンジョン》が梅渓《メケ》・曺偉《チョウィ》（第一三九話注1参照）に命じて、佔畢斎《チョンピルチェ》（金宗直。第二〇話注27参照）が作った文章などを編纂させなさった。梅渓はこのとき「吊義帝文」（第二二二話注1参照）を文集の冒頭に収録した。戊午の年（一四九八）の獄事（第二四八〜二四九話参照）が起こると、柳子光（第二二二話注2参照）が燕山《ヨンサン》に讒訴した。

「曺偉が『吊義帝文』を文集の冒頭に収録したことは意図があってしたことです」

燕山は大いに怒った。

このとき、梅渓は賀正使として中国に行き、まだ帰って来ていなかったが、燕山は、江を渡って帰って来れば、即刻、首を斬ってしまうよう命じた。梅渓の一行は遼東に到って、初めてこの消息を聞き、慌てふためいて、どうしたものか、わからなかった。梅渓の庶弟である曺伸《チョシン》（第一五話注3参照）はかつて遼東の地に占いをよくする鄭源潔[1]という人がいるという話を聞いたことがあったので、彼のもとに行って、兄の運命の吉凶を尋ねた。しかし、その人は占いをして見て、何も言わず、ただ詩一首を書いて与えた。その詩には、

「千層にもなる浪の下から身をひるがえして抜け出ても、
すべからく巖の下で三晩は眠るのがよい
（千層浪裡翻身出、也須巖下宿三宵）」

とあった。曺伸は帰って来て、兄の梅渓に告げた。

「初めの句から、最初の禍は免れることができることがわかるが、次の句はどう解釈すればいいのか、わ

からない」

　ともに憐れんで、黙りこくって、涙を流すだけであった。一行が義州に到着すると、江のほとりには役人たちが待ちかまえている姿が見えた。一行は色を失った。金吾郎（義禁府の役人を言う）が来て刑を執行しようと待ちかまえているのだと考えて、たがいに見交わして涙を流した。そのとき、梅渓が言った。

「とうとうこの命も終わりなのだ」

　天を仰ぎ見て、声も出せないでいた。しかし、江を渡って尋ねてみると、政丞の李克均《イククキュン》▼2が助けの手を伸ばしたので、ただここで拿捕してあらためて罪を問うことになるのだと知り、一行はひとまず胸を撫で下ろした。このとき初めて占い師が言った、

「千層にもなる浪の下から身をひるがえして抜け出る」

の意味を了解した。しかし、下の句はわからないまま、ソウルに連れて行かれて死なずにすみ、杖で打たれて順天に流され、そこで病気に掛かって死んだ。そうして、金山の故郷の地に遺体は運ばれ、そこで葬事は行なわれた。

　その後、甲子の士禍（第二〇八話注4参照）が起こると、燕山は以前の罪を追録して、棺を暴いて死体を切り刻む（剖棺斬屍）ことを命じて、屍体は巖の下で三日のあいださらされ、斂葬することが許されなかった。

　こうして、曺仲は初めて遼東の占い師の詩の二句がともに当たったことを思い出し、不思議に思って嘆息することを止められなかった。なかなか極めることのできない理致があるものである。

（金正国『思斎摭言』）

▼1【鄭源潔】この話にある以上のことは未詳。

▼2【李克均】一四三七〜一五〇四。一四五六年、式年文科に及第したが、武術もたくみで、世祖の寵愛を受けて宣伝官となった。その後、要職を歴任して、一四七二年には同中枢府事として謝恩副使となり、明に

行った。一四九一年には西北面都元帥となって野人の討伐に功績を挙げた。一五〇三年には右議政を経て左議政となったが、燕山君の荒淫を諫めようとしたことが禍痕となって、甲子の士禍のときに流され死を賜った。

第二二五話……成俊の諫言

朝鮮王家の祖宗からの家法では大臣たちを篤く信任した。そのために、たとえ燕山《ヨンサン》が淫乱で横暴であったとしても、宰相のことばであれば、聞かないわけにはいかなかった。ある日、宮中で宴会を行なうことになり、宰相もまた参席した。酒もたけなわになって、燕山は一人の妓生がはなはだ美しいのを見て、これと戯れ始めた。それを見て、議政の成俊《ソンジュン》▼1が前に進んで、

「私が死ぬまでは殿下はそのようなことはけっしてなさらないでください」

と言った。

このことばを聞いて、燕山も恥ずかしくなって、妓生を放した。

（任輔臣『丙辰丁巳録』）

▼1【成俊】一四三六〜一五〇四。字は時佐、本貫は昌寧。一四五八年、式年文科に及第、顕官を歴任して、一四八八年、大司憲・吏曹判書を経て右参賛となった。一四九〇年には聖節使として明に行き、翌年には永安北道節度使として道内に侵入するオランケたちを処罰した。一五〇〇年、左議政として領議政の韓致亨とともに「時弊十条」を主張したが、容れられなかった。領議政にまで至ったが、一五〇四年の甲子の士禍（第二〇八話注4参照）で流配され、絞殺された。

第二二六話……父王の後宮を殺した燕山君

ある日、燕山《ヨンサン》が怒り出し、厳氏《オム》[1]と鄭氏《チョン》[2]の二人の淑儀を殴り殺してしまった。このとき、昭恵王后《ソヘ》[3]は長患いで床に伏せっていたが、これを聞いてにわかに起きあがり、まっすぐに座って、

「この人びとも父王の後宮なのに、どうしてこのようなことを仕出かしたのだろうか」

とおっしゃった。すると、燕山はなんと昭恵王后の玉体を頭突きなさった。王后は、

「何という兇悪ぶりだ」

と床に伏して、もう何もおっしゃらなかった。

（曺伸『謏聞瑣録』）

▼1【厳氏】成宗とのあいだに一女をもうけた。成宗年間には淑儀であったが、後には貴人に昇格した。燕山君は母の尹氏が廃されたのは厳氏の讒訴によると考え、殺して、死体は塩辛にした。

▼2【鄭氏】成宗とのあいだに二男一女をもうけた。成宗の在位時には淑儀であったが、後に貴人に昇格した。燕山君は母の尹氏が廃された事件には厳氏と同じく、鄭氏も加担したとして、自身が直接に尋問し、一晩中、殴り、蹴り、その子の安陽君と豊安君に梶棒で打つように命じた。その後、みずからの手で斬って、死体は塩辛にした。安陽君と豊安君もこのとき殺した。

▼3【昭恵王后】徳宗（追尊）の后の韓氏。成宗の母であり、燕山君には祖母となる。第一四二話注1を参照のこと。

第二二七話……多くの名称を作った燕山君

燕山《ヨンサン》は多くの新しい名称を作った。楽工を広熙と言い、妓女を運平と言い、それが昇進すれば仮興清と言い、さらに昇進すれば興清と言った。運平として入って来た者を続紅と呼んで、着る服は迓祥服といい、住む家を聯芳院として、円覚寺を妓女たちの住いとした。

また、宜城尉《ウィソンウィ》▼1の家を含芳院とし、斉安大君《チェアンテグン》▼2の家を蓄容院とし、甄城君《キョンソングン》▼3の家を趁香院とし、興清と楽工たちをいっしょにここに住ませた。ここで抜擢された者はさらに聚紅院に住まわせたが、この聚紅院は明政殿の右の粛章門にあった。疾病の者の家を清歓閣と言い、慈寿宮を会糸閣と言い、むかし王さまに仕えた者たちを住まわせた。

内人として年老いた者がいるところを杜蕩護清司と言い、興清たちの食糧を保存しておくところを護華庫と言った。またその食事を準備する者を典備と言った。護喪する内人がいるところを追恵署と言い、祀祭する内人がいるところを広恵署と言ったが、この署は孝思廟にあった。

布染司を設置して迓祥服を作らせ、奉順司を設置して車と狩猟や漁労の道具を作らせた。鷹坊には考按官と鷹師軍とがいた。馬を飼うところを雲厩と言い、これは貞陵におき、麒厩はもともとの司僕寺におき、麟厩は景福宮におき、竜厩は金虎門の外においた。

義禁府の当直庁を改めて密威庁をつくり、使臣として行く者をみな承命と言った。美女と良馬を各道から選んでソウルに上らせる者を採紅駿使と言い、処女を選ぶ者を採青使と言った。また海島で罪人を監禁する者を鎮幽護理使と言い、百姓の財物を奪い取りさまざまな物件を納め入れる者をすべて委差と言った。

下々の人間が世間のことを批判し議論するのを心配して、大小の臣僚たちに命じてみな牌を帯びて行かせるようにしたが、そこには、

「口は禍を呼ぶ門、
舌は身を斬る刀。
口を閉ざして舌を深く収めれば、
身体はどこでも安全」

と書いてあった。また命令を受けた者はみな承命牌を帯びたが、その中で最も緊急で速やかなのを追飛電と言い、この承命を犯す者の罪は死に至った。

（曺伸『謏聞瑣録』）

▼1【宜城尉】南致元。生没年未詳。字は仁卿、号は琴軒、本貫は宜寧。南智の子で、成宗の四女の慶順翁主と結婚して宜城尉に封じられた。平素、翰墨風流に明け暮れ、その居宅にはたびたび成宗が訪れた。一五〇六年、美女・駿馬・鷹犬を集めるために平安道に派遣された。一五〇八年には父親の貪汚に連座して尋問を受け、一五一六年には放出された宮女を妾にしたことで爵祿を削奪された。

▼2【斉安大君】一四六六〜一五二五。睿宗の第二子の李琄。四歳のときに父の睿宗が死に、王位継承候補の筆頭にあったが、幼な過ぎるという世祖妃の貞熹王后の反対によって者山大君（成宗）が位についた。一四九八年に母の安順王后が死ぬと、それ以後は独りで暮らし、女色を遠ざけたという。愚かな人物だという評もあるが、一方で王位をめぐる宮廷の争いの中で愚かさを装ったのだという評もある。

▼3【甄城君】？〜一五〇七。朝鮮中期の宗室。名前は惇。父は第九代の王の成宗、母は淑容・洪氏。一四九一年、甄城君に封じられた。一五〇七年、全山君・李顆の謀反事件にかかわり、彼らに推戴されようとしたとして流され、死を賜ったが、その後、この事件には加担しなかったとして伸冤された。

第二二八話……宦官の金処善

宦官の金処善《キムチョソン》▼1は職位が正二品であった。燕山《ヨンサン》の暗然たる荒廃した政治を常に心を尽くして諫めた。燕山は怒りを積み重ねていたが、まだ外には現わさなかった。燕山はいつも宮廷で処容戯▼2を行なって、その淫乱ぶりは法度がなかった。ある日、処善は家の中の者に言った。

「今日、私は必ず死ぬことになろう」

そして、宮廷に参り、なんら憚ることなく、はっきりと言った。

「この老人は四代の王さまにお仕えしました。そして、あらあら史書を読みましたが、古今に殿下のような王はいません。どうして国体をお考えなさらないのですか」

燕山は憤りに堪えず、弓を力いっぱい引いて矢を放ち、処善の脇腹を射た。処善は言った。

「殿下は朝廷の大臣であっても殺すのをお憚りにならない。私ごとき老人がどうして死を免れると考えたでしょうか。ただ殿下は君王の位に長くはいらっしゃいますまい」

燕山がまた矢を射て、処善はたまらず地面に倒れた。燕山は前に出て来て、処善の脚を斬って立たせて行かせようとすると、処善は燕山を仰ぎ見ながら、

「殿下は脚を折られても歩くことがおできになりますか」

と言った。燕山はそこでまた彼の舌を斬り、みずからその腹部を切り開き、腸を取り出してはばらまいた。しかし、処善は死に至るまで話を止めなかった。燕山はその屍体を虎に与え、朝野に処善の「処」の字を口にさせないようにした。


（曺伸『謏聞瑣録』）

▼1【金処善】？～一五〇五。世宗から燕山君の、実際には七代の王に仕えた。文宗のときに流配されたが、端宗のときに復帰、一四五五年の政変によって官職を削奪されて官奴になったが、世祖のもとで復帰、しかしまた世祖から謹直ではないと怒りを買ってしばしば杖打ちされた。成宗からは伝語に功があり、医術の知識を生かして大妃の病を治したとして加資され、品階も資憲大夫に至った。燕山君の時代、たびたび燕山君の非行に対して諫言を行ない、一五〇五年、ついに殺された。

▼2【処容戯】処容舞とも。新羅時代に始まったとされるが、大晦日の追儺《ついな》の後に、滑稽な仮面をつけて舞い踊った舞踏劇。燕山君はそれを頻繁に行なって楽しんだことになる。

第二二九話……瑞葱台布の起源

成宗《ソンジョン》のとき宮廷の後苑で葱が生えたが、一つの茎から九つの枝が生じていた。これを瑞祥だとして、庭いっぱいに植えた。燕山《ヨンサン》はそこに台を築き、ここを荒淫の遊興の場所として、瑞葱台《ソジョンデ》とした。この台を築いたときに、下道▼1の郡民たちを徴発して仕事をさせたが、あまりに多くの布を税として取り立てたので、人びとはこれに耐えきれず、綿入れの服の中の綿まで取りだして、それを使って布を織りなおした。その色はあまりに黒ずみ、また尺数も足りなかった。

そこで、今も粗悪な布を「瑞葱台布《ソジョンデポ》」と言っているのである。

（曺伸『謏聞瑣録』）

▼1【下道】ソウル以南の三つの道。すなわち忠清道、全羅道、慶尚道。

第二三〇話……酔いの上でのことばは忘れていた燕山君

崔有淮《チェユフェ》▼1の娘は伽耶琴が巧みだった。政丞の韓致亨《ハンチヒョン》（第一六八話注1参照）がこの娘を引き取って丘史婢▼2として親しんだ。廃主の燕山《ヨンサン》が美しい女たちを選んで集め出すと、豊原尉《プンウォンウィ》▼3などとたがいに争うようにこの娘を推薦した。しかし、知事の具寿永《グスヨン》▼4が先にこれを奪って宮中に入れた。燕山はこれをことのほかに寵愛して淑儀とした。

ある日、宴会もよおすことになり、妓生と楽士たちを呼んだところへ、燕山もやって来た。するとこのとき、崔女はにわかに髪を解き、大声を挙げて慟哭をした。燕山がおどろいて、わけを尋ねると、崔女は

自分の父親が死んだという話を聞いたというのだった。燕山は怒り出して、

「ほんとうにお前の父親は死んだのか」

と言い、中使に行って見させたところ、有淮はまさに病に伏せっていたものの、まだ死んではいなかった。

しかし、燕山が怒っているという話を聞いて、首をくくって死んだ。

中使が帰って来てこの事実を報告すると、燕山は、

「あるいは死を偽っているのかも知れない。斬刑にしてしまえ」

と命じた。刑官は屍体を背負ってやって来て獄に繋いでおいた。翌日になって、報告すると、燕山は酒の酔いから醒めて、

「手厚く葬るのだ」

と言い、有淮に参議の官職を贈ったのだった。


（曺伸『謏聞瑣録』）

▼1【崔有淮】この話にある以上のことは未詳。
▼2【丘史婢】丘史は高麗・朝鮮時代、宗室や功臣に与えられた下人を言い、ここではその女性を言う。高麗時代の制度はよくわかっていないが、朝鮮時代には地方の官奴婢が選ばれて送られた。主人が死んで三年が経つと、本来の任務に戻った
▼3【豊原尉】任崇戴。?〜一五〇五。本貫は豊川、任士洪の子。一四九一年、成宗の庶女の徽淑翁主と結婚して、豊原尉に封じられた。性質が陰凶かつ奸邪なること、その父よりもはなはだしかったという。忠臣たちを追放して、他人の妾を奪って燕山君に送り、寵愛を受けた。昌徳宮の横に邸宅を構え、燕山君とともに淫蕩の限りを尽くした。一五〇五年には採紅駿使に任命され、慶尚道の美女と駿馬を集めた。任務を終えて上京するときには、燕山君は承旨を送って出迎えさせた。一五〇六年、中宗反正（第二五二話参照）のときに、官職を追奪され、剖棺斬屍（棺を開けて死体を斬る）された。
▼4【具寿永】?〜一五二四。中宗のときの功臣。字は眉叔、本貫は綾城。知中枢府事の致洪の息子。世祖の

弟である永膺大君の婿。世祖のときに副護軍となり、成宗のときには原従功臣として知中枢府事・知敦寧府事を歴任した。中宗の反正が起きると靖国功臣に冊録され、綾川府院君に封じられた。性品は奢侈を好まず温和であり、世事に通じていた。

第二三一話……屍体の骨を粉々に砕かれた李克均

右相の李克均《イククキュン》（第二二四話注2参照）は仁同に流罪になっていたが、燕山が役人を送って賜死した。このとき、役人が来て、燕山の書状を読みあげると、公は、

「私にどんな罪があって、この事態に立ち至ったのか」

と言って、憤る気配が勃々と現れた。いったん幽室に入って行ったが、また現れて、役人に言った。

「私の年はすでに七十歳で、身体に百もの病を抱えている。死ぬことなどどうして怨もうか。しかし、国家にはいささかの功労があり、わが身には罪はないはずだ。お前は宮廷に帰ってこのことを啓上せよ。さもなければ、死んだ後、私の恨みはお前に向けるであろう」

役人が帰って行き、このことばを報告すると、燕山はますます怒り出し、はなはだしきは、屍体の骨を粉々に砕きまでした。

（曺伸『謏聞瑣録』）

第二三二話……酒に飲まれてしまう燕山君

燕山《ヨンサン》がある日のこと、四名の宣伝官を呼びつけた。そこで、李宗礼《イジョンレ》▼1・金友曽《キムウジュン》▼2・金粋潭《キムスタン》▼3の三人ともう一

人とが宮廷に入って行った。燕山が尋ねた。

「お前たちは李克均（第二二四話注2参照）を知っているか」

四人は知らないと答えた。しかし、重ねて尋ねられると、燕山の意に背くのをこわがって、

「奸臣のことなど、どう口に出していいのかわかりません」

と言うと、燕山君はその通りだとうなずいて、自分の作った強弓を取り出して彼らに引かせてみようとした。彼らは精一杯に力を出して引こうとしたが、引くことができなかった。そこで、燕山は自分でその弓を取って引いてみようとしたが、取りやめ、

「今日は酒に酔ってしまい、引くことができない」

と言って、宿直している内禁衛などを呼んで、弓を引かせた。彼らはほとんどその弓を引くことができなかったが、あるいは燕山の意図を推し測ることができず、力を振りしぼって引く者もいた。

このとき、燕山は金粋潭に酒をもって来させ、まず自分が飲んで盃を回したが、口の中で噛み残した肉の断片が酒杯に付着していた。また別の人は酒を進上する儀式を知らずに、まず自分が飲もうとしたので、燕山は急にその盃を奪い取り、

「お前は間違っているぞ。これはまず私が飲むべきなのだ」

と言って、人びとの資級を尋ねた。それに対して、李宗礼が、

「堂下官としては第一番の階級です」

と言った。燕山が、

「それなら、お前は堂上に上るがいい」

と言った。残りの人びとはみな階級が低かったが、その中である人が、

「私の階級は彰信校尉（従五品の文官の官階）です」

と言うと、燕山は、

「彰信などという名称など知らないぞ」

と言うと、堂上官の帽子をもってこさせて宗礼の頭にかぶせ、ふたたび酒を勧めようとした。

しかし、宗礼は酒を飲めず、その場で吐いてしまった。これを見て、燕山は怒り、

「なんと無礼ではないか」

と言った。このとき、別の人が出て来て、

「この人はもともと酒が飲めません」

と言って、宗礼をその場から連れ出した。燕山はまた続けて言った。

「私はお前たちと馬に乗って弓を射ようと思うのだが、どうであろうか」

そうして、座っていた屋内で馬にまたがると、馬は前後に駈けて出ようとした。これを見て、宣伝官の二人が力いっぱい手綱を引っ張って放さなかった。馬を放して行かせれば、壁に突き当たって傷をつけるので、燕山は前に進もうとしても、進むことができずに、仕方なく馬から下りたが、ふたたび跨った。宣伝官たちは前と同じように手綱を引いていたが、このとき、内官が目配せをして手綱を放した。するとひとしきり馬が暴れまわった。燕山は自分の王の大帽を粋潭の頭の上に載せ、自分は粋潭の紗帽を奪い取ってかぶり、粋潭に馬を駆けさせた。次の日、命令を下して、宗礼を昇進させた。

（曺伸『謏聞瑣録』）

▼1【李宗礼】『朝鮮実録』中宗七年（一五一二）正月戊申、台諌から、李宗礼は人となりが妄悖《もうはい》かつ無識であり、財を貪る傾向があるので、官吏として叙用すべきではないとの上啓があったが、一事の失でもって叙用しないものでもないとして却下されている。

▼2【金友曽】『朝鮮実録』燕山君日記十年（一五〇四）七月甲午、金友曽を下して推案し、杖百に決めて地方の軍に送ったとある。

▼3【金粋潭】『朝鮮実録』中宗十八年（一五二三）九月乙亥、金粋潭が獄中に死んだとある。告発された者が死ねば、告発した者が返ってその罪に当たることになるとわかりにくい議論がある。金粋潭は自殺したということか。

第二三三話……生を貪らず潔く死んだ権達手

権通之《クォントンチ》[1]の名前は達手《タルス》である。科挙に及第して校理となった。燕山《ヨンサン》が廃妃である母の尹夫人の祀堂を建てることを言い出した。大いに威厳を表して人びとを抑えつけたので、燕山がしようということに誰もあえて表立って異議をとなえようとしなかった。これに対して、通之は、これは先王の意志ではないと慨嘆した。弘文館の人びとは通之に同意した。

燕山は怒り出し、反対する者を探し出し、みなを杖で打って流したが、しばらくすると、怒りがさらに激しくなって、玉堂[2]と台諫[3]の中でその議論を主張した者をことごとく極刑に処した。そのときには、同時に以前の罪まで暴きたてて罰を加えた。かつて廃妃の決定に同意した者を摘発することが日に日に激しくなって、あらんかぎりのことを考えたので、死んだ者に罪を押し付けて、腐った屍体を暴くことを主張して自己の罪をなんとか免れようとする者まで出てきた。

しかし、通之はただひとり自分自身の罪を認め、死んだ同僚たちに罪を負わせて自分は助かろうという考えはもたなかった。燕山は台諫としてまず口を開いた者たちに鉄鎖を掛けることになったので、獄吏たちも悲しんで言った。

「二人の人がともに死んでしまうよりは、死んだ一人の人に罪をかぶせて、もう一人は生き延びるがよかろうに」

これに対して、台諫は獄吏のことばが理に合っているとして、主張を改めて、玉堂が台諫よりまず先に廃妃のことを言い出したのだと言った。通之はそのようなことを言う者を目を凝らしてじっくり見て、

「某よ、某よ、君ははたして私の真似ができようか」

と言って、すぐに筆を奪って供辞を書いた。その供辞には、

「不肖の臣、達手があえてそれを行ないました。いやしくもそれを隠して生を貪ろうとは思いません」
と言い、その供招が終わっても、顔色一つ変えることはなかった。酒を与えると、彼は立って酒をすべて飲み干し、刑を受けるために出て行くときにも、平生といささかも変わることなかった。人びとはみな感嘆しながらも、心を痛めない者はいなかった。

　初め、通之は竜宮県に流されたが、ふたたび帰って来て、また家の人びとと永訣して永純里に行った。私はその当時は咸寧村にいたので、酒壺をたずさえて訪ねて行って会ったが、通之は酒を十分に飲んで、私の手を捉えて、
「昔から、讒訴するような奸悪な者たちが王さまに阿諛して悪事を行ない、士類たちを殺害して、どうして終わりまでわが身を保つことができただろうか。私はこれで死ぬことになるが、目をかっと見開いて彼らの成り行きを見届けてやろう」
と言い、悲憤慷慨して涙を流したが、横に座っていた人びともみな涙を流して衿を濡らした。

　通之がすでに死んで、その夫人は血の涙を流し、何も食べずに死んでしまった。中宗《チュンジョン》のときに到って通之に官職を贈り、その夫人のためには烈婦門が建てられたが、節義が双璧をなしたと言うべきであろう。彼の声と容姿とその意気が爽やかに目に見えるようで、これを思い出すだけで、心が締めつけられ骨身が砕けるような思いがする。

（金安老『竜泉談寂記』）

▼1【権通之】権達手。一四六九～一五〇四。字は通之、号は桐渓、本貫は安東。一四九二年、式年文科に丙科で及第、芸文館検閲となった。一四九五年には読書堂に選ばれて賜暇読書（第八〇話参照）を行なった。冬至使の従事官として明に行き、一四九八年には修撰に昇り、副校理を兼ねた。一五〇四年、燕山君が生母の尹氏を宗廟に祀ろうとすると、その不当を主張したので、杖打ちの後、竜宮に流配され、そこでも拷問を受けて獄死した。中宗のときに都承旨を追贈された。

▼2【玉堂】弘文館のことを言う。経籍・文翰および経筵を受け持ったが、官員たちは行政への建言も行なった。
▼3【台諫】司憲府・司諫院の官員の総称。王への諫言を職務とする。ここでは、燕山君の母の尹氏の廃位を台諫と玉堂のどちらが先に主張しだしたかが問題になっている。

第二三四話……学ぶとは大きな玉を胸に抱くこと

燕山《ヨンサン》は、廃妃のことをかつて議論した臣下たちを後になって追罪したが、このとき、台諫（第二三三話注3参照）と侍従ではその罪を逃れた者がほとんどいなかった。何日ものあいだ、宮廷の庭で拷問が行なわれたが、その中には直卿・洪彦忠《ホンオンチュン》▼1もいた。人びとは拷問が終わると、外につき出され、しばらくそこに倒れていた。私は当時、彼らの服に血がにじんでいるのを見て、気の毒だと思い、指さしながら、

「なんと酷いことか」

と叫んだ。直卿はそれを聞いて、

「これは弘文館《フンムンカン》の水がにじんだものだ」

といった。彼は館の中の議論に連座したわけで、弘《フン》と紅《フン》は音が同じで、血の色が紅いのをかけて、そのように言ったのだった。

拷問が終わって、配所におもむくことになった。このときも、私はソウル城外で待っていた。直卿が言った。

「これまで学問をし続けて来た結果がこの禍なのであろうか」

顔には苦渋の色が浮かんでいた。私は冗談めかして言った。

「もし君から智恵を削り取り、学識もなくして、善と悪の区別もできないようにし、普通の人たちの中に

混じって、なにものでもない空しい物件として造られていたなら、君の境涯はいったいどんなものだったろう」

直卿は憮然として言った。

「凶悪な時流に荒らされ苦しめられるとき、人の手助けをするのが学問であり、旅の途中で財布が空っぽになったとき、人を補ってくれるのも学問だ。島流しになってひっそりと暮らし、そのつれづれを侘びるとき、文章でなければいったい何を玩ぶことができようか。それで見ると、学問の功績は大きいが、私の心に善悪を教えて口に是非を言わせる。そこで猜疑することが生じ、憎しみが生れて、世間に禍を呼ぶのも、やはり学問である。それで力を得たことが確かにあったとしても、弊害が生じて混乱が重なり、苦労が生まれて害毒をこうむるようになると、顧みて、私の学問は疾病のように思えるのみならず、身体に汚れた傷が生じたようでもある。しかしながら、それでも、もし私を愚者にもどして知覚を奪ったなら、ただおろかしく飲み食いするだけのことで、あのはるかに高い天から便所の壺の中に落ちたのと同然であり、百度も転倒したとしても、どうして私がそのような道を選ぼうか。便所の壺の中から立ち上がって、天の上の栄光のような福禄をつかみ取ろうというのは、世間のみなの望みだが、ああ、しかし、天の上ははなはだ危うく、便所の壺の中のような平安と楽しみはないものだ。私はどうしてあえてわが身を危険にさらして、わが身の平安と取り換えることができたのか。振り返って、私の持つものを考えると、これはまた大きな玉が私の中にはあるということなのではないだろうか」

ともに呵々大笑をしたのであった。

（金安老『竜泉談寂記』）

▼1【洪彦忠】一四七三～一五〇八。字は直卿、号は寓菴、本貫は缶渓。一四九五年、文科に及第、使臣として明に行き、礼曹佐郎になったが、禁宮のことを諫めて王の怒りを買い、真安に流された。最初の謫所にあるとき、人びとからは逃亡を勧められたが、潔く刑に服する道を選んだ。押送の途中で反正（第二五二話参

照）が起こったが、その後、中宗の召しに応ぜず、詩と酒とで過ごして、死んだ。

第二三五話……燕山君に罰されるのを免れる

弘治の甲子の年（一五〇四）に燕山《ヨンサン》は何ら罪のない沈順門《シムスンムン》[1]を殺そうとした。このことを臣下たちに相談すると、三公（第二二八話注3参照）以下みなが異議を唱えることがなかった。大司諫の成世純《ソンセスン》[2]が、

「私たちが諫官[3]の職責にあって、どうして黙っていられよう」

と言うと、献納の金克成《キムククソン》[4]が、

「官職が諫官の名であるのに、無罪の人が殺されるのを見て、たとえわが身は可愛いとしても、何も言わないでは、どうして国家の恩恵に報いることができようか」

と言った。また、正言の李世応《イセウン》[5]も、

「献納のことばが正しい」

と言い、さらに続けた。

「しかし、もし王のことばに従わなければ、きっと順門と同様に死ぬことになる。結局、私たちには何の利益もない」

しかし、金克成と成世純は泰然として笑いながら、

「生きるか死ぬかは大事だが、それぞれが自己の意志のとおりにするのが正しい。今日まず死ぬのは私たち二人であろう。その次が正言だろうな」

と言い、沈順門の無罪を啓上した。燕山は彼らのことばを聴き入れることはなかったが、彼らを罰することもまたなかった。


（魚叔権『稗官雑記』）

▼1【沈順門】一四六五～一五〇四。字は敬之、本貫は青松。早くに父を亡くし、学業を怠って放浪していたが、母がこれを心配して厳しく叱って、悟るところがあって回心、学業にはげんで、一四八六年、進士となり、一四九五年には別試文科に乙科で及第した。承文院正字となり、博士に昇って、『成宗実録』の編纂に参与した。一五〇三年、掌令となり、国王の衣服の長短を指摘して、燕山君の怒りを買い、翌年の甲子の士禍に連座して、開寧県に流され、そこで斬首された。

▼2【成世純】一四六三～一五一四。字は太純、本貫は昌寧。一四九二年、別試文科に甲科で及第、漢城府参軍を経て一四九七年、校理となったが、燕山君が刑罰を乱発して無辜の人びとを殺すことが多かったので、諫官として果敢に直言した。一五〇五年、全羅道観察使として出て行き、帰って来て、戸曹参判に任命された。明に聖節使として行き、中宗が即位して後は工曹・刑曹・吏曹の参判などを歴任した。

▼3【諫官】王の行き過ぎを諫める役所として司諫院があった。その長官は大司諫（正三品）と言い、以下、司諫（従三品）、献納（正五品）、正言（正六品）となる。

▼4【金克成】一四七四～一五四〇。字は成之、号は青蘿・憂亭。一四九六年、司馬試に壮元になり、一四九八年には別試文科に壮元で及第して官途に入り、一五〇〇年、書状官として明に行って北評事になった。献納に抜擢され、燕山君に衷心で諫言をして危うく罰されるのを免れた。一五〇六年、中宗反正（第二五二話参照）に加担、以後、顕官を歴任して、礼曹・吏曹・兵曹の判書を務めたが、権臣の金安老の恨みを買い、興徳に流配された。一五三七年、安老の敗死とともに復帰し、右議政となった。比較的に寒微な家の出身で、仕事に慎重であり、文章に抜きんでていて、簡潔だという評を得ていた。当時の士林との関係は円満とは言えなかったという。

▼5【李世応】一四七三～一五二八。字は公輔・国輔、号は安斎・睡翁、本貫は咸安。一四九六年、司馬となり、一五〇一年、式年文科に甲科で及第した。要職を順に歴任して、一五〇六年、中宗反正に加担して、奮義靖国功臣四等に録された。司諫院司諫として柳子光を弾劾して流されたが、一五一〇年には復帰して、一五一八年には嘉善大夫の品階に昇り、咸安君に封じられた。忠清道観察使となったとき、忠清・慶尚二道の税穀の集散地である忠州に倉庫がなく、税穀が露積されているのを見て、可興倉を築造した。この可興倉の出現によって損害を受けた商人たちの誣告によって、官を退いたが復帰、平安道観察使のとき、過労で殉職

した。

第二三六話……父子ともに非命に死んだ鄭誠謹と舟臣

承旨の鄭誠謹《チョンソンクン》▼1の字は而信《イシン》である。人となりは剛直で意志を曲げることがなかった。かつて使臣として対馬に行ったとき、途中で見た梅林寺がすこぶる美しかった。そこで、一行の者たちが口をそろえて、

「舟の中だけで永く盃を傾けるよりも、他の国の寺の景色を見物するのがよくはないだろうか」

と言った。

「お前たちは行って見るがよいが、私は行くことができない。私が座して考えるに、禅房と中堂を清潔に掃いて、仏を安置して香を焚き、前庭には橙や橘を植え、葡萄のような果樹を並べて植えているだけのことではないか。わが国の寺と変わるところはない。私には行く必要がない」

一行が島主の屋敷に到ると、島主は門の外に出て来て、朝鮮王の命を受け取った。公は門の外の胡床に座り、通訳官に再三、礼式にのっとることを通訳するよう要求して、儀式を終えた。島主は一行をもてなすために宴会を催し、うやうやしく礼物を進上した。それらは絵を描いた扇子・刀・握椒・香などであった。一行はこれらの物件はみな納めて一つの函に入れて封じて置き、帰る舟が出発するときになって、接待してくれた倭人に返して島主のもとにもって帰らせた。その後、島主は特別にわが国に人を送って、その物件をもって来て、これを受け取ってくれるように願った。王さま（成宗）が島主の願いを受け入れようとすると、公は申し上げた。

「私たちがあちらにいるとき、あえて受け取らなかった品物です。今になって受け取れば、これは前後の心が違うことになります。お願いですから、受け取らないでください」

と申し上げた。王はどうすることもできず、そのまま送り返した。成宗《ソンジョン》が亡くなって、公は三年の喪に服

した。そのことで、燕山《ヨンサン》の時代、非命の残酷な禍に遭って、公の息子の舟臣《チュシン》▼2も悲しみ慟哭しながら死んだ。

（曺伸『謏聞瑣録』）

▼1【鄭誠謹】?～一五〇四。字は而信、本貫は晋州。一四七四年、文科に及第、承旨・直提学に至った。成宗が亡くなると、三年のあいだ喪に服し、燕山君の甲子の年（一五〇四）の士禍（第二〇八話注4参照）に遭って殺され、息子の承文院博士の舟臣も絶食して死んだ。中宗のとき、吏曹判書を追贈された。

▼2【舟臣】鄭舟臣。一四七二～一五〇四。字は済翁、本貫は晋州。成均館生員として、一五〇一年、文科に及第して官途についたが、一五〇四年、甲子の士禍で父が惨殺され、その非命を悲しんだが、自身も獄に繋がれ、六日間、断食して暴死した。

第二三七話……鄭誠謹の王を思う詩二首

承旨の鄭誠謹《チョンソンクン》（第二三六話注1参照）は平生から剛直で、忠誠心が一筋通っていたので、文章を編むときに特に贅言を挟まなかった。しかし、燕山のときの混乱の中で不遇をかこち、悲憤慷慨して俗曲を作った。夜中にその悲しい歌を口ずさんで、暗愚な王とは言え燕山を愛して止まぬ心を託した。私はかつてその曲を知り、それに詞を記しておいた。その一つは次のようである。

「私が君を思う心を、
君はなにも知らない。
君の心が私の心と同じなら、
天下になぜこんなことが起きよう。

これを思うにどんなに難しくとも、
うらみっこなしがいいだろう。
（以我思子心、子無我心似、
子心苟可似、天不寧有是、
思之縦難能、無嫉猶可已）」

また二つ目がある。

「桃と杏の花は君の恩恵を受けて、
たがいに美しい姿を競う。
年老いた菊も花は花、
悲しい姿を振り返る者もないが、
冷たい風が吹いて空を吹き払っても、
寂しい秋の裏山にひとり匂う。
（桃李媚恩光、競此色婉娩、
老菊終亦花、寂歴誰省晩、
霜風掃卉空、孤芳記秋苑）」

その音律は悲しくとも美しく、その詞は怨むようであっても率直である。王さまを思ってさまよい、声が低くなり、ふたたび高くなっていく、それもやはり詩人の遺した思いであろう。

楚の屈原[1]の「離騒」の悲しみと賈誼[2]の「長沙賦」の苦しみは、たとえ古雅と浅俚の違いがあるにしても、遙かに離れて王さまを思う心だけは、千年の歳月を経ても、同じく聞く者をして腸をかきむしり、涙を流させるものであることを思わざるを得ない。

（金安老『竜泉談寂記』）

▼1【屈原】前三四三頃～前二七七頃。中国、戦国時代の楚の人。名は平、字が原。楚の王族として生まれ、王の側近として活躍したが、妬まれて失脚、湘江のほとりをさまよい、ついに汨羅の淵に身を投げた。憂国の情をもってうたう。「離騒」はその代表的な作品。

▼2【賈誼】前二〇〇～前一六八。前漢の学者で、洛陽の人。文帝に仕えて諸制度を改革したが、大臣に忌まれ、出でて長沙王の太傅となり、後に梁の懐王の太傅となった。

第二三八話……聡明さが抜きんでていた権柱

観察使の権柱《クォンジュ》（第一六九話注8参照）の字は支卿《チキョン》である。その聡明さは人に抜きん出ていて、一度見ただけで記憶した。八歳のときに四書を読んで、十歳のときに経史に通じ、十三歳には人を驚かすようなことを言った。

大きな度量を持ち、志操と節概を備えていたが、燕山《ヨンサン》のときに遭って、身を保つことができなかった。

（辛永禧『師友言行録』）

第二三九話……容貌が玉のようだった鄭麟仁

鄭麟仁《チョンインイン》▼1の字は徳秀《トクス》である。容貌は玉のようで、口を開いてする議論がほかの人とは異なっていた。人物でなければ、付き合うことをせず、身を謹んで、徳望があった。郎署を経て、遅れて文科に及第した。地位は通政に至った。

しかし、燕山《ヨンサン》のときに仕えて、斬刑に遭った。

（辛永禧『師友言行録』）

▼1【鄭麟仁】?〜一五〇四。字は徳秀、本貫は光州。一四九八年、文科に壮元で及第、官途につき、一五〇〇年、掌令となり、一五〇二年には執儀となって、翌年には堂上官となり、済州牧使となったが、病気を口実に辞職した。そのために燕山君の怒りを買った。一五〇四年の甲子の士禍の際には、王の失政を批判したかどで、遠流されて斬首された。中宗の代に官職が復帰された。

第二四〇話……清談を好んだ韓訓

正言の韓訓《ハンフン》▼1の字は師古《サコ》で、幼いときの字は学而《ハクイ》であった。彼は清談を大いに行ない、傍若無人に振る舞った。燕山が文士たちを罪もなく殺すようになると、逃げて身を隠したが、後にはみずから出て来て、ついに命を保つことができなかった。識者の中にはいったん身を隠したことを非難する者もいる。

（辛永禧『師友言行録』）

▼1【韓訓】?〜一五〇四。字は学古、本貫は清州。一四九四年、別試文科に壮元で及第、官途についた。一四九八年、金馹孫とともに、成宗の廟制について、宋の仁宗の故事に倣って「百世不遷之主」とすることを起草した事件で利城に流された。一五〇一年、特赦を受けたが、一五〇四年、処刑された上、剖棺陵遅（棺を開けて死体をそぎ取る）された。家財は没収された。

第二四一話……三林のもとで死ぬ

坡平府院君・尹弼商《ユンピルサン》（第一一三話注1参照）は若いときに中国の都に行き、占いをよくする者を探して、自分の一生の運命を尋ねた。占い師は言った。

「寿命に恵まれ、官位も高くなるが、ただ最後には、三林のもとで死ぬことになる」

その後、多くの占い師に会って尋ねてみたが、みなこの「三林」の意味を明かすことができなかった。

燕山の混乱に出遭い、珍原に流されることになり、邑の中の小さな藁屋根の家に住まうことになった。ある日の晩、隣に住む人が近くの農夫に、

「明日は朝早くみな上林の畑に集まってくれ」

と言うのを偶然に聞いた。そこで、坡平府院君が、

「どうして上林の畑と言うのだ」

と尋ねると、家の主人が答えた。

「ここから五里ほどのところにある地名が、上林、中林、下林というのです」

坡平府院君はこれを聞いて占い師の三林ということばを思い出し、天井を見上げて憮然とした。何かを失ったかのようであった。それから間もなくして、燕山が使者を送ってこれを殺し、親族や子弟をみな絶島に流した。またこのとき、彼の屍体を野原に放っておき、一月が経っても納めなかった。しかし、烏や鳶が食べることもなく、狗たちも振り向きもしなかった。

（金正国『思斎摭言』）

第二四二話……綿布を積み上げて財を成した尹弼商

わが東方では金と銀とを産しない。そこでわが朝鮮では銭法を用いず、ただ綿布を貨幣のように用いる。綿布三十五尺を一匹とし、五十匹が一同となる。そこで、綿布を多く積み上げても千同を越えることはない。近代になって、宰相の坡平府院君・尹弼商《ユンピルサン》（第一二二話注1参照）と商人の沈金孫《シムクムソン》▼1は綿布がほとんど千余同にもなった。しかし、甲子と丙寅の年の間（一五〇四～一五〇六）にともに酷い禍に遭ってしまった。

（曺伸『謏聞瑣録』）

▼1【沈金孫】この話にある以上のことは未詳。

第二四三話……廃妃慎氏の戒め

燕山《ヨンサン》の妃（第一五三話注1参照）は政丞の慎承善《シンスンソン》（同話注2参照）の娘であった。燕山の荒悖ぶりが日に日に募ってゆくのを見て、妃はいつも正しいことばでもって諫めたが、しばしば道理に合わない辱めを受けた。このとき、淑儀殿▼1に仕える奴たちは四方に散って行き、財物をかき集めて利益を求め、平民たちの田畑と奴婢を奪い取った。それでも公的にも私的にも何も言う者がいなかった。

これを見て、妃はいつもため息をついて、

「宮人がみな国政を乱している。せめてわたくしだけでも彼らの過ちを見ならってはならない」

と言った。そこで、あるとき、内需司をねんごろに戒めて、

「もしわたくしのところの奴子で悪事を働く者がいれば、必ず杖で打ち殺すように」

と言った。このように戒めたので、妃の宮の奴はあえてそのような悪事を働くことはなかった。

（曺伸『謏聞瑣録』）

▼1【淑儀殿】淑儀は王の妻妾に与える称号だが、ここでは燕山君の寵愛をこうむった女性たちを指し、彼女たちに仕える奴婢たちが財を貪ったことを言う。

第二四四話……節義を守った廃妃の慎氏

灯明師の学祖《ハクジョ》（第一九八話注2参照）が直旨寺にいたときのことである。その寺にはおいしい円い柿があって、毎年、二駄を内殿に進上した。あるとき、寺から密かに啓上した。

「わたくしどもの寺はソウルから離れた僻遠の地にあります。できれば、そちらの奴子に毎年、二、三駄ずつ背負わせて行くようにしてください」

これに対して、妃（慎氏。第一五三話注1参照）がおっしゃった。

「それはたやすいことだが、ただ心配なのは、果樹というのはどの年に多く実り、どの年に実らないか、予期することはできない。実らない年に奴子に行かせて数字のままに背負って来させれば、これは今後久しい弊害となることだろう」

その遠い将来を考えることはこのようであった。

その親族が外郡の守令だったとき、紅藍数石と雪綿子数十斤を進上した。しかし、妃はこれをつき返して、おっしゃった。

「人びとの生活が困難なとき、このような物件がどこから出て来るのですか。わたくしはこのようなものは受け取れない」

（曺伸『謏聞瑣録』）

第二四五話……採清と採青

『荀子』の「王政篇」に
「脩採清、易道路」▼1
ということばがある。その註釈に、
「採というのはその穢れたものを取って捨てるということで、清というのはそのようにして立派にすることを言う」
とある。すると、これは道路のすべての穢れたものを取り除くことを意味する。
燕山《ヨンサン》は大臣たちを各道に派遣して士族の処女たちをみな連れて来させることにして、これを採青と言った。この採青の使者が帰って来る前に反正（第二五二話参照）が起こって、本当に穢れたものを取り除くことができたのだった。まことに異常なことであった。

（曺伸『謏聞瑣録』）

▼1【「修採清、易道路」】『荀子』「王政篇」に、「採清を脩め、道路を易《おさ》め、盗賊を謹《つつし》み、室律を平かにし、時を以て順脩し、賓旅《しょうりょ》をして安んじ、貨財をして通ぜしむるは、治市の事なり」とある。「採清」は汚物の集まるところとするのが正確。汚物の集まるところを清潔にし、道路を修理し、盗賊を取り締まり、物価を平均させ、時に応じて適切に修正し、旅行者の商人を安心させ、貨財を円滑に流通させるのが都市の役人の仕事である、というのである。燕山君は全国の美しい処女を集める役人を「採青使」とした。

第二四六話……廃妃慎氏の願い

燕山《ヨンサン》が平素に行なったことどもを考えると、残忍かつ常軌を逸した刑罰と殺戮を行なって、少しも憚ることがなかった。しかし、ついに位を退くことになって、居所を遷るときになると恐怖することがはなはだしく、自分がどんな刑罰を受けることになるのか知りたがった。その日、大風が吹いて、船がほとんど転覆しかけたが、やっとのことで喬桐に到着した。左右の者に抱えられるようにして、県の役所の庭に入って行くと、将卒たちが包囲して立った。燕山は地面に倒れ伏し、汗がしとどに流れて、あえて仰ぎ見ることができなかった。どうしてそのようにも情けない姿を見せたのか。

燕山が宮中から出て行くとき、慎妃（第一五三話注1参照）が願ったのは、燕山はきっと死を免れないであろうが、喬桐に到ったなら、心を平安に落ち着けて、他事なく、体面を保たれるようにということであった。妃は深くため息をついて、

「恨めしいのは、そのとき、将卒たちに頼みこんで、宮廷を出て赴かれるところに付いて行かなかったことです」

とおっしゃっていた。

（曺伸『謏聞瑣録』）

第二四七話……燕山君の二首の詩、曺伸の諷刺詩

燕山《ヨンサン》がかつて絶句を作った。

「時に賢明なる臣下たちが画亭に集って宴を催し、
のんびりと花と酒を楽しんで泰平を思う。
どうして空しく恩恵の大きさを争おう、
みな真心を尽くして忠義にはげむだけ。
(時許群賢宴画亭、閑憑花酒覚昇平、
何徒争喜鴻私厚、咸欲思忠献以誠)」

また次のような絶句がある。

「賢明なる重臣たちがくつろいで銀の台に遊び、
春蘭漫として長い路に笛の音が響きわたる。
ただ酔ってしまえばこの夜の月を楽しめぬ、
歌を歌い楽器を奏でてさらに楽しもう。
(重賢寛許会銀台、春満長途叱撥催、
不啻酔憐閑夜月、帰牽歌管可重回)」

適庵《チクアム》・曺伸《チョシン》(第一五話注3参照)がその韻を次いで詩を作った。

「人の家を壊してすべて亭子となし、
美しい処女を集めて妓生にする。
元勲も諫臣もみな殺して、
賤しくおもねる役人だけを表彰する。

万もの人を殺して瑞葱台を築き、
迓祥服で舞うのを止めて錦を賜る。
恥ずべし、弟たちの骸骨を探そうとして、
海上をしばらくさまようのを。
（撤人廬舎総為亭、採却青紅作運平、
誅尽元勲屠諫輔、只留皂帽表忠誠、
万人駢死築葱台、舞罷迓祥賜錦催、
忸怩欲尋諸弟骨、却於海上暫徘徊）」

（魚叔権『稗官雑記』）

第二四八話……「吊義帝文」の招いた士禍

弘治の戊午の年（一四九八）の七月十七日、伝旨が下った。

「金宗直《キムジョンチク》（第二〇話注27参照）は朝野に埋もれた賤しいソンビであったが、世祖《セジョ》のときに科挙に及第して、成宗《ソンジョン》のときに抜擢されて経筵（第一六話注2参照）に入り、久しく侍従の地位にあって、ついには刑曹判書に至り、その恩寵は国中で随一であった。彼が病で退くと、成宗は彼の住む所の役人を遣わして、米穀を下賜され、余生を養うようにと伝言なさった。ところが今、その弟子の金馹孫《キムイルソン》（第二一〇話注1参照）が作った史草を見るに、不道なることばで先王の時代のことを誤って記し、またその師匠の宗直が作った『吊義帝文』を載せている。この文章は次のように言う。

『丁丑の年（一四五七）の十月某日、私が密城から京山を過ぎ、踏渓駅に宿ったとき、夢に一人の神仙が七章服をはだけておもむろにやって来て、自分は楚の懐王[1]の孫の心[2]であるが、西楚の覇王[3]に殺されて郴江に沈められていると言い、そのまま姿を消した。私は夢から醒めておどろいた。懐王は南楚の人で、私は東夷の人間である。相隔たること万余里にもなるだけではなく、時代の先後もまた千余年にもなる。それでも今やって来て夢の中で感通するのはいったいどういう兆しなのであろう。参考までに『史記』を読んでも、江に沈んでいるという話はないので、すると、事はあくまで秘められていて、項羽がひそかに人を遣って殺し、屍体を江に投げ入れたということなのであろうか。事の真相は今は知るべくもない。そこで、文章を作ってこれを吊喪する。

ああ、天が物の法則を定め、人に分け与えたのだ。誰が四大と五倫を尊重すべきことを知らないであろう。中国が豊かでわが国が吝嗇だというわけではないが、どうして昔はあって、今はないのか。私はオランケの人間であり、また千年の後の人間だが、うやうやしく楚の懐王を吊喪しよう。その昔、祖竜が威勢を振ったとき、天下の波濤は奔騰した。鱣や鮪や鰍や鯢はどうしてわが身を保つことができたろう。網の目から漏れようと営々として過ごした。そのときに生き残った六国の子孫たちよ！　君らは身を隠して移り住んで庶民となって過ごしたのであった。やがて項梁[4]は南方の武将として、魚や狐に続いて事を起こした。王となって人びとの望みをかなえようとしたのだ。しかし、楚の始祖を祀ることをせず、みずから乾符を執って王位に登ろうとしたが、天下の人はこれを崇めることはなかった。沛公[5]を送って関内に入って行かせたが、それはまた仁義に叶うことであった。羊と狼のように猛々しく貪って冠軍（楚の宋義を言う）を殺したが、どうして項羽を捕まえて処置しなかったのか。ああ、形勢は大いにしからざるところがあり、私は大いに王のために恐れる。害を受けて塩辛とされ、はたして天の運数に背いたのではなかったか。郴県の山は高く天に摩し、太陽の光もかすかで薄暗い。郴江の水は夜となく昼となく流れ去って帰って来ない。天地は長久でその恨みは尽きることがなく、その霊魂は今に至るまで漂っている。私の心は金石をも貫き、王の霊魂がたちまち夢の中に現れた。朱子の老練な筆にしたがえば、心は鬱積して彼を欽慕する。どうか杯を差し上げたい。この地に降りていただき、願わくは、英霊よ、享けられよ』

ここで、祖竜が威勢を振ったというところ、祖竜というのは秦の始皇帝を言うのであり、宗直が始皇帝を世祖に比し、ここでまた『王となり人びとの望みをかなえようとした』というのは、この王は楚の懐王の孫の心を言うのである。最初、項梁が秦と戦う中で、懐王の孫の心を探し出して義帝としたが、宗直は義帝を端宗に比しているのである。またここで、『羊と狼のように猛々しく貪って冠軍を殺した』というのは、世祖《セジョ》が金宗瑞《キムジョンソ》を殺したことを[6]言っている。ここでは『どうして捕まえて処置しなかったのか』というのは、宗瑞と端宗《タンジョン》が世祖を捕まえず、逆に世祖に殺されてしまったことを指しているのである。また、『朱子の老練な筆にしたがえば、心に鬱積して欽慕する』というのは、宗直が自分自身を朱子に擬して、その驕った心がこの文章を作ったのを『綱目』の史筆に比しているのである。

　馹孫はこの文章に賛を作って、

『自身の鬱積した忠誠心をここに托したのである』

と記した。思うに、わが世祖大王は国家の危殆なのを心配して、奸邪な臣下たちが乱を企て、禍を起こす機微がうかがえたので、ここに逆徒を殺して除き、宗社が危機に瀕したのをふたたび安穏にして、子孫が互いに続いて今に至ったのである。その功業ははなはだ高いが上にも高く、徳は百王の中でも頭抜けている。ところが意外にも、宗直は門徒たちとともに聖徳を云々して謗り、はなはだしきは、馹孫をして史草に誤ったことを書かせようとした。これがどうして一朝一夕のことであろうか。彼は密かに臣下にあるまじき心を抱きながら、三代の朝廷に仕えたのである。私は今考えると、驚き恐れずにはいられない。みなはその罪名を議論して、報告せよ」

　七月二十七日に馹孫らを乱逆の罪と定めて死刑に処し、宗廟に報告した。その文章の大略は、

「奸臣が人知れず兇悪な心を抱き、偽りの故実でもってこれを文章にして世に伝播させようとしました。これはいったいどういうことであったのか。兇悪な一党が聖徳に背いて誹謗したのは乱逆不道と言うべきであり、罪悪は大きく甚だしいものです」

というものであった。また社稷《しゃしょく》にも報告したが、

「嘘をでっち上げて聖徳を誹謗し貶しめた、その不道なる者を死刑に処したのはまことに正当でした」

というものであった、また頒赦した教書には、
「謹んで考えるに、わが世祖・恵荘大王《ヘチャンテワン》は、神武なる資質でもって、国家が危殆に瀕し憂慮されるとき、奸邪なる一党が跋扈しているのを見て、沈着果断にことに当たり、禍乱を平定し、天の命令と人の心がおのずと重なるようになさった。その聖人の徳と神妙なる功績は百王に高く抜きん出て、祖宗の大きく困難な事業をさらに輝かせ、子孫に安楽な燕翼を与えてくださった。おかげで、わが王朝は継々承々して今の盛世に至ったのである。ところが、意外にも、奸臣の金宗直が禍心を抱き、密かに一党を集め、兇事を企てて久しいという。項籍が義帝を殺したことに仮託して、それを文章に著し、先王を謗ったが、それは天に背く邪悪なる罪であり、まさしく容赦できないものである。これを大逆の罪として剖棺斬屍（棺を開けて死体を斬る）に処すことにする。

またその一党の金馹孫・権五福《クォンオボク》▼7・権景裕《クォンキョンユ》（第一六六話注1参照）は奸悪なる者の篇を聞くや互いに寸分たがわない声を出してその文章を美しいと称賛して、忠誠なる心の激したものとして、史草に記して永久に残そうとした。その罪は宗直と同じである。この者たちを凌遅処死に処す。馹孫はまた李穆《イボク》▼8・許磐《ホバン》（第一七一話注3参照）・姜謙《カンギョム》（第二一五話注2参照）などとともに先王に無かった事がらを偽ってたがいに伝えて普及させ、また史草に記したが、李穆と許磐は斬に処し、姜謙は百の杖刑に処してその家産を没収、極地に流して奴に落とす。また、表沿沫《ピョヨンマル》▼9・洪翰《ホンカン》▼10・鄭汝昌《チョンヨチャン》（第一七〇話注11参照）・茂豊副正の総《ジョ》（第一七一話注1参照）などはその罪は不敬の言を犯していて、姜景叙《カンギョンソ》▼11・李守恭《イスコン》▼12・鄭希良《チョンフィリャン》（第二二二話注1参照）・鄭承祖《チョンスンジョ》▼13はたがいに乱言を知りながら告発しなかった。すべて百の杖叩きとして、三千里の外に流す。次に、李宗準《イジョンジュン》▼14・崔《チェ》溥《ブ》（第二〇六話注1参照）・李黿《イウォン》（第二一七話注1参照）・李冑《イチュ》（第二一八話注1参照）・金宏弼《キムクィンピル》（第一七〇話注1参照）・朴漢柱《パクハンジュ》▼15・任熙載《イムフィチェ》▼16・姜伯珍《カンペクチン》（第一六九話注10参照）・李継孟《イケメン》▼17・姜渾《カンフン》▼18などはすべて宗直の門徒として朋党を結び、たがいに褒め合って、国政を謗り、時事の批判に明け暮れている。熙載は百の杖叩きの上、三千里の外に流し、李冑は同じく百の杖叩きの上、極地に流す。宗準・崔溥・李黿・宏弼・漢柱・伯珍・継孟・姜渾などはみな八十の杖叩きの上、流すことにするが、これら流刑に処する者たちはすべて烽燧庭爐干の役（烽

火や庭のかがり火の番をする徒役）を務めることにする。修史官は駙孫などの史草を見てもすぐには啓上しなかったが、魚世謙《オセキョム》（第八八話注2参照）・李克墩《イククドン》（第二一二話注3参照）・柳澗《ユカン》▼19・尹孝孫《ユンヒョソン》▼20などは罷免して、洪貴達《ホンクィタル》▼21・趙益貞《チョイクジョン》▼22・許琛《ホチム》（第二〇八話注2参照）などは左遷して、それぞれの罪の軽重によってすでに懲罰した。そのことを謹んで宗廟と社稷に報告することとする。

振り返って考えるに、私はまことに愚かで醜い身の上で、こうした奸党たちを除去したものの、祖宗に対して怖れ畏まる心を禁じ得ない。しかし、また役目をはたして喜ばしく幸いだと考える心も大きい。今、七月二十七日の夜明け前、強盗・窃盗および綱常にかかわること以外は、決定事項と未決定事項とを問わず、すべてを恩赦する。この命令が下る以前のことをたがいに告げて言う者があれば、そのことで罰することとする。ああ、人臣は君主に背くことがあってはならない。すでに彼らは不道なる罪にみずから服し、雷と雨が解卦をなして、まさにこれは維新の恩恵を被ることではあるまいか。そこで、ここに教示することにする。よろしく思いを致すべきである」

左議政の韓致亨《ハンチヒョン》（第一六八話注1参照）などのこれを賀する文章がある。

「逆賊の一党があえて謀叛の心を抱き、妖妄なことばに仮託して、不道なる心をもって文書として伝え、みずから大きな罪を招き寄せました。これは大小の臣民たちがひとしく憤慨して、すべてが怨みに思うところです。この者たちを天地の間に受け入れることは難しく、どうして天の誅伐を逃れることができましょうか。雷がひとたび落ちて、兇悪な輩がどうして生きながらえることができましょうか」

（李世英▼23『李世英自記』）

＊全話の末尾に、補遺として「戊午党籍」を収録した。これは戊午の士禍で粛正された人物たちの名簿であるので、あわせて参照されたい。

▼1【楚の懐王】ここの話に関連して、二人の楚の懐王がいるが、二人目の懐王は次項注2に譲るとして、最初の楚の懐王は、楚の威王の子で、名は熊槐、諡は懐。秦が斉を討とうとして張儀を楚に送り、斉と断交さ

せた。屈原などはこれに反対したが、楚は秦と婚姻関係を結んで和秦政策をとり、懐王は秦の昭王と会見に赴いた。しかし、対等の礼をもっては遇されず、留置され、帰国できないままに死んだ。

▼2【心】前項注1の楚の懐王の孫で、民間にあって人に雇われて牧羊を行っていたが、項羽および叔父の項梁は、楚の民心をまとめるために擁立して懐王とした。後に項羽は心に義帝の称号を送ったものの、その翌年には呂布に命じて殺させた。

▼3【西楚の覇王】項羽のこと。前二三二～二〇二。羽は字で、名は籍。江蘇の宿遷の人。伯父の項梁と挙兵、劉邦とともに秦を滅ぼし、楚王となった。後に劉邦と覇権を争い、垓下に囲まれ、烏江で自刎した。

▼4【項梁】項羽の叔父。人を殺して項羽とともに呉に逃げた。秦の末期、陳勝が挙兵すると、これに応じて兵を挙げて、項羽・沛公らを指揮して秦と戦ったが、章邯の軍に敗れて戦死した。

▼5【沛公】漢の高祖の劉邦。第二五話の注3を参照のこと。

▼6【世祖が金宗瑞を殺したこと】文宗が死んで若年の端宗が即位した翌年の癸酉の年（一四五三）、政権奪取をたくらんだ首陽大君（世祖）はみずからの目的のためには邪魔になる金宗瑞や皇甫仁などを殺し、また弟の安平大君を江華島に送った後に殺した。後には端宗を廃して魯山君に落とし、みずからが王位についた。魯山君は後に殺された。

▼7【権五福】一四六七～一四九八。字は嚮之、号は小游・睡軒、本貫は醴泉。金宗直の弟子。一四八六年、司馬を経て文科に及第、文章筆法に卓越して翰苑に選ばれ、玉堂（弘文館）に入った。史官として「弔義帝文」の事件にかかわり、処刑された。

▼8【李穆】一四七一～一四九八。字は仲雍、号は寒斎、本貫は全州。十九歳で進士試に合格して成均館儒生となったが、成宗の病気の際に、王大妃が成均館に淫祀を設置して巫覡を入れようとすると、これを追い、後にこれを知った成宗に称賛された。一四九五年には増広文科に壮元で及第して賜暇読書した。戊午士禍において尹弼商の誣告により、金馹孫・権五福などとともに死刑になった。刑場に赴く際に顔色をいささかも変えなかったという。

▼9【表沿沫】?～一四九八。字は少遊、号は濫渓。一四七二年、文科に及第、芸文館に入った。善山府使・成均館司成を経て知中枢府事にまで至った。文史に通じて名が高かったが、金宗直の行状を称賛して戊午の士禍をこうむり、慶源に流配される途中の銀渓駅で殺された。

▼10【洪翰】洪翰。一四五一〜一四九八。字は蘊珍、本貫は南陽。金宗直の門人。一四八五年、別試文科に丙科で及第、一四九〇年、持平となり、その後、献納、副提学となり、一四九八年には吏曹参議となったが、この年の戊午の士禍が起こると、金宗直の門人として、杖刑の後に流配され、配所に赴く途中で死んだ。さらに一五〇四年には剖棺斬屍の憂き目に遭った。中宗のときに伸冤され、吏曹参判を追贈された。

▼11【姜景叙】?〜一五一〇。字は子文、号は草堂、本貫は晋州。一四七七年、文科に及第、一四九八年、重試に及第した。一四九八年、金宗直の弟子だとして会寧に流配されたが、一五〇一年には呼び戻されて、官は承旨に至った。

▼12【李守恭】一四六四〜一五〇四。字は仲平、本貫は広州。一四八六年、進士に合格、一四八八年には文科に及第した。応教・典翰などを経て、司成になった。一四九八年の戊午の士禍のときに昌城・光陽に帰陽したが、一五〇一年には赦されて復帰。しかし、一五〇四年の甲子の士禍（第二〇八話注4参照）の際に処刑された。

▼13【鄭承祖】一四九八年の戊午の士禍にかかわって、金宗直の乱言の事実を知りながら、その報告を怠ったとして、郭山に帰陽したが、一五〇一年には赦免された。

▼14【李宗準】?〜一四九九。字は仲鈞、号は慵斎・浮休子など。本貫は慶州。金宗直の門下に学び、詩文・書画で有名であった。一四八五年、文科に及第し、官は議政府舎人に至ったが、一四九八年の戊午の士禍で富寧に帰陽することになり、高山駅で書いた詩によって、翌年、処刑された。

▼15【朴漢柱】?〜一五〇四。字は天支、号は迂拙斎、本貫は密陽。金宗直の門下に学び、一四八五年、文科に及第、正寧・献納を経て醴泉太守としてよく治めた。燕山君のときに諫官となって、王の失政を極諫したので、一四九八年、碧潼に帰陽したが、一五〇四年の甲子の士禍の際にはソウルに呼び戻されて斬刑に処された。刑場では顔色一つ変えることがなかったという。中宗のときに都承旨を追贈された。

▼16【任熙載】一四七二〜一五〇四。字は敬輿、号は勿菴、本貫は豊川。士洪の息子。進士となり、一四九八年には文科に及第、承旨に至ったが、金宗直の門人であったために辺境に帰郷した。かつて屏風に「尭舜は太平の歳月をもたらしたが、秦の始皇帝は百姓を疲弊させ、禍が自分の家に生じるのも知らずに、つまらぬ万里の長城を築いた」と書いた。燕山君はこのことを知って激怒し、彼を殺した。松雪体の書をよくした。

▼17【李継孟】一四五八〜一五二三。字は希醇、号は墨谷、本貫は全義。一四八九年、文科に及第、一四九八

年、左承旨として戊午の士禍に連座して霊光に帰陽したが、復帰した。一五〇六年、大司憲となったが、翌年には朴耕の獄に連座して珍島に帰陽、これが誣告によるものとわかり、呼び戻されて同知中枢府事となった。戸・刑・礼曹の判書を歴任し、一五一九年の己卯の士禍（第二九三〜二九八話参照）の際には病を理由に金堤にいて、後に召し出されて左賛成となった。

▼18【姜渾】一四六四〜一五一九。字は士浩、号は木渓。金宗直の門下で学んで、一四八四年、生員となり、一四八六年には式年文科に丙科で及第した。一四九八年、戊午士禍では宗直の門人として杖流されたが、間もなく呼びもどされ、燕山君に文章と詩でもっておもねり、都承旨になった。一五〇六年の中宗反正（第二五二話参照）の際には殺されるところであったが、反正軍の方に寝返って靖国功臣三等、晋川君に封じられ、判中枢府事にまで至った。

▼19【柳澗】この話にある以上のことは未詳。

▼20【尹孝孫】一四三一〜一五〇三。字は有慶、号は楸渓、本貫は南原。一四五三年、生員として文科に及第、一四五七年には重試に及第して要職を歴任した。一四七〇年、成宗のとき、通礼院左通礼となり、原従功臣となった。『経国大典五礼儀註』の校訂を行ない、地方に出て黄海道観察使となり、刑曹判書となり、右・左賛成にまで至った。

▼21【洪貴達】一四三八〜一五〇四。兼善は字。幼いときから聡明であったが、家が貧しく、書物を借りて学んだ。一四六〇年、別試文科に及第して、官途についた。一四六六年、李施愛の乱（第一二九〜一三〇話参照）を平定するのに功があった。要職を歴任したが、春秋官編集官となり、『世祖実録』を編纂した。都承旨のとき、燕山君の生母の尹氏の廃黜に反対して投獄された。その燕山君に孫娘の入内を迫られて拒絶したために、杖刑を受けて流配になり、途中で絞殺された。

▼22【趙益貞】一四三六〜一四九八。字は而元、本貫は豊壌。一四五三年、進士となり、一四六五年、式年文科に及第して、翌年、『東国通鑑』の編纂に参与した。一四六八年、南怡の獄事（第一三五話注4参照）を処理した功績で翊戴功臣三等となり、司憲府持平・行世子侍講院文学となった。一四八一年には漢城府左尹として漢平君に封じられた。一四九八年、春秋館同知館事として『成宗実録』の編集に参加したが、完成を見ずに死んだ。

▼23【李世英】？〜一五一〇。字は子実、本貫は陽城。一四七七年、生員試に合格、式年文科に丙科で及第した。軍器寺僉正・持平・中枢府経歴などを経て、春秋館編集官として『成宗実録』の編纂に関わった。一五

○一年、江原道観察使となり、翌年には聖節使として明に行った。一五〇八年、同知中枢府事を経て、開城府留守に在職中に死んだ。

第二四九話……戊午の士禍を主導した柳子光

柳子光《ユチャクァン》（第二一二話注2参照）は府尹の規《キュ》[1]の庶子である。身のこなしが敏捷で力もあり、高いところによく登ってまるで猿の仲間のようであった。若いときには無頼の徒であり、賭博や将棋で財物を争い、夜も昼も街中をほっつき歩いては、女子に会えばたらし込んで交わった。規は自分の息子がこのように微賤であり、放縦かつ背徳の振る舞いが絶えないのを見て、何度も鞭打って、自分の息子とは認めなかった。

子光は、最初は甲士[2]に所属して建春門を守っていたが、文書を差し上げて自分を推薦すると、世祖《セジョ》はこれを壮として抜擢なさった。その後、戊子の年（一四六八）に変を告発した功績で一階級上がった。彼は常に豪傑のソンビであると自認していたが、性質は陰険で、人を害することを好んだ。もし才能と名前と、そして王さまの寵愛が自分に勝る者があれば、必ずその者を陥れようと考えた。

韓明澮《ハンミョンフェ》（第一一八話注4参照）の門戸が尊ばれ盛大であるのを嫉妬して、さらには成宗《ソンジョン》が臣下の諫めることばを聞くのを喜ばれるのを知って、奇をてらった議論をして王さまに取り入ろうとして上疏を行ない、韓明澮が跋扈するさまを弾劾した。しかし、王はこれを罪されることはなかった。そして後に、任士洪《イムサホン》（第一六六話注2参照）・朴孝元《パクコウウォン》[3]などとともに玄碩圭《ヒョンソクキュ》[4]を排斥しようとしたが、この計画は失敗して、東萊に流された。やがて赦されて帰って来たが、しかし、王は子光が政治を乱す人間であることをお知りになり、勲封を回復するのみで、実際の政務にはお就かせにならなかった。

子光は恩沢を受けようと慇懃に望んで、さまざまに計画を練ったが、実際に政治にたずさわることができず、心の中はいつも不快であった。ところが、李克墩《イククドン》[5]兄弟が朝廷で権勢を握ったのを見て、やっと自分の意がかなうと考えて、さまざまに取り入って、なんとか兄弟と結託することができるようになった。彼はあるとき咸陽郡に遊んだが、そのとき詩を作り、郡守に頼んで板に彫り付けて懸板を作り、多くの壁に掛けさせたことがあった。後に、金宗直《キムジョンチク》（第二〇話注27参照）がその郡の郡守として赴任してきて、これを見て、

「どんな馬鹿ものが子光の懸板などをここに掲げたのだ」

と言って、すぐに外させ火にくべさせた。

このことを聞いた子光は恨みに思って切歯扼腕した。しかし、このときは宗直への王の寵愛は至極であり、むしろ彼との交わりを絶やさないようにした。宗直が死ぬと、挽詩を作って慟哭し、はなはだしくは、宗直を王通[6]や韓愈[7]になぞらえたりした。

金馹孫《キムイルソン》（第二一〇話注1参照）はかつて金宗直に師事していたが、献納になるに及んで、よく何もかも話をすることを好み、権勢を持つ高貴な人びとを避けなかった。馹孫はまた上疏して、李克墩と成俊《ソンジュン》（第二二五話注1参照）が互いに謀って軌を傾けようとしていると告発した。李克墩は大いに怒った。後に史局を開くことになると、克墩が堂上になったが、このとき彼が見ると、馹孫の史草が自分の悪事をはなはだ詳しく書いていた。また世祖《セジョ》の時代のことを書いているのを見て、克墩はそれでもって自己の恨みを晴らすことを考えついた。

ある日、人を退けて、総裁官の魚世謙《オセキョム》（第八八話注2参照）に言った。

「馹孫が先王について悪しざまに書いていますが、それを知っていながら、王さまに報告申し上げなくてよろしいのでしょうか。私が考えるに、その史草を封して王さまにご覧いただき、王さまの判断を待つことにすれば、私どもは責を免れ、いかなる心配もないのではありますまいか」

しかし、世謙はこれを聞いて愕然としながらも、何も答えなかった。そうして長く経って、克墩は子光とこのことについて議論をした。子光は煽りたてるようにして言った。

「これをどうして遅らせることができましょう」

そしてすぐに、盧思慎《ノサシン》▼8・尹弼商《ユンピルサン》（第一二二話注1参照）・韓致享《ハンチヒョン》（第一六八話注1参照）などのところに行って会い、まず自分たちは世祖に大きな恩恵を被っているのを忘れることができないという意味のことを言い、彼らの心を動かした後、そのことについて述べた。

大体、思慎と弼商は世祖の寵愛の臣下であり、致享は宮廷にたがいの親族がいるために、彼らは自分の話に従うはずだと考えて話したのだったが、果して彼らは子光のことばに従った。そこで、みなは差備門を入って行き、都承旨の慎守勤《シンスグン》▼9を呼んでその耳に何事か囁いた後に王さまに申し上げた。

最初、守勤が承旨になったとき、台諫（第二二三話注3参照）と侍従たちは、外戚が権力を握る道をひらくことになるために口を極めてあってはならないことと諫めた。これに対して、守勤は恨みを骨に刻んだ。あるとき、彼は人びとを見て言った。

「朝廷は文臣たちの掌中にあるものだが、われわれはどのように振る舞えばいいのだろうか」

このときになって、さまざまな恨みが一ところに集まって来た。そして、王もまた猜疑心が強く、暴悪な上、学問を好まなかったので、文士たちをひとしお嫌われた。

「名誉を欲しがり、目上の者を窮屈にさせ、私を自由に振る舞わせてくれないのは、みなこの者たちなのだ」

王はいつも鬱々として楽しむことなく、一度だけでも爽快に気持ちを晴らすことができないかと考えながら、あえて手を出すことができないでいた。そんなところに、子光などが啓上したことばを聞かれたのだ。子光は国家に対してははなはだ忠誠であると称賛して厚く待遇され、そして、南賓庁で捕えて拷問するように命令して、内竪の金子猿《キムチャウォン》▼10に王命の出納を担当させ、他の人が参与して洩れることのないようにした。

このとき、子光はこの獄事に率先して当たり、いつも子猿がご命令をもって来るときには、必ずその前に出て、極めて恭しい態度をよそおった。その命令がもし厳しく残酷なものであるときには、みずから進んで王の意を得たとして、ふたたび地に伏して謝礼するような態度を見せた。そうして聞き終えると、大喜びをして得意の光を顔に浮かべて、人びとに大声で叫ぶのだった。

「今日はまさに朝廷の官吏たちを改廃するときであり、そこでこのような大きな処置があったのだ。尋常なことでは治まるものではない」

そしてまた、申し上げた。

「この人びとの一党ははなはだ盛んで、変事を予測することができません。そのための備えを厳重になさってください」

そこで、禁衛兵を出して宮門の中を守り、出入りを厳禁した。罪人たちが拷問を受けて出て行くときにも兵士たちに左右から押送させ、獄に投ずるときにも、やはり同じようにした。そのようにしても、子光は獄事が次第に緩やかで物足りないものに感じ出して、自分の思い通りにならないものかと夜となく昼となく考えていた。

ある日、袖の中に一巻の書物をしのばせていたが、その中から金宗直の「吊義帝文」と「述酒詩」を取り出して、推官（判事）に差し出して言った。

「これはみな世祖を指して作ったもので、駟孫の邪悪さを率直に示しています」

みずから註釈をほどこし、句節ごとに解釈をして、王がたやすく理解できるようにした。そして、申し上げた。

「宗直はわが世祖を貶めようとして、まさに大逆不道なる罪を犯して議論しているのです。彼が作った詩文は流伝させてはならないもので、みな焼き捨ててください」

王さまはこのことばを嘉された。こうして、宗直の詩文を隠し持っていた者は二日以内に自首して持って来るようにさせて、賓庁の前庭で焼き捨てた。また、彼が各道に旅をして、官舎に懸けて置いた懸板も役人たちに命じて外させた。

成宗がかつて宗直に命じて、

「環翠亭記録」を作らせ、門の上に懸けて置かれた。このとき、これもまた外してなくすように請うたが、これは咸陽の懸板に対する怨みを晴らそうというものであった。子光はまた王が怒られたのに乗じて一網打尽する計画を建て、弼商に目をつけていった。

「この人びとの邪悪なることは、大体において臣子たるもの、共に天を戴くことのできないものであり、その党派の者たちもみな拷問してその根を絶ち切ってしまえば、宮廷はすっきりときれいになり、そうしなければ、残党たちが立ち上がって、時を置かずに禍乱がふたたび生じるでしょう」

左右の人びとは黙然として口を閉ざしていたが、思慎が手を振ってこれを止めて言った。

「武霊（子光の封号）はどうしてそのようなことを言うのか。党錮[11]のことを聞いていないのか。禁止の網を日に日に厳しくしてソンビたちの寄る辺をなくしてしまい、ついに漢は滅びてしまったのだ。自由に論議する清論というのは朝廷の中にあってしかるべきなのだ。清論がなくなるのは国家にとって福とは言えない。武霊はどうしてそのような間違ったことを言うのだ」

子光はいささかたじろいだ。しかし、獄事に関わった人びとについては、子光は必ず最後まで罪を加えようとした。そこで、また思慎がまた中止するように言って、

「当初、わたくしどもが申し上げたのは史草についてのことだけでしたが、今ではそこから枝葉が伸びて分かれ、史草に関係しない者までも捕まえられて獄に入れられることが日々に拡大しています。これがどうしてわたくしどもの本意でありましょう」

子光はこのことばを聞いて喜ばなかった。罪人たちの刑罰を決める日になると、思慎の意見だけが自分の意見とは異なっていて、子光は色をなしてこれを詰った。

こうして、それぞれが意見を述べたが、王は子光などの意見を取られた。この日は日中でも暗く、雨が降り注ぎ、大風が東南から吹いて来て、木を根こそぎにして瓦を吹き飛ばし、城内の人びとは転倒せずに歩くことはできなかった。しかし、子光は意気揚々として屋敷に帰った。そのときから、彼の威厳が内外に振動して、朝廷では彼をあたかも毒蛇であるかのように見なしたが、あえて彼の意に逆らう者はいなくなった。また、儒林たちも気勢を失い、足取りも重く、ため息をつくばかりで、書院も寂然として、数ヶ月のあいだというもの、経典を読む声もしなかった。このとき、父兄たちが戒めて、

「学問は科挙に受かればそれでいいので、それ以上にしても、いったい何の役に立つのだ」と言い合ったものだ。子光はまさに自分の思い通りになったと考え、後ろを振り返り憚るところがなかった。また、彼には利益を求めて恥を知らない者たちが集まって来て、門前はいっぱいになったが、識者たちはこれについて深くため息をついて、言った。

「戊戌の年（一四七八）の獄事[12]は正当な人びとが奸邪な輩を攻撃したものであったが、戊午の年（一四九八）の獄事は奸邪な輩が正当な人びとを攻撃した。二十年のあいだ、一度は勝ち、一度は負けて、治と乱が交代した。大概、君子が刑罰を用いるときは、つねに寛大か厳しいかで失敗を犯し、小人が恨みに対して報復するのを避けるために残忍にならぬように止めて置くのが法である。しかし、もし戊戌の年に君子たちがその刑罰をすべてに用いて小人たちを亡き者にしていたなら、どうして今日のような禍が生じたであろう」

（南袞（第二一一話注1参照）『柳子光伝』）

▼1【規】柳規。一四〇一～一四七三。字は景正、本貫は霊光。蔭職で啓聖殿直になった後、一四二六年、武科に及第、戸曹参議を経て慶州府尹であったとき、訴訟を行なった者が賄賂を贈ったのを鞭打って死に至らせて罷免になり、南原に引きこもって長いあいだ出なかった。息子の子光が出世するにともに、知中枢府事にまで昇進したが、みずから希望して田舎に帰った。

▼2【甲士】朝鮮時代、地方からソウルに出てきて番をした兵卒。

▼3【朴孝元】生没年未詳。字は伯仁。一四六五年、式年文科に及第、一四六九年には修撰として検討官・検校などを兼職した。成宗六年（一四七五）、掌楽院の兼官となった。一四七七年には、謝恩使として明に行っている。

▼4【玄碩圭】一四三〇～一四八〇。字は徳璋、本貫は昌原。一四六〇年、文科に及第、人となりは正直かつ清廉で、すべてに公義を主張、明晰な判断で事案を処理したので、成宗の特別な恩寵を受けた。同僚たちが讒訴したとき、成宗は「この人の顔は漆のように黒いが、心は澄んだ水のようだ」と言った。いつも強く官

職を辞退したが、王はついに許さなかった。刑曹判書・平安道観察使などを歴任した。王の信任が厚く、時には宣醞（第一四四話注1参照）珍羞《ちんしゅう》を下賜された。

▼5【李克墩兄弟】克墩については第二一二話注3を参照のこと。李仁孫（一三九五～一四六三）の子ども、すなわち克墩（一四三五～一五〇三）の兄弟については、克培（一四二二～一四九五）・克堪（一四二七～一四六五）・克増（一四三一～一四九四）・克均（一四三七～一五〇四）がいる。ここでは克均のことを言うのだと思われる。克均については第二二四話注2を参照のこと。

▼6【王通】オウツウ、あるいはオウトウとも。五八四頃～六一八頃。隋末の学者。字は仲淹。山西竜門の人。唐の王勃の祖父に当る。中説を作って論語に擬し、礼論・楽論・続書・続詩・元経・賛易を作って六経に擬した。

▼7【韓愈】七六八～八二四。唐の文章家・詩人。唐宋八家の一人。字は退之。儒教を尊び、特に孟子の功を激賞。柳宗元とともに古文の復興を唱え、韓柳と称される。詩は険峻と評される力作をよくし、平易な風の白居易と相対した。憲宗のとき「論仏骨表」を奉って潮州に左遷された。諱は文公。『昌黎先生集』がある。

▼8【盧思慎】一四二七～一四九八。字は子胖、号は葆真斎・天蔭堂、本貫は交河。一四五三年に文科に及第、集賢殿博士となり、顕官を歴任して、右・左議政を務めた。燕山君の時代に領議政にまで至った。戊午の士禍のとき、多くの新進のソンビたちが粛清されたが、盧思慎は命がけで多くのソンビたちを救った。宣城君に封じられている。

▼9【慎守勤】一四五〇～一五〇六。字は所間堂、本貫は居正。父は承善、母は臨瀛大君の娘。一四八四年、蔭補で掌令となった。一四九五年には都承旨となり、一五〇六年、左議政となった。燕山君の后の慎氏の兄であり、また晋成大君（中宗）の夫人の父という複雑な立場で、燕山君は暴君であっても、その息子の東宮に望みをかけて、燕山君を排すべきではないという立場を取ったために、中宗反正（第二五二話参照）のときに他の兄弟とともに殺された。中宗は彼の娘を后にしようとしたが、後日の復讐を恐れた反正の功臣たちによって廃された。

▼10【金子猿】燕山君の側近の宦官として、燕山君の気まぐれに仕え、『朝鮮実録』燕山君日記十一年（一五〇五）四月壬子、金子猿に一資を加えられたとあるが、六月辛巳には杖百を加えられたともある。

▼11【党錮のこと】「党」は党人のこと、「錮」は禁錮のこと。後漢の桓帝・霊帝のときに宦官が跋扈して、反

対党であった陳蕃・李膺らの儒学者を終身禁固して出仕の道をふさいだこと。一六六年と一六八年の二回あり、後者では特に多くの人が殺された。
▼12【戊戌の年の獄事】戊戌の年（一四七八）の五月に、任士洪および柳子光が流配され、尹子雲が死んでいる。

第二五〇話……私怨をはらす尹弼商、私怨で動かない盧思慎

李穆《イボク》（第二四八話注8参照）が太学にいたとき、尹弼商《ユンピルサン》（第一二二話注1参照）を指さして奸鬼と言い、これを上疏して、議論したことがあった。趙舜《チョスン》▼1が正言となり、やはり盧思慎（第二四九話注8参照）を論駁した。戊午の禍が起こると、尹弼商と盧思慎の二公がともに政丞となった。尹弼商は李穆がかつて佔畢斎（金宗直。第二〇話注27参照）のもとで学んだことがあったとして誣告を行ない、これを殺し、また盧思慎に対して言った。

「趙舜もまた殺すべきであろうか」

すると、盧思慎が言った。

「それはいったいどういう意味だ」

弼商のことばをついに聞き入れなかった。


（任輔臣『丙辰丁巳録』）

▼1【趙舜】『朝鮮実録』中宗十年（一五一五）二月庚子、台諫から上啓があり、大司憲の趙舜はその人物ではないのに、王さまは私情を挟んで任命なさり、また嘉善大夫を加えられた。今、大司憲を罷免したからには、嘉善大夫も辞めさせるべきだと上啓があり、王は候補者として名簿に上がっていたから登用したのであ

り、私情をはさんだわけではないとして、退けられた。同じく二十一年（一五二六）正月乙未には、趙舜を開城留守とするという記事がある。

第二五一話……先見の明のあった鄭鵬

鄭鵬《チョンプン》▼1先生の字は雲程《ウンチョン》であり、嶺南の人である。容貌魁偉で身長が八尺もあった。性理学を深く研究して終には精妙な境域にまで達した。彼がかつて言っていたことがある。

「もし『論語』のような書物であれば、私がオランケどもに教えたとしても、よくその大義を理解させることができるであろう」

燕山《ヨンサン》の時代に初めて官職についたが、ある日、人に言った。

「私は夢の中で文廟の位板を寺に移すのを見た」

燕山が狂って暴虐を始め、ついには成均館を遊宴の場所として、位板を移して高い山にある庵子にもって行き、次には太平館に移し、また掌礼院に移すなど、一貫しなかった。こうして祭祀も途絶え、神と人の怒りが国土に極まった。

そのとき、姜渾《カンフン》（第二四八話注18参照）と沈順門《シムスンムン》（第二三五話注1参照）が舎人であったが、彼らにはともになじみの妓生がいた。それを知って、鄭鵬は二公を戒め、

「すぐにその妓生たちを遠くにやって、後悔することがないようにするといい」

と言った。これを聞いて、姜はその妓生と別れ、沈の方は従わなかった。

その後に、二人の妓生は宮廷に選ばれて入って行き、燕山の寵愛を至極に受けた。そのために、沈はなんら罪も犯していないのに殺されてしまった。人びとは先生の先見の明に感嘆した。あるいはまた、

「文廟がいずれ破壊されることを知っていた人は、これをわざわざ夢に托して言うしかなかったのだ」

と言う人もいた。

（任輔臣『丙辰丁巳録』）

▼1【鄭鵬】一四六九〜一五一二。字は雲程、号は新堂、本貫は海州。一四九二年、文科に及第、校理となったが、甲子士禍（第二〇八話注4参照）に遭って盈徳に帰郷。中宗の即位後に復帰したが、病気となって故郷に帰り、後に青松府事として在職中に死んだ。

中宗 上

第二五二話……中宗反正

平城府院君・朴元宗《パクウォンチョン》▼1は富貴な家に育った。若いときから大きな志をもって他人に拘束されず、屠殺する身分の家に出入りしては弓を射ることを学んで、武科に合格して顕職を歴任した。そこで、やや節操を曲げて書物を読み、あらあら大義に通じるようになったが、けっして世俗に屈して行動するようなことはなかった。月山大君《ウォルサン》（第一四三話注1参照）の夫人は彼の姉に当たったが、燕山《ヨンサン》に汚され、辱めを受けたことで病になって死んだ。府院君はそのことを常に恨みとし、不快に思っていた。

同じころ、成希顔《ソンフィアン》（第一三九話注5参照）がかつて燕山にしたがって望流亭に遊んだとき、燕山が宰臣たちに詩を作るように命じた。成希顔の詩の中に、

「聖君の心はもともと清流を愛さない
（聖心元不愛清流）」

という句があった。燕山は大怒して、これは自分を誹謗するものだとして、希顔の官職を削って蟄居させた。燕山の乱れた政治が日々に激しくなり、宗社は危急に瀕した。希顔はもともと大きな知略をもった人で、この混乱を収拾して聡明な王を推戴しようという考えをもっていたが、考えを同じくする人が見当たらず、鬱々と楽しまない日々を送っていた。

彼が考えるに、朴元宗のような人物であれば、大事を托することができると思えるのだが、彼とはこれまで付き合いがなかったので、いたずらに大切な話を持ちかけることができない。そのとき、同じ邑の人で、辛允武《シンユンム》▼2という人がいて、二人の家を行き来して、二人のあいだを取り持った。そうしてやっと、成希顔は穏密に自分の計画を朴元宗に通じることができた。この計画を知った朴元宗は袖を振って立ち上がり、

「これこそ日夜、私が考え続けてきたことだ」

と言った。昌山《キャンサン》（成希顔）は夕方になって平城の家に行き、二人はたがいに慟哭しながら平生の忠義を披露した。

「国家にこの命をささげようではないか。男児の生死は天命だが、宗社の危殆が朝夕に迫っているのをそのままにして、どうして力を尽くさないでいられようか」

二人は大いに喜び、こうして数ヶ月が過ぎた。二人が考えるに、こうした孤絶した状況ではことを成功させるのは難しい。そこで、自分たちの目論見を柳順汀《ユスンチョン》▼3に告げたが、順汀はしばらく躊躇して決断することができなかった。しかし、ついには同じ行動を取ることにした。

これに、朴永文《パクヨンムン》▼4・辛允武・洪景舟《ハンキョンジュ》▼5などを説き伏せて、多くの人びとを糾合したが、これらはみな武人として義理に背くことがなく、手柄を立てることを好む者たちで、たがいに四の五の言わずとも、踴躍として事におもむいた。

九月二日、燕山が長湍の石壁に行って遊ぶことになったが、従うのはただ下人一人だけのようであった。

このとき、公（朴元宗）などは城門を閉じることにし、中宗《チュンジョン》▼6となる晋城大君を推戴すると約束して、決行の計画はすでに定まっていた。しかし、燕山は急に石壁の遊覧を中止することを命じた。将士たちはすでに気がはやり、計画はすでに知れ渡って、もう中止することができない形勢であった。朴公たちは一日の夜中、将士たちを訓練院に集めて命令を下し、それぞれの部署を守らせることにした。崔漢洪《チェハンフン》▼7は内城の東側を守り、沈亨《シムヒョン》▼8・張珽《チャンチョン》▼9は内城の西側を守ることにしたのだが、しかし、事があまりに急であったから、兵士たちが集まらなかった。仕方がなく、役夫たちを集めて守らせることにした。

朴公が柳順汀・成希顔とともにまさに光化門まで数百歩のところまで行き、馬を前に立てて陣を作り、扇子を開いて指揮をとるとき、その姿はまるで神のようであった。辛允武に勇士の李藻《イジョ》▼10など十名余りを率いて行かせ、まず慎守英《シンスヨン》▼11を撲殺し、次に任士洪《イムサホン》（第一六六話注2参照）と慎守勤《シンスグン》（第二四九話注9参照）を殺した。守謙《スキョム》▼12はそのとき漢城留守となっていたために、事が治まった後に人を遣ってこれを殺した。

守勤などは権勢に頼んで、その奢侈ぶりは形容することばもないほどであった。このとき、王に迎合して国家の根本を揺るがしたのは彼らだけではなかったが、彼ら三人だけを殺したのは、守勤が平素に傲慢で放縦なことは形容のことばがないほどであり、その上、国舅となって跋扈する勢いを除去するのが難しい形勢となってきたので、このときに合わせてその羽翼まで無くしたのである。

朴公などが最初に議論したとき、具寿永《クスヨン》（第二三〇話注4参照）が王を淫蕩の道に導き入れ、悪事を働いたので、これもともに殺してしまおうとしたのであったが、彼の族姪の具賢暉《クヒョンフィ》▼13という者がその計画を知って、駆けて行って寿永に知らせた。寿永は訓練院に出て行って救いを請うたので、朴公などは彼を容赦したのであった。

允武が四人を打ち殺したが、李藻は鉄槌をもって道に隠れていて、別監の一人に命牌を持たせて彼らに宮廷に帰るように催促させ、彼らが驚き慌てて宮廷に帰ろうとするのを、待ちかまえてこれを撃ったのであった。彼らは馬から落ち、脳が外にはみ出した。守勤が鉄槌を下されて地面に倒れると、一人の奴がその身体に覆いかぶさって守ろうとしたので、藻は奴ともども打ち殺してしまったのである。

藻が四人の人びとをみな殺し、その顔面には返り血を浴び、衣服は真っ赤になった。しかし、彼はみずからの功績を誇るために、数日のあいだは顔を洗わず、衣服も着替えなかった。これを見る者ははなはだ醜いと思って眉をひそめた。

夜が明けると、百官たちがみな集まったが、彼らの中には何が起こったかまだ知らない者もいた。入直していた都総管の閔孝曽《ミンヒョジュン》[14]と兵曹参知の柳経《ユキョン》[15]がまず出て来て、承旨の李堣《イウ》[16]が次に出て来た。その次には尹璋《ユチャン》[17]と曺継衡《チョケヒョン》[18]が続いて出て来て、入直していた兵士たちが城を越えて出て来て従った。

当初、宮中では変が起こったということを聞いても、その事情がわからなかった。このとき、燕山は差備門に座って承旨を呼びつけて座るように言い、

「この太平の世にどうして変などが起きようか。これは畢竟、興清[19]などの情夫が集まって盗みを働いているのに違いない。すぐに政丞と堂上官とを召集して処置するようにせよ」

と言って、李堣に命じて鍵を持って宮廷の門を巡回させた。

李堣はまず人に門の外に出て見させたところ、朝廷がすでに他所に移ってしまっているのを知って、身をひるがえして自分自身も外に出て行った。燕山は李堣がすでに門から出て行ったと聞き、にわかに出て行こうとする尹璋と曺継衡の袖を捕えた。二人は偽って退き、袖を振り払って、門の隙間を探して出て行った。曺継衡は燕山の寵愛した臣下であったので、門を守っていた兵士たちは彼を捕まえて褒美をもらおうと軍門まで連れて行ったが、朴公などは彼についてもやはり赦した。

このとき、宮廷の中では宦官と色人などがみな出て行き、後宮と妓生たちだけが互いに集まって号泣していたが、その声が外にまで聞こえた。戟門の中では会議を行ない、柳子光《ユチャクァン》（第二一二話注2参照）と李秀《イス》男《ナム》[20]をそこに残しておき、宮廷の門を守らせ、燕山が逃亡しないようにした後で、朴公などは百官を引き連れて景福門の外に行き、慈順大妃《チャスンテビ》[21]のもとにいって命令を下してくださるように願い、そして門を開いて人びとを引き入れた。

朴公などは勤政殿の門の西側の庭に並んで座り、柳順汀と鄭眉寿《チョンミス》（第二二一話注3参照）におもむ

いて、大駕のお伴をするようにさせた。そのとき、王さまは平市署の横にある民家に隠れていらっしゃったが、順汀などが里門の外に座って再三お出ましになるようお願いしたので、王さまは戎の服の姿で輦に乗って法物を携えて出て来られ、市場ではそのまま商いをしていたが、老人の中には万歳を叫ぶ者も、また涙を流す者もいた。

この日遅く、景福宮に入って行き、柳子光などが、昔、昌邑王[22]を廃した故事を引いて、前王の燕山を宮中に召して、大妃が燕山を廃することを告げることを主張したが、朴公などが議論して中止させた。日が暮れる前に百官などの席を分けて定め、王さまが勤政殿で即位して四方に教書を配布して大赦令を出されたが、このときの教書はすなわち姜渾（第二四八話注18参照）が草したものである。彼は若くして当代に名前が知られ、燕山から寵愛をこうむったときから、経術でもって文を乱して政治を行ない、阿諛して窮屈なことを行なった。

あるとき、一人の宮人が死ぬと、燕山はこれを哀しみ憐れんで、姜渾に哀辞と斎疏を書かせたが、彼ははなはだ美しく立派な文章を作った。このときから、燕山の寵愛は日に日に高まったものの、遂には教書を草すると、過剰に飾り立てて支離滅裂になり、文理が通らないものとなった。当時の人びとはこれを見て狐狸の文章だと言っていた。すなわち、ものの見えない闇夜であれば気勢を振っても、日が明るくなれば、気配が衰えてしまうので、そう言ったのである。

大体、廃主を最初に主張したのは昌山であったが、事が成ったのは朴公の力であった。危殆なる事態を平安に成して、禍を転じて福に変えたのは、実に東方万代の大事業と言わねばならない。ただ昌山の人となりには果断さはあったものの、学識が欠けており、菁川・柳順汀は性質が穏やかで固執するところがなかった。一方、朴公は固執して荒唐なことであってもひたすら忠と義に突き動かされて必ず功績を挙げなければすまなかった。

昔、恩恵を被ったことがあるとして、朴公が賊臣の子光を赦し、後日の禍のもとを作り、遠い親族までに鉄券を与え、また賄賂の多い少ないをもってその人の功績の上下を定め、門前に車が続き、狗が続くという謗りを受けて、現在に至っている。

（李耔（第一六〇話注1参照）『陰崖日記』）

▼1【平城府院君・朴元宗】一四六七～一五一〇。字は白胤、本貫は順天。朴仲善の息子。若いときから気骨があり、書物を読んで大義に通じるとともに、射御にも巧みだった。蔭官で宣伝官となり、武科に及第、長らく王の側近にあった。燕山君の時代、国事が紊乱を極めると、成希顔らと燕山君の廃位を断行した。領議政にまで昇った。

▼2【辛允武】?～一五一三。本貫は寧越。燕山君に寵愛を受けて、さまざまな官職を歴任したが、一五〇六年には、成希顔や朴元宗などに情報を伝えて、中宗反正に功績があったとして、靖国功臣一等、寧川君に封じられた。その後、咸鏡北道兵馬節度使となったが、貪欲で勤務に粗忽であるとして弾劾を受けた。その後も罷免中に不満をもらすのを門外でうかがっていた鄭莫介に密告されて、処刑された。

▼3【柳順汀】一四五九～一五一二。字は智翁、本貫は晋州。早く金宗直に学び、一四八七年、文科に及第、咸鏡評事を経て、弓術で燕山君に認められ、副応教・平安道観察使となり、一五〇四年には吏曹参判にまで昇ったが、判書の任士洪の中傷で官職を棄てた。燕山君の淫乱・横暴に対して朴元宗・成希顔らとともに中宗反正を起こして靖国功臣となり、菁川府院君に封じられた。一五一〇年、倭人問題を処理して慶尚道都観察使となり、後には領議政に至った。

▼4【朴永文】?～一五一三。本貫は咸陽。生員として武科に及第、燕山君のとき、軍器寺僉正を経て、一五〇六年、朴元宗らとともに中宗を推戴して靖国功臣となり、咸陽君に封じられた。三浦倭乱（第二六七話参照）のとき、都巡察使として乱を平定して工曹判書となった。言官の弾劾を受けて罷免、文官の専横に憤って、寧山君を推戴して武臣の政権を作ることを辛允武などと謀議して露顕、斬首になった。子の恭と倹もともに絞殺された。

▼5【洪景舟】?～一五二一。字は済翁、本貫は南陽。任の子で、中宗の後宮の煕嬪洪氏の父。一五〇一年に登用され、一五〇六年には秉忠奮義翊運靖国功臣となり、一五〇七年には推誠保社定難功臣となった。吏曹判書・左賛成となったが、特に中宗の信任が篤かった。一五一九年には南袞・沈貞・金銓などとともに己卯の士禍（第二九三～二九四話参照）を起こした。

▼6【中宗】一四八八～一五四四（在位、一五〇六～一五四四）。諱は懌《ヨク》、字は楽天。成宗の第二子として、晋城大君に封じられていたが、燕山君がその暴政によって成希顔や朴元宗らによって追われた後、推戴されて王となった。それを中宗反正と言う。即位後、燕山君の弊政を改め、門閥政治を抑えて、賢良科を置き、趙光祖などの新進士類を登用して政治の刷新を試みたが、南袞や沈貞などの守旧派の讒訴によって、一五一九年には己卯の士禍が起こり、趙光祖の一党は粛清された。その後も政治の混乱は止むことなく、一五三二年には己卯の士禍以後、執権していた沈貞や李沆などが失脚し、一五三七年には沈貞一派を追った金安老や許沆などが誅竄されるなど禍獄が続いた。

▼7【崔漢洪】『朝鮮実録』中宗三年（一五〇八）十月丙寅、諫院から、崔漢洪は一道の主としてあえて貪汚を行ない、これは罪に処すべきである云々の上啓があった。また中宗四年（一五〇九）二月癸未には、会寧府使の崔漢洪を罷免する旨の記事がある。

▼8【沈亨】『朝鮮実録』（一五一七）中宗十二年戊申に、豊昌君・沈亨が卒した、史官が言うには、沈亨は弓馬の才能があって武科に及第し、靖国の功績があったために、君号をいただいたものの、特に取り立てて言うべき才行はなかった、ただ弟の貞の貪邪なのとは似ない云々。

▼9【張珽】？～一五〇八。武臣。本貫は徳水。早く武科に及第して宣伝官となった。義州判官として武才を発揮して名を上げた。対馬島致慰官として日本に渡った。一五〇四年、水原府使となり、燕山君の寵愛を受けて不当に得ていた張緑水の農地を農民に分け与えて名を上げ、中宗反正のときにも兵士の動員はもっぱら彼に頼ったので、その功で靖国功臣一等に冊録、河陰君に封じられ、後に河源君に改封された。

▼10【李藻】この話にある以上のことは未詳。中宗反正の功労者であるはずなのだが、『朝鮮実録』には名を残していない。

▼11【慎守英】？～一五〇六。父親は承善で、姉妹が燕山君の王妃となると、兄弟の守勤・守謙とともに権力を握った。都承知・戸曹判書を経て、一五〇六年には刑曹判書に至ったが、中宗反正によって三兄弟みな殺害された。

▼12【守謙】慎守謙。？～一五〇六。左議政の守勤の二番目の弟。刑曹判書を経て開城留守であったときに中宗反正が起こり、他の兄弟とともに殺された。

▼13【具賢暉】『朝鮮実録』燕山君日記五年（一四九九）正月甲申、燕山君は具賢輝に対する訴状を見て、こ

れは賢輝を妬忌することから出たものではないかと考え、しばらく訊問を控えるようにと命じた。中宗三年（一五〇八）八月癸未、王は慕華館に行かれて武科の試験を閲され、具賢輝が首席で、褒美を下されたとある。

▼14【閔孝曽】？～一五一三。字は希参、本貫は驪興。一四七六年、別試文科に丙科で及第、翌年には経筵典経となり、さまざまな官職を経て、一四九一年、野人討伐には都元帥の李克均の従事官として活躍した。燕山君にも服従してよく仕えたが、一五〇六年、中宗反正が起こると加担して、靖国功臣三等となり、驪平君に封じられた。

▼15【柳経】『朝鮮実録』中宗元年九月戊寅朔に、燕山君を廃して晋城大君・懌（中宗）を擁立した、いわゆる中宗反正の記事がある。そこには朴元宗らが宮廷の門に至り、柳涇らを門前に引き立てたとある。この柳涇か。

▼16【李堣】一四六九～一五一七。字は明中、号は松斎、本貫は真宝。一四九八年、文科に及第、一五〇六年、承旨であったとき、中宗の義挙に加担して奮義靖国功臣四等になり、青海君に封じられたが、一五一四年には功券を剝奪された。後に安東府使となり、清謹守令に選ばれ、戸曹参判・黄海道観察使となったが、病を得て辞職した。

▼17【尹璋】右の注15の『朝鮮実録』中宗元年九月戊寅朔の記事に、入直の承旨の尹璋・曺継衡・李堣らが隠れていた溝の穴から出てきたとあって、その名前が見える。しかし、同月の己丑には中宗反正の論功行賞があって、楊成君に封じられている。

▼18【曺継衡】右の注15の『朝鮮実録』中宗元年九月戊寅朔の記事に、入直の承旨の尹璋・曺継衡・李堣らが隠れていた溝の穴から出てきたとあって、その名前が見える。同月の己丑には中宗反正の論功行賞があって、昌城君に封じられている。

▼19【興清】『朝鮮実録』中宗元年（一五〇六）九月戊寅、燕山君は女妓を宮廷に入れて千人にも達したが、その名称を変えて運平と言い、興清と言い、あるいは仮興清と言った（第二二七話も参照）とある。

▼20【李秀男】李季男の誤りか。『朝鮮実録』中宗元年九月戊寅、いわゆる中宗反正が起こり、柳子光・李季男・金寿卿・柳涇らを闕門に留めたとある。さらに事が成って、朴元宗・柳順汀・成希顔らに諸事を治めさせ、雲水君孝誠・李季男・柳子光・金寿郷らを昌徳宮に留めて宿直させたとある。

▼21【慈順大妃】一四六二〜一五三〇。成宗の継妃である尹氏。貞顕王妃とも。尹壕の娘。一四七三年、成宗の後宮に入り、淑儀に封じられた。一四七九年、成宗の妃であり、燕山君の生母である尹氏が廃されると、一四八〇年、王妃に冊封された。燕山君は長く自分の生母であると信じていたという。成宗が死んで、一四九七年、慈順大妃に封じられた。一五〇六年、中宗反正が起こると、朴元宗の意見を受け入れ、晋城大君（中宗）の即位を認め、中宗の即位後も、敬嬪朴氏とその子の福城君の死（灼鼠の変）に関与した。

▼22【昌邑王】劉賀。漢の人。武帝の孫。昌邑哀王髆の子であるので、昌邑王賀と言う。昭帝の後、霍光は賀を迎えて即位させたものの、宴楽淫乱がはなはだしいために、立って二十七日で、太后の命により廃され、昌邑に帰らされた。

第二五三話……反正を待ちわびた人びと

燕山君《ヨンサングン》を廃するとき、政丞の成希顔《ソンフィアン》（第一三九話注5参照）が右議政の金寿童《キムスドン》[1]のところに行って、計画を告げた。右議政は、

「これは国家の一大事だ。事の首尾を知らないまま、にわかに一人の宰相のことばだけを聞いて、どうして私は奔走することができよう」

と言い、そのまま枕に頭を延べて、さらにつづけた。

「さあ、君は私の首を持っていくがよい」

そこで、成希顔は晋城大君《シンサンテグン》を立てる計画だと打ち明けた。これを聞いて、右議政は、

「それなら、私も仲間に入ろうじゃないか。君は先に行っていてくれ」

と言った。

燕山君を廃したとき、典翰の金銓《キムソン》[2]はそのために喜びの涙を流し、観察使の張順孫《チャンスンソン》[3]は踊りだした。

（許曄『前言王行録』）

▼1【金寿童】一四五七～一五一二。字は眉叟、号は晩保堂、本貫は安東。一四七七年、文科に及第、検閲となり、弘文館正字となり、舎人となった。燕山君のときに京畿道観察使・右賛成を経て右議政となり、燕山君の暴政のときも人材をたくみに使いこなして、人望を失わなかった。成希顔から反正の意志を聞いて賛同し、中宗反正を成し遂げた。靖国功臣の号を得て、永嘉府院君に封じられた。領議政に至った。隷書に巧みだった。

▼2【金銓】一四五八～一五二三。字は仲倫、号は懶軒。本貫は延安。一四八九年、壮元で及第、礼安県監となり、善政を敷き、大司憲に至ったが、燕山君によって南海に流配され、中宗反正によって召喚され、右議政・領議政にまで至った。

▼3【張順孫】一四五七～一五三四。字は子浩、本貫は仁同。一四八五年、文科に及第、春秋館の編集官となり、『成宗実録』の編纂に参与した。後に弘文館副提学となり、一五〇四年の甲子士禍（第二〇八話注4参照）に際して、帰郷したものの、一五〇六年の中宗反正によって呼び戻された。兵曹判書として金安老の党派に属し、士類を粛清しようとしたとして弾劾を受けて罷免された。しばらくして復帰して、領議政にまで至った。

第二五四話……明の誥命を待つ

中宗が即位すると、金応箕《キムウンキ》▼1などを明に派遣して誥命▼2を請うた。明の礼部からは、

「すべからく朝鮮一国の輿論を待つがよい」

と申し渡された。これに対して、公は、

「名分も正しく、ことばも正当であり、人びとの意にかなっています」

と奏した。また、盧公弼《ノコンピル》▼3と崔淑生《チェスクセン》（第七三話注1参照）を送って、王に近い文武官千三百余人の嘆願文を持って礼部に奏上した。しかし、礼部ではまた、

「しばらく国家を仮に治めるがよい」

と申し渡した。公弼はこれに対してすぐに文章を書いて上奏したが、その大略は次のようなものである。

「密かに考えるに、国家を仮に治めるというのは国に王がなく、まだ天子から命を受けていないときに、権道として臨時に行なうことです。どうして権道として長いあいだ王位にあって、上には藩屏としての重い責任を担い、下には一国の百姓の意を安心させることができましょうか。また、聞くところによれば、危い病には妖邪なる気が忍びこむものであり、大きな地位には奸邪なる意志が忍びよるものです。今、国王の固執の病が長らく続いて、新王の爵命がまだ加わっていません。これは国家のことに統一がなく、人びとの心が一定しないことであり、もしこの隙に乗じて不逞の輩が人心を煽動して国内が乱れたならば、どうして朝廷の憂慮するところとならないでしょうか。おおよそ天子が四海を鎮撫するときにおいては、近くにいる者はこれをなつけ、遠くにいる者はこれを懐柔して、四方にいる者たちそれぞれにその職責に平安に従事させて、また匹夫匹婦までもがまたそれぞれところを得ることができるようにしなければなりません。今、わが国は王の地位が空いたままですでに一年が経とうとしています。国中が遑遑《こうこう》として落ち着かず、何を頼っていいかわからないでいます。その一年のあいだに使臣が二度も来て恩命を伝えましたが、いまだに許可を得ることができないでいます。そうして、わが国をして名分が定まらず、国家の形勢が危殆のままに置かれています。これでは聖朝が遠方の国を顧みる道理と言えましょうか」

これに対して、礼部ではまた申し渡した。

「今、もしこれを許したならば、王位を定めるのが二、三人の陪臣の手に握られることになるのではないか。家の中のことは年長者のことばを聞くに限ろう。王大妃の上奏文をもって来るがよい」

(魚叔権『稗官雑記』)

こうして、翌年の春、初めて誥命が下りたのである。

▼1【金応箕】一四五七～一五一九。字は眉叟、号は屏菴、本貫は善山。一四七七年、式年文科に丙科で及第、

検閲となった。要職を経て、一四九六年には江原道観察使となったが、一四九八年には同知中枢府事となって、千秋使として中国に行った。一五〇四年の甲子士禍（第二〇八話注4参照）ではソウル門外に追われたが、一五〇六年、中宗が即位すると、兵曹・工曹・礼曹の判書を歴任し、領中枢府事にまで至った。

▼2【誥命】「誥」は上から下に告げること。辞令の意味を持ち、燕山君を廃して中宗が立ったことの正統性を中国に認められる必要があった。

▼3【盧公弼】一四四五～一五一六。字は希亮。思慎の長男。一四六二年、司馬試に合格、一四六六年、重試文科に二等で及第した。その後、顕官を歴任して、一四八三年には大司諫になった。六曹の判書も歴任して、一五〇三年には右賛成に昇ったが、翌年の甲子士禍によって茂長に杖配された。中宗反正によって復帰して原従功臣一等に録勲され、領中枢府事に昇った。一族の冠婚葬祭ははなやかに執り行なったが、みずからは倹素な生活ぶりだった。

第二五五話……戊午の士禍の元凶、柳子光の末路

武霊君《ムリョングン》・柳子光《ユチャクァン》（第二一二話注2参照）が燕山朝《ヨンサン》において初めて士類たちを謀殺した。廃主の燕山をして心のままに殺戮を楽しむようにさせたのは、すべてこの士光から出たことであった。そのために士林は彼を憎んだ。しかし、反正がなったとき、その計画にまず参与して新しい王を推戴する功績があったので、彼に対する公議が一定しなかった。

ある日、士光が都総管として入直しようと、衣服と冠帯を整えて貂軒に乗り、正座して、古い扇子を棄てて新しい扇子を求めて手に取って見ると、扇面には細かく四文字が書かれていた。

「禍がすぐにもたらされる（奇禍立至）」

彼は驚きながらも、黙然としていたが、しばらくして出て行こうとすると、急に一人の役人がやって来て、

「台諫（第二三三話注3参照）では上訴が続き、公を罪することが請われています」と報告した。こうして間もなく、裁可が下って、彼を関東に流罪にすることになり、そこで赦されることなく死んだ。また、彼の息子の軫《チン》と房《バン》▼1も北道に流されて死んだが、これは道理として釈然としないものがある。しかし、人の手を借りなかったとしても、どうして天が放っておいたであろうか。

（金正国『思斎摭言』）

▼1【軫と房】第二八〇話に柳軫のことは詳しいが、『朝鮮実録』中宗三年（一五〇八）六月、奸臣の柳子光の子の房・軫をどうして用いるべきであろうかと議論されている。同じく八年（一五一三）六月癸卯、台諫から上啓があり、柳軫は父が死んで後、その母に孝を尽くさず、母に家事を司らせず、また朝夕に自由をも拘束した、その罪で獄に入れた。弟の房が獄に行って会い、家に帰ってみずから首をくくって死んだ。軫は母に孝でなく、弟に友ではなかった云々とあり、八年八月丁未にもくりかえし軫の不孝の罪が論じられ、九年九月己寅には律には該当する罪はないが、軫を罰する旨の記事がある。たんに親孝行ではなかったと言うより、母親を虐待したらしい。

第二五六話……禍福はめぐる

柳子光《ユチャクァン》（第二一二話注2参照）の家はもともと勢家であったとしても、子光に至っては庶子の身でにわかに世に出たのである。当時は事故の多い世相であったから、奸智を振うことができたのである。彼は人となりが険しくて、事を起こすのを好み、善良な人びとを殺した。中興のときには希顔《フィアン》（第一三九話注5参照）に頼って、ふたたび勲臣の班列に列したが、またふたたび人を陥れ、禍を招こうとする習癖が顔をもたげ、清明なる朝廷を乱そうとした。禍福は必ずめぐるもので、ついには海辺で困難な生活を送って死んだ。その死の前の数年間は目がまったく見えなかったという。

彼が死んだとき、朝廷ではその子孫たちに死体を納めて葬式を執り行なうことを許したが、その子の軫《チン》（同注参照）は哀しむこともなく、女色にふけって、ついに葬事におもむくこともなく、房《バン》（第二五五話注1参照）もまた病にかこつけて、客とともに酒を飲んで、父親の葬事を顧みることがなかった。遂には二人ともに滅びてしまったが、これは天の道理だと言わねばならない。

（李耔『陰崖日記』）

第二五七話……節婦であった趙之瑞の妻の鄭氏

十月に特進官の李堣《イウ》（第二五二話注16参照）が趙之瑞《チョチソ》（第二〇八話注3参照）の妻の鄭《チョン》氏の貞節であることを啓上した。鄭氏は忠義伯・鄭夢周《チョンモンジュ》（第一一五話注1参照）の曽孫であり、代々、山陰に住んでいたのを、之瑞が前妻を失って再婚した夫人である。燕山《ヨンサン》が東宮であったとき、之瑞が側に侍っていて、いつも諫言を懇切に行なって、燕山の過ちをあまりに鋭く指摘したので、燕山はつねに彼を煙たがり、嫌った。

甲子の年（一五〇四）に変が起こると（第二〇八話注4参照）、鄭誠謹《チョンソングン》（第二三六話注1参照）と手をつなぐようにして出て行ったが、このとき、之瑞はその禍を免れるのが難しいのを知って、盃を取って妻の鄭氏に別れを告げ、

「今、私が出て行けば、二度と帰ってくることはあるまい。祖父の神主をどうすればいいであろうか」

と言った。鄭氏は泣きながら、

「わたくしが死んでもお守りします」

と言った。

このとき、趙公は果たして死ぬことになり、その家は没収されて、鄭氏は行くところがなくなった。その実家の父親が、

「お前の婚家はすでに滅びてしまった。実家に帰って来て行く末を見届けるがいい」

と言うと、鄭氏は義理でもってこれを断り、

「死んだ夫がわたくしにそのお祖父さまの神主を托したとき、わたくしは死んでも守り抜くと答えました。それなのに、どうしてその約束を中途で放り去ることができましょうか。それに、夫には分家があるようです。そちらに厄介になるだけのことです」

と言って、神主を携えてその家に行き、明け暮れに慟哭し、泣きながら祭祀を挙げた。

そうこうするうちに、中使が国境にやって来たという話が聞こえて、神主を抱えて竹林の中に隠れ、あるときにはそのまま数日を過ごすこともあった。こうして三年の喪に服した後、反正（第二五二話参照）となって、ようやく昔の家に戻って祭祀を平常時のように行なったので、全村の人びとがこれを称賛したのであった。このとき、李堣が晋州牧使となって、邑の人びとに事実を問い合わせると、みなが鄭氏の節義を褒め称えた。そこで、これを朝廷に啓上して、旌閭（第一六一話注2参照）を立てることにしたのである。

これはまことに正しいことと言わねばならない。忠義伯の後裔として伯符・趙之瑞の妻となり、死を賭して志を屈することなく、婦道を全うした。世俗に縛られることがなかったのは、忠義伯はたとえ遠い祖先であったとしても、その根源が清く、まさしく影のようで、どうして関係がないことと言えようか。


（李耔『陰崖日記』）

第二五八話……清廉かつ質朴であった李諿

十一月に賛成事の李諿《イチプ》▼1が死んだ。李諿は豪貴な家で育ったが、人となりは倹素かつ素朴であり、外見にこだわらなかった。官途について大司憲を経て観察使と三曹の判書に至ったが、高尚な態度を持して人におもねることなく、その家に賄賂が来ることはなかった。かつて刑曹判書となったとき、知敦寧府事の成《ソン》

世明《セミョン》[2]が私ごとで依頼することがあった。そのために、公は世明をいつも嫌った。宮廷で世明に会うと、世明が進んで公に挨拶をして、また何ごとか頼もうとする。公は手を振ってこれを拒んで、言った。

「宰相の立場でありながら、どうして卑小な姿を人に見せるのか」

世明はほとんど地に倒れんばかりであった。公の質朴で形式にとらわれず、法にのっとりたわむことのないのは、このようであった。

公が死ぬと朝野で悲しみ、はなはだしくは包閻羅[3]に比する者まであった。

（李耔『陰崖日記』）

▼1【李諿】『朝鮮実録』中宗三十二年（一五三七）十月辛未に、義禁府都事の李諿の名前が見えるが、やや時代的に合わない。成宗二十五年（一四九四）正月辛亥に、剣城正・揖の名前が見える。この宗室の李揖かとも思える。

▼2【成世明】一四四七～一五一〇。一四六八年、司馬試に合格して進士となり、一四七五年には謁聖文科に及第した。一四八九年、暗行御使として京畿道を調査して帰って来て執義になったが、人事不正を黙認したとして弾劾され、免職になった。後に復帰して、燕山君に仕えたが、一五〇四年の甲子士禍（第二〇八話注4参照）では左遷された。中宗反正（第二五二話参照）で復帰して『燕山君日記』を編纂した。

▼3【包閻羅】閻羅は閻魔に同じ。「閻羅包老」で、剛正硬直のひとを言い、宋の包拯の綽名だったという。「包拯、朝に立って剛毅、貴戚宦官これが為におそれつつしみ、聞く者みなこれを憚る」と『宋史』にあり、また獄中の賊の賄賂を拒絶した鄭の包澤をも言う。

第二五九話……なかなか取り除くことのできない弊害

大司憲の金銓《キムチョン》（第二五三話注2参照）は父親の病気を理由に辞職しようとした。それに先だって、台諫（第二二三話注3参照）では内需司[1]の長利[2]と忌辰斎[3]のことで、何ヶ月ものあいだ役所の門前に伏して請願していたのだが、侍従と大臣たちも主張するようになって、ほとんどがそれらを廃止して無くすることを請うた。これはことがらがたとえ不実なようであっても、実際にはその議論をして、生じている多くの弊害を防ぐことに意味があったのである。

また、台諫が言うことはもはや聞き入れられなかったので、他のことにかこつけてなんとか止めようとしたのだったが、実現しなかった。識者たちはみな聖朝のためにこれを惜しんだ。金銓が司憲府の長となり、権敏手《クォンミンス》[4]が執義（司憲府の次官、従三品）となると、人びとはみな彼らが王さまの心を目覚めさせ、重大な事態を終息させることを望んだ。しかし、二人は異論を主張するようになって、歴代朝廷から続けてきたものを、些細な弊害をもって争うべきではないとして、これを中止すべきだと言わなかったので、当時の議論ははなはだ低調なものとなってしまった。

大体、長利というのは人びとと利益でもって争うことである。また忌斎というのは先朝を辱め、国朝を冒瀆するものである。こうした高麗時代の旧習を今までなくさなかったのを、言責に当たる人がその辱めが聖明の朝廷にまで及ぶとして止めることを請うたのである。そうして、聖上もこれにお従いになるはずであったのが、彼ら二人の口によって阻止されたのが惜しまれることである。

二人はもともとソンビたちに人望があって、燕山《ヨンサン》に何度も殺されようとした。しかるに、険しい世間を渡る上で、その節概を曲げたのであろうか。

（李耔『陰崖日記』）

▼1【内需司】朝鮮王朝時代、宮中用の米・布・雑物・奴婢などのことをつかさどった官衙。典需（正五品）・別座（正・従五品）などの役人がいたが、彼らは宦官であった。

▼2【長利】ここで言う「長利」は王室の費用を調達するための年五割の利子の貸し付け制度。朝鮮初期から

実施されたが、その後、廃止されていた。一四八二年、大王大妃尹氏が王の子孫が多く出費が嵩むのを憂慮して実施しようとしたが、魚世恭・李陸が反対して、公廨田三千結を代わりに当てるようにした。しかし、その後、復活した。

▼3【忌辰斎】宮廷内での王室の仏式の祖先祭祀。高麗時代に盛んであったが、排仏を国是とする朝鮮王朝でも残ってはいた。

▼4【権敏手】一四六六〜一五一七。字は叔達、号は岐亭、本貫は安東。一四九四年、文科に及第、吏曹正郎となった。一五〇四年の甲子士禍（第二〇八話注4参照）に際して、弟の達手は処刑されたが、敏手も嶺外に帰陽し、中宗のときに復帰して、大司憲、忠清道観察使となって、死んだ。

第二六〇話……排仏の推進

廃朝の燕山《ヨンサン》以後、ソウルの中の寺刹はみな廃止され、官庁として使用された。そのために仏教の二宗▼1は空しい名前だけを清渓寺に委託して、これを禅宗と称した。十二月に風狂なソンビの数名が経帖をもって帰って行ったので、僧が下人にその跡をつけさせ、嘘をついて、寺の中で使う鍮器を七駄ばかり載せて帰って行ったとして、捕盗庁に提訴した。

そこで、捕盗庁は宮廷に啓上して、そのソンビの家を捜査したが、経典数帖があるだけであった。このことをすべて事実のままに啓上すると、朝廷ではソンビたちを政院に呼びつけ、叱りつけ、結局のところは赦し、釈放した。その一方で、経典は寺に返し送らせた。儒生として仏教の経典を持って行ったことは正しい行動であったとは言えないとしても、さほど奇異なこととは言えない。しかし、僧徒たちが公然と嘘をついて人を罪に陥れようとした、その罪を容赦することはできない。そこで、台諫（第二二三話注3参照）と侍従たちがその誣罔の罪を糺そうとしたのだが、王さまは首を縦にお振りにならなかった。識者たちは末流の弊害をはなはだ憂慮したものである。

（李耔『陰崖日記』）

▼1【三宗】禅宗と教宗。高麗時代に仏教は「五教両宗」があったとされる。しかし、それが何を示すのかは諸説がある。五教は戒律宗・法相宗・法性宗・円融宗・天台宗を言い、両宗は禅寂宗と曹渓宗を言うといい、また曹渓宗と天台宗を言うという説があって、一定しない。朝鮮時代、儒教が国教となり、世宗の時代、五教両宗を減らして禅・教両宗とする改革が断行された。そのときには曹渓・天台・捴南の三宗を合わせて禅宗とし、華厳・慈恩・中神・始興の四宗を合わせて教宗とした。

第二六一話……武人の登用

王さまが経筵にお出ましになると、大司憲の朴説《パクヨル》[1]と大司諫の成世貞《ソンセジョン》[2]が進み出て、

「朴永文《パクヨンムン》（第二五二話注4参照）は六卿の地位にふさわしくなく、殿下はこれをお退けになってください。柳世雄《ユセウン》[3]は捕盗大将として盗賊をよく捕えたとしても、彼の階級を特別に上げることは、宮廷の官職を軽んずることであり、名器を汚すのと同じです。昇進はおやめになってください」

と申し上げた。しかし、王さまは二人の進言をお容れにならなかった。

左議政の柳順汀《ユスンジョン》（第二五二話注3参照）が、

「最近、盗賊が跋扈していて、それを取り締まることができなかったのを、柳世雄が捕縛してようやく治まりました。その功績ははなはだ大きいものです」

と申し上げ、さらに続けた。

「京畿地方では盗賊が跋扈していて、特に仁川・長湍ではその害は甚大です。そこに送る役人は武人でなくてはなりません」

こうして、世雄は官職が順を超えて昇進したが、それを内々に手助けしたのである。盗賊を捕まえる方法は、弓や刀剣をもって捕縛するだけのものではないはずである。それを必ず武人を用いよというのは、順汀自身は文人の出身であったものの、馬に乗り弓を射て、辺境に長くいたためで、彼が率いて用いるのはみな以前に軍事を助けた人たちだったからである。公議が大切であることを考えずに、自分の考えのままに押し通したのだが、その無知ぶりというのはこのようであった。

（李耔『陰崖日記』）

▼1【朴説】一四六四〜一五一七。字は説之、本貫は密陽。一四八九年、文科に及第、承文院正字・著作・博士を始めとして、弘文館修撰・吏曹佐郎・大司憲などを経て、一五一六年には右参賛に至った。

▼2【成世貞】昌寧成氏の桑谷公・成石珚の子の抑の曽孫に世貞の名前が見える。字は幹之、文科に及第して、京畿・全羅・慶尚道の観察使となり、燕山君の時代に杖配に遭ったが、中宗のときに復帰、大司諫となって、経筵に侍し、大司憲、開城留守となった。

▼3【柳世雄】『朝鮮実録』中宗元年（一五〇六）九月甲申に、中宗反正（第二五二話参照）の功を論じて、三等の功臣の中に柳世雄の名が見える。同じく十四年（一五一九）十一月壬子、司憲府から、柳世雄は衰病して梁山郡守の任に堪えないという啓上があり、逓された旨の記事がある。

第二六二話……文士と武士のせめぎ合い

庚午の年（一五一〇）の初九日、王さまが経筵にお出ましになった。これに先立ち、台諫（第二二三話注3参照）からしばしば朴永文《パクヨンムン》（第二五二話注4参照）が財物を貪り、かつ陰険であると啓上していた。その大略は次のようなものであった。

「反正（第二五二話参照）のなった当初、永文は原従功臣を主管して記録しましたが、賄賂を納めることが公々然とその門の中では行なわれ、なんら功績のない者であっても、多くの贈賄を行なった者は一等功臣となり、功績があっても賄賂を贈らなかった者は最後までこれに与りませんでした。そうして、人びとの怨嗟の声が沸騰するようになりましたので、台諫でもこれを議論するようになりましたが、永文はかえってこのことを中傷しようとして、朴元宗《パクウォンジョン》（第二五二話注1参照）に『台諫と文士たちが、三公（第二二八話注3参照）のすべてを武人とすることは好ましくないことであるとして、朴公を弾劾しようとして、それが私の身にまで及んできた。どうか事前に善処を図ってほしい』と告げて、元宗に自己の身を託し、朝廷の臣下たちにまで禍を及ぼそうとしました。これがその罪の第一です。また軍器寺の官吏たちに頼んで、宮廷にある貫革（弓矢の的）をほしいままに持ちだそうとして、門番が咎めて禁じたときに、ご命令を受けたと弁解して、そのまま持ち出して自分の家にしまい込みました。これが罪の二つ目です。工曹判書となったとき、台諫たちがまさに宮廷の前に伏して更迭することを請いましたが、彼は図々しくもみずから宮廷に参り、職に留められるように訴えました。また捕盗大将となったときにも、その衛将である柳世雄（第二六一話注3参照）が牛峰などの地で盗賊を捕まえて功績があったとき、永文は弾劾を受けてソウルにいて事情を何も知らないままに、あえてほしいままに論功を行ない、その従事官の李海《イヘ》▼1を第二位に記録しました。李海はソウルにいてなんら功績はなかったのに、その褒美をみずからのものにしようと欲したのです。これが第三の罪です」

こうして、台諫では朴永文を解職させようとした。

この日、元宗は領軍事として経筵に入って行ったが、大司諫の成世貞《ソンセジョン》（第二六一話注2参照）はまさに永文のことを論議しようとしていた。すると、元宗は御前に進み出て申し上げた。

「朴永文のことはすべて曖昧なことです。彼が陰険であるというのは私とともに話したときに出てきたものです。台諫で私を議論するようになってというのは、実は尹陽老《ユンヤンロ》▼2から出てきたことです。永文は若い時分に私とともに弓を射、馬に乗ることを学び、科挙に及第したときにも私と一緒であり、また反正のときにもその功は同じということで、その私とのあいだの義理は兄弟よりも重いものです。もし、このことばを聞いて私に何も言わないようならまさしくいわゆる陰険なのであり、言ってくれれば、陰険とは言えません。貫革の件については、たとえ宮廷の中のものであっても、伝設司の帳具のようなものは外部の者たちがしばしば持ち出して使うものです。私もまた武人であり、前日には矢を持ち出して使ったことがありますが、これもそのまま奇異なことというわけではありません。盗賊を捉えたことで功を論じることは、やはり単子に書きとめて政院に上申して、個人的に処理するべきことではありません。最近は台諫たちがあまりに過激で、はなはだしくは朝廷を不安に陥れていて、私はこれを深く憂慮するものです。成宗《ソンジョン》は功臣の朴之蕃《パクチボン》（第二〇七話注1参照）と鄭有智《チョンユチ》▼3が西征の功績があったとして、清顕なる官職を与えて、その功績に報いようとなさいました。大体において、彼ら二人は文字の一つも読むことのできない武人でしたが、成宗は官職を大切にお考えになりながらも、六曹の参判に任命しようとなさったのです。まして、永文の靖国の功績は彼らに万倍も大きくはないでしょうか。永文は生員として武科に及第してかつて刑曹正郎となりましたが、その当時、堂上官たちはみな彼の能力をたたえました。まして今や大きな功績を挙げて官職が二品に昇り、彼を工曹判書とすることが、どうして不可であるのか、私には理解できません。また、かつての台諫は職を賭して請願したものですが、今の台諫たちは必ずその請願が通ることを期待していて、また世論が自分たちを攻撃するのを恐れているのではありますまいか」

これに対して、世貞は言った。

「元宗の申し上げたことの意図を私は理解できません。たとえ永文自身がみずから上訴したとしても、これに過ぎるものがありましょうか。成宗は士気を培養しようとして臣下たちの言路を大いに開かれたが、廃朝の燕山《ヨンサン》に至っては厳しいことばを聞くことを嫌い、当時の大臣たちもみな陰険な人びとで、正当なソンビたちが自分たちを排斥するのではないかと考えて、戊午の年（一四九八。第二四八〜二四九話参照）に至ると、彼らを殺して塩漬けにしてしまいました。また甲子の年（一五〇四。第二〇八話注4参照）には誅殺することが麻のようであり、台諫はその席についているだけのことで、ここに至って紀綱は大いに乱れ、人類が消尽したかのようで、喪に服していても酒を飲み、肉を食らい、為さざるところがないありさまでした。反正の後にも、その余習が残っていましたが、ここにその濁りをなくし、清らかなものを取り上げなくては、朝廷がいつ明るく澄む道理がありましょう。これは台諫の責任ですが、元宗がこれを妨害します。王さまは永文の悪事を明らかに察知なさり、厳しくお罰しください。元宗の言うところが私には理解できません」

これに対して、元宗は顔色を変え、大声を出して、

「台諫のことばはいつも人びとの意志をあやまって理解するために、人びとが恨むことが多い。しかし、永文のことは台諫がこれを廃そうと議論して久しくなり、そのことばを聞いておくことも必要であろう。もし永文にふたたびこの職責をお与えになれば、後の大臣たちでいったいだれがあえてふたたびこれを議論しようか」

と言った。知経筵の鄭光弼《チョンクァンピル》▼4が申し上げた。

「台諫たちが辞職して長く経ち、朝廷に紀綱も耳目もなくなってしまいました。私の考えでは、急に永文の職を取り換えて、台諫にその職責に就かせるのが正しいのかわかりません」

二度、三度とはなはだねんごろに啓上した。

この日の朝、元宗が経筵庁に座って、

「台諫たちが辞職したが、永文をまさに代えるように申し上げよう」

と言い、王さまの前に参っては、そのことばを繰り返し、その信じがたいことはこのようであった。大体、この者たちはその志は自分の富貴のみにあって、国家の大体は理解しなかった。別荘や自宅をはなはだ大きくして奢侈に暮らすことに努め、音楽や女子、そして珍しい宝物を日ごとに貪って、それで互いに自慢をし合った。臂《ひじ》を張って気運をかもし、たとえ王さまの前であっても、ときおり声を荒げ顔色を激しくして、なにも忌み憚ることなく、公平な議論を顧みることもなく、自分自身の気の赴くままに行動した。

その中でただ希顔（第一三九話注5参照）だけは少しでも公道を守ろうと努めたが、性格がどうも軽率で、自分の意気を表に出すときには何も考えず、意のままに何事も振る舞い、富貴を貪り、奢侈を尊んで、元

宗や順汀（第二五二話注3参照）と違いがなかった。反正のときに希顔がもともと重い名前があったために、人びとはみな彼の風度を期待したが、彼がすでに富貴を消尽すると、その行ないはこのようになり、人びとはこれを惜しむようになった。

（李耔『陰崖日記』）

▼1【李海】『朝鮮実録』中宗二十六年（一五三一）五月辛巳に、昌城府使の李海が死んだとあり、史臣が言うには、海は武人であり、庚午の倭変のときには熊川にいて淫風に耽って戦わずして走り、城中は混乱に陥り、士卒も逃げて、ついに城は落ちることになった。県監の韓倫が孤軍を率いて戦ったが、矢がなくなり力が尽きてしまった。城の落ちた罪は海にあるが、韓倫に着せられてしまったとある。

▼2【尹陽老】『朝鮮実録』成宗十六年（一四八五）正月己亥、敦寧府僉正の尹陽老が、弊害を陳述して、自分が羅州に行って、射官を試したとき、百二十歩の距離で矢を射させて的に当てた者ははなはだ少なかった。このようなことで、もし賊が攻めて来たとき、いったい誰が守るのだろうかと述べ、倭人対策の不備を論じている。

▼3【鄭有智】『朝鮮実録』成宗二十年（一四八九）正月壬申、司憲府持平の朴承煥から、鄭有智は捕盗将でありながら、李秩の言を聞いて、牛泥棒をそのままに放った、捉えるべきだという上啓があったという記事がある。

▼4【鄭光弼】一四六二〜一五三八。字は士勲、号は守天、本貫は東萊。一四九二年、進士に合格、同じ年に文科に及第して、玉堂（弘文館）に入り、副提学・吏曹参議に昇進、一五〇四年、燕山君に上訴して牙山に帰陽したが、中宗のときに復帰した。礼・兵曹の判書、および右・左議政を歴任して、一五一六年には領議政となった。一五一九年には己卯の士禍（第二九三〜二九八話参照）にかかわり罷免されたが、復帰、一五三七年にも金安老の讒訴によって金海に帰陽したが、安老が失脚するとともに、釈放された。

第二六三話……宮廷での自由な議論のために

十一月に六曹から宮廷に啓上して、朴永文《パクヨンムン》（第二五二話注4参照）の官職を替えるように請願した。王さまはこれを受け容れ、永文の職を替えることになさった。即位して以来、朝廷の大事についてはすべて大臣たちに参与させて決定されたので、国是が一定せず、台諫（第二二三話注3参照）たちのことばも互いに矛盾することが多かった。そのために、王さまは一つのことを聞くと必ず三度は考えて、宰相たちがみなともに啓上されることばを聞くことを望まれた。また、台諫からの請願があるときは、必ず大臣たちに命じて議論をさせなさった。最初に議論をさせなさると、いつも大臣たちの公論なるものに阻まれたものの、台諫が頑強に主張する日には、大臣たちはかえって台諫たちが自分たちの職責を廃そうとしているとして、自分たちのことばがあくまで正しいとして議論を差し戻すのであった。

大体、前朝のときの大臣たちはそのことを処理して後からの議論を嫌う。すると、窮屈にもその前の議論にしたがい、新たに出て来た人たちは面倒から免れようとし、富貴にだけ意を払って、みな為されるままに従うだけで、赤心でもって国家に報いようという姿勢がない。もしみなに距離をおく臣下が一人いて、国家を憂慮し、時局に心を痛めて、奮然としてわが身を顧みない者がいるとしたら、すべての人はこれを禍の根本であると咎めて、聖朝をして清明なる政治がなく、縉紳《しんしん》をしてあたかも虎の尾を踏みつけるような危うさに陥れることになろう。識者たちは当時の時局のためにこれを憂えるものだ。

（李耔『陰崖日記』）

第二六四話……司憲府と司諫院

二月に司憲府の役人を罷免するという命令が出た。その前日、清渓寺の僧の日精《イルジョン》▼1が寺の奴に

「儒生たちが寺のものを多く持って行った」

と嘘の噂を流させた。そこで、司憲府ではこれを尋問しようとしたのだが、日精は逃亡してしまったのだった。寺の奴というのは実は内需司（第二五九話注1参照）の奴でもあった。判決事の李陌《イペク》▼2は大妃▼3の五寸の叔父（付録解説6参照）であるが、本来、軽率で無頼の輩であった。執義の李偉《イウィ》▼4というのは李陌の四寸であり、陌が偉に頼みこんで、

「内需司の奴が久しいあいだ捕えられているので、内殿ではこれをはなはだ心配なさっている」

と言い、また掌令の徐厚《ソフ》▼5と柳仁貴《ユインクィ》▼6にも頼みこんでいた。

ある日、台庁に座っていると、李偉が徐厚におもむろに尋ねた。

「最近、李陌に会ったかな」

すると、徐厚は、

「はい、お会いしましたよ」

と答えた。ふたたび李偉が、

「彼はどんなことを言っていたかな」

と尋ねると、徐厚は、

「内需司の奴が拷問されないか、大妃がはなはだ心配なさっているとおっしゃっていました」

と答えた。

その後、柳仁貴もまたこのことを司憲府で発言し、その人を釈放させるようなことがあった。しかし、司諫院でこのことを聞きつけて、まずは李偉が論駁されたので、王さまはこのことを台長としての執義の李偉を問い詰められて、罪は徐厚にまず及んだので、命じて徐厚を罷免した。司諫院ではそれでは収まらず、上役の責任も問うたので、遂には、王さまは李偉と徐厚を西道に流罪にするように命じて、残りの人びともみな左遷した。

柳仁貴も実際にそのことを言い出した人であったが、けっして自白しなかったので、士林たちは彼が自己の咎を隠して図々しく振る舞っていると嘲弄した。李陌はやはりこれに連座して護軍に職を代えられた。

（李耔『陰崖日記』）

▼1【日精】この話にある以上のことは未詳。

▼2【李陌】判決事は掌隷院の長官で正三品の官職。『朝鮮実録』中宗十年（一五一五）三月乙丑、李陌の名が見える。

▼3【大妃】中宗の母親の貞顕王后尹氏。一四六二〜一五三〇。成宗の継妃。本貫は坡平、鈴原府院君・尹壕の娘。一四六一年、淑儀として宮廷に入り、王妃の尹氏が廃されると、一四八〇年、王妃に冊封された。中宗および慎淑公主を産んだ。

▼4【李偉】執義は司憲府の次官で従三品の官職。『朝鮮実録』中宗十五年（一五二〇）七月庚寅には、大司諫の李偉の名が見える。臣らは新たにこの職に任じられたが、職務を詳しくは知らないといい、王は、知らないとはどういうことだと叱責している。

▼5【徐厚】掌令は司憲府の正四品の官職。執義の下になる。徐厚については、生没年未詳。字は徳載、本貫は達城。一四九八年、進士として別試文科に丙科で及第して、司諫院正言となった。一五〇四年、甲子士禍（第二〇八話注4参照）では流配され、翌年には七十の杖刑を受けた。中宗反正（第二五二話参照）によって復帰して、司憲府持平・掌令などを務めた。一五一二年、書状官として明に行った。一五二一年、弘文館直提学となったが、一五一九年の己卯士禍（第二九三〜二九八話参照）で死んだ趙光祖や金湜などを奸悪な輩と断じて、多くの士林の恨みを買った。

▼6【柳仁貴】一四六三〜一五三一。字は子栄、号は睡斎、本貫は晋州。一四九三年、成均館の試験に首席で合格、一四九五年には式年文科に丙科で及第した。一五〇三年、弘文館修撰となり、翌年、司諫院正言として廃妃尹氏の追贈に反対して、流配された。中宗反正によって呼び戻された。成均館大司成になった。

第二六五話……朴元宗と金寿童

三月五日、領議政の朴元宗《パクウォンジョン》（第二五二話注1参照）が固く辞職することを申し出た。金寿童《キムスドン》（第二五三話注1参照）を領議政に任命した。元宗は富貴な家に人となり、武科の出身でさまざまな顕職を歴任して、名誉や行動に拘らなかった。乱に遭うと、機会をとらえ、事を処理するのに適切で手際よく、世にも類まれな功績を挙げた。そして山の樵や牧童にいたるまでが彼の名前を知るようになった。

彼が政丞になるに及んで、みずから人びとの望みを満足させることのないのを推量して、節を折り、謙恭に過ごして、公正な議論を追うように努めた。しかしながら、学問と経術がなかったので、固執して荒々しい気配が顔色に現われ、たとえ王さまの前であっても、事を議論する者が自己の意にそぐわないのを知ると、声色と顔色にそれを現わし、みずからそれを抑制することができなかった。しかし、天性が確かであり、去就がいやしくなかったので、このときに当たって、固く辞職をみずから求めたのだが、世間の人びとはこれを立派なことだと称賛した。

寿童は端正かつ慎重な人がらで、知恵も備わっていた。彼が儒生であったときから政丞となるに至るまで、だれも彼の是非を議論することがなかった。燕山《ヨンサン》が凶悪かつ残忍な振る舞いを行なったとき、その寵愛を被って政丞となったときにも、その時節に従って事がらを処理して、上にも大きな罪を作ることなく、下にもよく人を活かした。そのために縉紳のソンビたちも多く生きながらえることができたのである。

当時、上位の官職にあった者たちは競って自分たちの家を修理して、はなはだ華麗かつ奢侈に飾り立て、賄賂の往来が市場をなすかのようで、門前は沸騰するような賑わいであったが、寿童だけはひとりそうではなかった。反正（第二五二話参照）の日に至って、成希顔《ソンフィアン》（第一三九話注5参照）がその家に行って計画に誘い込もうとしたが、彼は軽率に従うこともなく、動揺することもなかった。従容としてすべてを思いめぐらして後に動いたので、ソンビたちはその度量に感嘆したのだった。このときに至って、首相となり、人びとはみな心に納得したのであった。

（李耔『陰崖日記』）

第二六六話……興天寺の火災の顚末

二十八日に興天寺▼1の舎利閣から火が出た。これに儒生たちと近くに住む人びとを尋問するように命が下った。この寺は新羅時代からの古刹だが、わが太祖《テジョ》が神徳《シントク》王后の亡くなったのを悲しみ、寺の中に新たに舎利閣を創建されたのである。建物は五層であり、ソウルの中で屹立していたが、またそこには多くの宝物と経典が納められていた。

しかし、これを燕山《ヨンサン》のときに廃して司僕寺としたのを、中宗《チュンジョン》が即位された後にも続けて官庁として使っていたのであった。それに先だって、この寺の他の建物が焼けたとき、ただ舎利閣と大門だけが残っていたのを、このときに至って、大妃（第二六四話注3参照）が中使（王に侍って王命を伝える宦官）に命じて仏教経典は内需司（第二五九話注1参照）に移すことにしたのであった。儒生の尹衡《ユンヒョン》▼2はもともと無頼の輩であったが、あるいは中使から強奪して辱めたりもした。翌日の宵の口に火が出て炎が天を突き、煙が空をおおって、ソウルの中ではどんな谷の片隅や穴ぐらの中であっても、明々と火が照らした。

王さまは、初めは奸邪な輩たちが乱を起こしたのではないかと疑われ、宮中も騒然としたが、しばらくして騒ぎは治まった。王さまは大怒なさり、詮ずるところ、儒生たちの仕出かしたことだと考え、すぐに命じて、中学と西学の儒生たちとこの寺がある四方の十の家にいる儒生たちを義禁府で捕えて牢に入れた。しかも、彼らをすぐに捕縛しなかったとして、義禁府を叱責して、特に経歴の金俌《キムポ》▼3を罷免して、領議政の金寿童《キムスドン》（第二五三話注1参照）と刑房承旨の李希孟《イフィメン》▼4に行かせてその獄事を裁かせた。

しかし、このことにはなんら証拠があったわけではない。杖で打って白状させようとしたが、これに対

して、台諫（第一二三話注3参照）と侍従、そして三公（第一二八話注3参照）・六卿までもが、連日のように宮廷の前に伏して、

「儒生たちが仏経を持ちだそうとして火を放ったと証拠もなく疑い、みだりに杖刑を加えるべきではありません」

と願ったが、王さまはこれをしりぞけて、いっそう刑罰と拷問を加えられた。しかし、ついにいかなる証拠も出てはこなかった。そこで、中使を凌辱した罪で彼らを罰しようとなさったが、すると、推官たちが申し上げた。

「儒生が仏経を持ちだそうとしたと言いますが、中使が廃寺の仏経を移そうとしたことはもともと正しいことではありません。律文にないことでもって彼らを罪することはできません」

そこで、王さまはみずから尹衡などの罪を決定なさった。

こうして、尹衡は首謀者として八十の杖打ちのあと、外方に流され、その他の者は罰金を払った上で科挙の資格を停止され、あるいは科挙の資格だけを停止された。その後、台諫と侍従たちが、王さま自らが罪をお与えになるのは正しいことではなく、尹衡を杖打ちの後に流罪にしたことも妥当ではないとしたので、王さまは尹衡の流罪を免じられた。

このとき、寿童は首相であり、王さまの職分を越えた行ないを目にしながらも、これをよく諫めず、些細なことに口をはさむことは自分の職責ではないとして頭を隠して何も王さまに申し上げなかった。士林たちはこれを恨みに思って、

「鄙夫《ひふ》とはともに王さまに仕えることができない」

と言っていた。

（李耔『陰崖日記』）

▼1【興天寺】ここでは新羅時代からの古刹とするが、一三九七年、太祖の継妃である康氏が死ぬと西部皇華

坊の貞陵で葬事を行ない、その東に興天寺を建て、曹渓宗の本山とした。その後、世宗のとき仏教を禅教の二宗に整理して、興天寺は禅宗宗務院となった。仏教も儒教も嫌った燕山君はこれを司僕寺（厩舎）に変えた。

▼2【尹衡】『朝鮮実録』中宗五年（一五一〇）四月壬辰、金寿童らに儒生たちの処罰を考えるように王命があって、寿童らは、尹衡は杖八十、西学の儒生らは杖七十、中学の儒生らは杖六十といちおうは決めたものの、執行については躊躇が働く旨の啓上をした。しかし、王はそれらの罰に加えて地方への付処を命じられたとある。

▼3【金俌】この話にある以上のことは未詳。

▼4【李希孟】生没年未詳。字は白淳、号は益斎、本貫は古阜。金宗直の弟子。成均館の学生だったときから文章と人品が評判だった。一四九二年、別試文科に壮元で及第、翌年、弘文館修撰となった。燕山君の時代には朝廷を離れ、中宗の時代になって復帰、司諫院司諫として勲旧派の人びとの奢侈と横暴を批判した。都承旨・成均館大司成・吏曹参議などを歴任した。

第二六七話……三浦の乱

四月に太白（金星）が昼間に現れ、四日には倭人どもが三浦を侵犯した。▼1 倭人どもはわれわれとともに雑居するようになり、その数も次第に増えた。わが国にはなんら防備がないのを知って、傲慢に振る舞うのが習慣となり、平生、鎮将がわずかでも彼らの矛先を挫こうとすると、必ず侮辱して暴言を吐き、はなはだしくは刀剣をふるって首に斬りかかるまでに至った。ところが、鎮将が率いるわが国の兵はと言えば、すべて脆弱な者たちであるために、倭人どもの屈辱を受けても、それに耐えしのんで歳月を過ごすしかなかった。

そのために、人びとには朝夕に予測することのできない害があるのがわかり、朝廷ではいつも派兵して防御することを計画しなくてはならなかった。しかし、辺将を選抜して鎮静させようとしたものの、いざ登用しようとすると、自薦、他薦でやって来た者たちはみな事を好む者ばかりであった。釜山浦僉使の李《イ》友曽《ウジュン》[2]はもともと鈍く臆病な人であったが、虚栄心と誇張癖があり、倭人どもに対するのに節操が欠けていた。土木の役事をひとしなみに威力でもって強制しようとし、あるいは縄で倭人どもの首を吊るして梢に懸けて結び、弓を射てその縄を切ったりした。倭人たちは表面では怯えたが、敵意を心の中に抱いた。

節度使の柳継宗《ユケジョン》[3]はやはり粗野で賤しい武人であったが、急いで報告をして来て、友曽を称賛したので、褒美を与えるために朝廷では衣服の表地と裏地とを下賜した。そのために、すべての鎮が争って粗暴に荒々しく振る舞うこととなり、左道水使の李宗義《イチョンウィ》[4]がやはり功績を立てたと言い、帰化していた倭人が海に出て海苔を採集していたのを、十人ばかり首を切ったのだった。そうして倭人たちの怨みを買い、倭人たちが侵略するように仕向けたのは、実にこの二人の所業によるのである。

それより一日前のこと、倭船が多数やって来て、海辺を荒らすと、浦口に住む人びとはこれを探って報告した。しかし、友曽はこれを叱り飛ばして帰らせ、所々の鎮に書を送ったものの、大した防備もせず、気配りもしなかった。四日の明け方、賊どもが兵を分けて、薺浦と釜山浦を攻撃した。この二つの鎮ではだれもが城を守っていなかったので、賊どもは張幕の下にまで至り、そのときになって初めて主将は大事を知った。

そのとき、薺浦僉使の金世鈞《キムセキュン》[5]はおずおずと匍匐しながら城外に逃げたが、賊に捕えられてしまった。賊はこれを牢獄に捕えておいて、殺すことはしなかった。友曽は自分の身体を草の中に潜ませて隠れていたが、賊が探し出して刀で切り殺した。友曽の兄の友顔《ウアン》[6]もこのときともに殺された。また二つの城の老若も兵士もみな殺戮の憂き目に遭った。倭賊たちはさらに進軍して熊川と東萊を包囲した。

大体、賊の群れは数千人に過ぎない。盛称程長[7]を頭として行軍をして陣を敷いたが、はなはだ紀律があった。彼らはときおり遊撃隊を送り、民家に火を放って略奪したので、煙と炎が天にみなぎった。このときは平和が続いて久しく、人びとは兵士を目にすることがなかったために、役人も住民も色を失って逃亡して身を潜め、もしや見つかりはしないかと恐れた。

右道節度使の金錫哲《キムソクチョル》▼8が兵士を率いて、熊川を救援しようとしたが、目に見える賊の兵士はほぼ数百人に過ぎなかった。彼は衆寡敵せずと振る舞ったが、実のところは臆病風に吹かれて怖れ、一歩も前に進むことができないのだった。しかし、いざ敵に対することになるや、軍を後に引いて昌原を守った。

七日に熊州県監の韓倫《ハンリュン》▼9が城を棄てて逃げ、遂に熊川が陥落した。これは南方の大きな鎮であり、また倭国の使臣の往来するところであり、またすべての物資の供給を主管するところでもあった。そのために、倉庫に積み上げられていた物資は他の邑に倍するほどであったが、一朝ですべて賊どもの所有に帰してしまったのである。一方、倭賊らが東萊を包囲したのは、守る兵士が少なく、孤立していたからであるが、県令の尹仁復《ユンインボク》▼10がわずかに賊をしりぞけ、もち堪えていた。

韓倫は包囲されると、手足を震わせてどうしていいかわからず、ただ城の中を巡回して、兵士たちに賊を射かけないように命じた。彼にはなじんだ妾がいた。妾がやや賊が退くのを見て、門を開いて出て行くと、城の中の人びとは色めき立って、みな「主将が逃げ出した」と騒いだので、城は簡単に陥落してしまった。賊たちは城の中に入って行き、思う存分に略奪して倉庫の中の物資はすっかり空にして、また邑の人びとを脅迫して奪った品物を舟に運ばせて載せ、毎日のように酒を飲んでは遊び、きちんと防備することすらしなかった。

金錫哲というのはもともと俳優をしていいて、無頼の輩であったが、権勢のある人間におもねって、南方の防備を任されるようになった。しかしながら、難に遭ってまったく策がなく、兵を失い土地を蹂躙されては、ただ毎日のように急を報告するだけであった。事がにわかに生じたために、朝廷でもまたなんら勝算がなく、朝堂で会議をするだけで、宰相たちにはまずは和議を行ない、少しでも賊の攻撃を遅らせようと主張する者が多かった。

そのとき、前の節度使の黄衡《ファンヒョン》▼11と柳聃年《ユタムニョン》▼12に命じて、慶尚左右道制置使として、禁軍百余名を分け与えて行かせた。黄衡は前に財物を貪り人に酷薄であるとして職を失い、家にいたのだが、命を受けて家の外に

出ると、まずは臂を張って大きな声で、

「私は今までは日照りのときの木靴のようなもので、雨さえ降ってくれれば生き返るのだ」

と叫んだ。禁軍が彼に従い、出陣したが、白昼であっても人の馬を奪い、ソウルの不良少年がこの機会に乗じて強奪を行なっても、有司はこれを制止することをしなかった。識者たちは、

「将帥は驕慢で、兵士は紀律がない。これでどうして賊を防ぐことができようか」

と言っていた。また参判の安潤徳《アンユントク》▼13に命じて、まずは資憲の階級を与え、慶尚道躰察使として行かせた。潤徳はほら吹きで誇張することが多く、鈍いうえに臆病であり、本来、将軍の才能ではなかった。このときも、朝廷の命を受けて驚き慌て、時間を引き延ばして、なかなか出発せず、先に出て行った軍の勝敗を待って、ようやく十日を過ぎて後に初めて出立したのだった。

また、左議政の柳順汀《ユスンジョン》（第二五二話注3参照）に命じて都元帥として、兵のことを処理するようにさせたが、順汀もまた行くことをためらい、王さまの前に進み出て申し上げた。

「右議政の成希顔《ソンフィアン》（第一三九話注5参照）こそ計略に富み、善く判断して、大事を任せることができる人物です」

すると、希顔が言った。

「順汀が軍事に習熟して、彼より勝る人はいません」

王さまもまた、彼が大事に当たって逃れ、何ごともなく過ごそうとしていることを嫌って、特別に順汀に命じて行かせなさった。


（李耔『陰崖日記』）

▼1【倭人どもが三浦を侵犯】一四二六年、日本船の朝鮮での停泊地は富山浦（釜山）、薺浦（乃而浦、熊川）、塩浦（蔚山）の三浦とされ、ここに倭館を置いたが、ここに倭人たちの居住が許されたわけではなかった。ただ日本の渡航船が増加し、日本人が長期滞在するようになると、一四三六年、朝鮮政府は日本人の三浦居

住を認めるようになった。それを恒居倭人と言い、公貿易および私貿易に従事したが、私貿易では禁制品も扱ったために、一四九四年、朝鮮政府は私貿易を禁止した。それで困ったのは対馬住民であり、密貿易に走ったが、朝鮮政府は厳しくこれを取り締まったために、一五一〇年、恒居倭人は対馬島主の宋氏に来援を求めて、反乱を起こすに至った。宗氏は二百隻の軍船を送り、反乱日本人は富山浦、薺浦の軍事拠点を占拠したが、反撃を受けて、日本側の敗北に終わった。

▼2【李友曽】『朝鮮実録』中宗五年（一五一〇）四月丙申、金錫哲の書状が届き、その中で言うには、この月の六日に熊川の県監の韓倫が城を棄てて節度使営に逃げて来た。軍法会議にかけようとした矢先、倭寇が金世鈞を捕まえた、世鈞は自分を早く殺せ、そうしなければ自尽すると言ったが、倭人たちは自尽されるのを恐れて昼夜これを見守った。そして、倭人たちはこれはお前の罪ではなく、釜山僉使の李友曽の罪だと言った。乱の起こった日、友曽の妾が変を知って友曽に告げると、友曽は着の身着のままに城を棄てて逃げた。友曽の弟は友曽に似ていたので、賊はこれを滅多切りに切った。友曽は髪を剃って僧になった云々。しかし、同月己亥には、すでに友曽を斬るとある。

▼3【柳継宗】生没年未詳。本貫は晋州。早くから武芸に優れ、訓練院宣伝官となり、一五〇一年には北方民族の侵入に待備する将帥の適任者の一人に選ばれた。一五〇四年、武科殿試において王に背を向けて座ったとして叱責を受けて流された。一五〇六年、中宗反正（第二五二話参照）が起こると、これに加担して靖国功臣三等に冊録された。一五〇八年には慶尚左道節度使となり、李友曽とともに倭寇討伐に尽力し、その功績で青陽君に封じられた。その後、忠清道・平安道の兵馬節度使を務めた。

▼4【李宗義】『朝鮮実録』中宗五年（一五一〇）四月戊戌、今回の乱の発端は、平生、釜山浦僉使の李友曽が倭奴を本土の斉民と同じように督役するのが倭奴の怒りとなっていて、右道水使の李宗義が三浦の子を殺したのがきっかけとなったという記事がある。

▼5【金世鈞】『朝鮮実録』中宗五年（一五一〇）四月己亥、薺浦僉使の金世鈞はすでに賊に捕われているが、そこから金錫哲のもとに書状を送って、倭人たちが乱を起こした事情を伝えたとある。かつての己亥の年からすでに百年ものあいだ刎頚の交わりを結んでいるはずなのに、最近の接待ははなはだ薄く、また釜山浦の僉使は恒居の倭人を虐待している、島主（対馬の宗氏）の送った書状も無視している云々。

▼6【友顔】李友顔。右の注2の『朝鮮実録』中宗五年（一五一〇）四月丙申の記事には、弟は友曽に顔が似ていたので滅多切りに切られたとあった。兄ではなく、弟だったか。

▼7【盛称程長】史書にこの名前を見出すことができない。『朝鮮実録』中宗五年（一五一〇）四月乙巳に、対州代主の宗兵部少輔盛親が大将となって数万の兵が船に乗って釜山浦に渡って来たとある。この宗盛親か、あるいは次の注8に引用した記事にある恒居の倭酋の大趙馬道・奴古守長の名が見えるだけである。

▼8【金錫哲】『朝鮮実録』中宗五年（一五一〇）四月癸巳、いわゆる三浦の倭乱の第一報が朝廷に届くが、それは慶尚右道兵馬節度使の金錫哲からの状啓であった。薺浦の恒居の倭酋である大趙馬道・奴古守長らが倭人四、五千名を連れてやって来た、城を囲み城の周囲の人家を焼いて、その炎が天を焦がした云々。己酉には、黄衡が千、柳聃年が千九百、金錫哲が二千の兵を率いて倭人たちと戦ったとある。

▼9【韓倫】右の注8に引用の『朝鮮実録』中宗五年（一五一〇）四月癸巳の記事の中に、熊川県監の韓倫の名が見える。怯懦な人物ですぐに逃げ出して城を陥落させたといい、同月己酉、金錫哲をして韓倫を斬らしむとある。

▼10【尹仁復】『朝鮮実録』中宗五年（一五一〇）四月己酉、東萊県令の尹仁復は城を賊に囲まれてすっかり怯え、あえて出て応戦しなかった、賊どもが城外の民の家に入って酒を飲んで昏倒すると、一人の県兵が酔っぱらった倭人二人を切ったが、仁復はそれを自分の手柄だと言いふらしたという記事がある。

▼11【黄衡】一四五九～一五二〇。字は彦平、本貫は昌原。一四八〇年、武科に及第して、折衝柔恵両鎮僉使となり、元帥の許琮の先鋒として野人を平定、咸鏡・慶尚道の兵馬節度使、僉知中枢府事を経て、一五一〇年、三浦の倭乱が起こると防禦使に特任されて平定した。中枢府事として五衛都総府都総管を兼ねて北方の安定にも力を尽くした。平安・咸鏡道の節度使を経て知中枢府事となった。

▼12【柳聃年】?～一五二六。本貫は文化。成宗のときに武科に及第、鍾城通判として人びとを清廉に治めた。一五一〇年、三浦の乱が起こると、慶尚右道防禦使・兵馬使・節度使として、黄衡とともにこれを平定した。一五一三年には兵曹参判となり、一五一六年、建州衛の野人たちの動きが活発になると、平安道巡辺使となって、軍糧・兵器の整備に努め、左参賛に至った。

▼13【安潤徳】一四五七～一五三五。字は善卿、本貫は広州。一四八三年、文科に及第、燕山君のとき、都承旨だったが、王命に背いて、金堤に帰陽した。中宗のときに復帰して、一五一〇年の三浦の乱では兵曹判書として副元帥となり、これを平定した。帰って来て、刑曹判書を経て平安道観察使となり、檀君と箕子の祠堂を修理した。

第二六八話……三浦の乱の手柄

黄衡《ファンヒョン》（第二六七話注11参照）と柳聃年《ユタムニョン》（同話注12参照）などが倭賊を撃破した。倭賊どもはわれわれの防備がないことをあなどって、高所に登って陣を作り、倉庫にある物資をすべて略奪したのだった。そこで、黄衡などは三つに軍を分けて挟み撃ちして、水軍が賊の舟を包囲するようにした。倭賊はもともと軽率な烏合の集団で一つの地に長く留まることができない。わが水軍が海を制圧するのを見ると、動揺して静まらなかった。彼らはあわてふためき、山間の谷間に逃げて隠れてしまったので、彼らの舟を確保した。黄衡などが勝利した勢いに乗じて賊どもを討ち、多くを殺したり、捕虜にしたりした。また倭賊の中には船に争って乗ろうとしておぼれ死ぬ者もいた。あるいはまたみながいっせいに船に乗ろうとして船が転覆することもあった。安潤徳《アンスントク》（第二六七話注13参照）はこのとき退職して密陽にいたが、戦に勝ったという話を聞いて大いに喜び、朝廷に自分も手がらを立てたという報告をした。ところが、あまりにあわてて多くの手がらを並べ立てたので、それを聞く者たちは大笑いをした。

彼の幕僚である金謹思《キムクンサ》▼1という者が臂を張って、

「賊を平定して大きな手がらを立てたにもかかわらず、玉貫子（纓、すなわち冠のひもを通すために玉で作った小さな輪）のほかにはいただけないとは、どうも気が晴れない」

と言った。また、朴永文《パクヨンムン》（第二五二話注4参照）に衣服を求めて、

「朝夕にこの衣服を着ることにします」

と言った。朝廷でもついに彼らの功績を論じることになって、金謹思にはただ散階（名ばかりで一定の職務のない官職の位階）を与えることにした。当時の人びとは、

「金公は衣服をこしらえて人にやってしまった」

と言っていた。

（李耔『陰崖日記』）

▼1【金謹思】一四六六～一五三九。字は明通、本貫は延安。一四八六年に生員となり、後に文科に及第、金安老の党派で右議政・領議政にまで至ったが、金安老が失脚するとともに流配され、そこで死んだ。

第二六九話……戦勝を報告する安潤徳

正徳五年（一五一〇）の正月に、倭賊がひそかに対馬の倭賊を率いてともに乱を起こそうと企んで、薺浦と熊川城を陥落させ、僉使の李友曽《イウジュン》（第二六七話注2参照）を殺した。そこで、防禦使の柳聃年《ユタムニョン》（同話注12参照）と黄衡《ファンヒョン》（同話注11参照）を送って防御させることにした。二人は一斉に出陣することになった。黄衡は旗印を振って勇気を鼓舞して出て行ったが、柳聃年はぐずぐずして進軍しなかった。そこで、黄は柳の兵一名を捕まえて軍法会議にかけ、その首を切って竿にかざした。柳は初めて太鼓を鳴らして進軍した。

倭賊どもと戦ってしばらくすると、賊どもは敗れ、先を争って逃亡し、船に乗ろうと舷側に手をかけた。船の中にいたわが軍の兵が刀でこれを切ったので、舷側は賊どもの手の指でいっぱいになった。こうして斬り殺し、捕えた者が三百に上った。ある人は、

「あらかじめ戦船をやって賊の帰って来るのを待ち受ければ、賊どもをことごとく生け捕りにすることができたのに、将帥たちは慌ててしまって、いい策略が思い浮かばないのだ」

といった。このとき、参判の安潤徳（第二六七話注13参照）が副元帥として薺浦までやって来たが、この戦勝をすぐに啓上して、

「臣などはうれしく、祝賀する気持ちを抑えることができません」

と報告した。台諫（第二二三話注3参照）では、

「倭軍を負かしたのは防禦使です。それをあたかも自分の功績のように吹聴し、自分の体ははるか南方の遠くにあるのに、『うれしく、祝賀する』などという文字で啓上するのは、彼の任務ではありません。お願いですから、彼を罰してください」

と申し上げたが、中宗《チュンジョン》はこれを放っておかれた。


（魚叔権『稗官雑記』）

第二七〇話……早死にした李世英の節義

五月に開城府留守の李世英《イセヨン》（第二四八話注23参照）が死んだ。世英は振る舞いが清廉で、世俗にまみれた行動がなかった。国の法として、都承旨は政府の人事行政を握るので、請托を受けることが多くあった。しかし、世英は都承旨となると腕を組んで座り、黙り込んでなにも言わなかった。そこで、政府と六曹の堂上は自分たちだけが思いのままにするのを心中はばかって、

「あなたはどうして一言も発言しないのか」

と言うと、公は、

「王さまの印を預かり、王さまのご命令を出納するのは承旨の職責ですが、その人が賢明であれ愚昧であれ、いずれにしろ採用して送り出し、それぞれがその才能に応じて行なうことについては、その部署の人たちが別に判断するのではありますまいか」

と言った。このことばを聞いて、同僚たちはみな恥ずかしくなって、公に謝った。安潤徳《アンスントク》（第二六七話注13参照）が公の後を継いで都承旨になると、一月も経たないのに、自分の親戚たちを官職につけ、昔の恩を受けた者にもほとんど職を与えた。これを見て、当時の人びとはいっそう李公の節義を尊く思い、大臣に

なることを期待したものであったが、不幸にも早く死んで、朝野はみな嘆いて惜しんだものであった。

（李耔『陰崖日記』）

第二七一話……人材の登用

癸酉の年（一五一三）の四月、王さまは人材の登用がさまざまなところから持ち出されて混乱し、これまでのソンビたちの風習が弊害になっていることを憂慮なさった。そこで、人事異動については、御自分みずからが事を見、人物を確かめた後で、当該の役所がこれを決めてそれぞれの役職に当てることができるようにとお考えになった。しかし、大臣たちに意見をお聞きになると、大臣たちは、

「大臣の進退については、さまざまな人びとの意見をお聞きになった上で、王さまみずからが決定なさるのが宜しいですが、低い官職までも、どうして王さまのご判断をわずらわせることがありましょうか」

と申し上げた。そこで、人事異動については、領議政・左議政、そして鄭光弼《チョンクァンピル》（第二六二話注4参照）とこのわたくし李耔《イチャ》（第一六〇話注1参照）、承旨だけは王さまの特命で決定して、その他はすべて昔の法のままに三人を推薦してその中の一人を王さまが選ばれることになった。王さまの意図もまた下級官吏にまで干渉しようというつもりはなく、たがいに議論する間にその人の人物がどのようであるかを見て、また下の人たちも妨げられることなく話ができるようにしようとお考えになったのである。しかし、大臣たちは尋常に考えて、そのまま王さまに申し上げたので、物議をかもしたのであった。

咸鏡道観察使の鄭光弼を右議政にした。これは領議政の成希顔《ソンフィアン》（第一三九話注5参照）の推薦であった。鄭光弼は度量があり、人によく応対して、ことば使いもその表情も穏やかではあったが、物ごとを分別するときにははなはだ厳格であった。希顔がつねにその度量に感嘆して、

「鄭光弼のような人は声がないときに聞き、形がないときに見ることができるようだ」

と言い、まるで神明のように敬っていたが、このときに至ってつとめて推挙したのであった。彼が監使から官位が昇り、さらに賛成になった後に政丞にまで至ったのはすべて希顔の力だったのである。

　このとき、三公（第二二八話注3参照）の地位がすべて空いていたが、朝野ではみな領事の金応箕《キムウンキ》（第二五四話注1参照）を嘱望していた。王さまがかつて大臣たちに政丞を推薦するようにうながすと、宋軼《ソンチル》▼1は金応箕を推薦し、柳洵《ユスン》▼2もまた意志は応箕にあったが、希顔の意志に違うのではないかと怖れ、ともに光弼を推薦したのであった。このとき、希顔は大きな声で叫んだ。

「今日、政丞を選ぶのに、まさに鄭光弼を選びましたが、これも人を得てのことであり、その次には申用《シンヨン》漑《ゲ》▼3を用いるべきだと考えます。金応箕はまさに精金美玉のようであっても、いったん事あるときはまったく無能であり、また彼は中枢府に昇って国政に参与しても、ふたたび政丞の地位に昇るべきではありません」

　これで実際に彼が政丞になる道を閉ざされたのであった。

　応箕は振る舞いが端雅かつ慎重で、恭謙かつ忠誠を心がけて一生のあいだ、早口にしゃべったり、急に顔色を変えたりすることがなかった。そこで、成廟の重んずるところとなったが、希顔が人びととの議論に従わず、みだりに彼を貶しめて、人の取捨選択を転倒させてしまった。朝廷ではこれをはなはだ惜しんだのだった。

（李耔『陰崖日記』）

▼1【宋軼】一四五四〜一五二〇。朝鮮中期の文臣。字は嘉仲。一四七七年、生員試と進士試に合格、同年、殿試文科に及第して、弘文館の正字となり、官途についた。黄海道観察使だったとき、その地方に流行った疫疾の治癒に力を尽くし、平安道観察使だったときには、北方の国防に功績があった。一五〇六年、中宗反正（第二五二話参照）のとき、礼曹判書として靖国功臣三等に冊録され、礪原君に封じられた。領議政に至った。

▼2【柳洵】一四四一～一五一七。字は希明、号は老圃堂。本貫は文化。家に書物がなく、人の家に行って夜を徹して勉強、十九歳で司馬試に合格、一四六二年には文科に及第して、成宗のとき、副提学になった。燕山君のとき、領議政となり何度か辞職しようとしたが、許されなかった。一五〇六年、中宗反正があり、靖国の功績が記録されたが、燕山当時の領議政として記録されるのを辞し、一五一四年にはふたたび領議政となった。

▼3【申用漑】一四六三～一五一九。字は漑之、号は二楽亭。一四八八年に文科に及第、承文院権知となった。燕山君の時代、直提学・都承旨となったが、剛直な性格が燕山君には気に入らず、霊光に帰郷した。中宗反正の後、右議政となり、一五一八年には左議政となった。

第二七二話……昭陵の移葬

文宗《ムンジョン》の妃の昭陵《ソルン》（第一七六話注1参照）を廃してから正徳の癸酉の年（一五一三）までは五十八年となる。人心は廃妃のことをはなはだ痛ましく思い、復位を望んで久しかった。ある日、経筵検討官の蘇世譲《ソセヤン》▼1がこの議論を始めると、王さまは悲しみの色を浮かべ、大臣たちに『春秋秘記』▼2を探し出し、妃を廃するに至った経緯を調べて啓上するようにお命じになった。すると、当時、妃が廃されたのは政府が請求したことによるのであった。そこで、公卿たちが集まってさまざまに議論した。

判相の張順孫《チャンスンソン》（第二五三話注3参照）が王さまのお召しを受けたが、領議政の柳順汀《ユスンジョン》（第二五二話注3参照）の家を訪ねて、

「今日はどのような議論になりましょうか」

と尋ねると、領議政はその議論は絶対に不可でなくてはならないと言った。二人が入って行き、議論をするとき、三公（第二二八話注3参照）以下はみな困難なことだとしたが、ただ申用漑《シンヨンゲ》（第二七一話注3参照）公、姜渾《カンフン》公（第二四八話注18参照）、張順孫《チャンスンソン》公、そしてわが季父の忠貞公・金銓《キムチョン》（第二五三話注2参照）はまさに復

位をするべきだと主張した。しかし、閣議はついにこれを行なわなかった。このとき、台諫（第二二三話注3参照）と侍従たちがこれを争って議論し、太学生たちが文章を上啓したが、時間が経っても、回答を得ることができなかった。

　このとき、私は金国卿《キムククキョン》[3]の一派の者たちとともに続三綱行実庁[4]にいた。庁にいる同僚たちが互いに議論をして、

「台諫でこれを中止しようとすれば、後にはふたたびこれをなす機会がないであろう。そこで、われわれの職責とは関係のないことだとして憚ることなく、上疏を行ない、台諫の加勢をするようにしよう」

ということになった。

　そのとき、宗廟に立っている樹木に雷が落ちたというので、王さまはおどろき恐れて、即日に宗廟に行き、うやうやしく拝礼なさった後、にわかに公卿と台諫・侍従を召されて、朝廷にどのような過ちがあったのかを回答するようにお命じになった。臣下たちが言うには、昭陵のことで雷が落ちたのだとする者が多かったので、王さまはついに復位を允可《いんか》なさり、都監を設置してそのことを監督するようにお命じになった。

　昭陵を廃止し、海辺に移して、祭祀と守護を止めたまま久しい歳月がたっていて、ただ一ヶ所にある盛り土が陵だと伝えられていたが、しかし、別のことを言う者もいて、人びとを迷わせた。幄殿を設置して、遺体を移そうと土を掘り起こしたが、いくら深く掘っても、棺が出て来ない。みな恐ろしく怪奇なことと思うものの、どうしていいかわからない。この日の晩、監督官がうたた寝をしていると、夢の中に帳殿の卓に寄りかかって王后の姿が現れ、二人の童女がそばには侍っていた。監督官を呼んでなぐさめ、

「お前たちには苦労をかけるな」

とおっしゃった。このことばを聞いて監督官は拝伏し、おどろきおののいてびっしょりと汗をかいた。

　夢から醒めて不思議に思い、翌日の朝、ふたたび二、三尺ばかり掘ると、漆塗りの大きさは掌ほどの木片が鍬に当たって出て来た。王后の棺は厚く漆を塗ってあったが、その漆が剥がれたのであった。こうし

て、棺を掘り出す仕事を終えることができた。

　安山の人びとは言っていた。

「棺を掘り出す以前、その場所からは夜に泣き声が聞こえてきたものだった」

　その日からはそのようなことがなくなった。また、民家の人びとがその場所の石を何かに使えば、必ず疫病にかかり、馬や牛を放牧してあたりを踏み荒らすと、晴れていた空がにわかにかき曇り、大風が吹き始めたという。人びとはこれを敬い怖れ神秘なことと考えていた。

　新しい陵を文宗の顕陵の左の場所に定めたが、二つの陵のあいだには海松が生えていた。土木を開始すると、二、三の株が理由もなく枯れて死んだので、これを切って捨てた。こうして二つの陵は向かい合って、あいだに何もさえぎるものがなくなったが、不思議なことであった。

岐亭《キジョン》・権叔達《クォンスクタル》[5]が承政院に宿直していたとき、夜に夢を見て、海平君《ヘピョングン》・鄭眉寿《チョンミス》（第二二一話注3参照）と柳領議政がたがいに争い、取っ組み合いを始めて、二人ともに怒りが収まらない。領議政ははなはだ困惑しているようである。夢から醒めて岐亭はおどろき、不思議に思い、会った人にその話をしたが、その後、数日して、陵を復旧させるという議論が出たのであった。このことをまず初めに領議政が困難であることを主張したが、議論が終わると、にわかに病気となり、輿に担がれて退出して行き、久しく起ちあがることができなかった。

　彼が病気で伏せっているとき、子弟たちに朝廷のことはどのようになっているか尋ねると、子弟たちは昭陵のことを争うように答えた。公は頭を振って、

「このことは絶対にしてはならない」

と言った。その固執は大体このようであった。王さまが召されて直接にお尋ねになる場に公がもし居合せたとしても、公は意見を撤回することは終始なかったであろう。

　海平というのは昭陵の外孫である。人びとは、

「その霊魂が知ったとすれば、どうして恨みに思わないであろう。神への報恩という理にかなわないでは

ないか。岐亭の夢というのはまことに霊験だったと言うべきだ」と言っていた。これは実は荒昧なことで必ずしも信じるべきことではなく、偶然に事が付会しただけであったかも知れない。しかし、もし夢に感応するところがあったとしたら、これも奇怪なことと言わねばならない。

（李耔『陰崖日記』）

▼1【蘇世譲】一四八六～一五六二。文臣。一五〇四年、進士となり、一五〇九年、式年文科に乙科で及第、端宗の母である顕徳王后権氏の復位を建議して顕陵に移葬させた。一五二一年、遠接使の李荇の従事官として明の使節を応接し詩文で応答して、文名を高めた。全羅道観察使であったとき、倭寇に対する防備を怠ったとして罷免されたが、後に復帰して各曹の判書を務めて、大提学に至った。星州の史庫が焼けると、王命で春秋館の実録を書写して納めた。仁宗が即位すると尹任一派（大尹）の弾劾を受けたが、乙巳士禍（一五四五）で尹任一派が粛清されると、ふたたび復帰し、後に辞職して益山で隠居生活を送った。

▼2『春秋秘記』『朝鮮王朝実録』に対して、公にできない事柄を記した記録があったか。

▼3【金国卿】金安国。一四七八～一五四三。字は国卿、号は慕斎、本貫は義城。趙光祖・奇遵などとともに金宏弼の弟子として至治主義儒学派を形成した。一五〇三年、文科に及第、弘文館博士となり、礼曹参議となった。慶尚監司であったとき、すべての邑の郷校に『小学』を配って学ばせ、農書・蚕書を配布して教化作業に力を尽くした。一五一九年、己卯士禍（第二九三～二九八話参照）が起こると、趙光祖一派として殺されるのを免れ、京畿道利川に下って後進たちの教育に当たった。一五三二年、復帰して左賛成・大提学などを歴任した。

▼4【続三綱行実庁】三綱とは儒教の基本道徳となる、君‐臣、親‐子、夫‐妻の三つの関係で守るべき道理を言うが、一四三一年には世宗の命で、模範となる忠臣、孝子、烈婦の話を挙げて図示した『三綱行実図』が編纂された。後代にも、さらに追加して編集するために官庁としてあったものと思われる。

▼5【権叔達】権敏達。一四六六～一五一七。字は叔達、号は岐亭、本貫は安東。一四九四年、文科に及第、吏曹正郎となった。一五〇四年の甲子士禍（第二〇八話注4参照）に際して、弟の達手は処刑されたが、敏

手も嶺外に帰陽し、中宗のときに復帰して、大司憲、忠清道観察使となって、死んだ。

第二七三話……昭陵のこと

十七日に昭陵（第一七六話注1参照）の旧陵を掘り返した。昭陵が廃されたことは、歴史書にはただ、「后の同母の弟の権自慎《クォンチャシン》▼1・成三問《ソンサムムン》（第一七話の注2参照）などとともに魯山君《ノサングン》（第一〇八話注1参照）を復位させようと謀って誅殺され、后はそれに連座し、政府の請願によってただ廃して庶人とした」とのみあって、その前後のことを詳しくは書いていない。

昭陵は当初は顕陵（文宗《ムンジョン》）に配されて東宮にいらっしゃった。后は徳と儀礼がともに備わっていて、世宗に大いに愛された。二十四歳のときに魯山君を産んだが、このとき、難産のために病を生じ、数日後に薨去された。世祖《セジョ》が即位すると、魯山君を寧越に流し、丙子の年（一四五六）に、旧臣の成三問《ソンサムムン》・朴彭年《パクペンニョン》（第七九話注34参照）・李塏《イゲ》（同話注36参照）などがともに魯山君の復位をはかったが、これを果たすことができずに敗れた。

このとき、これに同調した人びとはみな当時の名望ある人びとで、自慎がこの謀議に参加したことと昭陵を廃することがどのように関係づけられたのか、すべて詳しくは知ることができない。世祖二年である丁丑の年（一四五七）のこと、世祖はある日、宮中で奇怪な白昼夢をご覧になった。その夢が奇怪だとして昭陵を暴くようにお命じになった。そのとき、使臣がまず石室を開いて、棺を引き出そうとしたが、あまりに重くて動かすことができなかった。事に当たった兵士と人びとはみな不思議に思い、祭文を作って祭祀を行なったところ、ようやく棺を動かすことができた。こうして三、四日のあいだ外に晒しておき、普通の庶民と同じ礼でもってあらためて葬事が行なわれたのである。

この陵をあばく数日前のある日、夜中に婦人の泣く声が陵から聞こえた。婦人は泣きながら、

「もうすぐ私の家を壊そうとしているが、すると、私はどこに住めばいいのか」と言ったのであった。それを邑の人びとみなが聞いたが、そうして間もなく、棺を暴くという変事があったのである。その後、原丘に埋めたのだったが、それでも不思議な霊異が起こったのだった。村の人びとがもし昔の陵の木や石に触れれば、にわかに風雨が起こったので、人びとはたがいに警戒して近づこうとはしなかった。このことについては近在の父老たちが私に詳細に話をしてくれたのである。

今、復位を行なうことになって、天が驚かせて戒め、朝廷の議論と王さまの英断が一致して、五十年のあいだの神と人の怨みを晴らすことができたが、これは国家のために大きな幸いであった。ただわずかな時間のうちに移して埋め、長い時間をかけて調べなかったために、その棺の中にあったさまざまな宝物を確認しなかったのではないか気がかりである。陵をあばいて内外の棺槨の形はみなそのままの形で、斂襲も完全に行ない、棺だけは新しいものにして、法衣でもってその空隙を埋めたのだった。

ああ、どうしてこれが天命でなかったろうか。

（李耔『陰崖日記』）

▼1【権自慎】？〜一四五六。本貫は安東。文宗の后の顕徳王后の兄で、端宗の舅（おじ）に当る。一四五六年、死六臣の事件に同調して、成三問・朴彭年などと端宗復位を謀議したとして殺された。中宗のとき、官職が戻された。

第二七四話……王と后の陵が並ぶ

五月六日に顕陵王后（文宗の后の顕徳王后権氏。第一七六話注1参照）をふたたび太廟に合祀した。このとき、儀式の一切のことはすべて最初の礼式にのっとってお仕えして陪享したが、庭にいる者たちで感嘆しない者はいなかった。新しい陵は古い顕陵の左側にあり、互いの距離は遠くなく、ただ松の木と杉の木とが隔てているだけであった。下棺した後、その中間に立っている松の木が四、五日もせずに、理由もなく枯れてしまった。このとき、陵の事を監督した視役提調の張順孫が工人を命じて、その枯れ木を伐採して除去させたが、陵と陵の間を遮っていたものを取り除いて何も隔てるものがなくなった。

これを見て人びとはみな、霊魂も清々しく感じるだろうと言い合った。また陵を掘り返した日、旧の陵の周囲では晴れているのに大雨が降って、しばらくして止んだ。これもまた不思議なことであった。

（李耔『陰崖日記』）

第二七五話……洪淑の抜擢

六月八日、人事異動があった。王さまの特旨で洪淑《ホンスク》▼1を礼曹判書とした。淑は貧しい家の出で、一つしかない衣服を三人兄弟が取り換えて外出するような中で育った。年を取ってから科挙のための文章を学んで及第した。その後、十年もしないうちに嘉善の地位に昇った。彼は貧しく賤しい育ちだったから、財物を惜しみ吝嗇だった。そのために、人びとは彼を陋劣な人間だと考えていたが、このときに至って、抜擢されて刑曹判書となり、さらにまた特別に礼曹判書に任命されたのだから、大いに物議をかもした。

大体、当時の人びとの尚ぶところは、黙々と人にしたがって笑い、同調してものを言うのを宰相の体貌と考え、これを争うように思慕し、お手本とするのであった。王さまが登用されるのもそうした人物だった。吏曹から三望▼2として三人が推薦されてくれば、王さまがこれを抽選で選び、あるいは落とされたわけだが、人びとの心は満たされなかった。

（李耔『陰崖日記』）

▼1【洪淑】一四六四〜一五三八。字は純夫、本貫は南陽。一四九六年、文科に及第、吏曹参議を経て、中宗のときには靖国功臣として唐原君に封じられた。後に礼曹判書、左参賛に上ったが、金安老の復帰に反対して、果川に退いた。

▼2【三望】一つの官職に人を登用するとき、三人の候補者を列記して王に推薦する、それを三望と言う。王はその中から一人を選ぶことになる。

第二七六話……中宗の時代の国体

七月、大いに雨が降った。ソウルでは平地でも数尺ほど水浸しになり、川の側にある人家は水没してしまった。それが長く続くと、石橋はところどころで崩れ、ソウルの外の人びとで溺れて死ぬ者も多かった。こうして四方がみな被害をこうむって、山が崩れ、城も崩れ落ち、人や家々の被害は数え上げることができないほどとなった。

中宗《チュンジョン》が即位なさって以後、毎年のように旱魃となり、人びとは平安に暮らすことができなかった。しかし、中宗はこれを誠意でもって愛し、撫育なさったのだった。ただ、その下の官吏たちは前の燕山の悪政になじんでしまい、誠実に職責を果たすことができず、ただ文辞をつくろって、人びとからは収奪した。さらには、王さまの意志が朝廷に届かず、また朝廷の命令が四方の人びとに行きわたらなかった。あまりに些細な文法だけを日常のこととしていたので、識者たちは国体が厳粛ではないことと紀綱が立たないことを深く怨みとした。

（李耔『陰崖日記』）

第二七七話……反正の元勲・成希顔の死

領議政の成希顔《ソンフィアン》（第一三九話注5参照）が死んだ。希顔は人となりが率直で大節があった。朝廷にあっては慷慨して、その意志が賤しくないのを、人びとは尊んだ。しかしながら、学術がなく、人に屈することがなく、人の過失を許さなかった。その人がらは窮屈で、怒り出すととまらなかった。そのために、政丞としての業績に見るべきものがなく、功も名も大いに傷ついた。

あるとき、政丞を選ぶとき、彼は臂を張って大声で、

「金応箕《キムウンキ》（第二五四話注1参照）が千人いても申用漑《シンヨンゲ》（第二七一話注3参照）一人に代わることができず、申用漑が千人いても鄭光弼《チョンクァンピル》（第二六二話注4参照）一人に代わることができない」

と言った。このような妄りなことを言って、事理を顧みないことが多くあった。彼が鄭光弼を強力に推薦したのは、彼が光弼と私的に親しかったばかりでなく、また光弼の意を迎え、彼の家と婚姻を結んでいる関係があったためである。

こうして数年が経ったが、首相として金寿童《キムスドン》（第二五三話注1参照）、朴元宗《パクウォンジョン》（第二五二話注1参照）、柳順《ユスン》汀《ジョン》（同話注3参照）、そして成希顔《ソンフィアン》が続いて亡くなると、朝廷は不安に駆られた。寿童は端雅かつ寡欲な人で、善良な上に人当たりも柔らかであったので、社稷を支える臣というわけにはいかなかったとしても、それでも当代の賢良と言うことができた。三人はみな反正（第二五二話参照）の元勲として、王さまの寵愛をほしいままにしていた。しかしながら、特別な功績があったという話は聞かない。それでも、彼らはみな当時の名望のあった人であり、彼らの情と欲のために時代は偏ってしまったものの、互いに追うように死んでしまい、世間ではこれを惜しんだのである。

成希顔は平壌の妓生の中哥《シンカ》をはなはだ愛し、腎水を使いはたして病気になったというのが、実はその死の原因であるという。服喪の日、その妓生が髪を解いて裸足で逃げて人の家に隠れたが、法司に逮捕され

た。それを見て、人びとは言った。

「成公の明晰な知恵でもってなら、一人の女子の情状など察することができるはずなのに、あまりにこの女子に溺れてしまい、息子の璟《ピョ》▼1に後を托すことまでした。ああ、なんともおろかしいことだ」

（李籽『陰崖日記』）

▼1【璟】成璟。『昌寧成氏八百年史』という昌寧成氏の族譜に「靖国四等功臣　資憲大夫　知中枢府使　昌山君」として名を載せる。

第二七八話……悲憤慷慨の人、鄭鵬

斯文の鄭鵬《チョンブン》（第二五一話注1参照）の本貫は善山である。彼は悲憤慷慨するたちで、人に拘束されず、気節があった。彼は廃朝の燕山《ヨンサン》のとき、弘文館校理であったが、あることを主張して杖刑に遭って流された。反正（第二五二話参照）の後、彼を呼びもどし、校理に任じたが、病気を口実にして出て来なかった。後にまた、弘文館校理に任じて復帰させようとしたときには、友人たちが説得して、なんとか赴任したが、しばらくすると、辞退して帰って行った。

ある人がそのわけを尋ねると、彼は言った。

「王さまの恩命があって、やむをえずにあえて朝廷に出仕したものの、心に驚くことがあって、故郷に帰って心を落ち着けるのがよかろうと考えたのだ」

心に驚いたこととは、いったい何なのかと尋ねると、彼は答えた。

「私が校理として恩命を受けて宮廷に入って行き、政院の扉を入って行ったが、犀帯を帯びた宰相が前方で振り返っているので、私は躊躇して少し退いて立っていた。すると、少しして入って来るのを見ると、洪景舟《ホンキョンジュ》（第二五二話注5参照）という子どもだった。その官職を尋ねると、賛成だというのだ。これを聞いて、私は心に驚き、身をひるがえして帰って来て、もう二度と官職につこうとは思わなくなった」

最後に復官したときも、彼が仕える意志の希薄なことを知って、青松府という暇を持てあますような僻地の府使に任命した。彼はそこに赴任しても、伏したままで平穏に事を処理した。昌山君・成希顔《ソンフィアン》（第一三九話注5参照）とは若い時分から親しく交わっていた。このとき、昌山君が領相となり、手紙で安否を尋ね、そして松の実と蜂蜜を送ってくれるように頼んだ。鄭鵬はこれに答えて、

「松の実は高い山の頂にあり、蜜は民間の蜂桶にある。太守である私がどうしてどうして手に入れることができようか」

と書いていた。昌山君は恥じ入って後悔し、謝罪した。後にはこの職も辞して故郷に帰り、最後まで官職に就かずに死んだ。

（金正国『思斎摭言』）

第二七九話……諡号の決め方

国の法として、奉常寺（第一五一話注1参照）で諡号を決めることになっている。ところが、反正（第二五二話参照）の後は諡号を議論することが正しく行なわれなかったために、特別に命じて弘文館応教以上がこれに参与して議論するようになった。このとき、金寿童《キムスドン》（第二五三話注1参照）の諡号を頃順公と定め、柳順汀《ユスンジョン》（第二五二話注3参照）の諡号を武安公と定めた。しかし、政府ではこの諡号が実際とは合っていないとして、奉常寺に改めるように議論させた。

それ以降、諡号を議論するときには、子孫たちが請願に奔走して、美しく立派な諡号を得て、ようやく終わるのだった。そのために、わずかでも意に添わなければ、ふたたび変えようとやっきになったので、

諡号の議論はなかなかに難しかった。武官として靖国功臣に参与した張珽《チャンジョン》（第二五二話注9参照）という者が死んだ。このとき、安彭寿《アンペンス》▼1が奉常正で諡号を忠烈公と決定した。このときから、諡号には忠か文のどちらかがなければ、みなこれをおかしいと思うようになった。

（李耔『陰崖日記』）

▼1【安彭寿】『朝鮮実録』中宗十二年（一五一七）三月辛巳、黄海道観察使の安彭寿はその方面の任にふさわしくない、もともと海州で生長し、父母族親もその地にいるのは弊害が大きいという上啓があった。中宗十四年（一五一九）二月丙子、黄海道観察使の金正国から、延安府使の安彭寿は刑を濫《みだ》りに用いて民のためによろしからず、罷免すべきだと状啓があり、それに従われたとある。

第二八〇話……死罪を免れた柳軫

癸酉の年（一五一三）の九月、柳軫《ユチン》（第二五五話注1参照）は家族挙げて辺境に移住するようにと、議論の上で決定された。軫は年老いた母親を虐待して追い出し、弟の妻を殺したが、法に照らして見るとき、まさに誅殺すべきであった。しかし、不孝と不悌に対する決まった刑罰がないために、義禁府ではこれを父母を侮辱した罪を適用させたのだが、朝廷での議論もまたこの法を適用して罪することを決めた。そこで、王さまは全家族が辺境に移住するようにお命じになったのである。

しかし、唯一、諫院ではこれを正しくないと主張した。王さまはふたたび侍従たちに命じて、このことを議論させ、その会議ではまさに誅殺すべきだという議論になったものの、王さまはこれに特赦をお与えになった。朝廷ではこれを王さまが人を活かそうとなさる美しい徳の表れだと考えて、刑政の過ちについては考えなかった。不孝より大きな罪はなく、臨時の恩恵でもって、ついには大きな仁を傷つけることになった。反正（第二五二話参照）の後、刑法が正しく行なわれず、奸邪なる臣下が国を誤って、昏迷させ、混乱させる者たちを一切、問責することもなく、むしろこの者どもの官職を高くし、前例のままに功臣の称号を与えた。この者たちもまた意気揚々として、みずから意を得たと感じ、なんら憚るところがなかった。

そのために当時の風俗は頑然として恥じることもなく、ただ利益のあるところには綱常も顧みることもなく、礼法を犯して乱す者がみずからの過ちに気付くこともなかったのである。そのために軫はひとり刑死を免れた。ああ、痛嘆されることだ。

（李耔『陰崖日記』）

第二八一話……大風呂敷を広げる鄭光弼

右議政の鄭光弼《チョンクァンピル》（第二六二話注4参照）はかつて経筵で、選上された奴と各役所の下人、また各鎮の水軍が、人は少ないのに仕事は多く、次第に支えていくことができなくなっていると主張して、計画と労働量とをよく勘案して決めて、彼らが落ち着いて生業にも励めるようにと請願した。このとき、特別に宰相たちの議論を募ったところ、宰相たちは旧来のままに行なうことが便利だとして、光弼もまたもたしてなんら建議することもなかった。最初、光弼が政丞として入閣したとき、議論した者たちはみな言った。

「光弼はきっとわざと大風呂敷を広げ、深遠な法をもって、人望を得ようとするであろう」

彼は座るべきではない地位に座り、手足をあらわにして何か言い出すのだが、しかし、それを実行に移す段になると、どうしたものか為す術を知らなかった。彼がまず初めに建議したことは、奴の数に関することのほか二つ、三つに過ぎず、ふたたび持ち出すことがなかった。識者たちはみなこれを嘲弄した。

（李耔『陰崖日記』）

第二八二話……朴永文と辛允武の謀反

十月十四日の夜、大きな雷が鳴り、暴雨が降った。そこで、狩猟を中止するように命が下った。十八日、雲がなく、白昼に雨と霰が降り、雷の大きな音がした。二十日に議政府の奴の鄭莫介《チョンマクゲ》[1]が密告した。

「朴永文《パクヨンムン》（第二五二話注4参照）と辛允武《シンユンム》（同話注2参照）が乱を謀った」

これよりも前に雷の変事があったので正殿をお避けになったが、このときに至って、そのまま思政殿の月廊に出られ、みずから獄事をお裁きになり、夜も更けて四鼓のときにお止めになった。二十三日に反逆を起こした言状をみな集め、二十四日には朴永文・辛允武をみな逆賊と判断して極刑に処した。彼らの子どもたちもまた絞殺刑に処した。彼らの家は推官たちに分け与えられることになり、永文の家はそのまますっかり莫介のものとなり、莫介は特別に堂上護軍に任じて、銀帯と儀章と鞍馬を下された。

また、承旨の李思鈞《イサキュン》[2]と金克福《キムククポク》[3]には特別に嘉善を加え、尹希仁《ユンフィイン》[4]と柳雲《ユウン》[5]は問事官として堂上に昇進させ、思鈞にも別に金帯を下された。王さまが最初には盧永孫《ノヨンソン》[6]になさった例を踏んで、推官と密告した者たちにみな功臣の号を与えようとされたが、政丞が、莫介が密告して後、すでに時が経過していると述べたので、王さまはこの言を取り入れられた。

莫介はもともと賤しい奴として酷く狡猾であり、かつて朴永文と辛允武の二人の家にしばしば出入りしていた。朴永文はもともと邪悪な上、ずる賢い人間で、士類たちが自分をのけ者にするのを恨みに思い、いつも力を握っていないことを恨めしく思って、朝廷を恨んで批判することが日々にはなはだしかった。

十六日に、泉佔打囲[7]で永文が大将となり、ここに禍心が生じ始めた。この日の夜、日が暮れて允武の家に行き、穏当ではないことを謀るのを、莫介は狐のように突っ伏して偸み聴いた。莫介は彼らが話した内容を無理にでっち上げているところがあるために、なかなか信じることができない内容であった。大体、永文は朝廷を代えることで、自分の心を爽快にしようと考えていたが、允武はつねに時勢を見てそれは無理であると反対していた。

永文が一つ家で決死の覚悟を伝えると、允武はもともと弱い人間で、必死になって言った。

「以前、君と朴元宗（第二五二話注1参照）の家で誓い合ったが、私がどうして君を裏切ることがあろうか。君のなすがままに従おうと思う」

反正（第二五二話参照）のとき、朴元宗は彼ら二人とともに武夫として決起したが、もともとは富貴になりたいだけだったので、義理を考えた上でのことではなかった。そのために当然、時にしたがって事を行なうという約束があったのだが、どこで何を行なうか詳細に決まったものではなかった。

莫介というのは夜も昼も何事かを企んでいたが、ある夜に見た夢の中で自分の体が車の上に縛られていて、刑を受けることになって軍器監に至ると、駿馬に乗ることになり、つき従う儀従がはなはだ多かった。夢から醒めて思いを巡らして言った。

「これは私の祥瑞なのだろう」

そこで決心して、変を密告したのである。しかし、獄事は特に証拠がなく、二人の話を莫介が聞いたというだけのことであった。それで、ただ莫介が密告したことのみでもって二人を尋問することになった。

このとき、永文は立て続けに二度の尋問を受けても何も言わなかったが、允武はもともと病弱で大きな杖を我慢することができず、打たれる度に、

「その通りです。その通りです」

と言うのだった。わが国では乱逆の謀議にかかわることには粗く削った杖を用いることになっている。そこで、十度でも続けて杖打たれた者は臂も掌も痛くて動かなくなる。また烙印を捺されてしまうと、獄事は決定したことになって、これをふたたび覆すことは難しくなる。そこで、允武が先に自白すると、永文もまた自白した。

大体、永文は兇悪な禍を起こそうと心の中で積み重ねて、それをことばとして表したのだったが、允武

はそのことばを聞いて反対しなかった。その罪は赦すことができないが、二人はかつて国家のために犬馬の労をとったことが記録され、宰相の班列にまで昇ったのであった。ところが、ことばに気をつけなかったために、大逆罪となったが、これはもともとは人びとの腑に落ちなかったことである。そして、その子どもたちまで殺されることになり、罪を減ずる酌量もされなかった。それについては、往来の人びとも心を痛めて嘆息するのみであった。

允武は刑を受けて行くとき、執義の金協《キムヒョプ》▼8を呼んで、

「金協よ、金協よ、国家は邪悪な人間のことばを聞いて、わずかな嫌疑でもって軽率にも大臣を殺そうとしている。お前はどうして力を尽くして助けようとしないのか」

と言った。金協はもともと臆病な性質で何か奇異なことが起こるのではないかと心配し、その日の夜は灯りを明るく点して一睡もせず、奴婢たちを夜が明けるまで騒がしく過ごさせて、妖気を寄せ付けないようにした。これを人びとは笑いながら話したものであった。

宋軼《ソンチル》(第二七一話注1参照)、鄭光弼(第二六二話注4参照)、李思鈞などは自分たちが逆賊を捕まえるときに功績があったと吹聴して喜色満面でたがいに祝い合い、朝廷での恩赦のことなどにはすべて賛成した。希仁は文書を処理する下っ端の役人に過ぎず、柳雲は名士として名があったが、彼らとともに堂上官に昇り、当時の人びとは彼らを「三折衝」と呼んだ。王さまが特別に莫介に対して、忠誠と節義のあるソンビだとして、数え切れぬほどの宝物を下賜された。こんなことから、人びとの士気が消失して、ふたたび形勢を取り戻すことができなかった。

莫介が儀物をもって市井に出ると、群れを成した街の少年たちが馬の前後を取り囲み、進むことができなくなる有様だった。あるいはまたその栄華を慕って感嘆する者も、またその軽率で賤しいことを嘲弄する者もいた。朝廷では彼のような者と同列であることを恥じる者が多かったが、王さまが尊重し、時の大臣たちが彼に依存するところであったから、あえて何ごとも言わなかった。

(李耔『陰崖日記』)

▼1【鄭莫介】中宗のときの議政府の奴。一五一三年、経筵に出て行き、朴永文と辛允武の謀反を告発して、奴の身分を免れ、折衝将軍上護軍となった。後にその告発に疑義があるという主張を権撥が行なって、莫介の堂上は取りやめになった。

▼2【李思鈞】一四七一〜一五三六。字は重卿、号は訥軒、本貫は慶州。一四九八年、文科に及第、一五〇四年、副修撰だったとき、廃妃尹氏の復位の不当であることを主張して、報恩に帰陽した。一五〇九年、校理として重試に首席で合格して加資された。吏曹判書となったが、金安老に退けられて、慶尚道観察使となり、その赴任の日、金安老が興仁門（東大門）で餞《はなむけ》のために待っていると聞いて、崇礼門（南大門）から出て行った。知中枢府事にまで至って死んだ。

▼3【金克福】金克愊か。金克愊は、一四七二〜一五三〇。字は子誠、本貫は光山、一四九八年、文科に及第して官途についたが、燕山君の暴政を諫めて杖配となった。中宗反正の後、復帰したが、引き続き国事を諫めることがあって、一五三〇年、罷免され、断食して死んだ。一生を通して清廉潔白であった。

▼4【尹希仁】『朝鮮実録』中宗十二年（一五一七）十二月丙申、大司諫の尹希仁は以前は都承旨であったが、駁されて罷免になり、まだ時間が経っていない、しかるに今また言官の長となったが、思うに、言責ははなはだ重く、できれば、職を変えていただきたいと、諫院（本人）からの申し入れがあり、王さまはお聞き入れになった旨の記事がある。

▼5【柳雲】一四八五〜一五二八。朝鮮中期の文臣。字は従竜、号は恒斎。本貫は文化。進士を経て、一五〇四年、文科に及第して、官途に就き、忠清道観察使などになった。一五一九年、己卯士禍（第二九三〜二九八話参照）が起こると、南袞の推挙で大司憲になり、趙光祖を初めとする党人たちを救おうと努めたが、奸臣たちの弾劾を受けて罷免され、故郷に帰って世間を慨嘆しながら過度の飲酒によって死んだ。

▼6【盧永孫】生没年未詳。本貫は光州。早く羽林衛の兵卒となったが、任士洪の非行に連座して職帖を還収された。一五〇七年、大司成の李顆などが中宗反正の論功行賞に不満をもっているのを知ると、これを譏訴して、推誠保社佑世定難功臣一等に冊録され、光原君に封じられ、嘉靖大夫として正二品の堂上官となった。その人柄は人に好まれなかったが、王の後ろ盾があり、栄華を欲しいままにした。

▼7【泉佔打囲】「泉佔」という熟語を見ないが、陰謀の源を探る意味かと考えられる。「打囲」は集団でする

狩猟のこと。獣を追い詰めて囲んで狩ることだが、ここでは大勢で家を囲んで捕縛することを意味しよう。

▼8【金協】『朝鮮実録』中宗八年（一五一三）十月丙辰、健元陵の参奉から二十日の雷は陵の洞口の白虎山の松の木に落ちたという報告があり、それを受けて、執義の金協らが、最近よく雷が落ちるが、これは先王の霊が安寧ではないからである。これを慰撫しないわけにはいかない。宰相の会議など枝葉のことであると上啓している。

第二八三話……曖昧模糊とした謀反事件

癸酉の年（一五一三）、朴永文《パクヨンムン》（第二五二話注4参照）と辛允武《シンユンム》（同話注2参照）が謀叛の罪で殺されることになった。永文は猜疑心が強く、横暴な人間で、世の中への鬱憤があっただけのようで、その謀略の中身がどのようなものであったか推測するのは難しい。允武の方はただ永文の話を聞いただけで、それを告発することがなかったので、ともに処刑されることになったのである。しかし、今に至るまで、人びとは事があまりに曖昧で、何ら罪もないのに誤って罪を着せられたとして、寃罪ではなかったかという思いを晴らすことができない。

永文が允武の家に行ったという日は、允武は休暇だったので一人で家におり、だれ一人として家を訪ねて来た者がいなかったと、隣の人間すべてが答えている。また、鄭莫介（第二八二話注1参照）は、

「床の下に潜って、彼らの話を詳しく聞きますと……」

と言って、彼らの話を一言も漏らさずに告げたというのであったが、今、明らかになっていることは、その家の床ははなはだ低く、人が這いつくばっても到底もぐり込むことはできず、また二人がともに反逆の話をしたとすれば声を潜めて話をしたはずで、外にいる人間が一言も漏らさずに聞くことなどできなかったはずだということである。いずれにしろ、相当に疑わしい告発であった。

告発する前のこと、鄭莫介が都承旨の李思鈞《イサキュン》（第二八二話注2参照）のところに行って話をして出て来て、その後、李思鈞が尋問して取り調べるときに、それに答えるのに不明瞭なことばが多く、なにやら秘密にして隠している痕跡が見え隠れした。人びとはそのことについても疑念を持たざるをえなかったのである。

（奇遵『戊寅記聞』）

第二八四話……権撥が疑義を呈する

十二月に持平の権撥《クォンパル》▼1が、鄭莫介《チョンマクゲ》（第二八二話注1参照）だけにもっぱら賞を与えることを問題だとして啓上すると、両司（大司憲および大司諫）が引責して退いた。これに先立ってまず、撥が莫介のことを同僚たちに相談すると、みなはそれを啓上すべきだとしたものの、疑いと怖れを抱いて、同僚たちはしばしば言辞を変えた。このときに至り、両司が別のことで宮廷に参ってもなお躊躇して申し上げなかったので、撥は単独で別に啓上したのである。

大司憲の朴説《パクヨル》（第二六一話注1参照）はもともと偏狭で、自分に反駁する者がいれば憤激して、それを顔色に出し、はげしく論争したが、今回はその道理の屈するのを知って、そのまま退出したのだった。

（李耔『陰崖日記』）

▼1【権撥】一四七八〜一五四八。字は仲虚、号は冲斎、本貫は安東。一五〇七年に文科に及第して、礼曹参判までになったが、一五一九年、己卯士禍（第二九三〜二九八話参照）にかかわって罷免され、十年あまり無官だった。一五三三年になって復職し、知中枢府事となって、宗系弁誣のことで燕京に行き、礼曹判書・知義禁府事となった。明宗のときに、尹元衡の尹任一派排斥に反対して、朔州に流されて死んだ。

第二八五話……莫介の手柄を無効にする

政府では、鄭莫介《チョンマクゲ》（第二八二話注1参照）が変を告発して、辛允武《シンユンム》（第二五二話注2参照）と朴永文《パクヨンムン》（同話注4参照）の謀逆を知ることができたとして、堂上官の階級を莫介に与えた。このとき、持平の権撥（第二五五話注1参照）は、今まさに暇を告げて故郷の父母を見舞いに帰ろうとしていたところであったが、同僚たちと議論をして、莫介の官職を削奪することを啓上すべきだと主張した。しかし、その後、故郷から宮廷にもどって見ると、その議論は沙汰やみになっていた。そこで、同僚たちみなを説き伏せ、進み出て啓上した。

「鄭莫介が永文と允武の謀議を知って、寸時の遅れもなく、告発致しましたが、それから時間を経て初めて私は告発します。莫介が罪されず、また甚だしくは官職まで与えられていますが、その官職を剝奪してください」

王さまはこのことばを容れられたので、当時の人びとは気持ちが晴れる思いがした。

（李滉[1]『退渓文録』）

▼1【李滉】一五〇一～一五七〇。「東方の朱子」とも称される大学者。字は景浩、号は退渓のほか陶翁、本貫は真宝。礼安で生まれたが、七ヶ月で父を失い、母と叔父に養育された。一五二八年、進士となり、一五三三年には成均館に入り、その翌年には文科に及第した。その後、順調に官途を歩んで成均館司成になったが、辞職して故郷に帰り学問を錬磨した。しかし、朝廷から呼び戻され弘文官校理となり、一四四五年には典翰となった。その年、乙巳の士禍が起こり、彼も禍を蒙って、すぐに復職はしたものの、すでに官途に興味を失って学問に専心することを考えた。その後も朝廷からの招請があって応じることもあったが、一五五九年には帰郷して陶山書院を建て、学問と後進の指導に従事した。彼の学問は敬を重視して、内省を出発点とする。朱子の理気論を発展させ、「四端七情」について理気の互発を主張する。李栗国とともに朝鮮朱子

学の最高峰であり、藤原惺窩や林羅山など日本の朱子学者たちにも多大な影響を与えた。

第二八六話……内農作

内農作[1]をするよう命令があった。民の風俗として、正月十五日に藁を縛って穀物の穂の形を作り、竿を立ててやはり穂に見立て、それらを綱でつないで木に懸け渡して、その年の豊作を祈願する。宮中ではこの民の風俗に習って、やや手の込んだことをした。その起源というのは『詩経』七月篇[2]に記された人物の姿をかたどって、これが耕作する様子を作るのである。最初は奇異で巧妙なものを作ろうとするものではなく、ただ農業を尊重する気持ちを込めるものであったが、最近では左辺と右辺に分かれて勝負をして、勝った辺には褒美を与えるようになった。

そこで、官吏たちや工匠たちは争って新しく巧妙なものを作り、物をかたどり姿をまねてはなはだ神妙を極めるようになったのである。そのためにさまざまな品物を探し集めるので、市場はすっかり空になるまでにいたった。文官の李蘋《イビン》[3]という者はもともと気まじめで才能のある者であったが、政院に入って右辺に配属された。しきたりによれば、六人の承旨を左右に分けて所属させるのだが、左辺に配属された者がその配下の者たちに、

「李頻が右辺にいて、君たちは見捨てられたようだ。どうも分はあるまい」

と言った。すると、配下の者たちは袖を振って、

「われわれの仕事がどうして右辺に負けようか」

とたがいに争うので、世間ではこれに唾を吐きながらも、おもしろいと感じた。

今年、人形も花火もやめて、贅を費やして見物することは取りやめるべきだと、台諫（第二二三話注3参照）と侍従が訴えたので、これを行なわないことにいったんは決まった。しかし、みながこれは祖宗から

の風俗であり、にわかに廃止することはできないと言った。

政府ではこの十五日はまさに月食に当たるので、内外で静かに心を内省し、災いから免れることを願うべきであって、遊びの道具を新たに作るべきではないとしたのだったが、王さま自身が、

「農作は必ずしも十五日に見なくてはならないものでもない。日を遅らせて見てもいっかな妨げにはならないであろう」

とおっしゃった。台諫と侍従が何度もそれは正しいことではないと申し上げたが、王さまは、

「農作は毎年行なう決まりごとであり、これを廃止することはできない」

とおっしゃって、ことばにことばを重ねて必ず遊びを見たいとおっしゃって、たとえ国中の人びとが反対しても承知されない勢いだった。大小の役人たちは肩を落とし、また王さまの頑固さにも首をかしげるのであった。

（李耔『陰崖日記』）

▼1【内農作】ことばとして「農作」を他に見ないが、この話で説明されているように、上元の日（一月十五日）に豊作を祈って行なわれた民衆の祭りを、宮廷で取り入れたものが「内農作」であるということらしい。

▼2【『詩経』七月篇】『詩経』「国風」の中の豳風の「七月」に「七月は流るる火、九月は衣を授く　一の日は觱発《ひっぱつ》たり　二の日は栗烈たり　衣無く褐無くば　何を以てか歳を卒《を》へん　三の日は耜《すき》を于《をさ》め　四の日は趾を挙《もち》ふ　我が婦子と同《とも》に　彼の南畝に饁《えふ》すれば　田畯至りて喜す……（七月には移ろうなかご星、九月には冬着を授ける。一月には寒風さむく、二月には寒気きびし。冬着も毛衣もなかったら、歳を越すのもままならぬ。三月には農具の手入れ、四月には田を耕す。我が婦子とともに、聖田に初穂を捧げれば、田の神が今年の稔を言祝いでくれようぞ……）」とある。農事暦を歌った古代の詩であるが、秋の収穫を感謝する儀礼、あるいは春の収穫を予祝する儀礼で歌われたものと考えられる。

▼3【李蘋】この話にある以上のことは未詳。

第二八七話……医者の出世

申戌の年（一五一四）の正月、政府と六曹に、高世輔《コセボ》▼1を恵民提調▼2とし、世輔の息子を恵民教授とするように命が下った。政府と六曹ではこれを上申したので、河宗海《ハジョンヘ》▼3に代えるようにお命じになった。これは、宗海がかつて活人提調▼4であったことによる。世輔と宗海はともに燕山《ヨンサン》の時代の淫蕩で不潔な臣下であったが、その中でも世輔は特に奸邪で阿諛追従することが形容できないほどであった。反正（第二五二話参照）の後、世輔は医長▼5となったが、請託することに通じていて、このときに至って、特別の命令で官職が与えられたのである。王さまはまた雑術に留意して、地理や運勢などについて詳しい者たちを引見なさり、御衣を賜り、術士の趙倫《チョリュン》▼6のような人に随時に出入りすることをお許しになった。

（李耔『陰崖日記』）

▼1【高世輔】生没年未詳。一五〇一年四月、内医として元子の疫疾を治療した功で資憲に昇り、一五〇六年、廃主の燕山君の機嫌に合わせて陽気を助長させる薬を投じたとして、罰を与えられることをみずから請うたが、中宗は却下した。その後、二品職に昇った。

▼2【恵民提調】恵民署は医薬のことと一般庶民の病の治療に当った官庁。高麗時代の恵民局を、一四六六年、恵民省に改称。官員は長官として他官が兼任する提調、続いて首簿（従六品）、医学教授（従六品）、直長（従七品）など。

▼3【河宗海】生没年未詳。一五〇一年四月に内医として元子の疫疾を治した功で資給を加えられた。一五〇五年、内医院堂上官となった。一五一四年正月には恵民署提調となったが、すぐに高世輔が代わった。一五一五年正月、淑儀羅氏の護産医として失敗したとして罪されることをみずから請うたが、王は医女の長今《チャングム》（人気を博したテレビドラマの主人公になった人である）の罪の方が大きいとして赦した。一五三〇年、内医院提長となって、王室に疾病があるごとに診断・治療した。

▼4【活人提調】活人署は一三九二年に置かれた機関で、ソウルの市民たちの医療を無料で行なった。一四一四年に活人院となり、一四六七年にふたたび活人署と改称した。高麗時代にあった東西の大悲院と恵民局の制度を継承して、初期には大悲院とも呼ばれた。正確には提調の職はなく長は別提（従六品）となる。

▼5【医長】医療にかかわる官庁に内医院、典医監があるが、長官の正（正三品）は医者ではないようだから、直長（従七品）を言うか。

▼6【趙倫】『朝鮮実録』中宗十年（一五一五）三月己巳、王さまは地理官の趙倫らを召して、敬陵と献陵のどちらも地勢はいいようだが、もし双墳を造るとすれば、どちらでもいいだろうかと下問なさった、それに対して、趙倫らはどちらの山も素晴らしいが、双墳を造るなら、献陵の方がいいと答申し、王さまはこれをお聞き入れになった旨の記事がある。

第二八八話……反正の功臣たちの実相

二月、反正（第二五二話参照）の日に入直していた承旨の尹璋《ユンチャン》（第二五二話注17参照）、曺継衡《チョケヒョン》（同話注18参照）、李堣《イウ》（同話注16参照）などの功券を取り上げるようにお命じになった。靖国功臣というのは大抵が姻戚の請託によってなったものである。権鈞《クォンキュン》▼1は扉の外で高々と鼾をかいて臥していて、姜渾《カンフン》（第二四八話注18参照）と韓珣《ハンスン》▼2は朝服を着て朝廷に参内していた。それが兵士たちの中にまぎれこんで、功臣の仲間として記録されたのであった。今回の三人は廃主の燕山《ヨンサン》の最後を見切って、反正を起こした兵士たちの中に身を投じ、わが生命を助かろうとしただけであった。ただ逃げ出したのを反正に与したといつわり、かえって卑陋な人間だと指弾された。このときになって、王さまは彼らを節義の士であるとした臣下たちを責め、政府と六曹にあらためて議論をするようお命じになったのである。

柳洵《ユスン》（第二七一話注2参照）というのは気節に欠けていたが、正直で是も非もない人であった。このとき、ひとり申し上げた。

「私は反正の日に首相として変事のあったのを聞き、ただ慌てふためいてどうすればいいのかわかりませんでした。それでも勲籍に与って図々しくこの世を治めています。私は実際には三人の人びとと行跡は同じであり、あえてこの議論に加わることができません」

これを聞く人びとはみな彼のことばを正しいと考えた。

宋軼《ソンチル》（第二七一話注1参照）は廃主に寵愛されて高い官職に昇った。反正の日には、あわてて駆け出して転び、まさにその怪我が功名となって、勲籍に名を記されただけの人物であった。この日、意見を述べて、

「三人は人臣として節を失い、その罪は万死に値します。法によって処理してください」

と申し上げ、さらには、

「臣が廃主に三綱（第二七二話注4参照）の道理を忘れさせたのは、ただ主上を推戴させるためであって、廃主のことなど、実はどうでもよかったからです」

とも申し上げた。その図々しく恥知らずであるのは、大体このようであった。

（李耔『陰崖日記』）

▼1【権鈞】一四六四〜一五二六。字は正卿、本貫は安東。一四八六年、生員・進士となり、一四九一年、文科に及第、中宗のとき靖国功臣となり、永昌府院君に封じられた。一五二三年には右議政に至った。

▼2【韓珣】韓恂。一五〇六年、燕山君を退けるのに功があり、秉忠奮義靖国功臣の号を受けた。その年に正朝使として明に行く途中、義州で病気になって帰って来た。一五〇七年、事件で免職になったが、翌年には復帰、一五二一年、進香使として明と往来して外交に貢献した。

第二八九話……職責にふさわしくない宰相たち

三月に司憲院・司諫府からともに啓上があった。

「宋軼《ソンチル》（第二七一話注1参照）、洪淑《ホンスク》（第二七五話注1参照）、尹珣《ユンスン》▼1、姜徴《カンチン》▼2はその職責にふさわしくない」

宋軼はもともと職を失わないかとばかり心配する賤しい男であり、財物を貪って恥じるところがなく、宰相となっても何一つこことと取り上げて褒めることのできない人であった。

かつて父親の初喪に当たって、泰然として家で過ごした。興徳洞に家を建て、喪服を着たまま車に乗って、白昼、恥じることなく往来して憚ることがなかった。また永柔など数ヶ所に数百結の土地を買って開墾したが、その邑の守令に頼んで、役所の人夫を使って耕作させた。また、李允儉《イユンコム》▼3に財物を要求した。もともと允儉は宋軼にこびへつらっていたが、允儉が平安道節度使となったとき、数多くの船を造って、その船にたくさんの品物を載せて送ったのだった。宋軼はこれを受け取っても、いささかも恥じらう顔を見せず、その他からも数多くの賄賂を受け取ったのであった。

あるとき、大きな声で言ったことがある。

「私は陰陽の道を修めて国家を経営するようになれば、たとえ病に陥り、俸祿だけを受けて逃げることになっても、それで私の心は満足だ」

洪淑は学問もなく、才能もなく、ただ財物を貪って、飽きることがなかった。良民を強制的に捕まえて来て奴婢とし、人と訴訟ごとをするのを好み、人の土地を奪い取った。みずから考えるに、世間を生きぬく才を自分よりもった人間はいないとしていて、王さまもまたそのことで彼を評価して、にわかに高い官職を与え、政府に参与させることになさったのであった。洪淑の家は貧しくて、外出するときには、兄弟が一つの服を着替えて出なくてはならないほどであった。しかし、何度か実入りのいい官職を得て、ついには充分な富者となった。すると、官妓を連れて来て自分の妾にして、その妾に家をはなはだ華麗に造って与え、妾もまた緋緞の衣服でなければ、着ない奢りぶりであった。

尹珣は燕山に寵愛され、科挙に及第して五年にもならずに、にわかに資憲の官職に昇り、その妻もまた燕山の寵愛を受けて宮廷に出入りして、醜聞が起った。人びとは、

「尹珣の資憲というのは王に自分の妻を貸した値のようなものだ」とまで言っていた。

中宗の時代になっても、彼の官職は以前のままで、その妻もまた女官の職を得て前日と異なるところがなく、当時の人びとは彼らをあさましい人間だと考えていた。彼は性格もまた醜く、細々としていて、かつて咸鏡道観察使となったとき、辺境では凶年となり、人びとが互いに食らい合うような状況でも、これを意に介さず、毎日、文書だけを見てあれこれ考えることだけを仕事だと考えていた。

姜徵はもともと愚かな上に陋劣で、才能も行実もなく、官職にあっても何もできない人物であった。近年になって、王さまが政治を刷新しようとして、宰相たちを責め立てたが、彼らはすべて愚鈍で無能であったから、空しく歳月を送るだけであった。それで、宗軼や洪淑のような才能の者にでも、王さまは頼ってお取り立てになったので、あれこれと悪事を行なうことが日に日に多くなった。また尹珣や姜徵などは人びとが指さして笑うような人物であるにもかかわらず、公卿の地位を汚して、世論は沸騰するようであった。それでも、朝廷の大臣というのはみな同類であったから、ここで是非を区別して論ずれば、禍獄が生じるのではないかと恐れたのだった。

しかし、このときに至って、諫院から上疏して、その事実は指摘せずに、その大綱だけを議論した。これは形勢を切迫したものにせずに、ただ王さまの斟酌として人びとの進退の処置を望んだのである。そして、彼らがみずから判断して辞職すれば、ほぼ体面をたもつことができると考えたからである。しかしながら、すでにことばを発した後には、物議をかもし、やむをえず二つの役所が協力して文書を差し上げたのである。

（李耔『陰崖日記』）

▼1【尹珣】『朝鮮実録』中宗十七年（一五二二）十月丁丑、知中枢府事の尹珣が卒したとして、次のような記事がある。珣の妻の具氏は領議政の具致寛の曽孫女であり、燕山君のときの醜聞があった。丁丑の年（一

五一七）七月、王妃冊封の後、台諫が城外に追放した。珣はこのとき初めて事実を知って、羞じて心を痛め、日々に酒色に耽った。具氏は食事もせずに死に、珣もまた病気になって死んでしまった。

▼2【姜徵】姜澂。一四六六～一五三六。字は彦深、本貫は晋州。一四九四年、文科に及第、八年間、経筵官であったが、燕山君を諫めて、楽安に帰陽、中宗反正（第二五二話参照）で呼び戻され、原従功臣となり、同知中枢府事、礼曹参判に至った。

▼3【李允倹】一四五一～一五二〇。字は子文、本貫は陝川。一四七二年、武科に及第。一四七六年、武科重試に及第。宣伝官となり、内外の官職を歴任した。一五〇七年、義州牧使だったとき、善政によって王から表裏（衣服地）を下賜された。一五一一年、戸曹参判となり正朝使として中国に行き、一五一三年には慶尚左道兵馬節度使となった。一五一九年の己卯の士禍（第二九三～二九八話参照）では落郷した。

第二九〇話……鶏にかかわる異変

正徳の甲戌の年（一五一四）、すなわち中宗の九年、鶏にかかわる異変が何度も起こった。あるいは雌鶏が変化して雄鶏になり、あるいは三本脚の鶏が生まれた。このようなことがいちいち記録することができないほど多く生じた。『京房易伝』▼1を見ると、

「王が婦人の言葉を聞き入れれば、鶏に妖奇なことが生じる」

とある。漢の元帝▼2のときに、雄鶏が変化して鳴かなくなり、雌鶏を犯すこともなくなった。人びとは、

「王妃がやがて皇后となられる。貴となる芽は萌したが、尊とはなられていない」

と言った。唐の武后▼3が政権を握ったときも、雄鶏が変化して雌鶏になることが二度もあった。韋氏▼4が政権を取ってほしいままに振る舞ったときにも三本脚の鶏が生まれた。奇形の鶏の出現はすべて女子の禍があるものだと、識者たちはこれを憂慮した。

乙亥の年（一五一五）の春に章敬王后▼5が亡くなったが、それは大きな変故をもたらしたのであった。

（金安老『竜泉談寂記』）

▼1【『京房易伝』】『京氏易伝』とも。京房の著した易の書物。京房は漢の頓丘の人。字は君明。本姓は李、みずから京とあらためた。梁の人の焦延寿について易を学んで、官は郎中・魏郡太守。永光・建昭年間にしばしば上疏して怨まれることがあり、獄に下って棄死された。

▼2【元帝】漢、十一代の皇帝（在位、前四九～前三三）。儒家の思想を好んで、徳治主義の政治を提唱し、地方に宗廟（郡国廟）を造営することには熱心であったが、政治は優柔不断と言われ、外戚・宦官の政治介入を抑えることができなかった。

▼3【唐の武后】六二四頃～七〇五（在位、六九〇～七〇五）。高宗の后の武氏。中宗・睿宗を廃して六九〇年、みずから即位して、則天大聖皇帝と称し、国号を周と改めた。老いて張柬之に迫られて退位、中宗が復位して、唐の国号を復した。武則天。

▼4【韋氏】唐の中宗の后。中宗が武氏に廃されて、使者が来るたびに恐れて自死しようとしたが、それを止め、中宗が復位するに及んで、政治に参与した。武三思と私通、後に中宗を殺した。臨淄王隆基（元宗）に殺され、廃された。

▼5【章敬王后】一四九一～一五一五。中宗の第一継妃。姓は尹、本貫は坡平。坡平府院君・尹汝弼の娘。一五〇六年、淑儀となり、一五〇七年、王妃に冊封された。一五一一年、孝恵公主を生み、一五一五年、元子（後の仁宗）を生んだものの、産後の病で死んだ。章敬王后が死んだことにより、中宗は同じく坡平尹氏の尹之任の娘を納れることとなり、その女性が後に文定王后として実権を握り、この話で言う「大きな変故」をもたらすことになる。

第二九一話……謀反をでっち上げる

丙子の年（一五一六）、私（この話の著者、金正国《キムジョンクク》。第一二二話注3参照）は検詳として宿直した。招牌をもった人が夜中に扉をたたき、集まるように催促した。私は慌てて転倒しながら参ったが、王さまはすでに思政殿に座っていらっしゃり、禁府堂上と三公（第一二八話注3参照）がみな入侍していた。兵曹判書の柳聃年《ユタムニョン》（第二六七話注12参照）と知事の李長生《イチャンセン》[1]を御前の庭に捕まえて来て、私と鄭雲卿《チョンウンキョン》[2]は問事官として入って行き、この事に参与することになったのである。

大体、これはある賤人が、聃年が逆謀して、この夜、宮廷の門の前に集まって、また解散したとして、変を告げたのであった。これを告げた者は褒美をもらうつもりで、まずは兵曹判書のことばとして、辺境に驚くべきことがあったとして、これを同知とその他の武班たちにあまねく告げたのである。すると、彼らが宮廷の門の前に集まってくる、それを逆謀の証拠としてでっちあげ、実際に目にしたこととして告発したのだった。

このとき、内近衛の閔崇英《ミンスヨン》[3]という者がいて、この人がまず拷問を受けた。私がまず王さまの命を受けて、彼が今夜は宮廷を出入りしなかったかどうかを尋問すると、彼は身を震わせてどうしていいかわからず、宮廷の門の前に来たことを隠そうとした。私は内々にそのことを理解し、

「今日の獄事を見るに、率直に言えば罪を免れ、率直に言わなければ罪を得ることになる。恐れることなく、今日したことを隠し立てせずに正直に述べるがよい」

と言った。崇英が私のことばを聞いてよく理解し、正直に隠さず話をしたので、事は正当に処理されることになった。大体、獄事を聞いて、詳細に分別せず、ただ誤ったことばだけでもって性急に重い刑罰を与えれば、冤罪となることを免れないのではなかろうか。もし崇英のことばが誤っているのをもって刑罰を加え、嘘の自白をするように仕向ければ、判書の尹聃年もまた逆謀の罪を免れなかったこととなる。獄事を裁くことの難しさはこのようである。

（金正国『思斎摭言』）

▼1【李長生】『朝鮮実録』中宗十一年（一五一六）十一月丁亥、私奴の吉山という者が変を告げて、工曹判

書の柳聃年、嘉原君の李長生らにも言及した、王さまが取り調べて、事実でないことがわかり、吉山を誣告の罪で罰したとある。中宗十二年（一五一七）十二月乙丑には平安道観察使の李長生の名前が見える。

▼2【鄭雲卿】この話にある以上のことは未詳。

▼3【閔崇英】『朝鮮実録』中宗十四年（一五一九）三月丙申、金友曽（第二三二話注2参照）のことが問題となり、王さまは友曽の遺族についてお尋ねになった。すると、承政院から、もし友曽の遺族をお召しになるのなら、柳聃年が妹の夫であり、趙元紀がその四寸であり、閔崇英がその三寸なので、これらの人を召されれば可であると答申した旨の記事がある。

第二九二話……魯山君を弔う

丙子の年（一五一六）の十二月二十五日、右承旨の申鏛《シンサン》▼1が魯山君《ノサングン》（第一〇八話注1参照）の祭祀を行なって帰って来た。魯山君の墓は寧越郡の西五里ほどの道路脇にある。墓は潰えてわずかに二尺ほどの高さの盛り土が残っていた。草むらの中には多くの墓が並んでいたが、邑の人びとはこの盛り土が君王の墓だと伝えていて、そのために、子どもたちもこれを特別なものだと考えていた。他の墓はみな横に石造物を立てていたが、ただこの墓だけが何もなかったという。

最初に魯山の不幸があった日、監督官がやって来て、刑罰を明らかにして、自死するようにうながし、死体は外に放置した。その邑の守令も魯山の従者たちもあえて死体を動かし棺に納めようとはしなかった。そのとき、この邑の首吏である厳興道《オムフンド》▼2という者がやって来て哭を挙げ、棺を用意して納めた（この棺はある官奴が作り、火災を恐れ、邑の牢獄に置いてあったのを使ったのだという）。

しかし、この処置には異論が生じるのではないかと危惧して、さっさと葬事を済ませたのだとも言う。魯山は寧越にいるとき、錦城大君《クムソンテグン》▼3が失敗したことを知って自殺したと、史書には書いてある。しかし、これは当時の狐や鼠のような奸邪でおもねる輩たちの筆によるものである。大体、後日に史書を作る者たちはみなそのときの王さまに阿諛する者たちであるから、『癸酉日録』▼4には大概その類のことが多くなっている。魯山の墓を忠誠かつ義理を守る人間が密かに掘り返し、礼を尽くして他の場所に移してお守りしたというのも、あいまいな伝説に過ぎない。

ただ、その邑の人びとは今に至るまでその死を嘆き悼んで、お供えを用意して祭祀を絶やさなかった。のみならず、何か吉事か凶事があるごとにここに来てお祭りをしたという。そうして、婦女子に至るまで、「鄭麟趾《チョンインチ》（第七九話注3参照）のような奸賊どもが騒ぎたてて、わが王さまの天命を終わらせなさったのだ」と言い伝えていた。ああ、昔から忠節を守ったソンビたちというのは、必ずしも代々の名門華族の家柄から出たわけではない。

当時、王さまを売り、利をうかがって、王さまを酷い禍の中に放り込んだ後に心に愉快だとした者たちは、厳公を見るとき、どうであったろうか。邑の婦人や子どもたちは君臣の義理など知っているわけではない。そして、その凶変を実際に自分の目で見たわけでもなかったが、今に至るまで鬱憤と不平でもって、知らないあいだにも、真実が伝わったのである。これで見るに、人の天性というのは欺くことのできないものである。

（李耔『陰崖日記』）

▼1【申錦】一四八〇～一五三〇。字は大用、号は韋庵、本貫は平山。一四九八年、文科に及第、芸文館検閲となり、承政院注書として春秋館を兼ね、『燕山君日記』を修撰、吏曹・礼曹の判書となった。当時の朝廷では勢力争いが激しかったが、中道を保って、京畿・全羅・慶尚三道の観察使となり、一五二九年には刑曹判書となって、翌年、病を得て死んだ。

▼2【厳興道】この話がもっとも詳しいが、寧越の戸長として、端宗が賜死するとき、その死体を丁重に納めたとされる。後に顕宗のとき、右議政の宋時烈が建議して、その子孫を登用することになり、英祖のときには工曹判書を追贈された。

▼3【錦城大君】?〜一四五七。世宗の第六子。諱は瑜。母は昭憲王后沈氏。端宗が即位すると、首陽大君（後の世祖）が政権奪取を計画、癸酉の年（一四五三）には金宗瑞や皇甫仁などの有力者を殺し、安平大君を江華島に流して殺し（癸酉靖難。第六七話注2参照）、一四五五年には端宗を廃して上王としてみずからが王位についた。一四五七年、成三問・李塏・朴彭年などいわゆる死六臣の端宗復位計画が明らかになると、錦城大君も順興府に追われ、その後、安東の獄に下されて賜死した。

▼4【『癸酉日録』】癸酉の年（一四五三）の政変、「癸酉靖難」の動向について記したもの。

第二九三話……己卯の士禍の起こった夜

己卯の年（一五一九）の十一月十五日の夕暮れに、仲耕《チュンキョン》▼1が月の光の中をやって来たが、このとき、安珽《アンチョン》▼2・李構《イク》▼3もまたいて、星の位置を見るために簡儀台に入って行った。すると間もなく、政院の使令が駆けて来て、

「西門から数人の宰相が宮廷に入って来て、勤政殿の中には灯りが点っている。それを兵士たちがいかめしく取り囲んでいます」

と報告した。このとき、私たちは、

「承政院に行けばいったい何事が起こったかわかるだろう」

と言い合って、すぐに下に降りた。

そのとき、にわかに王さまの命令が下り、入番した二人の承旨、弘文館の二人、翰林・注書などを義禁府に下し、夜の二鼓になって、これらを獄に投じた。それから間もなく、四宰の私（この話の著者、李耔。第一六〇話注1参照）、刑曹判書の金浄《キムジョン》▼4、大司憲の趙光祖《チョクァンジョ》▼5、大司成の金提《キムチェ》▼6、副提学の金絿《キムク》▼7、都承旨の柳仁淑《ユインスク》▼8、左副承旨の朴世熹《パクセフィ》▼9、右副承旨の洪彦弼《ホンオンピル》▼10、同副承旨の朴薫《パクフン》▼11などが逮捕され、その中で柳仁

淑・孔世麟《コンセリン》▼12・洪彦弼などの三人だけは釈放するように命が下り、また沈連源《シムヨンウォン》▼13、安挺、李構などの三人、そしてまた私も釈放されることになったのだった。

（李耔『陰崖日記』）

▼1【仲耕】尹自任。一四八八～一五一九。字は仲耕、本貫は坡平。一五一三年、生員として別試文科に三等で及第して、様々な官職を歴任した。一五一八年、『性理大全』を進講することのできる二十六名の中の一人に選ばれた。一五一九年、左承旨だったとき、趙光祖の一派として排除され、流配されて、配所で死んだ。

▼2【安挺】字は挺然、号は竹窓、本貫は順興。一五一六年、生員となり、また賢良科に及第したものの、時を得ず、官職は陽城県監にとどまった。書と絵に長けていて、特に梅花と竹をたくみに描いた。

▼3【李構】生没年未詳。字は成之、号は燕敬堂、本貫は星州。一五一〇年、進士となり、一五一九年、式年文科に丙科で及第して検閲になった。己卯の士禍で投獄されたが、釈放された。郷約を施行すれば盗賊はいなくなるという建議を行なったが、実際に行なっても、依然として盗賊が横行したので罷免され、故郷に帰った。

▼4【金浄】一四八六～一五二一。李朝前期の文臣、烈士。字は元沖、号は沖菴、本貫は慶州。十歳で四書に通じ、刑曹判書に至った。中宗が王后慎氏を廃して章敬王后を立てるのに反対して、章敬王后が死ぬと慎氏の復位を上疏して流配になったが復帰、一五一九年の己卯士禍に際し、趙光祖の一派として済州島に流され、後に賜死した。

▼5【趙光祖】一四八二～一五一九。中宗のときの性理学者。字は孝直、号は静菴、諡号は文靖。吉再の学統を継ぐ金宏弼の門人で、『小学』『近思録』を基礎として経伝の研究を行なった。平素も衣冠を正して端正にふるまい、言行も古の聖人にならって厳粛であったという。士林派の領袖として、中宗の信任を得て、賢良科の実施、昭格署の廃止などさまざまな施策を行なったが、自派の士林を多く登用し、言動が過激に走ったために、勲旧派の激しい反発を受けて己卯の士禍（一五一九）を招き、一派はことごとく斬罪、彼自身も綾州に流され、その地で賜死した。

▼6【金堤】金湜か。金湜は、一四八二～一五二〇。字は老泉、号は沙西、本貫は清風。幼くして父を亡くしたが、奮闘勉学して性理学を学んで、官職は大司成に至った。趙光祖・金安国・奇遵などと道学少壮派とし

て制度改革を促進したが、中宗反正（第二五二話参照）の際に功臣となった七十六名の勲籍を削除して土地と奴婢を奪うなどの過激な政治を行なった。南袞・沈貞などの恨みを買い、己卯の士禍が起こると、金湜は居昌に逃れ、「君臣千歳義」という詩を作って自死した。

▼7【金絿】一四八八～一五四三。字は大柔、号は自庵、本貫は光州。生員・進士に壮元となり、副提学となったが、己卯士禍のときに投獄されて帰郷した。十余年の後に故郷に帰ると父母が死んでおり、その墓場で慟哭して気絶までした。朝夕に墓に行き、その悲しみのあまりに病を得て死んだ。宣祖のときに吏曹参判を贈られた。書に優れ、朝鮮四大書家の一人とされる。

▼8【柳仁淑】一四八五～一五四五。字は原明、号は静叟、本貫は晋州。一五一〇年、文科に及第、吏曹佐郎・直提学・大司憲などを経て、一五一九年、王の寵愛を受けていた趙光祖を妬んだ臣下たちの起こした己卯士禍に連座して下獄したが、鄭光弼の力諫によって釈放された。翌年には誣告されて逮捕されたが赦され、その翌年にも凶徒たちにより日和見主義者として削職されて、十七年の間、門を閉ざして出なかった。一五三七年、復帰、大司諫・大司憲、刑・工・戸曹の判書を経て、一五四五年の八月には右参賛兼判義禁府事であったが、乙巳士禍が起こり、賜死した。九月には、桂林君・瑠および鳳城君・岏を推戴して謀反を謀っていたとして死体を暴かれ、あらためて梟首され、妻妾は奴婢となった。

▼9【朴世熹】字は而晦、号は道源斎、本貫は尚州。一五一四年、文科に壮元で及第、承旨の職につき、一五一九年、己卯士禍のとき、趙光祖とともに逮捕され、後に江界に流配され、そこで客死した。後に吏曹判書を追贈された。

▼10【洪彦弼】一四七六～一五四九。字は子美、号は黙斎、本貫は南陽。一五〇四年、文科に及第、すぐに甲子士禍（第二〇八話注4参照）に連座して珍島に帰陽したものの、中宗反正の後に呼び戻され、殿試に合格した。兼職を歴任して、右副承旨に至ったが、己卯の士禍では趙光祖の一派と見なされ、獄に繋がれた。鄭光弼によって赦され、吏・戸・兵・刑曹の判書を歴任、右参賛に至った。金安老と反目して南陽に下ったものの、安老の失脚後は復帰して、領議政にまで至った。

▼11【朴薫】一四八四～一五四〇。字は馨之、号は江叟、本貫は密陽。幼くして父を亡くし、学問に励んで、燕山君のときに司馬試に合格、義盈府主簿となった。一五一九年には賢良科に及第して掌令を経て同副承旨に至ったが、奸臣たちの嫉妬を買った。同年の己卯士禍によって趙光祖に連座して、星州・義州・安岳などの地に十三年の間、帰陽した。

▼12【孔世麟】孔瑞麟の誤りか。孔瑞麟は、一四八三〜一五四一。字は希聖、号は休巖、本貫は昌原。一五〇七年、生員となり、同年、式年文科に甲科で及第した。一五〇九年、佐郎として正殿礼宴では女楽を用いるべきではないと建議した。一五一九年、己卯士禍では趙光祖一派として投獄されたが、すぐに釈放された。大司諫・同知中枢府事などを務めた。

▼13【沈連源】一四九一〜一五五八。字は孟容、号は保庵、本貫は青松。幼いとき父をなくし、母親の膝下で文字を学んで、金慕斎のもとで学んだ。一五一六年に生員試に合格、その後、重試に及第して、内外の要職を歴任して、青城府院君に封じられ、領議政に至って、死んだ。

第二九四話……私の申し開き

十六日の朝、府事の金銓（第二五三話注2参照）、李長坤（第二一六話注5参照）、洪淑（第二七五話注1参照）などが鞫庁に座って鞫問《きくもん》した。

「趙光祖（第二九三話注5参照）、金浄（同話注4参照）、金湜（同話注6参照）、金絿（同話注7参照）などがわたくしに朋党を作り、誤った議論をすることを習いとして、後進たちを抜擢しては権威のある地位につけている。その声と勢いがたがいに相俟って、自分たちの意見と異なる人は排斥し、自分たちに従う人は受け容れている。公平な議論は行なわれず、国家は日に日に道を誤っていく」

この人びととかかわって、尹自任（第二九三話注5参照）・朴世熹（同話注9参照）・朴薫（同話注11参照）、そして私（この話の著者、李耔。第一六〇話注1参照）などは、趙光祖の過激な論に同調して呼応したとされた。そこで私などが供述したことと言えば、ほとんど同じである。

私自身は次のように供述した。

「私は幼いときから昔の人の文章を読み、事がらの方向を知ったために、常に考えるところは、家にあっては孝悌を尽くし、国家にあっては忠義を尽くそうということでした。そこで、同志たちとともに昔の道を考究して、わが王さまが堯や舜のような王さまになられ、世の中がよく治まることを願って、臣の小さな忠誠を尽くそうと致しました。また人の善なるところは善とし、不善なるところは不善とするだけのことであり、どうしてあえてわたくしに徒党を組んで付和雷同することなどいたしましょう。光祖などとは意志を同じくし、目指す道も別なものではありませんでしたから、誼《よしみ》を通じましたが、彼らが過激な論を行なっているのは存じませんでした」

堂上たちは宮廷に入って行き、私のことばのまま申し上げたところ、王さまは、拷問を中止して、みなの自白を待ち、法に照らして刑を施行せよとのご命令を下された。日が暮れて、また鞫庁に座し、みなが自白して供述を終えた後、光祖など四人は死刑に該当、残りの四人は百の杖叩きの上、三千里の外に流すことを決定して、王さまに啓上した。光祖と金浄の二人についてはさっそく賜薬しようとなさったので、三公があわてて諫め、死を減じて百の杖叩きの上で遠方に流すことになった。残りの四人は杖叩きの代りに遠方に流されることになった。私は三更になって釈放されたので、家に帰って眠った。

（李耔『陰崖日記』）

第二九五話……王さまの教書

十七日の早朝、私（この話の著者、李耔。第一六〇話注1参照）は東小門の外にある民家に出て行ったが、ふたたびみなに義禁府に集まるように命令が下った。すると、宿直の承旨の成雲《ソンウン》▼1が出て来て、王さまの教書を伝えた。

「汝たちはすべて侍従の臣下として、上下が心を合わせ、国家がよく治まるように誓い合っていた。汝たちの心が良くないわけではないが、最近になって、汝たちが朝廷のことを処理するに当たって過つことがはなはだ多く、人びとの心に不満が生じつつある。それでやむをえず、汝たちに罰を与えるのだが、私の心がどうして穏やかでいられるだろうか。また罰を与えることを請うた大臣たちもどうして私意を挟んでのことであろうか。汝らのことがここに至ったのは、みな私の不明の致すところであり、よくその機微をあらかじめ防がなかったからである。そこで、もし法のままに罰を与えれば、必ずしもこれだけに留めることはできないであろう。汝らに私意はなく、国家のために心を砕いたのであり、あえて罪を減じようと思う。汝らはそのことを肝に銘じてこの場を立ち去るがよい」

そこで、その日は東小門の外の民家に行って寝た。

（李耔『陰崖日記』）

▼1【成雲】?〜一五二八。字は致遠、本貫は昌寧。一五〇四年、生員として式年文科に丙科で及第、一五〇六年には王の怒りを買って罷免され、中宗反正（第二五二話参照）の後、一五一一年、掌令として起用された後、応教となった。一五一四年には成均館を指導すべき二十八名の師儒の一人に選ばれた。一五一九年の己卯の士禍のときは、宿直の番に当っていて、王命を伝えて趙光祖の一派を排除する先頭に立つことになってしまった。その後、礼曹参判、工曹判書などを経て、兵曹判書となって軍事権を握ったが、沈光彦などの弾劾を受けて左遷された。

第二九六話……死を覚悟した人の詩

義禁府に囚われた夜、私（この話の著者、李耔。第一六〇話注1参照）たちは死を覚悟した。その夜は空に一片の雲もなく、明るい月が庭を照らしていたが、その庭に並んで座り、酒を飲んで永訣をした。元沖・金浄（第二九三話注4参照）が詩を作った。

「この夜、あの世に遠く旅立つ客たちよ、

空の明るい月が人間世界を照らし出す。

（重泉此夜長帰客、空留明月照人間）」

大柔・金銶（第二九三話注7参照）はまた古詩を吟じた。

「白い雲の中に骨を埋めれば長く煩いはないものを、
徒に流れる水が人間世界を押し流す。

（埋骨白雲長已矣、空余流水向人間）」

彼はまた、

「月が明るい広々とした空の夜（明月長天夜）」

と吟じると、それに元沖が、

「寒さの厳しい冬の別れの時（厳冬惜別時）」

と和した。

このとき、みなは従容として心にわだかまりはなく、互いに言い合った。

「次野（李耔の字）は必ず赦されるだろう」

私は泣き、孝直・趙光祖（第二九三話注5参照）だけが慟哭して、

「王さまにお会いしたい……」

と言った。たがいに励まし合って、

「今は従容として義に就いて死ぬだけのこと、どうして泣く必要があろう」

と言ったが、孝直は、

「従容と義に就いて死ぬべきことがわからぬではないが、ただ一眼だけでも王さまにお目に掛かりたいのだ。どうしてわが王さまがこのようなことをなさるのか」

と言って、一晩のあいだ慟哭し続けたのだったが、翌日、死刑が決まった後には泰然自若としていた。

（李耔『陰崖日記』）

第二九七話……暗躍した南袞

己卯の年（一五一九）に止亭《チジョン》・南袞《ナムコン》（第二一一話注1参照）が判書の洪景舟《ホンキョンジュ》（第二五二話注5参照）とともに宮廷の北の神武門から入って行って、ひそかに王さまになにやら申し上げた。人びとはその内容を知らなかったが、その夜中に、宣伝官に命が下って、禁衛軍を率いて、提学の金浄《キムジョン》（第二九三話注4参照）、大司憲の趙光祖《チョクァンジョ》（同話注5参照）など七名を宮廷の御前の庭に引っ立てて来て、義禁府に閉じ込めたのであった。

翌日、明るくなる前に、止亭は身をやつし、草笠をかぶり、粗末な服を着て、破れた靴をはいて、政丞の鄭光弼《チョクァンピル》（第二六二話注4参照）の屋敷を訪ねて行った。門番を呼んで言った。

「すぐに中に入って行き、門前に客が来ているとだけ伝えて欲しい」

門番はその容貌を知っていて、南袞であることがわかっていたが、そのままにして、中に入って告げた。

「門の前に客が来ていて、その顔を見ると、大臣の南袞さまのようです。ところが、衣服がはなはだ粗末で、まるで賤人のようです」

鄭政丞は大いにおどろき、不思議に思って、あわてて転びながら出て見ると、はたして南公であった。公はあやしんで、

「いったいどうされたのか」

と尋ねると、止亭は事情をすべて話し、さらに続けて言った。

「彼らの中でもし一人でも生き残れば、その害は極みもなく大きい。王さまは今日、きっと公を召して意見をお聞きになる。公は努めて王さまの意志に従うようになさってください。そして、彼らを一人残らず亡き者にしたならば、国家の体制も安泰となることでしょう。もしそうしなければ、後悔することが多いはずです。よく考えて処理なさってください」

あるいは恐ろしいことばでもって威し、あるいは甘言でもって誘ったのだった。

しかし、鄭政丞は色を正して言った。

「公が政丞の身をもって賤しい身なりで市中を歩いて来られた。これは大いにおどろくべきことだ。また士林を謀って害することは、もともと私の心にそぐわない。どうしてこのようなことをなさるのか」

止亭は大いに怒って服を払って立ち去った。間もなく、鄭政丞がお召しを受けて宮廷に参り、入侍すると、止亭はすでにこのことをでっち上げ、一網打尽の計画で刑具をすでに庭に用意しておいたのだった。鄭政丞は泣きながら諫めて、その涙は両の頬を伝って流れ、衣服の袖をすっかり濡らした。それによって、彼らは死を免れて流されることになったのだが、政丞自身は止亭に怨まれ、即刻、罷免されたのだった。

（李耔『陰崖日記』）

第二九八話……臨機応変に処した鄭光弼

己卯の年（一五一九）に禍が起こった日の夜、事に当たった宰相たちが芸文館の官員たちを罷免するように申し上げ、吏曹郎（吏曹の正郎（正五品）あるいは佐郎（正六品））を呼んでその日に事の処理をさせることにした。斯文の具寿福《グスボク》▼1は、当時は吏曹郎であったが、招牌をいただいて宮廷に入って行くと、まずこれに抗議して、

「もし史官をみな罷免したなら、今日の出来事の記録はいったい誰が書き記すのですか」

と言い、教書に署名しなかった。

このとき、事に当たった者たちは大いに怒り、命令に背いた罪で処分すべきだと言った。この日の夜、暁の鍾をつくと、領議政の鄭光弼《チョクァンピル》（第二六二話注4参照）が初めて宮廷に参内して、具斯文が事情を告げた。

それに対して、鄭政丞は、

「それが正しい」

と言って、それ以上は一言も言わなかった。領議政が賓庁に入って行くと、この事に当たった者たちが初めてこのことを聞いて怒りが勃々と生じ、それに対して領議政もまた大いに怒って、おたがいの心は怒りを晴らすことができなかった。夜が明けて、どう王さまに上啓するかを大いに議論したが、このとき、領議政が言った。

「王さまはまさに今お怒りになっている。このようなことはもう少し時間をおいて裁いても遅くはあるまい」

このように先延ばしにして、しばらくは排斥しないことにして、また死罪も免ずることにした。

領議政が臨機応変に事を処理した。賢を助けて国家を救い、人を救済して徳を広げ、騒動を鎮め、暴動を収めたのだった。


（李耔『陰崖日記』）

▼1【具寿福】一四九四〜一五四五。字は伯凝・梃之、号は屏菴・睡斎。一五一〇年、生員試に合格、一五一六年、式年文科に乙科で及第した。官途について、一五一九年の己卯士禍が起こった夜、吏曹佐郎として、芸文館の官員を罷免しようとする大臣たちに反対し、士林たちの延命に尽力して罷免された。一五三三年、求礼県監に任命され、在職中に死んだ。

第二九九話……前代未聞の及第の取り消し

朝鮮国が始まって以来、罪を犯した者として、功籍から削除された者もいるし、『璿源録』（朝鮮王家の李氏の族譜）から削除された者もいる。しかし、文科・武科の科挙で合格した者を公正に合格したのではなかったとして、合格を取り消し、名前を削った例はなかった。成守琮《ソンスジョン》▼1という人がいて、己卯の年の別試に合格した。対策文の文理が通っていなかったとして合格者名簿から名前を削除するようにと、後に啓上されたが、このようなことはいまだかつてなかったことである。

（李耔『陰崖日記』）

▼1【成守琮】昌寧成氏で、兄の成守琛（一四九三〜一五六四）とともに趙光祖の弟子として名望が高かった。この及第取り消しも己卯の士禍にかかわってのもの。

第三〇〇話……趙光祖の後任になった李沆

賛成の李沆《イハン》▼1は左遷されて慶尚道観察使となったが、大司憲の趙光祖《チョクァンジョ》（第二九三話注5参照）などが罪を得て流罪になった後、大司憲の後任となってソウルに帰ることになった。そのとき、咸陽郡守の文継昌《ムンケチャン》▼2が詩を作った。

「明公の今回の旅は仙境に登るようで、
もつれる事態を鋭い太刀で断ち切る。
狩猟が終わって三窟には兎がいないだろうか、
ミサゴが一羽、秋空高く飛び上がる。
（明公此去似登仙、盤錯須憑利器劏、
畋後豈無三窟兎、会看一鶚上秋天）」

賛成ははなはだこの詩を喜んで、朝廷に戻って行ったが、士林たちにはこの詩が伝わっていて、足を踏み外さないように気をつけた。

（李耔『陰崖日記』）

▼1【李沆】『朝鮮実録』中宗十四年（一五一九）十一月乙卯、李沆は大司憲となり、同十五年（一五二〇）九月癸未、朝講において侍講官の任枢が、文武のことに偏重があってはならない、最近は武事を督励なさって褒美もそちらに偏っていると申し上げると、王さまは文武にはもとより本末も軽重もあることは理解しているが、最近は特に武事が弛緩しているために、それを奨励しているだけであると答えられた。そこで同知事の李沆は、最近では文武ともに弛緩している、私は殿試の試験官をしたが、製述の人は昔の半分にも及ばず、講経の人は十に一、二に過ぎない、文の奨励も急を要すると述べ立てている。

▼2【文継昌】？～一五二二。本貫は南平。一五〇四年、別試文科に二等で及第した。一五一一年、昌原府使の金協が民治の能力は抜きん出ているものの、弓馬を知らずに賊の侵入を防ぐことができないという理由で、武才のある文臣に代えることになったとき、昌原府使に抜擢された。権門におもねる癖があったとされ、この話も出世した李沆への阿諛ともとれる。

第三〇一話……黄季沃の上疏文

黄《ファン》季《ケ》沃《オク》▼1は牧使の蓽《ピル》▼2の息子である。己卯の年に文正公・趙光祖《チョクァンジョ》（第二九三話注5参照）などがすでに流罪になった後、黄は私の兄上の叔均《スクキュン》▼3を訪ねて来て、

「私は大司憲の趙公などを救おうと思い、上疏文を書きましたが、その草稿がここにあります。あなたはこれを写し取ってくださいませんか」

と言い、その袖の中から文章を取り出して見せ、

「文意はいかがでしょうか」

と言って尋ねたので、兄上はそれに答えて、

「この文章ははなはだ良くできている。趙公の立派なことを尊んでいなければ、どうしてこのように書けようか」

と言い、口を極めて褒めた。しかし、黄はこの文章を置いたままにして帰って行った。

数日後に、黄は尹世貞《ユンセジョン》・李来《イレ》▼4などとともに連名で上疏したが、その大略は、

「趙某はかつて法を犯し、徒党を組んで国家を危うくしました。お願いですから、これを法でもって処罰してください」

というもので、趙公はこれによって賜死した。大体、黄は二つの上疏文を作って、まず私の兄に見せて、自分とは同調しないことを確認したので、これはそのままにして帰ったのだった。その奸邪で陰険なやり方というのはことばに現わしようもない。

（李耔『陰崖日記』）

▼1【黄季沃】この話にある以上のことは未詳。

▼2【篳】黄篳。一四六四～一五二六。字は献之、号は椽亭、本貫は徳山。金宗直の門下で学んだ。一四八六年、生進となり、一四九二年、別試文科に甲科で及第して、官途を歩んだが、燕山君の乱政がはなはだしくなって、国家が危殆に瀕するのを見て、故郷に帰った。中宗反正（第二五二話参照）の後、何度も官職を用意して復帰を促されたが、辞退した。一五二四年に、慶州府尹に任命されて赴任し、任地で死んだ。

▼3【叔均】叔の字は次兄の敬称。李耔の兄弟として、緈・耘・耦などを『韓山李氏宝鑑』によって探すことができるが、均はいない。従兄にも見いだせない。

▼4【尹世貞・李来】『朝鮮実録』中宗十四年（一五一九）十二月に、生員の黄季沃が幼学の尹世貞および李来とともに上疏して、趙光祖らを告発した旨が見える。尹世貞と李来の名はここに見えるのみである。

第三〇二話……趙光祖の人柄

趙夫子《チョプチャ》・光祖《クァンジョ》（第二九三話注5参照）という人は、家にいてわが身を処するのに昔の人にいささかも恥じることなく、篤実に学問を行ない、朝から夕方に至るまで、そして夜もふけて三更に至るまで微動だにせず座ったままであった。朝早く起きて洗面をして髪を整え、それは夏の暑く夜の短いときにも少しも変わることがなかった。その学問を考えれば、程子や朱子に及ばずとも遠からずというところであった。ただ、事を為すのにやや性急で、不幸な目に遭ってしまった。当時のことは語るに忍びない。

（魚叔権『稗官雑記』）

第三〇三話……金浄の学問

冲菴《チュンアム》・金浄《キムジョン》（第二九三話注4参照）は、最初は『老子』・『荘子』の学問に淫したのだが、後にはその見識は人よりも一段と高いものになった。彼の「帰養疏」や「辞職疏」などはその至誠が表れたもので、そのような見識をもってしても、その志を得ることができずに、あのような禍に遭ってしまったのである。悲しいことである。

（魚叔権『稗官雑記』）

第三〇四話……金浄の済州島での詩

提学の金浄《キムジョン》（第二九三話注4参照）は党禍に連座して杖刑を受け、済州島に流された。海南の海辺に至り、道のわきの老松の下で休みながら、三首の絶句を作り、松の木を削ってそこに書きつけた。

炎天下、暑気あたりした人間が一息つこうとして、
遠く辞去して巖穴に大きな身体を曲げて入ろうとする。
村人の斧を日々に借りて仕事をするが秋の日差しはまだ強い。
秦の始皇帝のようなその功績を知る人はいない。
（欲庇炎程暍死民、遠辞巖壑屈長身
村斧日尋商火煮、知功如政亦無人）

海の風が吹き過ぎ悲しむ声が遠ざかる。
山の上に月が昇り痩せ細った影が疎らに落ちる。
まっすぐな根が黄泉の世界に到達し、
雪と霜にも心がまったくないでもない
（海風吹過悲声遠、山月孤来痩影疎
頼有直根泉下到、雪霜標格未全除）

枝は折れて葉はもつれ合い、
斧でけがした身体を砂の上に横たわらせる。
私が棟梁となる望みはさらりと捨てて、
曲がった枝で神仙の乗る筏でも造ろう。
（枝条摧折葉鬖髿、斤斧余形欲臥沙、

望絶棟樑嗟已矣、楂牙堪作海仙槎）

士林たちはこれらの詩を伝えて吟じ、憐れまない者はいなかった。

（魚叔権『稗官雑記』）

第三〇五話……地方官吏の嘘に陥れられた金浄

沖菴《チュンアム》（金浄。第二九三話注4参照）が初め錦山の配所に着いたとき、その母親はそこから一日ほどのところに住んでいた。母親は心労で病になり、次第にその病勢は重くなっていった。沖菴はそれを聞いて母親のもとに駈けつけることにし、甥の天富《チョンブ》に留守をさせることにした。また守直の者に郡守の鄭熊《チョンオン》▼1のところに行かせ、次の日には配所に戻る旨を告げさせた。

鄭熊は手紙を書いて、蜜柑と雉肉、そして酒を送り、病の母親を保養するようにさせた。しかし、このときになって急に、沖菴は配所替えになり、禁府都事が伝達のために錦山にやって来ることになったので、沖菴はあわてて帰って来て、そのまま次の配所の珍島に出発しなければならなかった。後になって、このときのことで、権臣たちは沖菴が逃亡しようとしたとして罪を問おうとした。沖菴が鄭熊を証人に立てようとすると、鄭は嘘をつき、

「沖菴はたしかに逃亡しようとしたようですが、私はそれを知りませんでした。私が蜜柑と雉肉と酒を贈ったというのは、まったくの嘘です」

と言った。このように、自分が一時の軽い罪に問われるのを免れようとして、士君子が死罪になろうというのを顧みないのはまったくどういう料見であろうか。

（魚叔権『稗官雑記』）

▼1【鄭熊】『朝鮮実録』中宗十五年（一五二〇）正月癸卯から、この話にある金浄を監視すべき立場であった錦山郡守・鄭熊についての記事があるが、同二十七年二月丙子には、司憲府から、宗簿正の鄭熊は、人物が貪邪で、到るところで謹みに欠けていて、宗親を糾察する任に堪えない、罷免すべきだという上啓があったが、鄭熊は正を正とするだけで、罷免する必要はないとされている。

第三〇六話……金浄の済州島からの手紙

沖菴《チュンアム》（金浄。第二九三話注4参照）がその外姪に当てた手紙には済州島の風土について整理して記録しているところがある。その物産を叙述したところはまるで司馬相如の「子虚賦[1]」のようで、その文章の光彩は相如よりむしろ優れている。その文章の悲壮なところは近世の文章にはほとんど見られないものである。「漢拏山の頂に登って四方の青い海を眺め、南極の老人星を臥して窺い、月出山、無等山を指させば、胸が晴れやかになる。これは李太白が言う『雲[2]が垂れこめて大鵬がひるがえり、波が動いて巨鰲が潜り込む』というところ、ただこの一句でこの境地を十分に表している。ただ惜しいかな、私は囚われの身となって、どうすることもできない。しかしながら、男子として生まれ、大きな海を横切って、この脚で不思議な土地を踏みしめ、この眼でまた不思議な風俗を眼にしているのは、まことにこの世間は奇異で壮快だと言わねばならない。大体、この土地は来ようとしても来ることができず、留まろうとしても留まることのできない土地。前世に決められた命数のようなもので、どうして嘆く必要があろうか」

さらに、その文章には次のようにも言っていた。

「骨肉のあいだで互いに離れ、親しい知己とも遠く離れて会うこともできず、昔から貴い人たちで死んでしまった人たちが多くある。天涯孤独の身で世間の縁故に何度も遭えば、尋常に心を保って順々たる理知を尊重するだけのこと。にわかに考えがここに及んで、やはり帳然と悲しみに打たれずにはいられない」
私はいつもこの文章を読んでここに至れば、書物を閉じて涙を流すのである。ああ、何とも痛ましいことである。

（魚叔権『稗官雑記』）

▼1【司馬相如の「子虚賦」】司馬相如（前一七九〜前一一七）は前漢の文人で、字は長卿。四川の成都の人。梁の孝王の食客となって「子虚賦」を作り、武帝に認められたが、「子虚賦」は諸侯のために作ったものだとして、天子に献じるのにふさわしいように改めて「天子遊猟賦」とした（『文選』には「子虚・上林賦」とする）。

▼2【「雲が垂れ込めて……」】李白の「天台暁望」の中の「雲垂れて大鵬翻り、波動きて巨鼇没す（雲垂大鵬翻　波動巨鼇没）」による。天台山は日本人にとって天台宗、すなわち仏教の聖地であるが、神仙の世界でもあった。

第三〇七話……わが悲しみは尽きることなく

冲菴《チュンアム》（金浄。第二九三話注4参照）は死に臨んで辞を作った。

絶海の孤島に身を置いて孤独な魂となり、
母一人を遺して天倫に背き、
この世間に出遭ってわが身を滅ぼし、
雲に乗って帝王の居場所を経廻る。
屈原（第二三七話注1参照）に従って遠くまで遊覧するが、

この果てしなく長い夜はいつ朝になるのだろう。
光り輝く真心を遠い草の中に埋めて、
堂々たる壮んな志は中途で挫けた。
ああ、千秋万歳にわが哀しみは尽きることがない。
（投絶島兮作孤魂、遺慈母兮隔天倫、
遭斯世兮隕余身、乗雲気兮歴帝閽、
従屈原兮斉逍遥、長夜冥兮何時朝、
炯衷丹兮埋草萊、堂々壮志兮中道摧、
嗚呼千秋万歳兮応我哀）」

（引拠本欠）

第三〇八話……奇矯の僧の李信

李信《イシン》▼1というのはもともと僧侶であった。大司成の金湜《キムシク》（第二九三話注6参照）が理学を人びとに提唱していると いう話を聞くや、さっそく髪の毛を伸ばして僧衣を脱ぎ、やって来て文章を学ぼうとした。彼は大司成の屋敷の塀のそばに土で穴ぐらを造り、懸命に学んで、昼夜に怠ることがなかった。大司成はその心意気に感心して心をこめて教えたが、その有様は本当の親子のようであった。

大司成が失脚すると、門徒たちは集まって、大司成は大臣を害そうとしたと誣告して、その獄事が成ると褒美をもらった。その後、李信は忠清道に帰って行き、強盗働きをしたかどで牢獄に入れられ、杖打たれて死んだ。

（魚叔権『稗官雑記』）

▼1【李信】『朝鮮実録』中宗十五年（一五二〇）四月癸酉、名前を李信という者がいて、闕門に突入して来て、大声で叫んで承旨を呼び、変を告げたいので対面したいというので対面した、これに尋ねると、金湜の亡命のことであったという記事がある。

第三〇九話……李耔の自伝

夢翁《モンオン》（本話著者、李耔自身。第一六〇話中1参照）の本貫は韓山である。稼亭《カジョン》・文孝公▼1と牧隠《モクイン》・文定公▼2がともにその文章と徳行とで中国の朝廷でも名が高く、一世を風靡していた。簽書公▼3の諱《いみな》は種学《チョンハク》として先朝、すなわち成宗《ソンジョン》のときに節義を通して社稷が改まるのに生命を捧げた。良度公（第二〇話注9参照）の諱は叔畝《スクミョ》で、四道の観察使を歴任して刑曹判書となったが、罪囚の罪を問うのに公平でまちがった裁きはまったくなく、知敦寧府使として官職を終えた。臨終のとき、その子孫たちを戒めて、「齢七十にもなって官位も二品に昇った。死ぬのにどんな恨みがあろうか。ただ子孫がはなはだ数多く、餓えて寒さをしのぐことのできないかと心配だ」と言った。彼は内外の官職を歴任して名が高かったが、家にはまったく財産がなかった。

祖父の参判公▼4の諱は亨増《ヒョンチュウ》で、身の処し方が清く正しかった。洪州牧使となったものの、人から何一つ受け取らなかったので、このことが今に至るまで伝わって称賛されている。この方からわが父親▼5が出たが、父が生れて一月も経たずに、その母親が亡くなってしまい、その祖母の趙《チョ》氏もまたにわかに亡くなったので、前祖の王氏である順寧君《スンニョングン》▼6の夫人の趙氏のもとで育てられた。大きくなるとともに熱心に文章を読み、科挙に及第して朝廷に仕え、四十年のあいだ、勤めたところすべてで篤実に仕事にはげみ名を高めた。子弟たちには特に倹素であることだけを教えた。

夢翁はソウルで生まれ、嶺南・関東で育ったが、これはその時々に父親の任地について行ったのである。十歳のときに頭陁山と中台山に登って『宋史』を読み、慨然と発奮して自分の手で『万言書』を作り、王さまに献上しようとしたが、父親がこれを戒めて中止させた。一人の年老いた僧侶がいて厳しく戒律を守っていて、言うことすべてが理致にかなっていたので、彼を尊び、彼に従おうと考えた。

寺の前に絶壁が聳えたち、雪が積もって窓を照らし出した。夜中に書物を読んで千古のことに思いをいたし、ソウルに帰ってからは塵埃の中に埋もれて、ひとしきり騒いだ後は一人で過ごし、ともに話をする人がいなかった。そんなときは村の人とともに将棋と賭博に日を送った。そのようにして、精密で鋭敏な精神は磨滅して歳月だけが過ぎていった。辛酉の年（一五〇一）に司馬試に合格したが、同榜には金国卿《キムククキョン》（第二七二話注3参照）・鄭淑幹《チョンスクカン》▼7・成蕃仲《ソンボンチュン》▼8・柳従竜《ユチョンリョン》（柳雲。第二八二話注5参照）などがいて、みな彼の優れた友人たちである。

成均館に出て行くようになり、李希剛《イフィカン》（李長坤。希剛は字。第二一六話注5参照）・沈貞之《シムチョンチ》▼9・李公仲《イコンチュン》▼10・李彦之《イオンチ》▼11・金夢禎《キムモンチョン》▼12・宋宜之《ソンウィチ》▼13・和父《ファポ》▼14・景遇《キョンウ》▼15などとともに錬磨して、幸いにも後れを取ることはなかった。しかし、若いときに望んだことは十のうちの八、九は実現しなかった。また不幸にも早く科挙に及第して廃朝のときに官職につき、無理に仕事に励むしかなかったので、一人で酒を飲んで気を紛らせるしかなかった。そうして身体を衰弱させたために地方に出て行き、聞韶県監となったが、黙然として文書に悩まされつつ人に応接することに堪えることができなかった。

しかし、天の日がふたたびさすようになり、政治がすっかり改革されることになると、彼は都に呼び戻されて侍従となった。地方に馴染んだ人間はまるで狂人か眼の見えない人間のようであったが、そのままで王さまの寵愛をこうむった。朝廷に出入りしてすべて十年あまりの間に王さまの寵愛のおかげで顕官に抜擢された。当時の同僚たちは眼を側めたので、彼はみずからが不十分であることを知って、わが身をなきものにしてでも王さまの恩恵に報いようとしたが、学問があっても経験がなく、また性格が粗忽で思い付きで振る舞っているとして、人びとは信じてくれなかった。賢明に振る舞ってソンビたちに親しもうとしても、その方法がみつからなかった。後に出てきた賢良たちは年も若く、気運が鋭敏で、肌合いが険しくて、物情が大いに異なっていた。

　申大用《シンテヨン》▼[16]・権仲虚《クォンチュンホ》▼[17]・趙孝直《チョヒョチク》（趙光祖。孝直は字。第二九三話注5参照）の群れたちが新旧の両者の間を調停しようとして失敗して、新しい人びとや昔の人びとがすべて融合しないままに現在に至った。ああ、どうして人の間はうまくいかないのであろうか。そこで退いて陰崖に住み、人事を廃して門を閉じ、みずからの過誤を反省して過ごした。またやり水を通して池を作り、茅を刈って来て亭を作り、詩文を吟じて胸の憂さを晴らした。時おり、酒が手に入れば、痛飲して、数日のあいだ席から起ちあがることなく、洗面して髪を櫛けずることも久しく廃して、垢が爪の中にたまり、身体も衰弱して、精神も磨耗して過ごした。荒れ果てた場所に寂然として、夢の中のうわ言のような話をして、あるいは文書を作り、詩を吟じて、ふたたび推敲して完成させるということがなく、それがそのまま習慣になってしまった。

　そうして、ふたたび奥まった静かなところを探して兎渓に移って行ったが、そこは人の足跡がすっかり絶え、家々も少なく、山は高く、川は深くて、一日のあいだ歩きまわっても、水禽と野獣にしか会わずに、すべてを忘れて往還することができ、もともとの人間嫌いの性格に好都合なところだった。また、李灘叟《イタンス》▼[18]と住まいが遠くなかったので、涼風が吹き、月が明るい夜であれば、舟を漕いで互いに訪ね合い、岩の上に座って詩を吟じて、神仙の足跡を思慕し、澄んだ水面から月を釣り、あるいは秋の山に登りもして、その興趣が浅くはなかった。私は常に幸いだったと考えるが、三十歳の前には王さまと父母に恩愛をいただいて、誇らしく宮廷に出入りしていたが、また四十歳を過ぎてからは田舎に隠退して過ごし、飲み食いも心のままにして、僻遠の地を得て、そこの主人となった。これがどうして天地のあいだの一勝事と言えないであろうか。

　昔のことを今になって考えれば、友人たちも今はなく、残ったのは数人だけ。彼らもまたこの世に病身を横たえている。これも奇異なことと言わねばならない。

　翁はあらたに兎渓に居を定め、家の名を夢庵として、その号も夢翁とした。翁の性質として、人をあまねく愛しても、人びとは彼と親しむことはなく、品物を手厚く与えても人びとには徳を施すわけでもない。善事を好むものの、篤実なわけではなく、悪事を嫌うものの、勇敢に振る舞うでもない。とにもかくにも世間に過ごして時日を浪費し、今や五十一歳となった。

翁の経歴の大略はこれで終わりである。彼が犬馬のごとく王さまに忠誠であり、豺獺《さいだつ》のごとく祖先に報いた性質は天分として得たもので、土の中に帰っても休むことなく、廃れることもないのは、やや恨みとするところである。天がなお何歳かの寿命を与えてくれたなら、江湖のあいだに遊んで故郷に帰り、しばらくしてこの世を辞することにしよう。ただ恨めしいのは、凶年となり困窮して、年老いて意志も薄弱で陋劣となり、祖先の墓を守ることもできず、時折り、祭祀を挙げながら、孤独なわが身を振り返れば、跡を継ぐ人間もいない。凄涼として心が痛み、今すぐにでも死んでしまいたい。

また考えるに、人が世間に生きて、王がいて、父母がいることで、紀綱は備わる。父母はすでにこの世にいず、祭祀もまた礼法通りには行なわず、北方に向って望むと、涙が欄干を濡らす。また臣下としては何もなさず、罪と咎とを積み上げるだけのことである。わが身を責めること万端であるが、しかし、衣服をいただき食事をいただき、人に向って話をして笑いもしている。私はなんとも平平凡凡たる醜い物件以外のものではありえない。

こうして器量の大きい人がもつ快活さをまったくもたず、転倒して禍をこうむる心配がひたすら生じて、たとえふたたび山間で心を落ち着けて過ごそうとしても、今や命を刑場に繋がれて、いつも夜中に目を覚ましては悲しくてみずから節操を慎まなかったことが後悔される。ましてや、末年となった今はさまざまな病を抱え、寒暑の変わり目には水と火とが互いに迫って、気質が昇り、気運奄々たるありさま。放っておいても、あと四、五年を経ずに、この身ははかなくなるであろう。

世間にただようごとき人生にはいささかも未練はないものの、ただ二、三の娘がまだ嫁がないでいて、これを見捨てようにも見捨てることができない。どうして前世の因縁が断ち切れず、このような苦悩が与えられるのか。大体、人は七十歳まで生きる者ははなはだ少なく、五、六十歳まで生きたなら、それを夭寿と言うことはできない。そして、翁の齢は今や五十一歳である。過ぎた日のことを振り返ると、ほんの一瞬間に過ぎなかったように思われるが、ましてや今は歳月がさらに早く過ぎ去るようで、たとえ私に六、七十歳の寿命が与えられているとしても、それは今からはあっという間のことであろう。それなら、やはり餓えに堪えて詩を吟じ、酒に酔えば、風狂なことばと法螺を吹いて、歳月を送るだけのこと。ふたたび何を始めて頑張る必要があろうか。

翁は文章について、若いときは好まず、思慕することもなかった。中年になっても力を尽くすことはなかったが、老年になって初めてそれを事とするようになり、精神も磨滅して気運も衰弱して、昔の人の文書を読めば、二、三章だけを読んでもすぐに忘れてしまい、少しだけであっても、すぐに眠りに襲われる。眠りから醒めれば、裏の山を歩いて、花も植え、草も育てるが、それにも飽きて席に戻って座り、書物をふたたび読むと、先には読まなかった文章のように思える。こうしたことを繰り返して時間を過ごして、ついに力を得るということはない。

詩に対して眼識は高くなっても、作る手は鈍いまま、数句を吟じ得ても、心に満足することができなければ、怒りが生じてしまう。閑暇に過ごしているときにも、文章を疎かにするわけではないが、ただ文章の体を成さず、ただ天気などを記録して気に止まったことだけを記録した。詩は志を言うものである。ことばが文章を成さないなら、これはその意を表現したとは言えない。そのために、君子は文章が美しいのを好んだので、『詩経』の三百篇も、あるいは民間の夫婦のあいだの普通のやり取りから出てきたとしても、あるいは郊廟や君臣間の訓戒から出てきたとしても、これらはすべて心の中から出て来て文として表現されたものなのである。これはまたその性情から出た正当な証拠なので、そのことばが洗練されたものではなくともおのずと巧妙で、後世の絵画や彫刻の奇異な情景をもとにして弊害の現れた詩などとは違うのである。このようなものは鸚鵡がものを言うのと同じであり、なにも推奨すべきところがない。翁の詩は荒々しく穏やかではなく、あえて詩作者の門の中に入り込むこともなく、ただみずからの楽しみとするだけのものである。わが子孫となる者はこれを函の中から時折り取り出して、今日の光景を顧みるのもいいであろう。しかし、他人にこれを伝えて見せてはならない。それは間違ったところを笑われないか恐れるためである。

庚寅の年（一五三〇）の十二月の除夜、酒の酔いに乗じて筆のおもむくままに書いた。

（李耔『陰崖集』自序）

▼1【稼亭・文孝公】李穀のこと。一二九八〜一三五一。号は稼亭。次の注2の牧隠・李穡の父親。元の制科に二等で及第して翰林国史院の検閲官となった。帰国後、政堂文学となり、韓山君に封じられた。李斉賢とともに『編年綱目』を増修して、忠烈・忠宣・忠粛の三代の実録を編集した。

▼2【牧隠・文定公】李穡。一三二八〜一三九六。号は牧隠。高麗末の有名な学者。「麗末三隠」の一人。元の庭試に選ばれ、翰林知制誥となった。帰国後、判門下部となって韓山君に封じられた。高麗末から朝鮮初期の学者の多くが彼の門下から出た。

▼3【簽書公】李種学。一三六一〜一三九二。号は麟斎。高麗末の鴻儒である李穡の息子、天性として英剛であった。一三七四年、十四歳のときに成均試に合格、一三七六年には同進士に合格、長興庫使となって、さまざまな官職を歴任し、同知貢挙に至った。一三八九年、恭譲王が即位すると、父子ともに弾劾されて罷免され、一三九〇年には父子は獄に下されることになったが、水害が起こったので、許された。一三九二年に咸昌に流された。高麗が滅びると、鄭道伝が送った刺客によって殺された。

▼4【祖父の参判公】李亭増。『韓山李氏宝鑑』に「通政大夫　僉知中枢府事　贈嘉善大夫　兵曹判書兼　同知義禁府事　訓練院都正　洪州牧使」とある。

▼5【わが父親】李礼堅。一四三六〜一五一〇。字は不磷。一四七一年、別試文科に乙科で及第して官途につき、一四八三年、献納、署令、持平などを務め、大司諫に昇ったが、一五〇四年、承旨として洪貴達らとともに燕山君の乱政を極諫して、流された。一五〇六年の中宗反正（第二五二話参照）によって赦されたが、その後は故郷に引退して学問に専心した。

▼6【順寧君】礼堅の祖母の姉妹の趙氏が嫁いだ宗室の人物ということになる。順寧君・景倹という人がいるが、後代の人になる。李成桂の高祖父である穆祖・李安社の玄孫に順寧君・得桓という人物がいる。世代的には李成桂と同世代の人となるが、この人か。

▼7【鄭淑幹】字を淑幹とする鄭氏を見つけることができない。国幹を字とする鄭忠樑（一四八〇～一五二三）という人がいる。この人かも知れない。鄭忠樑は、一五〇一年、生員・進士を経て、一五〇六年には別試文科に及第、検閲・待教などを務め、戊午の士禍で禍をこうむった人びとの伸冤を主張した。一五一八年、弘文館直提学となったが、適任ではないと弾劾を受けて、吏曹参議に移った。翌年、己卯の士禍が起こると、排斥されて、数年後に死んだ。

▼8【成蕃仲】成世昌。一四八一～一五四八。朝鮮中期の文臣。本貫は昌寧。字は蕃仲。号は遯斎。礼曹判書・成俔の息子で、金弘弼の門人。燕山君七年（一五〇一）、進士試に合格。一五〇七年、増広文科に丙科で及第して、弘文館正字となり、一五一九年、政局が危なくなると、平生は親しんだ金浄・李耔・金守温の義気を忠告して、自身は病を理由に坡州の田舎の別荘に移り住んで禍を免れた。一五四五年、左議政に任命されたが、乙巳士禍が起こり、黄海道の長淵に流配され、そこで死んだ。

▼9【沈貞之】沈貞のこと。一四七一～一五三一。中宗のときの文臣。字は貞之、号は逍遙亭。本貫は豊山。一五〇二年、進士として文科に及第、靖国功臣の号を受けて華川君に封じられ、吏曹判書となったが、弾劾されて退き、後に安塘が領議政となったとき、刑曹判書として復帰したが、またもや弾劾を受けて辞任し、その怨恨から一五一九年に己卯士禍を起こすことになる。一五二七年、右議政となり、後に左議政となるが、福城君の獄事が起こって、金安老によって追われ、後に朴嬪と内通した嫌疑で賜死した。

▼10【李公仲】公仲を字とする李氏を探し出すことができない。文仲を字とする李芑（一四七六～一五五二）、あるいは公輔を字とする李世応（一四七三～一五二八）あたりが、年代および経歴では該当するように思われるが、よくわからない。

▼11【李彦之】彦之を字とする李氏を探し出すことができない。

▼12【金夢禎】金希寿のこと。一四七五～一五二七。字は夢禎、号は悠然斎、本貫は安東。一五〇七年に増広文科に丙科で及第して、翌年には、戊午士禍での金宗直は冤罪であることを主張したが、容れられなかった。大司憲・慶尚道観察使となった。書に優れて特に楷書を得意とした。

▼13【宋宜之】宋好義。？～一五一四。字は宜之、本貫は礪山。一五〇七年、式年文科に三等で及第、翌年には正言を経て持平となった。あるとき、金克敦を批判する席で、大臣たちは止めたが、彼ひとり追奪することを強力に主張した。罪を憎み、仕事は確実に処理をした。

▼14【和父】ずっと後代の人に和父を字とする金履礼（一七四〇～一八一八）という人がいるが、十五、六世紀の人に見当たらない。

▼15【景遇】権応昌。一五〇五～一五六八。景遇は字、号は知足堂、本貫は安東。一五一九年、生員試に合格、一五二八年、式年文科に丙科で及第した。一五三〇年、承政院注書となり、要職を歴任して、一五三八年、舎人となった。この年、絶影島倭変の実状を調査するために派遣され、これが成達順などの創作した虚偽であることを明らかにして、これを討伐した。一五四二年、千秋使として明に行き、良才駅壁書に関わって順天に帰陽したが、後に復帰して、同知中枢府事に至った。

▼16【申大用】申錡。一四八〇～一五三〇。大用は字、号は韋庵、本貫は平山。一四九八年、進士試に合格、一五〇三年、別試文科に丙科で及第して、芸文館検閲となった。顕官を歴任して、一五一九年、漢城府判尹となり、また吏曹判書となった。この年、己卯士禍が起こると、趙光祖・金湜などの士林派と南袞らの勲旧派の仲裁に尽力したが、力及ばず、自身も要職から遠ざけられた。一五二九年には刑曹判書となったが、病気で辞職した。

▼17【権仲虚】権橃。一四七八～一五四八。仲虚は字、号は沖斎・萱亭・松亭など。本貫は安東。一四九六年、進士になり、一五〇七年、文科に及第した。一五一三年、司憲府持平に在任中、鄭莫介の堂上官階を削奪するように主張して名を上げた。顕官を歴任して、一五一九年には礼曹参判となったが、己卯士禍が起こると、罷免されて帰郷した。十五年のあいだ故郷ですごし、一五三三年に復帰した。以後、順調に官途を歩んで、一五四五年、議政府右賛成となったが、乙巳士禍においても一定の役割をはたして、衛社功臣に冊録され、吉原君に封じられた。しかし、一五四七年、良才駅壁書事件にかかわって流配され、その地で死んだ。

▼18【李灘叟】李延慶。一四八四～一五四八。字は長吉、号が灘叟・竜灘子、本貫は広州。一五〇四年、甲子士禍（第二〇八話注4参照）に連座して島に流された。一五〇七年、生員試に合格したが、学問に専念して、科挙を受けなかった。一五一八年、才行を兼ね備えた人物として推挙され、工曹佐郎となり、翌年、賢良科に及第して、司憲府持平となり、弘文館校理となった。己卯士禍が起こると、趙光祖との日ごろの交遊から連座するのが当然だったが、中宗みずから彼の名前を「竄人録」から削った。しかし、みずから官職を投げ捨てて山水を逍遙して釣りを楽しむ生活を送った。

第三一〇話……婚約を履行した金慕斎

金慕斎《キムモチェ》（金安国。慕斎は号。第二七二話注3参照）は壮元の姜台寿《カンテス》[1]と婚姻関係を結ぶことを約束した。しかし、後に子女がともに成長して適齢期になったとき、姜の息子が病気になった。そのとき、約束を反故にせず、婚礼を成し遂げた。人びとはなかなかできない立派なことだと噂した。

（李耔『陰崖日記』）

▼1【姜台寿】一四七九〜一五二六。字は子三、本貫は晋州。一五一一年、別試文科に壮元となり、工曹佐郎、礼曹正郎などになった。父親の鶴孫が官奴婢を私占して贓吏《ぞうり》と判断され、官員生活ではそのことがつねに問題となった。

第三一一話……経筵に臨む気構え

私はかつて弘文館の校理として経筵の職責も兼ねていた。ある日、『綱目』の「東漢献帝紀」を進講したが、李濯[1]・郭氾[2]の名前に至って、「氾」の音を「サ」として進講したが、後になって、王さまはこれを「ポム」と読まれた。そこで、私が、

「その文字の音は『サ』です」

と申し上げると、王さまは、

「前にこの文字は『ポム』と『サ』の二つの音で出て来たぞ」

とおっしゃった。私はあわてて汗が流れて背中はびっしょりになった。進講を終えて退出し、さっそく郭

氾の名前が最初に出て来たところを見ると、はたして『ポム』と『サ』の二つの音で出ていた。私はいっそう恐縮して待罪した。

大体、私は布衣として才能が荒く、知識も浅いのに、たまたま科挙に及第してほとんど十日も経たないうちに修撰になってしまった。あるとき、入直する同僚たちを見たが、進講するときには、日が暮れて入って来て、講義する本を数回は読んでみて、ただ目の前の句読だけを終えて、文章の首尾は見なかったので、進講するときにはこのようなものでいいと思ったのである。

私は当時の風俗を免れることができずに、こうした失敗をしてしまったのである。このとき、このような恥ずかしい罪を後悔して、その後、校理から典翰・直提学となっても、必ず講義する本を手にとって最初から終わりまで読み、詳細に考え抜き、疑いが残らないようにした。また入直する日に当たれば、朝ご飯を食べて早く出て、また下番の同僚たちとともに夜を徹して広くさまざまな本を広げて難しいところを調べ、自分の心に納得して、やっとその後に進講を行なった。

これを見て、同僚たちは固執が過ぎると笑う者もいたが、進講する臣下の職分としては当然のことであった。たとえ嘲笑されても、これはそのまま継続した。後にまた急に王さまのお召しを受け、丕顕閣に入って行き、夜の進講を終えた後に、王さまが、かつて講読したことに関して、講読官同士で問答をし、論難をするようにとお命じになった。私は前もって調べていたところだから、講論を行なって間違うことがなかった。

昔の例として、経筵があれば、前日の夜に退出した講官が講じた文章の終わりのところに標を付して、宮中にもって入って行く。侍講たちみなが本を受け取って帰って来ると、書吏が内殿に帰って来た本によって標をつける。次の日に入直する講官はこの標を見てあらかじめ音と意味を習熟した上で進講するのである。

成宗《ソンジョン》朝のとき、斯文の閔頤《ミンイ》▼3が直提学として入直したが、書吏が標を間違えて付し、王さまのご覧の本とは違った。進講することになって、王さまは、

「いま読んだところは標を付した箇所ではない。その下のところから読むようにせよ」

とおっしゃった。閔が書物を開いて見ても、文の意義があまりに難しく、口を開くことすらできない。どうすることもできずに起ちあがって、御前に進み出て伏して申し上げた。

「臣はもともと学術がなく、文理もまた解することができません。たまたま科挙に及第して、みだりがわしく分際の外の役職に就いています。いつも入直する日になれば、朝早く出勤して、進講する文章について、わからないところがあれば同僚たちに尋ねて、ほぼ意味が通じるようにしますが、他の個所については力が及ばないでいます。今日、書吏が書物に標を誤って付けていましたので、ただ今、殿下のことばをうかがって書物を開いて見ましたが、文章の意義がはなはだ難しく、読みとおすことができません。臣がこの職責に値せず、このような仕儀に至りました。死んでもこの罪を贖うことはできませんが、どうぞ臣を十分に罰してください」

進講は中止され、王さまは命令を下された。

「某の言は率直で、私ははなはだ気に入った。特別に通政に昇進させせよう」

その後、燕山《ヨンサン》朝のときに、斯文の金忽《キムフル》▼4は応教、賛成、洪淑《ホンスク》（第二七五話注1参照）は修撰として入直して進講したが、金忽は気運が塞がって声が出なかった。燕山はまず出て行くように命じ、修撰に代わりに進講させた。しかし、洪公は当番ではなくみずから進講することはないと考えていたために、にわかに指名されて、ただ句読を行なっただけで、汗をしとどに流したのだった。

後に、今の中宗のとき、知事の金世弼《キムセピル》▼5が典翰として入侍していたが、閔頤のときと同じように、書吏が誤って標を付していた。このときの書物は『大学衍義』であり、それはさまざまなところから文章を取り集めた箇所で、理解が最も困難なところであったから、左右に侍していた人びとは顔色を変えた。しかし、金はもともと経史に広く通じていて、また性質が敏捷かつ通達している上、理致に明るく塞がったところがなかったので、あまり見たことのない文章であっても、従容として本を開いて読んで、いささかも錯誤がなく、縦横に出入りして、敷衍しながら説明をして、けっして間違わなかった。左右の人びとはみな感服したのだった。

経筵官が文章の前後をみな読みもせず、そのときに当たっては目の前のことだけを考えるために、急なことが起こると誤りが多く、急に答えることになって間違ってしまうのである。事がらはまことに小さなことではあるけれど、講官の戒めとすべきである。程伊川[6]はいつも進講するときには必ず斎戒して、ひそかに思いを巡らし、誠をもって当たり、王さまの心が感動なさるように願った。臣下としての心の用い方はまさにこのようなものなのである。

（李耔『陰崖日記』）

▼1【李漼】李傕。後漢、北地の人。字は稚然。初めは董卓の武将だったが、董卓の死後、車騎将軍・池陽侯となり、建安の初めに曹操によって誅された。

▼2【郭氾】後漢、張掖の人。董卓の校尉となり、董卓の死後、これを郿に葬り、みずから後将軍・美陽侯となる。李傕と長安で戦い、献帝を脅して郿に都を移そうとしたが、伍習に襲われて死んだ。

▼3【閔頤】一四五五～？。字は正叔、本貫は驪興。一四八六年、式年文科に及第、一四九八年、持平を経て、翌年には掌令になった。その後、一四九七年、侍講院侍講となり、一五〇三年、執義を経て、直提学・大司諫など言官の職を歴任した。

▼4【金忽】この話にある以上のことは未詳。

▼5【金世弼】一四七三～一五三三。字は公碩、号は十清軒・知非翁、本貫は慶州。一四九五年、司馬試に合格し、同じ年に式年文科に丙科で及第した。弘文館の正字・博士を経て修撰となり、司憲府持平となった。一五〇四年の甲子の士禍（第二〇八話注4参照）に連座して巨済島に流配されたが、中宗反正（第二五二話参照）によって復帰、一五一九年、謝恩使として中国に行った。帰国後、己卯の士禍が起こると、王の処置が不当であると糾弾して、留春駅に杖配された。一五二二年、許されたが、官職にはつかず、故郷に戻って後進の教育にあたった。

▼6【程伊川】程頤。一〇三三～一一〇七。中国、北宋の大儒。河南洛陽の人。字は正叔。謹厳徳行で、周敦頤に学んで性理学を大成し、理気の説を提唱した。哲宗のとき、崇政殿説書（侍講）となったが、蘇軾の門

流との争いから涪州に流された。

第三一二話……安国と正国 兄弟でも性格は違う

賛成の金安国《キムアンクク》（第二七二話注3参照）の字は国卿《ククキョン》、号は慕斎《モチェ》である。また、その弟の参判の正国《ジョンクク》（第一二三話注3参照）は字が国弼《ククピル》で、号は思斎《サチェ》である。彼らはともに儒林の宗匠とも言うべき人で、賛成は利川に隠退して住み、参判は高陽に隠退したが、十九年を経て、ふたたび官職に登用された。

ある日、参判が利川に行くと、村の人びとが青豆を煮、あるいは畑の瓜を摘んで、賛成のところに持って行く。賛成はこれを受け取り、またその一々を帳面に記録しているではないか。これを見て、参判は眉をしかめていった。

「兄さんはどうしてこのような物を受け取り、しかもそれを帳面に書きとめておくのですか」

すると、賛成は、

「人が真心でもってくれた物を私はどうして拒めよう。それに、これを記録しておかなければ、私はきっと忘れてしまう。どうして人のご恩を忘れ去っていいものか」

と言った。彼らの田舎での生活ぶりは、参判は簡潔かつ倹素で、野菜のナムルに白飯が決まった食事であったが、賛成は田園を開発して穀物を貯蔵し、それを分け与えたりもした。また姉妹の中で寡婦となった物をみな引き取って面倒を見て、内と外の家廟にみな祭祀を行い、また書斎を設けて学徒たちを招いて、郷飲礼や郷会にも出席しないということはなかった。

彼が朝廷に戻って、家を造ることにして、瓦工とともに値段を計算していたところ、宰相の一人がやって来たので、挨拶をしたが、それが終わるとまたすぐに瓦工と建築の費用と人件費、大工や運搬にかかる費用などを相談した。それが終わる前に宰相が辞去しようとするのを、横から見ていた人が、

「宰相がやって来たというのに、宰相は挨拶を交わすか交わさないかで、他のことに没頭している。それはいいことなのか」
と言うと、賛成は、
「私がこのように振る舞ったのは、ただわが身のことを考えてのことではなく、国中に通用する例を作ろうと思ってのことなのだ。もし、この金安国が瓦工に騙されるようなことがあれば、国中の寡婦や貧しいソンビたちは瓦を買って用いるようなことはできないであろう。まさに私が取り込んでいたときに宰相が来たのだ。これを奈何せん、奈何せんというわけさ」

（李耔『陰崖日記』）

第三一三話……夢で見た配所への道の景色

応教の奇遵《キジュン》（第七三話注2参照）が、ある日、宿直をしていて、夢の中で、関外に旅行をして険しい路を通り過ぎることになった。そこで、「客中吟成近詩」を作った。

「異域の江も山も故国と似ているが、
遠い天の涯に涙を流し蓬に寄りかかる。
雲は重く垂れこめて河の関所は閉ざされ、
古木だけが鬱蒼と生えて城郭の中は空っぽ。
野の路を分けゆけば秋草の中に埋もれ、
多くの人家が夕陽の中に映えている。
帆を張って行く万里の道に帰る術はなく、
青い海は茫茫と広がり消息を通わすこともできない。

（異域江山故国同、天涯垂涙倚孤蓬、
頑雲漠漠河関閉、古木粛粛城郭空、
野路細分秋草舞、人家多在夕陽中、
征帆万里無回棹、碧海茫茫信不通）」

夢から醒めて、館の壁にその詩を書きつけた。それから間もなくして、己卯（一五一九）の士禍に連座して、湖西に帰陽したが、またすぐに穏城に移されることになった。途中で見る景色がその夢の中で見た景色と同じであった。彼は馬を止めてその詩を吟じ、悄然と嗚咽した。従者たちもみな涙を流した。穏城に至ると、しばらくして、彼は死を賜った。人事というのはすべて前世から定められたものと言うべきであろう。

士林たちはこの詩を伝えて諳んじていて、みな悲しまないものはいない。『徳陽遺稿』を参考にして見ると、この詩は夢から醒めて後に、夢の中で見た景色を歌ったもので、夢の中で詩を作ったというわけではない。思斎《サチェ》・金正国《キムジョンクク》（第一二二話注3参照）と応教の奇遵は同時に出て来た人で、その記録するところ、まちがえることがあるかも知れない。だが、その他のところではどうであろうか。

（李耔『陰崖日記』）

第三一四話……中国の占い師の詩

承旨の韓忠《ハンチュン》▼1は人となりが豪放で、早くから文名が高かった。音律を好み、コムンゴ（韓国固有の琴）をよく弾いた。癸酉の年（一五一三）に科挙で壮元となり、弘文館の典籍となったが、奏請検察官に補充されて中国の北京に行った。占いをよくする人がいるという話を聞いて、訳官に自分の一生のことと吉凶を尋ねさせた。しかし、占い師は占ってみて、ただ蔵頭体（ことさらに主語を明示しない詩体）の律詩一首だけを書いて与えた。

「年若くして才芸は天をも摩し、
手に竜泉剣を握って何年も磨く。
石が梧桐のコムンゴの上で響きを発し、
音の中の律呂が時に和す。
口には三代の詩書の教えを伝え、
文章は千秋の道徳の波を起こす。
皮の贈り物ですでに賢明な儒士の値となるが、
賈誼（第二三七話注2参照）はどうしてひとり長沙に流されたのか。

（少年才芸倚天摩、手把竜泉幾歳磨、
石上梧桐将発響、音中律呂有時和、
口伝三代詩書教、文起千秋道徳波、
皮幣已成賢士價、賈生何独謫長沙）」

彼は中国から帰って来ると、すぐに己卯の士禍に連座して流され、間もなく杖刑となり、獄中で死んだ。一生の首尾がその詩の中に彷彿と表されている。またはなはだ不思議なことである。

（李耔『陰崖日記』）

▼1【韓忠】?〜一五二一。中宗のときの文臣。字は恕卿、号は松斎、本貫は清州。一五一三年、文科に及第、応教のときに「宗系弁誣」のために書状官として燕京に行き、そこで提出した文書がすべて巧みだったので、中国人たちに褒められた。そのことで、正使の南袞の怨みを買った。一五二一年、辛巳誣獄に際して陥れられ、王みずからの尋問でその嫌疑は晴れたが、袞の送った男たちに殺された。

第三一五話……噂を信じてはならない

噂だけを聞いて間違った議論をしたこととして、二つほど私が経験したことがある。癸酉の年（一五一三）に私が献納だったとき、賛成の李継孟《イケメン》（第二四八話注17参照）はそのとき平安道観察使であった。このとき旱魃によって凶年となり、彼をそしる者がいて、私に言った。

「李公は徳巖の上に大きな楼閣を造ったが、その規模が大きく役事も重く、人びとがはなはだ恨めしく、苦しみとするものです」

私はこのことばを聞いたが、事実ではないと考えた。しかし、また西側から来る人に聞くと、大体は前の人のことばと同じだった。

私が考えるに、前に私に話してくれた人も信じるに足る人であって、その一人のことばでもそのまま信じてよかったのだが、後に聞いた人のことばもまた同じであってみれば、もう疑う余地のないものであった。司諫院の同僚たちと議論して、彼を弾劾する意図で王さまに申し上げた。

「平壌には遊覧して観光するところがはなはだ多くあり、わが国で随一となっています。別に楼閣を建てるまでもないことです。また凶年に当たり人びとは疲弊しているのに、これはまったく緊急のことではありません。どうか彼の者を尋問してください」

王さまはこれを許可して、彼の職を換えた。しかし、後に聞くところでは、彼は暇な役人たちに二間ほどの小さな亭子を造らせたので、十日もせずに完成したのだった。噂を信じて間違った話しの一つは以上である。

李公は心が広く、後進たちのために心を傾け、たとえ彼を中傷し論駁したとしても、いささかも咎めることなく、かえって勇敢に直言するソンビだと称賛した。しばらくして、彼は参賛となったが、私は検詳として彼を訪ねて行ったことがある。私は前日の誤解を申し訳なく思って謝罪したが、公は酒を出して胸襟を開き、大いに笑いながら、私に言った。

「聞けば、私に関することで主張して弾劾したのはあなたのようであるが、これは伝聞の間違いだった。私がどうしていつまでも気に掛けよう。私は早くあなたがた兄弟たちの志操と節義を美しいものと考え、弾劾の後も、以前にまして努力して怠らなかった」

そう言って、かえって私の兄弟のことを先進たちの間で称賛したのであった。

大体、一度でも論駁を受ければ、誰であっても不愉快で、憤慨して恨めしく思うものであり、多くの場合は、その人を中傷しようとするであろう。李公はそうした者たちとは気象が大いに異なっていた。

また一度と言うのは、庚辰の年（一五二〇）、私は兄とともに罪を問われて流されたが、弘文館で論駁して上疏した。

「某など十余名はかつて鄭浣《チョンウァン》▼1の家に集まり、朝廷のことを批判していました。彼らを断罪してください」

わが兄は鄭とは一度も会ったことがなく、私も承旨だったときに、鄭が生員として上疏しようと承政院に来たことがあったので、そのとき会ったことがあるだけである。おおよそ、彼の家がどこにあるかも知らなかったのだが、上疏にはこのように書かれていたのだった。

当時、幸いにも聖上は公正に明察され、この議論を棄てて取り上げられず、今までわが身を保全することができた。あるいはこのことで寃罪を被って死に、ついに罪を雪ぐことができなかったかも知れない。

この二つのことは私がみずから経験したことであり、ただの風聞でもって事の議論をすることを固く戒めるものである。

（李耔『陰崖日記』）

▼1【鄭浣】一四七三〜一五二一。字は新之、号は謙斎、本貫は延日。一五〇四年、甲子士禍（第二〇八話注4参照）に連座して流されたが、一五〇六年の中宗反正（第二五二話参照）で釈放された。一五〇七年、司

馬試に合格、成均館儒生となり、一五一四年には宣陵参奉に任命されたが、赴任しなかった。一五一八年、学行で造紙署司紙に登用され、続いて工・戸曹の正郎となった。一五一九年、賢良科に丙科で及第したが、己卯士禍で流罪になり、謫所で死んだ。

第三一六話……義士の金泰厳

金泰巖《キムテアム》▼1は報恩の役人である。学業に就くことはなかったが、気象が磊落で、元沖《ウォンチュン》・金浄《キムジョン》（第二九三話注4参照）など諸公と親しく付き合った。朝廷に推薦されて察訪となったが、後に退いて田舎に住んだ。佐郎の具寿福《グスポク》（第二九八話注1参照）が罷免されて行くところがなくなり、報恩の山中にやって来たので、泰巖は一軒の家と畑数十頃を用意して与え、住ませた。それで、佐郎の夫人とその三人の子どもがそこに平安に暮らしている。この地方では泰巖を義士だと言っている。

（李耔『陰崖日記』）

▼1【金泰巖】一四七七～一五五四。字は卓爾、号は希菴、本貫は報恩。若いときから気風が磊落で健壮であった。金浄を始めとして当代の儒者との付き合いが広く、推挙を受けて連原察訪となり、清廉な政治を行なった。一五一九年、己卯士禍で退けられ、故郷に帰った。

第三一七話……死を恐れなかった金允宗

金允宗《キムユンジョン》公▼1は金湜《キムシク》（第二九三話注6参照）の高弟である。そのために、やはり己卯の士禍（第二九三～二九八話参照）に連座して北方に流罪となり、その地で死んだ。当初、士禍が起こったという話を聞いて、公は北丈寺に来ていたが、ある日の夜中に難を避けて俗離山に入って行った。しかし、大勢の兵士たちが後を追って来て、ついには捕えられてしまった。

このとき、彼の奴僕たちが泣きながら食事を勧めると、

「私はまさに死のうとしているが、お前たちは泣いてはならない。どうして泣く必要があろうか」

と、彼は言い、従容として食事を食べ、いささかも恐れる風がなかった。


（李耔『陰崖日記』）

▼1【金允宗】この話にある以上のことは未詳。

第三一八話……趙光祖に誠を尽くした朴世挙

太医の朴世挙《パクセコ》▼1は己卯（第二九三～二九八話参照）の士類と付き合ってはなはだ志操と気概があったが、特に孝直公《ヒョチク》（趙光祖。第二九三話注5参照）には至極なる誠をもって交わった。己卯の後、名節となれば必ずその家を訪ねて行って門の中に身を投じた。外客や兄弟たちで病気に罹れば、力を尽くして救助しようとして、どんなに夜遅くとも必ず訪ねた。孝直公の家の行廊は草を葺いていたが、長いあいだ葺き変えをせず、腐って朽ち果てようとしていた。これを瓦署提調に掛けあって瓦を得て屋根を葺いたのだった。世間には稀有のソンビである。

ところが、惜しいかな、天が彼を見ること周《あまね》からず、子どもがなく、その業を継ぐ者はいなかった。また人に恨みを買って、遂には亡き者にされてしまった。嘆息するだけである。


（李耔『陰崖日記』）

▼1【朴世挙】生没年未詳。一五二六年、内医院直長となり、二年後には内医院正（長官）として、金順蒙とともに『簡易辟瘟方』を編纂した。一五三三年、内医として功績が多かったので准職同知として加資され、また軍職と内医院を兼ねた。『分門瘟疫易解方』を編纂して、一五四六年には僉知中枢院事となった。

第三一九話……わが身を危ぶんだ南袞

己卯の士禍（第二九三〜二九八話参照）は、止亭《チジョン》・南袞《ナムコン》（第二一一話注1参照）が実は言い出したことである。彼は承旨と史官を避けて後園の北側の神武門から入って行き、ひそかに啓上して、この獄事をでっち上げたのであった。その後、年若い者たちが不逞の輩を集めて、君側を清めることを名目として相次いで立ち、首を連ねて殺戮するようなことが止まなかった。止亭は心のうちで危険を感じ、また恐怖を生じ、毎日、夜になると微服潜行して、他人の家に泊り歩いて、朝になってようやくわが家に帰るのだった。このようにして一年が過ぎ、何ごとも起らなかったので、初めて落ち着くことができた。

（李耔『陰崖日記』）

第三二〇話……趙光祖の祟り

嘉靖の壬午の年（一五二二）、すなわち中宗十七年、私は西海を旅した。その年は旱魃の年であった。康翎県を行くとき、三人の人がともに田んぼに出て仕事をしていたが、その中の一人が言った。

「このような日照りでは、今年はきっと凶年でしょう。最近、聞くところでは、宰相の趙光祖《チョクァンジョ》（第二九三話注5参照）が極めて清廉かつ潔癖で、同僚たちもみな彼を敬い畏怖していて、各道と州から郡に至るまで請托する賄賂がまったく行なわれなかったそうです。このためにこの隣村でもむやみに騒がしい役人たちがいなくなっていました。ところが、あの方は流されて、その上、殺されなさったそうで。この天災はきっとその祟りでしょうよ」

三人の中の一人がソウルに出て来て、趙光祖の祟りに言及した者を告発すると、その者を捕まえて拷問した上、ついには極刑を与えた。そのときいっしょに農作業をしていた残りの一人も告発せずに黙っていた罪で罰された。告発した者だけが綿布を賜った。

（魚叔権『稗官雑記』）

第三二一話……童謡の生まれるとき

昔から巷間で童謡《わざうた》が生まれるときは、最初はなんら巧んだ意図はなく、無心の内に生まれるのである。そのために、人がことばを作ったとしても受け容れられず、むしろ純粋に虚実の中から自然に生じたものがおのずと天地に感応するのであり、前もって定めた意図というのは通用しないのだ。

太祖《テジョ》のとき、

「あの人は南山に行って石を切り出し釘を余しはしない」

という童謡がはやった。この釘というのは石を切り出すときの道具である。そうして間もなく、南誾《ナムオン》▼1と鄭《チョン》道伝《ドジョン》（第四話注1参照）が殺された。それで、この童謡を解くと、

「南山というのは、南は南誾を言い、釘《チョン》というのは鄭《チョン》と音が同じであり、鄭道伝を言うのである。また『余《ナムダ》』の字はわが国のことばで南誾の音と通うので、鄭と南がいなくなる」

ということなのである。成宗のときに、

「望馬多勝瑟於伊羅」

という童謡があった。「望馬多《マンマタ》」というのは謝絶することばであり、「勝瑟於伊羅《スンスルオイラ》」というのは嫌って棄てるという意味である。この童謡がはやって間もなく、成宗は妃の尹氏を罪があるとして廃した。

　また燕山のときに、

「見笑矣盧古《キョンソウィロゴ》　仇叱其盧古《クチルキロゴ》　敗阿盧古《ペアロゴ》」という童謡がはやったが、当時の人びとはこれを「三合盧古《ロゴ》」と呼んだ。「爐古《ロゴ》」というのは鉄の湯器であるが、大・中・小の三つの器を一つの函に納めたのを俗に「三合爐古」と言った。「盧古」は文を終わる詞であり、それが「爐古」と同じ音で、童謡の中で三度も繰り返したのを、爐古を三つ合わせたものと重ね合わせて「三合盧古」と呼んだわけである。

「見笑矣盧古」というのは道理に背いて人に笑われるということを言っており、「仇叱其盧古《クチルキロゴ》」というのは方言で人の穢れて好ましくない振る舞いを言い、「敗阿盧古《ペアロゴ》」というのは方言ですでに敗亡したことを言うのである。そして一つのことばが終わるたびに「盧古《ロゴ》」で結ぶのはそのときの俗語なのである。

　そこで、この童謡の意味は、

「燕山主は道に背いて荒淫にふけり、すでに成っていた大きな業績を敗亡させ、その身をついには滅ぼして、人びとに笑われることになった」

ということになる。

　燕山のときにまた童謡があって、

「毎伊歎可首墨墨《メイヨクカスモクモク》」

というのであった。

平城《ピョンソン》・朴元宗《パクウォンジョン》（第二五二話注1参照）と昌山《チャンサン》・成希顔《ソンフィアン》（第一三九話注5参照）の家はどちらも終南山の下の墨寺洞にあり、両公は頭目として靖国功臣に封じられた。「毎伊《メイ》」というのは時の風俗で人びとが尊長によびかけることばであり、「歎《ヨク》」は中宗の名前の懌《ヨク》と音が通い、「可《カ》」というのは普通に人が互いに名前を呼ぶときに使う助辞であり、人に告げるという意味を持っている。「首墨《スモク》」というのはそのことを頭目として成す者が墨寺洞にいるという意味になる。そのことばは「五馬渡江」[2]の童謡のようである。大体、国家の興亡と、天命と人心の向背には、昔からまずその兆しが必ず現れるものである。以前、「その客や、万孫ならん（其客也耶万孫也哉）」という童謡があったが、これはまるで他愛のないものであった。民間に万孫という者がいて、みずから襄平君[3]と名乗って、朝廷に自首して出た。

「襄平君が薬を賜ったときに乳母が隠して、良家の子どもたちの中で顔の似ていた者が身代わりになって死にました。私が本当の襄平君です」

襄平君というのは燕山の子どもである。朝廷は獄吏に命じて調査をさせたが、結局、彼は虚言をもてあそんだというかどで死罪になった。

「その客や（其客也耶）」というのはその客はどのような客であろうかという疑いを表し、「万孫ならん（万孫也哉）」というのはその客がすなわち万孫だという意味になる。これは一人の狂った人間だが、どんな因縁でこのような童謡にうたわれたのであろうか。これでもって天地の間において一つの事、一つの物の成敗や生没がすべて前世において定められていないものはないということが理解できる。それだからこそ、深い理致を理解している人であれば、ただ座したまますべてを推量してあらかじめ物ごとの推移を知ることができるのである。しかし、童謡が風俗を変えて移っていく道理については欺くことのできないものである。

（金安老『竜泉談寂記』）

▼1【南誾】一三九八年、いわゆる第一次太子の乱において、李芳遠（太宗）によって、世子（李芳碩）を補佐する者として、趙道伝らとともに誅殺された。

▼2【五馬渡江】中国、晋の元帝が西陽王等とともに江を渡って帝位についた故事があり、それにちなんだ童謡があったか。

▼3【襄平君】燕山君の庶子に陽平君仁がいる。この人のことか。

第三二二話……文学といえば子游

斯文の魚得江《オトクガン》▼1の字は子游《チャユ》で、嶺南の晋州に住んでいた。彼は文学を好み、風雅な趣味があった。科挙に及第した後、いつも地方の官職を望んで、要職に就こうという意志をもたなかった。朝廷で顕職を用意して招聘しても応じることはなく、山林の中に小さな家を建て、煩わしい親族との付き合いも断ち切って、ただ小さな童一人だけを置いて朝夕の世話をさせた。その淡白であることは僧侶のようであった。

人と話すときは冗談も諧謔も交えた。ある日のこと、人びとともに座っていると、ある人が来て、

「都事の鄭万鍾《チョンマンジョン》▼2が文学▼3に職が変って就任した」

と言った。魚はそのことばを聞いて、

「私もまたかつて文学であったが、どうして鄭が文学になったと言うのか」

と言った。左右の者たちがどういう意味かわからずに尋ねると、魚は言った。

「文学と言えば、子游と子夏▼4ではないか」

これを聞いた人びとは抱腹絶倒したのだった。

（金安老『竜泉談寂記』）

▼1【魚得江】一四七〇～一五五〇。字は子舜、号は子游・混沌山人など。本貫は咸従。一四九二年、進士となり、一四九五年、式年文科に丙科で及第した。地方の職を経て、献納、校理となり、一五二九年には大司諫、一五四九年には嘉善大夫に昇って、上護軍を辞職して後、出仕しなかった。『東洲集』がある。

▼2【鄭万鍾】中宗のときの文官。字は仁甫、号は棗渓、本貫は光州。一五一六年、文科に及第、官職は礼曹

判書に至り、陳慰使として明に行き、五道の観察使を歴任した。金安老を弾劾した。

▼3【文学】世子侍講院にあった官職。正五品で、世子に文章を教える。

▼4【子游と子夏】ともに孔子の弟子。『論語』先進に「子曰く、我に陳・蔡に従ひし者は、皆門に及ばざるなりと。徳行には顔淵・閔子騫・冉伯牛・仲弓。言語には宰我・子貢。政事には冉有・季路。文学には子游・子夏」とあるのによる。

第三二三話……金安国による人物評

判書の宋麟寿《ソンインス》▼1の字は眉叟《ミス》である。官職を辞したとき、金慕斎《キムモチェ》（金安国。第二七二話注3参照）のところに挨拶に行ったが、その席には柳仁淑《ユインスク》（第二九三話注8参照）と申光漢《シンクァンハン》▼2がいた。しかし、このとき、慕斎がはなはだ面白くなさそうな顔色をしていたので、両公が帰った後に、眉叟はそのわけを尋ねた。慕斎は眉をひそめながら答えた。

「柳仁淑には学術がなく、どのように終わりを全うするのかわからない。光漢ははなはだ運がよくて、己卯のときに他の士類とともに追われたが幸いにも救われたのだ」

両公は当時の名高い人であったのだが、慕斎の人物評はこのようで、爽快なものであった。

（金安老『竜泉談寂記』）

▼1【宋麟寿】一四八七～一五四七。字は眉叟、号は圭庵、本貫は恩津。一五二二年、文科に及第して、弘文館正字となった。台諫だったとき、金安老の執権を防ごうとして済州牧使に左遷され、さらに泗水に帰郷した。その後、復帰して成均館大司成・全羅道観察使となった。中宗がなくなると禍に遭い、故郷に戻って薬を賜って死んだ。

▼2【申光漢】一四八四～一五五五。字は漢之・時晦、号は企斎・駱峰など、本貫は高霊。申叔舟の孫。文章を読むことを嫌ったが、十五歳の時に改心して学問を初めた。一五一〇年には文科に及第して官途についたが、一五二一年、趙光祖一派と見なされて、驪州の元亨里に蟄居した。一五三七年には赦され、一五四五年には大提学となり、左・右賛成に至った。

第三二四話……王族の祭祀

世宗《セジョン》十九年（一四三九）、王さまが命令を下された。

「恭順公《コンスンコン》・芳蕃《パンボン》▼1と昭悼公《ソトコン》・芳碩《パンソク》▼2はともに王族として不幸にも子どもがいない。そこで、広平大君《クァンピョンテグン》・璵《ヨ》▼3を恭順公の子どもとし、錦城大君《クムソンテグン》・瑜《ユ》（第二九二話注3参照）を昭悼公の子どもとして、祀堂を建てて祭祀を行なわせることとする」

これに対して、当時は別に異議がなかったが、丙子の年（一五一六）、今上が燕山君《ヨンサングン》の後嗣を建てて祭祀を行なわせようとなさると、衆議は紛々としてついに実現されなかった。己亥の年（一五三九）、韓山郡守の李若水《イヤクス》▼4が上疏して、燕山と魯山の後嗣を立ててその祭祀を行なうことを請うたところ、台諫（第二三話注3参照）では若水を罪することを主張し、ついには捕えられて獄に下って罷免された。これには世間の変化を見て取ることができよう。

（金安老『竜泉談寂記』）

▼1【恭順公・芳蕃】?～一三九八。太祖・李成桂の七男の撫安大君。諡号は章恵。母は神徳王后康氏。太祖は即位後、内心では芳蕃を世子にしようと考えていたが、臣下たちの主張によって芳碩に決まった。一三九八年、芳遠（太宗）の乱が起こって逃げたが、西門を出たところで、趙浚らによって殺された。後に太宗は

諡号を与え、一四三七年、広平大君が嗣子となって祭祀を行なった。
▼2【昭悼公・芳碩】?〜一三九八。太祖の八男。鄭道伝などに推挙されて、一三九八年、世子に冊定された。諡号は昭悼。母は神徳王后康氏。芳遠（太宗）によって廃され、殺された。
▼3【広平大君・璵】一四二五〜一四四四。世宗の第五子。母は昭憲王后沈氏。好学の王の子としてみずからも学問に励んで、『孝経』『小学』・四書・三経・『文選』そのほか李白・杜甫の詩にまで通じた。撫安大君の養子となったが、広平大君が病の床につくと、世宗は大いに心配し、死ぬと大いに哀悼した。
▼4【李若水】字は止源、号は牛泉、本貫は広州。生員に合格して、一五一九年、成均館儒生として、趙光祖の冤死を訴え、千余名を率いて宮廷に入って行って慟哭し、その首魁として義禁府に拘禁された。一五二一年、事件にかかわって昌成に帰陽し、そこで死んだ。

第三二五話……徐敬徳の学問

徐敬徳《ソキョントク》▼1は、本貫は唐城であるが、松都の花潭に卜居《ぼっきょ》した。彼は聡明かつ剛毅で、人に抜きん出た素質があった。十八歳で初めて『大学』を読んだが、扉を閉じて正座して、もっぱら格物致知《かくぶつちち》を心がけた。すでに久しく経伝を教えていたが、読み進めて心の中に悟ったことがあるようであった。そこで、いっそう沈潜涵養して、性理学の完成が自己の責務だと考えた。『易経』に造詣が深かったので、弟子となって学ぼうという者たちが門前に後を絶たなかった。

性格がはなはだ孝誠で、喪に服したときには塩も野菜も摂らなかった。その家は貧しくて、連日、飯を炊がないことがあったが、それでも泰然としていた。一生のあいだ、人と違った奇妙な行動をとることがなく、田舎の人びとと話をしているときには、その人びととなんら変わった様子はなかった。父母の命令でかつて司馬試に応じたが、その後にはふたたび科挙を受けることはなかった。中宗の末年に大臣たちの推薦で厚陵参奉に任じられた。しかし、赴任することなく、布衣のままで生涯を終えたのは、はなはだ惜しまれることだ。彼が著述したものとしては「太虚説」・「原理気論」・「鬼神死生論」などがあって、わが家に蔵されている。彼はみずから復斎と号したが、学者たちは花潭先生と呼んでいた。

花潭は幼い時に隣に住むソンビに書伝を学んだ。朞三百[2]の大文に至ると、先生は書物を閉じて机を越えて出て行こうとした。花潭がその理由を尋ねると、そのソンビが言った。

「これはもともとよくわからないところで、世間の人びとは誰も読まないのだ」

花潭は心の中で

「もし本当にわからないのであれば、先学たちはどうしてこれを記録して伝えて来たのだろうか」

と考え、そこであらためてソンビに学ぶことを請うた。そうして、十五日のあいだ何千回も口に誦して、自然とこれに通暁することができた。

（金安老『竜泉談寂記』）

▼1【徐敬徳】一四八九～一五四六。中宗のときの学者。号は復斎・花潭。諡号は文康。十八歳のときに『大学』を学んだが、「格物致知」に啓発されるところがあって、それに依拠して学問を行なった。科挙には関心がなかったが、母親の命令で司馬試に合格した。官職にはつかず、ただ道学に専念した。宣祖のときになって右議政を贈られた。

▼2【朞三百】『書経』尭典に、尭が暦を定め、羲と和に命じたことが見える。「咨、汝羲曁《およ》び和、朞（一年）は三百有《また》六旬有《また》六日、閏月を以て、四時を定めて、歳を成せ（咨汝羲曁和朞三百有六旬有六日以閏月定四時成歳）」。

第三二六話……三道の名山に遊んだ徐敬徳

花潭《ファタン》（徐敬徳。第三二五話注1参照）は三年のあいだ苦しみつつ学んで、昼には食事を忘れ、夜には寝るのを忘れることが数日も続くような有様であった。門を閉めて板の上に何も敷かずに端坐して学問した。そうして気血が塞がって、人の声を聞いてはっと驚くような有様だった。その後、彼は三道の名山にあまねく遊び、晩年になって初めて帰って来た。その後は健康で、その動静はまことに平穏であった。

（金安老『竜泉談寂記』）

第三二七話……厠でも考え抜く

花潭《ファタン》（徐敬徳。第三二五話注1参照）が格物に没頭しているとき、物件の名前を壁に書きつけて順に探求した後、それを解説した。彼が著述した「不知序法」には、

「まさに一つの物ごとを考えて、それを終えることができず、厠に行くことになれば、厠の中でももっぱらこれを考えて止めることなく、長い時間が経ってようやく厠から出た」

と書いている。

（金安老『竜泉談寂記』）

第三二八話……美しい景色に舞う

花潭《ファタン》（徐敬徳。第三二五話注1参照）は景色の美しいところに出会えば、起ちあがって舞い始めるのだった。

（金安老『竜泉談寂記』）

第三二九話……徐敬徳を敬慕した閔箕

花潭《ファタン》（徐敬徳。第三二五話注1参照）は容貌が爽やかで、その眼は暁の星のように光っていた。彼の側には必ず参判の景説公・閔箕《ミンキ》▼1が侍っていたが、かれはいつも花潭を尊敬して、

「彼こそが儒者の正統だ」

と言っていた。景説公は和光同塵《わこうどうじん》で何ごとも包み隠したから、人びとは彼に深い力量があることを知らなかった。まさに厚徳と言うべきである。

（金安老『竜泉談寂記』）

▼1【閔箕】一五〇四～一五六八。字は景説、号は観物斎、本貫は驪興。金慕斎の弟子。一五三九年、文科に及第、玉堂（弘文館）に入り、さまざまな官職を歴任、大司憲・大司諫、兵・吏曹の参判となったが、尹元衡が国舅として権勢を乱用するにおよんで、彼を除去しようとした。順懐世子が死に、明宗の病が重くなると、朝廷は浮足立ったが、領議政の李浚慶に『大学衍義』を進講させて、大策を建てさせた。その後、吏曹判書となり、弘文館提学を兼ね、一五六八年には右議政に至った。

第三三〇話……学問の何たるかを理解する

佐郎の盧守慎《ノスシン》▼1の字は寡悔《クァフェ》、私の友人である。ある日、私に、

「君は本当に学問をする人を見たことがあるか」

と尋ねた。私は当世の学問に志す人びとの名を列挙したが、すると、彼はみなそうではないと答えた。そ

こで、私が
「それなら、君はいったい誰を挙げるのか」

と言うと、彼は、

「晦斎《フェチェ》・李復古《イボクコ》▼2なら、その名を挙げてもおかしくない」

と言った。こうした問答をしたのは癸卯（一五一九）から甲辰（一五二〇）のころのことであった。今になって考えると、寡悔はそのときすでに学問の大体を修得していたが、私はただ文字を学んだだけのことで、学問の何たるかを理解できなかったのである。寡悔はそのときまだ三十歳の若さであったが、すでに修得、理解していたのである。


（金安老『竜泉談寂記』）

▼1【盧守慎】一五一五～一五九〇。宣祖のときの名臣。字は寡悔、号は蘇斎・伊斎。岳父の李延慶に学んで、二十歳で博士に選ばれた。一五四三年、文科に及第、初試・会試・殿試のすべてに壮元であった。李退渓とともに読書堂に選ばれ、退渓とは学問を通して親交があった。仁宗が即位すると司諫院正言になったが、仁宗が死ぬと一五四五年には乙巳士禍が起こって罷免された。その後、珍島に流されて二十年近く流謫生活を送ったが、宣祖の即位に伴って復帰し、大提学・右議政を経て、一五八五年には領議政にまで昇った。一五八九年には獄事にかかわり、また流配されるところだったが、王命で罷免されるだけで済んだ。

▼2【晦斎・李復古】李彦迪のこと。一四九二～一五五三。字は復古、号は晦斎・紫渓翁、本貫は驪州。一五一四年に文科に及第、官途について、一五三〇年には司諫となった。当時、金安老の起用に激しく反対して、追われたが、一五三七年、安老一派が失脚すると、顕官を歴任、全州府尹となって善政を敷いた。数千言の疏を奉って国家の大本と政治綱領を論じて、王の称賛を受け、嘉善となり、一五四五年には議政府右賛成となった。一五四七年、良才駅の壁書に関連して江界に帰陽し、その地で死んだ。彼は朝鮮初期の重要な性理学者の一人であり、その主理説は後の李退渓に大きな影響を与えたとされる。

第三三一話……柳洵の進退

己巳の年（一五〇九）の閏九月、領議政の柳洵《ユスン》（第二七一話注2参照）が罷免された。彼は布衣として出て文章によって出世し、顕職を歴任したが、世間と衝突することもなく、政丞の地位に至ったのだった。燕山《ヨンサン》の時代に首相として王に唯々諾々と仕えていたのだが、反正（第二五二話参照）が成った後も功臣の列に加えられた。彼はみずから自分の身がはなはだ穢れているのを知っていたが、何ごともないかのように日々を過ごしていた。

台諫（第二三三話注3参照）と侍従が上疏して、彼の罷免を要求したが、彼自身はけっして辞職しようとはしなかった。しかし、ここに至って天変があり、ふたたび罷免のことが議論され、洵もまた辞職を言い出したので、王さまは罷免なさったのだった。

（李耔『陰崖日記』）

第三三二話……船で穀物を送る

癸酉の年（一五一三）の五月二十二日の夜、大雨が降った。王さまは京畿道の旱魃と咸鏡道の飢饉を考えて、その月の十五日には正殿を避けて夜の食事を減らされたが、この日になってようやく大雨が降ったのだった。辛未の年（一五一一）の秋以来、ほとんど雨が降らず、たとえわずかに降ったとしても十分ではなく、田畑を潤すには足りず、泉も池も涸れ果てたが、その中でも特に京畿道がひどかった。

また咸鏡道は前年からの日照りで北青近辺の八邑には野原に青い草がまったくなかった。翌年の春には、はなはだしくは子どもと妻を売り、野原に死体があれば、その肉を食らって飢え死にを免れるありさまだったが、しかし、それでもやがてはみな死に果てたのだった。一人の女子がいて、その母親は年老いて目が見えなかった。母親の手を携えながら乞食してまわった。しかし、二人が生きて行くことが不可能だと知って、母親の手を引いて峠の上に登って行き、しばらく休んだ後に、女子は泣きながら母親をそこに置いたまま、峠を下りて帰って来た。その母親は路傍に転がって死んだが、その話を聞く者でこれを気の毒に思わないものはなかった。

賑恤敬差官の韓効元《ハンヒョウォン》▼1が上書して急を告げたものの、朝廷では海運を使って穀物を運送することに、それほど力を尽くさなかった。海運で穀物を運ぶことは、咸鏡道では最近になって官吏をやって船を作らせて試験して見た。幸いにもその秋は大風が吹くことなく、船は安辺に到着することができた。そして、また官吏たちを送って、慶尚道左道と江原道沿海にある役所の穀物を運搬させるようにした。

慶尚左道から江原道や沿海に至る海は広々として、立ち寄るべき島もない。もし大風と荒波に出遭えば、人の力ではどうしようもない。船一隻でもって飢えで死ぬ人を救うことを希ったものの、人びとはみなそれが困難であることを知った。

（李耔『陰崖日記』）

▼1【韓効元】一四六八〜一五三四。字は元之、号は梧渓、本貫は清州。進士に合格、一五〇一年には文科に及第して、芸文館検閲となった。その後、内外の職について、中宗のときには領議政に至った。清廉な人柄であった。

第三三三話……誕生日に死を賜った宋麟寿

宋麟寿《ソンインス》（第三二三話注1参照）の字は眉叟《ミス》で、号は圭庵《キュアム》である。辛巳の年（一五二一）の科挙に及第して、官職は参判に至った。行ないをよくし学問を好んで、士林たちの尊敬を受けた。その人となりは女色を近づけず、人びとはその剛直さにも感服した。乙巳の年（一五四五）の士禍が起こると、台諫（第二二三話注3参照）では浮薄の徒たちの領袖であると指弾して官職を削奪したので、麟寿は清州の故郷にある家に退いた。

丁未の年（一五四七）の九月に鄭彦慤《チョンオンカク》▼1が啓上した匿名の書状によって、死を賜ることになった。使者が彼の家の門に至ると、それはまさに彼の誕生日に当たっていて、大勢の親族や弟子たちがお祝いに集まっていた。彼は事情を知ると、紙と筆をもって来させ、

「天と地よ、わが心を照覧あれ（皇天后土、実表此心）」

と大きく書いて、従容として死んだ。

（李滉『退渓行状』）

▼1【鄭彦慤】一四九八～一五五六。朝鮮中期の文臣。一五一六年、生員となり、一五三三年、別試文科に乙科で及第し、官途についた。一五四七年、副提学だったとき、良才駅壁書事件をでっち上げて、その後、権勢を振るうようになり、都承旨・全羅道観察使などを歴任した。一五五一年、他人の奴婢を略奪したとして罷免。翌年、同知中枢府事として聖節使となり明に行った。一五五六年、京畿道観察使だったとき、落馬して死んだ。宣祖のとき、官位を剥奪された。

第三三四話……乙巳の士禍に加担しなかった張彦良

嘉靖年間の乙巳の年（一五四五）、知事の崔輔漢《チェポハン》▼1が同知の張彦良《チャンオンリャン》▼2の家を二度ほど訪ね、李芑《イキ》▼3などと事を起こそうとして、言った。

「私の計画にしたがって事を運んでくれたなら、大きな手柄になるであろう」

しかし、張は言った。

「わが先祖はすでに靖国の功績を挙げていらっしゃる。それで充分に満足であり、さらに大きな勲功を挙げることは、私の望みではない」

そうして、固く拒絶して仲間には加わらなかった。これを聞いた人びとは張を賢明だと思った。

（魚叔権『稗官雑記』）

▼1【崔輔漢】?〜一五四六。字は卿、本貫は水原。一五二四年、生員として別試文科に丙科で及第、一五二七年にはさらに吏文殿試に及第した。一五三七年、司諫院献納だったとき、当時の権勢家である金安老を弾劾するのに先頭に立った。その後、顕官を歴任して、一五四一年、冬至使として明に行った。一五四五年、乙巳士禍が起こると、李芑の縁戚として大尹派を粛清するのに先頭に立った。その後、衛社功臣二等となり、随山君に封じられて吏曹判書となった。親戚を心のままに登用して、公公然と賄賂を受けた。

▼2【張彦良】一四九一〜一五六〇。字は子房、本貫は豊徳。一五一四年、武科に及第、北青判官を経て、一五二四年には大将の曹潤孫の軍官として閭延・茂昌に行き、胡人を征討した。他の将帥が戦功の対価を求めるとき、ひとり沈黙を守った。後に北兵使となり、河原君に襲封された。戸曹判書、漢城府尹を経て、知中枢府事まで至って引退した。武人であったが、読書を愛し、学者を尊敬することを知っていた。

▼3【李芑】一四七六〜一五五二。字は文仲、号は敬斎。本貫は徳水。一五〇一年、文科に及第、才能の評判は高かったが、岳父の金震が貪吏であったためにいい官職に就くことができなかった。大司憲の李彦迪の力によって要職に就くようになり、一五四五年に右議政となると、尹元衡と結託して乙巳士禍を起こし、多くの士林を殺した。その功で豊城府院君に封じられたが、領議政に昇って、急死した。宣祖のときに勲爵を削られ、墓碑が引き倒された。

第三三五話……乙卯の年の倭寇

嘉靖年間の乙卯の年（一五五五）、倭船六十隻が全羅道に侵入して来た。兵使の元績《ウォンソク》▼1が兵を率いて出陣して、日が暮れたので達梁に駐屯した。翌日の朝、倭賊の一団が襲って来て城を包囲すると、救援兵は逃げ、官軍もまた城壁を越えて逃げ出した。元績は甲冑を脱いで城外に放り投げ、降伏の意を表したものの、賊は城内の困窮を知って、兵を励まして攻め立てた。

城が陥落すると、元績と長興府使の韓蘊《ハンウン》▼2は殺され、霊岩郡守の李徳堅《イトクキョン》▼3も捕縛された。引き続き、蘭浦、馬梁、長興府の兵営、康津県の加里浦が陥落して、殺害され、捕虜にされた者がおびただしい数に上がった。このとき、都巡察使の李俊慶《イチュンギョン》▼4を派遣して防御させ、金景錫《キムキョンソク》▼5と南致勤《ナムチグン》▼6を左右の防御使とした。

景錫は霊岩城に駐屯したが、全州府尹の李閏慶《イユンギョン》▼7が兵を率いて救援のために遣って来た。この兵たちはよく訓練されていて、賊どもが近辺の邑を略奪しようとすると、閏慶は景錫に兵を分けて行かせ、これに当たらせた。賊どもは敗走して、官軍が殺し、また捕縛した者が二百余りにも上った。致勤は霊岩に行ってすぐに、

「わが部隊はいっしょにこの城にいることはできない」

と言い、麾下の兵を率いて去ったが、すると、羅州で賊に出くわした。賊どもは戦いが不利だと見るや敗走した。

賊に捕まっていた李徳堅は賊陣から帰って来て、

「賊どもが言うには、『もし食糧を給付してくれれば、即刻、退去する』ということでした」

と言った。命が下って、徳堅の首を軍中で斬った。

（魚叔権『稗官雑記』）

▼1【元績】?〜一五五五。一五一九年、武科に及第、全羅道兵馬節度使であったとき、一五五五年、乙卯の倭寇があり、倭賊が大挙して達梁鎮を包囲した。食糧がなく降服の意を伝えたものの、倭賊は攻め入り、元績もまた殺された。降服をしたという罪目で、家産を没収された。

▼2【韓蘊】?〜一五五五。字は君粋、本貫は清州。一五五五年、倭賊が倭船六十隻余りで全羅道の達梁鎮を襲った。当時、長興府使として、節度使の元績、霊岩郡主の李徳堅とともに達梁鎮を救援するために出て戦死した。

▼3【李徳堅】『朝鮮実録』明宗十年（一五五五）五月己酉、五月十一日、倭船七十隻が襲来して達梁浦に至ったという報告があり、出陣した人の中に霊岩郡守の李徳堅の名前が見える。同月壬子には、倭奴が李徳堅に書契をもたせて、達梁から霊岩に帰らせたとあり、その細注に、五月十三日、徳堅は捕虜となり、倭寇は徳堅に書状を持たせて軍糧三十石を求めたのだとある。

▼4【李俊慶】浚慶。一四九九〜一五七二。宣祖のときの文臣。字は原吉、号は東皐。一五三一年、文科に及第、一五四三年、文臣庭試に壮元及第。一五五五年、湖南地方に倭冦が侵入すると、全羅道都巡察使として出陣してこれを撃退した。帰京後、右賛成兼兵曹判書となり、以後は右議政・左議政・領議政にまで昇った。

▼5【金景錫】生没年未詳。一五二八年、平安道巡辺使の許礠の軍官となって西北方面の野人たちの鎮圧に功績を挙げた。一五四〇年、義州牧使となり、一五四三年、金海府使を経て、一五四七年には謝恩副使として明に行った。一五五四年、全羅道水軍都節制使として、南海の島に隠れている倭賊を討った。休職中であった一五五五年、倭賊が大挙して襲ったので、全羅右道防禦使として出陣し、羅州以南をよく守った。

▼6【南致勤】?〜一五七〇。字は勤之、本貫は宣寧。一五二八年、武科に及第、明宗のとき、済州島を襲った倭寇を退けた。一五五五年、倭寇が湖南地方を大挙して襲い、長興・霊岩などが陥落すると、防禦使となって出て行き大いに破った。後に漢城府尹となり、一五五九年、海西で林巨正が反乱を起こし、長く鎮圧できなかったが、致勤は京畿・黄海・平安三道の討捕使となって戴寧でこれを討ち、林巨正を梟首にした。

▼7【李閏慶】一四九八〜一五六二。字は重吉、号は崇徳斎。本貫は広州。ソウル生まれで七歳の時に家が禍に遭って遠所に帰陽、中宗のときにソウルに戻って、一五三四年、文科に及第、大司諫であったとき、李芑を論駁して、みずから星州牧使として出て行った。完山府尹であった一五五五年、倭寇が侵入してくると、これを殲滅して完山城を固守した功で全羅道観察使となった。平安道観察使となって死んだ。

第三三六話……賊の威容におびえる

倭賊が霊岩を襲ったとき、老人や子ども、また捕えた女たちを船の中に押し込め、奪い取って来た朱漆の盤を舷側に並べて盾の代わりにした。すると、太陽の光を反射して赤い光が色鮮やかであった。わが軍の兵はそれを見て、倭賊の軍の威容に怖気づいたが、これは昔、八公山[1]で草木が秦の兵を怯えさせたのと同じである。

賊がすでに敗れ、船が沖に逃れて行くと、船の中にいたわが国の子女たちは一斉に慟哭して、その声は天と地を振動させた。しかし、将軍たちはこれを間違って、

「賊たちは自分たちが負けたのを悲しんで泣いているのだ」

と言ったのだった。まったくおかしな話である。

（魚叔権『稗官雑記』）

▼1【八公山】中国、安徽省鳳台県の東南にある。前秦の符堅が東晋を討とうとして敗れ敗走したが、その兵たちは恐怖心から八公山の草木すらも、それを晋の兵士であると怯えたという故事がある。

第三三七話……成悌元と成守琛 それぞれの考え方

成悌元《ソンチェウォン》[1]の字は子敬《チャキョン》である。報恩県監となったとき、成運《ソンウン》[2]先生は俗離山に住んでいた。先生は草堂を造ろうとしてまだ完成しなかった。子敬は役所の工匠を使ってその工事を終えさせようとした。それを聴松《チョンソン》

・成守琛《ソンスチム》▼3が聞いて、一人のソンビに言った。
「県監が役所の工匠を使って私的な工事をさせ、そして悪びれることなく私的にそれを受け取る者もいるとは、いったいどういうことだ」

そのソンビはそれに対して、朱晦庵（朱熹のこと。晦庵は号）の精舎のことでもって返答したが、すると、聴松は言った。

「しかし、そちらには奇特なところがある」

晦庵が精舎を造る計画を立てると、安撫使がその話を聞いて役所の力で工事を進めようとした。しかし、晦庵は言った。

「そんなことなら、いっそ私は精舎を造るまい」

聴松はこのことを言っているのである。しかし、私に言わせてもらえるなら、安撫使というのは現在のわが国の観察使にあたる。一道の主人として一道の力を動かして一つの精舎を造るというのは実に困ったことではあるまいか。しかし、守令という身分は、観察使と同じように糾明するとき、比較することなどとてもできない。その残った力でもって草堂一つを造るのを助けるのは、なにが義理に背くことなのであろうか。昔の人も役所の力を借りて庵を立ててそこに隠棲する者がいた。しかるに、後世の賢者でこれを非難する者がいたとは聞かない。

しかし、聴松は義理を口実としてどのように小さなことであっても与えたり受け取ったりするときに不要な心配が紛れ込まないかと心配をする。これは聖賢が注意に注意を重ねて自己の私欲を抑えて天性を全うすることなのであって、実に普通の人間の情として酌量するところではない。後学たちは恭しく心がけて間違うことのないようにすべきである。

子敬もまた賢明な人である。天性が豪放で、勇敢かつ磊落であった。ただ、酒を飲んで狂ったような振る舞いがあったので、人びとはその深い内側をうかがい知ることができなかった。成運先生は俗離山に隠棲して心も穏やか、欲もなく、コムンゴと文章を書いてみずから楽しんだ。学問も徳行もともなった健《コン》仲《チュン》・曺植《チョシク》▼4はときどきこの山中に訪ねて来たが、子敬がたまたま居合わせた。健仲は子敬と初めて親しくことばを交わし、意気投合してまるで旧知の間柄のようであった。

いっしょに数日間を楽しく過ごし、別れるときになって、子敬はあらかじめ道の途中に餞《はなむけ》の宴席を設けておき、ひとり追い駆けて別れを惜しんだ。

「あなたと私はすでにともに壮年で、今ここで別れていつふたたび会う約束ができようか」

子敬はその後いくばくもせずに死んだ。悲しいことであった。

子敬がかつて一人の僧と十五日の間は眠らないことを競ったことがある。僧の方は十三日目には不覚にも眠りに落ち、そのまま数日は眼を覚まさなかった。子敬は十五日のあいだ眠らず、その後も普通に食べたり、眠ったりした。ああ、それだけの力量が備わっていれば、何ごとを成しえないであろうか。たとえ中国に行ったとしても、必ず功業に意を用い、充分に聖人の領域に足を踏み入れたであろう。五、六十歳にも満たないで死んでしまい、まことに哀惜されることである。

（魚叔権『稗官雑記』）

▼1【成悌元】『昌寧成氏八百年史』によると、檜谷公石瑢派に石瑢から五代の孫に悌元の名前が見える。字は子敬、号は東洲。一五〇六～一五五九。十四歳のとき、己卯士禍があり、当時の賢良たちが無辜の罪で禍を被るのを見て、遁世の意志をもった。四十八歳のとき、遺逸の人として、軍資主簿兼清州鎮管兵馬節制都尉を除拝した。

▼2【成運】一四九七～一五七九。字は健叔、号は大谷、本貫は昌寧。中宗のとき、司馬試に合格、一五四五年、彼の兄が乙巳士禍で禍に遭うのを見て、俗離山に隠退した。その後、官職につくよう招請されたが、すべて辞退した。徐敬徳・曺植らと交友があった。彼が死ぬと、成宗が祭文を書いて哀悼した。後に承旨が追贈された。

▼3【成守琛】一四九三～一五六四。字は仲玉、号は聴松、本貫は昌寧。趙光祖の門人として、己卯士禍の後は世間に出ることは考えずに、『大学』『論語』を読み、「太極図」をもとに宇宙の根本を探求しながら過ご

した、しばしば宮廷から召喚され、官職も与えられたが、就くことがなかった。

▼4【曺植】一五〇一〜一五七二。字は健中（あるいは楗仲）、号は南冥。若いときから性理学を学び、人品が抜きん出ていた。何度も朝廷から出仕を要請されたが、辞退した。明宗のとき尚瑞院判官となって思政殿で拝謁し、治乱の道理と学問の方法について表を奉り、頭流山の徳少堂で思索と研究に専念した。

第三三八話……尹元衡の専横

尹元衡《ユンウォンヒョム》▼1というのは領敦寧の尹之任《ユンチイム》▼2の息子である。科挙に及第して、官途についたが、その人となりは奸邪であり、王さまの縁戚であることを利用して、吏曹が人を推挙してくるのを取り上げてみては、いつも口を出した。仁宗が即位すると都承旨として特に工曹参判に任命された。しかし、大司憲の宋麟寿《ソンインス》（第三三三話注1参照）がその職にふさわしくないと論駁して二ヶ月しても止めなかったので、ついにその職にはつかなかった。

しかし、意を得ることになると、三、四名の悪い仲間とともに結託して、今まで恨みに思っていた人びとをみな殺しにした。そうして、威力と権勢が盛んになり、賄賂の品がその門前には集まった。ソウルの中だけでも十六の屋敷をもち、他人の奴婢と田畑を奪ったが、その一々は数えるに暇がない。当時の人びとの生殺与奪の権を一手に握ったのである。またその妾を夫人としたが、朝廷のソンビとして勢利を貪ろうとする者はその妾の産んだ女子と婚姻を結ぶことを真剣に考えた。

しかし、幸いにも公正な議論がほろびたわけではなく、二十年が経って、その罪が挙げられ追放され、いくばくもせずに死んだ。どうして宗社の霊魂が冥冥たる中にあっても黙認して、放っておくということがあろうか。

（魚叔権『稗官雑記』）

▼1【尹元衡】？～一五六五。明宗のときの権臣。字は彦平、本貫は坡平。坡山府院君・之任の子で、中宗の継妃である文定王后の弟。一五三三年、文科に及第、性格は放恣かつ陰険で、文定王后が慶源大君を産むと、これを王にするために画策した。それが成ると、乙巳士禍を起こし、敵対者の大尹派を除去して、みずからの小尹派の勝利に導き、政治を専断した。

▼2【尹之任】？～一五三四。その娘が中宗の二番目の継妃（文定王后）となり、国舅として、敦寧府使・坡山府院君に封じられた。行動に節操がなく、農繁期に鷹狩をしたり、人の妻妾を奪ったりしたが、外戚として国の政治を専横することについては自戒していた。

第三三九話……明宗の喪中にやって来た中国の使節

隆慶年間の丁卯の年（一五六七）、中国から翰林検討官の許国と兵事左給事中の魏侍亮などが登極改元詔を携えてやって来た（穆宗の登極詔使として）。一行が嘉平館に至ると、守令などが観察使の公文を遠接使として出て来た判書の朴忠元《パクチュンウォン》▼1に差し出した。

大体、明宗大王《ミョンジョンテワン》が六月二十八日にお亡くなりになり、朝廷では混乱の中で中国の使臣たちに訃音を告げることができず、観察使の公文として、守令たちが慰箋を奉ったのだった。このときは亡くなられてまだ四日しか過ぎていず、内外すべてが事態に茫然として、あえて嘆息するばかりであった。

この日、遠接使一行が差使員などを率いて、烏沙帽と素服の姿で挙哀し、通訳の洪純彦《ホンスンオン》▼2に国家の葬事を告げたのだったが、中国からの使者は涙ながらに、

「これは千古にないことであり、われわれは中国の皇帝から派遣されて、初めて経験することだ」

と言い、また続けて尋ねた。

「王世子はいらっしゃるか」

「王世子はいらっしゃらない」

と答えると、彼はふたたび、

「王世弟はいらっしゃらないのか」

と尋ねたので、

「王世弟はいらっしゃりません」

と答えた。すると、彼は、

「それなら、王に代わってわれわれの携えてきた詔書は誰が受け取るのか」

と尋ねた。

「王室のことはわたくしのような賤しい身分の者の知るところではありません」

「それなら、首相は誰だ」

「李浚慶《イチュンキョン》（第三三五話注４参照）です」

「その人物は文章がわかるのか。あるいは徳の量が多いのだろうか」

「彼にはもともと徳の量が多い上に、国中がみな彼を頼りにしています」

「それなら、お前の国はなにも心配することはない」

その日の夜、遠接使が中国の使臣の部屋を訪れると、二人の使臣はともに薄い黒色の衣服を着て大庁に出て来てどっかと座った。遠接使が前に進み出て言った。

「思いがけなく国王が薨去して、哀痛極まりなく、挙哀の礼を行なわねばならず、親しく訃報をお告げすることができませんでした」

二人の使臣はこれに答えて、

「にわかに凶変をうかがい、哀しみに堪えることができません」

おおよそ、詔書を受け取るときにはみな吉服を着て、使臣のために宴会を設けるのだが、そのようなことはすべて中止することになった。

（魚叔権『稗官雑記』）

▼1【朴忠元】一五〇七～一五八一。字は仲初、号は駱村、本貫は密陽。一五三一年、文科に及第、湖堂に入ったが、一五四一年、寧越郡守となって赴任した。歴代の郡守七人が、魯山君の死後、突然死した凶地だとされていたが、忠元はすぐにお供えをして祭祀を行なった。その晩、忠元は一度は死んだが、蘇生して、その後には変異はなくなったという。官職は左参賛に至った。

▼2【洪純彦】『朝鮮実録』宣祖十七年（一五八四）十一月、宗系及悪名弁誣奏請使の黄廷彧および書状官の韓応寅が帰って来て、改正全文を示した、そのとき上通事の洪純彦にも加資があった旨が記されている。

補遺

＊『大東野乗』所載の『海東野言』は第二巻の最後、すなわち成宗代の終わりに「戊午党籍」、「戊午士禍事蹟」、および「柳子光伝」を載せる。この中で、「戊午士禍事蹟」は第二四八話と重複し、「柳子光伝」は第二四九話と重複する部分が多いので、この二つは省略して、「戊午党籍」のみを訳出することにする。戊午の年（一四九八）の士禍にかかわった人びとの名簿ということになるが、最後の許詡については、首陽大君（世祖）の王位簒奪事件（癸酉靖難）とはかかわるものの、戊午士禍とは直接にはかかわらない。

「戊午党籍」

金宗直（第二〇話注27参照）

金宗直《キムジョンチク》の字は季昷《ケオン》、司芸の淑滋《スクチャ》の子である。号は佔畢斎《チョムピルチェ》で、善山の人である。世祖の時代に科挙に及第して、睿宗《エジョン》および成宗《ソンジョン》に仕え、官は刑曹判書に至った。謚号は文簡である。親には孝行をつくし、文章は高潔であり、当時の儒生たちの宗たる人物だった。喜んで後進の指導をし、多くの者が育った。鄭汝昌《チョンヨチャン》（第一七〇話注11参照）、金宏弼《キムクィンピル》（同話注1参照）は道学でもって名を成し、金馹孫《キムイルソン》（第二一〇話注1参照）、兪好仁《ユホイン》（第一三九話注3参照）、曹偉《チョウィ》（第一三九話注1参照）、李宗準《イジョンジュン》（第二四八話注14参照）、南孝温《ナムヒョオン》（第五話注1および第一七六〜一七八話参照）、洪裕孫《ホンユソン》（第一七九話注1参照）らは文章でもって顕れた。その他にも多くの名のある門人がいる。燕山君《ヨンサンクン》の戊午の士禍（第二四八～二四九話参照）が起こったとき、すでに亡くなっていたが、禍は黄泉にも及んで、墓を暴かれた。文集があり世に流布している。

金馹孫（第二一〇話注1参照）

金馹孫《キムイルソン》の字は季雲《ケウン》、号は濯纓《タクヨン》で、執義の孟《メン》の子である。その先祖は金海の人で、生き方は清廉であった。学業を金宗直《キムジョンチク》に受け、文章を能くし、人となりは簡素であった。若くして科挙に及第し、官途について吏曹佐郎に至ったが、燕山君のときの戊午の史禍に遭った。ある人が言うには、李克墩《イククドン》（第二一二話注3参照）が全羅道観察使だったとき、成宗の喪があったが、克墩はソウルに戻らず、妓生と戯れていた。馹孫はそのことを史草に書いた。克墩はひそかにそれを削るように請うたが、馹孫は承諾せず、そのまま実録に収録されてしまった。克墩はそれを根に持ち、堂上官になるに及んで、怨みを晴らすためにこの禍を起こしたのだ、と。

権五福（第二四八話注7参照）

権五福《クォンオボク》の字は嚮之《ヒャンチ》、号は睡軒《スホン》である。（序文を見ること、とあって、以下欠文）

権景裕（第一六六話注1参照）

権景裕《クォンキョンユ》の字は君饒《クンユ》であり、またの字は子汎《チャボム》である。安東の人である。成宗の乙巳の年（一四八五）に科挙に及第した。芸文館検閲となって、玉堂（弘文館）に入り、正字となった。いくつかの官職を経て、校理に至った。燕山君のとき、宮廷の危うさを知って地方の職をのぞみ、堤川県監となったものの、戊午の禍が起こり、金馹孫と同じ日に死んだ。秋江・南孝温が言った、君饒は剛毅であり、作為を喜ばなかった、と。

李穆（第二四八話注8参照）

李穆《イモク》の字は仲雍《チュンオン》、全州の人である。人となりは剛直で、敢言をした。かつて太学にあったとき、尹弼商《ユンピルサン》（第一二二話注1参照）が大臣として国政に当っていた。穆は日照りのことを上疏して、「弼商を煮れば、天は雨を降らすでしょう」と言った。弼商が往来で穆に出逢ったので、声をかけ、「君はこの老人の肉を食べたいと言うのか」と言った。穆は昂然として、振り返りもせずに去った。燕山君の代の初めに科挙に壮元で及第した。士禍が起こると、弼商は堂上だったので、前日の怨みを忘れず、穆が金宗直の下で学んだことを理由に、これを殺した。

許磐（第一七一話注3参照）

許磐《ホバン》の字は文炳《ムンピョン》で、陽川の人である。「秋江集」に、「磐は性理学を志し、進取の気には恬然として、事ごとに古を慕った」とある。大猷（金宏弼）もその端雅さに感服した。許磐はかつて左議政の洪応《ホンウン》（第七九話注24参照）に語ったことがある。「世子というのは国家の柱石となる方であり、今、宦官どもと戯れていらっしゃるのはいけない」と。戊午の年に科挙に及第して権知承文院副正字となったものの、士禍が起こって死んだ。

姜謙（第二一五話注2参照）

姜謙《カンキョム》の字は謙之《キョムチ》（原文では欠）で、晋州の人である。庚子の年（一四八〇）に科挙に及第して、弘文館に入った。しばしば官職を変えて正郎に至ったが、戊午の士禍に連座して杖で打たれて流された。兄の詗《ヒョン》（第二一五話注1参照）は大司諫になったが、甲子（一五〇四）の禍に遭って死んだ。

表沿沫（第二四八話注9参照）

表沿沫《ピョヨンマル》の字は少游《ソユ》、新昌の人である。成宗の壬辰の年（一四七二）の科挙に及第した。文名が高く、交遊するのは当時の名士ばかりだった。かつて翰林となり、同僚たちと宴飲して、牛肉を調理して食べる慣習があったが、王さまの知るところとなって禁止され、罷免された。その後も、宴席で牛肉を見れば、「法を犯すのに忍びない」と言って、すぐに立ち去った。喪に服するのに礼を尽くし、そのことが聞こえて一資を加えられた。後に官は同知中枢府事に至った。

洪翰（第二四八話注10参照）
洪翰《ホンハン》の字は蘊珍《ウンチン》（原文では欠）、南陽の人である。乙巳の年（一四八五）の科挙に及第して、官は参議に至った。性格は剛直で妥協を許さず、権貴におもねらなかった。戊午の禍に遭い、杖で打たれて流され、配所に行く途中で死んだ。中宗のときに吏曹判書を追贈された。

鄭汝昌（第一七〇話注11参照）
鄭汝昌《チョンヨチャン》の字は伯勗《ペクウク》、河東の人であり、号は一蠹《イルドゥ》である。孝行をもって推薦され参奉に任じられ、辞退したが許されなかった。科挙に及第して翰林となり、官は安陰県監になった。金宏弼と志を同じくして、金宗直の下で、性理学をもっぱら学んだ。戊午の禍では鍾城に流され、そこで死んだ。棺を暴かれたが、後には右議政を追贈された。諡号は文献である。

李総（第一七一話注1参照）
茂豊副正の李総《イジョン》の字は百源《ペクウォン》、太宗の曽孫に当る。詩・書に巧みで、琴をよく弾いた。楊花渡に別荘をかまえ、小船に漁網をそろえ、みずから漁を行なった。詩人墨客を迎えては、日々に詩を口ずさんで、千篇、百篇にも上った。みずから西湖主人と号したが、戊午の年には禍に遭い、杖流の憂き目に遭って死んだ。

姜景叙（第二四八話注11参照）

姜景叙《カンキョンソ》の字は子文《チャムン》、晋州の人である。草堂《チョダン》と号した。成宗の丁酉の年（一四七七）、科挙に及第し、また重試にも及第した。燕山君の戊午の年には、佔畢斎の門下であることを理由に杖打たれて会寧に流され、後に放還された。中宗のとき、官は左副承旨に至った。『草堂集』がある。後に礼曹判書を追贈された。

李守恭（第二四八話注12参照）

李守恭《イスコン》の字は仲平《チュンピョン》、広州の人である。遁村・李集《イチプ》▼1の後裔であり、領議政の克培《ククペ》▼2の孫に当る。成宗の戊申の年（一四八八）、科挙に壮元で及第した。正言・掌令を経て、諍臣の風があった。弘文館に入り、校理・応教・典翰となった。戊午の年には昌城に流され、次いで光陽に移され、甲子の年（一五〇四）には死を賜った。四十一歳であった。中宗の初め、都承旨を贈られた。

鄭希良（第二三一話注1参照）

鄭希良《チョンフィリャン》の字は淳夫《スンブ》、号は虚庵《ホアム》である。燕山君の初めに科挙に及第して、芸文館検閲となった。戊午の禍に座して義州に流された。よく吉凶を占うことができて、かねて「甲子の年にはまた禍が起こり、その惨禍は戊午の年よりもはなはだしい」と言っていた。ある日、忽然と姿をくらまし、行方知れずになった。詩集を残して世の中に流布している。

鄭承祖（第二四八話注13参照）

鄭承祖《チョンスンジョ》の字は（欠）、燕山君の甲寅の年（一四九四）に科挙に及第して、翰林に補された。戊午の年には遠隔の地に杖流となった。

李宗準（第二四八話注14参照）

李宗準《イジョンジュン》の字は仲鈞《チュンキュン》、号は慵斎《ヨンチェ》である。文章をよくし、書画にも巧みであった。成宗の乙巳の年（一四八五）の科挙に及第した。かつて書状官として北京に行ったが、駅館の屏風画がまずいのを見て、筆を執って描きなおした。駅官はこれを見て怪しみ、通訳を呼んで詰った。通訳は、「書状官は書画をよくし、屏風絵を見て不満に思って、描きなおしたのでしょう」と言った。駅官は絵を見直して、なるほどと首肯した。北京からの帰途、その駅館では新たな屏風一双を用意していた。宗準は一隻には書を書き、一隻には絵を描いた。ともに絶妙であり、観るもので嘆賞しない者はなかった。戊午の年、北界に流され、その途中の高山駅において、「李師中孤忠、自許衆不与」という一律を壁の上に書いて立ち去った。観察使を介してこの話が伝わり、燕山君を怨む意味だと解された。そこで、宗準は尋問を受けて殺された。洪貴達《ホンクィダル》（第二四八話注21参照）が救命しようとしたができなかった。

崔溥（第二〇六話注1参照）
崔溥《チェブ》の字は淵淵《ヨンヨン》、号は錦南《クムナム》であり、羅州の人である。博聞強記であり、英傑不羈であった。成宗のときに科挙に及第して弘文館校理となった。済州島に遣わされ、船が大風のために漂流し、中国の浙江省の寧波に流れ着いた。役人たちは倭寇ではないかと疑い、まさに殺そうとしたが、溥の応対が敏捷で助かった。成宗は『漂海録』を記して差し出すようにお命じになった。官は礼賓寺正に至った。戊午の年に流され、後には殺された。

李黿（第二一七話注1参照）
李黿《イウォン》の字は浪翁《ナンオン》、慶州の人で、益斎《イクチェ》の後裔である。成宗の己酉の年（一四八九）に科挙に及第して、官は戸曹佐郎に至った。戊午の年には遠隔の地に杖流され、甲子の年の禍で死んだ。中宗の初め、都承旨を贈られた。秋江《チュカン》・南孝温《ナムヒョオン》の『師友録』に「李益斎の後裔で、朴彭年《パクペンニョン》（第七九話注34参照）の外孫、二家の賢を継いで、一人に集まる」とある。

李冑（第二一八話注1参照）

李冑《イチュ》の字は冑之《チュチ》、固城の人である。杏村《ヘンチョン》▼3の後裔で、文章をよくし、気節があった。みずから忘軒と号した。成宗の戊申の年（一四八八）に科挙に及第して、正言になった。戊午の年には、佔畢斎の門人であるという理由で珍島に流され、後に殺された。

金宏弼（第一七〇話注1参照）

金宏弼《キムクィンピル》の字は大猷《テユ》、号は寒喧堂《ハンフォンダン》である。佔畢斎に師事して、わが国の人びとはその文詞をもてはやしたが、その極めようとしたのは性理学にあった。みずからを律するのに礼を以てし、濂洛関閩▼4の学問を大切にするのは宏弼に始まる。推薦されて刑曹佐郎となり、戊午の年には熙川に流され、次いで順天に移り、そこで殺された。後に領議政を贈られた。諡号は文敬である。

朴漢柱（第二四八話注15参照）

朴漢柱《パクハンジュ》の字は天支《チョンチ》、密陽の人である。みずから迂拙子《ウチョルチャ》と号した。佔畢斎の門下で、成宗の乙巳の年に（一四八五）に科挙に及第して、正言・献納を経たが、そのことばは直截であった。醴泉郡守となったが、戊午の年には碧潼に杖流となり、甲子の年には殺された。中宗の初めに都承旨を贈られた。

任熙載（第二四八話注16参照）

任熙載《イムフィチェ》の字は敬輿《キョンヨ》、豊川《プンチョン》の人である。戊午の年の科挙に及第したものの、にわかに佔畢斎の門下であるという理由で杖で打たれて流された。熙載は士洪《サホン》（第一六六話注2参照）の子であるが、世間で伝えるには、かつて「祖舜・宗尭の世はおのずから太平、秦皇は何事をもって蒼生を苦しめる。禍の簫墻の内に起こるを知らず、虚しく防胡万里の城を築く（祖舜宗尭自太平、秦皇何事苦蒼生、不知禍起簫墻内、虚築防胡万里城）」という一絶を屏風に書いた。燕山君はある日たまたま士洪の家に出かけ、この屏風を見て、だれが書いたのか尋ねた。士洪がありのままに答えたところ、燕山君は怒り出し、「卿の子はまことに不肖である。私はこれを殺そうと思うが、卿はどう思うか」と言った。士洪はあわてて跪いて、「わが子は性行がおさまりません。王さまのお思い通りになさってください。わたくしはこのことを啓上しようとして、怠っていました」と答えた。あるいは、熙戴はつねづね父を諫めていた。士洪はそれを喜ばず、それで子を訴えたのだとも言う。

康伯珍（第一六九話注10参照）
康伯珍《カンペクチン》の字は子韞《チャオン》、信川の人である。佔畢斎の外甥にあたる。成宗の丁酉の年（一四七七）に科挙に及第して、官は司諫に至った。戊午の年に杖流された。

李継孟（第二四八話注17参照）
李継孟《イケメン》の字は希醇《フィスン》、全義の人である。己酉の年（一四八九）に科挙に及第した。その詩文を佔畢斎にも評価された。戊午の年には佔畢斎の門下であることを理由に杖流された。中宗のときに復帰して用いられ、官は賛成に至った。諡号は文平である。奔放で細事にこだわらなかった。当初は己卯の年（一五一九）の士類とは距離を置いていたが、士類たちが敗亡するのを見て、ひとり立ってこれを救おうとして止まなかった。権奸に背いて、憂満の中で死んだ。

姜渾（第二四八話注18参照）
姜渾《カンホン》の字は士浩《サホ》、号は木渓子《モクケチャ》で、晋州の人である。その文名は金馹孫に次ぐ。燕山君はその末年、その愛妾を亡くし、その悲しみは甚だしかった。群臣たちに命じて誄を作らせた。渾の作った祭文は愛妾の容姿が美麗であったことを褒めたたえた。燕山君はこれを喜んで、このときから渾は王の寵を得た。このことは士類としては賤しいとせざるをえない。中宗のときに官は判中枢府事にまで至った。

許詡（第六五話注1参照）

許詡《ホフ》は領議政であった稠《ジョ》（第二〇話注6参照）の子である。家は忠義と孝行の家であったが、早くに父を亡くし、母に仕えてお世話をした。世宗のときに二十年あまり仕えて、身を慎んで家を守った。甲子から乙丑にかけて（一四四四〜一四四五）、詡は京畿道観察使であった。大変な旱魃に遭い、道内には野に一苗もなく、大勢の人びとが餓死した。地方の守令には手に負えず人びとを救うことができない。詡は封事を奉って、京倉を開いて粟をもって賑給されるように請うた。王は許されなかった。そこで、詡は宮廷に伏し、涙を流して号哭し、哀痛した。これを見た左右の者たちも感銘して詡と行動を同じくした。これまでの例として、州県の倉は凶年に賑給するに際して、まず観察使が戸曹に報告する。戸曹がそれを王さまにお伝えして、許可を得て、その後に粟を発給することになる。しかし、それでは許可が下りるのを待つあいだ、餓死する人びとが出る。詡が建言して言うには、観察使と戸曹はともに大臣であり、その戸曹での審議を待つあいだ、人びとは恩沢を被ることが遅くなる、できれば、戸曹を通すことなく、臨機応変に倉を開いていただけないかというものであった。王さまはこれを許された。そこで京倉の粟を運送して、野に露積にし、また義倉も開いて、粥を人びとに振る舞った。また上書して、全羅道・忠清道の穀物を移送することを請い、人口を計算し、田の収穫を計量して、人びとには耕作を励むようにさせた。西山の麓の樹木が生え、叢も茂っているところに、山菜を栽培して、人びとの菜食に資するようにすることを請うたのも詡であった。四月になって郡県を巡視してみると、麦が実っている。その穂をとって来させて、噛んでみて、「もう十分に熟している。お前たちは生きのびることができたぞ」と言ったが、その人びとを憂えること、このようであった。秋には米の収穫があり、人びとは歌を歌って、詡の徳をほめたたえ、家々でその歌声が聞こえたが、その歌詞は田舎言葉でここに書き記すことができない。おおよそ詡のおかげでみずからが生きながらえることができたことを歌ったのである。このことをお聞きになって、王さまはしきりに感嘆なさった。

文宗にお仕えしても、人びとはその仕事ぶりをほめちぎった。文宗はお亡くなりになるとき、皇甫仁《ファンボイン》（第二六話注10参照）と金宗瑞《キムジョンソ》（第三〇話注9参照）に幼い端宗を補佐するようにお頼みになった。時に、詡は右参賛であったが、首陽大君《スヤンテグン》（世祖）は京師を担当なさった。詡は首陽大君にお願いして言った。「ただいまはまだ殯のさなかであり、幼い王が国政にあたり、大臣もまだ定まっていません。人びとは不安の中にいます。大君は国家の宗となる方です。この国をいかがなさりますか」と。首陽大君は不快に思った。癸酉の年（一四五三）、首陽大君はひそかに権擥《クォンナム》（第一一〇話注1参照）や韓明澮《ハンミョンフィ》（第一一八話注4参照）などと謀って靖乱を起こした。まずは金宗瑞をその屋敷で殺した。そのとき、端宗《タンジョン》は駙馬の鄭悰《チョンジョン》（第一一七話注1参照）の屋敷にいらっしゃったが、首陽大君はその夜、門前にうかがって、端宗に、「宗瑞が乱を謀っていました。事態は急を要し、謹んでこれを誅殺いたしました」と申し上げた。年少の端宗はおどろいて、「いったいどういうことか。叔父上は私を助けてくださるのか」とおっしゃったが、それに対して首陽大君は、「大丈夫です。臣下として私がこれを処置します。王さまは大臣たちに宮廷に参るように命じてください。武官たちでもって門を守らせ、大臣たちが門を入るときに、その党派を選別して、除去すべきは除去いたします」と申し上げた。そうして、領議政の皇甫仁、吏曹判書の趙克寛《チョククァン》▼5などを殺した。詡はこの当時、田舎にいて、禍を免れたが、ソウルに戻ると、命ぜられて宮廷に参った。すると、酒宴が催され、宰相の鄭麟趾《チョンインチ》（第七九話注3参照）や韓確《ハンカク》▼6などが手を打って笑いさんざめいている。詡はひとり愀然として楽しむことができず、また肉を食べることができなかった。首陽大君が「どうして食べないのだ」と尋ねたので、詡は「祖父の命日なのです」と答えた。大君はそれが口実に過ぎないとわかっていたが、その場では不問に付した。すでに宗瑞や甫仁などの首を市にさらして、その子孫も誅殺している。詡は「この人びとにどのような大罪があって、さらし首になり、一族まで殲滅されなくてはならないのか」と言った。その上、詡は宗瑞と親しく付き合っていて、謀反の心など感じたことはない、仁についてもその人柄をつぶさに知っていたが、万々、謀反の道理がない。首陽大君が、「お前が肉を食べない理由は別にあるのではないか」と詰問すると、それに答え、「その通りです。朝廷の元老方が一日のうちにことごとく亡くなった。

それなのに、私はおめおめと生きながらえている。どうして諾々として肉を食べられよう」と言って涙を流して号泣した。首陽大君の怒りは激しかったが、しかし、詡の才徳を惜しむ気持ちはあり、命を奪おうとまでは考えなかった。李季甸《イケチョン》（第七九話注6参照）などもどこか遠方に流すことを主張したが、ついに縊り殺すことに決まってしまった。

詡らの死によって、朝廷の様子はがらりと変わってしまった。咸鏡道節度使の李澄玉《イチンオク》（第五五話注1参照）などが女真とともに反乱を起こした。判官である駙馬の鄭悰の指嗾するところだとして、さまざまな噂が行きかった。すでに人びとは東西に逃げまどい、京畿道まで乱は及んでいる、あるいは人びとは家産を穴倉に隠し、あるいは船を用意してソウルに逃げようとしている云々と、日に四度、五度と、驚かない日はなかったが、役人たちの力ではなかなか噂を止めることもできない。流言を作る者を殺し、それを伝える者を配流して、やっとのことで世間は落ち着いたのであった。

初め、詡が承宣となったとき、人びとが任官の祝いにやって来たが、父親の稠にはひとり憂うる表情があり、一晩中、眠れなかった。ある人が理由を尋ねると、稠は、「天道というものは満つれば、必ず欠けるもの。気をつけねばならない。私はさしたる功徳もなく、位は人臣を極めた。子どもがまた承宣となった。禍を被らなければいいのだが」と答えた。それから間もなくして、詡が死に、その弟姪も禁錮の憂き目に遭い、稠のことばの通りになったのである。

▼1【李集】一三一四〜一三八八。浩然。最初の名は元齢。号は隠村。忠粛王のときに科挙に及第した。当代の李穡・鄭夢周・李崇仁などと付き合いがあった。辛旽に殺害されようとして逃亡、辛旽が死んで後、復帰して、名前を集と変えた。奉順大夫・判典校寺事となったが、官職に興味を持たず、驪州川寧県に隠退して読書の日々を過ごした。

▼2【克培】李克培。一四二二〜一四九五。成宗のときの大臣。字は謙甫、号は牛峰、本貫は広州。一四四七年、文科に及第、各地の観察使、兵曹判書などを歴任、一四七九年には領中枢府事となって大飢饉を救済し、最後には領議政に至った。清廉で堅固な意志をもち、権貴な地位にあっても門を閉ざしておもねる客に会わ

なかった。

▼3【杏村】李嵒《イアム》。一二九七～一三六四。高麗末期の書画家。字は古雲、杏村は号で、諡号は文貞、本貫は固城。一三一三年、十七歳で文科に及第、賛成事、右政丞を経て、恭愍王のとき、錦城君に封じられた。紅巾賊が侵入してきたとき、王に扈従して南行した功で一等功臣となり、鉄原府院君に封じられた。書道に優れ、東国の趙子昂と呼ばれ、絵画としては、竹の絵を巧みに描いた。

▼4【濂洛関閩】濂渓の人の周敦頤、洛陽の人の程顥、その弟の程頤、関中の人の張戴、閩中の人の朱熹を言う。

▼5【趙克寛】?～一四五三。本貫は楊州。一四一四年、文化に及第、世宗のとき、司憲持平・李曹正郎・掌令などを歴任、黄海観察使になったが、赴任せず、全羅道の竜安県に帰った。後に復帰して同知中枢府事となり、穏城・鍾城などを修築した。端宗が即位すると、吏曹判書となったが、安平大君の一党として殺された。弟の遂良も流されて死に、子どもたちもみな殺された。

▼6【韓確】一四〇三～一四五六。字は子柔、号は閑易斎、諡号は襄節、本貫は清州。その長女が明の宣宗の後宮となり、招かれて明に行って、光祿寺少卿の官職を与えられ、世宗の即位にともない、冊封正使として明に行って帰国し、判漢城府事となった。明としばしば往復して国交に尽力し、世祖のとき、靖国功臣、ついで佐翼功臣の号を与えられ、西原君となった。一四五五年、謝恩使として燕京に行き、帰国途中で死んだ。その次女は睿宗の妃である仁粋王妃である。

訳者解説

梅山秀幸

1……著者・許筠と士禍・党争の朝鮮王朝史

東京美術学校の学長の正木直彦が大正天皇妃の貞明皇后に松岡映丘の絵を説明しながら、柳田国男の兄弟（井上通泰・国男・松岡静雄・松岡映丘）に言及して、「あそこには四人兄弟がおりまして、それぞれ何か仕事をしております」と言ったとき、皇后は「もう一人、上の（松岡鼎）が田舎にいるはずだ」と言われた、その話が伝わって、「それでもう本望」と言って涙を滂沱と流して喜んだ、弟たちの世に出るのを父親代わりに援けた「田舎にいる」長兄の鼎の感激を柳田は書きとめている（『故郷七十年』）。「それぞれ何か仕事をして」いる兄弟たちというのがいるものである。他に思いつく例を挙げれば、実業家として、軍人（探検家）として、文学者として、音楽家として業績を挙げた幸田露伴の兄弟姉妹たち（成常・郡司成忠・露伴・成友・延・安藤幸）もそれに当たろうか。

朝鮮王朝で言えば、さしずめ、この『海東野言』の編著者の許《ホ》筠《ボン》（一五五一〜一五八八）の兄弟姉妹たちが「それぞれ何か仕事をして」いる人たちと言えそうである。許《ホ》曄《ヨプ》（一五一七〜一五八〇）の子どもたちとして、異腹ではあるが、まず日本に書状官として渡って豊臣秀吉に会い、日本の来寇を確信したという、吏曹判書にまで昇りつめた筬《ソン》（一五四八〜一六一二）がいて、ハングルで書かれた最初の小説であり、朝鮮社会で差別された庶子の活躍を描く、ピカレスク小説とも言え、あるいはユートピア小説とも言える『洪吉童伝』を書いた筠《キュン》（一五六九～一六一八）がいる。そうして、すぐれた女流漢詩人である蘭雪軒《ナンソルホン》（一五六三～一五八九）がこれに加わる。時代と社会がそうさせるのか、幸田露伴の兄弟姉妹や柳田国男の兄弟のようには、この許筠の兄弟姉妹はひとり篈を除いて、幸福な生涯をまっとうすることはできなかった。最初のハングル小説家の筠はその反骨精神を貫いたと言えるが、反逆罪に問われて斬死した。蘭雪軒はすぐれて抒情的な詩を多く残しながらも夭折した。みずから作った詩句の「芙蓉三九朶、紅堕月霜寒」は三九、すなわち二十七歳での死を予言していたのだとも言う。篈自身も熾烈な党争に身を投じ、容れられずに流罪となり、赦されたものの、放浪の生活を送り、大酒がたたって客死することになる。

許篈の生涯を『韓国人物大事典』（中央日報出版法人 中央M&B）で見てみよう。

【許《ホ》篈《ボン》】一五五一～一五八八。朝鮮中期の文人。本貫は陽川、字は美叔、号は荷谷。同知中枢府事の曄の子、蘭雪軒の兄で、筠の兄である。柳希春の門人であった。一五六八年、生員科、一五七二年、親試文科に丙科で及第、翌年には賜暇読書をした。一五七四年、聖節使の書状官に自薦して明に行き、紀行文『荷谷朝天記』を書いた。翌年、吏曹佐郎となり、一五七七年、校理となり、一五八三年、昌原府使を歴任した。彼は金孝元などとともに東人の先鋒となり、西人たちと対立した。一五八四年、兵曹判書李珥の職務上の過失を挙げて弾劾し、鍾城に流廃されることになり、翌年には召還されたが、政治に意を失い、放浪生活を行ない、三十八歳の年で金剛山で死んだ。『朝天記』に彼の思想を見て取ることができるが、はっきりと「道統思想」をもっていて、特に『聖学輯要』に大きな関心を置いて、陽明学で武装した中国学者たちとの談論でも主体的認識で彼らの論理を排斥している。特に詩人として有名であったが、彼の詩は「清新婉麗」という評価を得た。著書に『荷谷集』『荷谷粋語』『海東野言』『伊山雑術』などがある。

朝鮮王朝（一三九二～一九一〇）の前半の宮廷は「士禍」によって特徴づけられ、後半のそれは「党争」

上：許篈の生家（現在の江原道江陵市）

右：弟の許筠の肖像画

下：妹の許蘭雪軒の肖像画

によって特徴づけられる。許筠の生涯は党争の開始の時期に重なるばかりでなく、許筠自身がその党争の中心人物の一人であったかに見える。

士禍から党争にいたる過程をここで簡単に振り返ってみることにする。

高麗を滅ぼして朝鮮が建国されると、やがて、太祖・李成桂の建国に協力して宮廷の中枢にあり、大土地も所有する既成権力のいわゆる勲旧派とよばれる人びとと、科挙に及第して登用され新たな勢力として台頭してきた儒者官僚である士林派と言われる人びととの角逐が生まれるようになり、英邁な王の下では表面化することのなかったその対立が、暗君の燕山君のもとで一気に噴き出ることになる。戊午の年（一四九八）と甲子の年（一五〇四）に士禍があり、その次の中宗の己卯の年（一五一九）、また明宗の乙巳の年（一五四五）、それぞれきっかけは異なるが、四度にわたる大きな士禍があって、士林派は宮廷から斥けられ、殺害された。そうした状況にあって官途に望みを絶ち、いったんは野に下った士林派の人びとによって朝鮮朱子学は深化を遂げ、李退渓や李栗国などの哲学者を生み出すことになり、地方の郷校や書院において中央での権力抗争に嫌気がさした儒者の薫陶と感化を受けた子弟たちがふたたびソウルの政界に進出するようになり、時代の趨勢として、これら士林派が唱える儒教の徳治主義によって朝鮮という国家は運営されるはずであった。

しかし、そうはならなかった。東海の蛮族としか見ていなかった日本人たちの二度にわたる侵略、日本で言う豊臣秀吉の文祿の役と慶長の役、韓国で言う壬辰倭乱（一五九二）、丁酉再乱（一五九七）があり、北方の未開の野人とみなしていた女真族がヌルハチによって糾合されて強国と化し、その子のホンタイジ（清の太宗）によってやはり二度の侵略を受ける。すなわち丁卯胡乱（一六二七）、丙子胡乱（一六三六）があって、国土は蹂躙され尽くし、人びとは魚肉のように殺害された。これらの不幸な惨禍を看過することはできないが、朝鮮王朝内部にも制度的な問題がなかったわけではない。まず、新たに国教として朱子学を奉じ、四書五経の知識をもとに科挙を行なって官僚を採用することになったが、理と気のどちらが優先するかを議論している間は無害なものの、朱子学の切っ先するどい名分論に固まって、互いに言辞の些細な齟齬をついて論難するという弊害をこの儒学の一派は本質としてもつ。その発祥の宋においてすでに朋党は生まれ、欧陽脩も朱子その人もそれをよしとした。そして、どの国の王室でも同じだが、王の後継者をめぐっての外戚が絡んだ王室の内紛がある。さらに最も大きいのは儒者官僚たちの生活基盤の問題である。

朝鮮王朝はせんじ詰めれば集権的な両班国家である。両班たちはたとえ地方に根拠を持っていたとしても、科挙に及第して中央で官吏となることを最高の目標と見なした。官吏となれば、朝鮮初期の科田は廃されたが（勲旧派の生活基盤であった）、新たに定められた職田が給されることになる。しかし、時代が下るにつれ、両班の数は増加するが、官職の数はほぼ一定で増えることがない。とすれば、両班たちのあいだでは官職を得るために激しい争いが生じるほかはない。

六曹（吏・戸・礼・兵・刑・工）というのは中国の隋・唐の六部、あるいははるか昔の周の六官にならった政府機関であるが、その中で官吏の人事を行なうのは吏曹と兵曹（こちらは特に武官）である。その長官である判書ともなれば、官職を求める人びとが門前に市をなし、当然、金品のやり取りもあって潤うことになるが、実質的な官僚の銓衡を行なうのは正郎（正五品）および佐郎（正六品）である。吏曹の正郎および佐郎を通称では銓郎と言うが、その地位は低くとも、官吏の任命権を掌握するきわめて重要なポストであり、その重要性のために、その職への任命は吏曹判書ですら関与できず、前任者が離任する際に後任者を推薦することとなっていた。まず党派は東と西とに分かれるが、それもこの銓郎のポストを巡っての因縁に始まる。

初め、宣祖のとき、金孝元（一五三二～一五九〇）は文名が高く、銓郎に推挙されたが、そのとき、上役に当たる吏曹参議であった沈義謙（一五三五～一五八七）が孝元は権勢におもねる弊があるとして反対した。その反対にもかかわらず、金孝元は銓郎となったが、孝元が離任する際に沈義謙の弟の忠謙の名前が候補者の名前に上っていた。このとき、金孝元は忠謙の就任を拒否したので、孝元と義謙の両人間の不和は決定的になった。両人の主張にはそれぞれの理由があったが、結局のところ、人事の実権を掌握しようという意図がこの両人の対立を生じさせ、当時の官吏と儒生たちはすべて両派のいずれかに分かれて互いに反目妬視するに至る。金孝元の家がソウルの東の駱山の麓の乾川洞にあったので、その一派を東人といい、沈義謙の家が西の貞陵坊にあったためにその一派を西人と呼んだ。東西に分党して以後の李朝の歴史はまさに党争の歴史といってよく、政治的・社会的にその及ぼした影響は大きい。壬辰倭乱のような緊急事態にあっても、日本に使臣を派遣しながらも、実際に日本が出兵するかしないかの判断で東人と西人とは分かれて宮廷の意見が一致せず、また火急のときになって、海軍の天才であり、軍神とも言うべき李舜臣を罷免したのも党争の弊害であったとしか言いようがない。他国の歴史について負の評価は避けるべきであるが、「和を以て尊しとなす」という、ややもすれば事なかれ主義に陥りかねない日本社会の伝統にくらべて、激しい論戦を厭わない伝統は弁証法的として評価できそうにも思うものの、それもやはり負の弁証法に見えてしまう。「党争」を負の歴史と位置付けるのは、日本の植民地史観の名残であり、政権交代を容認する民主主義を先取りしたものとして評価する考え方が最近の韓国の歴史学にはあるのだが……。

東・西の分党が生じた初期にはだいたい東人が独裁して、西人を圧倒する。しかし、優勢な東人が分裂して南人と北人の対立が生じる。北人はふたたび大北と小北とに分かれて、光海君一代は彼を推戴する大北が政権を専断する。しかし、長いあいだ野にあった西人がクーデタを起こし、光海君を廃して仁祖を擁立、この仁祖反正の後、長いあいだ西人が政権を担当するようになるが、西人が勲西と清西に分かれ、孝宗のときに宋時烈が登用されると、西人の各分派は彼のもとに統一される。その後、南人が復活し、清南と濁南に分かれ、西人がまた南人を追い、西人が分裂して老論と少論となって、というように、党からまた党が分かれ、筋道がつかめないはなはだ複雑な様相を見せるにいたる。

さて、『朝鮮実録』の宣祖代には『宣祖実録』と、それが毀誉が真を失し、狼藉かつ拠り所がないとして、大提学の李植が修正した『宣祖修正実録』とがある。壬辰倭乱および丁酉の再乱の扱い方に問題が多くあり、それこそ東人と西人の争いの中での事件の評価の違いによるのであろう。『宣祖修正実録』の方の六年癸酉（一五七三）十一月に、

「吏曹佐郎金孝元、修撰金宇顒、奉教許篈、承文正字洪迪を選んで賜暇読書せしむ」

とある。「賜暇読書」とは若手の有望な官僚を選んで学問の機会を与える制度だが、ここにそれこそ新たに詮郎となった金孝元の名前が見え、東・西の分党の兆しが見えることになるが、奉教の許筠の名前も見える。東人の頭目となる金孝元と許筠は同じ時期に賜暇読書の機会を得て、友誼が深まったのではないかと思われる。

翌七年甲戌（一五七四）五月には、許筠は書状官として中国に行って、その時に『朝天記』なる紀行文を書くことになる。中国に使節として公務で行って帰って来ること、それが官吏の履歴にいちだんと光彩を加え、出世に拍車をかけることになる。それが朝鮮の両班社会であった。賜暇読書といい、中国行きといい、許筠は順風満帆の官吏としての道を歩き出しているわけだが、同じく、『宣祖修正実録』八年乙亥（一五七五）十月朔壬寅には、

「上、親しく銓注を視て、金孝元をもって富寧府使とし、沈義謙を開城留守とす」

という記事が出てくる。すでに東西に分党して、東の領袖の金孝元と西の領袖の沈義謙をソウルにおいておくと、騒ぎが大きくなるだけであるという理由で、二人を地方官に任じたということになる。それを建言したのは李珥であるらしく、彼は右議政の盧守慎に次のように述べたという。

「両人はともに士類である。どちらが黒であり、白であり、邪であり、正でありというわけではなく、また真正の嫌隙《けんげき》があって、互いに害そうというのでもない。これはただ末俗の輩が囂々と騒いでいるだけである。ただこの小さい隙《げき》（仲が悪いこと）でもって噂が乱れて行き交い、朝廷も不穏である。今はただ両人を地方に出して、もって沸騰している議論を鎮定すべきだ」

栗谷・李珥は退渓・李滉とともに朝鮮朱子学を代表する鴻儒であり、この時点で東西分党の無意味さに気づき、その騒ぎを鎮定することに意を注いでいたことになる。だが、李珥の思いのようには朝鮮の両班社会は鎮まらなかった。しばらく後に、許筠はこの李珥にも牙をむくことになる。

しばらく許筠の官吏としての仕事ぶりをたどってみよう。『宣祖実録』十年丁丑（一五七七）二月甲申に、

「上、平安・黄海等の道に癘疫熾《れいえきさか》んに発するをもって、校理の許筠を黄海道に、校理の成洛、副修撰の鄭

士偉を平安道に別に遣わし、祭を設けてこれを禳《はら》わしむ」とあり、疫癘の払いのために黄海道に出かけている。このときに北方の知見を広めたであろうことは、『海東野言』で北方の動向に大きな関心が払われていることと無縁ではないであろう。

『宣祖実録』同年の五月戊戌には、

「朝講入侍あり。『夏暑雨』を進講して『君牙』の終篇に至る。許筠曰く、『この篇は教養の事を言う。すべからく是れ養を先にして、後に教あるべし。衣食足らずして、礼義を知るとせんや。よって民を恤《めぐ》むを言う』と」

『書経』の「君牙」に「夏の暑雨」ということばがある。それを進講したというのであろうが、「夏の暑雨には、小民惟れ日に怨咨《ここえんし》す。冬の祁寒《きかん》にも、小民亦惟れ日に怨咨す。厥《そ》れ惟れ艱《かた》い哉。その艱きを思ひて、以て其の易きを図らば、民乃ち安からん」とある。夏はもともと暑く雨が降るものであるが、人びとはそれを恨み嘆くし、冬はもともと寒いものであるが、人びとはそれも恨み嘆く。人びとを治めるのはまことに難しい。その難しさをよくよく考えて、それが容易になるように図れば、人びとは安らかに治まるであろうというのであるが、許筠は民衆というのはそういうものだから、教えることよりも養うことを優先し、衣食を充実させることをまずはすべきだと言ったというのである。

そして、そのときまた、

「許筠、進みて啓して曰く、名正しからざれば、順《したが》わず、而して、民においては手足を措《お》くことなしという。今は大院君の廟を称して家廟と言う。これ何の名ぞや。国家にいずくんぞ、家廟あらんや。ただ大院君廟と称せしめ、あるいは私親廟と称せしむべし」

と啓上している。「名正しからざれば、順わず」というのがまさしく名分論と言うべきなのであろうが、宣祖は先の仁祖、明宗に子がなかったために、王となったが、父親の李昭は中宗の子であり、宣祖が即位することになって徳興大院君と称されるようになった人である。この大院君廟を、王は家廟と言ってはならない、大院君廟、あるいは私親廟と言うべきだというのである。このような議論に朝鮮朱子学、あるいはそれに絡めとられた両班たちの議論の特徴があると思われるが、その一方でまた、王に対して信念を直言するというのも儒者官僚の真骨頂を示している。

同じく『宣祖実録』十一年戊寅（一五七八）三月乙丑、許筠は咸鏡道巡撫御史として、安辺府の蒸田の米の半ばは人びとに給付されていて、軍器が整備されていない、府使の権擘を罷免すべきだという報告をしていて、十六年癸未（一五八三）四月には京畿道巡撫御史として、水原の軍器ははなはだ整っていない、府使の韓顗を罷免すべきだという報告をしている。軍備の調査というのは巡撫御史の職務であり、十年後の秀吉の侵略を考えれば、あだや疎かにしてはならなかった仕事になるが、『海東野言』の辺境の騒動に対する強い関心はこの巡撫御史の職務と密接にかかわっているであろう。

このころ、李珥は分党の騒ぎの鎮静に動き回っていたよう見えるが、東人の方からは李珥はすでに西人の指導的な人物とみられ、非難を被るようになっている。実際、その非難の先鋒は許筠であったようである。『宣祖実録』十六年癸未七月戊戌に、

「許筠の父の曄はもともと朴淳とは隙があったが、今、筠の言うところを聞くと、珥とも隙があるようであり、実際、宿怨に対して報復しようと図っているかのようである、その前後のことばははなはだ険悪であり、現時の士類を挙げてことごとく坑塹（落し穴）に陥れようとしているが、それも、李珥と沈義謙のゆえにそうなるのであるとしている云々」

とある。

そうして、同じく『宣祖実録』同年九月丁丑では次のような決定的な記事になるのである。

「王が正二品以上を宣政殿に召集され、『近来、朝廷が平穏ではない、これは沈義謙と金孝元の仲が悪いせいである、二人をともに遠竄《えんざん》（遠隔の地に流すこと）に処そうと思う』と言われた。それに対して、左右の者たちが、『東西の分党の当初の原因は確かに二人の不和にあるが、今は二人ともに地方官の職についていて、朝政には参与していないので、これを罰することはできません』と答えた。すると、王は言われた、『朴謹元・宋応漑・許筠の三人は、私はその奸邪であることを知っていて、遠竄すべきだと思うがど

うであろうか』と。左右の者たちが、『この人たちのことばは過激ですが、あるいは言官であり、あるいは侍従であり、それが務めなので、そのことばをもって罪を下すのは宜しくありません、救済なさってください』と申し上げた。鄭澈が、『しかし、御前でこの人たちの罪を明らかにせざるを得ません、是非を決してください』と申し上げたので、王は、そこで、宋応漑は会寧に、朴謹元は江界に、許篈は鍾城に流すことにされた。しかし、鍾城は賊の襲って来る地域であり、許篈をそこに流すのは益がない、それゆえ、流配地を甲山に変えることになった云々」

この記事があって、しかし、同じ九月には司諫院から、朴謹元・宋応漑・許篈の三人に流罪を命じられたおことばは重く、この三人に罪があるのは確かであるが、三人はただ軽躁妄動が過ぎて、刑罰を加えるほどの者たちではなく、国家の長期の計としてもよろしくないという啓上がなされていて、さらに十月には、許篈に目の敵にされて非難された李珥自身が王に粛拝して、王に慰撫された後、朴謹元と宋応漑はもとより邪人であるが、許篈は年少で軽妄なだけで邪人ではない、またその才華には惜しむべきものがあると言っている。しかし、流罪の決定に変更はなく、甲山はその名の通り、咸鏡南道の高峻な山々に囲まれた山岳地帯にあるが、許篈はそこで二年間の流配生活を送ったことになる。

『宣祖修正実録』十八年六月、

「領議政の盧守慎が上疏して、宋応漑らを赦すことを請い、王はこれを許可された」

という記事がある。

そして、『宣祖実録』二十一年（一五八八）九月丙寅に、

「前府使の許篈が金剛山に遊び、金化駅で卒した」

という記事に出会うことになる。

2……『海東野言』の位置づけと構成

さて、「海東」という呼称は耳慣れないものであるかも知れないが、朝鮮のことである。中国を中心において朝鮮の人びとはみずからを「東国」と言い、半島であり陸続きであるにもかかわらず、黄海を隔てた「海東」であるとの認識を持っていた。極東にあることを逆手に取って「日の本」と自称する自恃と驕慢さを持たなかったのである。その朝鮮の歴史書である『海東野言』は「野史」に位置づけられる。かつ、韓国の歴史学者は「当代史」という位置づけをもしている。後者について言えば、歴史書とは、『漢書』以来の中国の歴史書編纂がそうであるように、前代の王朝の事蹟を後代の王朝になってまとめて編集するものであり、「当代史」という観念は、まだ継続している当代の王朝のさなかに作られた史書であるという意味である。また前者の「野史」の認識とは、官撰の史書ではなく、両班の手になるとはいえ、私撰の史書であるというものである。官撰の史書は時を得た者の撰するものであり、当然に、時を得た者たちがみずからを正当化するための偏向を免れない。時を失った者たちを救い上げる視点をもつのが野史であることになるが、それも主観に陥るのをどう排することができるのか。

『海東野言』は他の書物に収める話を寄せ集め、歴代の朝鮮王の代ごとにほぼ時系列にその話を配列するが、現行の『海

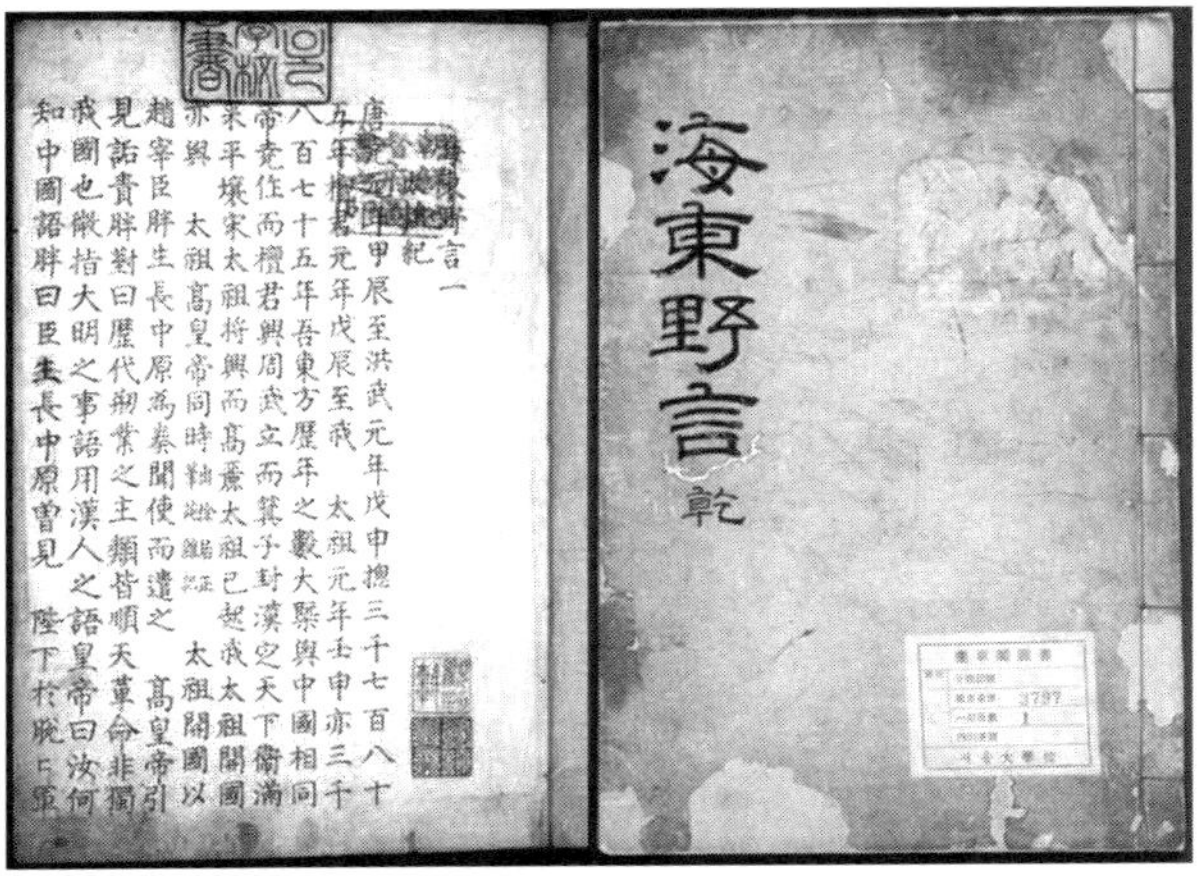

『海東野言』写本（ソウル大学所蔵、韓国文化研究院ウェブサイトより）

東野言』は全三巻で構成されている。今回の翻訳では『大東野乗』に収録されたものを底本とした『韓国思想大全集9 海東野言』（良友堂）を用いるが、この良友堂本の各話への番号の振り方にはずれや欠如があり、それを修正し、私自身が適宜、話を合わせたり、分けたりした場合もあり、今回はすべてで三百三十九話を訳出した。また、『大東野乗』本は二巻の末尾に「戊午党籍」、「戊午事跡」、「柳子光伝」を載せる。戊午の士禍（一四九八）の顚末と、それに絡んで粛清された人物たちの名簿、そしてこの士禍をしかけた張本人の伝記であるが、今回の翻訳では「戊午党籍」については最後に載せ、「戊午事跡」および「柳子光伝」については、他の話と重複するところが多いので、省略した。

巻の一　太祖 五話、太宗十話、世宗四十五話
巻の二　世宗 四十二話、文宗 五話、魯山君 四話、世祖 二十二話、睿宗 三話、英宗 七十一話、
巻の三　燕山君 四十四話、中宗 上 八十八話
　補遺　「戊午党籍」

『大東野乗』本になぜ「中宗上」があって、「中宗下」がないのか、わからない。普通に考えれば、もとはあったのが遺失してしまったということになるであろう。あるいは許篈が長生きすれば、作るつもりであったが、死によって中断してしまったということなのかも知れない。「仁宗」「明宗」まで編纂するつもりもあったのだろうか（実際、第三三八話、第三三九話は仁宗・明宗以降の話となる）。許篈は豊臣秀吉による侵略の惨禍を経験しないですんだのは幸運だったが、ともかく死ぬのが早すぎた。

『海東野言』は厳密には著述とは言えず、編纂書とだけ言うべきかも知れない。普通の史書に見られるはずのみずからの歴史観を述べることもなく、一切の歴史的評価を排して時代順序に資料を並べているに過ぎないとも言える。しかし、その「述而不作」の編集態度から、むしろ許篈の歴史観をうかがうこともできよう。許篈は二十七種ほどの雑記、日記、言行録などの書籍から引用しているが、野談的な要素、滑稽、猥褻、芸術についての言及を引くことはできるだけ避け、そしてありがちな自身の家系に対する自慢などは排除している。そのようにして、まったく他に類のない体裁の史書を創造していると評価することがで

きる。

韓国の学者たちは引用された書物の著者が右に述べた勲旧派に属するか、士林派に属するかに意を配るようである。しかし、結局のところ、許篈自身は士林派に属するものの、史料を選ぶのに勲旧、士林のいずれかに偏ることはなかったと判断していいようである。それに、勲旧と士林の対立はすでに過去のものとなってしまっている。さらにまた、『稗官雑記』の魚叔権と『謏聞瑣録』の曺伸は庶子なのだそうだが、彼ら庶子の著述も積極的に選んでいるところに許篈の公平性があると、韓国の歴史学者は注目している。そのことにすくなからず驚かされるが、朝鮮時代の庶子差別の実態をわれわれ日本人は過少に考えているのかも知れない。

許篈の引用の出典を、ほぼ登場順に以下に列挙する。

徐居正（第一話注8参照）『筆苑雑記』・『東人詩話』・『太平閑話滑稽伝』
成俔（第二話注4参照）『慵斎叢話』
魚叔権（第四話注6参照）『稗官雑記』
南孝温（第五話注1参照）『秋江冷話』・『師友名行録』
李陸（第一一話注2参照）『青坡劇談』
曺伸（第一五話注3参照）『謏聞瑣録』
金宗直（第二〇話注27参照）『彝尊録』・『佔畢斎集』
李爓（第二一話注3参照）『類編西征録』
任輔臣（第六七話注6参照）『丙辰丁巳録』
奇遵（第七三話注2参照）『戊寅記聞』
金安老（第八一話注1参照）『竜泉談寂記』
権健（第一〇六話注3参照）『忠敏公雑記』

金正国（第一二三話注3参照）『思斎摭言』
金訢（第一三九話注4参照）『先君子前言往行録』
辛永禧（第一七一話注4参照）『師友言行録』
李楨（第一七九話注2参照）『景賢録』
許曄（第二〇六話注3参照）『前言王行録』
李世英（第二四八話注23参照）『李世永自記』
南袞（第二一一話注1参照）『柳子光伝』
李耔（第一六〇話注1参照）『陰崖日記』・『陰崖集』自序
李滉（第二八五話注1参照）『退渓文録』・『退渓行状』

これらの著者については、それが出て来るところで注釈を加えるようにした（参照先は、右の一覧中（　）に付記した）。しかし、ここに出て来る書物についてすべて手に取り確認することができたわけではない。あるいはすでになくなっているものもあるかも知れないが、徐居正の『筆苑雑記』と『太平閑話滑稽伝』、そして成俔の『慵斎叢話』など、解説者が翻訳してすでに刊行しているものもある（いずれも作品社）。

3……朝鮮王朝の起源とその北方経営

これら二十七ほどの本の中で解説者が特に気になったのは李爓という人の『類編西征録』という書物である。李爓という人物についても、『類編西征録』という書物についても、索引類で探し出すことはできなかった。この『海東野言』の世宗代の八十七話の内、四十話はこの書物からの引用になっている（第二一話から第六〇話まで）。そしてそれはすべて西北または東北方面の防衛および経営にかかわる話である。これらに先立つ第二〇話は対馬征討の話であり、日本人読者にとって、これはこれで面白く貴重な史料であるが、朝鮮ルネッサンスの立役者とも言うべき文化的な王であった世宗はまた武略によっても版図を画定し、拡大することに熱意を示した王であった。しかし、そもそも国家とは何なのか、儒教的な徳治国家のあり方を模索している朝鮮と、国家の意識をもたず、領域の概念など欠如して、三々五々と朝鮮側が勝手に決めた国境を越えてやって来る北方の女真族（あるいは倭人）との対照に興味がもたれる。また、この世宗時代、単なる蛮族として、禽獣なみに扱われている女真の一部族が、後には周囲の部族を糾合して強大となり、明を破って中国を統一する。しかも、それが十七世紀には朝鮮に二度にわたって侵入し、朝鮮国王を屈服させるにいたる。李爓その人がどのような立場でこの書物を記したか、さらにその書物の全貌を知りたいと思いながら、手掛かりを得られない。

今、わかった範囲のことを書いてみる。

李爓には実は他の著作がある。日本の宮内庁が昭和六年（一九三一）に刊行した『放鷹』という書物がある。解説者は、『伊勢物語』の在原業平とおぼしき人物が鷹狩の名手らしく書かれ、その冒頭から鷹によるハンティングと女性のハンティングを並行して行ない、それが人生の最後まで続くことに興味を持って、ロシア・フォルマリズムの言う物語り進行の方法としての「特殊化」の対象として論文を書かんものと、かつてこの稀覯本を多少無理をして手に入れたことがある。その本の中に『新増鷹鶻方』の著者として李爓の名前が見えるのである。鷹狩りについては朝鮮半島は世界でも最も先進地域であり、それは古代からそうであった。仁徳天皇の時代に鷹狩りが日本に入って来たのも、百済からであったし、業平自身、百済王の末裔だったとも言え、鷹狩りはお家の芸だったように思われる。曽祖父の桓武天皇も鷹狩りがことのほかに好きだった。それはともかく、『放鷹』によれば、李爓の『新増鷹鶻方』は安平大君・李瑢の『古本鷹鶻方』とともに、江戸時代の大名たちに珍重され、日本ではかなり流布したものであったらしい。

この李爓の『新増鷹鶻方』については、三木栄氏が著書の『朝鮮医書誌』（学術図書刊行会刊、昭和四十八年）でも取り上げていて、三木氏は李爓について、「字は景晦、星山の人、李朝中宗から明宗にかけての人で、官は礼曹正郎に止まる。仁宗時慶興流配中、伝来の『鷹鶻方』を増訂し本書を著したのである」と注を加えている。三木氏がいったい何を調べられたのか、よくわからないのだが、北方の最前線の慶興に流配になっていたとすれば、李爓の女真族への関心の理由の一端は理解できる。

ところで、『西征録』という名の本が二つ韓国にはある（あった）。一冊は高麗時代の李斉賢の書いたものである。高麗が元に支配されていた時代、忠宣王は何か元帝の忌諱に触れてチベットに「帰陽」させられるが、そのときに李斉賢は忠宣王に随行する。その記録が『西征録』である。「帰陽」というのも実は流罪のことを言い、「西征」というのもここでは当然、苦い反語表現ということになるであろう。そして、もう一冊の『西征録』というのは、津田左右吉が『満鮮歴史地理研究』（『津田左右吉全集』第十一、十二巻、岩波書店、一九六四）でしきりに引用し、白鳥庫吉編の『満州歴史地理』にも引用されているものである。それらの引用部分と許筠が『類編西征録』として引用するものとはほぼ重なるようであるが、まったく一致するとも言えない。津田および白鳥の本に引用される『西征録』については、『満州歴史地理』第一巻の引用書目解説に次のようにある。

「西征とは、朝鮮世宗王の時、兵を鴨緑江の対岸に用ひ、建州野人と戦を交へたる事蹟をいふ。共に二巻。徳豊の李純刊す。純の跋によれば、この書は、彼が外祖父、翼襄公李蔵の手録に係るが如し。会寧に於ける建州左衛の傾覆せる及び佟家江に拠れる建州女直の状況は、最も翔実なり。正徳十一年（西暦一五一六）刊す。吾人の見るを得たるは広史本、単行鈔本の二種なるが、其刊本は、未だ見ず」

この『西征録』は、正徳十一年（一五一六）、翼襄公・李蔵の手録をもとに編纂されたもので、李純が跋を書いたものであるという。李蔵（一三七六～一四五一）については第四八話注1を参照されたいが、第四八話に李蔵を平安道都節制使に任命したことが見え、そして第五八話から第六〇話にかけては李蔵の上疏と、それに対する世宗の応答を記している。李蔵は女真族征討の中心人物の一人であった。李純については生没年未詳であるが、一五〇七年に式年文科に及第して官途についたが、観象監に勤めていたとき天体観測機器を作ったことがあり、一五二五年、その報告がなされると、王に大いに称賛されたという。この李純の跋のある『西征録』は李爓の『類編西征録』とは無関係ではないものの、やはり別のもので、李爓のものがやや遅れるものではないかと考えられる（ちなみに「西征録」と言い、西北方面の鴨緑江辺の女真族の征討を発端とするが、女真族は定住せず、東北方面の豆満江辺の防衛も含んで記しているので、この解説では「北方」という緩やかな言い方をする場合がある）。

李爓がなぜに『類編西征録』を編纂したか、これは先の慶興への配流体験となにがしかの関わりがあると思われるが、それをまた許篈はなぜに延々と世宗の代の事蹟として引用して、北方への重大な関心を示しているのか。第一巻の世宗代の四十五話の内、学問の振興、ハングルの創製、雅楽の整理、科学技術の発展、そして対馬討伐に五話を割いて、その後の四十話はすべて『類編西征録』の引用となっている。北方の動向はつねに朝鮮王朝の重大な関心事であり続けねばならなかったが、実は、おそらく許篈が『海東野言』を編纂していたであろう時期に、北方で事変が勃発している。尼蕩介の乱と言われるものである。それこそ『海東野言』があつかう苦渋に満ちた世宗の北方経営以来、治まっていたはずの北方が、その後の四度の士禍を経験した朝廷内部の綱紀の紊乱によって統制力も弱まったこともあって、動きが活発になり、一五八三年、会寧の尼蕩介を中心にして反乱が勃発する。尼蕩介は帰化した女真人であったが、慶源城に住む女真人たちが前鎮将の過失をきっかけに乱を起こしたのに呼応して反旗を翻し、慶源府使の金璲の軍を破った。朝鮮王朝にとって北方の動向は常に気を配るべき対象であり続けたが、それは国家としての領域の確認が重要な課題であるというだけでなく、どうやら朝鮮王朝の成り立ち、王家李氏のアイデンティティの問題も絡んでいるようでもある。

右に「慶源」という地名をあげた。しかし、この地名は移動する。『海東野言』第四二話に、高麗時代、尹瓘が女真族を追って孔州に石城を築いたが、そこには太祖・李成桂の高祖父である穆祖・李安杜（全州李氏）の墓である徳陵とその夫人である孝恭王后（平昌李氏）の安陵があって、王業が起こった地であるということで慶源と名前を変えたとある。ところが、その慶源が一四〇九年には蘇多老《ソタロ》に移され、もとの慶源のあった地を慶興と改めた。慶源は豆満江辺を守る前線としての意味合いをもつ府城となるが、はしなくも朝鮮王家の出自が北方にあることをも露わにしているようにも思われる。

世祖時代になった『竜飛御天歌』なるものがある。朝鮮建国を歌う叙事詩として、高麗に代わって建国した、その正統性を主張するもので、全百二十五章からなるが、それぞれの章はまず一聯のハングルの詩を載せて、それに対応する漢詩を付し、その上でそれに漢文の注釈を加えるという体裁をとる。その第五十三章は、四海の平定と四境の開拓を主題として、太祖・李成桂が四方の境界を定めたことを強調する。その要旨を簡約すれば、次のようになる。

もともと平壌以北は野人の遊猟の地であり、義州には土豪の張氏がいて従わなかった。南方の地は倭寇が荒らしまわり、東西千里、内陸に数百里入った城郭まで焼いて人びとを屠殺し、骸骨を原野に曝して、人煙が絶えた。安辺以北は多く女真の占拠するところであり、国家の政令は及ばない。しかし、太祖が命を受けて後（まだ即位しているわけではない）、その声教は遠くまでおよび、西北の民は安穏に生業に励んで、田野を開拓した。義州の張氏も太祖に服従して、その麾下に入り、開国の功臣になろうとして、もう背くことはなかった。義州から閭延まで邑を建て、守を置いて、鴨緑江を境界に定めた。島の倭人たちは面を改め（心を入れ替えたのではなく、教令に従うふりをしているだけだという丁寧な注釈までついている）、商売を行なうようになり、南方の人びとは安心して生活を送ることができ、人口が増え、鶏が鳴き、犬が吠える声が聞こえるようになった。海辺の土地、沖の島々も、残るところなく耕され、戦乱を知らず、ただ飲食に意を払うだけである。

そして、「東北一道はもと肇起の地なり」と言う。その威を恐れ、その徳に親しむことが久しく、野人の首長たちが遠くから移闌豆漫にまでやって来て、みなが服従した。常に弓剣を携えて潜邸（即位前の太祖の屋敷）を守り、左右に侍して、東征西伐に従わないことはなかった。そして、以下に、李成桂に従った女真たちを列挙するのである。斡朶里豆漫夾温猛哥帖木児児、火児阿豆漫古論阿哈、托温豆漫高卜児閼、哈闌都達魯花赤奚灘訶郎哈、参散猛安、古論豆蘭帖木児……など、何十名かが列挙されるが、それぞれ、どこまでが部族名で、土地名で、個人名かなかなかわかりづらい。そして、これらの人びとに、太祖

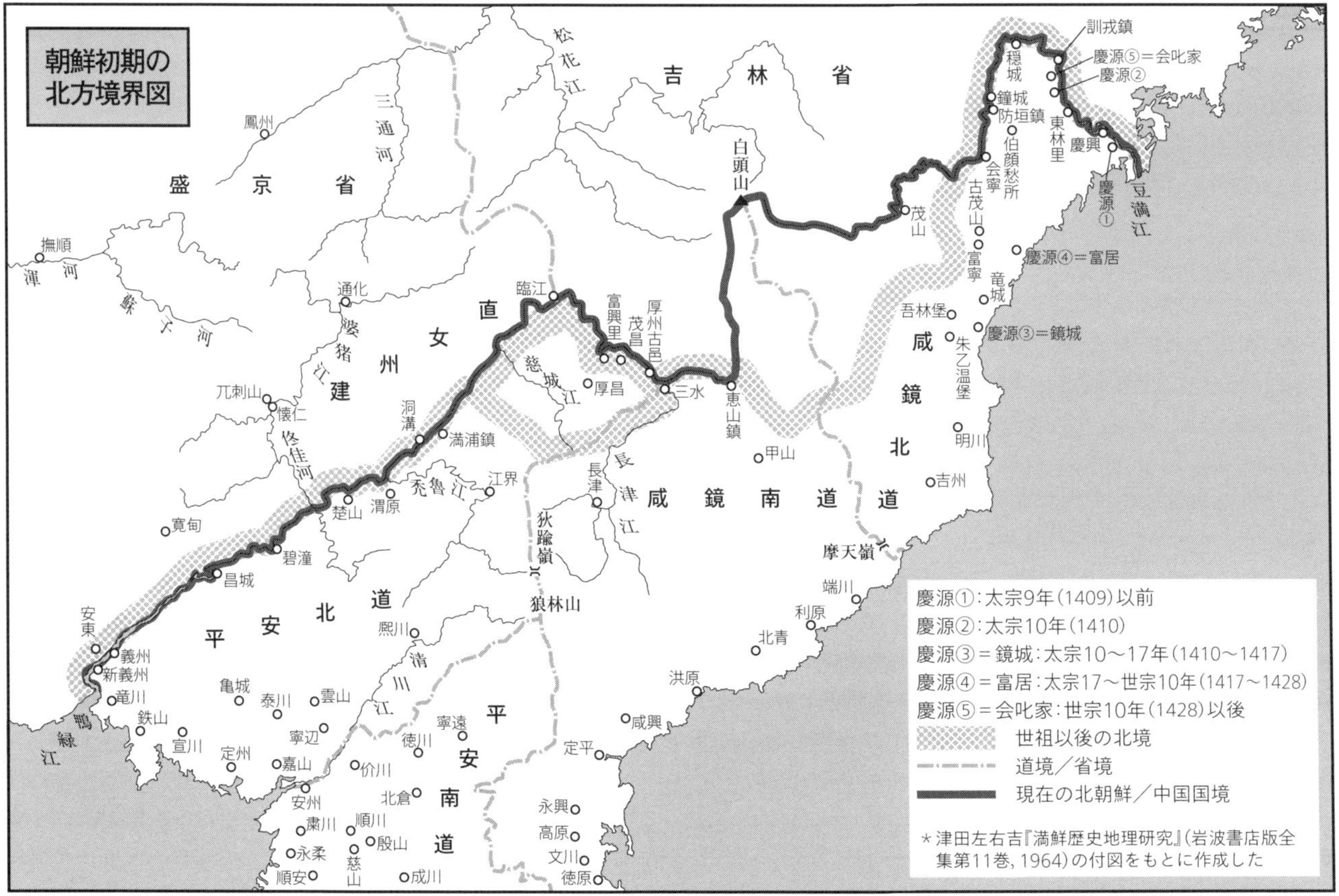
朝鮮初期の
北方境界図
盛京省
吉林省
建州女直
平安北道
平安南道
咸鏡南道
咸鏡北道
白頭山
狄踰嶺
狼林山
摩天嶺
松花江
三通河
渾河
蘇子河
婆猪江
佟佳河
禿魯江
慈城江
長津江
清川江
鴨緑江
豆満江
撫順
鳳州
通化
兀刺山
懐仁
寛甸
臨江
洞溝
満浦鎮
江界
楚山
渭原
碧潼
昌城
厚昌
富興里
茂昌
厚州古邑
三水
恵山鎮
甲山
長津
茂山
会寧
古茂山
富寧
伯顔愁所
穏城
鐘城
防垣鎮
東林里
慶興
訓戎鎮
慶源⑤＝会叱家
慶源②
慶源①
慶源④＝富居
竜城
吾林堡
慶源③＝鏡城
朱乙温堡
明川
吉州
端川
利原
北青
洪原
咸興
定平
永興
高原
文川
徳原
安東
義州
新義州
竜川
鉄山
宣川
定州
亀城
泰川
雲山
寧辺
嘉山
熙川
寧遠
徳川
价川
安州
北倉
粛川
順川
殷山
永柔
慈山
順安
成川
慶源①：太宗9年（1409）以前
慶源②：太宗10年（1410）
慶源③＝鏡城：太宗10～17年（1410～1417）
慶源④＝富居：太宗17～世宗10年（1417～1428）
慶源⑤＝会叱家：世宗10年（1428）以後
世祖以後の北境
道境／省境
現在の北朝鮮／中国国境
＊津田左右吉『満鮮歴史地理研究』（岩波書店版全集第11巻，1964）の付図をもとに作成した

即位後、万戸・千戸の職を与え、髪を覆って、冠帯を着させ、禽獣の行ないを改めさせ、礼儀の教えを習わせた。さらには朝鮮の国民と結婚させ、役に服し、税を納め、編戸と異なるところなく扱ったので、みな朝鮮国民となることを願うようになった。孔州より北をめぐって甲山に至るまで邑を設け、鎮を置き、民事を治め、士卒を訓練し、学校を建てて経書を訓じ、文武の政を整えて、南北千里をみな版籍に入れた。（豆満）江の外から義を慕い、あるいはみずから来朝し、あるいは子弟を遣わして、爵名を受けることを請い、あるいは内地に土物をもってくる者が踵を接ぐようにやって来た。馬を飼う者は若駒が生まれれば、自分のものにせずに献上し、朝鮮人と争えば、官吏がその曲直を弁じて、あるいはこれ捕らえ、あるいはこれを鞭打ったが、それを怨む者はいなかった。また辺境の将軍が狩りをするときは、これに従うことを願い、獣を射れば官に納めて、律を犯せば罰を受けることは朝鮮人と変わるところがなかった。

そうして後、太祖は東北面におもむき、山陵に参拝したとして、二行の注釈で、先の高祖父の徳陵および高祖母の安陵のかつての所在を言い、今は同所であると言い、祖父の度祖・椿の義陵と祖母の敬順王后（文州朴氏）の純陵が咸興府の近くにあるとし、父の桓祖・子春の定陵と母の懿恵王后の和陵（これも二陵同所）がやはり咸興府の近くにあるとし、曽祖父の翼祖・行里の智陵は安辺郡にあり、曽祖母の貞淑王后（登州崔氏）の淑陵は文川郡にあるとしている。四代の祖先のすべての墓が咸鏡道、すなわち東北方面にあることになる。

そして五十三章の最後には、琉球国王からも使節を送って来たし、暹羅（済州島）国王からも使節を送って方物を献じたことも付け加えられている。

『海東野言』を翻訳したのは、戊午士禍、甲子士禍、己卯士禍への興味もさることながら、やはり多くを割いている世宗時代の北方経営が興味深く、資料としても重要だと考えたからであるが、この部分を翻訳している間中、ずっと理由のわからない違和の感覚を胸中に抱き続けていた。どうやらその多くは私の中に根付いていた先入見によるところが多いことが最近になってわかったが、北方民族を考えるとき、私どもは漢代の匈奴や唐代の突厥、そして宋代の蒙古を考えてしまう。北方から長城を越えて騎馬で襲い掛かり、定住する農民たちの社会から略奪して行く、好戦的で、剽悍かつ凶暴であり、文字を知らない劣った人びとである。漢文に慣れ親しみ、漢文脈および漢字の語彙に絡めとられ、漢文で記録するしかなかった朝鮮両班も「中華」の側からの偏見をむしろ濃厚にもっている。彼らにとって女真族は迷惑至極な野蛮族でしかない。

しかし、実はたまたま最近、三上雄己監督のドキュメンタリー映画『タイガからのメッセージ』というビデオを見る機会があり、私の抱いていた違和感のよって来った原因がわかり、目から鱗の落ちる思いがした。このビデオは、シベリアの沿海州のビギン川沿岸に居住するウデへの人びとの生活を撮ったものである。ウデへはそれこそ女真族の末裔であり、現在も昔ながらの狩猟採集の生活を行なっている。獲物は捕りすぎれば、絶やすことになる。豊かなタイガの森の自然の恵みに感謝し、動物たちとも共生しながら、獲物は私物化することなく、共同体の仲間とは平等に分かち合って、はなはだ平和な暮らしを営んでいる。クロード・レヴィ=ストロースの『悲しき熱帯』は南アメリカの「未開」とみられる部族の生活誌を書いて、それが必ずしも原始的かつ野蛮な状態に取り残されたものではなく、一つの選択を経て、近代文明に匹敵する精緻で知的な文明をもつものであることを証明したが、ウデへの文明にも同じことが言えそうである。私自身のイメージの誤りをさらに言えば、鴨緑江の北方、そして豆満江の北方を砂漠か荒野のように考えていて、そこを馬を疾駆させて縦横に駆け回る女真族の姿のみをイメージしていたのだが、朝鮮の北方はタイガ地帯であり、鬱蒼と茂った針葉樹の原生林だったと考える方がよさそうである。そこで、狩猟採集を行なって暮らしていた女真の人びとが中国の、そして高麗・朝鮮の文明に曝されることになる。女真族の方からの視点を導入することは無意味ではないはずである。

しかし、中華文明の恩恵に浴している朝鮮の両班たちから言えば、王家はその女真を出自としているという自己矛盾がある。世宗の北方経営への積極的な関与も、『竜飛御天歌』での言及も、そして李爓のこだわりとそれを延々と引用する許筠のこだわりも、それぞれにその自己矛盾を弁証法的に止揚し、朱子学という高度な文明=理性の自己実現をはかろうとする試みであったとは言える。しかし、歴史のアイロニーと言うべきだろうか。文明に浴さない未開きわまりない蛮族でしかなかったはずの倭の酋長であった豊臣秀吉の二度の侵略、また急激に強大に成長した女真の酋長であったホンタイジ（太宗）の、やはり二度にわたる侵寇によって自己実現の途を大きく阻まれることになる。

＊　＊　＊

この書物は先の『青邱野譚』（二〇一八）および『続 於于野譚』（二〇一九）に続いて韓国文学翻訳院の翻訳および出版の二重の助成制度の恩恵を受けて出版される。韓国文学翻訳院には深く感謝したい。また作品社の内田眞人氏には今回もさまざまな面でお世話をいただいた。表紙はこれまでと同様に金帆洙氏による金弘度の『風俗図』の復元模写を使用した。あらためて感謝の意を表したいが、八面屏風の八面の絵すべてをこれで使い尽したことになる。実は次の翻訳も考えているので、また金帆洙さんに甘えることになるかも知れない。

二〇一九年五月三日

付録解説

1……朝鮮の科挙および官僚制度

■科挙制度

早くは新羅時代から官僚の任用に試験が採用されたが、科挙が高麗時代に施行され、李氏朝鮮ではさらにそれが制度として強化された。科挙には文科と武科、そして専門職の雑科（翻訳・医術科・陰陽・律など）の三部門があるが、朝鮮の行政を主導したのは文科出身の官僚であり、武職ですら長官は文官であることが多かった。文科の受験は両班の子弟たちにしか許されない。両班であっても庶子には門戸は閉ざされている。そこで、両班の嫡出子たちは七、八歳から書堂で漢文と習字を習い始め、十四、五歳からは、ソウルでは四部学舎、地方では郷校でさらに研鑽に務めることになる。

文科には初級文官試験である小科と中級文官試験である大科とがあって、一般的に文科というのは大科の方を言う。科挙の試験は三年に一度ずつ定期的に行なわれた。これを式年試と言う。官僚への道を歩むためにはまず初級文官試験である小科を受ける。この小科には中国の経籍が試験される生員科（明経科）と詩・賦・表・箋・策文などの作文能力が試される進士科（製述科）があった。この二つをまとめて生進科とも司馬科とも言うが、まず地方でも行なわれる一次試験（初試）を受けて、その後にソウルでの二次試験（覆試）を受けなくてはならない。それに合格した者には白牌と言って、白色紙の合格証明書が授けられ、生員・進士あるいは司馬と呼ばれるようになる。

生員・進士は下級官吏に任命される権利をもち、大科を受ける資格ももつことになる。あるいは高等師範学校《エコール・ノルマル・シュペリウール》や国立行政学院《エコール・ナショナル・ダドミニストラシオン》に当たる成均館に入学する資格も得る。中級文官試験である大科もまた地方での一次試験（東堂初試）とソウルでの二次試験（東堂覆試）があり、その結果、三十三名が選抜された。日本で赤紙と言えば召集令状だが、この三十三名は紅色紙の合格証書である紅牌を国王から下賜された。さらには国王が親臨して三次試験としての殿試が行なわれ、三十三名は落とされることはなかったが、等級がつけられた。甲科三名、乙科七名、丙科二十三名である。甲科三名の中でも首席は壮元と言い（中国では状元と言うが、朝鮮ではなぜかこの言葉を使う）、次席は榜眼、三席は探花と言った。甲科の三名は正七品の官職につき、乙科の七名は正八品、丙科の二十三名は正九品のそれぞれ官位相当の官職につくことができた。

■中央官制

太祖・李成桂が朝鮮を建国した当初の官制は高麗の官制を継承したもので、中央の最高政務は都評議使司・門下府・三司・中枢院などが担当して、礼・吏・兵・刑・工・戸の六曹の権限は後代にくらべるとはなはだ微弱であり、ただ単に実務を執行する機関に過ぎなかった。定宗二年（一四〇〇）、朝鮮建国以後、初めての官制改革が行なわれ、都評議使司は議政府に改められ、中枢院の軍事権は三軍府に合体し、王命出納の権限は承政院を新たに置いて担当することになった。また三軍府の職にある者は議政府には合坐しないことで、政事と軍事の分離が図られた。その翌年の太宗元年（一四〇一）には門下府を廃して議政府に吸収し、門下府の郎舎がもっていた諫諍の権限は別に司諫院を新設して担当させ、司憲府とともに王を諫める台諫（官）の任務を担うことになった。三司を司平府に、三軍府を承枢府に改称して、芸文春秋館を辞令の作成に当たる芸文館と政事の記録に当たる春秋館とに分けた。

太宗五年（一四〇五）にはふたたび官制の大改革を行ない、司平府を廃止して、その事務を戸曹に当たらせ、中枢院の後身として軍機と王命の出納を担当した承中府を廃して、軍機については兵曹に任せ、王命の出納については代言を設置して当たらせた。その結果、高麗時代以来の最高政務機関は都評議司と門下府を合わせて継承した議政府だけが残り、その他はすべてなくなったので、議政府が百官と庶政を総理する唯一の最高機関としての性格をもつことが明確になった。議政府の長を領議政と言い、左・右議政がこれを補佐する。これらは正一品の官職であるが、その下に左右の賛成（従一品）、左右の参賛（正二品）が配された。一方、このときまで人事行政権と宝璽符信をともに担当していた尚瑞院から吏曹と兵曹に人事行政権が移されて、従来は単なる行政執行機関に過ぎなかった六曹の権限が強化・拡大されていく。六曹の典書（正三品）・議郎（正四品）をそれぞれ判書（正二品）・参議（正三品）に改称して昇格させ、八十余りもある衙門（役所）を六曹にそれぞれ分属させた上で、衙門の長には堂上官の提調（正三品）が当たる。太宗九年（一四〇九）には王族や外戚を政治に関与させないために敦寧府を設置して別途に待遇して、領事（正一品）、判事（従一品）、知事（正二品）、同知事（従二品）を置き、後には王女の婿たちのために駙馬府も設置され（後に儀賓府）、尉（正一品〜従二品）が配された。念のために言えば、敦寧府の領事を敦寧府領事とは言わず、領敦寧府事と言い、以下、判敦寧府事、知敦寧府事、同知敦寧府事というふうに呼びならわしている。中枢府についても知中枢府事といったぐあいである。

太宗十四年（一四一四）には行政事務をいったん議政府で論議した制度を廃止し、左議政が吏・礼・兵曹を、右議政が戸・刑・工曹を管轄することになっていたものの、国家の重大事案でもなければ、議政府を経ずとも、六曹で独自に処理することができるようになった。世祖十二年（一四六六）の大々的な官制改革の後に、『経国大典』ができて（一四八五年に完成）、その後の日本帝国主義の関与による甲午更張（一八八四）までの四百年間の官制の基準になった。そこでは、国家の最高行政機関である議政府と国務を分担する六曹以外に、義禁府（長官は判事で従一品）、承政院（都承旨で正三品）、弘文館（領事で正一品、次官は大提学で正二品）、司憲府（大司憲で従二品）、司諫院（大司諫で正三品）などが置かれた。首都のソウルの行政と司法の両権をともに行使する漢城府（判尹で正二品）、高麗時代の首都であった開城の開城府（留守で従二品）なども中央官制に属した。この他に、王族や功臣に対して、宗親府・忠君府・敦寧府・儀賓府なども置かれて優遇された。

明宗のときに北方および倭寇に対する防備の重要性から備辺司が置かれるようになり、壬辰・丁酉の倭乱を経て、備辺司の権限は強化されて、議政府は有名無実化していく。ただし、備辺司の長官である都提調（正一品）は現職あるいは前職の議政が兼任し、提調（正二品）は一定の定数があるわけではなく、六曹の判書・訓練大将・御営大将・開城留守・江華留守・大提学などが兼任することになっていたから、メンバー自体にそう変わりがあるわけではなかった。それでも、軍事と行政の別のない弊害があり、高宗十八年（一八六四）、大院君は議政府と備辺司の役割を明確にして、備辺司は主に国防と治安に当たり、他の事務はすべて議政府に残して、議政府を備辺司の上に置いた。

野譚に登場する人物たちの官職名をすべて挙げて説

明することはできない。六曹について言えば、判書・参判・参議以下、正郎（正五品）、佐郎（正六品）、別提（従六品）などがいて、芸文館には領事（正一品）、大提学（正二品）、提学（正三品）、応教（正四品）、奉教（正七品）、待教（正八品）、検閲（正九品）などがいる。別称もあって、芸文館検閲を翰林と言い、翰林に入る、というのは、科挙に丙科で及第して順調に官僚の道を歩みだしたことを意味しようし、大提学を主文と言う。政府の公の文章を主管するのである。礼曹判書を宗伯と言い、吏曹判書を冢宰と言い、吏曹参判を亜詮と言ったりもする。

■地方官制

『経国大典』では朝鮮を八道に分け、それぞれに観察使（従二品）を置き、その下に四府・四大都護府・二十牧・四十三都護府・八十二郡・百七十五県が所属して、そのそれぞれに「守令」が配置された。道の長官である観察使は高麗末期以来、都観察黜陟使・都巡安使・按廉使などの名称の変動があったが、後に『経国大典』で観察使に固定された。ただし、監司と呼ばれたり、道伯あるいは方伯と呼ばれたりもするし、地域によって箕伯（平安道監察使）あるいは海伯（黄海道観察使）という通称もある。また「守令」は行政区域の長である府尹・大都護府使・牧使・都護府使・郡守・県令・県監のすべてを言うことばであり、従二品から従六品まである。行政上では上下の差別はなく、観察使の直接の管轄下にあるが、これらの守令が兼職する軍事職によっては上下の系統が生じることがある。県の下には中央から派遣される地方官はなく、自治的な組織として面（坊・社）とその下に里（村・洞）があった。

観察使は一道の行政・司法・軍事に当たり、道内の守令たちを監督する権限をもったが、これを補佐するために中央から経歴（従四品）・都事（従五品）・判官（従五品）などが派遣された。経歴は世祖のときからは留守府にだけ置かれ、道には置かれなくなったが、都事は各道に一名ずつ置かれて地方官吏の監督・糾察に当たり、判官は観察使や兵馬節度使・水軍節度使などのいる主要な地域に配置されて実際の行政を担当する責任者であった。このほかに地方行政官として交通行政に関わる特殊職として察訪・駅丞・渡丞（いずれも従九品）などがいた。観察使と守令の末端行政は中央の六曹と同じく、吏・戸・礼・兵・刑・工の六房で分担されたが、現地採用の胥吏がその実務に従事した。彼らは地方行政の実務を担当して、中央から派遣された地方官と人びとのあいだで不正行為をほしいままに行なうこともあった。軍事面では軍校がいて、警察権を行使した。有力者である地方の両班を郷任に任命して地方官の補佐役として、彼らがもつ地方での影響力を行政上に活用した。これらは、しかし、中央集権をはばむ機関だとして廃止されこともあったので、これを改革して、成宗の時代には座首・別監などの役人を置いて、体制が整えられた。

地方行政はややもすると腐敗しやすく、不正蓄財が行なわれる。むしろ、それを目的として嬉々として任地に赴く官吏たちもいる。そこで、朝廷は秘密裏に官員を派遣して、地方官の考課と土豪たちの非行、人びとの生活の実態を探ったが、これが暗行御史の制度になった。野譚では日本の水戸黄門のように役人たちの不正を痛快に糾明することになる。

■軍事制度

太祖・李成桂は高麗の軍事制度を継承して三軍都摠府を置いたが、後に義興三軍府に変え、その下に義興親軍十衛を置いた。その後、世祖三年（一四五七）に軍制を改革して、三軍を五衛に編成して五衛鎮撫所がこれを統括することにしたが、世祖十二年（一四六六）には五衛都摠府に改称した。五衛は義興衛（中軍）・竜驤衛（左衛）・虎賁衛（右衛）・忠左営（前衛）・忠武営（後衛）を言う。義興衛はソウルの中部および京畿・江原・忠清・黄海四道出身の兵士で構成され、以下、竜驤衛はソウルの東部および慶尚道出身の兵士で、虎賁衛はソウルの西部および平安道出身の兵士で、忠左営はソウルの南部および全羅道出身の兵士で、忠武営はソウルの北部および永安道（咸鏡道）出身の兵士で、それぞれ構成されていた。この五衛は形式的には李朝軍制の基本として後期まで存続したが、壬辰倭乱に際してすでにその無力さを暴露して、宣祖のときから粛宗のときにかけて、北伐（清を討つ）というスローガンもあって、訓練都監・御営庁・摠戎庁・禁営衛・守禦庁の五軍営などが順に設置された。

地方については、『経国大典』によれば、各道に兵営（陸軍）と水営（水軍）が設置され、その下に鎮営が付属してあった。兵営の長官を兵馬節度使（従二品）と言い、水営の長官を水軍節度使（正三品）と言ったが、永安道（咸鏡道）は女真に接し、慶尚道は日本と接しているために、兵営と水営を二つずつ置き、全羅道には水営だけを二つ置いた。鎮営にはその大きさによって、節制使（正三品）、僉節制使（従三品）、同僉節制使（従四品）、万戸（従四品）などが置かれたが、多くは守令などが兼職していて、平安・咸鏡道の国境地帯と海岸の要地に限って、専門的な武職としての僉節制使（僉使が略称）が配置された。

2……朝鮮の伝統家屋

朝鮮の伝統家屋では女性と男性の居住空間は分かれている。次の図は京畿道の中流の典型的な家屋だということだが、女性の居住空間であるアンチェが左側にあり、」型に男性の居住空間であるパカルチェがある。アンチェの中のアンバン（内房）は主婦と子どもたちの空間であり、その下にある台所で主婦たちが料理を作る。台所は土間でできていて、竈の焚口はアンバンのオンドルの焚口にもなっている。内房の隣にある大庁（居間）は板敷になっていて、天井を架設せずに屋根裏が露出している。家族が共用する部屋であり、家の神の成主（ソンジュ）を祀り、祖先の祭祀もここで行なわれる。大庁をはさんで内房とは反対側にコンノンバン（越房）があり、成人した子供たちが過ごす。サランバン（舎廊房）は主人の居室であり、客人の接待もここで行なわれるが、アンバンに主人以外の男性が立ち入らないように、サランバンには女性は立ち入らない。厠は日本でもそうであったように、衛生面の考慮から建物から離れてある。

上流の両班の家屋ともなれば、部屋数も多くなり、

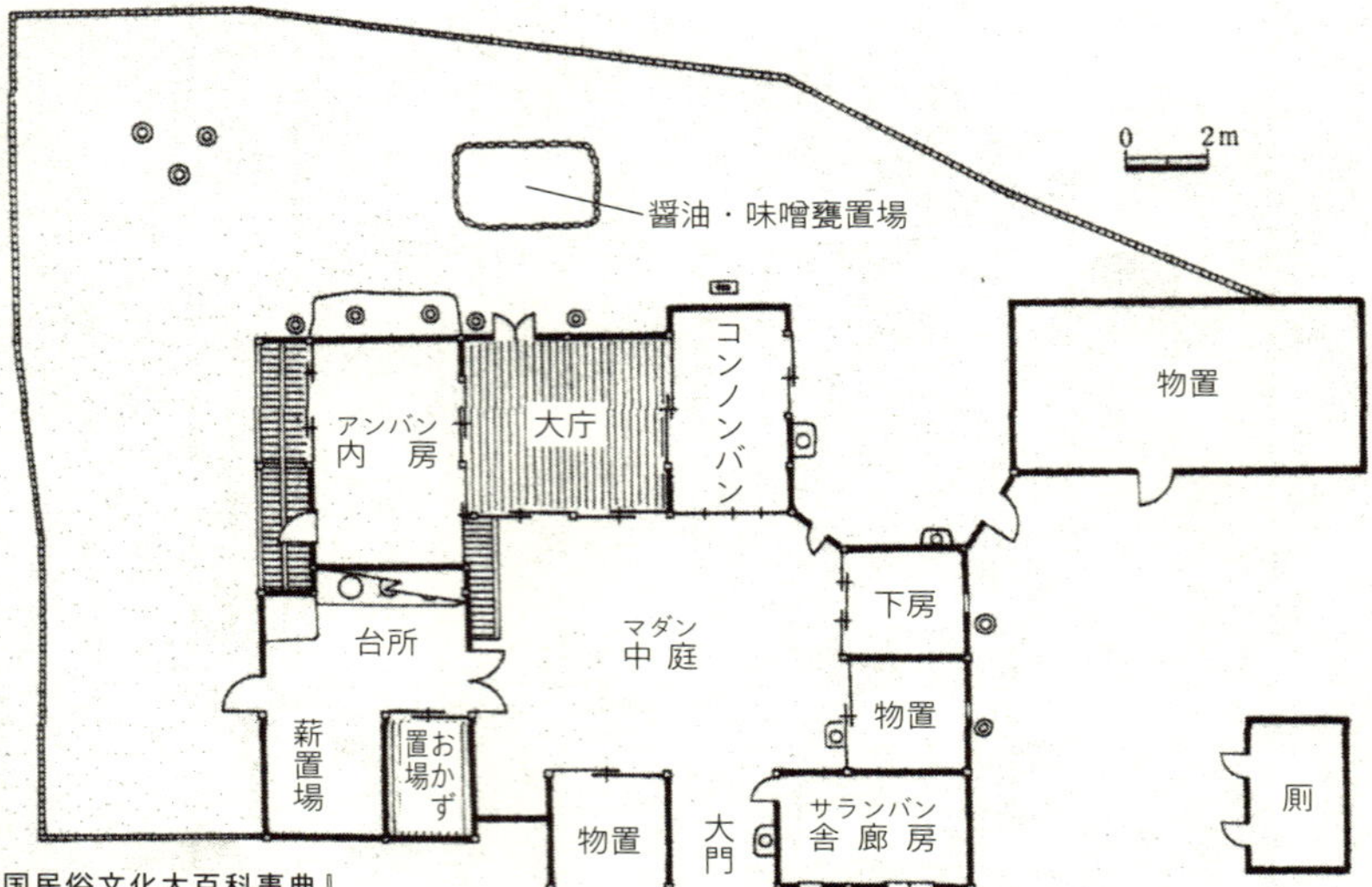

『韓国民俗文化大百科事典』
（韓国精神文化研究院）より作図

アンチェとパカルチェは建物自体も分かれ、その間を厳重に塀で仕切られている場合がある。深窓の令嬢たちがその中で暮らしていたことになるが、日本の平安時代の物語では「垣間見」がしばしば取り上げられるように、男たちは手を尽くして中をのぞき込もうとしたに違いない。さらには隠居した老人のために別堂が独立して建てられる場合があり、また祖先祭祀のためのサダン（祀堂）が奥に建てられる場合もある。これらを包み込むように外周にヘンナン（行廊）が巡らされた裕福な家もあり、そこには、奴婢たちが住み、厩があり、家畜が飼われ、家内手工業と言ってよいものも行なわれたことになる。

3……朝鮮時代の結婚

朝鮮時代の冠婚葬祭は儒教の礼にのっとって行なわれる。礼とは『礼記』・『周礼』・『儀礼』にある古代中国の周時代の礼儀作法、いわばテーブルマナーの体系であるが、宋時代の朱熹がそれを時代の変化に合わせて簡略化した『朱子家礼』があり、朝鮮半島には高麗時代末にそれが入ってきて、朝鮮時代にはハングル訳されるとともに社会の制度となった。ただし、仔細に見ると朝鮮での慣行は地方により、時代により、『朱子家礼』からの変異も見られる。読者の便宜のために朝鮮社会の伝統的な結婚の節次について簡単に記しておきたい（ちなみに『朱子家礼』は日本ではなかなか手にいらない。大きな図書館にも大学図書館にもほとんどない。韓国では夜店の屋台でも売っているような本なのだが。朱子学を体制の学問としながら、徳川時代の朱子学者の誰もがまともには読まなかったと言っていい）。

結婚が成立するには、大きく分けて次の三つの段階を踏まなくてはならない。すなわち、議婚・大礼・後礼であり、その三段階の中にも細かい節次があって、それらの節次を踏まない男女の結合は、ことば本来の意味で「野合」だということになる。

(1) 議婚

①納采、②涓吉、③送服、④納幣の四つの節次からなる。

①納采　まずは仲人が男子と女子の両家を行き来して女子側の許諾を得る。その上で、男子（新郎）側の主人（婚主）が書式に従って女子（新婦）側に手紙を送る。これを納采と言う。書式は住所・官職・姓名を記し、婚姻を執り行ないたい旨を記す。新郎側ではこの納采書を認め、朝早くに家の祀堂に報告する。納采書

が新婦の家に届くと、新婦側の婚主が大門の前まで出て迎え入れ、北に向かって再拝する。こちらも祀堂に報告して、答書を認めて、新郎側に送る。新郎側では答書を受け取ればふたたび祀堂に報告する。仲人の行き来の中で慣行として四柱が新郎側から新婦側に送られる。四柱は新郎の生年月日を干支で記し、封に入れられ、さらに紅い袱紗で包まれている。新婦側では床（テーブル）の上で丁寧にこれを受け取る。四柱を受け取った段階で婚約が成立したことになる。

②涓吉　四柱を受け取った新婦の家から新郎の家に択日単子を送る。これを涓吉と言う。択日単子には奠雁と納幣の年月日時を記す。奠雁と納幣の単子は別の場合もあり、奠雁の日時だけを書いて、納幣の日時については同日先行とだけ記す場合もある。涓吉には別に許婚書を添えることもある。涓吉を受け取った新郎の家では宴を行なう場合もある。

③送服　新郎から新婦の家に礼物を送る儀式を言う（これは次の④納幣の儀式と重複し、朝鮮土俗の名残ではないかと思われる）。新婦の服地・布団・綿・名紬・カナキン・装身具・酒・餅などを目録に記して送られる。この日、新郎・新婦の双方の家で宴が行なわれる。

④納幣　新郎が新婦の家に納幣書と幣帛を送る儀式を言う。函二つにそれぞれ納幣書と幣帛を入れて送ると、新婦の家では床の上に置き、北面して再拝する。幣帛としては青緞と紅緞の彩緞であり、上記の送物という節次がない場合にはさまざまな礼物がこれに加えて函に入れられる。緋緞・布団・綿・銭、さらには富貴と子宝に恵まれるように、木綿種・炭・唐辛子などが入れられることもある。函を担うのはハムチンアビ（函かつぎ）と言って、下人がこれに当たるが、初子の生まれた福の多い人がこれに当たることもある。新婦の家では大庁に紅い布を敷いた床を置き、その上でこの函を受け取る。ハムチンアビは手厚くもてなされて送り返される。

(2) 大礼

新郎が新婦の家に行って行なわれる儀礼、すなわち①醮行、②奠雁の礼、③交拝の礼、④合巹の礼、⑤新房、⑥東床礼を含めて言う。

①醮行　新郎の一行が新婦の家に行くことを言う。一行には新郎以外に上客・後行が含まれ、子どもがついて行くこともあった。上客には新郎の祖父がいれば祖父、父、あるいは叔父、あるいは長兄がなり、後客というのは近親者二、三名がなる。一行が新婦の家のある村に着くと、新婦の家から「人接」あるいは「対盤」という案内人を送って一行を迎えて、「正方」に案

内する。「正方」は縁起のいい方角に設けられ、そこで簡単な食事が供され、新郎は紗帽冠帯に着替える。そして、改めて新婦の家に向かうが、新婦の家の大門では藁火が焚かれて不浄が清められる。

②奠雁の礼　新郎が新婦の婚主に雁（今は木製）を渡す、新郎が新婦の家に行って最初に行なう儀礼を言う。これ以後の儀式は複雑なために礼式に通じた故老が読む「笏記」に従って行なわれる。新婦の家では大門の中の中庭の適当なところを選んで筵を敷き、屏風を立てた中に紅袱を敷いた床をおく。この床を奠雁床という。新郎はその場に案内されて、笏記の指示に従って奠雁床の前に膝を屈して座る。新郎は渡された雁を床の奠雁床の上に置き、揖をして、立ち上がって四拝する。新婦の母が雁をチマで受け取って、新婦のいるアンバン（内房）に投げ入れる。その雁が立てば男の子が生まれ、横になれば女の子が生まれるという占いにもなる。

③交拝の礼　新郎と新婦が向かい合って拝礼する儀礼を言う。奠雁の礼が終わると、新郎は大礼床の前に案内されて、その東側に立つ。新婦が円衫を着て、汗衫で手を隠して、介添え役の手母に支えられて正面に向かい合って立つ。新郎は大礼床の前でかなりの長時間を待たされる。新婦は新郎が家に入ってきて初めて髪を巻き上げて用意をすることになっているためである。新郎・新婦が大礼床をはさんで向かい合った後、手母の助けを借りて新婦は再拝し、新郎はそれに答えて一拝する。ふたたび新婦が再拝すると、新郎が一拝する。それで交拝の礼は終わる。大礼床の上には燭台・松竹・鶏・米・栗・棗・瓢の盃などが置かれている。地方によっては竜餅と言って棒餅を竜の形に作って置いたり、鳳凰と言って干し蛸を鳳凰の形に作って置いたりする。

④合卺の礼　新郎と新婦が向かい合って卺（盃）を交わす儀式を言う。いわば三々九度である。交拝の礼が終わると、手母が大礼床にある瓢の盃に酒を注いで新婦に勧める。新婦はそれに口を当てる程度で、その瓢の盃は新郎の付き添いを介して新郎に勧められ、新郎がそれを飲む。その答礼として、今度は新郎の付き添いが別の瓢の盃に酒を注いで新郎に勧め、新郎が口に当てたのを、手母を介して新婦に勧め、新婦は口に当てて、下に置く。これを三度行ない、料理にも箸をつけて、合卺の礼は終わる。

⑤新房　合卺の礼が終わると、新郎と新婦はそれぞれ別の部屋に入っていき、新郎は紗帽冠帯を脱いで新婦の家で用意した道袍に着替える。そうして出て来て、新郎と上客は大床の料理の接待を受ける。これには箸をつけるふりだけをして、大床の料理はそのまま丸籠

に入れられて、新郎の家に送られる。新婦の家のアンバン、あるいは別の部屋を新房として、夕方になると、新郎がまずその新房に入る。次に婚礼服の新婦が入って来て、その後に酒と簡単な料理の置かれた酒案床が入って来る。新郎と新婦は酒を飲み交わし、新郎は新婦の冠と礼服を脱がせる。冠の紐はかならず新郎がほどかなければならない。「新房のぞき」といって、親族たちが窓障子に穴を空けて中をうかがう習俗もあるが、中の灯りの火が消えれば、みな引き下がる。翌朝、新房には松の実粥や竜餅で作ったスープが持って来られる。新郎・新婦はこれを食べて出て行き、舅・姑などに挨拶をする。

⑥東床礼　昼食の時間に前後して新婦の家の若者たちが集まって来て、「新郎いじめ」をする。これを「東床礼」と言う。新郎に答えることの難しい難問を出し、うまく答えられなければ、新郎の髪を紐でくくり、力の強い者が担ぎ上げたり、大梁にぶら下げたりして足裏を棒でたたく。新郎が声を上げると姑がやって来てこれをやめさせ、みなを食事でもてなす。

(3) 後礼

新婦の家での大礼を終えて、新郎の家に新婦を迎えて、新郎の家での儀式が行なわれる。①于帰、②見舅礼、③覲親の節次を終えて、婚礼のすべての儀式は終わる。

①于帰　新婦が緦家（新郎の家）に連れられて来ることを于帰と言う。大礼の当日に于帰することもあるが、三日後になる三日于帰がある。月を越えて、あるいは年を越えての于帰もある。昔ほど、この于帰に至る期間は長く、朝鮮半島で行なわれたかつての婿取り婚の名残だと言えるかも知れない。偉人の伝記を調べていると、母方で生まれて、そのまま成人したという例が少なからず見られる。新婦が于帰するとき、上客・ハニム（女の召使）・チムクム（荷物担ぎ）などが行列を作る。新婦の乗る籠の上には虎の皮をかぶせ、新婦の座布団の下には木綿種と炭とが置かれる。一行が新郎の家に近づくと、人びとが出て来て、木綿種・塩・大豆・小豆などを撒いて邪気をはらう。あるいは大門で藁火を焚いて邪気をはらう。新婦の籠が大門を入って来ると、大庁の前に籠を立て、新郎が籠の戸を開けて新婦を迎え入れる。続いて籠の上の虎の皮を屋根の上に放り上げて、新婦の到着を表示する。

②見舅礼　新婦が緦父母と緦家の人びとに挨拶をする。新婦の家で作り調えてきた鶏・肴・栗・棗・果実などを机の上に置いて酒を注いで勧める。挨拶を受ける順は緦祖父母がいても緦父母が先で、続いて緦祖父

母、世代順に伯叔父母などとなり、同行列の兄弟姉妹はお辞儀をする。見舅礼が終わると、新婦と新婦の上客は大床を受け取る。これも大礼のときと同じで、箸を付けるふりだけをして取り下げて、新婦の家に送る。上客や召使などはみな新婦の家に帰って行く。次の日の朝、新婦は化粧をして緦父母に問安（ご機嫌伺い）に行く。問安は三日の間は行なわれる。その間、緦母は新婦を連れて親戚の家に挨拶に行く。親戚の家では食事を用意して新婦をもてなす。新婦は三日が過ぎると台所に入って行き、家事を始める。

③観親　新婦が緦家に入って生活を始めて最初の里帰りを観親と言う。于帰の一週間の後に行なうこともあるが、かつては新婦が緦家で農事を行ない、初めての収穫物で餅と酒を造り、それを携えて観親を行なった。観親には多くの礼物をもって行き、実家で休息し、緦家に帰るときにも多くの礼物を持って帰る。新郎も観親にはついて行き、丈母は婿を連れて親戚に挨拶まわりをする。親戚の家ではこれを食事でもてなす。

以上の節次を終えて初めて婚姻が成立したことになる。

4……妓生

韓国社会における妓生《キーセン》の意味を語る川村湊氏の力作『妓生——「もの言う花」の文化誌』（作品社）がある。そちらを参照されたいが、ここでは『歴史大事典』（三修社）の説明をもとにして簡単に説明しておきたい。売色だけの存在ではなかったことに注意する必要がある。

妓生とは芸妓の称号であり、歌舞などの風流をもって酒宴の席に侍り、さまざまな遊興の行事に興をそえることを職業とした女性たちを言う。新羅時代の青年貴族集団の花郎（これは男子）の起源は源花（これは女子）だったというが、この源花を妓生の原型と説明することもある。また高麗の太祖・王建が開城に都を置いたときに百済の遺民である水尺族を奴婢として地方の各邑に隷属させ、その中の美貌の女性たちに歌舞を仕込んで芸者として身過ぎをさせたことに由来するとも言う。高麗の文宗のときには宮中の八関燃灯会に女楽を催し、唱妓戯が発展し、李朝に入ると多くの官妓が生じるようになった。官妓は医女としても活躍して裁縫も行なったが、主に宴会の席で歌曲・舞踊に従事した。李朝における官妓設置の目的は女楽と医針にあり、もちろん男たちの慰安も伴って、地方の官衙では中央から派遣された使臣と客人を接待するのに必要とされた。妓生の地方的な特色として、安東妓の「大学之道」の読誦、関東妓の「関東別曲」の唱歌、咸興妓の「出師表」の読誦、義州妓の「馳馬舞剣」、平壌妓の「関山戎馬詩」の唱歌、永興妓の「竜飛御天歌」の唱歌などは有名で、芸能・武芸を兼備した。

妓生を管掌するのは妓生庁であり、妓生は行儀・歌曲・舞・書・絵画などを習い伝えた階級として、教養人として教養を錬磨し続けた。彼女たちは風流な上流高官たち、漢学的教養の高い持ち主である儒生たちとも交わったので、行儀はもちろん、漢学の教養も備わっていることがあった。しかし、高官たちと付き合ったとしても、妓生は身分制度でもあり、あくまで賤人に属することになる。賤人の子は賤人であり、妓生の性質上、かつての祇園などもそうであったが、女系でその妓生身分は相続される。逆に言えば、妓生身分を逃れることはできず、何かの恩恵で賤人身分が贖われない限り、妓生の娘は妓生であることになる。

5……葬送儀礼

あの世の存在が疑うべくもなかった時代にあって、葬送儀礼は一個の人格のこの世からあの世への移行のために必要不可欠の通過儀礼の一つであり、この世に残された者にとって死がもたらす衝撃の激しさ、あるいは悲哀の重さによって、とりわけ厳粛に、しかも長期にわたって執り行なわれなければならない儀式であった。新羅時代にすでに仏教が入って来て、茶毘（火葬）も行なわれ、高麗時代には仏教を国家の指導理念としたものの、地理讖緯説や風水地理説なども入って来て、家相を問題とする以上に墓相をも問題とするようになった。それが朝鮮時代には社会の慣行と言っていい域に入っていることは野譚に多く見える通りである。「風水」は「蔵風得水」に由来することばであるという。風をおさめて水を得る、地気の集中した理想的な土地に墓を営むことにより、死者の子孫は大いに繁栄することができると、人びとは信じたのである。

高麗末期、忠烈王のときに朱子学が入ってきて、士大夫階級は仏教式の葬礼である茶毘を廃して、朱熹の『家礼』によって葬礼が行なわれるようになる。もちろん、その後も民間では仏教式の葬礼も行なわれ、また巫俗的な葬礼も残ったものの、社会の主導的な階層で行なわれたのは儒教式の葬礼であったから、ここでは儒教式の葬礼を取り上げることにする。フランスの中国学者であるマルセル・グラネに「Le langage de la douleur d'après le rituel funéraire de la Chine classique（古典的中国の葬送儀礼における悲しみの言語）」という論文がある。ここでいう langage（言語）は言語以外の記号、しぐさをも含む表現全体を言う。周代よりは簡略化されたにしても、生者は死者のもたらした悲しみを三年にわたって表現しつくすことになる。

儒教式の葬送儀礼は『朱子家礼』にもとづくマニュアルである『礼書』の類ではおおよそ十九の節次からなる。すなわち、①初終、②襲、③小斂、④大斂、⑤成服、⑥弔喪、⑦聞喪、⑧治葬、⑨遷柩、⑩発靷、⑪及墓、⑫反哭、⑬虞祭、⑭卒哭、⑮祔祭、⑯小祥、⑰大祥、⑱禫祭、⑲吉祭である。しかし、実際の慣行では「斂襲」と言って、②襲、③小斂、④大斂を吸収して一つにまとめ、⑩発靷が⑨遷柩を吸収し、⑬虞祭が⑫反哭を吸収してしまっているという。さらに祔祭・禫祭・吉祭がなくなることがあり、小祥で済ませて、大祥は行わない場合もあり、おおよそ十一の節次に簡素化されることもある。社会の近代化にともなってさらに簡素化は進んでいくものと思われるが、十九の節次について簡単な説明を加えると次のようになる。

①　初終

臨終に際する習慣、招魂をし、遺体を収める、葬礼のあいだの仕事の分担を決め、棺の準備をする。人の死が近づくと、側に侍って、綿を鼻の上に置いて呼吸のありなしを確認する。息を引き取ると、哭を挙げて、続いて死者の上着を持って屋根に上り、北側に向かって上着を振り回し、死んだ人の名前を三度呼んで、招魂を行なう。その後、上着を籠に入れて降り、霊座に置く。次には帳幕を張り、遺体を隠し、遺体を遺体床に上げて、頭を南向きにする。足は固く閉じ、燕几に結んでおく。喪主は息子がなり、「主婦」は死んだ人の妻、あるいは喪主の妻がなる。家族たちは服を変え、飲食を廃す。「護喪」が棺の手配をして、祀堂に赴き訃告を行なう。実際の慣行では、臨終は大部分、本人が使用した部屋で行なう。そこに遺体床を置いて、その前で招魂を行なう。遺体床には、地方によって差異があるが、飯・銅銭・草履を置く。村人や親戚の中から護喪を選んで、葬礼準備をして訃告を終える。死体は遺体床の上に置いて動かないようにして障子紙でおおい、その前に屏風を立てて香床を置く。すべての喪制（服喪の人を言う）は死体を守るようにして立ち、弔問客を迎える。夜になると、庭にかがり火をたいて徹夜をして、女子は寿衣（経帷子）と喪服の準備をする。（以下、「哭」を挙げる局面が多々出てくる。口が二つ並んで大きな声を挙げることを意味し、下に犬の字がついて、犬が悲しんで吠えるように大声をあげて泣くことを意味する）。

② 襲

遺体を沐浴させ、衣服を着せ替える節次を言う。まず襲衣を用意して、遺体を沐浴させる。足の爪と手の爪を切って、髪を梳り、抜けた髪の毛などをそれぞれ五つの爪髪袋に入れる。次に服を着せるが、下着と足袋の順に着せる。そして、哭を行ない、飯含をする。飯含では、喪主が左袖を肩脱ぎ、米を死者の口に三回含ませ、銭と玉をそれぞれ三個ずつ入れる。そして、「幎目」で、目をおおい、「充耳」で耳をふさいで、腰帯を結び、次に「幄手」で手をつつみ、一重の掛け布団をかける。続いて霊座を設置して、霊座の右側には銘旌を立てる。実際の慣行では、後に説明する小斂・大斂とともに斂襲を行なう。遺体の上に一重の布団をかけて、上半身、下半身の順で沐浴をさせる。髪の毛とともに手・足の爪を切り、爪髪袋に入れる。遺体に収衣を着せて、飯含をする。それに続いて小斂を行なう。小斂の節次として、麻（木綿）で作った褥で遺体をおおう。次に大斂、すなわち入棺を行なう。まず棺の中に障子紙を敷き、七星板と麻の褥を敷く。その次に遺体を置いて、空いたところは白衣の類で埋める、棺の蓋を置く。

③ 小斂

正式には、小斂は襲をした次の日に行なう。小斂に使う服と衾を準備した後に小斂奠を準備する。次に服で頭をおおい、両肩で結んだ後、残った服で遺体をおおい、その姿が外に現れないように衾でおおう。これが終わると、喪人（服喪者）たちは哭を挙げる。そして男子喪人たちは麻縄を頭に巻き付け、上着の一方の肩をはだけ、女子喪人たちは竹簪を刺す。続いて小斂奠を運んで来て奠を供える。

④ 大斂

小斂の翌日に大斂を行なう。大斂に使う服と衾を用意する。大斂奠を用意して棺を運んでおく。棺の中に灰をまき、七星板を敷いて、その上にまた褥を敷く。その上に遺体を置き、古服類などで空いたところを埋め、遺体が動かないようにする。そして棺の蓋を閉め、頭のない釘を打った後に棺を布でおおって縛る。

⑤ 成服

大斂の次の日に行なう。成服というのは喪人（服喪者）が喪服を着る節次を言う。成服は原則的に五服制にしたがい、斬衰・斉衰・大功・小功・緦麻があり、また死者との関係とのありようによって正服・加服・義服・降服がある。そして親等関係によって三年・一年・九ヶ月・五ヶ月・三ヶ月の成服を着る期間が定められている。また斉衰には杖を用いるか用いないかによって杖期と不杖期がある。成服には冠・孝巾・衰衣・衰裳・衣裳・首絰・腰絰・絞帯・喪杖・靴などがあるが、実際には一定した規則がなく、それぞれ成り行きにしたがい、成服を行なう。普通、同じ高祖の後孫八寸までの範囲で成服を着る。もちろん、死者との関係にしたがい、成服に差異がある。この制度を五服制度と言う。喪人たちが成服をして出て行くと、喪主が祭主となって成服祭という儀礼を行なう。

⑥ 弔喪

弔問客が服喪者に会い弔問することを言う。成服の前には弔問客が来ても殯所の外で立ったまま哭を挙げるだけで、成服の後になって初めて喪人に会って正式に弔問することができる。弔問の方法は喪人が哭を挙げれば、弔問客が霊座の前に出て哭を挙げて再拝した後、喪主の前に来て、喪主が礼をすれば、弔問客も答礼をする。その後、挨拶の言葉を交わし、弔問客が立てば、喪主も立って礼をする。弔問客はこれに答礼する。

⑦ 聞喪

喪人が遠いところにいて葬事を聞いたとき行なう節次を言う。父母の葬であれば、まず哭を挙げ、服を着替えて、出発する。途中で哀しくなれば哭を挙げ、父母が縁のあったところに行きつけばまた哭を挙げ、家に帰ると、霊柩の前で再拝して、喪服に着替える。そしてまた哭を挙げる。

⑧ 治葬

葬地と葬日を決めて、葬地に行き、壙中(墓穴)を掘り、神主(位牌)を作る節次を言う。死後三月で葬事を行なうが、その前に葬地と葬日を決める。このとき、土地の相によって家に及ぶ吉凶を判断する。日を選んだ後に、喪主は朝に哭を挙げ、墓地に行き、土地神に告げる。喪主は帰って来て、霊座の前に行き、再拝して、作業員は壙中を掘る。その次には誌石と神主などを作る。実際の慣行では、喪に当たれば、葬地と択日を行ない、葬日当日に壙中を掘る。

⑨ 遷柩

霊柩を祀堂に上げて祭り、ふたたび霊柩を母屋の床に遷すことを言う。発靷の前日の朝に喪人がすべて集まり、朝奠を供えて、霊柩を祀堂に遷す。祀堂に至れば、中門の中に置き、霊座をしつらえて哭を挙げる。次の日の朝、霊柩を床に遷して代哭をする。日が暮れると、祖奠を供える。実際の慣行では遷柩の節次はほとんど消滅して、発靷の前日の夕方に日晡祭を行なう。

⑩ 発靷

霊柩が葬地に行く節次を言う。朝に葬輿を作り、霊柩を移して載せる。その後、遣奠を行なう。遣奠は霊柩が出ていくとき行なう祭祀を言う。二名の方相を前に立てて葬輿が出発する。死者と親しかった人は道端で葬輿を止めて遣奠を行なうことがある。実際の慣行では、遣奠の代わりに発靷祭を行なう。そして、葬輿が出発して友人の家を通り過ぎるときには、その友人が葬輿をとどめて、路祭を行なうこともある。

⑪ 及墓

葬輿が葬地に到着して埋葬するまでの節次を言う。葬輿が葬地に到着すると、霊柩を壙中の南側に置き、喪人たちは壙中の両側に立って哭を挙げる。その後、喪人たちは哭をやめ、霊柩を壙中に下す。雲黻翣（発靷のとき、霊柩の前後に立てて行く雲模様を描いた傅彩模様の物）と玄纁を壙中に置いた後に、喪主は再拝し喪人たちは哭を挙げる。そして、壙中の上に横板を置いて霊柩をふさぎ、石灰と土とで壙中を埋める。墓穴で土地神に告げて誌石を埋ける。土をすっかり埋め終わったら、霊座で神主に文字を書く。祝官が神主を霊輿に乗せ、魂帛もその後に乗せる。

⑫ 反哭

本家で返魂する節次。返虞とも言う。葬地で祝官が神主と魂帛を霊輿に乗せて祭った後に反哭を行なう。喪人一行は霊輿に従って家に到着するときまで哭を行なう。家に到着すると、祝官が霊座に神主と魂帛をまつる。続いて喪人たちが哭を挙げ、弔問客たちがふたたび弔問する。実際の慣行では魂帛を墓の前に埋めて、そこで祭り、反哭することもある。反魂して帰って来て、家の近くで哭を挙げる。

⑬ 虞祭

死者の遺体を埋葬した後、その魂が彷徨することを畏れて、慰安する儀式。初虞祭、再虞祭、三虞祭の三度ある。初虞祭は葬日の遅くに行ない、再虞祭は柔日、すなわち、乙・丁・己・辛・癸の日に行なう。三虞祭は剛日、すなわち、甲・丙・戊・庚・壬の日に行なう。実際の慣行では、墓所と行き来しながら行なうこともある。

⑭ 卒哭

無時哭（いつでも哭を挙げること）を終えるという意味である。三虞を行なった後、剛日に行なうが、このとき祭を行なう。そして、これから後は朝夕にだけ哭を挙げる。実際の慣行では三虞祭の翌日か、百日経ったときに行なう。

⑮ 祔祭

神主をその祖上の神主の横に祀るときに行なう祭祀。祔祭は卒哭の次の日に行なう。食事を用意して、喪人たちは沐浴して頭髪をととのえる。当日、夜が明けると、お供えの食事を並べて霊座の前で哭を挙げる。続いて祀堂におもむき、祖先の神主をうやうやしく霊座において祭を行なう。新しい神主をそれに加えてふさわしい場所においてまつる。実際には、一般的には行なわれなくなっており、行なわれるのは祀堂のある家に限られる。

⑯ 小祥

初葬から十三ヶ月となる日、すなわち一周忌に行なう祭祀を言う。喪人たちが前日に沐浴斎戒して練服を準備する。練服というのは喪服を洗濯して、整えたものを言う。準備ができると、神主を霊座に祭り、喪人らが哭を行なう。準備が整えて祭祀を行なう。続いて練服に着替えてふたたび哭を挙げて祭祀を行なう。このときから、朝夕の哭も廃止して、朔望（月の一日と十五日）にだけ哭を挙げる。実際には一周忌に小祥を行なうが、その前日の夕方に奠祭を行なって哭を挙げる。そして、翌日の明け方に小祥を行なうが、地方によってはこのときに魂帛を焼いて脱喪を行なう。

⑰ 大祥

初葬から二十五ヶ月となる日、すなわち二周忌（日本では三周忌と言うが）に行なう祭祀を言う。節次は小祥と同じで、ただ祝官が神主を祀堂に祭り、霊座を撤廃して杖を適当なところに棄てる。実際の慣行としては、小祥のときに脱喪することも多いが、それでなければ、このときに脱喪することになる。

⑱ 禫祭

初葬から二十七ヶ月になる丁の日または亥の日に祀堂で行なう儀式。このときには禫服を準備するが、あまり華麗な色彩はまだ避ける。このときから、飲酒と肉食が許容されることになる。

⑲ 吉祭

禫祭の次の日か亥の日を選んで、行なう祭祀。日が決まれば」、三日前から斎戒して、前日には祀堂に告げる。吉服として平常時の祭服を用意して着ることになる。吉祭が済めば、夫婦がともに寝ることが許される。

6……親族呼称

中国周代の辞書である『爾雅』に現れる親族呼称から、フランスの中国学者マルセル・グラネは中国古代の社会構造を鮮やかに浮かび上がらせる（「Catégories matrimoniales et relations de proximité dans la Chine ancienne（古代中国における近親関係と婚姻カテゴリー）」）。『爾雅』の親族呼称では、父の姉妹を「姑」と言い、母の兄弟を「舅」と言う。『爾雅』ではまた「舅」と「姑」がコノタシオン（共示）をもっている。つまりシュウトであり、シュウトメであって、自己の配偶者の父と母をも意味することから、父と母とが結婚したとき、姑（父の姉妹）と舅（母の兄弟）も結婚し、二つの家で女性（男性と言ってもいいが）を交換したことになる。さらに自己はその「姑」と「舅」の間に生まれた女子を妻とすることが運命づけられている。妻の兄弟を「甥」と言い、その男子をも「甥」と言う。後者の「甥」の方が原義で、上の世代にも「甥」を使うようになったわけだが、「甥」は婿というコノタシオンも持つ。妻の兄弟が甥（ムコ）であるのは、自己が妻を迎えるときに、自己の姉妹も妻の兄弟を婿に取るからである。次の世代、自己の姉妹と妻の兄弟の結婚から生れた男子も自己の女子の甥（ムコ）になるべく宿命づけられている。二つの家は先の世代も、自己の世代も、そして後の世代も持続的に結婚を繰り返す（艶福家の自己は上の世代の姨、あるいは下の世代の出と結ばれることもある）。マルセル・グラネは『爾雅』の親族呼称の検討

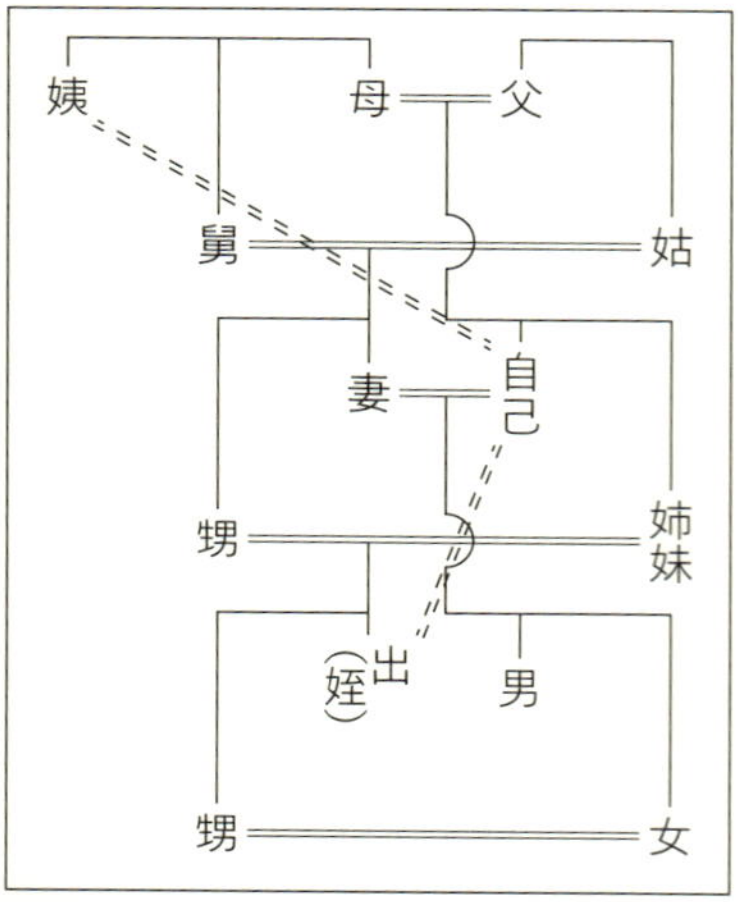

『爾雅』に基づくグラネの古代の結婚

から、中国古代における人類学でいう人類の族外婚の起源と言ってよい双分組織の存在を立証した。クロード・レヴィ＝ストロースは『親族の基本構造』の中で、グラネの仕事を評価しつつも、批判を加えている。つまり、グラネが再構築した『爾雅』の親族名辞による親族構造は、実際に中国古代のある時期に存在したものであるというよりは、中国周代の『爾雅』編纂者が想像し、机上で構築したものに過ぎないと言うのである。

レヴィ＝ストロースの批判はともかく、整然とした『爾雅』の親族体系を、漢字の親族名辞を用いながらも、日本ではその誤用によって台無しにしている。わが国で最も古い辞書である源《みなもとの》順《したごう》の『和名抄』においてすでに誤用は行なわれている。日本では父母の世代の傍系親族を父方・母方ともにヲ（オ）ヂ・ヲ（オ）バで済ませることができる。漢字では小母・叔母・伯母などを当てたりするが、父の姉妹は「姑」とするのが正しく、伯母は伯父の配偶者、叔母は叔父の配偶者を言う。父の兄弟について、中国ではその長幼によって伯父・叔父、あるいは仲父・季父と使い分けるが、日本ではそれほど神経質な使い分けはなされない。母の兄弟は「舅」と言い、母の姉妹については「姨」と言うのが正しい。伯父・叔父と舅、姑と姨というふうに父方と母方とでことばが違うということは概念もまったく違うことを意味する。自己にとっては親族としてのカテゴリーが違い、親疎もまったく違うはずである。甘えていいのか、畏怖しなければならないのか。また姨はときとして私の妻になることもある存在である。「姨棄」伝説を単に棄老伝説と解釈すべきではない。イトコについて日本では無頓着だが、厳密には父方の従父兄弟姉妹と母方の従母兄弟姉妹を使い分けるべきであろう。

日本における平安時代の源順にさかのぼる親族呼称の誤用は、あるいは意図的なものなのかも知れない。というのも、まったく異なる社会の親族呼称を日本でそのまま適用することはできないからである。周代の中国と朝鮮の社会も同じものであるはずがない。にもかかわらず、少なくとも韓国において、日本におけるようには漢字の使用の杜撰、あるいは誤用はほとんど見られない。もちろん、漢字の親族呼称を用いながらも時代の移り変わりとともに文字を付加したり、寸数がそのまま親族呼称と化したりすることがある。また、朝鮮語固有の親族名称もあって、相手に直接に呼びかけるにはそちらが用いられる。その分析によって朝鮮社会の構造を明らかにすることもできようが、野譚はあくまで漢字表記の文学であり、漢字の呼称がそのままに用いられていて、今はそこまで論じる必要はない

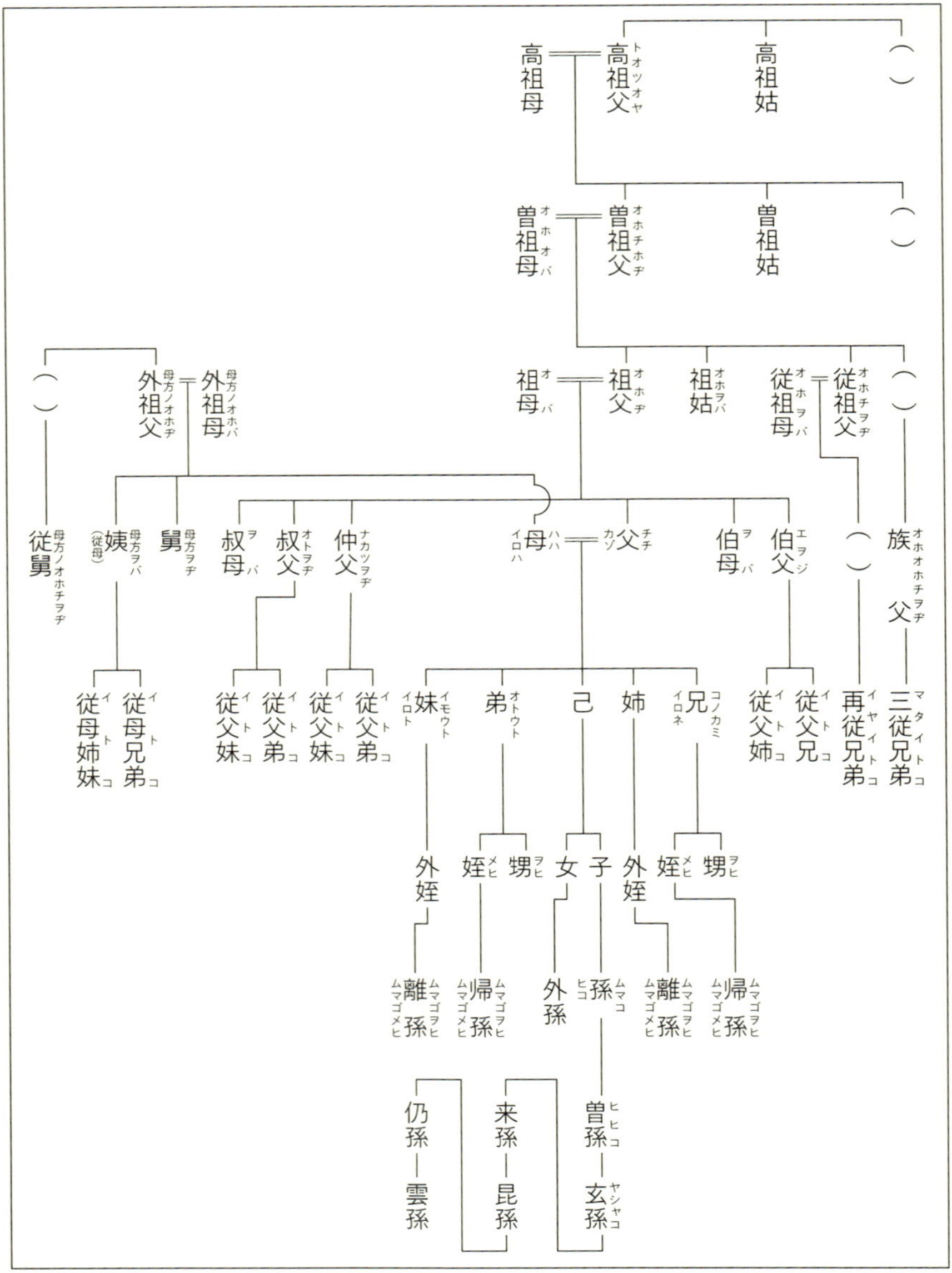

『和名抄』にみる親族呼称（『和名抄』は漢字語彙を挙げ、和名を付すものと、付さないものがある）

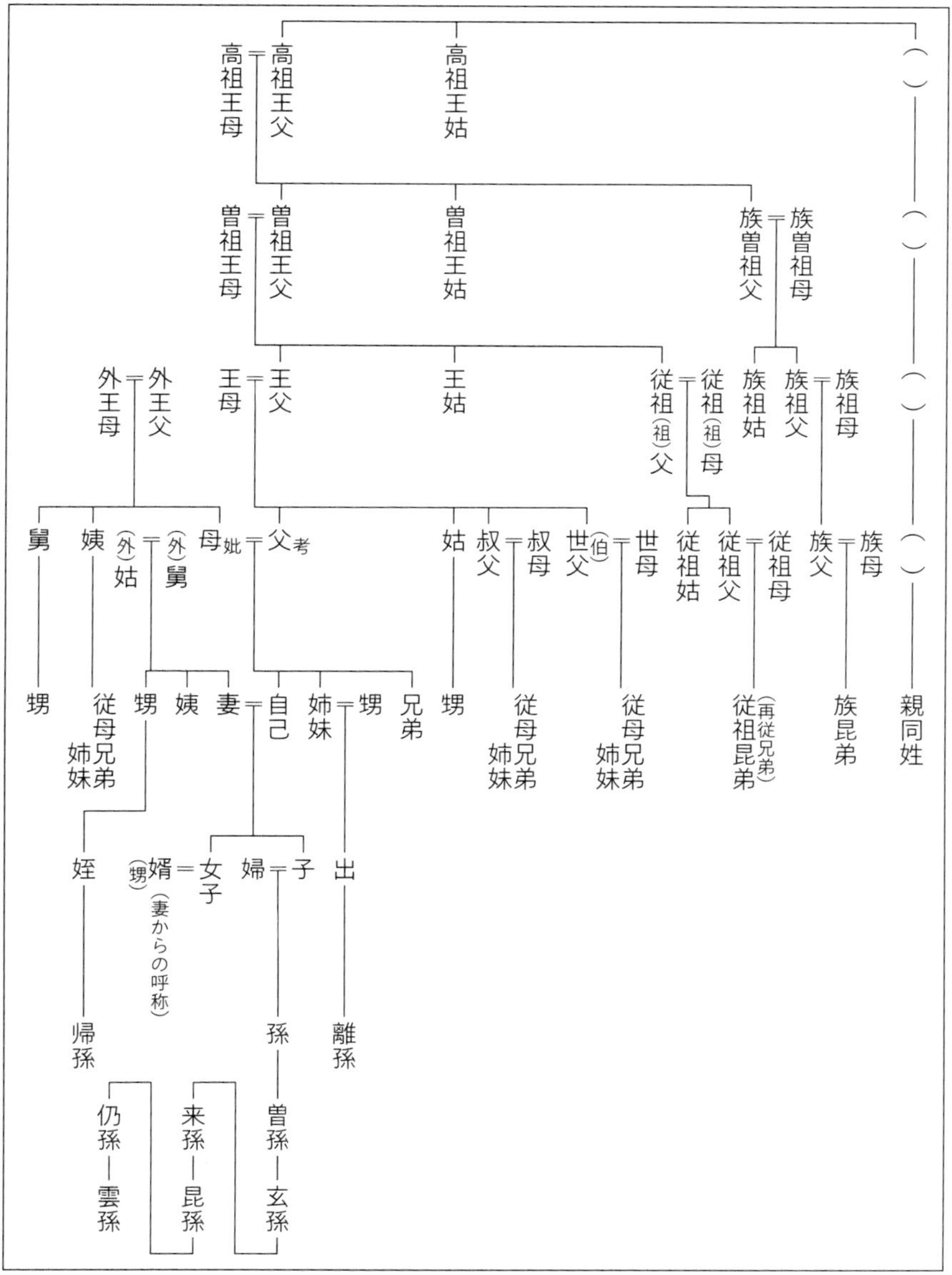

高祖王母
高祖王父
高祖王姑
曾祖王母
曾祖王父
曾祖王姑
族曽祖父
族曽祖母
外王母
外王父
王母
王父
王姑
従祖(祖)父
従祖(祖)母
族祖姑
族祖父
族祖母
舅
姨
(外)姑
(外)舅
母妣
父考
姑
叔父
叔母
世父(伯)
世母
従祖姑
従祖父
従祖母
族父
族母
甥
従母姉妹兄弟
甥
姨
妻
自己
姉妹
甥
兄弟
甥
従母姉妹兄弟
従母姉妹兄弟
従祖昆弟(再従兄弟)
族昆弟
親同姓
姪
(甥)婿
(妻からの呼称)
女子
婦
子
出
帰孫
孫
離孫
仍孫
雲孫
来孫
昆孫
曽孫
玄孫

『爾雅』の親族呼称

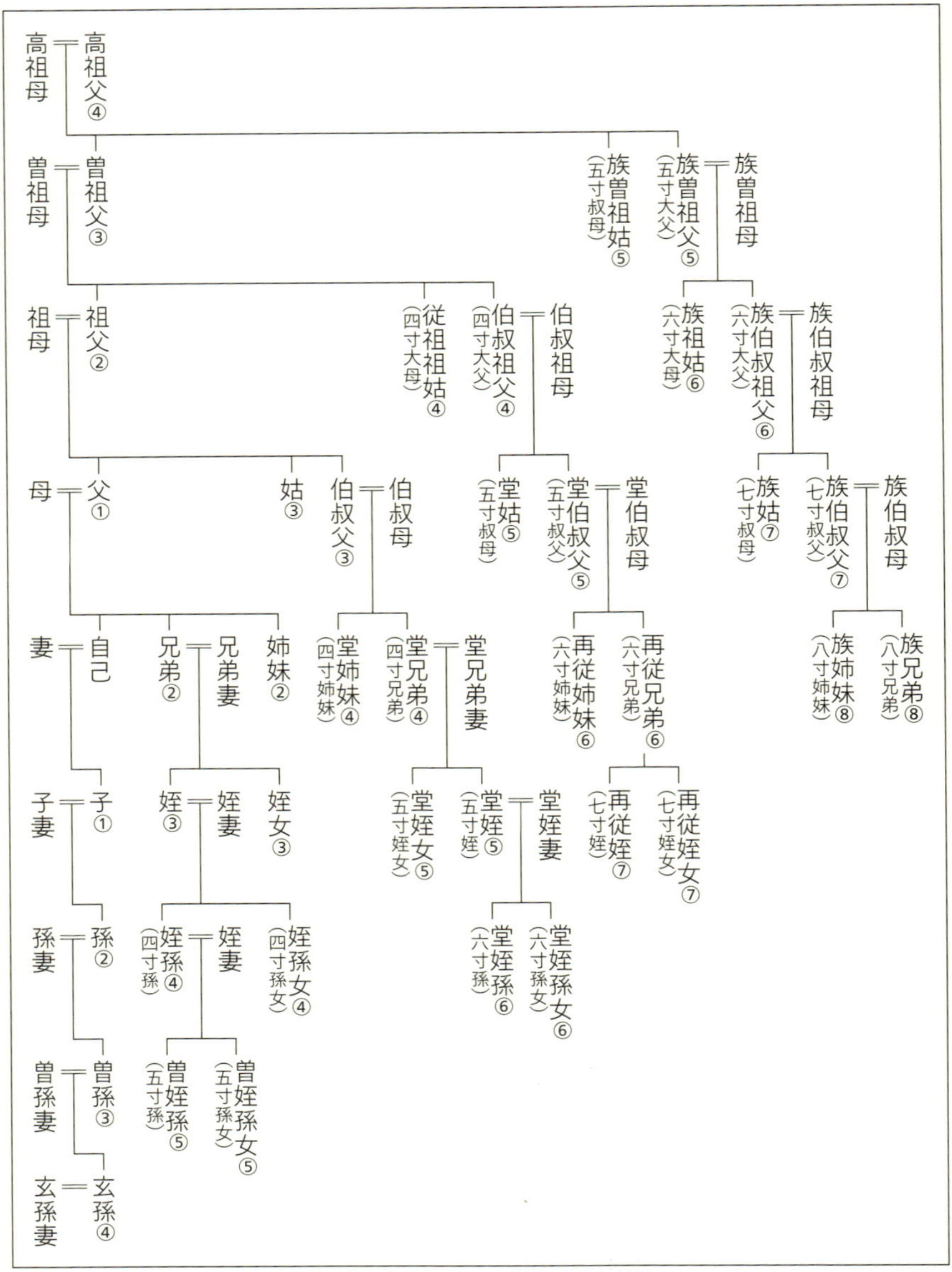

『経国大典』における親族呼称と寸数

と思われる。朝鮮の基本法典である『経国大典』の「礼典」から幸いにも親族呼称をまとまった形で抜き出すことができる。それが「礼典」の服喪規定を述べる個所であるのは、当然と言えば当然なのだが、親族とは、異性ならば結婚してはならない人びとであるという定義とともに、喪に服する範疇にある人びとというのが実は最も適切な定義であるかも知れない。右の図は『経国大典』の親族呼称をまとめたものだが、親疎を表す寸数を丸数字で付した。現在の韓国で寸数がそのまま親族呼称として用いられる。三寸が叔父をあらわし、四寸がイトコをあらわすというふうに。それがすでに『経国大典』の時代から行なわれていることがわかる。

[著訳者紹介]

◉

許 篈（ホ・ボン）

1551 ～ 1588 年。朝鮮中期の文人。本貫は陽川、字は美叔、号は荷谷。同知中枢府事の曄の子。兄の許筬は、吏曹判書に昇りつめ、日本に書状官として送られ豊臣秀吉に会っている。弟の許筠は、ハングルで書かれた最初の小説『洪吉童伝』を執筆した。また妹の許蘭雪軒も、著名な女流漢詩人である。1568 年、生員科、1572 年、親試文科に丙科で及第、翌年には賜暇読書をした。1574 年、聖節使の書状官に自薦して明に行き、紀行文『荷谷朝天記』を執筆した。翌年、吏曹佐郎となり、1577 年、校理となり、1583 年、昌原府使を歴任した。金孝元などとともに東人の先鋒となり、西人たちと対立。1584 年、兵曹判書李珥の職務上の過失を挙げて弾劾し、鍾城に流廃されることになり、翌年には召還されたが、政治に意を失い、放浪生活を行ない、38 歳で金剛山で亡くなった。詩人としても著名で、著書に『荷谷集』『荷谷粋語』『伊山雑術』などがある。

◉

梅山秀幸（うめやま・ひでゆき）

1950 年生まれ。京都大学大学院博士後期課程修了。桃山学院大学国際教養学部教授。専攻：日本文学。主な著書に、『後宮の物語』（丸善ライブラリー）、『かぐや姫の光と影』（人文書院）があり、韓国古典文学の翻訳書に、柳夢寅『於于野譚』『続於于野譚』、徐居正『太平閑話滑稽伝』、李斉賢・徐居正『櫟翁稗説・筆苑雑記』、成俔『慵斎叢話』、李羲準または李羲平『渓西野譚』、金敬鎮『青邱野譚』（以上、作品社）、『恨《ハン》のものがたり——朝鮮宮廷女流小説集』（総和社）などがある。

海東野言《かいとうやげん》

2019年10月 5 日 第 1 刷印刷
2019年10月10日 第 1 刷発行

著者――――許 筠《ホボン》

訳者――――梅山秀幸

発行者―――和田 肇

発行所―――株式会社作品社

102-0072 東京都千代田区飯田橋 2-7-4

Tel 03-3262-9753 Fax 03-3262-9757

振替口座 00160-3-27183

http://www.sakuhinsha.com

装画――――金 帆洙

装丁――――小川惟久

本文組版――ことふね企画

印刷・製本―シナノ印刷(株)

ISBN978-4-86182-774-7 C0098

落丁・乱丁本はお取替えいたします

定価はカバーに表示してあります

於于野譚

［おうやたん］

柳夢寅

梅山秀幸 訳

品切

朝鮮民族の心の基層をなす
李朝時代の説話・伝承の集大成
待望の初訳!

16〜17世紀朝鮮の「野譚」の集大成。貴族や僧たちの世態・風俗、庶民の人情、伝説の妓生たち、庶民の見た秀吉の朝鮮出兵。朝鮮民族の心の基層をなす、李朝時代の歴史的古典。

慵斎叢話

［ようさいそうわ］

成俔

梅山秀幸 訳

“韓流・歴史ドラマ”の原典
15世紀の宮廷や庶民の生活を
ドラマを超える面白さで生き生きと描く

韓流歴史ドラマに登場する李朝高官の“成俔（ソン・ヒョン）”が、宮廷から下町までの生活ぶり、民話・怪奇譚などを、ドラマを超える面白さで生き生きと描いた歴史的古典。

青邱野譚

［せいきゅうやたん］

金 敬鎮
梅山秀幸 訳

李朝末期の朝鮮半島——
“民乱”と“帝国主義”が吹き荒れるなか、
民衆は、いかなる人生を送っていたのか？

19世紀末、韓半島では、地方の両班・商人・貧農らの不満が高まり、各地で民衆反乱が勃発。この“民乱”は、李朝の内部崩壊を来す前兆であった。実在の高官から、妓生、白丁、盗賊、奴婢までが登場する全262話を通して、李朝末期の社会を覗く万華鏡。